东京右半分

TOKYO MIGIHANBUN

[日] 都筑响一 著　　吕灵芝 译

新星出版社　NEW STAR PRESS

前言

他们对古老而美好的下町[1]风情没有兴趣。
不需要居酒屋老铺,也不需要摆满盆栽的小巷。
他们不关心五十年前,只关心正在诞生的事物。

虽与中心接壤,但东京右岸[2]的房租与物价,
都保留着曾经的懒散做派,
与左岸相比,显得格外低廉。
这里尚未被建筑家们玩具似的招牌大楼占领,
也尚未泛滥优衣库与GAP这些大型连锁店,
这里的街道还属于他们。

就像野兽寻找舒适的巢穴,
没钱却有趣的人们,
会凭本能找到那种地方。
纽约苏豪区、伦敦东区,
还有巴黎巴士底,都是这样诞生的。

现在进行时的东京,
既不在六本木之丘,也不在表参道,更不在银座。
这座都市创造力的重心,
如今正一点一点向东,移向东京右岸,
这你可知晓?

北区
① 好莱坞（赤羽店）p428

荒川区
② 泰国法身寺东京别院 p330
③ 塔卡舞蹈用品西日暮里店 p132
④ 黑泽舞蹈广场 p138
⑤ 自由鸟 p354
⑥ 加藤三味线 p112
⑦ 南千住 p218

文京区
⑧ 山云海月工作室 p108
⑨ 音乐酒吧・道 p57
⑩ 小情歌Ç'est la vie p60
⑪ 手语酒廊・君之手 p436
⑫ 若众酒吧美妆男子 p442

新宿区
⑬ 风俗资料馆 p522

足立区
⑭ 拉面小屋 p122
⑮ 中村鞋店 p156
⑯ 宇宙魂 p46
⑰ 萌藏 p52
⑱ 若叶堂 p53
⑲ 浅利食堂 p54
⑳ 南蛮渡来 p55
㉑ 莲台亭 p56
㉒ 东京的北方灵魂 p25
㉓ 好莱坞（北千住店）p422
㉔ 松田电影社与"青蛙会"p470
㉕ 罗迪欧兄弟 p376
㉖ ELZA酒馆 p37
㉗ 地下设计 p485
㉘ JWP女子职业摔角 p346

葛饰区
㉙ 东京天然温泉・古代汤 p462
㉚ 楼装舍 p191
㉛ 东京都立水边公园 p274

江户川区
㉜ 排灯节 p268
㉝ 木之实咖啡 p410
㉞ 江户川赛艇场 p306
㉟ 小岩BUSH BASH p18
㊱ 音曲堂 p70
㊲ 白鸟咖啡茶座 p413
㊳ 拉姆普咖啡 p415
㊴ 摩尔多瓦咖啡红茶 p418
㊵ 汤宴洗浴中心 p456

江东区
㊶ 天盛堂 p66
㊷ 民谣酒场・齐太郎 p96
㊸ 新木场第一擂台 p358
㊹ 冈大介 p181
㊺ 东京临海广域防灾公园 p282

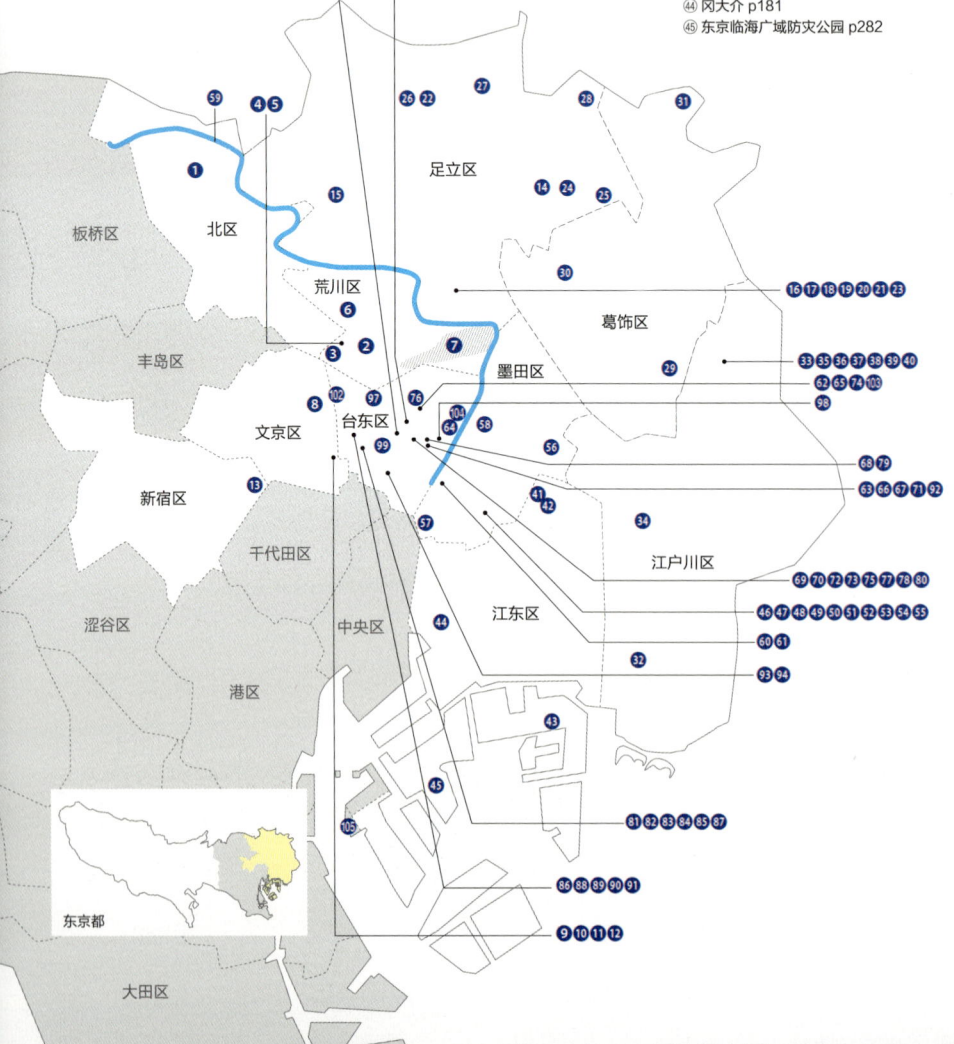

墨田区
(46) YAOSHO p259
(47) 泰国商店 p260
(48) 关根乐器店 p68
(49) 泰国教育文化中心 p255
(50) 帕拿欧商店 p261
(51) 帕帕温 p262
(52) Keawjai、Changthai、Beerthai p263
(53) Puanthai、Kimpai p264
(54) 泰国酒吧TODAY p265
(55) 泰式卡拉OK居酒屋珊瑚 p266
(56) 比利小子 p401
(57) 眺花亭 p466
(58) 民谣店 · 荣翠 p94
(59) 东京都水边航线 p340
(60) 东京都慰灵堂 p512
(61) 复兴纪念馆 p518

台东区
(62) 梵文酒吧 p4
(63) 养老堂 p72
(64) 勇堂 p76
(65) 民谣店 · 绿 p92
(66) 安坊染店 p102
(67) 天堂湾 p106
(68) 快乐博物馆 p142、213
(69) 浅草招财猫馆 p150
(70) 东京萤堂 p168
(71) 弥姬乎 p186
(72) 橙屋酒吧 p226
(73) CUZN咖啡餐吧 p229
(74) FOS酒吧 p232
(75) 银幕摇滚 p235
(76) 宋蓬泰国菜、移动蔬菜摊 p250
(77) 初音小路 p315
(78) 石山男装店 p370
(79) 鬼海弘雄 p478
(80) 木马馆大众剧场 p498
(81) 阿美横町节奏 p80
(82) Cap Collector One p384
(83) Castle Records p387
(84) F.I.V.E. RECORDS p390
(85) GRILLZ JEWELZ p396
(86) 上野大仓剧场 p450
(87) 东方工业 p532
(88) 国立科学博物馆 p118
(89) 上野松竹百货 p297
(90) 上野恩赐公园 p290
(91) 下町风俗资料馆 p323
(92) CEA'BEES p10
(93) 佐竹商店街 p200
(94) 女装图书馆 p474
(95) 民谣酒场 · 追分 p90
(96) 浅草部落村庄 p240、243
(97) 新世纪舞厅 p126
(98) 城东职业能力开发中心制鞋科 p162
(99) 穆勒特画廊 p14
(100) KIWAYA商会 p98
(101) WASABI p205
(102) 流动布包店荣卫门 p176
(103) 裈吧 p2
(104) 山谷劳动者福祉会馆活动委员会 p554

品川区
(105) 船舶科学馆 p544

目录

1 行走在荒凉之地 Walk on the Wild Side／1

2 你的歌 Your Song／45

3 舞池女王 Dancing Queen／125

4 城里的新面孔 New Kid in Town／149

5 午夜之后 After Midnight／225

6 星期六在公园 Saturday in the Park／273

7 我们是冠军 We Are the Champions／345

8 通往天堂的阶梯 Stairway to Heaven／419

9 山上的傻瓜 The Fool on the Hill／477

10 黑暗中的魂灵 Spirit in the Dark／511

11 虹之彼端 Over the Rainbow／543

行走在荒凉之地

Walk on the Wild Side

1

浅草裈吧潜入记

【台东区·浅草】

若说大麻爱好者的圣地是阿姆斯特丹，狂欢爱好者的圣地是伊维萨岛，那裈[3]爱好者的圣地便是浅草。这里是整个日本裈界向往的麦加。

提到浅草和裈，当然会想到三社祭[4]。三社祭乃日本最大祭典之一，最终日参观人数可达150万人。同时，这也是全日本钟爱裈、喜欢看男人着裈的男人（和女人？）欢聚一堂的时刻。有人从大白天就会裹着自己最爱的裈，或轻摇慢舞，或醉步蹒跚，那种堂堂正正的态度反倒让人肃然起敬。"三社祭就是裈爱好者的户外节日"，俨然裈界的富士摇滚音乐节，或夏日超音速……

细数东京的Gay town（同性恋社区），首推新宿二丁目。而事实上，浅草和上野一带亦有许多Gay spot（同性恋场所），与新宿相比又别有一番风情，为圈内所熟知。为何别有一番风情？因为在浅草和上野一带的Gay spot，活动者主要是年长者，年龄层相比新宿高出许多。

与新宿二丁目不同，浅草的同性恋酒吧和小酒馆并非集中一处，而是混杂在普通酒馆中，乍一看难以辨认。这些酒吧门口虽会悬挂"会员制"标牌，但绝不明言此处是"同性恋酒吧"。唯有熟客才会轻轻推开大门进入其中。

我很久以前就听说，浅草的同性恋酒吧和小酒馆里，还有一部分可以穿着裈把酒言欢。尽管听说过，但我这种异性恋当然是进不去的，也就无从实践"不如去看看"的想法。当我快要把这件事忘到脑后时，正好接到这次连载邀请，便决定勇敢"献身"！展开卧底调查（泪）。

"都筑先生，我们接下来要去的店很严格，一旦被人发现是异性恋，立马会被赶出去，所以你要注意点！"出征前，我与负责带路的百事通朋友在附近居酒屋先吃了顿晚饭，他还一脸认真地提醒了我。是吗，原来裈吧的门槛那么高呀……我带着多少有点内疚的心情假装成同性恋出发了。当晚造访的第一家店外表与一般小酒馆无异，若没人提醒，我一定看不出里面的门道。打开大门进去是鞋柜，存放好鞋子后再打开内门，终于来到店中。里面并不宽敞，有个方形吧台。店主穿着工作服，客人则全身上下只有一条裈。

酒馆一角设有用门帘分隔的更衣间，客人在里面脱掉衣服，装进澡堂常见的篮子里，然后穿上自己带来的裈。裈也分"越中""畚"和"黑猫"等好几个种类，这种地方最主流的还是六尺裈。我此次专门去商场内衣卖场跑了一趟，却只买到了越中裈，结果遭到无情的嘲笑："啊？六尺裈都是大家自己去买布料回来裁的嘛。"要是连裁都懒得裁，还可以到祭典用品店去买。从这一点来看，浅草也堪称最佳地点。为了方便下班过来坐坐的这种没带裈的客人，店里也销售好几种裈。

　　光着屁股坐在人造革高脚凳上，那种感觉十分微妙。店里暖气开得很足，几乎要冒汗，所以酒也喝得尽兴。虽说是裸体同性恋酒馆，但毕竟不是艳遇酒吧，客人们没穿衣服也不会展开什么难以言表的行动。喝着聊着，我感觉就像从祭典归来，与友人坐在路边喝啤酒，还有些好玩呢。

　　兴头上来，我们穿着裈（当然还套了裤子）就直接去了下一摊。这家店有上下两层，一楼是普通吧台座，二楼则是穿着裈的专用房间。

　　晚上好，吧台内的老板向我们打招呼。我们上前询问，今晚是否裈之夜，老板却说："不对啦，今天是光溜溜之夜！"啊——！？光溜溜吗……原来这家店会根据星期数开设主题之夜，比如穿着裈、光溜溜，还有SM[5]。

　　见我们面露难色，好心的老板说："现在店里的客人都是常客，我去问问能不能改成裈之夜吧。"说完他就上了二楼，不一会儿又走下来说："可以哦！你们先等等，他们去换裈。"于是我们就在吧台喝了一杯，然后走向穿着裈的专用房。那是个5平方米大小的和式房间，两侧设有储物柜，中间摆着一张桌子，上面放着烧酒和乌龙茶。客人都围坐在桌边喝酒，但毕竟空间有限，相邻的人几乎要贴在一块儿。这简直是不管你高不高兴都要制造一派祥和气氛的安排。

　　我见旁边那位上了些年纪的先生系着花纹极为独特的六尺裈，便主动跟他搭话，夸奖他的裈。结果他告诉我这些都是自己做的，家里还有满满三大柜收藏品。他说，自己家在外地，每月都到这里来玩一两次，还向我展示了这次带过来的几条特别喜欢的裈。有圆点花纹的摩登纯棉布，夏天凉爽舒适的麻布，夸张和风花纹的丝绸，最后他说："我最得意的还是这块缩缅[6]！"介绍完自己的藏品后，他问我有没有相中的，我婉拒了，说那实在太不好意思了。于是他又说着"那我送你这个吧"，从包里掏出来一个保鲜盒。我还以为那是他自己做的梅干，结果盖子打开一看，竟是特别可爱的干花袋！"这些都是我自己做的，每一个都不一样，你挑一个吧。"于是我就十分感激地收下了，至今仍放在背包里……虽然一点都不香。

　　据说这样的裈吧和小酒馆，现在浅草有五六间，上野也有两三间。这些店不是同性恋就不能进去，就算是同性恋，如果对年长者没兴趣，去了恐怕也没什么意思，因此客户群非常狭窄。不过每家店气氛都很好，客人也都很绅士，再加上店里经常有各种活动，非常好玩。除了裈之夜，还有光溜溜之夜，用保鲜膜代替裈的保鲜膜之夜，以及纱布（！）之夜，等等。几个上了年纪的成年人全身赤裸，只裹着纱布把酒言欢，光是想想有这样的店存在于东京都中心，就让人觉得格外好玩。

　　不过，虽然男同界有这种店，女同界却好像并不存在"全裸喝酒的店"或"内裤之夜"。这到底是怎么回事，有人能告诉我吗？

梵文、珍酒与水烟的摇滚

【台东区·浅草】梵文酒吧

正对以雷门和浅草寺为中心的浅草旅游观光带，位于言问大道北侧那块地方俗称"观音里"，东以马道大道为界，西以千束大道为界。

原本观音里被叫作"浅草花街"，是浅草艺伎的大本营。以现在留存下来的浅草见番[7]为中心，大正末期最兴盛时，这里有49家料理店、250家会客茶馆、1060位艺伎，在东京是与新桥和人形町比肩的一大花街。

当然，那个时代早已过去，如今这里已成了连游客都鲜少涉足的安静住宅区。不过一旦入夜，散落各处的居酒屋和小酒馆就会亮起灯火。这一带遍布面向浅草居民的店铺，顾客多是自家店打烊后来喝酒的饭店老板和员工；还汇集了整个浅草结束营业时间最晚，一直开到天亮的居酒屋、酒馆和酒吧，以及内行人才能找到的隐秘游乐场（成人向）。

一天，我在观音里喝得醉醺醺，正摇摇晃晃地走在路上寻找下一摊，抬头就看见了这家"梵文酒吧"。从外表看，那只是一座两层小木楼，不过挂着看不懂的梵文招牌。厚重的门上贴着文身店海报，完全不知道里面是什么样子……太可疑了。于是我鼓起勇气进店一看，右手边是类似居酒屋那样的吧台，左手边是隔间座，里面立着大大小小款式各异的水烟筒，俨然"珍酒、水烟、梵文与音乐的迷宫"。

梵文酒吧的老板北华阿飞先生，1965

水烟筒林立的店内景观。

还有可以四人同享的水烟筒。

用自来水管手工改装的水烟筒。

年生于东京浅草，今年[8]四十六岁。

他小时候因父亲工作调动搬到了札幌，高中毕业后一边在地下演出场做兼职，一边搞起了乡村摇滚乐队。当时从六本木一号店起家的KENTO'S音乐酒吧乘着摇滚风潮迅速开遍全国，北华先生的乐队就在KENTO'S札幌店做驻唱。

后来他在札幌薄野开了一家摇滚酒吧，半年后就倒闭了。但他没有因此气馁，很快又开了新店，结果开店当天就关门大吉。第三次开店后，竟然来了一位企图自焚的客人，在店里放了把火！才二十岁出头的北华先生，已经过上了非常摇滚的人生。

怎么讲呢，他仿佛要跟这种"业"做正面决斗，秉着不屈不挠的精神再次开了一家摇滚酒吧，结果有一天就接待到了日本乡村摇滚风潮的原点——山崎真行先生。以1968年新宿的"怪人二十面相"摇滚商店为开端，山崎先生创立了原宿"奶油苏打"（Cream Soda）和"粉龙"（Pink Dragon），想必很多人还记得这位《原宿淘金热》[9]的主人公。因为那次相遇，北华先生舍弃了原本的店名"芝加哥狗"（Chicago Dogs），改名为"二代目·怪人二十面相"。对北海道的乡村摇滚青年来说，他的店成了最棒的聚会场所。

北华先生笑称"我这人很容易厌倦"，经营五年以后，他便离开了北海道去周游世界。纽约、伦敦、新德里、香港、曼谷、台北、首尔……长途旅行唤起了他身为"亚洲人"的自我认知，回国后

正在准备水烟的北华先生。

在东京与"粉龙"的前店员们创立了名为"蓝色天堂泳池"（BLUE HEAVEN POOLS）的时尚品牌。

那是"摇滚与日本佛教混合起来的感觉"，这种风格比"和风花纹"风潮还要先行整整十五年。随后，北华先生又陆续涉足印刷媒体、CD封套等平面设计领域，并在此过程中逐渐加深了对汉字和梵文的兴趣。"我喜欢文字，尤其是包括梵文在内的亚洲文字。日文汉字、片假名、平假名，也都很喜欢。"这样的他有着"虽然是摇滚风格，但绝对要在里面加入汉字等元素"的设计理念，这在当时人们的眼中十分新鲜。

经历过如此与众不同的平面设计工作后，北华先生于2007年开了这家"梵文酒吧"。他的理由是："我这人真的天性容易厌倦，所以干过很多行当（笑）。不止一个，而是很多。这样应该就不会觉得腻了吧。"而之所以把大本营从原宿一带转移到浅草，是因为"这种行业房租便宜很重要，我又觉得独门独栋的酒吧应该很好玩，再加上本身是佛教风格，选址在跟'寺庙'有关的地方可能更好……其实吉

祥寺跟高圆寺也都可以"。然后他就选中了这座曾经是居酒屋,当时正好空出来了的房子。

酒吧刚开始的主打不是水烟,而是各种"珍酒"。至今店中仍存有致幻仙人掌泡在龙舌兰里制成的墨西哥酒,将苦艾草泡在苦艾酒里达到双倍效果的原创酒,以及木天蓼酒、古柯叶酒,甚至还有眼镜王蛇酒。这些高档酒吧里绝对看不到的珍酒中的珍酒,全都随意摆放在店中。

最先对水烟产生兴趣的,其实是客人。"一开始我只是从印度买了一个放在店里。"到阿拉伯地区旅行时体验过水烟的客人对北华先生说:"我还想试试别的口味。"于是在客人的煽动下,他自己也喜欢上了这种东西,如今店里就成了水烟筒林立的状态。他不仅从中国、越南,以及非洲的国家收集水烟筒,甚至还"把水管割开,自己做了一个"。水烟有各种口味,但日本极难买到,于是北华先生会"通过迪拜的熟人采购回来"。

面对头一次接触水烟的客人,北华先生会仔细说明使用方法。另外店中还有水烟、茶和红酒的套餐,价格实惠。加之他原本是摇滚乐手,店里放的音乐有乡村摇滚、节奏蓝调、民谣,乃至演歌[10],种类之丰富令人惊叹。北华先生说:"除了说唱和重金属,什么都行!"所以才有了这家跳出一般印象——水烟只能配民族风或是Chill-out类轻松的背景音乐,格外欢乐的音乐酒吧。

"我们店看起来很可疑,其实是可以放松身心的地方。"正如北华先生所强调的,进店之后就会发现这个"梵文酒吧"有各种玩法。位于浅草正中,却毫无浅草风格,同时又是浅草当地居民的夜游之地,这里真是个不可思议的空间。

⊙ 梵文酒吧　东京都台东区浅草3-36-4

推开坐落于观音里一角,外观极为可疑的"梵文酒吧"的大门……

店里的珍酒收藏也很有名。

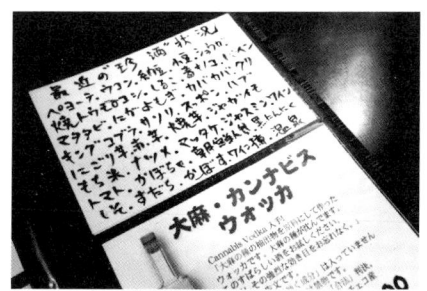

店内陈列着各种口味的水烟。

这只是珍酒收藏的一小部分。从左边开始分别是现在已经禁止进口的意大利"COCA BUTON"。标有"时价"那瓶是仅剩一瓶的薄荷味"COCA BUTON"。旁边是伏特加浸泡大麻种子的捷克酒,再旁边那瓶蝎子酒里还泡了高丽参。然后是眼镜王蛇酒、蝮蛇酒。

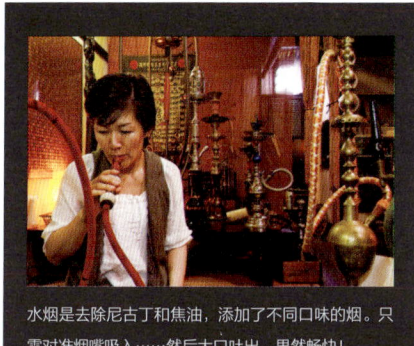

水烟是去除尼古丁和焦油,添加了不同口味的烟。只需对准烟嘴吸入……然后大口吐出,果然畅快!

罐头柜上摆着iPad。店主称自己是"iPhone DJ"。曲目从摇滚、乡村到邓丽君应有尽有,基本能满足客人九成的点歌要求。

中东国家、印度、中国、韩国……各地的水烟筒齐聚一堂。

店内装潢属于混搭的亚洲风格。

店内平日用作乐队表演场所,笔者到店那天正好是女装乐队表演。

女装妹抖酒吧的女装 LIVE 之夜
【台东区·雷门】CEA'BEES

  这里是深夜的浅草雷门大道。可能因为本人心怀邪念,这栋杂居大楼里的按摩店招牌一个个看上去都透着妖气。我战战兢兢来到四楼……"欢迎光临!"可爱的女装素人上前来欢迎我。他们背后的舞台上有个摇滚乐队正在表演。这里既不是女装俱乐部,也不是妹抖[1]咖啡,而是"女装妹抖酒吧兼Livehouse"。

10

CEA'BEES每周只在周六、日、一营业三天，店铺位于一座杂居大楼中，楼内还有许多按摩等休闲类店铺。

大约两年前起，这个地方就成了普通（！）跨性别者经营的酒吧，店主人在同一栋楼的八楼还开了一家名为"苹果"（APPLE）、有模仿披头士的乐队驻唱的店。然而，CEA'BEES的妈妈桑（？）加贺野爱对我说："那位跨性别者店长辞职了，我就把八楼跟这里混在了一起。"店铺从2010年夏天开始转型，平日是小型演唱会表演场地（Livehouse），每周六、日、一则是"女装妹抖酒吧兼Livehouse"。

爱女士说："这里……怎么说呢，算是女装妹抖酒吧。不过基本上客人才是主角，我们的卖点不是外面常见的那种'快看我们，快看我们''快来看妹抖啊'，而是穿女装搞各种活动，类似于聚会场所吧。"

因此，到店的客人种类繁多，有喜欢音乐的，有喜欢女装的，也有喜欢角色扮演的。有人只是喝酒，也有人会穿上店里备着的装束，请店员帮忙化妆，扮起女装。有人以为这里是一般的Livehouse，走进来发现里面很好玩，就留下来喝两杯；也有人干脆拿起乐器弹奏。这里不仅邀请女装乐队来表演，爱女士说："我们店里的员工也组了一个'TS轻音部'……意思是'跨性别'轻音部，每月还会在店里搞一次女装演出呢。"顺带一提，店员包括"我、玲音、和美、麻里、由加，一共五个人。还有一位穿男装表演的女性，名叫椎井。基本上就是这几个人"。还真是个完整的乐队呢。

其实有很多男性都想试试女装，只是不知该如何操作，所以在CEA'BEES也能看到许多"初次尝试女装"的客人。爱女士说："就算人家没那种想法，我们也会怂恿一句'要不要试试？'或是给客人戴个假发什么的（笑）。"但凡试过的人，似乎都会乐在其中。那些历史悠久、充满神秘色彩的女装俱乐部，客人年龄层偏高，初入门者都不太敢进去，不过在这家店里，感觉会在玩得兴起时不知不觉就套上了假发。

"有时候女装乐队会来这里搞好几场迷你演出，有时候还会搞角色扮演活动，选定动漫角色或主题，让所有店员打扮成那个样子，大家一起看碟，或是边吃饭边看电影（笑）。如果主题是《超时空要塞F》，我们就把菜单换成'娘娘饭店'，自己也打扮成娘娘饭店的店员，大家一起看看电影。所以说，这里其实很自由，每天都有不同的花样。要是客人很多，我们还会临时决定搞火锅派对什么的（笑）。有很多客人都不喝酒，只喝果汁吃点心，然后一直摆弄乐器，尽情玩耍。打烊时间理论上是0点，不过大家都不按时走……有人甚至把被子都带来了。"

女装这种爱好一直都被视作羞耻，难以对世间明说。我本以为女装俱乐部和女装世界就是一群心怀秘密的爱好者聚集在一起，并希望从中找到伴侣的淫靡之地。然而听完爱女士的话，我切实感到时代已经变了。就算没有那种想法，人们也能趁着兴致换上女装玩耍，明明身在酒吧，却

我还以为客人也穿着女装在座位上看表演，结果是轮流上台。

引人注目的视觉系常客。

可以畅饮果汁相谈甚欢……这简直就像女子高中的文化祭一样。

爱女士也说："过去女装完全属于地下世界，门槛特别高，完全不能见光。不过现在有很多人把它当成了一种时尚，一些思想较活络的人会把女装者看作'男姑娘'，内心还是男性，但觉得'穿成这样也很可爱呀'。换言之，有很多人虽然对自我的认知还是男人，但会觉得我这个男人能打扮成这样很厉害。所以比起真正想变成女孩的人，店里更多的是那种比较随意自由的客人。"

店铺的网站主页上写着这样的广告词：

浅草主街道大楼四楼
穿着美丽衣裳的男孩们
配有更衣间
风格独特的酒吧装潢
初次尝试角色扮演也能安心
若只想当主人来喝喝酒
我们也热情欢迎
不问男女，欢迎到店
另诚征大量客人妹抖（跪）

所以，暗中憧憬女装的男孩们，认为"让那家伙穿女装一定很好玩"的女孩们，都到店里来坐坐吧。这里作为普通的乐队表演场地，也特别欢乐！

⊙ CEA'BEES　东京都台东区雷门 1-16-9 气乐大楼 4F[12]

当天妹抖们齐聚一堂。左起依次是和美女士、玲音女士、麻里女士、爱女士。

佛坛街的死亡金属空间

【台东区・东上野】穆勒特画廊

我有个每次见面身上文身都会变多的设计师朋友，大约一年前他告诉我："上野开了家'黑金'画廊。"虽然在上野，这家画廊却没开在美术馆云集的山上，而开在了稻荷町。这里正好位于上野与浅草之间，是个几乎感觉不到艺术气息的区域。

乘坐地铁银座线在稻荷町站下车，走到地面上就会发现到处都是佛坛、佛坛、牌位、牌位……原来这里竟是东京最大的佛具商店街。这种地方有画廊？不过是黑金属和死亡金属（知道区别吗？[13]）风格的话，开在这里说不定正合适！

画廊老板关根成年先生是在东向岛长大的土生土长的东京右岸人。他考入了上野的东京艺术大学油画专业，不过比起学业更热衷乐队活动和制作小众杂志，甚至在大学期间就开了一家专攻金属风格的网上唱片店。

毕业后他一边在新宿的唱片店打工，一边与家人经营狗狗咖啡（！），可惜后来店铺不得不关闭。他决定靠自己的爱好生活，于是开了这家画廊。"其实以上野车站为界，上野公园一侧跟我们这边的文化完全不同。艺大学生都不会到这边来。不过这附近房租便宜，也不像上野站附近那样有很多纯粹来打发时间的客人。有的人为了到我店里来还专门坐了电车，我想珍惜那样的客人。"

画廊全景，作者访问时正在举行瑞典艺术家拉格纳・佩尔松（Ragnar Persson）的展览。

画廊里展示了以"死"为主题的死金、黑金、碾核类唱片和黑胶,还有各种专辑封面设计师的作品、T恤周边、俗称ZINE的艺术和音乐同人志等。这也是穆勒特与一般商业画廊的风格不同之处。"现在全世界的纸媒都很低迷,因为所有人都转向网络了。不过现在,特别是在欧洲一带,这种小众纸媒正在重新抬头。音源方面也不止CD,连模仿黑胶的双层封面都开始复兴了。有人特意寻找看起来很廉价的纸,少量印刷这种自制作品。还有专门展示那些作品的ZINE艺博会,我遇到感觉好的就买点儿,我们家也自费出版了两本。"

全身黑皮革,留长发,穿耳洞,文刺青……这些硬核的"金属人"总给人一种可怕的印象,不过真正交往下来,就会发现他们是无比温柔友善的一群人。金属与朋克虽然相似,但风格(应该说人格)完全不同。

穆勒特画廊旁边是感觉特别高档昂贵的和式钓竿店,以及感觉特别高档昂贵的自行车店,还有好几家看上去别有内涵的专门店。这个地区虽然不会出现在观光地图上,但从浅草走过去也就十分钟左右。佛坛、死金、钓具和自行车……果然是深藏不露的一条街。

⊙ **穆勒特画廊**　东京都台东区东上野 3-32-1-3F

台上摆着精挑细选的T恤,被称为"ZINE"的小众杂志,唱片和装饰品。

许多暗黑系T恤只在这里能买到,务必关注。

精选了与音乐不可分割的作家、作品。音乐与装置艺术是同等重要的因素。

展示滑雪板创作的区域。

店中随处可见世界各地与"死"相关的物品。

以美国金属插画家马特·卡尔(Matt Carr)的插画为主题的艺术小册子,店主目前已经自费出版了两本这类小册子。

左:入口旁的T恤展示架。
右:大楼旁的台阶与电梯……这可不是随意就敢走进去的气氛。

16

柜台上的艺术作品也引人注目。

小岩死亡音乐会

【江户川区・南小岩】小岩 BUSH BASH

江户川区小岩位于东京右岸最右侧，再往前，便跨过江户川到了千叶县。

最近，车站北出口的小韩国区成了亚洲料理老饕们交口称赞的地方。另外据统计，东京二十三区里中国人最多的就是江户川区。这里环境虽然十分国际化，大街小巷却丝毫感觉不到国际氛围，反倒十分舒适本土。

"小岩死亡音乐会"原本在音乐工作室兼Livehouse "eM7"举办，去年将舞台搬到了新开设的Livehouse兼咖啡餐馆 "BUSH BASH"。他们连续活动了十年，2010年3月27日的演出竟已经是第四十二场，可谓历史悠久。表演正如名称所述，将重心放在死金和碾核，是非常刺激的音乐会。

从2000年第一场表演开始，小岩死亡音乐会的主办人就是木村先生。他本人自1998年开始做 "Bloodbath Records" 项目策划人，因此策划了这个死亡音乐会。第一次表演还是与上文介绍的东上野黑金・哥特专门画廊兼唱片店 "穆勒特画廊"老板关根成年先生共同举办的。从第

小岩BUSH BASH入口。

二次开始，木村先生就负责小岩，关根先生负责上野浅草一带，同时将场地尽量往东移——

我家在千叶的市川，有一次跟关根君喝酒聊天时，说到"为什么大家都往高圆寺、西荻洼和新宿那边跑，反而不到这边来！"于是我们决定一起在小岩开拓能够表演的场地，想让大家知道还有这么一个地方。

木村先生学生时代在京都度过，1995年前后就打出自己的招牌搞起了活动。当时人们连"碾核"这个音乐类型都没听说过。关西地区乐队数量有限，他便频频邀请自己认识的朋克乐队，有时候策划了活动却凑不齐乐队数，很是头痛。

大阪那边有表演，京都人都会跑去看，然而在京都搞表演，大阪人却不过来。我感觉那跟现在新宿和小岩的关系很像。当时我也很顽强地在京都策划活动，看来我就喜欢逆流而上啊，哈哈哈。

BUSH BASH店内吧台。这里的料理全部使用国产蔬菜，每周三至周五还经营午餐，据说咖喱特别好吃。

木村先生平时是个"系领带的白领"，已经自费搞了十年活动。他笑着说："因为已经起了小岩死亡音乐会这个名字，再也不能挪窝了。""刚开始时，很多人以为小岩属于千叶县，现在他们总算认为这里是东京了。"尽管吸引观众似乎很辛苦，但仔细想想，高圆寺和阿佐谷这些中央线沿线地区之所以聚集了那么多年轻人，一开始也只是因为它们靠近中心，房租便宜罢了。到了2010年，最能满足那些条件的，可能就是隅田川与江户川中间这块地区的最右岸了吧。

⊙ 小岩 BUSH BASH　东京都江户川区南小岩 7-28-11 First Central 101

Bloodbath Records的木村先生（左）与小岩BUSH BASH的柿沼先生（右）。

仅系一条领带爆音的MANKOLOVER。

不爱吃蔬菜，不爱乱花钱。"肉肉相见"的演出脂汗飞舞！随着狂热情绪高涨，裤子也溜了下来。

19

低温死金乐声响彻场地。"MORQUIDO"

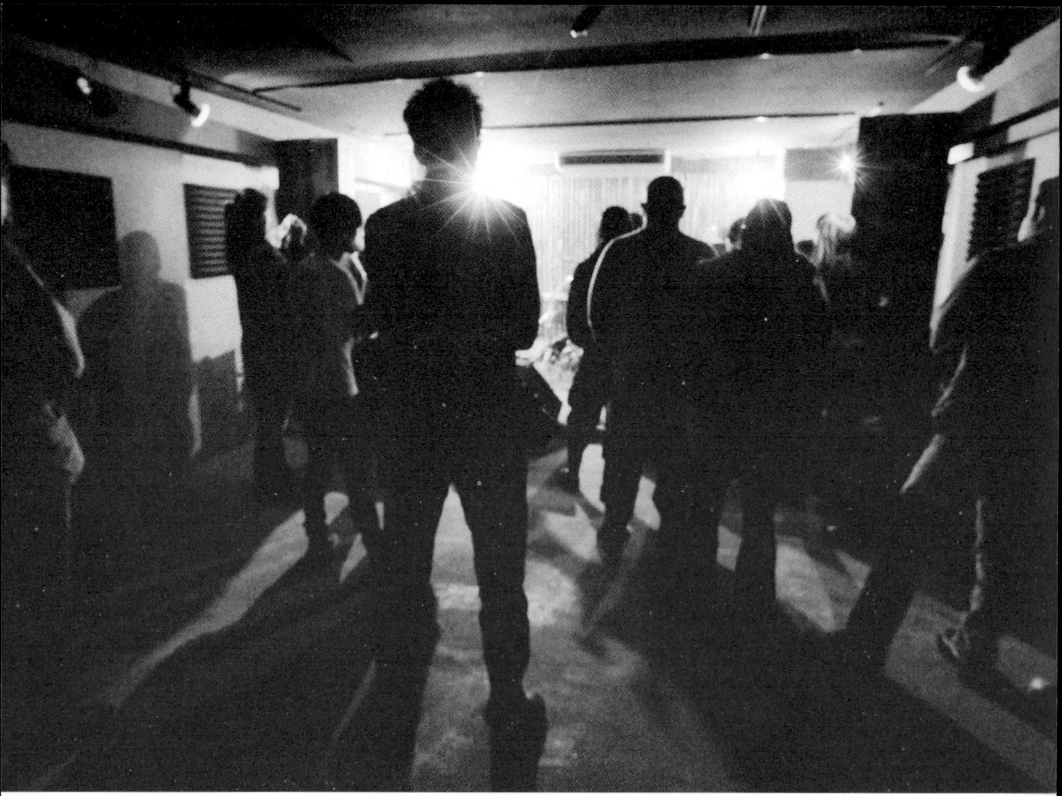

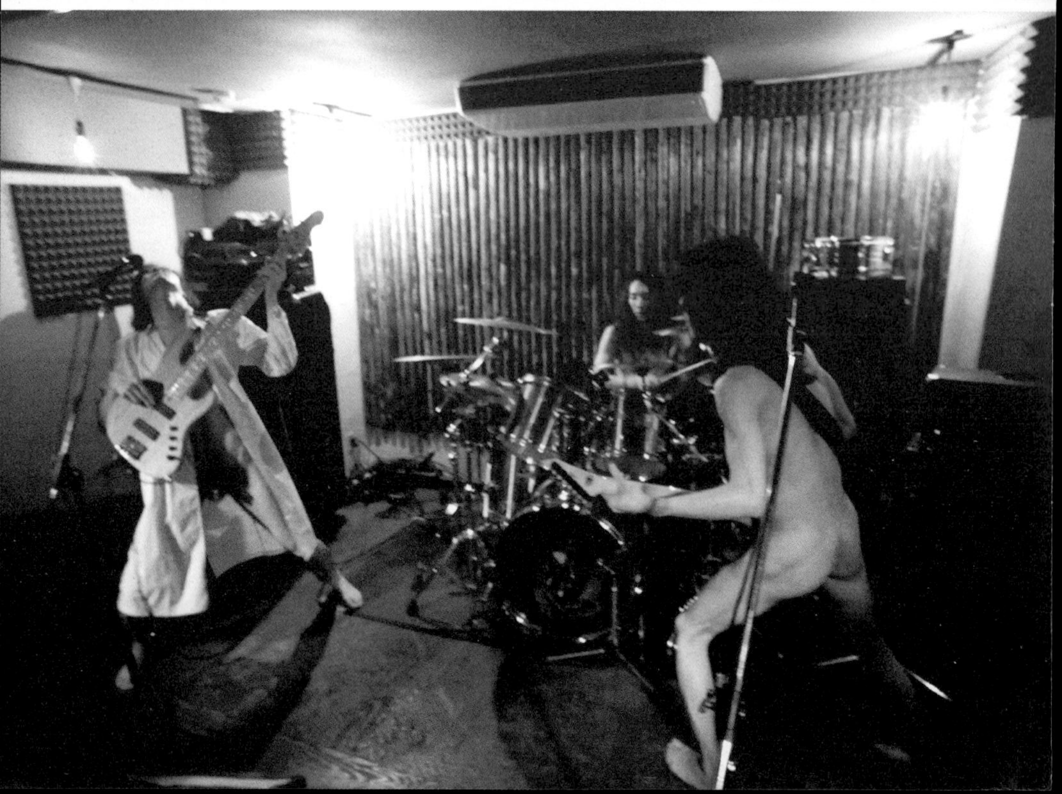

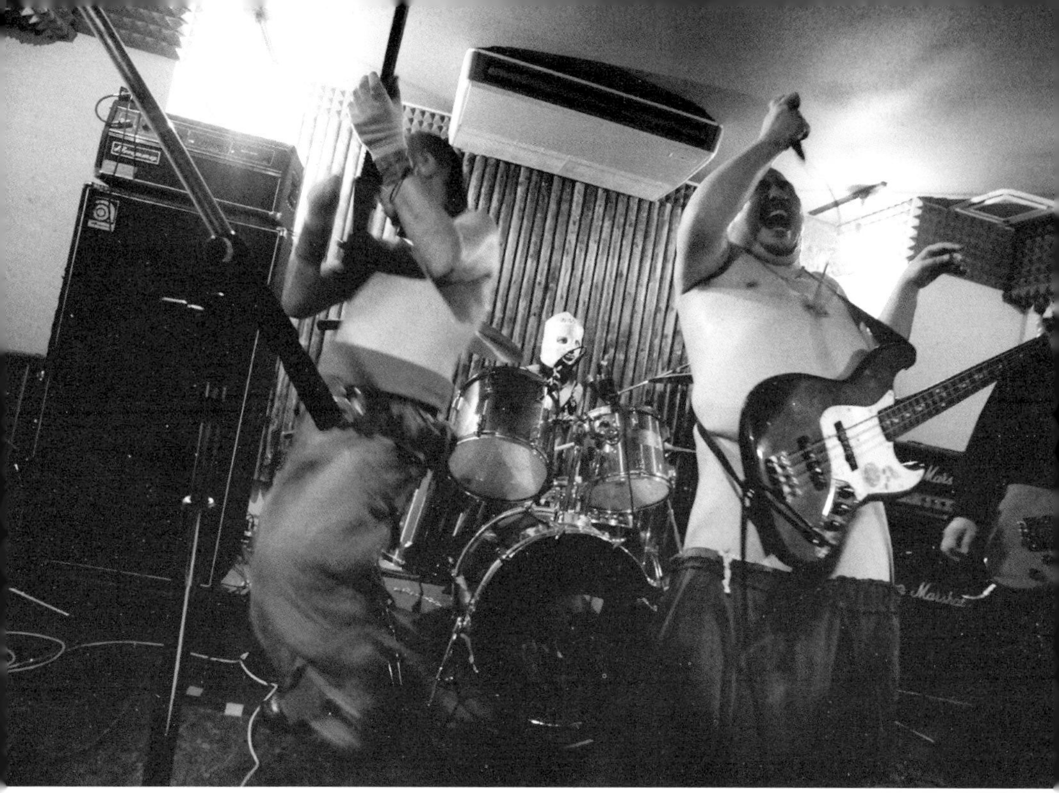

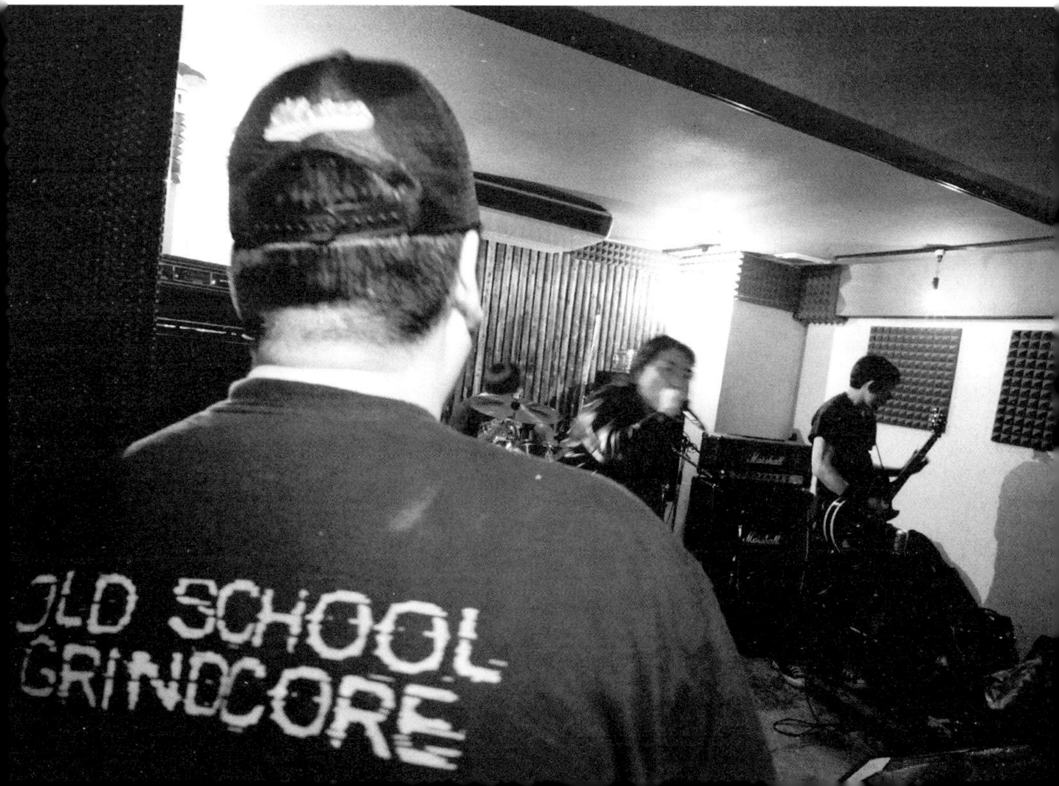
OLD SCHOOL
GRINDCORE

"肉肉相见"演奏前的表演。头套上写着"哔子"……

粉丝亲手制作的玩偶。为什么是青蛙？　　　　这天是EVOL的CD《只属于我的Grindcore》发行纪念日！身穿西服嘶吼的主唱宫本先生。他的正职竟是北国报社记者。

BUSH BASH店内的CD销售区。数量虽少，但样样都让人心痒。

24

东京的北方灵魂 【足立区·竹之塚】

竹之塚的昼与夜

把导航仪目的地设定为竹之塚车站东出口,我们从工作场所向北一路行驶。

穿过东京市中心的写字楼区,又穿过千驮木和日暮里一带的平民区,跨过隅田川和荒川来到足立区,眼前的风景就会换上另一副表情。应该说,失去了表情。

这里既不是下町,也不是规划为商

竹之塚到花畑一带全是二十世纪六十年代修建的东京市属住宅区。图中为市属保木间片区。

业用地的闹市区,只是位于巨型都市东京周边,一路延伸到千叶和埼玉的郊外的入口处,是城市文化与郊区文化碰撞的交界点。正如大海潮目区必定存在丰饶渔场,这里也有既不存在于东京市中心,也不存在于谷根千那种下町地区的独特品质。

本书第393页将会介绍一位竹之塚出生的女说唱歌手;第485页登场的让旧收录机重获新生的"地下设计",实际上也以竹之塚为据点展开活动。足立区竹之塚位于东京二十三区最北端,很久以前就被称为下层社会的缩影。这个地方究竟是什

么样子?如今又在发生着什么呢?

足立区总面积53.2平方千米,占东京二十三区约9%,是仅次于大田区和世田谷区的第三大区。这里总人口数约66万(二十三区排行第五),包括外国登记人口23000余人,其中菲律宾人口居二十三区之首,有3682名(2009年度数据)。另外,区内居民平均收入排在二十三区末位,比第一名港区足足少了一半多。犯罪数量(触犯刑法)为二十三区之首。给予经济困难儿童的就学援助比例,千代田区为6.7%,足立区则有47.2%!将近半数儿童需要援助,在全国范围都属首位。

这样的足立区,也是二十三区内市营住宅数极多的团地[14]区域。除去几乎纵向贯穿全区的东武伊势崎线、筑波快线和2008年开业的日暮里·舍人线,这片土地上几乎不存在巴士以外的公共交通。竹之塚车站前的环岛就发挥了区内公交枢纽的功能,开往各个区域的巴士都在这里集散。

白天在车站前望向竹之塚,看到的仅仅是一片普通地方小镇的站前风景。有巴

竹之塚车站东口的环岛。这里同时也是近郊巴士的终点站。

士和出租车聚集的公交枢纽,有居酒屋连锁店和银行支行,还有高层公寓。然而一到夜里,尤其是车站背后的西口一带,就会摇身一变,成为东京少数几个极有内涵的欢乐据点之一。

据说,在这仅占几个街区的一小片地方,开有六十家菲律宾酒吧,几乎所有店都会营业到天亮。既有全是日本女子的小酒馆,也有觍着脸高挂"健康"招牌、格外惹眼的按摩店。这里不是新宿,也不是池袋,更不是锦糸町。它被媒体称作下层社会的缩影、东京最底层,但在爱玩的人眼中却是最有意思的地方,可谓竹之塚秘境。这背后隐藏的所有魅力,我们将交给出版社经营者比嘉先生,以及编辑工作室主理人赤木先生这两位最灵通的人士来讲述。他们都曾在这里长大,也都离开过这里,最近则都会回到这里来玩耍。换言

之,他们就是唯有内行人士才知晓的,夜晚的冒险家。

东口后面就是一条餐饮街,白天人迹罕至,十分低调。当中也有醒目的菲律宾酒吧招牌。

都筑: 今天我们请到了两位在足立区出生长大的人,让他们来讲讲号称东京的南布朗克斯、东京的东洛杉矶(笑)的竹之塚真正的魅力。辛苦二位了。

比嘉: 我虽然出生在竹之塚前面一点儿的五反

竹之塚站(1964年4月),摘自菊地隆夫著《竹之塚今昔物语》(铃木策划公司出版)。

野,不过那里到最近的车站要步行三十分钟,到梅岛也是三十分钟(笑)。

赤木: 那一带可以说是陆上孤岛了。

比嘉: 所以我小时候经常骑自行车到竹之塚玩儿。这里原本是人造城市,样板小镇啊。

赤木: 没错没错。东京奥运会(1964年)时代,足立区盖起了好多市营住宅区,很多低收入者都集中到了那里。

比嘉: 原本北千住有宿场町[15],西新井有西新井大师[16],不过除此之外的足立区就显得很奇怪了……

赤木: 啥都没有啊。我在北区十条上到小学二年级,然后就搬到了竹之塚。当时真是受到了巨大的文化冲击。十条是那种充满活力的下町闹市区,来到这里却除了旱田就是水田。旱田、水田

伊兴地区的台风灾害（1981年前后）。

和市营住宅。

比嘉：这一片周围都是农田。

赤木：比嘉先生肯定试过下雨天撑筏子上学（笑）。

都筑：不可能吧！

比嘉：一刮台风家里就会淹水，又没有排水沟，家门前会变成一片汪洋。还能钓乌鳢啊鲤鱼什么的（笑）。连乌龟和蛇都会游出来。

赤木：前面就有能钓乌鳢的河，叫毛长川。

比嘉：我们还吃过呢。

赤木：确实吃过不少。

比嘉：还抓小龙虾吃。

赤木：还有蝗虫。我们一帮小伙伴经常一起去抓蝗虫，抓来拿回家做佃煮什么的。这里明明是东京啊。

比嘉：我们都用零食店卖的鱿鱼干当饵料来钓乌鳢。还有小龙虾，小红龙。

赤木：对，小红龙！

都筑：那是什么？

比嘉：就是红色的小龙虾。我们会说"今天是小红龙啊"这种话。

赤木：能抓到不同种类的小龙虾，美国鳌虾、小红龙之类的。

比嘉：那些都是我们的玩具兼零食，烤来吃。不过现在回想起来，那东西身上全是寄生虫啊，亏我们能吃下去。也不怕蛇。有一次蛇在学校泳池里游来游去，搞得我们游泳比赛取消了（笑）。

赤木：那时候还有贮粪池。直到最近还有牧场和牛舍呢。

比嘉：东京奥运会的时候不是开通了七环嘛，在此之前，足立区的路况简直太糟糕了。我还记得七环开通时，学校专门放假让我们在路边站成一排（迎接），老师还对我们说"汽车马上就要开过来了"。结果等了好几个小时都不来车，同学们一个接一个晕倒了（笑）。后来好不容易等到一辆车，大家都感动得不得了……再后来那里又成了圣火传递道路，也发生了一些改变。总之，以前那里真的是一片大乡下，原始森林！

赤木：我上小学和初中的时候，荒川沿岸的（首都）高速公路才开通。当时区民也专门搞了个马拉松大赛，庆祝："足立区通高速公路啦！"

比嘉：车站前那块住宅区很早就有了，此外就是漫画《巨人之星》的主角飞雄马住的那种长屋式住宅。

赤木：车站背后全都是，不是农田就是长屋，根本没有路。另外，交通路线就只有日比谷线和东武线。

比嘉：要么就是巴士和自行车。

赤木：有的地方坐巴士要花四十分钟呢，比如花畑那里。而且走到巴士站还要二十分钟。我们当时都得走上这么一大段路，再在巴士上晃悠四十分钟，然后才坐上电车到大城市去。

都筑：当时的小学和初中是什么样？很乱吗？

比嘉：怎么说呢，首先很多人不识字（笑），还有人连自己的名字都不会说。我记得有一个特殊年级。还有就是花畑那边有特殊教育学校。某天可能看到某某君没来上学了，后来就听说他果然被送到特殊教育学校去了。

赤木：我们班上至少有五个那种孩子，大家都会替他们加油打气，不然他们就得被送到特殊教育学校去了。

比嘉：我当时也完全不爱读书，一度担心下一个会不会轮到我。小孩子一旦产生这种危机感，就会觉得要好好学习。我班上还有个脑袋上粘着口香糖的同学（笑）。那家伙脑袋上的口香糖足足粘了三年！

都筑：你们什么时候开始察觉自己所处的环境跟别处不太一样？

比嘉：彻底受到文化冲击是在高中的时候。升学考试前，我们被集中到了体育馆。老师对我们说："你们是一帮蠢货，肯定考不出分数来。"他说，就算我们有志愿学校，也一定考不出成绩，所以老师会给我们在考核书上特别美言一番。但是要我们记住，这样上到高中后，会深深感觉到自己是个笨蛋（笑）。可是我们那时候哪懂啊？以前从没有人对我们说过这些，自己的认知范围又仅限足立区。最远也就去过北千住。于是进入高中后特别受打击，大家头脑真的很好，把我吓了一大跳。考上高中后，同学们不是会交流考试得了多少分嘛，三科满分300分，我只考到150或160分左右。台东区、中央区和千代田区那些人也上了我那所高中，他们300分里面能拿到250分左右。于是我就想，我是怎么上到这个高中的？然后就回忆起老师说的考核书。要是没有老师在考核书上美言……我搞不好就没学上了。

都筑：比嘉先生在班上还不算成绩差的那类人吧。

比嘉：我在班里成绩很好，初三还特别下功夫学习了一段时间。因为当时我们都要选择是继续读书还是出去工作。我家附近有一家很大的渡边纸厂，另外还有点心工厂。老师和父母都说你这样下去的只能到工厂里当工人了。我就觉得，我可不希望那样。我当时还小，觉得一进工厂这辈子就算定下来了。于是我就在初三一年拼命补救，费了

东口和西口交会的路口，俗称"大道口"，以不开放的铁路道口闻名。直到2005年造成二人死亡的事故发生前，这里的断路器都是手动操作。

老大劲学习，勉强升上了高中，结果进了高中又发现我跟别人的受教育水平根本不一样。无论是数学、物理，还是英语，他们学过的我都没学过。我的初三只相当于他们的初一水平，知识水平就是这么低。不过后来我发现了，其实足立区也招不到教育热情高涨的老师。

赤木：大家都这么说。

比嘉：这里低收入者众多，交通又不方便，所以老师也积极不起来。

赤木：我那个时候知识水平可能也差不多，不过我上的小学特别偏僻，从这里坐巴士过去要三十分钟左右。我小学二年级转学到那里，就觉得足立区真的不行啊。十条还拥有平民区的文化和社区，这里却只有团地，相当于文化沙漠。另外，那时候学校里有八成学生来自低保家庭，我还被偷过午餐费。没错，从小学开始，班上就出现了小偷小摸现象。我觉得这样不行，初中就去了离车站近的学校。那时我就发现，同样是足立区，内部也存在差异。车站附近的区域和三十分钟路程的区域截然不同。小学的常识到车站附近的初中就用不上了。连运动服的牌子都不一样，车站附近的学校里大家都穿阿迪、耐克，离得远的学校就穿老妈在伊藤洋华堂买的运动服（笑）。

比嘉：当时真不存在任何文化性的东西。我那里没有书店，买本漫画都要坐电车到北千住去。从五反野坐电车去北千住可是要花一个多小时啊。首先走路到车站三十分钟，然后才能坐上电车。要是不去北千住车站旁的书店，我还真不知道在哪儿能买到书。北野武经常在漫才[17]里讲"诚商会"，那实在太触动足立区人的心弦了。诚商会是北千住的唱片店。我们不到诚商会去，在别处根本买不到唱片。就算足立区人均收入再低，总有人家里有电视嘛。还有收音机。比如投机者乐队流行的时候，还有GS[18]流行的时候，每次想买唱片，就要专程跑到北千住去。北千住还有很多像伊藤洋华堂那样的百货商场，楼顶上还有弹子机，玩着玩着当地的坏蛋就会跑来欺负人。我们去买个唱片，最后却被北千住的家伙揍得遍体鳞

伤回去。要是不带着这种赴死的觉悟，连唱片都买不成。简单来讲就是要穿过战场达成目的。不过好在我家附近有一间租书店。我很喜欢看水木茂这些作家的漫画，就经常去租来看，这到后来甚至决定了我的人生，让我逃脱了去造纸厂或点心厂当工人的命运（笑）。

赤木：我周围的人也一样。除了我之外全都去纸厂当工人了，当地朋友要么去开货车，要么去印刷厂和纸箱厂干活。

比嘉：几乎全是那种，还有三合板工厂。连小孩子都会觉得这种工作没有梦想，不是吗？

都筑：是不是有很多像比嘉先生和赤木先生这样的人，努力想脱离那种环境呢？

赤木：我觉得几乎没有吧。

比嘉：其实我的本意也不是想离开，因为还是有留恋之处嘛。只不过我住的那一片片名为市营住宅的长屋后来因为要重新开发而被拆掉了。就是七环跟四号国道交叉点那块儿，现在成了唐吉诃德[19]。因为要盖新团地，居民就得暂时搬到别处去，于是我家就搬去了早稻田。从一个市营住宅搬到了另一个市营住宅。搬到早稻田那时，我大概十五六岁吧，搬家前一天还哭了。因为我实在不想离开那里。我有那么多朋友，还有那么多回忆……说来说去，那个地方待起来还是挺舒服的（笑）。旁人可能觉得难以理解，不过住一住就知道了。

都筑：你们觉得什么方面感觉最舒服呢？

赤木：就是不需要上进这点吧，真是没出息。

比嘉：确实很没出息啊（笑），佩服佩服。

赤木：在那里你能看见自己的未来，因为曾经跟你成绩一样差的大叔就在附近工厂做纸箱。所以你将来肯定也是月收入二十八万左右，可以为所欲为的人。能把人生看得如此透彻，会让人感觉特别放心。没必要多余地追求上进，身边也没有穿西装的人。另外，小酒馆也特别便宜，要想玩的话，夜总会也便宜，那种店也便宜。人啊，很难从那种安逸的生活中脱离出来。

比嘉：我不是很不情愿地搬走了嘛，刚到早稻田

菲律宾酒吧的入口必贴有国际电话卡和"ARUBAITO"（招工）贴纸。"Cabalen"是当地菲律宾人最爱的菲律宾自助餐馆。

第一天就想回到足立区了（笑）。因为眼前的光景实在太不一样，把我吓得够呛。足立区不是有很多不良少年嘛，还经常有人打架。感觉平时一出门就是去挑事，对不对？

赤木：你盯着我，我盯着你，不能对上目光，一旦对上目光就要动手了。

比嘉：每一天都惊险刺激。结果搬到早稻田区，周围一下变得特别和平（笑）。那里治安特别好，又有书店，离车站也近。

都筑：那你到底为什么流泪（笑）……

赤木：我反倒是不喜欢足立区。因为我在十条长大，能够融入大城市的平民区，可是足立区实在太多团地，太乏味了。一点儿都没有下町气氛，也没有好心的大人，感觉每个人都冷冰冰的。因为是团地，也没有人情来往。所以我一满十八岁马上独立出去，二十岁就离开了。我先去了北区，然后是代官山（笑）。另外我还受到了父母的影响。我们从十条搬过来时，父母好像觉得那是逃离都市。我们家是因为事业失败才搬进了市营住宅，所以他们一直说足立区的不好，比如"我们竟然沦落到这种乡下地方来"。那种话我从小听到大，可是父母最后还是在这里买了房子，直到现在都没离开（笑）。

都筑：在足立区里面，竹之塚这个地方算是比较特别吧。

赤木：竹之塚在足立区算是公交枢纽之一，不是有个环岛嘛。就像东京站有很多巴士开往各地一

样，这个环岛整个都属于车站，各路车辆从这里开往各地，比如花畑和八潮那种地方。所以这里是闹市区，人们在这里喝酒，然后坐巴士回去。东口还有到（埼玉县）西川口和鸠谷那些地方的巴士呢。

比嘉：这么说来挺方便的，只是去东京市中心很困难。要想从这里去新宿，可得费一番功夫。

赤木：所以只要是跨越荒川，大家都需要一定心理准备。荒川可是如同天堑一样的地方，骑自行车过去吧，全是上坡。乘电车过去吧，到荒川还挺久的。反正感觉就是"哇，我上东京了"。我们还专门置办了上东京穿的衣服呢！

比嘉：啊，没错没错，特意买了去阿美横町穿的衣服。

赤木：足立区的人都有一套衣服专门用来穿到荒川对岸（笑）。

比嘉：因为我们都知道自己又土又矬。

都筑：不过，那样反倒更舒服吧？

比嘉：那样挺轻松啊。我们都没怎么见过出人头地的成功人士，大概也就田中好子吧（笑）？

赤木：糖果女孩[20]的好子可是足立区的英雄。好子好像是在荒川这一边开钓具店的吧，只要是足立区居民都知道她家。每次经过日光街道，家长就会说"这里是好子家哦"，连邻居家大叔都会告诉我。

比嘉：自从北野武开始说自己是梅岛人，经常提起足立区后，我身为足立区人还是很高兴的。

赤木：尽管他说的都不是好话。

比嘉：不过北野武家在足立区里面算比较富裕的。毕竟他上了足立高中这个名校，最后还考上了明治大学。

都筑：最近以佐野真一先生为首的媒体不是经常报道足立区有多么悲惨嘛，二位身为在这里长大的人，觉得那些报道是否属实？

比嘉：可能吧。硬要说悲惨，我感觉是挺悲惨的，只是也存在并不悲惨的方面。要说足立区的人是否都想离开足立区，答案肯定是否。

赤木：我那些同学都不愿意离开足立区。

比嘉：老实说，足立区人说说足立区的坏话还可以，要是换成中央区的人说，我们很有可能会奋起反击（笑）。

都筑：一味寻找消极面的话就会没完没了，但这里物价便宜，做事随心所欲，也有它独特的舒适之处。

比嘉：所以我感觉，在竹之塚那一带的菲律宾酒吧里酩酊大醉的人，心里不会想离开竹之塚。

都筑：说不定那些人才最明白足立区的好。

赤木：足立区东西挺齐全的。有衣服，有家具，还有大购物广场。所以也没必要离开啊。日常生活中很少有人会越过荒川，休息日也顶多去趟北千住那边。在北千住买买东西，吃顿饭就回家了。

都筑：那样一来，是不是只有北千住很特殊？

比嘉：对啊，所以北千住那些人不会说自己是足立区人。他们都说自己是北千住人（笑）。

都筑：原来是这样（笑）。

比嘉：我们听到那些话其实挺不甘心的。

赤木：而且北千住在荒川另一头，已经不属于足立区了。

比嘉：对了，足立区有很多澡堂。之前我们杂志接到了一封住在废墟的女高中生的来信。信上说她们住在倒闭的烤肉店楼上，欢迎我们去采访。摄影师那家伙坚持认为东京都内不可能存在如此大的差异，就决定去采访看看。那地方在绫濑，确实是倒闭的烤肉店，给我们写信的那几个人是擅自跑进去住的。大概有三个人吧。她们还会

在2008年日暮里·舍人线建成以前，竹之塚站就是东京二十三区内最北端的车站。

玩滑雪，过着一般女孩的快乐生活。于是我们拍了照，采访的时候问："你们将来有什么梦想？"结果她们说："嗯，想住在有浴室的房子里！"……（笑）那还只是十年前的事。所以那时候的足立区跟我以前住的足立区并没有什么区别。虽然不是到处如此，但依旧住着非常贫困的人。

都筑：在那种身为小孩子都要每天进入战备状态的地方长大，最后实在受不了，彻底离开了，现在隔了二三十年再回到这里，也不是为了居住，而是为了玩耍。这种经历也挺有深意啊。

比嘉：我是多亏了菲律宾酒吧，才回到这里的（笑）。说到菲律宾酒吧，蒲田也有很多，不过反正出的力都一样，与其去蒲田，还不如选择来这里。可能因为我血液里到底还是有竹之塚的基因吧。这里不是特别远嘛，可就是远才好！

都筑：是吗？

比嘉：因为蒲田和小岩都太方便了，到这里来更有旅行的心情。要的就是这种差旅感！如果这里有温泉，肯定会彻底发展成一个地方都会了。

都筑：现在从市中心坐半藏门线一趟车就能到这里了，还直接连通表参道和涩谷。

比嘉、赤木：啊，半藏门线开进去了？我都没听说……

都筑：两位都从这里的"温开水"环境中逃离，在东京市中心取得了成功（笑），那么，你们又是什么时候开始回到竹之塚玩耍的？

比嘉：其实我也是最近才回来的。原本我就特别喜欢菲律宾酒吧，也因此得知竹之塚是菲律宾酒吧的集中地，然而很少能找到机会过来。毕竟锦糸町和上野那边也有很多那种酒吧，距离也近，就觉得没必要专门跑到竹之塚……不过我一直都很想来看看。两年前的12月30日，朋友正巧约我，我就下定决心过来玩了。自从离开足立区，我可是一次都没回来过。时隔四十年再次来到竹之塚车站，我们马上就去寻找菲律宾酒吧了。离开时还是初中生，再归来已经五十多了（笑）。然后我看到这里这么多菲律宾酒吧，心里特别感动！

都筑：而且可以说是凯旋吧。在此之前，比嘉先生不是把锦糸町这些东京甚至日本各地的菲律宾酒吧都去了个遍嘛。竹之塚在爱好者眼中也是个十分出名的地方吧？

比嘉：嗯，特别出名。大家会说在东京要么去锦糸町，要么就去竹之塚。不过我倒是没想到竟然如此热闹。你想，这里有很多开在一楼的大酒吧，可是连锦糸町都没有开在一楼的店铺。那边的菲律宾酒吧也就是藏在大厦高层，很是低调。而这里有整栋楼都是酒吧的"菲律宾楼"，还有堂堂正正开在一楼的大型店铺。整个东京恐怕只有这个地方如此了。这让人心中有点儿小鹿乱撞啊（笑）。

都筑：暌违四十年，这里变化大吗？

比嘉：那当然有变化了，毕竟我生活在这里的时候，周围全是农田。到处都放着牛，满眼尽是长屋，特别萧条。

赤木：我认为与其说是萧条，倒不如说给人一种很冰冷的印象，没什么人情味。我离开竹之塚后，也是三四年才回家看一次。而且看过父母之后，一般都是直接回去。差不多两年前吧，我在这里有一项工作，需要经常往返，才又发现这里喝酒的地方很多很便宜，觉得挺不错。以前在六本木、歌舞伎町这些地方，一晚上要花好几十万，那可是泡沫时代啊。不过这边只要两三万就能玩得特别奢侈。于是我感觉自己渐渐喜欢上了这里。

都筑：赤木先生也喜欢菲律宾酒吧吗？

赤木：我不一样，我原本去的是有姑娘的小酒馆，特别喜欢，还一度想搞个小酒馆的杂志。

都筑：六本木的小酒馆消费跟竹之塚得差上两位数吧。

赤木：确实，我曾经一晚花过七十万，得用信用卡来结账，虽然那是在赚得比较多的时期。现在更不得了了，何止差两位数，搞不好得差三位数（笑）。

都筑：赤木先生看到久违的夜晚竹之塚，是不是也吃了一惊？

31

赤木：那倒不会，我还小的时候，竹之塚就已经是足立区的银座了。当时这一带主要不是菲律宾酒吧，而是高级会所。

都筑：欸？

赤木：有"鲁邦的小木屋""五木"这种名店。那两家高级会所整整支撑了竹之塚夜店三十年的辉煌啊。

比嘉：我上回去鲁邦的小木屋，还来了一个特别漂亮的小姐姐。

赤木：那可是竹之塚最有名的会所！过去虽然有菲律宾酒吧，也就是那么一两间，然后就是很多小酒馆。我初中就开始去小酒馆喝酒了。

都筑：真的吗（笑）？

赤木：足立区的不良少年基本上都从初中开始跑小酒馆。我们会在不倒翁……就是三得利老牌威士忌的盒子上用白笔写"爱罗武勇（I love you）"（笑）。

都筑：真的？很不错啊。那这里其实是最近才变成小马尼拉的样子吗？

比嘉：因为距离远，我不会经常来，不过一个月还是会来上几次。因为我也想知道为什么突然多了这么多菲律宾酒吧，怎么会发展成现在这样，所以问过这里的妈妈桑。其实这就是鸡跟蛋的问题。由于房租便宜，这一带住了很多菲律宾女孩。她们住在竹之塚，有的去上野工作，有的去西川口工作，因此社区基础一开始就存在了。

赤木：连接竹之塚跟上野的轨道沿线有很多菲律宾酒吧，比如三之轮那些地方。

比嘉：我听说，有位特别资深的菲律宾酒吧妈妈桑第一个在这里开店，结果生意还不错，于是常客觉得这行能赚钱，就自己也开起店来，生意也很不错。这里本来就住着很多菲律宾女孩，于是酒吧就越来越多了。另外，旁边还有个梅岛车站，那里的梅田教会是很有名的天主教会。有天主教会的地方，一般也会有很多菲律宾人。就像赤羽一样。所以说，这里早就存在着这样的土壤。一是因为开的店碰巧能赚钱，二是因为当地黑社会对菲律宾人很宽容。

赤木：可能因为喜欢菲律宾吧？不过这个地方两极分化很严重，也有很多特别有钱的人。

比嘉：家里有地吧。

赤木：比如经营停车场和公寓的当地农民这类人。这里还真有那种大金主，比例差不多几百分之一吧。

比嘉：基本上那种人家的儿子都挺蠢的（笑）。

赤木：虽然是大金主，但眼界也就限于竹之塚，所以不会花很多钱。不过回想起初中高中的时候，我有很多朋友的母亲都是夜总会妈妈桑和公关小姐。

都筑：也就是说，竹之塚过去就是足立区重要的游乐之处了。

赤木：老人们都说，竹之塚是足立区的银座。

都筑：就是啊！不过比嘉先生工作这么繁忙也要跑来这边玩，不只是因为竹之塚消费低吧。

比嘉：消费低也是魅力之一啊。也因为锦糸町已经去腻了吧，竹之塚的水平又格外高。一开始我带有"竹之塚是大乡下"的成见，不过还是决定来看看，最后惊讶地发现，这里的小姐姐也很不错。另外一个魅力就是多样性。有那种店面特别大，漂亮女孩特别多的店，也有地方偏僻的小酒馆。说到底，我们对菲律宾酒吧要求的并不是小姐姐多么可爱啊。一旦着了迷，喜欢上的就是那种邋邋遢遢的空间。

赤木：我感觉你这属于达人的想法了。

比嘉：那样一来，这里首先能满足对空间气氛的要求，再加上既有漂亮小姐姐，也有偏僻小酒馆，而且很便宜。

都筑：真的比其他地方便宜那么多吗？

比嘉：真的很便宜。小岩消费跟这里也差不多，不过这里数量上占优势。锦糸町就太贵了。

赤木：我有个编辑朋友，在银座一个晚上花了几百万呢。他算是现在很少见的精英了吧，然而那家伙现在也特别爱来竹之塚。既喜欢小酒馆，也喜欢菲律宾酒吧。反正只要是有陪酒女的店，他都爱去。那人玩遍了银座，又玩遍了歌舞伎町，最终来到了竹之塚。

都筑：真的吗？我不知道两位是不是特别有钱，不过照我的感觉也不是那种喝酒贪便宜的人吧。

赤木：上野那些菲律宾酒吧的女孩自尊心特别强，虽然我个人觉得到上野喝酒已经算是逃离都市的落魄选择了，但是那里的菲律宾女孩就是改不掉高人一等的态度。在竹之塚，我就能见到对等的目光，感觉非常舒心。就算是菲律宾女孩，也要到竹之塚才能找到平等待人的啊。

都筑：这样啊。

比嘉：我第一次去就连续转了三家店。每家店也就人均2000日元吧，三家加起来也不到一万日元。我当时觉得真是太厉害，太让人感动了。这种时候我首先会问"这里一小时套餐多少钱？"要想防止酒吧宰客，最好的办法就是先定下一小时套餐多少钱。因为有的地方会自动给你加价。不过这个问题一问出来，就会让人发现你不是当地人，而是外来者。因为我们想去各种店看看，所以每次都订一小时套餐。不过当地大叔们不会这么干，只有我们这些客人才会玩一小时就走。

赤木：他们比较悠闲啊。

比嘉：就算一小时只要2000日元，在那里待上三四个小时也是不少钱了。后来我在观察中渐渐发现，其实那些酒吧还有地方价格。不是一小时2000日元，而是待到最后也不会超过5000日元。我觉得那就是酒吧和客人默认的价格体系。

赤木：确实有。竹之塚能讲价。

都筑：原来别的地方不行吗？

赤木：第一次去还能讲价，第二次就不行了。竹之塚无论去几次都能讲价，"今天按这个价钱让我喝呗"（笑）。

比嘉：而且这里的女孩还不会跟你要酒喝。

赤木：在竹之塚深入发掘一下，会有很多意外收获的。

都筑：意外收获是什么？

赤木：比如四小时4000日元（自助畅饮）的小酒馆。价格这么便宜，你们觉得可能会没有人陪酒了，结果却能看到四十多岁的漂亮阿姨。她们都有种微妙的性感。而且还有年轻的菲律宾小姐姐，比一般菲律宾酒吧好多了。另外唱歌也免费。

都筑：看来有一直光顾的当地客人，也有喜欢菲律宾酒吧专程来玩的人，还有像二位这样去过各种场所，知道好坏的客人呢。

赤木：是啊。另外到竹之塚还有种外出旅行的感觉，就像到乡下来出差一样。

比嘉：平时去不为人知的温泉小镇玩，不是会感觉比以往更高兴嘛。就是那种感觉。

都筑：除了菲律宾酒吧以外的店，你们也会去吧。

赤木：我会去小酒馆，那些店也比别处便宜。

比嘉：上回不是有人带我去号称竹之塚第一的小酒馆嘛，那里的小姐姐果然很厉害。有个人带着三个孩子被丈夫抛弃，正在烦恼要不要再婚……还跑来找我商量（笑）。

赤木：超过半数的陪酒女都是单身母亲。

都筑：那真是太厉害了。

赤木：我觉得陪酒女和夜总会女公关有八成都是吧。大多数人都是跟货车司机结婚又离婚，一个人带着孩子当陪酒女赚钱养家。

都筑：毕竟竹之塚的风俗业也很出名啊。

赤木：粉红沙龙啊什么的，最近还很流行电话陪聊。全都是主妇赚生活费的手段。我问过干这种生意的人，他说自己开业时专门调查过哪里有许多没有工作又想赚快钱的主妇、搞援助交际的女孩，哪里堪称风月胜地。调查结果发现是蒲田和竹之塚。他还说这种城镇最适合搞这种生意。那可不只有竹之塚了嘛（笑）。

都筑：经常有纪实杂志来这里拍特辑啊。

赤木：就是啊，很多人会想，与其你付酒店房钱，不如跟我回家，房钱折现给我。而且一次只要四位数，2000日元、3000日元这样。这种事还真有。

都筑：那可不是现代日本的价位啊……

赤木：对她们来说，1000日元、2000日元的差别已经很大了。去酒店开个钟点房也要3000日元。

都筑：原来如此。您刚才说，到这里来会有旅行的气氛，那么平时在市中心工作，决定要去竹之塚时，一般会几点出发？

比嘉：我第一次来差不多7点就开喝了。不过我记得，当时看到了好多店，却没有一间店开灯。那时还说"该不会被举报了吧？"结果喝到10点左右出来，外面完全变了样，到处都是揽客的人。此时我才意识到，原来竹之塚要到很晚才开始热闹啊。后来再到店里，我又发现这些酒吧竟然会开到凌晨4点、5点，一般的店不是只开到凌晨2点嘛。还有很多女孩都是晚上10点、11点才上班。

都筑：怎么都这么晚呢？

比嘉：按照条例，基本上2点都要打烊了。不管是锦糸町还是上野，有的地方搞不好1点就要关门。名古屋比较特殊，有些地方可以开到早上10点，可那毕竟不是首都。在东京，除了这里就没有开到这么晚的地方了。不过客人一旦知道酒吧会开到早上，他们也不会一早就铆足马力，更何况也没有连续跑好几家店的钱。我听店里的女孩说，客人一开始都会去去这里去去那里，最后只喜欢上一家店，就再也不挪窝了。他们会专注一家熟悉的店，把这里当成小酒馆。对那些大叔来说，这里就是安居之地。甚至还会在这里吃饭，因为店里也会做菲律宾料理。于是他们就吃吃饭，跟熟悉的小姐姐喝喝酒，逃避几个小时的现实。

都筑：开始时间这么晚，店里的女孩会不会身兼二职啊？

赤木：当然会啊，大家都这样。

比嘉：不仅是竹之塚，其他菲律宾酒吧也一样。

赤木：有很多人在便当店打工。

比嘉：另外还有酒店打扫人员，基本就这两种。

都筑：哦？

比嘉：真的，有的人身兼数职，让人怀疑她是不是二十四小时都在工作。

赤木：她们时薪有多少？

比嘉：大概1000日元吧。虽然不多，但是寄回去还是能帮补家用不是吗？我对此特别有感触。她们为了生存，真的在拼命工作，从来不会烦恼自己为何而工作。我觉得她们也没时间烦恼。

都筑：现在的菲律宾人也都是第二代了吧？

比嘉：你说日菲混血吗？这里确实有很多。

赤木：还有很多美少女，又年轻又可爱。

都筑：她们不会给祖国的家里寄钱吧。

比嘉：当然不会，因为日菲混血基本上没爸爸。

都筑：都是日本爸爸人间蒸发了吧？

比嘉：然后很多妈妈会再婚，跟另一个男人住在一起。比如跟日本菲律宾酒吧里认识的男人结婚。尽管如此，若不往家里寄钱，她们仿佛就没有了生存价值。毕竟把爷爷奶奶一家大小留在祖国一个人到日本来的。所以我们都掌握了分辨菲律宾人的本领。要是家里只有兄弟没有姐妹，那就最好别跟她交往了！

都筑：是吗？好深奥啊（笑）。

比嘉：因为男人都不工作啊。菲律宾基本上没有男人的工作吧，女孩还能去go-go酒吧、卡拉OK陪酒等，而且还能到日本来。要是三姊妹都在菲律宾酒吧工作，年收入就比我们都高了。家里有三姊妹、四姊妹的话，靠她们送回来的钱，就能在马尼拉盖特别豪华的大房子。如果女孩一个人在这边工作，家里只有兄弟，跟她交往的人就得贴不少钱进去。

都筑：所以你们都会若无其事地打探身边那些女孩的家庭情况？

比嘉：会啊，如果遇到有好几个姐妹都在日本的女孩，立刻就交往了！

都筑：好讨厌啊，大会算计了（笑）。

赤木：已经是狂热分子了。

比嘉：虽然不是只有竹之塚才待得舒服，但万一这里更靠近市中心，我的人生可能会变得一团糟（笑）。要是离公司再近些，我搞不好就要渎职了。

赤木：是这样。毕竟每月花个十万日元就能玩得特别奢侈，还特别受女孩欢迎。

都筑：才十万！那种女孩连外地都找不到啊。

赤木：只要十万零花钱，续摊钱也算在里面了。

都筑：续摊？从竹之塚一般还要去哪里？

赤木、比嘉：西川口！打车去。

比嘉：要么去西川口，要么去锦糸町。

赤木：都是去迪斯科舞厅，菲律宾迪斯科。那些地方一般会开到早上10点左右。

都筑：早上10点……

比嘉：老实说，续摊真的挺辛苦，因为第二天就这样废了。

赤木：太辛苦了，简直累得一塌糊涂。（店里）高峰期是早上5点到8点左右。

都筑：要是汤岛那些地方，大概就是跟菲律宾女孩喝到2点左右，然后去附近的寿司店吃点儿夜宵，这种感觉吧。

比嘉：我觉得挺好玩的。

赤木：真不愧是高级玩家。而且音乐也是摇滚乐，现场表演哦。跟着现场表演跳舞其实很困难。

都筑：比嘉先生觉得哪方面好玩呢？

比嘉：有人望风这点挺好玩。反正就是打发时间，有时还会搞凌波舞大赛之类的玩意儿（笑），有时突然就变成了卡拉OK，只自称是迪斯科罢了。里面有乐队表演，还有服务生小哥。

都筑：都是日菲混血吗？

比嘉：有日菲混血，也有纯菲律宾人。有人签证，也有人不明不白。不过，日本女孩也挺多的。

都筑：是吗？

比嘉：锦丝町有很多菲律宾迪斯科。我第一次去时，见过一群明显是日本女孩的人。大概有五六个吧。我就问："那几个女孩是日本人吧，怎么在这里？"结果服务生说，是为了男人，打算倒追店里这些工作人员。

赤木：那里有不少特别美型的男孩，全都是杰尼斯[21]那种类型的。

都筑：那肯定会着迷吧。

赤木：性格又温柔。

都筑：那反过来，（开店前）陪玩的话，在竹之塚一般会到什么地方去？

比嘉：菲律宾人白天都要看孩子，要么就去便当店工作，一般都会约傍晚5点或6点。她们8点要到店工作，所以只能在附近活动，比如附近的寿司店、咖哺咖哺、烤串店。基本就这样吧。

都筑：原来如此。

比嘉：菲律宾人对吃的不怎么讲究，我觉得这点很好。不过有一次我带女孩去了一家比较高级的餐厅，她却不愿意吃那里的东西。原来看不出材料的东西她绝对不会碰。我觉得这很厉害。鸡就是鸡，红肉就是红肉，鱼就是鱼，要是经过重重加工，变成看不出原本材料的料理，她们就绝不会吃。所以说，在吃这方面，她们还是很保守的。如此异常的也只有日本人了吧。

赤木：不过我感觉竹之塚没什么陪玩啊。

比嘉：倒是有一家菲律宾自助餐馆（笑）。

赤木：我是觉得这里的大叔不会考虑陪玩这种事，虽然续摊倒是经常听说。

都筑：因为不舍得花陪玩的钱吧。两位在同一时期重新发现了竹之塚的魅力，肯定也会把像我这种不熟悉竹之塚的人带过来吧。他们反应如何？

比嘉：大家都高兴坏了（笑）。

赤木：特别高兴（笑）。没有人不喜欢这里。

比嘉：因为这里到处都有东京看不见的光景，而且消费这么便宜。

赤木：便宜的力量真的很厉害。

比嘉：像我这样的人，只对菲律宾酒吧有兴趣，所以带过来的人也会变得跟我一样。平时在锦丝町、小岩、新宿那些地方玩儿的人，全都被我带到竹之塚来了。他们过来一看，酒吧数量这么多，连揽客的都是菲律宾人，简直就是菲律宾酒吧爱好者的天堂，仿佛来到了马尼拉。

赤木：说到足立区的闹市区，北千住可谓鹤立鸡群，不过那里只有两间菲律宾酒吧，然后就是梅岛和西新井各有一间小的。唯独竹之塚是这种极为特别的"夜之马尼拉"状态。

都筑：是吗？在市中心看来，荒川对面不管是小菅、五反野还是竹之塚，感觉都差不多……

比嘉、赤木：完全不一样！

（采访于竹之塚车站前・日本海庄）

ELZA 酒馆

若把东京看作一个国度，那么足立区就是最北端的乡村。而足立区最北端的竹之塚，便是大地之极。

这里有这么多团地，居住着这么多人，距离中心这么近，却无人知晓，也无人愿意知晓。今天我们来拜访的小宫行雄先生，就在这个堪称东京地铁秘境的竹之塚车站前，开了整整三十七年酒馆。他将为我们讲述自己站在吧台之后，目睹的城镇迁移变化。小宫先生与夫人一道经营这家酒馆，早在"魔术酒吧"这类店铺盛行以前，就已是专业的魔术师老板。

右：ELZA酒馆入口。
下：从店中的小窗户，能够看到竹之塚车站站台。

● 小宫行雄先生的故事

我出生在离这里不远一个叫舍人的地方。1948年，战争刚刚结束不久。那时候这一带完全就是农村，放眼望去全是农田。有番茄、黄瓜、叶姜、草莓，有梨树、桃树、梅树，还有桑葚……从来没有吃不上零食的时候，因为只要去田里偷就好了（笑）。

我听说，这一带是东京用词习惯最不好的地区。比如女性会自称"老子"。我上小学低年级时，奶奶可是在和服外面围护腰的那种人。同时，那也是个站在田埂上随地小便的时代。

那时候小孩子经常去河里玩，附近有杀猪的，还有很多农民家里也养猪，我们就在漂浮着稻草和死猪的河里游泳。卖冰棍的来了，就往河里扔用一次性筷子做芯冻的冰棍，我们都游过去捞起来吃。

我父亲是个上班族，手特别巧，什么都自己做。我好像也继承了他的天赋，经常亲手制作魔术道具，这种事情很能缓解压力。原本爷爷是开公司的，但是因为给别人当了保证人，公司就倒闭了。于是我父亲买了一间很像仓库的10平方米的一居室房子，自己去收购旧木材修理到能住人的状态，一家人搬了进去。我记得小时候，我们家把从陶器店买来的大缸埋到院子里当成厕所，装满后就捞出来洒到农田里。要是种出来的草莓不洗就吃，搞不好会得蛔虫病（笑）。

对了，有人说我声音好听，其实我小学时做过扁桃腺手术。正好那时邻居家大哥哥把晒干的紫色常春藤带到我家来了，他让我像抽烟一样抽那种干藤，可我当时刚切完扁桃腺，还抹着碘酒呢。抽那个简直太痛苦了！我现在的低音就是当时造成的，尽管那只是小孩子学大人抽烟的游戏而已。

上高中时我在咖啡店打工，前辈教会我很多事情。我本来就对女人感兴趣，也觉得夜晚的世界很好玩，于是就一边在服部的营养专科上学，一边晚上做兼职。

毕业后我考到了营养师资格，本来想是不是该找个医院系统的工作，但最终还是想自己开一家餐馆什么的。可是当时没有钱，开店费用最便宜的就是小酒馆，再加上这种店光线昏暗，装修什么的自己来弄就好了。所以我就起早贪黑开货车存钱，最后开起了这家店。当时是1974年10月，距现在已经三十六年了。

那时候竹之塚的饭店和小酒馆可能十家都不到，现在已经八九百家了。从那时开始，一直在吧台后面坚持到现在的，恐怕只有我了吧。就在不久前，比我们早开业一年的居酒屋的老板去世了。他家旁边的割烹居酒屋的老板跟他年龄相仿，现在也住院了。大概这就是世代交替的时期吧。

过去竹之塚也有过很高级的店。这家店开张时，我跟木工师傅出去喝酒，发现一杯威士忌兑水竟然要卖一万日元。那可是四十年前的一万日元。所以说，这里有段堪称足立区银座，甚至远超银座的时期。

就在那种高档店越来越少，廉价店开始增加的时期，我的店也开张了。歌舞厅、无内裤咖啡店、牛郎店……这个小镇也经历了不少变迁啊。

开业那时，竹之塚有三个流浪歌手，就是渥美二郎先生的父亲搞的渥美艺能社。那时候还没有卡拉OK，我在店里会弹电子琴给客人伴奏。当时竹之塚几乎没有现场演奏的店，所以我家特别受欢迎。这么说有点王婆卖瓜的嫌疑，我二十几岁时可是被称为这一带的"风月行业之神"哦（笑）。

后来就有了卡拉OK，客人也开始觉得电子琴太单调，还是完整伴奏更好。于是我就不再搞现场演奏了。后来我就一直搞肖像画服务。那是哈雷彗星回归那年，所以是……1986年吧。

我原本就不善言辞，更喜欢做饭和画画这种不用说话、一个人做的事情。于是有一段时间，我会画大幅油画，或是仿制浮世绘来卖。后来又去秩父那些地方画溪流写生，装在廉价画

可能因为学过魔术表演，老板腰背挺拔，站姿动作都很优美。他做魔术师的艺名叫"Mr.J"。

框里定个价钱,还挺多人来买。有些客人还说想要老板的画。改画画后,反倒让我得到了许多美好回忆。

不过店开到后来,客人不是基本都会变成熟客嘛。所以肖像画每人画两张也就到此为止了。后来有熟人对我说:"复制印刷的话,一百册左右很快就能印出来。"于是我还自费出版过肖像画集。

从肖像画转向魔术,是二十八年前的事了。当时我已经开店将近十年。

转变的契机是每天打烊后载我回家的个体出租车司机。他是个魔术名手,我又正好开始自学魔术,我们俩就商量"下次在店里碰头,边喝酒边表演吧"。当时电子琴和肖像画都不搞了,实在没有给常客消遣的项目……那段时间Mr.马利克[22]刚流行起来,百货商场的玩具店里都摆着魔术道具。

当时还没有魔术酒吧这种东西,所以我们很受欢迎。而且我不是初学者嘛,自然会有失败的时候,每次客人都会特别高兴。他们一边喝酒一边调侃:"啊,老板,你露馅儿了。"那种感觉真的很不错。后来我技术越来越好,表演得越来越成功,客人反倒觉得没趣了。因为那样一来,就变成我占上风了呀。要是有人带着女朋友过来,肯定不希望让她看到这种表演嘛。要是表演成功了,只有我一个人出风头,人家可就头痛了(笑)。

所以看到客人有女伴时,只要男方不说"表演看看",我绝对不会表演。要是被什么地方叫过去演出,当然要保证成功。当客人把我看作"老师"或"魔术师"时,我也会站在那个立场上行动。不过在这里,客人的立场更优先,所以我的魔术表演也不是"我表演给你看吧?"而是随意装饰一些小道具,等客人主动提出"让我看看"。

还有唱歌也是。因为我有经验,卡拉OK唱得很不错,擅自唱起来的话,反倒会影响客人的心情。客人会想:"你是不是明知道自己唱得好,故意炫耀啊。"说到底,我的店就是供客人唱歌解压,发发牢骚,或是带女朋友过来说说话的场所啊。

再说,不一定每个人都喜欢唱歌。我们店里有很多陪玩女客,也有很多外国人,个性都很

在搞魔术之前,店里还曾以肖像画为卖点。这是客人为老板做的作品集。铅笔作画惟妙惟肖。

39

强。要是有人在旁边热情演唱摇滚，说不定会有客人觉得太吵而走掉。既然这里设有卡拉OK，唱歌要不要吼都是客人的自由。要是走过去说不好意思，您能不能小声点，又会影响唱歌人的心情，所以特别微妙。于是我一般会绕到后面去，要是客人声音大了，就把音量调小，要是客人声音太小，就给他调大。这种对卡拉OK的考虑也十分必要。

竹之塚变化太大了，我刚开业那段时间还有很多黑道的客人，经常发生砸碎玻璃瓶血溅五步的打架斗殴。我还在饭团店见过一个人因为被唠叨了两句，就把酒瓶子一砸，扎穿了对方的眼睛。我们去收账的时候，也穿着大喇叭裤，烫着爆炸头（笑）。

与那时候相比，现在治安简直太好了。一个普通小姐姐找间店打打工，攒了一笔小钱就自己当妈妈桑，然后不断开店。你开一家我开一家，就成了现在这种规模。

二十到二十五年前，菲律宾人开始变多了。有很多那种在店里上班，下班后也愿意陪你的女孩，所以这里一下多了许多得意扬扬的男人。

虽说如此，过去其实还是日本人的店最多，可能因为世代更替吧，现在全是韩国、俄罗斯、

入口旁的墙上贴着Mr. J的舞台照片。

越南、蒙古、菲律宾的店……要找日本人的店反而很难了（笑）。

那些年头比较久的夜总会，一旦妈妈桑上了年纪……怎么说呢，个人魅力这种东西很难长久维持，因为客人的审美会越养越刁。无论再怎么漂亮的人，也有看腻的一天。更何况那种普通的愉快对话不可能持续好几十年，所以无论如何都会变为注重性感……因为菲律宾和韩国的女孩真的太会说话了。就算客人（唱歌）不拿手，她们也会兴奋地说："好厉害啊！"在这种地方玩，不就还想继续唱了嘛（笑）。她们有着日本人做不到的娱乐精神，而且很擅长奉承客人。

我都是晚上开店，白天表演魔术。有很多地方邀请我，还开了魔术教室，有段时间连睡觉的空闲都没有。不过现在六十多岁了，身体越来越差，已经不能像以前那样啦。现在我已经减少

现在与妈妈桑两人经营店铺。两位都害羞地说："从来没有拍过合照，不知道该摆什么表情……"

ELZA柜台随处可见与魔术相关的装饰品。小吃菜单也很丰富。

了（魔术的）工作。另外，最近开始流行烧酒，也让我感到如释重负。因为过去喝的都是威士忌啊。一桌客人陪一杯，十桌就是十杯，一圈下来半瓶就没了。每天那样喝真的受不了……

我跟妈妈桑从开张一直走到现在，中间她去带孩子了，有十八年基本是我一个人在做，现在她已经复出了十三四年吧。一天二十四小时待在一起真的很痛苦（笑）。彼此都有压力，需要一个人独处的时间，所以我感觉兼职搞魔术也有这个好处。每次去魔术教室都是一个人开车去，一个人开车回。回来时在车上可以随便吸烟唱歌，自由自在。那应该算是现在最宝贵的时间了（笑）。

⊙ **ELZA 酒馆** 东京都足立区西竹之塚 2-2-1 大铃大厦 3F

自称"老板徒弟"的客人正在表演卡牌魔术。

店内一角还有挂着深红色天鹅绒的包间座。

你的歌

Your Song

北千住 Hi-Fi 巡礼 【足立区·千住】

宇宙魂

千住在江户时代位于大江户八百八町最北端，同时也是日光街道、奥州街道第一驿站，因此格外繁荣。到了现代，这里已成为立饮酒馆、居酒屋、歌舞厅和风俗店鳞次栉比的区域，尤其是北千住，堪称工薪族大叔的圣地。顺带一提，其实并不存在"北千住"这个地名，只是足立区北千住车站周边的通称。与之相邻的南千住则属于荒川区，真要区分起来略显烦琐。

这个大叔圣地最近有私人铁路和地铁进驻，交通越来越方便，MARUI、东急手创馆、Gold's Gym接连开店，东京艺术大学开设了千住校区，东京未来大学进驻，另有两间大学也即将开办，使整个小镇的气氛变了不少。每次来到北千住，都会发现这里有越来越多的小资咖啡厅、无国界料理店、画廊、民族风杂货店和有机食品市场。这些地方都与喜爱立饮的中年人毫无关系，反倒更适合泡吧的年轻人和森女[23]一族。不过，这些面向年轻人的店铺完美融入了传统的大叔圣地，让人毫无异样感。想必，这便是现在北千住的魅力所在吧。

有这么一对年轻兄弟，在北千住车站西口左侧的巨大饮食街正中央开了六家餐饮店铺。哥哥名叫岛川一树，弟弟叫岛川浩二。他们初中时便从出生长大的长崎搬到了北千住。

1997年，两兄弟开了第一家店，名叫"宇宙魂"。名字虽然贴近新时代，却是家提供子弹杯烈酒（shooter, shot）的鸡尾酒吧。店内流淌着灵魂音乐，是成熟人士追寻美酒琼浆的品位之地。

开张大约一年半，哥哥一树先生又经营起另一家店铺，把宇宙魂交给了弟弟浩二先生。那年浩二先生只有二十岁。"当时我被称为最年轻的酒吧老板，我接手店铺之后，埋头苦学了五年酒水知识。"

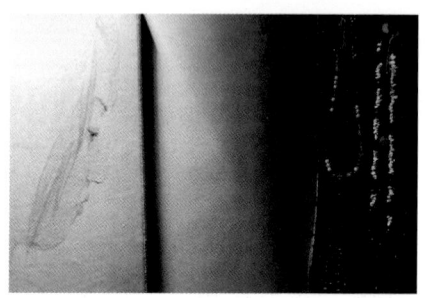

客人的画作和浩二先生的饰品。

2001年，这位年轻的酒吧老板兼调酒师迎来了转机。"因为那时我儿子快出生了，所以记得很清楚。从6月30日开始吧，我的音乐细胞突然觉醒了。"浩二先生此前从未接触过乐器，却突然玩起了吉他。大约练习了五十天，便开始在大家面前演唱，结果被夸奖"演唱且不说，选曲真是太棒了"。浩二先生说："可是我只听到了后面那三个字，因为得到夸奖，就带着那个误解飘飘然地深入了音乐的世界。"当时浩二先生选了三首曲子，一首来自玛丽·罗兰珊（Marie Laurencin）的诗作，由堀口大学翻译，高田渡作曲，名为《镇静剂》，第二首是中岛美雪的《荞麦屋》，第三首是头脑警察的《再见了世界夫人》，果然格外有品位。

音乐细胞觉醒了的浩二先生，身边渐渐聚集起各种民族乐器和演奏家，原本小资的鸡尾酒吧渐渐变为了"音神社"。后来，他开始练习蒙古的呼麦唱法，酒吧也改名为"宇宙魂泛音咖啡&酒吧"。很快，店铺就摇身一变成了古怪而极有气氛的"音乐与酒的空间"，令其兄长也无可奈何。

手碟（原产瑞士的圆盘状打击乐器）、迪吉里杜管、非洲手鼓、管风琴、太棹三味线、马头琴、西班牙古典吉他名牌拉米雷斯（José Ramírez）的吉他、尼泊尔的萨满鼓、不丹的龙头琴、三角弦乐器索尔特里琴（被誉为小提琴原型的希腊乐器）、口琴、石琴（赞岐石）、铁制打击乐器"波纹音"（铁雕家斋藤铁平作）、须磨琴（用船板做的一弦琴）……吧台后的"音神社"展示区陈列着密密麻麻、闻所未闻的乐器，使酒吧充满了民族乐器博物馆的氛围。这里上演着呼麦、蓝调、实验音乐等各种类型的演奏会，也聚集了一批爱好者顾客。

宇宙魂另一个引以为傲之处在于，它与涩谷区笹塚的研究室合作推出了手工制作的真空管扩音器。那是小松音响研究所特别制作的音响系统。在声音艺术家朋友的介绍下，浩二先生对那温暖真实的声音一见（闻）钟情。本来小店并没有专门定做音响系统的余钱，但他凭热情打动了小松先生，使其为店铺制作了恰到好处的设备。

现在，小松音响研究所制作的真空管扩音器已由兄弟齐心协力，从宇宙魂推广到了其他店铺。人们可以先在立饮酒馆"南蛮渡来"听着雷鬼喝上一杯，再到"若叶堂"用爵士乐搭配比萨和红酒。或是在"浅利食堂"的釜蒸饭和"莲台亭"的熟食环绕下，沉醉于爵士经典曲目。这个"真空管扩音器之旅"竟能在北千住地界之内，甚至是步行两三分钟的范围内完成。既不是表参道，也不是代官山，更不是中目黑、下北泽、吉祥寺那些地方，而是在这个向来都被称为"大叔之城"的北千住。

先到大本营宇宙魂店里坐坐，随后再去造访其他"真空管扩音器店铺"。让我们来听听这一切的驱动力——岛川浩二先生的热情讲述吧！

正在表演手碟的浩二先生。

47

上：店内全景。内部被布置成了表演空间。
下：店内的"音神社"空间。

从蒙古带回来的马头琴。

铁雕家斋藤铁平先生制作的铁乐器"波纹音"。

里面收藏了各国制作的口琴。请日本锻造店打造的口琴果然最适口。

用维乔人（墨西哥原住民族）毛线画技法制作的东巴文"宇宙魂"装饰品。

柜台背后安装着小松音响制作的音响系统，表演时可以使用DAT[24]机器录音。

2001年前后,我身体里的音乐细胞突然觉醒,开始弹吉他唱歌。随后出于误解,我以为自己能自由弹奏了,于是满腔热情地搞起小提琴和吉他的自弹自唱(笑)。做酒吧生意,不是会认识很多人嘛。遇到跟自己波长一致的人,听到他说喜欢某种音乐,于是我也吸收了不同时代的歌曲。

当时我儿子快出生了,我干脆把酒吧交给员工管理,自己跑到欧洲旅行了五十天。某天我来到西班牙一个雪莉酒很出名的小镇,并在那里觉悟到,接触音乐时,我会产生一种像喝了酒一样的兴奋与怀旧感。于是,我终于找到了开酒吧的意义。那就是酒和音乐。这就是为自己而活吧!

我觉得要深刻理解到,人都是孤独的。从前,我为了保持心态平稳投入了120%的气力。但后来有了儿子,我就成了这个血缘锁链的倒数第二号人物。想到这里,我就会感觉特别轻松。

后来,我又见识了蒙古呼麦。有一位著名的呼麦和马头琴表演者名叫冈林立哉,一天他突然打电话给我,询问能否在店里搞呼麦表演。我问:"呼麦是什么?"他在电话那头唱了几句,可我根本听不懂。因为他说大约有十个人要来,我就没让他包下店铺,而是维持正常经营,演出费用就靠观众投钱……结果看完他的表演,我大吃一惊,突然自己也喜欢上了。后来冈林先生送了我一把马头琴,从此我自己也玩起了呼麦。

体验过这种泛音后,我就像推倒了多米诺骨牌一样,开始邂逅各种声音。在青山的"望月念君"表演厅里,我见识到了一种像飞碟一样的圆盘形打击乐器(手碟)。有一次也是突然接到电话,要我组织世界首位用大提琴演奏即兴爵士乐的艺术家特里斯坦·霍辛格(Tristan Honsinger)与不知涩乐队(渋さ知らズ)的合作演出。

跟店员一起用手碟和石琴小奏一曲。

一开始店里也就半年搞一次表演而已,然后,我每半年就会结识各种音乐家,听到他们说:"这地方真不错!"我就得意地想:"又有人夸我了!"尤其有些夸奖特别合我胃口,比如"这地方让人很容易集中精神"。于是渐渐就变成了每月搞一次、每两周搞一次表演,现在基本上每个月要搞四次了。

我跟小松音响的邂逅差不多也是那种感觉。一个在大阪搞声音艺术的朋友告诉我,小松音响的器材很不错,不如搞一次试听会吧。于是我就叫了五六个人,选的是大高静流和里基·李·琼斯(Rickie Lee Jones)。小松的工作人员替我们装好器材,花了大约两个小时,然后说"真空管预热好了"。我把CD放进去播放,发现在那个声音环境里再现的音色简直太完美了,于是惊叹:"原来是如此饱满的音色!"而且还不会吵到听不见人说话。

当时我虽然很穷,但很想让大家都体验到真空管音色的好。首先是扩音器,我知道在这上面要花材料费、手工费和精力,还是跑去求别人说:"有空的时候,请一定帮忙做一做。"小松先生一口答应下来,最后终于把东西搬到了店里。

光安装就花了四小时。终于装好之后,我真是泪流满面……有种"总、总、总算弄好啦!"的感觉。

除了这家店,我还开了其他店铺,不过我觉得,世间重要的不仅是眼睛看到、嘴里品尝到的东西,那种类似氛围的感觉也很重要。声音平时不是很容易被人忽视吗?然而就算是数字式音源,通过真空管播放出来,也会充满温度。"并非清晰,而是柔和的声音。并非尖锐,而是圆润的声音。"我开始思考,要如何利用整个店铺来表现那种温暖。想着想着,就决定其他店的音响也请小松先生制作。

今后的宇宙魂会越来越接近彻头彻尾的音神社!虽然预算颇高,不过我会自己买各种能量石做成首饰,再将卖掉的钱存起来付给小松先生。然后,我就能请他给我升级音响系统了。

说句老实话,店里的客人越来越少了(笑)。不过这里并不是高效率提供饮食的一般店铺,那种我给多少钱就要得到多少服务的人,根本不会到这里来。所以我就想,既然如此,干脆就只干自己想干的事,直到饿死算了。除了我自己,对其他事情我是一概不感兴趣的。因为我自己是这样,所以也会对店里员工说,你们不要为任何人而工作,只为自己工作。既然身在这种地方,再不济也不能嘴上认输啊。

⊙ **宇宙魂** 东京都足立区千住1-22-9

店内还销售岛川浩二先生自己创作、表演的CD专辑。目前已推出十二张。

扩音器细节。

51

"这边的保证金比较便宜，不过若看月租金，现在北千住比市中心还要贵。"岛川一树先生从若叶堂柜台后面走出来对我说。北千住本来就有中高龄顾客基础，现在又涌入了大量年轻顾客，想必在业界看来，是"比市中心更有集客能力的街区"吧。

"宇宙魂"开张后，川岛先生又陆续开了"若叶堂""萠藏""浅利食堂""南蛮渡来""莲台亭"，共经营着六家餐饮店铺。他也表示，现在"就算还想开店，也找不到店面了。一有店面空出来，马上就会被租掉"。这就是北千住目前充满活力的表现。

以号称"泛音酒吧"、已然成为"音神社"的"宇宙魂"为首，岛川先生的店铺几乎全部引进了小松音响的真空管扩音器，每天传送着温暖的声音。就算把音量调到很大，也不会显得刺耳——他在追寻那种声音时，瞬间便为真空管而倾倒，逐渐组装起了适应各店铺空间大小的音响系统。在古老而崭新的北千住酒馆一条街上，展开探索真空管的旅途。若将最后一站设为"宇宙魂"，你会从哪家店启程，以什么样的路线徜徉呢？

◉ **萠藏** 东京都足立区千住1-34-10

◉ **若叶堂** 东京都足立区千住1-31-8

◉ **浅利食堂** 东京都足立区千住1-34-8　　◉ **南蛮渡来** 东京都足立区千住1-32-2　　◉ **莲台亭** 东京都足立区千住1-28

若叶堂

2005年，当时北千住罕见的咖啡厅"若叶堂"开业了。店铺由一位老奶奶独自居住过的旧房子改造而成，里面摆着古董沙发和椅子，真空管扩音器连接着年代久远的音响，流淌出爵士经典曲目的旋律。因为是咖啡厅，可以只到里面喝喝茶，也可以点一杯红酒，来一份意大利风味的简餐。营业时间从中午12点到深夜1点，中间不休息。最近店铺经过全面装修，变得比以前更简约成熟，男性客人也能轻松进入。

左：在店中工作的岛川一树先生。店从中午一直开到晚上，中间不休息，客人也络绎不绝。

上：店内光景。据说有很多客人从北千住以外的地方专门跑过来。

下：若叶堂也是普通民居改造成的咖啡厅。店内装饰着圣诞风情的灯饰。

53

浅利食堂

  2002年开业的"浅利食堂"被定位为"小镇食堂"。无论是中午还是晚上,都能吃到用大土锅烹制而成、油光闪亮的米饭,所以在美食博客中也经常能看到它的名字。店铺位于酒馆一条街深处,需要从极为狭窄的小巷子钻进去,这样看起来有点像京都一带的感觉。不过与京都不同,此处有着浓浓的市井气息。小巷子里坐落着岛川先生的四家店铺,分别是"南蛮渡来""若叶堂""浅利食堂",以及粉丝众多的隐士居酒屋"萠藏"。这里有小资咖啡厅、邻家饭馆,以及真正开在民居里面的爱情旅馆,各种色彩融合在一起的感觉,令人格外舒心。

上:浅利食堂属于旧民居风格,内饰也是和风。
下:餐饮价格合理,日本酒、烧酒的种类也很丰富。
右上:窗边点缀着光线色彩温暖的照明灯。
右下:浅利食堂引以为傲的土锅。可以煮出油光闪亮的米饭和香喷喷的锅巴。

南蛮渡来

"南蛮渡来"是2006年开业的立饮小酒吧。不过墙上安着能放置屁股的搁板，让我这种腰腿不好的中高龄人士也能不觉得立饮太辛苦。虽说名字里带着南蛮，店中却弥漫着某种类似昭和时代的浪漫氛围，放的音乐主要是雷鬼。那似乎是妈妈桑（可以这么叫吗？）的爱好，为此还特意在真空管扩音系统上加了低音单元。低音经过强化后，真的可以震撼到客人的下腹部。

上：配合雷鬼音乐进行了低音强化的音响系统。
左：有许多彩色玻璃装饰。
下：南蛮渡来的吧台。虽是立饮酒吧，墙边却安了许多可供靠坐的搁板，着实有心。店铺深处的画是渡边俊明的《南蛮渡来图》。

莲台亭

"莲台亭"开业于2007年,是岛川先生最新开的店铺。这里有午饭时间、下午茶时间、晚上的西餐时间,从中午11点半一直营业到深夜10点,是方便的商店街食堂。店铺由民居改造而成,外观和内饰都和风浓郁,有些京都三条和木屋町的感觉,然而店里做的却是西餐。这种搭配实在有趣。另外,在这里负责店铺管理的人,是岛川兄弟的母亲。店铺正对旧日光街道商店街,就在"宇宙魂"对门。在这里吃晚饭,再到宇宙魂喝一杯,这样的路线也不错。

上:完美融入小镇商店街气氛的莲台亭入口。店铺就位于宇宙魂的正对面。
中左:莲台亭内部,由民居改造的市井小店气氛。
中右:莲台亭也安装了小松音响的真空管音响系统。
下:莲台亭的柜台。这里虽然也是旧民居风格,提供的却是西餐。

店内气氛舒适，女性一个人也能轻松进入。唱片数量竟有一千张。

欲望都市的音乐避难所
【文京区·汤岛】

音乐酒吧·道

押切伸一先生（左）和大久保裕文先生（右）。

　　白天，这里只能看到从阿美横町流动过来的旅游观光人群，不过太阳下山后，居酒屋和酒馆的灯光就会齐齐亮起，风俗店的揽客人也纷纷出动，小姐们都会上来问你"要不要按摩？"此时，汤岛这块地方就会摇身一变，成为不逊色于歌舞伎町的欲望都市。现在，这里可能是东京最具活力的夜生活之地。

　　并不宽敞的酒吧街上，不知有多少风俗店在激烈竞争，可是在如此拥挤的店铺中，唯独不见摇滚酒吧。地铁汤岛站出口大楼三楼的"音乐酒吧·道"，对那些喜欢听有品位的音乐，又喜欢喝酒的任性成年人来说，恐怕是唯一的宝贵归宿了。

　　店铺2009年4月才开张，主持生意的是电视节目台本作家押切伸一先生。他明明是个热门作家，却每天晚上都要到吧台里工作，真是让人敬佩不已。今天我们请来了押切老板和他的共同经营者、设计师大久保裕文先生接受采访。

57

押切：我是在大学留级那年进入写手行业的。当时并非特别想干这一行，只是正好认识了榎户一朗先生，被他邀请加入工作室，我刚好又是榎户先生母亲开的咖啡店的常客……（笑）

当时别说互联网了，连同城摩托车速递和传真都不存在，我的工作主要就是递送稿件。那段时间十分流行小众杂志和自由刊物，我突然就接到了为CBS Sony的自由刊物当总编的工作！我虽然很喜欢音乐，但完全没有写过文章。如今想来，将这么重要的工作交给我这种外行，真是太乱来了。

总之，当时就是这么个什么都不懂的状态。有一回摄影师叫我去买胶片，我就到照相馆买了那种类似家庭装的负片，结果回去被大骂"白痴"。我竟然连专业人士用的正片这种东西都不知道。另外也不知该写点什么。有一回我想写REBECCA乐队的NOKKO，因为自己老家在山形，就写了"在我家乡，NOKKO是蝉的幼虫……"我以为会挨骂，结果大家都觉得挺好玩。

后来，《Hot-Dog PRESS》的编辑看上了那份自由刊物，我大学差不多毕业时就被他邀请过去工作了。当时伊藤正幸先生刚进编辑部不到一年。与此同时，我也在《WEEKLY PLAYBOY》工作，他们没叫我去采访，反倒一上来就让我编稿，就是做汇总采访稿的工作。当时身边全是业界大咖，让我有种自己在这儿能干什么的感觉。

不过现在细想起来，当时真是积累了不少重要经验。因为也不论领域，我什么工作都得做。就这么干着干着，到我三十多岁时，就换到了电视台的工作。在出版行业浸淫十年，我多少感到有些厌倦了，那时候虽然有很多人说，这个职业向上发展，可以从记者写手走向小说家的道路，然而我又觉得自己不适合那条路。真要说的话，我其实更喜欢跟别人合作。

于是我就做起了电视。先从信息节目开始，先后做过综艺、格斗技等领域。不过我快三十岁时发现自己有一种先天疾病，在查找相关资料的过程中，我开始对人的身体产生了兴趣，包括格斗技、健康之类，反正是所有关于人体的事。那段时间，我在做媒体工作时，遇到了大久保先生，两人一拍即合，决定开这家店。

大久保：我在下町街巷中长大，其实我妈就是这栋楼的房东。我三十岁独立出来，自己开了设计工作室，而这栋杂居楼三楼正好空出来，就用家人优惠的租金租了下来，把工作室安放在这里。那正好是二十年前。

汤岛交通方便，正好适合开工作室，不过设计这一行主要还是集中在青山（笑）。所以我那些设计师对我的选址颇有微词，都说这里是乡下，还故意问我"汤岛是什么地方？"于是我就想："老子要成为文京区首屈一指的设计师！"不过行业精英里面已经有了一位文京区人（笑）。这么一来二去的，我最后还是决定把工作室搬到青山，并跟朋友开了大约一年的现代美术画廊。这个空出来的办公室，就廉价租给朋友们当工作场地了。

押切：我们两个恰好都喜欢酒吧。有一回我们聊天谈到中目黑一家名叫"鸟歌咖啡"的摇滚酒吧，就说要是这里也有那种酒吧该多好啊。

大久保：以前我经常把自己的唱片拿到千驮木好朋友的店里播放，后来出于某种原因不能这么干了（笑）。正好有个被公司裁员的网页设计师问我要不要开店。他有在酒吧工作的经验，如今想利用那些经验自己开一家店。然而他那时刚出来单干设计，突然接到一大堆活儿，忙得实在顾不上店里。我便对押切君说："你要试试吗？"结果他当场就回答："那我做做看吧。"我都觉得他根本没认真考虑这件事（笑）。没想到他马上跑去鸟歌咖啡，请他们让自己当三个月学徒，我才意识到他是认真的。

押切：我跟大久保先生都没干过这行。先不说工作难不难，有人干脆提出了资质方面的疑问："酒吧可是接待客人的地方，你这种面相能干得来吗？"（笑）不过我倒是没怎么犹豫，反而在接到邀请时，有种"这是天启！"的感觉。

就这样，两个毫无经验的中年男人开起了"音乐酒吧·道"。墙上摆着一排大久保先生初中时收集的黑胶唱片（放在家里会被女儿们嫌弃），黑胶架底下是酒瓶。押切老板一边准备饮品，一边挑选唱片，年轻店员则在厨房做出美味的料理。在这条异常混沌的街道上，唯有此处是清净闲适的异空间。

押切：我一直都在东京西侧、东横线沿线活动，跟这里扯不上半点关系。以前就算有人对我提起汤岛，我也只知道那是上野旁边的地方。其实我一直有个误会，觉得东横线过了惠比寿之后就很无聊。结果来到这里，我感到眼前一亮。

比如世田谷那边，除去下北泽，要是不到总站去，就什么都做不了。又比如不到涩谷就寸步难行之类。那些地方都会创造出一种人与人之间的距离感。但是在这里，只要有辆自行车就能到各种地方去，就算步行也能走到很多车站。这么大年纪了说这个可能有些不妥，不过我认为，这种离什么地方都很近的感觉非常新鲜。这才是真正大都会的样子吧。东北地区的人就算来到上野，多数也会住到东京右岸去，不过还是会挺直腰杆（笑）。但我有种我是业界人士，所以要在那边（西）的感觉。

大久保：汤岛原本给人的印象是历史悠久的名店和风月场所一条街，最近却有了很大变化。特别是在全球化方面（笑）。过去韩国人很多，现在则是中国人、泰国人、菲律宾人、印度人、俄罗斯人都有……汤岛酒吧街正中央不是有条仲町大道嘛，那里有一直开到早上的寿司店，每天凌晨四五点才是高峰期。有时候还会因为满座而被店家拒之门外。那边的客人都是日本大叔带着各国的风俗业女孩。

押切：前不久我打烊后想吃咖喱，就三更半夜跑到唐吉诃德后面那家巴基斯坦人开的店里去了。结果我背后有一个印度人正在泡一个菲律宾人。

虽说是泡妞，但那个印度人才刚来（日本），只会说英语，所以都用英语对话。而菲律宾小姐姐完全是在跟他做生意的态度，还转过头来用日语对我说："这家伙是笨蛋。"

这里有外国人用日语对骂，还有"日本魔术师当老板，六个菲律宾变性人作秀"的店，不过倒闭了（笑）。上回我去一家女孩酒吧[25]喝酒，服务我的是个伊朗混血儿，我们聊了好多宗教和电影的话题。汤岛就是这样的地方。

　　坐落在这样的汤岛正中，"道"今夜也为大家准备了品位独特的美酒和天籁，等待各位光临。这里有"安斋肇的自画像工作室"，还有忧歌团的内田勘太郎等各种领域的艺术家表演，丝毫不像汤岛风格。不过，每周举办丰富多彩的活动，也是"道"的魅力之一。表演时间在酒吧主页随时更新，入场人数有限，基本上每次都会满座。有意者可以经常登录网站查看。

⦿ 音乐酒吧·道　东京都文京区汤岛 3-35-6 3F

沉醉在优美的香颂中。

庸俗地界的一方异彩之地。

小情歌 Ç'est la vie

　　有时走进小酒馆，会偶遇不知名歌手的宣传活动；在夜晚的商店街，会听到有人弹唱乡村音乐；在小型Livehouse中，也能看到业余摇滚乐队的表演。但唯有古典音乐，几乎无法如此近距离地接触。我所接触到的古典音乐，全都是在唱片、电视、广播和演奏会上，一流大师进行的一流演奏。否则就是酒店大堂和派对上的钢琴弹奏——并非为倾听而存在的背景音乐。

　　在风俗店、居酒屋和小酒馆浑然一体的汤岛唐吉诃德商店后街一角，开着一家名叫"小情歌Ç'est la vie"的店。店如其名，是个一边欣赏香颂，一边品尝美酒的空间。

每晚三场演唱的开始。

这里的店主,是曾经号称银座头牌的香颂歌手顺子夫人。三十年前刚开店时,演唱香颂的主要是夫人和兼职的外语大学学生,但不知从何时起,毗邻汤岛的上野东京艺术大学音校生(音乐专业学生)也来这里工作了。

钢琴、小提琴、声乐……在日本最高音乐学府进修的学生们,都是立志将来成为专业人士的艺术家。店里的工作人员开始由这样的艺大学生代代传承,彻底改头换面。夫人现在依旧会演唱香颂,学生们的演奏也都以古典为主。兼职店员将近十人,每两三个人轮流到店,在晚上7点半到11点半这短暂的营业时间里,设置了整整三场演出。对打工的学生来说,那个时间还能坐到电车,虽然要为客人提供酒水,自己却不需要陪喝。这里没有陪酒服

打开外门,眼前是一条铺着红毯的长走廊。

今夜的演奏者名单会贴在外墙上。

要准备酒水小吃,还要表演,店员十分忙碌。

务,也不需要营业电话。多亏妈妈桑真正重视音乐家的经营方针,这里成了可以一边赚钱一边锻炼演出胆量的最佳职场。

打开正对道路的大门,穿过兼作吸烟区的长走廊(为了保护未来的音乐家,店内禁止吸烟),就来到了三面被沙发环绕的店内。直到开酒的环节,这里都跟普通小酒馆流程一样,可一到时间,就会听见彬彬有礼的招呼:"接下来为各位献上表演。"接着就会听到坐在钢琴前的女孩说:"先为大家献上肖邦的《雨滴》。"原本在吧台洗酒杯的男孩,还会突然站到你面前说:"我为大家演唱一首《绿树成荫》[26]。"然后进入表演模式。至于客人,则陷在软绵绵的沙发里,啜饮着威士忌,剥着奶酪皮,欣赏店员表演。那种心情十分愉悦,就像误闯入很久很久以前,资助大作曲家的贵族办的沙龙。隔着一道店门,外面就是充斥着按摩女和拉客小哥的汤岛。实在是不可思议。

他们虽然不是唱片和电视上的一流演奏家,却也是未来的音乐家,各个技艺精湛。最重要的是,能够在如此近的距离欣赏音乐,着实是无价的体验。

有一回,店员问我:"客人要点歌吗?"我就问:"能不能听古典以外的曲子?"然后得到了带着微笑的回答:"可以啊,还有客人点演歌呢。"我就赶紧请他演唱一曲。结果那位年轻的假声男高音歌手,就用歌剧的发声演唱了石川小百合

绘图纸上写着演奏者名单,一目了然。

宛如咖啡店菜单的光盘列表。

钢琴上装饰着演奏者们的照片。

千叶彻弥先生好像也来过。

的《越过天城》。

另外，Ç'est la vie 店内还有卡拉OK设备，且不是现在常见的通信卡拉OK，而是充满怀旧风格的激光光盘！"这东西预热要很长时间（明明不是真空管），有时候还会失灵，不过只要把暖炉放过去，就能正常工作了（笑）。"所以，只要管店员要来曲集（竟然不是遥控器，太怀旧了！），就能发现很多旧日好歌。

有几首曲子编号旁边还写着"L"，我询问"这是什么？"后，得到了"那是成人版"的回答。与全是无聊画面的通信卡拉OK不同，在激光光盘流行的时代，有很多成年人的曲子会配上半裸画面。

这里聚集了平时别说碰面，连擦肩而过的机会都罕有的良家子弟、未来的音乐家。在他们的殷勤招待下，我们以几乎耳鬓相磨的距离推杯换盏，或沉醉于优美的室内音乐，或围着卡拉OK的情色画面喧闹。我曾经去过不少店铺，却从未遇到过这种场所。其实，我并不想把这里分享出来……

⦿ 小情歌酒吧 Ç'est la vie　东京都文京区汤岛 3-37-13 TS 第七大楼 1F

看到通信卡拉OK罕见的情色画面，格外开心。

店内装饰着巴黎风景画，香颂酒吧特色十足。

穿过正对道路的入口，里面就是店铺。

洗手间变成了画廊状态。

今天也到下町的唱片店来猎盘

如今的店头宣传

【江东区·龟户 / 墨田区·江东桥 / 江户川区·南小岩】

东京J-POP的发源地在涩谷，HIP-HOP的发源地在里原宿，但推出并支持着东京演歌和歌谣曲的，却是右岸的乐迷和唱片店。

虽然现在都说演歌重新得到了重视，可就算去TOWER RECORDS和HMV店里，就算找到TSUTAYA的传统音乐CD租赁专柜，也只能看到应付了事的寥寥几样作品。与之相对，台东区、墨田区、江东区和北区商店街的"市井唱片店"，却不会销售媒体极尽吹捧的"趋势潮流"，而是一直默默支持着大家真正想听的音乐。

我写下这些文字时，苹果iTunes Store下载排行第一的曲子是坂本冬美的《对你迷恋依旧》。在这个时代，就算以前蔑称"老头儿老太太的演歌"、彻底无视演歌的时尚CD店慌忙采购歌谣曲，人们也不会领情。俱乐部DJ至今仍会去涩谷和

满满都是天盛堂的宣传照片。

音曲堂店内光景。

已失去昔日辉煌的西新宿寻找唱片，但若要买到值得细细品味的日本歌曲，就应该跳上总武线和京滨东北线的电车。那样的演歌、歌谣曲只能在此处找到！接下来就为大家介绍一些唱片店。

首先介绍开在龟户、锦糸町和小岩车站前的三家店铺。过去常见的演歌歌手"店头宣传"，如今已几乎绝迹。在东京，还能看到日常宣传活动的店铺，只剩下寥寥五六家。此处介绍的三家店铺，曾经接待了数百位有名或无名的歌手，会专门空出店头和店铺一角进行应援。这三家店铺，加上浅草的养老堂、赤羽的美生堂和东十条的MS丹，基本就是东京还承接店头宣传的全部店铺了。不知TOWER RECORDS和HMV的店内演出，何时会出现演歌和歌谣曲歌手的身影。

龟户车站前·天盛堂

龟户车站北口，十三间大道笔直向外延伸，天盛堂就位于正对商店街的地方。目前店铺由第二代老板三本木康祐先生经营，他父亲二战前在深川开了一家唱片店，1948年来到龟户，所以这家店已有超过六十年的历史。

店主三本木先生。他还会根据客人喜好提出选曲建议。

我们早在黑胶时代就开起了店铺，就像过去所有唱片店一样，店里还兼营乐器。直到大约十年前，这里还挂着将近四十把出售用的吉他呢。二十世纪五六十年代是乡村音乐的全盛时期，每天都能卖出去好几把吉他。另外因为学校课程要求，我们还会成批出售口风琴和口琴。现在店里只剩下卡拉OK用的铃鼓和沙锤了。

原本我们也不是光卖演歌，有段时间还靠J-POP生活。然后这里盖了新的车站大楼，我们也打算入驻，结果被新星堂抢了先。于是我就想……跟他们卖一样的东西没什么意思，就专门出售演歌了。毕竟我家在这条商店街上算是最老的唱片店，其他J-POP店突然想改卖演歌，老板也未必懂。而我就不一样了，因为一直在听。

有很多买演歌的客人，到现在都在用录音机。我们店里也是按4:6的比例在卖，磁带数量更多。有的客人家里虽然有CD机，可是因为不懂操作，或是儿子不让碰，就来买磁带（笑）。还有挺多客人来龟户天神社参拜，看到店里有磁带，纯粹因为稀罕就买回去。这也是演歌年代特有的东西啊，其他地区早就改卖CD了吧。

说到这里的店头宣传，一开始只是歌手来打声招呼，问候乐迷。结果我特意叫了一些人过来，对方看到这么多人捧场，就决定献唱一首，然后就搞起来了。那已经是很久以前的事啦。当时真是踩在橘子箱上面唱歌。现在我们在店门口搞活动，也会有人围过来看，可是一到卖唱片的阶段，他们就都散了。于是呢，我们就改到室内活动，买唱片的客人能够优先进场，不买光看的客人就只能提前五分钟进去，站着看。

老实说，现在CD确实不好卖了，可是想来搞活动的歌手反倒越来越多。光是3月我们就搞了十几次，隔天就有一次。一些挺出名的歌手过来搞活动，路过的人都不知道人家是谁，还说："啊，是新出道的吗？"可见现在电视和广播里能听到演歌的机会都越来越少了。歌手没有了宣传的地方，自然就会来找我们这种店。

我们搞的店内活动，人多时能容纳九十多人。其中也有专门追捧年轻漂亮演歌歌手的大叔。他们喜欢拍照，然后收集作品。那种人一看到不准拍照的歌手或是男歌手，就会转身走掉。当歌手也不容易啊（笑）。

⊙ **天盛堂** 东京都江东区龟户 5-15-5

从龟户车站北口步行几分钟就到，天盛堂是个不折不扣的市井唱片店。

上：店里满是演歌杰作。下左：天盛堂的磁带比CD更畅销。下中：天盛堂柜台。冰川清志[27]果然实力强悍。"出新曲的时候可辛苦了。虽然卖得多，可我家老板娘得听每一位客人说话啊。"来自下町的顾客都不是默默买完就走的角色啊。下右：活动预告。

销量排行榜（右图）都是手写。

67

锦糸町车站前·关根乐器店

从锦糸町车站南出口步行仅需十秒！位于环岛一角，毗邻知名鱼店，那家小小的店铺就是关根乐器店。原本店铺位于车站对面，由关根正己社长的父亲创建，至今已经有六十年历史。大约十五年前，店铺搬到了现在这个地方。关根乐器店号称"活动圣地"，多的时候每天能有两场不同歌手的活动。至于活动现场，则借用了隔壁西装店的门口。那是如今少见的平价西装店，店铺十分整洁，门口还特别设有舞台。举办活动时，店铺外墙贴满海报，一有歌手登场，就会看见几十个中年粉丝团团围住舞台，高声欢呼。如此光景着实怪异。

店主关根正己先生。

我们第一次听说歌手想来时，真是吓了一跳，因为店面这么小（笑）。再加上店里塞满了磁带，我们不禁疑惑，这也算是业界知名店铺吗？

以前隔壁不是西装店，而是银行，从那时候起，我们就时常跟旁边店铺商谈，借他们的地盘搞活动。多的时候一个月有25场吧。

现在跟过去不一样，已经很少有店铺会在自家门口搞活动了，有的因为太吵，有的因为妨碍交通。我们则一直在外面搞。今天人还算少的，多的时候人群还会扩散到车站那边去，让人十分头痛。上回吉几三来表演，整整来了五百位观众。我们眼前就是警察岗亭，那回真是担心得够呛（笑）。

过去啊，我们店里也有很多类型的音乐，包括J-POP。不过手机刚出现的时候，我跟电话局的人出去喝酒，听到他说今后手机的音质会越来越好，年轻人恐怕都会转而使用手机推送来听音乐。我就想，既然如此，店里就不卖年轻人的东西，专门卖演歌好了。这个想法转变大概发生在二十年前吧。我本来就很喜欢演歌，也一直认为演歌才会长盛不衰。

现在倒闭的店铺卖的全是年轻人听的音乐。唱片店还有CD收购服务，库存会被换算为惊人的资产评估。这就很考验采购的选货能力，不懂行的根本做不来。要是店员一问三不知，就没有人愿意光顾了，不是吗？不过我们的客人大多喜欢演歌，知道"只要来这儿就能找到"。

◉ **关根乐器店** 东京都墨田区江东桥 3-13-1

关根乐器店位于锦糸町站南出口环岛内。

上：这天有 KING RECORDS 音羽忍女士的表演活动。
下左：中年粉丝纷纷前来支持歌手。下右：表演过后还有握手及签名活动。

上：墙壁上塞得满满当当的都是磁带。
右上：狭长的店铺里塞满了演歌专辑。右下：锦糸町著名的河内音头[28]作品也很齐全。

69

小岩车站前·音曲堂

小岩车站南出口商店街，进入花道马上就能看见五层楼高的音曲堂。一楼销售CD和DVD，二楼专门摆放演歌CD和磁带，三楼则是能开演唱会的多功能可租借空间，四楼和五楼是音乐教室。这里无疑是小岩的音乐殿堂。

第三代社长小西茂先生向我们展示了去年去世的兄长复刻的旧杂志。

音曲堂创立于1931年，到今年已经有七十八年历史。现在担任社长的小西茂先生从初代父亲、二代兄长手上接过了店铺，是这里的第三代经营者。

过去所有唱片店都兼营乐器，所以我们是小岩最早的乐器和唱片店。应该说，这里只有我们一家。因为黑胶时代持续了很长时间，二战结束后才兴起了唱片店。1967年，我们建了现在这座楼，当时二楼都是乐器和音响。前社长（兄长）对音响很着迷，收集了不少留声机，甚至在大楼后面开了一间"音声博物馆"。后来经济下滑，博物馆十年前关掉了。

大概二十年前，我们把二楼改装为演歌专区。当时《三宅裕司的乐队天国》[29]热潮已经过去，乐器也卖不动了。现在一楼虽然还在卖J-POP和DVD，不过这一带的人还是更喜欢演歌。只是我们店实在是太大了（笑）。要是不经营很多种类，就浪费了店里的空间。另外店大意味着要有更多店员，真是让人头痛啊。

演唱活动并不是唱片店说搞就搞的，要制作公司、歌手和零售终端意见一致才能搞起来。其他店经常在店外举办活动，但我们盖楼的时候专门把三楼设计成大厅，活动也就到里面去搞了。当时日本遍地都是音乐教室，经常搞学习报告会和小型演奏会。虽然并不是专门为搞唱片活动而设计，不过现在基本上每两天就有一场活动，感觉已经变成了免费观演舞台（笑）。

来到大厅的几乎都是熟客，可以说他们粉的不是歌手，而是这个地方。不过因为是大厅，地方够大，能让客人们坐下来看表演，音响设备也都齐全，歌手表演起来也更顺手。尤其是新人，这可算是站在听众面前正式演出的珍贵机会。

⊙ **音曲堂** 东京都江户川区南小岩 7-22-5

一楼是CD、DVD专区，还能看到J-POP专辑。二楼则是演歌专区。

上：柜台里还残留着曾经乐器店的感觉。

中：将二楼定为演歌专区时制作的"演歌横丁"灯笼挂饰。

下：音曲堂专门为购买CD的客人准备了迷你演唱会的入场券，可以优先入场。

"演出活动本身已经渐渐从唱片店转向外地的购物中心这些地方了。演歌在日本虽然扎根很深，但像我唱的这种抒情歌谣现状很糟糕。毕竟已经不能像过去那样搞歌舞厅巡回演出了。由于没有店铺，我们就只能主动策划演唱会。因为工作等也等不来，自己不主动去找就不会有。这就像独立乐队的孩子们一开始搞巡演一样。如今这个时代，要是没有那种态度，我们职业歌手恐怕就无法生存下去。"——仲英二先生

这里还有别处罕见的独立歌手CD和磁带。社长说："虽然卖不出去，但对歌手来说，能够在唱片店里展示，其商品价值肯定不一样吧。不过总摆在这儿我也头痛。"

浅草是演歌界的涩谷吗　【台东区·浅草】

养老堂

养老堂坐落于雷门附近，矗立在挤满游客和人力车的雷门大道旁。现在的店主松永好司先生是第四代，店铺本身是创立于1912年的老店。打开市井唱片店极少有的、内容充实的官方网站一看，上面记载了这么一段"店主信息"——

养老堂正门，位于雷门旁边，地段绝佳。

出生于1968年9月15日，父亲是浅草养老堂第三代店主，母亲是横滨伊势崎町唱片店美音堂家的四女儿，而且祖父和外公都是全国唱片店联合会会长，一出生就注定了将来没有别的选择。童年在浅草寺幼儿园、浅草小学度过，最深刻的记忆是花祭上偷偷舔了一口的甜茶一点都不甜。初高中在新宿富士电视台（旧址）旁的成城中学就读，当时正值《黄昏喵喵》[30]最火的时期，在电车上遇到过不少小猫俱乐部的成员。记得有一次在都营新宿线的满员电车上，我（故意）坐到了新田惠利与城之内早苗旁边。此前跟城之内女士提起这件事（当然用了"我有个朋友"这种借口），城之内女士回答："那时有好多高中生都这样呢！"对，我也是其中之一。因为嘴馋，我考上了明治大学农学部，记忆最深的是研讨会外出合宿时，尝到的尚在改良中的农林332号大米异常好吃。据说那是现在的牛奶女王米原型。我读书时一点都不上进，反倒当上了剧团木马座的演员。当时认识我的各位，真是给你们添麻烦了（笑）。其后进入大型渔业公司工作，最后被半强制着跳槽到养老堂，担任店长至今。

正如这篇体现了店长开朗个性的自我介绍，养老堂深深扎根浅草，却远远超出了市井唱片店的范畴，拥有种类丰富的商品，二楼还设有活动空间。我本人也在这里获益良多。

不愧是大正元年（1912年）创业，老照片满满记载着历史。

只有在浅草才会看到俗曲师梅吉女士的大海报。

店中展示着老式自行车、留声机等复古物品。从展柜中也可窥见曾经乐器店的气息。

1912年,我祖父的兄长在墨田区石原町开了这家店。第二代老板是祖父,第三代老板是父亲,到我算是第四代了。初代老板老家在岐阜县养老郡,所以给店铺起了名字叫养老堂。一开始,店里卖的是唱片和留声机。

到祖父经营时期,店铺从石原町搬到了浅草。当时这一带的大楼还只有葵丸进(浅草天妇罗老店)一家,而祖父又建起了一栋楼,还当过行业联合会的会长,是业界知名人士。祖父曾说,过去提到唱片店,那可是有钱人的生意。毕竟唱片在那时还是高级货,又需要品位。在东京以外的地方,一般都是大地主,家里开着钟表店或宝石店的人,才在车站前找块好地段再搞搞唱片店这种副业。

我外公家也是开唱片店的,可以说生活环境跟唱片完全分不开了。当时还没有"演歌"这种说法,都叫"流行歌"。其实"演歌"这个归类比较偏颇,仅仅因为名字就让年轻人避之唯恐不及。我有时也会想,单独搞这个分类究竟是好是坏。

我大概二十年前接了店铺,随后就把店搞成了现在的风格。以前这里还是经营全种类唱片的普通唱片店,不过时代在进步,车站前开起了不少大型连锁店和外资唱片店,我们的收益就随之下降了。我们在卖场面积、库存量、购物积分这些方面肯定斗不过那种店,为了生存,只好专注于某些特定类型了。

我自己本来是GS摇滚的狂热分子。不过在

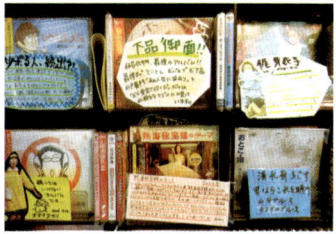

左:歌谣曲黄金时期的POPS专柜。还有令人怀念的偶像海报。
中:"浪子歌谣""情色歌谣",多么引人兴奋的分类!
右:店中还有很多动画歌曲和搞笑系音源。

我那个年代喜欢GS，已经算是复古爱好了。随之我渐渐开始探索过去的音乐、过去的曲子，并在那个过程中注意到了浅草有着很深的音乐历史背景。于是我刻意不去追求流行尖端，认定身在这片土地上，更适合去探寻历史。我探寻的其中一部分，就是演歌和歌谣曲。

所以，我们店里不仅有著名演歌和歌谣曲，还十分积极展示独立歌手的作品和罕见曲目。其实有很多人很喜欢这些音乐。在年长的人中间一旦出现昭和歌谣的热潮，年轻人也会被吸引过来。昭和歌谣大约是从疯狂剑乐团（CRAZY KEN BAND）那时开始流行，之后越来越多年轻人组建了乐队，跑到店里来。于是店里也开始摆放相关作品，因为我不想把店铺打造成年轻人不愿进来的地方。

我大概二十岁接手了店铺，那时就已经产生了危机感。我虽然喜欢演歌，却担心今后演歌会不会慢慢消亡。因为那时候的年轻人都觉得演歌很过时，我便是在这种矛盾心情中踏出了第一步。我一直在思考，如何让年轻人明白演歌的好处，希望把店铺经营成向他们传达信息的地方。不过冰川清志君一出道，整个情况就截然不同了。所以我转而开始思考，如何保持一定个性，同时又具有普适性。不要太偏颇，导致别人不敢踏足，而是让客人觉得这家店很有趣，想走进去看看。

店铺二楼是活动空间，其实原本就是个仓库（笑）。过去这里还兼营乐器，卖场放在了二楼。自从我父亲决定不再销售乐器后，那里就空出来成了仓库。不过我觉得有些可惜。说白了，唱片店大多都处在被动立场，客人都是在电视等媒体上发现商品，然后跑到这里来买。那我要不要反其道而行之，主动向外传送信息呢？于是十年前，我就搞了现在这个空间。虽然起名叫"浅草演歌定席"，却也搞了不少跟演歌没啥关系的活动，比如肚皮舞表演，还有落语[31]的相关活动，像快乐亭布莱克大师会，以及搞笑艺人太田寸世里的专场（笑）。

以前的演歌活动不都是在店门口码一层纸箱充当舞台嘛。我祖父那个时代也搞过那种活动，还留下不少照片。像彼得（池畑慎之介）、公牛乐队、千秋直美这些大歌手都来搞过活动。我搞的二楼室内空间还专门配了椅子，让客人能坐下来好好看表演，却迟迟未被业界所知。一开始完全接不到预订，客人也不爱来，不过就在那个时候，岛仓千代子女士前来救场了。岛仓女士从我祖父那一代一直到我，关照了三代店主。有一次我跟她提起店里有这么个空间，她一口答应下来

这是养老堂改建时搞的纪念签名会嘉宾名单。好多大明星都来参加活动了！

只有在这家店能看见这种音源了。

店铺二楼的"浅草演歌定席"。这天来搞活动的歌手是日本皇冠的山口薰女士。客人有一半是养老堂的熟客,一半是歌手粉丝。歌手在富士山背景板前面发表了新歌《嫉妒》。

说:"既然如此,我去那儿搞个握手会吧。"事情就这么定了。活动被报纸和演歌杂志报道出来之后,其他活动和客人都增加了不少。现在每个月基本有一半时间都被预订了。

对客人来说,能坐下来听演唱其实很难得。对我们来说,也无须向歌手支付演出费用,就能请他们来表演,促进CD销量。那实在是太让人感激了。客人只需买张CD就能来听迷你演唱会,头上还有屋顶,不必担心下雨天活动中止。

我们只限购买CD的客人进去观看表演。因为都是买了作品的人,歌手自然会更加卖力,毕竟那都是出了钱的歌迷啊。我们店里的熟客分为两种,一种是歌手的粉丝,另一种是店的粉丝,有一些熟客只要有活动就参加,不管是哪位歌手。

所以每当看到曾经在这里演出,后来出现在NHK或其他电视台节目上的歌手,我们都会特别高兴。因为那是我们参与培养了的人才啊。十年间看着那些歌手不断成长,真的会产生"我们一起培养了他/她"的感慨。比如冰川清志、水森香织、田川寿美、北山毅、帅哥三人组(北川大介、竹岛宏、山内惠介)……总而言之,不存在没到过我家搞活动的歌手!

"不存在没到过我家搞活动的歌手!"有大量签名为证。

⊙ **养老堂** 东京都台东区浅草 1-3-6

勇堂

　　勇堂是家玲珑小店，位于稍微离开浅草中心区的言问桥附近。店铺乍一看跟普通唱片店差不多，入口还贴着滨崎步的海报，老实说，还真没什么特别！实际上，勇堂在全国各地浪曲[32]师、落语家及其爱好者，还有其他各种老录音狂热分子中间，可是无人不知无人不晓的圣地。

　　店内一半空间用来摆放普通CD和磁带（尽管如此，浪曲和落语的种类之多依旧让人惊叹），穿过这片区域来到店铺深处，就会发现高可触及天花板的架子上整齐摆放着各种SP、LP黑胶音源[33]。

　　店主梅若裕司坐镇其中，露出柔和的微笑对我说："想听什么尽管说，我都放给你听。"只见他脚边的一大盒是……店主若无其事地说："啊，这个吗？这是德川梦声朗读的《宫本武藏》，全一百张的黑胶套装。"

　　这家店到底怎么回事！

言问桥旁的勇堂。

左上："这是越路吹雪偷偷摸摸做的SP。"……偷偷摸摸？左中："这是盲文的SP，你看说明都是用盲文写的。"左下：这张SP是松冈洋右代表日本宣布退出国际联盟后进行的演讲。右上："这是犬养毅的演讲SP。"右中："这张SP是东乡平八郎元帅的演讲，还带照片呢。"右下："这张SP是东乡平八郎在三笠舰保存纪念仪式上发表的祝词。"

店主梅若裕司先生，一谈起从前的音源就停不下来。

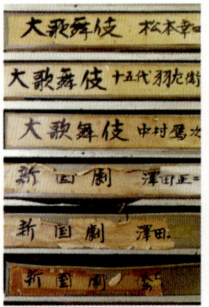 

不仅有浪曲，还有音曲和演说、辩论的SP！还有歌舞伎和新国剧的SP！

勇堂的SP杰作专区。

我父亲在1934年开了这家店，一开始好像在千住大桥那边，两三年后才搬到现在这个地方。这里是父亲的出生地，后来为了为国效力，他到别人家做了养子。可是他一直很想回来，于是后来就回来了。

父亲平时不爱讲那些事情，不过听家里兄弟说，父亲的父亲以前是摆露天小摊的。父亲回到这里后，遇到了（1945年）3月10日的东京大空袭，店被烧光了。空袭后一家人到浦和、十条躲避了两年战乱，1947年又回来了。

我父亲原本就很喜欢唱片，尤其是浪曲，而不是流行歌。不过他唯独不喜欢民谣。另外他还会收集琵琶和歌舞伎唱片。东京都电车……当时还是市电车，在芝浦有车库，我父亲就在那里从事维护工作。

过去唱片店会搞那种上门销售，店员们一家家把门敲开销售商品。父亲实在太喜欢唱片，几乎把工资全花在上面了。后来有个来上门销售的唱片店员工对他说，你这么喜欢，干脆自己开店吧。于是，他就自己开店了。他一边在车库上班，一边开唱片店，还把店铺交给母亲经营。当时还是黑胶唱片的时代呢。战后，他从避难的十条回到浅草，跟公司请了假在家里卖唱针和留声机的发条弹簧，据说赚了不少钱。不过有一回他骑自行车去进货，让市电车公司的同事撞见了，结果被开除了（笑）。

被公司开除后，父亲就开始搞唱片批发，干了整整十年。他聘了推销员，到各处去找零售商合作，其间又开始收集二手唱片。因为他原来的藏品都在空袭中烧没了，于是开起了二手唱片店。

虽然卖二手唱片，可见到真正喜欢的，他都会收藏起来不卖，因为不想卖（笑）。1960年到1970年前后，黑胶突然大量上市，后来就全都跑

77

到我们店里来了。不是会有人跑去杂货店卖唱片嘛,杂货店收了又会拿到我们店里来。虽然会看到很多种类的唱片,不过流行歌唱片收集起来太累人了,再加上那种二手唱片特别好卖,他就会把那些卖掉,剩下的自己收藏起来。要是收到两张一样的,就把品相好的留下来,品相不好的卖掉(笑)。

所以我从小受父亲影响,听了不少很特别的东西。我跟父亲一起去收购商品,也学到了很多。就算做二手生意,店里卖得最好的也是流行歌。战后推出的唱片在五六十年代其实卖不出去,反倒是战前的唱片更好卖。这些东西基本上放个二十年左右,就能升值开始受欢迎了。所以五十年代后期到六十年代,冈晴夫很受欢迎,猫王就不太行。不过猫王一有新曲还是卖得不错。对,当时我们不仅卖二手,也卖新曲。后来过了一段时间,战后的唱片也变得好卖了。

我一开始去横滨当了一年学徒,学会了换唱针和修理留声机,然后就回来了。其后便一直跟父亲经营店铺。我父亲1981年去世,他去世大约十年前就把店交给我打理了,因为他要去木马亭听浪曲。以前,木马亭的浪曲定席每个月只有十五天,寄席[34]一开,他就会跑过去。而且他好像是去帮忙拉幕布打下手的(笑)。有时店里来了客人,一到木马亭开演时间,他还把客人也一块儿拉过去。连芝先生(芝清之,演艺研究家。原本是不动产公司社长,后来舍弃家业埋首于浪曲研究,留下了许多浪曲研究著作,还是浪曲广播节目的解说人。人们称其为"木马亭主人"。)一开始也是被父亲拉过去的。人家本来想到店里找歌舞伎音源,结果却成了"木马亭主人"(笑)。

早在父亲生前,就有越来越多的客人专门跑来听他收藏的音源。于是他就把客人带到二楼,

店中主打还是演艺作品。图中为落语专区。

泡上一壶茶，播放老唱片给他们听。后来，父亲还自己搞了个什么NHK听友会，每次NHK送来浪曲名人会的门票，他就会在听友会里找人一起去。那些客人每次来听父亲的藏品，回去都会买点二手黑胶唱片。

不仅是SP黑胶，浪曲还出了不少LP黑胶，我店里大概收藏了全部浪曲LP的一半左右吧。从以前开始，就只有我家光收藏浪曲LP。

现在唱片业界不是很不景气嘛。虽然会复刻过去的音源，但跟以前不一样，刻个五百张就废盘了。所以我一听说今后收不到什么商品，就把很大一部分藏品藏到里面去了（笑）。毕竟现在新唱片的生命周期非常短啊，滨崎步（的新曲）明天推出，肯定连一礼拜都坚持不了。大约三天就卖不动了。我都对客人说，店里会进货，要买的尽量先预订。其实我根本不想卖滨崎步，想改成订货制度，专注于浪曲、落语和情色作品。不过店里毕竟还有以前的库存，又不能退回去，只好摆出来了。

我们店里最多的藏品是黑胶，不过我感觉，对黑胶这块儿的挖掘还不够深入，因为过去真的出了很多。CD的历史大约只有十年，而黑胶的历史足足有五十年。战前一张黑胶是6分钟（单面3分钟），所以单面3分钟这个长度就决定了流行歌的长度。落语只会出一张盘，还有讲谈也一样。就连桂春团治那样的落语家，顶多也是出两张一套，12分钟。不过浪曲方面，比如篠田实的《绀屋高尾》一开始出的是两张一套，然后又出了四张一套、五张一套、六张一套。据说这些套碟出多少都好卖。当时一张黑胶的价格，大约相当于现在的五千日元。六张一套那就是三万日元了。由此可见，当时浪曲真的特别受欢迎。

我们店里虽然有很多外面已经看不到的黑胶

日本浪曲协会赠送给上一代店主——梅若先生的父亲山中勇吉先生的感谢牌匾。

小林繁出过黑胶吗？"是啊，我以为有销路就进货了，结果卖不出去（笑）。"

音源，但绝对不会卖出去。因为一旦卖掉，就再也搞不到了。不过要是有人想要，我就会转录成磁带，把磁带给他。当然那只是举手之劳，不是为了做生意。

看到客人惊喜的样子，我也特别高兴。现在也会转录磁带给客人带回去，不过将来我打算将这里打造成欣赏音源的场所，像父亲以前那样，跟大家一块儿喝茶听唱片。

⊙ **勇堂** 东京都台东区浅草 6-5-2

演歌的秘密圣地

【台东区・上野】阿美横町节奏

阿美横町最近迎来了人气全盛时期，除了原本的美军用品店，还有特殊渠道的进口服装、化妆品店、食品店，最近更是多了不少体育用品店。不知几年前的寂寥气氛究竟去了哪里。

"阿美横町节奏"坐落在阿美横町正中央天桥下，恐怕算是东京数一数二的微型音乐集散地。正对大路的卖场、收银台、仓库加起来可能都不到5平方米。若没有时刻刻向外大声播放的演歌歌声，许多人可能会目不斜视地错过这家店。

大音量演歌，满满当当的海报和手写信息，以及狭窄入口。这家店的外观一点都没有亲切感，但却是演歌世界无人不知无人不晓的超级名店。新人演歌歌手来打招呼推销自是理所当然，但像长山洋子、

天桥下的阿美横町节奏正门。音响常年大声播放着演歌，店门口贴着HONEST·辻的海报，摆着在其他店见不到的商品。

藤彩子、石川小百合这种超级大明星都会到阿美横町节奏门前搞活动，每次店门口都是水泄不通的状态，甚至要惊动警察维持秩序。店主小林和彦先生不仅销售CD和磁带，还帮助歌手出道和制作歌曲，是个涉猎甚广的演歌人。

完全没有空隙。纸箱上摆的印刷品是《隅田川慕情》和《心妻》的歌词本。

入口右侧贴满了HONEST·辻的海报。

入口处贴着密密麻麻的照片和海报。

天花板上挂着大照片,中间是与吉冈治的合影。

北岛三郎、冈千秋、宫路治……都是与歌谣界大咖的合影!

天花板上贴满了签名!

店主亲手编辑用于对外播放的各种磁带。还有夏威夷风情的歌曲。

虽然同样销售演歌,这里的商品展示方法却与众不同。另外还展示了许多与歌谣界大咖交流的照片。

我家原本是做泡菜生意的，父亲以前就在这里卖泡菜，比如腌萝卜、各种腌渍食品，甚至还有当时特别稀罕的生鸡蛋。那时候二战刚结束不久，这里有很多进驻的美军士兵。

父亲是新潟县燕市村长的儿子，家里十一个子女，他排老幺。自三条中学毕业后，他就去库页岛做生意，开了家商店叫"㊅小林"，卖新潟运过去的大米。店里的商品主要就是大米，后来生意做得还不错，父亲就不顾周围反对，跟附近本田印刷店的女儿结了婚。他们也生了十一个孩子，我是老四。

因为做生意消息比较灵通，父亲就打听到了战况消息，他觉得再待在库页岛有可能回不去日本，就急急忙忙带着一家人回了国。据说我们一家坐上船之后，下一班船就开不出去了。回到日本，他并没有返回新潟，而是在北区昭和町，也就是现在的尾久车站旁边定居下来，直到战争结束。他还开了家公司，起名叫"东京食品"，专门承接政府订单，制作腌渍食品和佃煮。

说到这里，店主开始接待客人。那是一位来自台湾的游客，正在物色旧歌谣曲。

现在卖怀日金曲的店真是越来越少了，这附近原本有三家，现在除了我家全都关掉了。所以我一打听到废盘的消息，就会赶过去采购一定库存回来。因为订货量大，还能打折扣。

那时委托加工的食品主要是佃煮，说白了就是给当兵的提供伙食。二战结束前，日本的粮食紧缺情况越来越严重，不过我们家有食物。当然那些都是国家的粮食，不过偷偷摸进仓库里，还是能舔两口白砂糖的（笑）。我朋友也经常来，可以说，我的成长过程并未经历过粮食紧缺的痛苦。

此时店里又来了客人。"有没有克美茂？"店主当即回道："没有！"

我知道克美茂那件事的整个过程，而且很讨厌他那种活法，所以从来不卖他的作品，也看不上喜欢那种歌手的人。[35]

二战结束时，我还在上旧制小学，是泷野川第五小学校。战后父亲的事业也很成功，生意越做越大。那可是个不做黑市生意就赚不到钱的时代，不过父亲不是那种人。

生意做大后，他就关掉了这里（阿美横町节奏所在地）的店铺，当仓库使用了。后来我就到父亲的公司上班，过了大约十年，朋友对我说："别总依靠父母，自己出来做点什么吧。"因为朋友觉得，我是能靠自己干出一番事业的人。

那位朋友专门跑到上野去，帮我思考"在这里卖什么比较合适"，最后得出的答案是"橡皮船"。那时是1966年，市面上有种专门在海边玩的橡皮船。一人乘坐的橡皮船要两万日元，五人乘坐的要五万日元。然而那种橡皮船的进货价，一人乘坐的只要一百日元（笑）！两人乘坐的两百日元，五人的五百日元……我觉得这绝对能赚钱，就开了公司，让朋友加入，三年就盖了三栋楼。后来朋友得了白血病，1969年就去世了。

当时还没开这家店。不过这么亲密的朋友去世，给我造成了很大打击，那之后的半年时间，我还出过交通事故，整个人都处在魂飞天外的状态。于是我就跟父亲说，想离开他的公司，在这个地方安顿下来。结果父亲极力反对，还问我到底想干什么，其实我也没有认真想过……

父亲当时跟歌乐公司的社长泷泽左内先生关系很好，歌乐的汽车音响那时正畅销。后来还是

吉冈治先生每年都会到店里来看看，每次来都会留下一张签名问候，全都被店主珍藏起来了。

泷泽先生说服了我父亲，真不愧是当社长的人。他对父亲说，你养了五条狗，其中一条就放他回到原野去吧，大不了，我来帮你照顾那条狗。其实我要是在外面卖泡菜，父亲早就同意了，正因为我不卖泡菜，他才坚决反对。父亲特别讨厌音乐，我只见过他在热海的旅馆里跳过一回阿伊努舞，然后就再也没有与音乐有关的活动了。不过我从小就喜欢广泽虎造，甚至从小学开始就爱哼歌了。

因为歌乐在卖汽车音响，我就卖起了音乐磁带。当时用的还是八轨道磁带。一开始卖古典乐和爵士乐，还有披头士和滚石乐队。我也挺喜欢听爵士乐。

不过并非什么爵士乐都来者不拒，我喜欢那种不会有多余声音跑到脑子里的作品。至于那种声音很多很混杂的东西，我就不喜欢听。现代爵士乐可以接受，背景有管弦乐队叮叮咣咣的不行。真正的歌手只需要一个声音就足够了，所以我很不喜欢那些试图把各种声音杂糅在一起的作品。正因为这样，我们店里的商品虽然范围很广，却仅限于我喜欢的东西。连纳·京·高尔（Nat King Cole）都不会在嘈杂的音乐前演唱，因为一首歌应该由人声引导，以伴奏辅之。一味强调音效肯定不行。

后来我就开始跟歌乐有合作。歌乐之所以搞卡拉OK，起因就是我。有一天，我接到泷泽社长电话，叫我到公司去一趟。社长对我说，要送我一个聚财的钱包，还说明天有很重要的人到公司来搞讲座，要我也参加。

我当时也没多想，一口就答应了，结果第二天再到歌乐去，社长确实送了我一个特别好的钱包，不过在我前面演讲那个人，不是松下幸之助先生吗？我当时就想，这可闹大了。而且坐在周围的也都是歌乐课长级以上的人物。松下先生讲完后，就轮到了"阿美横町节奏"负责人演讲。我当时才刚开店，什么都没有。真的只是在卖磁带。所以我就慌忙请人用大厅音响播放了没有歌声的歌谣曲伴奏，并对所有人说："我没什么可讲的，不如给大家献唱一首！"歌乐的人因此得到灵感，觉得销售歌曲的伴奏磁带和能伴唱的

与藤彩子、金莲子、三泽明美、阿部静江的合影。

磁带说不定很赚钱，这就成了后来发展卡拉OK的契机。

后来，八轨道磁带就成了现在的卡式磁带，我在店门口高高挂起"唱片时代已经终结"的牌子，还被唱片店联合会的会长骂了。不知过了多久，我又被叫到了索尼，听人家对我说："社长，我们做了不需要唱针的唱片。"还见识到了CD光盘。所以我的店相当于目睹了八轨道磁带到卡式磁带，再到CD光盘的变迁。现在店里的磁带库存也越来越少，正面陈列的作品基本上都充当海报了。

自从猫王和纳·京·高尔死了以后，我开始觉得可以更进一步讲究自己喜欢的东西，便把店铺转向了专营演歌方向。后来我跟一位在广播节目上很是活跃的广播节目台本作家吉田诚老师成了好朋友，伍代夏子出道那时，我跟他都参加了吉冈治老师和市川昭介老师出席的聚会，还一起合了影。结果第二天（吉田）就突然去世了。我当时特别受打击，觉得干什么都没意思，干脆转行好了。吉冈治老师听说节奏店老板心情低落，还专门过来看我了。他说："你也别光想着诚的事情心情低落了。不如想想诚还留下了什么遗憾，你能替他完成多少。要是诚留下了一百桩憾事，你就从里面挑几个，帮他完成吧。"

于是我就加入了广播局。TBS为我设了一个专栏，在夏木丰主持的《歌声前沿》节目中，直播五到十分钟的《演歌小林》精选曲目。那大约是二十年前吧。以此为契机，我就不再采购不知道怎么向客人说明的曲子，而把商品种类限制到

入口右手边是用八轨道磁带货架改造的卡式磁带展示柜。

自己了解的作品上。

其实我十四岁的时候,很想当一名演歌歌手(笑)。不过当时演歌界有藤山一郎和刚出道的青木光一等人,全都是声音特别好听的人。我虽然拜了个师父,却因为"不适合这一行"而遭到了拒绝。你知道那时候有种角色叫"枪手"吗?就是歌舞厅的乐队在表演时人手不足,去别处拉一个人来假装弹吉他的样子。我还干过那种事。

后来我在广播那边有了点儿人气,一些听众还问广播局"演歌小林"是谁,经过几番调查,一路追到我店里来。听到我声音的瞬间,就会大

喊:"啊,是演歌小林!"(笑)节目搞了一年多吧,每次我都要晚上11点进演播室,节目3点开始,结束时已经凌晨3点40分了。这么一来二去地搞深夜节目,我血压突然高了起来……

后来我又参加了日本广播电台田岛喜男的节目,负责其中一个环节。到年底12月时还搞了个"阿美横町节奏的红白歌会",连续播放了六十首歌曲。第二天早上,就有客人到店里来说,昨天你放的所有曲子都给我来一张。没错,那可是单曲碟的时代,他整整买了六十张!

节目在听众中引起了这么大的反响,我也觉得这个工作很有意义。当时还没有录音这种操作,一气之下就买了下来。现在我在埼玉电视台也有个节目叫"阿美横町节奏的歌声",不过电视节目我可就不能仅凭一人之力制作了。因为有线电视费很贵。

差不多二十二年前吧,一个给演歌歌手宫史郎开车的小伙子跑来找我,希望我帮他出道。我听了他的歌声,觉得还可以。而且他还有一首自己的曲子,叫《歌舞伎町的小路》。于是我就

社长小林先生及夫人。

84

说，你用这首歌出道吧。一开始我把他推到了Victor娱乐，经商量后决定在公司专属歌手桥幸夫的工作室里进行试录音，结果一坐上车，摄像机就在旁边晃了。来到工作室，制作部长、宣传部长和营业部长三大领导一起出来迎接，周围摄像机更多了，甚至还有照明。小伙子在那种状态下被要求演唱，结果太紧张了，根本唱不出来。Victor娱乐本来听完示范带，觉得这个歌手要"力推！"但是本人唱不出来，他们就以"这孩子要是没办法在镜头前演唱……"为理由拒绝了。

于是我又把他推到了Teichiku娱乐，他们答应要试一试。不过歌虽然唱得好，《歌舞伎町的小路》这种名字只能在新宿卖得出去，所以Teichiku要求改名为"闹市小路"，还希望录唱时能再录一首B面歌曲。我之前对创作有点兴趣，自己写了几首歌，全部是关于男人之间的事情。我把以前自己创作的歌曲拿过去，他们没有采用，但Teichiku的久世制作人要求我一周内创作出新曲，最好是关于夫妻的内容。

我三天没睡觉一直在想，就是写不出来。

想来想去，干脆跟夫人手拉手散步到了上野吾妻桥。二战刚结束时，从上野山上远眺浅草方向，只有国际剧场还算保存完整了。我想起那个光景，又开始感慨我们夫妻俩一起走了好长的人生路啊，于是我说："从上野站到隅田川好远啊。"夫人就说："你觉得'两夫妻的长途旅行'怎么样？"经过这番对话，我一下就把歌词写出来了。

我写的那首歌叫《隅田川慕情》，请佐伯亮先生做了润色。后来还要把那个叫泽田二郎的小伙子安排到制作公司去，我就去拜托川中美幸女士的经纪公司，那边一口就答应下来了。后来唱片做出来，摆在店里还挺好卖的，专门搞活动反倒卖不出去。大家都愿意听《闹市小路》，可就是不愿意买，那样的情况持续了一年左右吧。第二年到名古屋搞活动，那边的经纪人也打电话过来抱怨，说客人喜欢听，可就是不买。于是我说："干脆晚上的活动改唱《隅田川慕情》吧。"结果那天晚上，经纪人又打电话来问："社长，店里现在有多少货？"原来一改唱《隅

一眼就能看出冈千秋先生和HONEST·辻先生地位特殊。

店铺柜台旁也挂满了记录回忆的照片,往事从画面中流溢而出。

田川慕情》,就卖出去二百多张。我大吃一惊,赶紧找速递公司把货送到了名古屋。我记得那是1989年的事情了。

有一天,泽田君突然又来找我,说想退出现在的经纪公司。他说有个女粉丝很有钱,愿意花在他身上,也愿给他做衣服……结果他连家都不回了。虽然心里有想唱歌、想博取人气的念头,最终还是忍不住选择了轻松的活法。我知道这小子没救了,就跟他断绝了来往。不过听说他最近又复出,重新开始努力了。

当时这件事给我打击非常大,因为把他捧红花了三年,砸了五六百万进去。就在我心情低落之时,一名制作人找上门来,问我要不要(把《隅田川慕情》)加到岛津亚矢的专辑里。于是那首歌就由岛津亚矢演唱,并收入了专辑中。出于种种原因,没有制作成单曲碟。

后来我又制作了名为《男人演歌一决胜负》的混合专辑。当时好不容易说服了Teikuchi的久世制作人才做出来,结果卖得特别好,还出了第二弹、第三弹。《隅田川慕情》还加入了歌川二三子的专辑里。

之后又有一个男人来找我帮忙出道,那就是岛三喜夫。他给三桥美智也当了二十年跑腿,有人劝我听听他唱歌,要是能行就帮他出道。结果我一听,觉得很不错。他有一首原创歌曲叫《深夜列车》,我就在店里播放了那首曲子,销量还不错,不知为何还带动了三桥美智也的曲子的销量。三桥美智也去世后,歌就一下子卖不出去了,结果一播放岛的歌,连带三桥的也能畅销。这个人的作品卖得不错,在

广播节目上也渐渐出名了,但也是突然跑来跟我说要退出,声称自己体力撑不住,前列腺出问题了。不过他虽然退出了KING RECORDS,但把身体养好后又换了一个名字复出了。

这时又出现了影山时则这位作曲家。当时他在日本广播电台负责深夜吉他弹唱节目,有人叫我跟他见一面,我就见了。他平时还会搞街头演唱,对我说他攒了二三十首曲子,请我听一听,并从中选几首做成专辑。

不过他的粉丝和听众可能都在电台节目播放时录了音,专辑有卖不出去的风险。为了让听众来买,就决定只收录没发表演过的曲目。我听了那些曲目,发现并没有能超越我那首《隅田川慕情》的作品。于是我就说,把《隅田川慕情》加进去可能更好卖,后来就加进去做成了专辑。

我(在店里)放了那个专辑,有个人从店门口经过,进来买了一张。没过一会儿他又倒回来,还想再买一张。其实他挺讨厌那种客人(笑)。于是我就说,一张不就够了。那位客人对我说,他想让母亲也听听。第二天他又跑过来,对我说要买二十张。我感觉那位客人误以为《隅田川慕情》是影山时则的作品了。

后来我就请那位客人吃了顿饭。那天正好附近的饭店都满客,他就邀请我去卡拉OK。其实我很不喜欢陪外行人唱卡拉OK,还听说那人公司的常务已经在包间里等了,我就更加不情愿。最后他说常务要唱歌给我听,我就勉强去了……那人选了鹤冈雅义与东京罗曼蒂克的《你是我心中的妻子》,我听完吓了一跳。这个声音,太棒了!活了三十五年,我从未听过这么棒的声音。

我觉得他肯定能火,就马上求夫人写了一首外遇之歌,并找影山作曲。然而他并没有听过别人的声音,写出了特别富有演歌风格的曲子,跟我想要的不太一样。因为他属于那种唱抒情歌谣的声音。我打电话让影山改了好几次,最后做出来的就是《心妻》。

既然如此,就接着做卡拉OK吧!于是我请到演歌吉他大师齐藤功先生制作了卡拉OK。然后,我又把《心妻》/《隅田川慕情》搭配起来做成了专辑。唱片公司制作人说,你这个不要以独立作品的形式发售了,公开发售怎么样?但我不想让其他店进到货,所以最后还是决定独立制作。

演唱《心妻》的人就是HONEST·辻先生。一共卖出去好几千张吧。辻先生是年营业额超过150亿日元、在其行业里排名日本第一的公司的社长。经过这次相识,我意识到在店里播放的歌曲必须能够打动人心。另外,我还获得了一个经验——要是碰见录音的人,就马上把曲子换掉(笑)。真的有人不顾头顶有电车行驶的声音,站在店门口录这首歌。

现在我在埼玉电视台的常驻栏目,也得到了辻先生的赞助。HONEST·辻这个艺名是我取的,体现了他本人的性格。辻先生就是那种"遭到背叛也绝不背叛别人"的人。我真是从他那里学到了不少东西。他说抱怨只会让自己更痛苦,倒不如别去怨恨他人。我跟他相处七年,相当于免费受教了七年啊。

我一直想让演歌作家演唱《隅田川慕情》,一开始去找水森英夫老师,被他拒绝了。后来想找弦哲也老师,但是还没开口就放弃了。有一次去听弦哲也老师的演唱会,吉冈治老师上去演唱了一首《小樽运河》。太好听了!既然吉冈老师这么棒,不如我去找他吧,于是我就把谱子寄了过去。结果有一天,他夫人打电话来了……还管我叫亲爱的(笑)。她说:"亲爱的,我先生每天都在练习那首《隅田川慕情》,可是我听了都觉得他唱不好。因为这事,都影响到其他工作了。"我觉得很不好意思,就上门去收回自己的请求。吉冈老师本人对我说:"真对不起。"后来他夫人也打电话过来道谢:"总算找回工作节奏了。"(笑)后来我又想,不如去找冈千秋老师吧。吉冈老师对我说:"你要在他吃早饭的时候提出来。"于是我就找他吃早饭,并提出了请求。结果他筷子一放,一口就答应了。冈千秋老师还说,既然要录音,不如大搞一番,Victor娱乐的制作人听到这个消息,还专门制作了讲述《隅田川慕情》诞生经过的《隅田川慕情物语》小册子。

我跟冈老师是通过《浪花恋情》结识的。那时候整个东京只有我觉得这个作品会火。冈老师得知此事,还专门到店里来看我了。所以我觉得,他之所以接受《隅田川慕情》,也是为了《浪花恋情》的回礼吧。为冈老师录完《隅田川慕情》后,我又开始策划冈老师的演唱会。那位老师特别忙,有一天我看到他放在桌上的日程本,几乎是全黑的。于是我就意识到,他为了我策划的这场演唱会,一定推掉了其他工作。我觉得不能因为我一个人的想法影响到这么忙的老师,就对冈老师说:"您其实可以不接我这边演唱会的工作。"结果他对我说:"你说什么呢,我就是喜欢这样的小林先生才同意演唱的,今后一直做下去吧!"

所以,我觉得自己真的太幸福了,活到七十三岁,一点儿苦都没受过。一辈子都在干自己喜欢的事情。说了这么多,你们累不累?嗓子干不干?我倒是完全没问题。

⊙ **阿美横町节奏** 东京都台东区上野6-4-12

来自长野县安云野市的山本泉女士献唱一首"牛深南风节",老板娘和客人翩翩起舞!(民谣酒场·浅草追分)

民谣酒场醉歌声

【台东区·西浅草、浅草/墨田区·向岛/江东区·龟户】

一本叫《民谣酒场的青春》的书,成了这段旅途的开端。

这本书的作者是记者山村基毅先生,他在书中记录了1955年到石油危机这段时间里,在经济高速成长期之中,东京吉原一带民谣酒场的盛衰。在这里,人们伴舞、和酒的,既不是歌谣曲也不是演歌,而是民谣。这里不是新宿、涩谷和池袋,而是昔日日本最大的花街、如今日本最大的洗浴中心集中地——吉原。在这样的地方,偏偏开了好几十家民谣酒场,究竟是怎么回事呢?

山村先生的故乡是北海道苫小牧,他对同样生于苫小牧、因赋予民谣现代色彩而闻名的伊藤多喜雄很感兴趣,便对他进行了采访,从此进入民谣世界。

山村先生非常关注经济高速成长期日

山村基毅《民谣酒场的青春——支撑经济高速成长的歌曲》(雅马哈音乐传媒)

本国民的生活实景,追逐着支撑成长期发展、从地方来到大都市求职的青年的人生路,发现在他们的生活中,出现了两个特殊空间,用以满足这些年轻人"唱歌、跳舞、放松"的需求。那两个空间便是歌声咖啡店和民谣酒场。

发源于左翼活动的"歌声运动"与上京青年们的"歌唱欲望"结合起来,就促生了歌声咖啡店这种空间,并迅速遍及全国。1960年前后,歌声咖啡店达到鼎盛时期,全国共有二百余家。

这些店里的歌曲以俄罗斯民谣为中

心，另外还有劳动歌、反战歌、童谣等曲目……"歌唱欲望"的另一个宣泄场所，就是民谣酒场。不可思议的是，两者同样标榜"民众之歌"，却成了大都会里截然不同的"歌唱空间"，让许多青年聚集到其中。（《民谣酒场的青春》p286—287）

每天重复单调的劳动，在仅有的空闲时间投身于流淌着怀旧乡音旋律的空间，享受片刻"祭礼之宴"的氛围，民谣酒场就是满足这种需求的空间，或者说设施。根据山村先生的调查，东京最早的民谣酒场早在二战前便已开张，位于上野御徒町高架桥附近，名叫"艾草"。这家店当然利用了上野车站作为通往日本东北的"大门"这一位置优势。

1958年4月1日，日本全国开始施行禁止卖春法令，使得往日的妓院消失无踪。法令修正前聚集在吉原的三百家妓院，一夜之间全部消失，然而转眼之间，土耳其浴场遍地开花。根据山村先生的说法：在这个转换时期，妓院经营者开始转而经营民谣酒场。

当时，看到浅草米久寿喜烧旁边的民谣酒场"小妹"（因为是东北方言，可以想象店中主题是秋田民谣）连续几天盛况空前，一个关张妓院的老板便在1955年开了家店，名叫"烂漫"。这便是吉原民谣酒场的开端。

毗邻浅草的吉原开了间"烂漫"，客人可以一次性到两家店里玩，于是周围渐渐聚集起了喜欢民谣的人，这里的人气自然又引来了新店开张。趁着这个势头，1960年到1975年间的全盛时期，吉原开了足足二十几家民谣酒场。

"酩酊大醉，民谣酒场，起舞逐欢，

难言苦楚，强装笑意，重振精神，徜徉遥远梦境。"这首歌（《民谣酒场》）由民谣界巨星三桥美智也演唱。然而看了山村先生下面这段描述后，我却没来由地想起了曼谷郊外的泰国东北民谣酒场：

过去在吉原卖身的女性几乎全都来自东北，如今，吉原的民谣酒场又几乎都以秋田和津轻（青森县）民谣为中心。这两者可能并非完全没有关系。（同前，p63）

曼谷是世界首屈一指的风俗产业集中地，而在曼谷工作的卖春妇，多数都来自泰国东北部的依善地区。那个地方有种传统音乐叫"Mor lam"，许多到曼谷来工作的卖春妇和体力劳动者至今都爱唱那种歌。在曼谷路边抱着乡土乐器弹唱的人，多数也是唱这种歌。

"依善歌舞餐厅"（Isan Tawandang）这个地方作为酒场着实非常大，巨大的空间足以容纳两三百人。人们在台下吃着比曼谷料理更辛辣的依善乡土菜，观赏一场又一场依善歌舞，在啤酒和威士忌的作用下，也在桌边跳了起来。我不禁想，若回到四五十年前的吉原，必定也能看到这种片刻解放的光景。

现在这个2011年的东京，随处可见能用卡拉OK唱民谣的酒场，然而还保留着当时风貌的民谣酒场，在都内已经寥寥无几。浅草一间，吉原一间，向岛一间，龟户一间……让我们在山村基毅先生的带领下，分别到至今仍坐落于东京右岸的四家民谣酒场看看吧。

民谣酒场·追分

从浅草国际大道和言问大道交叉处往入谷方向走，很快就能看到一堵显眼的黄绿色外墙。"追分"的外观不太像酒场，反倒更像料亭。它开业于1957年，是东京现存最老的民谣酒场。另外，同在浅草的观音温泉也是同年开业。可能那段时间正是浅草战后最繁盛的时期吧。

脱掉鞋子上到二楼，便是"追分"的大厅。舞台前摆着好几列桌子，能够轻松容纳五六十人。周末晚上7点，这里的座位已经八成满，有一看就很喜欢民谣的高龄客人，也有外国人，甚至还有抱着滑雪板的年轻人，可谓男女老少共聚一堂。桌上摆满刺身、火锅等美味料理，不仅能喝酒，还能边看民谣表演边吃饭，有一种身处和式歌舞宴会厅的感觉。

这里每晚有三场演出，一到表演时刻，穿行忙碌于餐桌和厨房间的店员就会整理衣装，抱起乐器走到台上。隐岐、熊本、岩手、青森……今晚依旧上演了日本各地的民谣。不过四人联手弹奏的《津轻常桥节》[36]成了当晚表演的最高潮。"追分"是日本顶尖的津轻三味线弹奏者辈出的名店，据说三味线演奏组合"吉田兄弟"中的哥哥吉田良一郎先生也在店中修习过。几个年龄在十九岁到二十五岁，而且已经在全国大赛获得金奖和银奖的青年弹奏者近在眼前，以让人担心琴弦要被绷断的热情，现场弹奏民谣。在台下饮着小酒观赏这种演出，着实是种奢侈的体验。这里明明不是弘前，而是浅草一隅啊。

"追分"一直都有十几位常驻表演者，每周在不同日子登台演出。从店铺主页的列表来看，他们的出生地各不相同，但几乎全都是"80后"。民谣总被误认为是老爷爷老奶奶喜欢的东西，想让年轻人进一步了解这种文化，恐怕这家店最适合不过了。

⊙ **民谣酒场·追分** 东京都台东区西浅草 3-28-11

除了民谣还有舞蹈，年轻店员们伴着拉网小调起舞。

来自岛根县隐岐的石川旭山先生演唱《津轻小原节》。

"追分"最著名的表演,以店铺原创民谣《追分[37]音头》华丽开场。

"追分"著名表演——津轻三味线。魄力十足!

民谣店·绿

"很少唱歌"的老板娘小松绿女士竟唱起了《正调生保内节》！山村基毅先生听得入了迷。

吉原的民谣酒场在全盛时期有二十余家，一直营业到现在的只有"绿"一家。1963年，来自秋田的民谣歌手佐佐木贞胜先生与小松绿女士在吉原开起了这家店。三年后，店铺搬到花园大道浅草一侧，一直持续到现在。

佐佐木先生与小松女士原本都是巡回演出团的民谣歌手，有一次组织表演的人卷走了他们的门票钱，实在没办法，两人只好辗转上京，找了个包住的工作暂时安下身来。陆续到几家店表演之后，他们开了自己的店铺，就是现在的"绿"。

"绿"坐落在洗浴一条街边缘的昏暗住宅区，搬到这里后，如今已成了四十五年的老店。"绿"基本上只有周末营业，不过，每次店门一开，就会迎来大批民谣爱好者，显得热闹非凡。我们造访的那天夜里，店里也几乎坐满了。店主佐佐木先生和妈妈桑小松女士都来自秋田，所以有很多住在东京的秋田人专门跑到店里来玩。

在"追分"，基本是店员负责弹奏演唱，而"绿"则是妈妈桑和店员献唱的同时，客人们也会上台唱歌，甚至演奏三味线和尺八。而且，这里聚集了许多民谣弹唱的能手，让人很是享受。还有人问我："小哥要不要来一首？"可我实在不好意思站起来。不过这里并不会偏心熟客，头一次去也能感到宾至如归的氛围，敬请放心。沉醉在妈妈桑和客人们美妙的歌声中，啜饮杯中烧酒，恍惚间竟觉得自己并非身在浅草，而是来到了冬日秋田温暖的居酒屋。

◉ **民谣店·绿** 东京都台东区浅草 5-13-4

店里满是宾至如归的氛围，Victor娱乐旗下的职业歌手须藤圭子女士也来献唱了一首《津轻世去节》。

营业日有许多客人。店里的客人都会自带乐器上台演唱。

店员内山久子女士曾获得2010年民谣民舞全国大赛内阁总理大臣奖。她正在演唱《秋田船方节》。

民谣店·荣翠

向岛过去是"东京六花街"之一，如今仍能邀请艺伎饮酒玩耍，这样的地方在东京可能别无二处了。在这个保留了传统风情的小镇上，坐落着民谣爱好者齐聚的"荣翠"。

从浅草走过言问桥，来到水户街道后行走几步就能看到。从外观来看，"荣翠"就像一座小小的居酒屋，但里面却兼具吧台座和大堂座，内部还有装潢华美的舞台。店老板印南荣翠先生吹奏尺八，老板娘印南妇美子女士演唱，儿子弹奏三味线，媳妇负责厨房，由一家人打理店铺。

山村先生告诉我："'绿'专攻秋田，'追分'着重津轻三味线，而'荣翠'可谓体现了全日本特色。"正如他所言，这座民谣酒场地方特色不太显著。可能因为向岛地区氛围所致，这里还会进行座敷歌曲[38]、劳作号子、相扑甚句[39]等表演。由于能够欣赏到那些被称为"西边物"的座敷歌曲和关西民谣，这里在民谣酒场中也属于风格独特的一支。

每月第一个礼拜五都会举行"荣翠友人会"的活动，采取酒水不限量，女性4000日元，男性5000日元的会费制。据说，众多民谣爱好者会聚集到这里轮流演唱，因为"全都是表演能手多无聊啊，就算不怎么会唱的人，我们也给他伴奏，效果还很不错"（老板说），这或许也是新手初尝演唱滋味的好机会。

老板娘印南妇美子正在演唱《伊势音头》。弹奏三味线的是她的儿子，儿媳则负责厨房，采取家族经营模式。

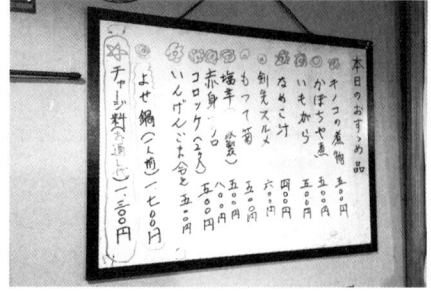

左上：客人表演隐岐海岛民谣《出家节》。胸前的iPod无比耀眼。

右上：这里既是民谣店，也是气氛和睦的酒馆。

⊙ 民谣店·荣翠 东京都墨田区向岛 4-2-4

店主人印南荣翠先生演唱的劳作号子，伴奏为细棹三味线。

民谣酒场·齐太郎

"嗨呀嚯嚯，松岛上～"这是齐太郎节的基本唱词。不消说，它是来自宫城的民谣。龟户站背后的民谣酒场"齐太郎"就由宫城县出身的歌手小岛文子女士打理。这家店开业于1980年，刚过了三十周年纪念日。

小岛女士出生于宫城县农家，很早就爱上歌谣曲。后来她在学歌的老师那里结识了尺八演奏者甲谷桃笹先生，十八岁便离开故乡来到东京。两人来到坐拥160平方米大厅，可容纳三百位客人，号称"东洋第一"的巨大民谣酒场"七五三"，找到了包住的工作。在"七五三"工作很长一段时间后，她又与丈夫甲谷先生开了现在这家"齐太郎"。

拉开玻璃门，眼前豁然开朗，大厅内部便是舞台。这里与"绿"和"荣翠"一样，大厅的客人们会陆续起身，在店员伴奏下一展歌喉。因为店老板和老板娘都是宫城县人，店里唱的多数是《江差追分》《秋田小妹》《秋田打草歌》《十胜马歌》等北国歌谣。一位来自岩手县的客人告诉我们："在青森唱'西边物'会没命，每个地方有每个地方的本土歌谣。"可见民谣曾经代表了每一片土地的不同精神。这就好像美国东西部说唱之争，有时还会引起骂战，甚至闹出人命。

傍晚时分走进"追分"，赶着最后一班电车的时间踏出"齐太郎"，我们一晚上转遍了四家民谣酒馆，听到三十首歌曲！最后沉醉在老板娘文子绝妙的《黑田节》歌声中，我啜饮着店中名酒——青汁兑烧酒陷入了思考。

山村先生说，民谣酒场经过一段繁盛期，大约在1975年走向衰败。当时东京青年们"发现"高桥竹山[40]，兴起过一阵

左：每月都会召开歌唱比赛。
中：老板娘或是演唱或是击打太鼓伴奏。最后，所有人都沉醉在她的《黑田节》歌声中。
右：店中名产：青汁兑烧酒。

津轻三味线风潮,但奇怪的是,"就是那段时间,酒场一家一家关张了"。原因之一就在于那段时间突然火遍全日本的卡拉OK。同时山村先生分析认为,另一个原因可能在于,当时没有从小听民谣长大这种原生体验的青年越来越多了。

东京右岸如此广阔,能去的民谣酒场却仅剩四家,这个事实如实反映了民谣文化的衰退。不过,这次访问的店铺都有很多客人,也并不只有年长者。演唱和伴奏者都有二十几岁的年轻人,甚至有家长带着十几岁的少女前来。

山村先生之所以被吸引到民谣的世界,也是因为掀起新浪潮的民谣歌手伊藤多喜雄。而我更好奇的是,这些儿时从未听过民谣的青年民谣歌手和三味线弹奏者,今后将会催生出什么样的新浪潮。

没想到在离我这么近的地方,就能现场欣赏到如此美好的音乐,而我以前竟一无所知,实在太丢人了。下次我不会像今天这样匆匆转场,而要优哉游哉地找一家店坐下来,陶醉于美酒与音乐的世界,再也分不清这里是东京、秋田,还是津轻。

⊙ 民谣酒场·齐太郎 东京都江东区龟户 5-6-15

客人轮流上台一展歌喉,这是今天第三轮。弹奏三味线的也是客人,在一旁边演唱的是她的奶奶。

东京下町的夏威夷风情　【台东区·松谷、浅草/文京区·根津】

KIWAYA 商会

都说提到浅草就是桑巴，然而9月第一个礼拜的浅草，商店街里流淌的音乐却不是桑巴，也不是巴萨诺瓦，而是来自夏威夷吉他。

在银座线稻荷町车站下车，沿着浅草大道步行约十分钟，拐过排列着家庭餐厅和二手书连锁店的沉闷街角，就会看到一座小小的楼房，一楼挂着"KIWAYA"招牌。这里就是长期以来日本唯一的尤克里里制造商——KIWAYA商会的大本营。

一楼是店铺兼展厅，二楼是办公室，三楼是尤克里里教室，四楼则是名为"乐"的尤克里里博物馆。"连夏威夷都没有这种博物馆，所以这里的展品无论质或量都算世界顶级。"诚然，玻璃展柜中陈列的尽是令爱好者垂涎的藏品。每一把琴都紧绷琴弦，安静地等待抚弄。

KIWAYA是一间老店，2009年是创业九十周年，其前身是1919年创立的"喜八屋留声机"，店如其名，是从事留声机销售和修理的公司。公司初创时位于神田，二战

结束后不久的1947年，店铺就搬到了现在这座台东区松谷的大楼里。当时的喜八屋已经转型为销售唱片和乐器的店铺。

1957年，喜八屋迎来转机，那一年，现担任会长的冈本良二加入了公司。冈本先生十四岁便已在乐器批发店工作。战后不久，通过修理乐器的工作，他对尤克里里着了迷。尽管当时音乐潮流已经开始从夏威夷风格转向乡村摇滚，他还是执着于尤克里里，创立了名为"Famous"的自主品牌（1957年）。

夏威夷音乐全盛时期，仅日本国内就有将近三十家尤克里里制造商，到潮流褪去时已经全部停业。没过多久，KIWAYA（1966年从喜八屋改组）就成了日本唯一的尤克里里制造商。"总说以后会畅销，但谁也不知道以后是什么时候。公司库存越积越多，员工也抱怨'社长出于个人爱好，做这么多卖不出去的东西可怎么办'。"从冈本先生在杂志访谈上的回答可以看出，无论处在什么样的逆境，KIWAYA都没有舍弃对尤克里里的执着。

凭着"不能让如此可爱的乐器从日本

消失"这个信念，KIWAYA撑过了四十多年的营业寒冬，直到1990年下半年才见到了曙光。在高木Boo、南方之星成员关口和之等尤克里里爱好者的作品影响下，尤克里里的音色重新出现在电视和广播节目中。2000年以后，号称夏威夷尤克里里新世代的杰克·岛袋等"快弹系"音乐家又大获人气，重燃尤克里里风潮。KIWAYA和冈本先生近半个世纪的坚守，此时终于有了收获。

如今，KIWAYA在冈本先生长女原京子社长的带领下，放弃了原本兼营的吉他等其他乐器，专心制作尤克里里。作为日本首屈一指的尤克里里生产商，旗下的子品牌也扩大到四个。十年前开办的教室吸引了二十岁到七十岁的学生，向极为广泛的人群传播了尤克里里的魅力。同时期还开创了每两年举办一次的尤克里里大奖赛，上一回获奖曲目是"尤克里里与大提琴的合奏"，可见尤克里里已经超出了夏威夷音乐范畴，正在成为一种越来越热门的存在。

四楼博物馆收藏了1957年生产的Famous第一季尤克里里，以及二十世纪初的古董夏威夷尤克里里，另外还有著名吉他制造商"马丁"生产的尤克里里，从1927年的型号开始，藏品完整程度甚至超过马丁总公司。徜徉在这些展品中，会不由得为它们的可爱与精美而感叹不已。尽管如此，尤克里里却丝毫不存在小提琴和大提琴那种"轻易不可触碰"的高级感，仿佛随时都在向你发出呼唤："要不要弹几下，听听我的音色？"每一个可爱的琴身，都散发着那种开放而轻松的感觉。想必，尤克里里的好处就在这里吧。

原女士说："中高年龄层的人中现在也很流行跳草裙舞，不过尤克里里跟那个又不太一样。草裙舞十分夸张显眼，尤克里里则更倾向于自弹自唱，自我陶醉的感觉。"她还说："这种乐器在技术精进后也无须购买更高价的产品，在课堂上能够弹唱的也不只有夏威夷音乐，还包括了爵士乐和流行乐。这反倒体现了夏威夷精神。我认为尤克里里是一种反体制的乐器。"

音乐重在"乐"，而非"学"。或许，尤克里里就是最符合那种大气精神的乐器。同时，它可能也最适合浅草这片土地的个性。

◉ **KIWAYA 商会** 东京都台东区松谷 1-7-3-1F

KIWAYA商会一楼是尤克里里相关商品应有尽有的店铺。

博物馆摆满了制作精美的古董尤克里里。除此以外还有尤克里里花纹的夏威夷裙,展品丰富有趣。中间的照片是社长原京子。

100

兼作尤克里里教室的四楼博物馆。

展柜里摆放有二十世纪初期的KAMAKA、风格明快的五十年代印花尤克里里，藏品无一不让爱好者垂涎。

安坊染店

"安坊染店"位于浅草中央大道,就在浅草雷门通往浅草寺的仲见世大道往东走一个街区的地方。店铺坐落于游客摩肩接踵的大路上,一派老店风范,但实际上开业于2004年4月,是一家只有五年半历史的新店。店名写作"安坊",读作"Anbo",据说取自排除苦难、保佑子孙长久,同时又是打架之神的"地安坊大权现"。考虑到这家染店还销售祭典短褂等经典又富有风情的商品,这个店名或许正合适。

安坊的老板北岛惠女士原本是北海道TBS系电视台的播音员,也就是所谓的播音小姐。在一次节目采访中,她对北海道的染布工艺产生了兴趣,最后辞去播音工

作,进入染店成了学徒。经过三年学艺生活,她决定离开店铺,去"让更多人了解手工染布的优点"。我惊讶地问:"在北海道染布?"她告诉我:"染坊十分重视水,而北海道有大量好水,所以那里有很多手工染布的店铺。"

她认为,开店地址应该选在京都或东京,但京都更重视丝绸文化,自己学到的是棉布染制。说到棉布自然是东京,东京当然要选浅草,于是便开起了现在的店铺。一开始并非像现在这样主要售卖手巾,商品还包括了短褂等,只是浅草原本已经有许多手巾等织物老店,"东西根本卖不出去,不知道怎么办才好,于是开店一个月决定改变路线,专门销售手巾"。

店内氛围与传统老店不同,地方宽敞,还有加高的天花板,商品的花纹都是可爱的流行风格,在老店很难见到。"平时有六成都是头一次到店的客人,双休日则有七到八成。"路过门口的观光采购客人,都会被橱窗里的手巾图案吸引进去。每块手巾只需1000日元出头,随意挑选几种喜欢的图案购买,也是一次愉悦的购物体验。

安坊还提供现成手巾加印姓名、自

带图案定制手巾的服务,同时还能用手巾图案制作夏威夷衫。店中有现成的商品,也可以选好手巾图案按自己想要的尺寸定做衬衫。北岛女士说:"我认为,手巾的好处之一就是快干。过去人们会在盛夏的日子把手巾塞到背后,因为吸水性良好,汗水一下就被吸走了。回家之后,只要把手巾从背后抽出来就好。我觉得这样很不错,马上就有了想法:为何不把手巾直接做成衬衫呢!"

虽是手巾图案的夏威夷衫,却没有那种传统的印花图案。安坊的夏威夷衫既有类似小纹和服的老练花纹,也有黑底留白花纹的蜘蛛和蛛网图案,还有不少让人心动的设计。比起喜欢和风的人,这里的衬衫似乎更适合硬核粉丝。或许正因为不是老店,才能做到这点。现成的衬衫售价大约8000日元,单独定做也只需六到十二块手巾的成本,另附3500—4000日元的加工费。

我以前一直很奇怪,为什么手巾边缘没有缝合,而是做成毛边。根据安坊手册上提供的"豆知识[41]",原来过去的人认为,将边缘缝合容易滋生细菌。另外人们也更喜欢使用毛边手巾,因为那样更方便受伤时撕开手巾作为临时绷带使用。若用洗衣机清洗手巾,容易使毛边脱线,让人头痛不已,但只要质地足够细密,就可以直接剪掉脱出来的线头,无须担心弄坏手巾。如果像马吉拉(Maison Margiela)家的衣服一样不断脱线(不好意思),那就证明手巾面料很廉价。真是受教了。

⊙ 安坊染店 东京都台东区浅草 1-21-12

てぬぐいで
ワンピースができます。
是非、トライしてみて
ください。

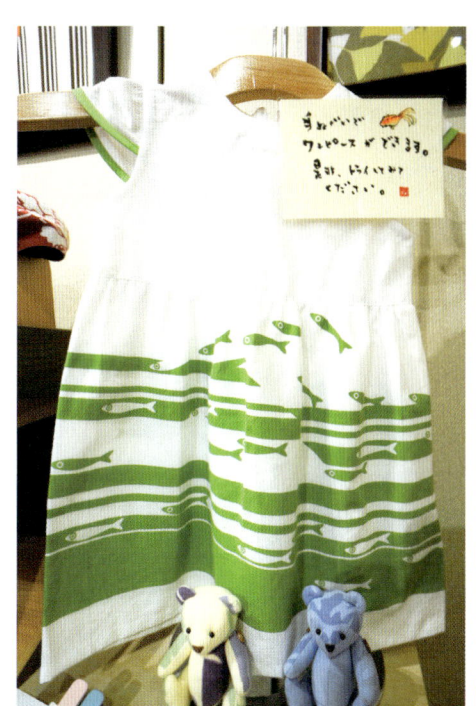

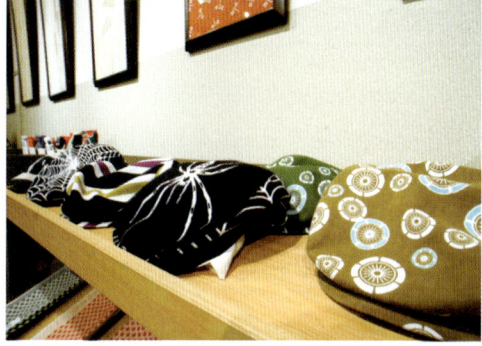

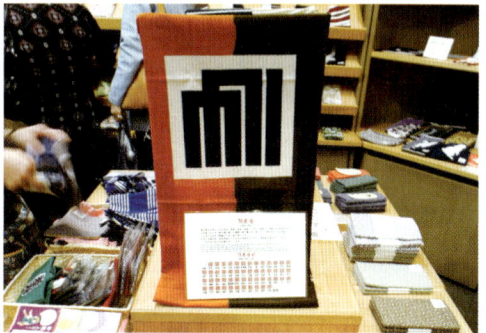

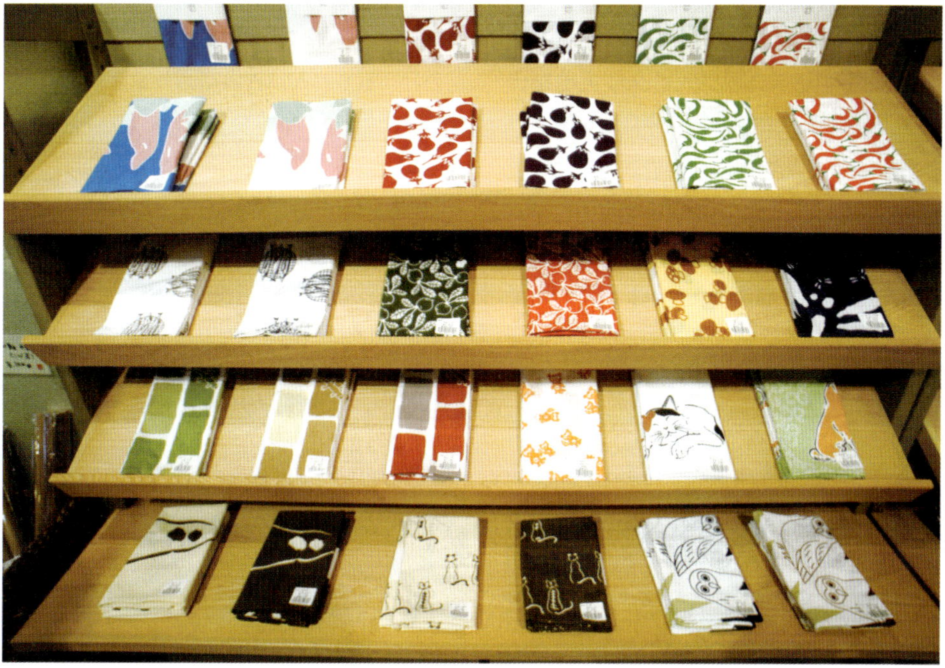

天堂湾

天堂湾店铺原本开在藏前（"天堂湾"这个名字非常夏威夷！），四年前搬到了浅草。店面位于挤满了阿姨服装店和食堂的浅草中心，在嘈杂的商店街一角，五彩斑斓的风格如同黑暗中独照一处的阳光。

"我很喜欢古董，但也称不上收藏家。"谦虚的店主原本出身于古着业，找店面时只带着非常茫然的想法："差不多在浅草到锦系町一带就好吧。"他还看过上野高架桥下的店面，但被高昂的店租吓到了。"浅草便宜多了，价格十分合理！"因此，他最后便在这里落了脚。

夏威夷也有很多热心的收藏家和老店，因此想寻觅好点的老东西十分困难。现在"每年都会趁淡季到夏威夷淘货，冬天去那边没什么意思，就会改去美国大陆。"

窄长的店铺内部展示着店主几经辛苦淘来的古董，每一件都让人不由得惊叹。但老实说，这些东西都太贵重了，实在不敢往身上穿。毕竟价格很贵，而且"真穿上身就得坏了（笑）"。于是店里主要销售的都是复古设计的仿品。这里有许多充满复古气息、花纹很有味道的衬衫，还有号称一百头老虎以各种姿态咆哮的著名"百虎"印花衬衫，风格与现代衬衫截然不同。这些商品价格很实惠，男装大约8000日元就能买到一件。当然，面料都是丝绸，纽扣则是椰子壳材质。

一般人都认为夏威夷衫是"夏季商品"，但像天堂湾这种店铺全年都在营业，可见冬天也会有客人来买夏威夷衫。我问店主都有什么客人会来，他的回答是："住在附近不需要坐班的男性自由职业者，需要有领子的衣物时，可以选择西裤加夏威夷衫搭配的人。"另外，竟有很多人是"买来参加婚礼用"。婚礼？"对啊，有些人要去夏威夷或关岛参加婚礼，却没有时间在当地买衣服，也不知道能不能找到满意的款式，就会到这里来买了带过去。"原来如此，被他这么一说还真有些道理。

◉ **天堂湾** 东京都台东区浅草 1-20-3

山云海月工作室

想必很多人都知道夏威夷衫的起源。十九世纪后半期移居到夏威夷的日本人，将他们带去的和服加工成了这种衬衫形式。位于根津神社门前十字路口附近的"山云海月工作室"原本是一家网店，由于希望看到实物的客人越来越多，才在2008年12月开设了这家崭新的实体店工作室。店名意为"山有山之美，海有海之美，云隐山巅，海升明月之时，又会诞生别样的美"。这里专事用古着和服改做夏威夷衫的生意，是回溯了夏威夷衫源头的店铺。

店主原本是普通白领，对古董很感兴趣。他逛古董市场时，突然觉得："旧和服得不到适当保养，实在太可怜了，不如改成夏威夷衫吧。"这就是他事业的开端。他与专门为人定做西装和衬衫的裁缝商量，做了几件给自己穿，结果朋友也想要，"于是我就一边上班，一边开了网店销售这种商品"。

并非什么样的古着和服都适合改做，必须有合适的花纹和保存状态。加之和服布幅本来就比普通衣服面料窄三十厘米左右，要对齐缝合位置的花纹十分困难。此外，还要配合面料颜色使用不同颜色的缝线……正因为讲究这些细节，改做起来非常麻烦。若采购到的和服质量不错，原料价格就会上升，再加上加工费就得定很高的售价。因此，店中虽然展示着很多让人看一眼就忍不住惊叹的好看款式，标价却至少有三万日元，高的甚至接近十万日元，让人忍不住再度惊叹。

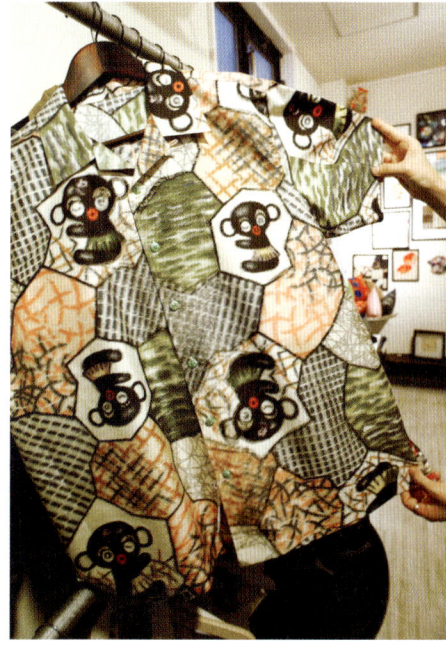

店主说："我一开始也怀疑这种商品能不能卖出去。"后来有一天，他走在大阪时尚街区堀江，发现有人穿着特别好看的夏威夷衫，"再仔细一看，那竟然是我卖的商品！"他自信店里的商品质量上乘，但也觉得价格有些昂贵。因此，当他目睹商品卖出去，并且被客人穿在身上时，"我就想，这个店要好好搞下去。"

店主原本一直在业余时间经营店铺，彼时正好碰到公司要求他调职，他便借此机会提出辞职。同一天，吉本兴业前来与他商谈，"能否租借店中服装给旗下艺人穿着"，而恰好在同一时期，"我发现曾祖父以前在茂宜岛做日本移民的生意，祖母也出生在茂宜岛"。在这几件事的激励下，他终于决定要专营店铺，并转为实体店运营。"当年恰好是夏威夷成为美国第五十个州的五十周年纪念，自己也正好五十岁了，我感觉各种巧合都凑到了一起。"

山云海月网站上有一篇文章，讲述了将和服改做成夏威夷衫时的讲究。夏威夷衫主要是男装，而和服原本是女性服装，对此，店主中村明彦先生这样解释道：

含香即逝男人色

这是男性穿着女性和服面料所酝酿出的性感。它并非来自自身穿夏威夷衫的男人，而是来自曾为女性使用的和服面料，初次被异性穿着，触碰男性肉体时散发的羞涩和欢喜。这种性感来自曾经是和服的衬衫本身。

因此，我们主要用女性和服改做男装夏威夷衫。各位女性朋友，曾经让你们痴迷的色彩狂涛和绚烂花纹，如今变成了男人的性感之源，还请各位谅解。

原本属于女性和服的面料，头一次触碰到男人肌肤，散发出性感……"我们不光是做修改，还会为每一件和服设计故事。"被这样的店主寻觅出来，重新制成美丽的服装，想必和服也会感到无比幸福。

⊙ **山云海月工作室** 东京都文京区根津 2-37-1F

店主加藤金治先生。

荒川的电音三味线乐园
【荒川区·东尾久】加藤三味线

想必很多人即使在商店街看见过三味线商店,也从未走进去过。更何况这里还是荒川区东尾久。从町屋站乘坐东京都电车,或是从日暮里乘坐日暮里·舍人线,下车后穿过住宅区,就能看到"加藤三味线"。知道这家店的人,应该都掌握了一手弹奏三味线的技艺。

"加藤三味线"1988年3月11日开业,至今已有二十二年历史。它在三味线业界还算不上老店,却是众所周知的存在。店主加藤金治先生是业界首个开发并销售"电音三味线"的创意工匠,还在店铺二楼开设了名为"chito-shan"的表演场地,是个极具热情的人。他还在Youtube网站上制作发表了《TOKYO

店内还有练习弹奏时不会发出声音的"静音三味线"。

从细棹到太棹应有尽有，还分为练习用三味线和表演用三味线。

NAGAREMONO 正确欢迎外国客人的做法》等搞笑视频，可谓与传统技艺师傅性格出入极大的特殊人物。

我1947年出生，今年六十三岁了。因为从小在自家店里玩耍长大，这里就相当于我的大本营。父亲以前是制作三味线棹子的匠

店中经常举行演奏会，对青年演奏家来说是难能可贵的场所。

113

人，虽然没有店面，不过他都是在外面接订单，然后在家制作。由于那样很难维持生计，二战结束后不久，母亲就开了一家粗点心店。结果粗点心店生意更好，于是我家就成了门前开粗点心店，老爸在里屋制作樟子的状况。

所以我还没到上学的年龄，就在自家店里接触到了各种各样的人。1959年，家里买了电视，后来不仅是小孩子，各个年龄层的大人也会聚到家里来。我夏天帮忙做冰沙，冬天帮忙卖文字烧，上小学时就要提着食盒去送外卖，还要帮忙做文字烧、收拾餐具。虽然很忙，但很开心。当时小孩子的玩乐也经历了各种潮流，比如弹珠、陀螺、抛锁环、扑克牌、骨牌、碰碰盖……我相当于那些玩耍孩子的头儿吧（笑）。

但是仅靠粗点心店，一家人还是难以维生，我开始想，初中毕业后必须去工作才行。父亲四十七岁才有了我，我从小到大总听他说"快给我们养老"（笑）。当时家里也穷，他就叫我初中毕业赶紧去找工作，我很老实地听从了。

虽然同是三味线，樟子的工作时有时无，但三味线的皮总是会破，需要定期保养。因为父亲说给三味线蒙皮更赚钱，我就信以为真，中学毕业后马上拜了根岸的蒙皮匠人为师，成了住家学徒。因为距离很近，自行车可以骑到，我就租了辆小推车把行李拉过去，在那儿住了三年潜心学艺。

其实战后出现过两次三味线热潮。第一次是1962年、1963年前后的小歌[42]热潮。当时市丸女士那样的艺伎歌手很受欢迎，很多男士都愿意学小歌。然后没过十年，又兴起了民谣热潮。高桥竹山曾在涩谷JEAN JEAN搞过演奏会，三桥美智也的津轻民谣也很流行。那场热潮大概持续了十年吧，距今已有四十年了。后来就是一路凋零（笑）。

我拜师的时候正值集体求职时代末期，当了三年住家学徒后，第四年开始我便回到自己家，往返于工作场所。大概在做住家学徒第二年，我突然产生了强烈的学习欲望，回到自己家里后，我便决定报名上野高中的夜校。后来，我就白天去师父那儿上班，晚上到高中学习，二十二岁时总算结束了七年的学徒生涯，也从夜校毕业。有些人那个年龄已经大学毕业了。差不多在那个时候，我突然产生了烦恼。

因为此前一直是我跟师父一对一的环境，对外面的世界一无所知。一旦走上社会，我就特别想看看世界是什么样子，于是就跟师父请了假，出去旅行了。按现在的说法，就是踏上了寻找自我的旅途（笑）。

当时正好是旅行热潮期，又正值嬉皮士时代，流行的都是端田宣彦的歌曲《风》，还有寺山修司的《扔掉书本上街去》那样的作品。于是我也产生了旅行的想法，便连钱也不带，背着三十公斤的背包一路搭便车、打零工，展开了走遍日本之旅。

离开家的时候是3月末，一开始坐电车去了静冈的清水，随后想搭便车去三保的松原，可我脸皮实在太薄，不敢抬手拦车，最后一个人走着去了。走到那里终于厚着脸皮拦下一辆车，一路坐到了烧津。随后就南下了。大热天南下，寒冷时节北上，这听起来有点违背常识，不过当年那个青年却一心想看看冰天雪地的荒原（笑）。追求的就是那种斯多葛主义的随心所欲。

我就这样旅行了两年，那时冲绳还在美军控制之下，我就在别府的牧场工作，又在鹿儿岛的青旅打工，最后一路走到了与论岛。随后改变方向，一边打零工一边沿着萩市、金泽、札幌北上，第二年5月便到了利尻岛。

因为学生时期参加过登山部，我就想登上利尻山，花了大概五个小时来到能够望见山顶的小屋附近，扎下了帐篷。当时我用无铅汽油当燃料点炉子，在帐篷里用完后准备排气，结果汽化的汽油一下被蜡烛火点燃，瞬间便烧到我身上，把我变成了一个大火球。

好在周围全是积雪，我马上捞起雪来擦拭烧伤的面部和双手，随后收起帐篷，只用两个小时就下了山！好不容易跑进诊所，护士往我这边一看都吓坏了。此时我才意识到自己的烧伤有多严重。不过好在及时用积雪做了应急处理，烧伤只停留在表层，尽管如此，我还是裹着一身绷带回了东京，把全家人都吓了一跳（笑）。就这样，我的独自旅行便暂告一段落。不过我没在东京待很久，等把伤养好，我又住到了京都。

我一直都有"定居"的想法，因为旅行只是路过，有很多事情容易错过，一旦住下来，就能发现更多精彩。我在京都祇园找了家三味线店打工，学了七年的蒙皮手艺已经渗透骨髓，在那边很受重用。我也在博多中洲工作过，不过那里有不同于东京的技术，让我了解到那样更好，即使回到东京后，也一直沿用了那里的技艺。德国不是有一种大师制度嘛，学徒掌握技艺后，就要周游各地，在不同的师父手下修行。现在回想起来，我的经历也差不多。

我在京都待了半年，再次回到东京。在那半年间，我去过不少戏剧研究所，那就是我戏剧人生的开端。其实早在去京都之前，我就去看过蒲克人偶剧团的演出，随即对戏剧产生了兴趣。当时是朋友带我去的，我一开始特别惊讶，觉得这些人在干什么！这样怎么赚钱为生啊！不过他们好像特别开心，表演得特别起劲，这让我脑子里充满了问号。那时应该是遇到了自己从未见识过的价值观吧。

回到东京后，我决定自己开业当三味线的蒙皮匠人。以前帮师父干活时，自己也在开发新客户，而正好在那段时间，民谣变得热门起来，我的工作也十分顺利。那时完全是供不应求，有忙不完的订单。要是我专注工作，说不定能赚不少钱，只是我还很喜欢戏剧啊。于是就一边工作维持生活，一边在晚上和周日去看戏。

一开始都是看业余剧团表演，不过1982年前后，我自己也加入了"世仁下乃一座"剧团。我加入时团员只有三个人（笑）。即便剧团勉强成立了，也像风中烛火一样奄奄一息。

我在世仁下乃一座极具热情地搞了四年活动，然后正好结婚生子，再加上所有创作活动可能都有一个现象：克服某种困难后，会渐渐觉得手头的事情失去了魅力，想就这么算了……

于是我便离开戏剧界，二十二年前开了"加藤三味线"。因为搞戏剧活动时，经常会考虑出人意料的环境带来的趣味性及深层意义，所以开店时选了现在这个地方。要是全都按照常理来做，只会理所当然地难以为继。我希望能让客人主动发现这里，制造一些邂逅，所以几经考虑，才选了这个店面。

这个店面门前就是电车轨道，周围都是玻璃橱窗，能清楚看到内部环境，还有简单的榻榻米座位，一点儿都不像传统艺能店铺。在店内演奏三味线，外面的行人和电车乘客都能看见。我还在室内安装了麦克风，室外安装了扩音器，让外面也能听到演奏，打造成半露天剧场的表演空间。我给这个场地起名叫"chito-shan亭"，准备在这里开办免费演奏会。

当然，其他三味线店铺都没有这种服务，我在业界算是异端分子，但这也让我获得了许多邂逅。比如某天若无其事走进店里来的老太太，其实是三味线名家，还教我弹过去的俗曲和流行歌。

在这些邂逅对象中，有一位就是浪曲师国本武春。他是那种戴着大墨镜，看起来像黑社会，还会用三味线弹摇滚的人。我在浅草的木马亭听过他演奏，觉得很好玩，就请他当了第一回"chito-shan亭"演奏会的嘉宾。后来我又去六本木Inkstick看他的乐队表演，当时是键盘和吉他伴奏的弹唱，虽然音量不大，三味线的声音还是被埋没了。三味线跟西方乐器放在一起，声音太弱了，若用麦克风来扩大音量，无论怎么调整都会混入杂音和多余的声音。于是我就想到开发电音三味线，并花一年时间做了一把出来。

我从未做过电吉他，不过妻子的兄长正好很熟悉吉他，帮我收集了不少信息，我便在此基础上开发了第一款"梦弦21"。这把三味线内藏麦克风，能够增强三味线的音量，降噪处理也非常完美。我不仅可以用效果器改变音色，还可以制造失真效果，特别好玩。不过玩了一段时间，所有人都会回到原本简单的声音。因为与电吉他不一样，电音三味线只是为了原原本本地增强三味线的音量，让观众能够听到。

在此之前，寺内武演奏《津轻常橡节》时进行过许多尝试，就是无法突出三味线的柔软音色。现在虽然有很多人选择我的电音

左：尽管声音经过增幅，感觉还是跟原声非常接近，甚至能听到三味线蒙皮的轻柔音色。
中："chito-shan"入口。右：自开放后来"chito-shan"表演过的日本国乐艺术家。

三味线，但基本都是十几二十岁的年轻三味线演奏者。对那些孩子来说，从小陪伴他们的不仅有乐队，也有三味线，所以不会偏执一隅。正因为那些人努力想建立加入三味线伴奏的乐队，我也想尽我所能支持他们。或许业界到现在都觉得我是个古怪的人，可不这么做，就无法开放这个世界。

2009年6月，加藤先生扩大了原本位于店铺内部的"chito-shan亭"，将它变成二楼常设的"chito-shan"表演场地，每个月都会亲自策划一次表演。另外店铺三楼还开辟了榻榻米房作为休息室，同时也开展了三味线教学。要想在这个受到传统束缚的世界中，撕开一道裂缝，其动力，就来自这里。

⊙ 加藤三味线　东京都荒川区东尾久6-26-4

这就是电音三味线"梦弦21"。

客人在擦拭棹子的抛光布上绣了店名送给店主。

三楼是休息室兼练习场，图中正在进行长歌弹奏练习。

117

上野—绫濑熊猫纪行

最近经过上野站附近的人，是否注意到周围出现了变化？没错，那就是熊猫。

为了欢迎最近来到日本的"力力"和"真真"[43]，上野一带掀起了"热烈欢迎☆PANDA☆"热潮。公园咖啡厅菜单上出现了"熊猫拿铁""熊猫咖喱""熊猫饭"，车站周边的面包店则卖起了"熊猫方包""熊猫红豆包"，烤肉店出现了"熊猫盖饭"，意大利餐厅搞起了"熊猫比萨"……这样的例子不胜枚举，无论走到何处都能看见熊猫。

东京都从中国野生动物保护协会租借的这两头熊猫，租金为每年九十五万美元（约七千八百万日元），合同期十年……那一头就将近四亿日元！有这么多钱，应该能保护不少日本的野生动物吧。然而据报道，自从三年前大熊猫琳琳去世后，上野动物园年集客率就下降了15%（《富士晚报》2011年3月5日），也难怪这次商店街会如此热烈地欢迎熊猫入住上野。

公开亮相后，公园门前必然会连日排起长队，等待观看的时间想必也会长得不得了。于是！各位知道与上野动物园仅有一个广场之隔的国立科学博物馆也有三头熊猫，而且无须等待即可参观吗？……虽然它们并不会动。

曾经是上野之星的飞飞、欢欢、童童如今被做成了标本，放在科学博物馆常年对外展示。来到被人们昵称为"上野科博"的本馆背后，走进2004年开设的地球馆，我们首先能在一楼看到欢欢的身影。它旁边还展示着大熊猫前肢骨骼标本，根据展馆介绍，欢欢死后，研究人员发现，大熊猫除了进化出帮助把持竹枝的"第六指"之外，还存在被称为"第七指"的骨骼凸起。

该馆三楼以夏威夷狩猎爱好者兼实业家沃特森·T.吉本捐赠的"吉本藏品"为主，不过展馆一角还展示着飞飞和童童（顺带一提，童童是飞飞和欢欢的第二个孩子）。

尽管在老虎、骆驼、斑马这些体魄强健的大型野生动物包围之下，飞飞和童童显得有些局促，但还是希望各位熊猫爱好者能够蹲下来，隔着玻璃仔细地观察它们身体的每一个部分。

该馆同时还展示着上野动物园很有人气的大象英迪拉、长颈鹿高绪等的骨骼标本，2011年3月还举办过名为"大熊猫欢迎纪念·科学标本动物园——上野动物园历代明星大集合"的特别展出。

目前为止，上野动物园总共向科学博物馆赠送了超过三百件哺乳类动物标本，该馆甚至展出了2008年去世，享年二十二岁的大熊猫琳琳的外形和骨骼标本，看到这些平时都被藏在库中很难见到的珍品，爱好者无不感动不已。

⊙ **国立科学博物馆** 东京都台东区上野公园7-20

上野公园一眼望去全是熊猫。

图中所谓"熊猫的鼻屎"其实是晒干的黑豆制品。

地球馆一楼的欢欢标本。不知为何与蚁熊放在一起。

大熊猫依靠五根手指和第六、第七指凸起部位夹住竹子进食。

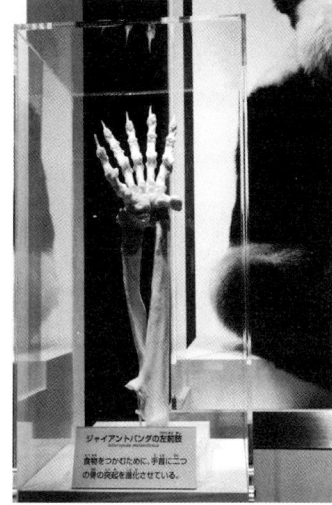

大熊猫右手骨骼标本。这是飞飞的手。除了常说的"第六指",研究员还发现了被称为"第七指"的骨骼凸起。

三楼的飞飞和童童与其他大型野生动物一同展示。可能因为周围环绕着大型动物,两头熊猫看起来十分娇小。

上野—绫濑熊猫纪行

不去理会动物园排起的长龙，而是走进科学博物馆细细品味熊猫标本……对这种扭曲，不，明事理的人，我还要推荐一家有熊猫的拉面店！这家店不在上野，而是在足立区绫濑。从绫濑站步行二十分钟，或从北绫濑站出来，马上就能看到路旁的"拉面小屋"。

拉面小屋隶属熊猫集团公司，该集团在绫濑地区事业范围极广，从二手车店到餐饮店应有尽有。店如其名，坐落在一间形似休闲小屋的建筑中，内部如同家庭餐厅一样宽敞。菜单上罗列着充满旅行风情的地名，如"立山""最上川"等。

一头熊猫端坐玻璃柜里，在入口欢迎饥肠辘辘的食客。这尊标本带有财团法人自然环境研究中心发行的国际稀有野生动植物种登记证，还配备了温湿度计，管理似乎十分严格。一位阿姨给我端来分量十足的拉面加半分炒饭套餐（附送咖啡）时这样说："里面放了水和樟脑哦。"据说做成标本后还是很难去除兽类气味，真不愧是野生动物。

我长期在各地旅行，也在许多意想不到的地方碰见过熊猫标本。伊豆半岛的"野生王国"有标出四千八百万日元天价的熊猫标本，大阪岸和田的"东洋标本博物馆"还有穿着花车节装束的熊猫标本。我记得定山溪的北海道秘宝馆二楼烤肉餐厅里，过去也有一座标本（这些都收录在《ROADSIDE JAPAN 珍日本纪行》中，有兴趣者可以一读）。不过边吃拉面饺子边观赏熊猫……这种地方别说日本，恐怕全世界都找不到第二处吧。

⊙ 拉面小屋 东京都足立区绫濑 7-23-8

玻璃展柜内部还进行了温湿度管理。

"拉面小屋"外观。

休闲小屋风格的店内装潢。

上野—绫濑パンダ紀行

仔细一看，每头熊猫的长相都不一样。

上野—绫濑熊猫纪行

立山套餐（下）、北上川套餐、最上川套餐、长崎杂烩面……满是乡愁的菜单。

根据出租车司机提供的信息，这是当地地主开设的连锁店，除此之外还有"熊猫拉面"（上图）和二手车销售业务。但最有人气的还是"拉面小屋"。

绫濑的熊猫没有名字。

舞池女王

Dancing Queen

3

日暮里舞、舞、舞　【台东区・根岸/荒川区・西日暮里】

新世纪舞厅

不知各位可知，东京年轻人聚集的舞厅或许以涩谷为中心，但年长者，也就是交际舞的中心客户群则在从莺谷到日暮里和西日暮里一带。莺谷车站前还有如今罕见的现场伴奏舞厅，西日暮里车站前则遍布舞蹈服装店和舞蹈教室。为了深入考察右岸的舞蹈世界，我们首先来到了莺谷车站前的"新世纪舞厅"，探访其中的舞者生态。

从莺谷车站出来，步行一分钟，来到一座耸立在车站前的大楼，这里的三、四楼就是"新世纪舞厅"，它是电影《谈谈情跳跳舞》（1996）的舞台，同一座大楼楼上原本还有名为"世界"的歌舞厅，如今已经成了"东京电影俱乐部"剧场，想必有的读者也知道这个地方。"新世纪舞厅"与"世界歌舞厅"都开业于1969年，到2010年已有四十一年的历史。过去东京曾有许多自带大乐团伴奏的舞厅，不过最近歌舞伎町的"立体声舞厅"关闭后，目前都内只剩下日比谷的"东宝舞厅"和"新世纪舞厅"两家了。

尽管舞厅界如此萧条，当我们来到"新世纪"……明明是工作日午后时间，这里却异常热闹！两组看上去完全不像老年人的资深舞者，跟随乐队伴奏轮流起舞，从不停歇，让优雅的舞姿掠过整个宽敞的大厅。在接待独自前来的客人的教练专区里，也坐满了整装待发的舞蹈老师。

专业舞蹈老师北纯士先生与细川惠子女士都有数十年舞龄，已经在"新世纪"当了十余年专属教练，我们在舞蹈教学的空余时间对他们进行了采访——

你们说这很厉害，其实现在还算人少的时候。交际舞全盛时期，这里可谓人山人海，连地板都看不见。从那时起，"新世纪"就是东京最大的舞厅。

过去一提到交际舞，人们都觉得那是男性需要学会的技能，现在倒是女客更多了。所以我们这些专业舞蹈老师团队虽然有一百一十人之多，其中男性占到了八十人左右。

你看舞厅里的客人是不是很活跃？七八十岁的人在这里十分常见，我们还有将近九十岁的熟客呢。就是没有四十岁以下的客人（笑）。所以这样算下来，平均年龄在六十五岁左右吧。

交际舞有个特点，就是任何年龄的人都能乐在其中。即便是高龄人士，经常跳舞的人也会说："我去参加同窗会，大家都说我最年轻！"穿着盛装，化上精致妆容，关键是握着异性的手翩翩起舞，这些都能达到消解压力的效果，在平衡荷尔蒙方面似乎也很有帮助！

事实上，有许多来跳舞的客人都能在这里找到伴侣，过上快乐生活。因为舞蹈的好处在于，只要动作正确，即使搭档是初次认识的人，也能配合得很好。让人意外的是，相比成双成对的客人，许多人都是趁周末一个人前来，把这里当成了邂逅的场所。

另外，在我们这个舞蹈的世界，女性可以跟女性搭伴跳舞，男性与男性却是严令禁止。我觉得这个规矩到哪儿都一样……毕竟两位女性在一起，旁人看来也能赏心悦目，要是两位男性……（笑）

交际舞世界的神秘，不真正深入实在很难了解。不如下次再去探访一下交际舞不可或缺的礼服专门店吧。

⊙ **新世纪舞厅** 东京都台东区根岸 1-1-14

位于莺谷车站前闹市区的"新世纪舞厅"。门口贴出了活动日程安排。

在这里可以请老师与自己搭档，一边跳舞一边教学。搭档费用为半小时2000日元。

号称"东洋第一"的"新世纪"大舞厅。

"新世纪舞厅"的舞蹈老师们。其中还有二十几岁的老师!

上：缴纳入场费,沿楼梯而下,就来到了别样新世界。
下：每天有两个乐团轮流演奏。

上：年龄层偏高的客人都潇洒地挺直身体，沉浸在舞步中。

下：如今很少看到乐队现场伴奏的舞厅。这天负责伴奏的是由十个人组成的岩濑俊二与节奏之星乐团。

塔卡舞蹈用品西日暮里店

继续从莺谷到日暮里，再到西日暮里的"东京交际舞圣地"之旅。今天我们来到了一家舞蹈用品店。

若算上小店，西日暮里车站周边有将近十间舞蹈用品店。因为这里原本就是以纺织业为中心的地区，又有"白桦晚装""向日葵舞蹈用品店"等业界首屈一指的老店，加之日本交际舞联盟搬迁之前就坐落在这里，所以不知从何时起，西日暮里就成了日本相关设施密度最高的交际舞中心地区。不过无论向谁打听具体起始时间，都只能得到"不知道"的答案。这种不明确之处反倒更显有趣。

在电视和电影中表演交际舞的都是职业舞者，而支撑舞蹈业界的当然是业余人士。这些业余舞者口中的"展示会"，便是展现自己日常训练成果的重要舞台。

参加展示会，就需要穿着华丽闪亮的礼服。由于男性只需准备严肃正式的燕尾服就行，所以并不会有什么困难，但对女性来说，礼服挑选则是一桩难事。我在采访之前丝毫不知道，原来交际舞界有一个不成文的规定："不可以穿重复的礼服参加展示会。"每次参与都需要准备新的昂贵礼服，人们自然就需要提供"出售和租赁服务"的礼服店。而西日暮里就有许多迎合那种需求的店铺。

这次我们造访了"塔卡舞蹈用品西

请店员帮忙穿着的礼服。她也正在学习交际舞。

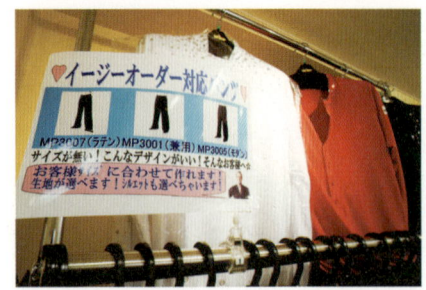

为各种体型人群服务的订购系统。

小装饰物也是重要的交际舞时尚元素。

充满各种色彩的店内光景。

日暮里店"。店铺距离车站步行两到三分钟，位于一座大楼内部。店铺总公司设在大阪，2002年开设涩谷店后，由于想"在东京的东西两侧开店"，2005年又开设了现在的西日暮里店。

根据年轻的店长小林香织女士的介绍，店里客人的年龄层主要集中在四十岁到六十岁，八成是业余人士，两成是专业人士。专业人士一般需要在舞蹈教室与竞技会场与客人结伴跳舞的礼服和西装，业余人士则需要参加展示会用的租赁礼服。同时，店中还提供竞技专用的礼服定制服务，就是我们常在电视的舞蹈竞技比赛中看到的那种夸张的礼服。

越是老店，高龄客人就越多，而塔卡店中的商品则更倾向于服务比较年轻的舞者，大力引进最新的设计。最近"无论是现代舞还是拉丁舞，在服装上都更讲究设计"，所以越来越多的客人不再选择老店常见的经典礼服款式，而是倾向于在这种新店中挑选商品。光是看到眼前这些色彩鲜艳、毫不吝惜亮片、该透明的地方一览无余的最新款式，就能深切感受到人们以服装"求胜"的态势。

● **塔卡舞蹈用品西日暮里店** 东京都荒川区西日暮里5-34-3 睦大厦 3F

店内还有许多周边产品。

不仅是礼服，店中还有CD、DVD、小饰品等，这里也是爱好者们交换信息的场所。

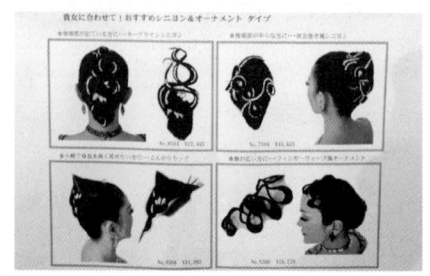

发型有各种技术讲究……

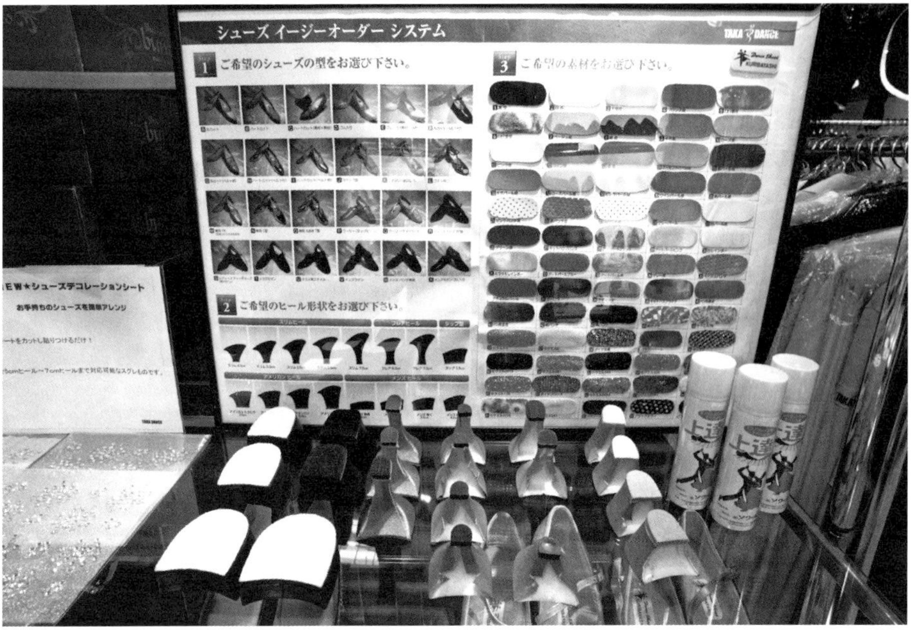
シューズ イージーオーダー システム
TAKA DANCE
1 ご希望のシューズの型をお選び下さい。
2 ご希望のヒール形状をお選び下さい。
3 ご希望の素材をお選び下さい。
NEW★シューズデコレーションシート
お手持ちのシューズを簡単アレンジ

舞鞋也可以特别定制。

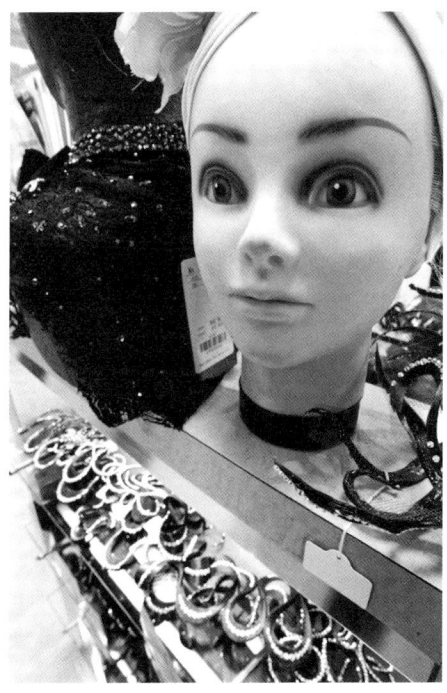

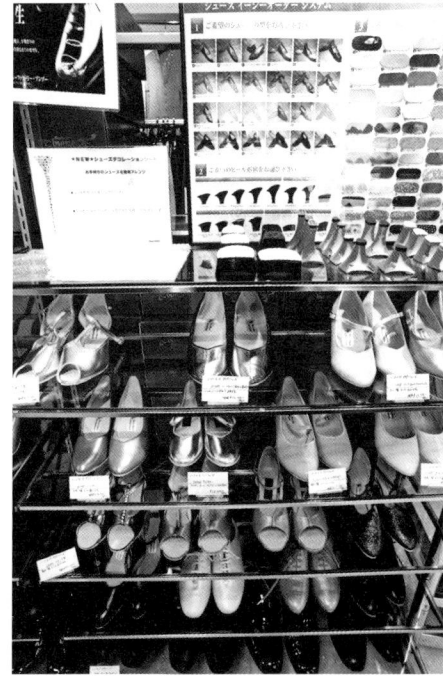

上：最新设计的礼服裙。据说现在比较流行亮片和金属箔加工的反光材质。

下：本日推荐商品，蕾丝的通透感无与伦比。

下图都是男装礼服外套。

MP50　ラテンラメストライプ　W67〜94
MP51　ラテン側章付き　W67〜94
MP52　W67〜94

黑泽舞蹈广场

继续从莺谷到日暮里,再到西日暮里的"东京交际舞圣地"之旅。我们已经造访过舞厅和礼服店,接下来就去寻找悉心教授舞步的教室吧。从西日暮里车站下车,步行三到四分钟,"黑泽舞蹈广场"就坐落在这块黄金地段。现在是周五晚上,最高级的"专科"舞蹈课马上就要开始了。

十六年前,黑泽瑞枝女士与丈夫光一先生开办了"黑泽舞蹈广场"。两年前(2008年)光一先生突然去世,瑞枝女士独自挺过了困境,如今成了经营教室的主心骨。今天我们就请到了瑞枝老师接受采访。

我们两人都是职业舞者,年轻时也曾共话梦想:要创办全日本价格最合理、最有良心的舞蹈教室!在各种巧合之下,我们有幸办起了舞蹈教室,然而前年10月,光一突然因为主动脉瘤破裂去世,令我十分悲痛。尽管如此,我也不能就这样放弃舞蹈教室,就拼命坚持下来了。

普通舞蹈教室跟体育俱乐部的训练一

教室还有一位讲师,是原A级比赛冠军儿玉光三老师。

样，几乎都是新手老手混在一起上课。但我这里有个很明显的特色，就是把舞蹈班分成了入门、初级、中级、高级、专科这五个级别。我想，整个东京可能也只有我这里使用了分级系统。毕竟入门舞蹈课必须悉心教导才能让学生体会到舞蹈的乐趣，只有体会到乐趣，才有继续下去的动力。

大概要到中级阶段，才能真正了解舞蹈的乐趣所在。至于专科，基本都是学了十年以上的学生。从入门到专科至少要花六年，只不过目前尚不存在真正只用六年就升上来的人（笑）。但是只要升到中级，就能很自信地出去跳舞了。

我们这里最高龄的学生有八十多岁，不过基本上每个人都很有活力。另外，我们每年还会到附近酒店举行一次派对形式的展示会，全体学生都来表演。这些展示会的费用也比其他舞蹈教室要合理得多。

其他地方搞的派对得出份子钱，出老师谢礼，还有自己的服装和化妆费用，像日本舞发表会一样非常花钱。这样一来，自然有人会觉得"这么贵，明年不来了"，没办法一直参加。所以我就想，要尽量减少费用，使学生每年都想来。因为派对的目的就是在大家面前展示自己的舞蹈啊。

我们一开始在荒川区内更靠近平民区的地方开了一间示范教室，只是那个地方实在太小了。当时还有《风俗业经营法》（**風俗営業等の規制及び業務の適正化等に関する法律**）规定，一旦用了"舞蹈"这个字眼，就会受到很多限制。所以我一直管那里叫"租赁大厅"，并在里面搞舞蹈教室。后来机缘巧合，我们把教室开到了这里。

刚才说到，我们这里有一套独特的分级系统，跟别家不存在竞争。因为我们的客人跟那些历史悠久的老教室不同。老教室不会根据舞蹈水平分班，而是所有学生在一起上课。学华尔兹的就大家一起跳华尔兹，学伦巴的就一起跳伦巴。那样一来，到最后就容易变成教室内的竞争，真正想进步的人，只能另外请私教来练习。一请私教，又要多花很多钱。于是乎，舞蹈教室的经营就成了没完没了的私教课。其实那就成了所谓的师徒制度。

从以前开始，就有很多学习舞蹈的人白天从事普通工作，业余时间进行舞蹈练习，最终成了专业舞者。不过私教课很花钱，且课程会有偏颇，跟古时候日本的家庭式传授系统差不多。想学不同种类的舞蹈，只能另外花钱找别的老师来教。另外，参加一次派对大概还要花掉一百万日元。我就是想改变这种情况，使舞蹈事业能够长久持续下去，并且让学生乐在其中。于是，我就想到了分班练习制度，将课程按照能力等级进行划分，把十个种类全部编入课程中。不过我这种想法在业界属于异端，因此没有加入行业联合会。

我们的学生也有各种类型，有的人来上课是为了到展示会上表演，有的人只是为了享受舞蹈的乐趣。不过，一旦课程开始，我们绝不会儿戏。因为这里不是兴趣小组，我们都会让学生很努力地练习。所以来这里上课的学生也都是特别认真的人。动机不纯（来找对象、来玩儿）的人一眼就会被看穿，然后被落在后面。

　　尽管如此，由于我们的收费实在太合理，教室经营起来并不轻松（笑）。因为地方比较宽敞，每周要是没有一百五十人次的学生来上课，就很难负担场地费，而现在每周基本上有一百三十人次。不过这里可不是"一分钱一分货"的那种教育，我们对老师的耐心和课程的细致程度都很有自信。前段时间，教室还被评选为荒川区的"健康生活店"，那个称号专门为禁烟和促进健康的设施而设，舞蹈教室获得那个称号，还算是头一遭。现在与以前不一样，女性学生更多，您也可以看见，这里的学生们都很有活力。因为跳舞需要挺直身体，跟异性组合的形式也能促进激素平衡，还不像慢跑那样容易气喘吁吁，真的对健康很有好处。而且就算语言不通，舞蹈也是通行世界的活动！

◉ **黑泽舞蹈广场**　东京都荒川区西日暮里 5-27-10 AH 大厦 B 栋 2F

下：每一轮都会更换舞伴，似乎没有缺乏舞伴的人。

上：学生共有十三人，因为女性较多，黑泽瑞枝老师（右）充当了男伴。

下右：宽敞的舞厅，可以尽情起舞。班上最年轻的男学生龙先生已经有六年舞龄。

夜之浅草的舞蹈狂欢！

【台东区・浅草】快乐博物馆

哪怕是工作日，浅草、浅草寺一带白天也挤满了游客和购物的客人。不过一到晚上，周围就会变得静悄悄。虽然这里散布着能够畅享深夜的店铺，但基本上只有当地居民才能找到……其中独自意气风发的，便是浅草寺旁边的这家快乐博物馆（Amuse Museum，亦可参见第213页）。

快乐博物馆成立于2009年，隶属于一家大型娱乐制作公司。该公司旗下还拥有南方之星、福山雅治、电音香水等明星。该美术博物馆以体现青森农村服装文化的"褴褛"藏品为中心，展示了从江户时代到昭和时代的庶民风俗。

博物馆由建龄五十年的建筑物改装而成，楼上有一家从晚上营业到第二天早上的酒吧，另外就是"每月第一、二个周六晚上举办的活动，特别火爆！"于是我们半信半疑地前来参加，结果竟被吓了一跳。第一个周六晚上是"灵魂舞步派对"，第二个周六晚上是"浅草舞蹈夜（竹笋派对）"，全都是所谓的"迪斯科活动"。派对开始后，一楼活动场地就会挤满在迪斯科全盛时期讴歌过青春的大叔大婶，迎合着复古到无以复加的节拍，特别开心地跳舞。

每月第一个周六的"灵魂舞步派对"由KAZUMI女士主办，这位灵魂舞者白天会待在台东区入谷十字路口附近的咖啡

主办"KAZUMI SP"活动的KAZUMI女士。

店里，店名是将她的名字反过来拼成的"MIZUKA"，由她与女儿两个人经营。

我们上初中的时候，就被前辈带到迪斯科舞厅去跳舞了（笑）……高中时基本就泡在迪斯科舞厅里。那时候很流行《周末夜狂热》[44]和《Mary Jane》[45]，所有人都在想舞步，讨论哪位前辈很帅，在镜子前跳舞。

毕业后，我做了一段时间风俗业，后来结婚生子，就从那个行当里退出来了。大概十年前吧，我跟一位同龄朋友讨论说，大家以前那么喜欢跳舞，后来因为带孩子太忙了，便远离了那种生活。现在孩子已经长大，不如去参加一些怀旧歌曲迪斯科之夜的活动。后来我开始自己主办那种活动，取了个"KAZUMI SP"的名字，已经搞了大约五年。其间换过不少地点，现在一直在博物馆那边举办了。

参加活动的客人说："长大成人后，就很难交到无关利害的朋友，所以我觉得这里是个很棒的地方。再加上这里不是体育俱乐部，也不是学什么技艺的地方，而是一个很单纯的社区团体。"通过音乐和

舞蹈这些共同语言，熟人和陌生人都能在这里共享片刻欢乐，这对五六十岁的人来说，想必是非常难得的娱乐。

没错！所以别怪我王婆卖瓜，"KAZUMI SP"拥有一切可能性。在这五个小时里，人们可以忘掉一切忧愁，无论是朋友还是陌生人，都能共同努力，分享彼此的力量，然后回到家中，第二天继续努力生活。

回想当年的舞步……

COPACABANA **BARRY MANILOW**
DANCING QUEEN **ABBA**
DANCE DANCE DANCE **CHIC**
DISCO BABY **VAN McCOY**
DIRTY OLD MAN **THREE DEGREES**
FANTASY **EARTH, WIND & FIRE**
FUNKYTOWN **LIPPS, INC.**
I LOVE MUSIC **O'JAYS**
IT ONLY TAKES A MINUTE **TAVARES**
LOVE MACHINE **MIRACLES**
SHAKE YOUR BOOTY **KC & THE SUNSHINE BAND**
THE BOSS **DIANA ROSS**
SUNNY **BONEY M**
WAR **EDWIN STARR**
相爱相杀　马戏团
可爱的人啊　库克尼克＆查基
爱的布吉伍吉[46]列车　安·路易斯

曾经的迪斯科DJ在曲子间不断喊麦，让现场充满怀旧气氛，而DJ放出的这些曲子，单看列表，就已经让人的思绪飘往那个年代了。

这里也是已有空闲时间的中年男女的邂逅之地。大家一起挥汗、说笑、怀念往

事，没有任何非分之举。这样的地方竟没有出现在曾经的迪斯科圣地新宿，而是出现在了浅草，实在很有意思。

143

第二个周六的"浅草舞蹈夜",由广先生主办,他曾经是竹笋族一大团体"丽罗"的成员。早在大约七年前,他就在各种场地每月举办一次名为"步行街之夜"的活动。

竹笋之夜主办人兼"丽罗"队长广先生。

1978年,原宿竹下大道开了一家名叫"竹笋精品"的店铺,人们穿着这个店铺制作销售的七彩服装在原宿步行街跳舞,这就是后来"竹笋族"的起源。当时的步行街每到周日甚至会聚集将近十万人,其盛况即使放到现在也难以想象。

我十四岁就加入竹笋了,当时竹笋活动已经进行了一年半、两年的样子。所以我属于在歌舞伎町坎特贝雷希腊馆、BIBA馆和你好假日(东宝会馆内的元祖竹笋系迪斯科馆)跳舞的一代。

我曾经属于"丽罗"这个团队,全盛期的竹笋活动里,光是团队就有七八十个,规模小的也有五十几个人,而我们有三百个人,所以活动总人数加起来恐怕得有好几万。

八十年代后期,竹笋族的热潮渐渐褪去,但广先生还是与一些同伴保持联系,只要有活动就积极参加。广先生"目前在葛饰卖车",但建立了不少竹笋相关的博客和主页,也很配合媒体采访,所以"有不少很久没联系的伙伴会打电话过来说,在电视上看到我了。当时还没有手机,也难怪后来大家都失去了联系"。

"浅草舞蹈夜"有"久违三十年"的往昔伙伴,也有当时想成为竹笋族却没能如愿的人来参加。

我们这个活动有各种各样的人来。有的人以前想成为竹笋族,但遭到家里反对。那个时候思想很保守,我们仅仅是引人注目就被斥为坏分子。这些人以前没当成竹笋,所以现在都想来学。

现在虽然有很多八十年代主题的怀旧活动,但基本上都是1985年、1986年的。竹笋比那些更早,从1979年就已经开始,到1981年、1982年到达全盛时期,(包括舞步)有很多人都不了解。

竹笋精品目前仍旧开在竹下大道旁,主要销售舞台服饰和哥特萝莉服,已经看不到以前的竹笋装了。不过"浅草舞蹈夜"的积极参加者都会穿上精心保管多年的衣服,或者按照以前的款式亲手制作,裹上一身让人难忘的鲜艳色彩激情起舞。

Magic **The square**

In for a Penny, in for a Pound **Arabesque**

Bye Bye baby **Max Coveri**

Venus **Bananarama**

女儿一辈也能体验母亲曾经热衷的竹笋活动！

Singapore 2 Plus 1
Dschinghis Khan Dschinghis Khan

穿上曾经的衣装，踏着曾经的舞步，偶尔也来场"舞步讲座"，大家一起汗流浃背，让整个舞场充满欢乐。

那个曾经汇集了竹笋族、乡村摇滚族、霹雳舞和"办个乐队"族，引来数万人围观，每七天一次，有如白日梦的原宿步行街活动，于1996年正式终结。今后可能再也无法在街头找到如此自由的空间，但那让人心情平和的感觉的碎片，却在浅草一隅复苏，仅仅是知道这点，就令人格外高兴。

DJ也像从前那样不断喊麦。

⊙ **快乐博物馆** 东京都台东区浅草 2-34-3

竹笋族的服装,有人穿旧衣,有人着新装。

城里的新面孔

New Kid in Town

4

以笠置静子混合曲华丽开场的歌舞秀。

新生代能否唤醒浅草

【台东区·浅草】浅草招财猫馆

经常有人说,浅草是歌舞秀的发祥地。

虽然经常有人说,可是目睹过昭和初期榎本健一、清水金一这些浅草歌舞秀全盛时期演员表演的人,如今还有多少尚在人世呢?那种似乎人人都了解一点,但实际上所有人都不怎么了解的神秘轻话剧,便是日本的"歌舞秀"。

松竹歌剧团和赌场小屋的歌舞秀全盛期已经过去了七八十年,竟有人在浅草开启了让歌舞秀在二十一世纪复活的莽撞计划。因深夜浅草玩乐一大圣地,彻夜营业的健体中心"祭汤"而闻名的ROX大厦,四楼有一家大型卡拉OK居酒屋"浅草招财猫馆",他们在2010年12月7日揭开了"复活!!昭和歌谣!!榎本健一、笠置热门歌曲歌舞秀"的序幕。

如标题所示,这个计划以榎本健一和笠置静子在战前、战后时期发表的大热曲目为基础,在歌舞中穿插小品剧,试图创造往年歌舞秀的现代版本。剧目由九名男女青年歌手和演员进行演绎,而他们其实都来自浅草寺另一端与ROX大厦正对的"快乐博物馆"(参见第213页)。博物馆于去年开张,底下有个名为"织女"的织物现场表演团队,这个团队的部分成员及酒吧员工就组成了歌舞秀的表演阵营。"昭和歌谣秀"将一直举办到3月31日,其间"虎姬"们会来往于歌舞秀场与博物馆完成工作。太忙了!

"招财猫馆"有个对"卡拉OK居酒

穿着木屐跳踢踏舞！从榎本健一混合曲目到《购物布吉》，剧情跌宕起伏。

屋"来说过于夸张的舞台。开场的太鼓表演过后，青年男女们伴随着所有人都熟悉的节奏载歌载舞。《东京布吉伍吉》《嘿嘿布吉》《东京节》（就是那首"拜喏拜喏拜喏"的曲子），以及《洒落男》《丛林布吉》《榎本健一的戴娜》《购物布吉》……两位著名歌手的大热歌曲让现场陷入持续一小时的欢乐中。与此同时，背景还轮流播放着过去浅草六区的资料影像、笠置静子在电影《酩酊天使》（1948年）中的登场画面，以及浅草和歌手们的历史。幕间还插入了小仓久宽的默片解说影像。与其说这只是一场轻话剧，倒不如称其为回溯浅草娱乐史的教育性娱乐节目。

AMUSE事务所创始人、策划本次演出的大里洋吉先生这样说："无论过去还是现在，浅草都受到了艺术之神的眷顾。"他幼年时曾被家长带来观看（松竹演艺场上演的）《传助剧场》，长大后很想寻回当时充斥浅草的活力，"不管要花五年还是十年，我一心想让这个地方再次热闹起来"，所以策划了这次歌舞秀演出。

众所周知，浅草六区过去随处可见演艺场和电影院。大里先生说："人们不会专门预约哪月哪日的观影门票，而是随随便便走进去，挑选正在上演的节目观看。我希望现在的人们也能漫不经心地来到这里，漫不经心地走进来看表演，所以才策划了长达四个月的歌舞秀演出。"

大众戏剧[47]和落语这些娱乐项目本该是"只要来了，总能看到演出"，然而不知何时，随着多媒体的兴起，这些项目都被高高捧在天上，人们得排队购买预售门票，或者加入粉丝俱乐部进行预约才能看到——在这个转变发生的瞬间，本来的流行娱乐就彻底改变了性质。不去评论好坏，观看那种"热门节目"不知不觉成了身份象征和值得炫耀的东西。AMUSE事务所如今已成为与杰尼斯二分天下的娱乐界大鳄，其创始人大里先生深知这一现象，却刻意策划了"任何时候过来都能看到"的娱乐演出，着实让人大吃一惊。

毕竟是大型娱乐事务所培养的年轻人，不仅外表俊美，歌舞表演也十分卖力。他们丝毫不介意那是自己双亲，甚至祖父母那个年代的歌曲。尽管如此，那些所谓浅草娱乐达人、偏好深刻严肃娱乐世

151

笠置静子的《丛林布吉》歌舞，极具魅力的性感军团。

压轴曲目是熊本民谣《牛深南风节》三味线歌舞演出。这场"昭和歌谣秀"在可容纳两百人的大厅里不断上演。

人人都熟悉歌词"俺是村中第一摩登男儿",演员在榎本健一的《洒落男》旋律中上演小品剧。

歌舞秀不可或缺的法国康康舞《天堂与地狱》。

界的资深浅草爱好者一定会发出怨言。比如"你根本不懂浅草的老练"。虎姬剧团确实谈不上什么老练，因为他们太年轻，又没有经历过在不知名小剧场打拼的痛苦时光，身上没有阴影，同时也散发着稚气。但是他们年轻开朗，充满了活力。

如今的人们只在电视上看见过榎本健一和清水金一，翻开记录浅草黄金时代的书，目光所及之处尽是将往昔艺人奉为神明的文字，时常让人感到读不下去。浅草光芒最盛的昭和初期出现的歌舞秀，真是那种完成度极高的"演艺"吗？真的有许多客人专门来到浅草观赏那种东西吗？《浅草红团》中描绘的歌舞秀之所以能吸引川端康成，靠的或许是别的内涵吧。

许多"外来的新人"想让浅草再次热闹起来，尽管如此，这个地方还是难以恢复往日的荣光。我偶尔会想，那是否要怪"无比热爱昔日浅草的圈内人士"呢？

⦿ 虎姬剧团
⦿ 浅草招财猫馆　东京都台东区浅草 1-25-15 ROX4F

东京的脚步从右岸开启 【足立区·江北/台东区·花川户】

中村鞋店

从日暮里坐上舍人线，在七站后的江北下车……不过说到江北这个站名，有几个人能反应过来那是哪里呢？搞不好有很多读者还要疑惑，舍人线是什么？日暮里·舍人线是为了填补足立区西部铁路线空白地段，于2008年开通的线路。该线路连接了荒川区日暮里和足立区见沼代亲水公园，不足十公里的高架铁路让荒川区北部到足立区北部的交通便利性大幅提升……如此大一片东京都区域，在短短三年前还只有巴士这一种公共交通手段，如同陆上孤岛一般。顺带一提，江北是东邻西新井大师，西及烤肉圣地斯塔米娜苑烤肉店所在的鹿滨，位于足立区西部的小镇。

在江北站下车，可以看见一大片典型的郊外住宅区，这片郊区光景让人仿佛随时都能听到《埼玉歌者》（Saitama's Rapper，2009）的旋律。眼前这条公交道路无比荒凉，连家落脚的咖啡厅都没有。顺着道路走上两三分钟，却会突然看到一座格外摩登的建筑。那就是去年末（2010年）从谷中搬来的手工鞋工房兼商店"中村"。

"中村"一楼是工房，二楼是商店，如同现代美术画廊般的雪白空间里配置了陈旧的家具和展示货架，柔和的皮革色调和轻微的皮革香气在这个雪白的空间中酝酿出了温暖的氛围。在这样一个空间里，摆满了设计简约而结实耐用的皮鞋和皮凉鞋。

全东京喜欢原创设计，喜欢可爱风格的人都会聚集到谷中一带，而"中村"也正好符合那里的氛围，那么，为何要把店铺搬到（这么说可能有些冒犯）足立区边缘地带呢？我们专门采访了负责鞋靴设计制作的店主中村隆司先生，以及负责打理店铺的老板娘中村民女士。

工房里的中村隆司夫妇。两人从事鞋靴制作和销售工作已有十九年。

丈夫是爱知县人，我是石川县人，我们俩都到东京来工作，都进入了跟鞋子有关的行业。丈夫原来在巢鸭的"五郎"登山鞋店上班（"五郎"是备受植村直己等著名登山家青睐的名店），我则在浅草的鞋靴批发店从事设计工作。浅草的职业培训学校有日本唯一的制鞋科，我们就是在那里相识，然后顺势结婚独立，开了这家店（笑）。

鞋靴是台东区的地方产业，不过当时浅草的租金实在太贵，我们不敢租。如果是这里，到浅草采购材料还算方便，又处在半工业地带，不用担心噪声和气味影响附近居民，于是我们就在这后面找到一栋房子，作为住所兼工房。

就这样，夫妻俩开始了制作手工鞋，然后

上：参与过银座画廊装修的木工师傅制作的空间。店铺活用了建筑物的民宅结构，刻意露出强化防震的横梁，以此拓宽了天花板高度。下右：展示着皮包和皮凉鞋的角落。凉鞋还有各种款式。

157

批发给店铺的营生。后来提到了开店的话题，我们原本就很喜欢谷中，2005年便在那里创立了店铺。

一开始店铺每周三至周日开张，后来实在忙不过来，便改为工作日在工房做鞋，周末开店的形式。每周五至周日下午1点到6点……真是太不贴心了（笑）。就算这样，我们还是很忙碌，不久又有了孩子，就开始考虑住处、工房和店铺离得更近会不会提高效率，然后就整个搬过来了。新店今年3月3日才开张，目前只开了三个月左右。

我们两三年前买下了这栋房子，本来计划用来当工房，到手时还是很普通的民宅。虽然经过改装，不过在设置店铺前还是犹豫了很久。我们再三考虑，觉得文京区白山一带应该也不错，不过外地一位做手艺的朋友对我们说："在足立区搞不就好了，想买的人不会特别在意地点。"于是我们就想："有道理啊！"（笑）毕竟这些本来就不是路人会跑进来买的东西……

其实鞋靴还挺讲究流行的，款式经常出现大变化。而那种不刻意追求流行、款式经典的鞋看似普通，你想买还真不一定能找到。我们每年能做一千双鞋，喜欢那种鞋的全日本大概也就一千人左右吧（笑）。

确实，店里无论男鞋女鞋，看起来都格外普通，在外面却很难买到。最近男鞋业界比较流行资深匠人全手工定制的皮鞋，基本上都要十五万到二十万日元一双，价格十分不亲民。相反，"中村"的鞋子价格集中在两万到三万日元，同样是全手工制鞋，这个价格显然便宜多了。

工房一角摆放整齐的鞋楦。即使是同码也有不同宽度，很有接单定做的感觉。

是啊，我们觉得自己能承受的鞋子价格就是三万日元以下，所以便想办法研究了能把售价控制在这个范围的制作方法。并不是要劳心费神与时间赛跑，而是想办法省时省力做出结实耐用的东西。

所以我们并不接受全手工定制，而是半定制。每种款式每个鞋码都有好几个楦宽，只要选好适合脚型的鞋码和楦宽，穿起来就会很舒服。

一边听民女士讲解，一边拍照，我突然想自己也买一双，就请她量了脚的尺寸进行试穿，果然很合脚。

就在我不知是忙着采访还是购物时，助手跟隆司先生则在一楼工房一言不发地做着鞋子——

鞋靴比包袋的制作工序更繁杂，需要学会很多东西，因此非常辛苦。我以前是做登山鞋的，师父一直对我说："谁爱吃被人捏了又捏的寿司，手脚要快！"我在那里学会了在人手很少的情况下制作一定量鞋靴的技巧，所以现在即使只卖两万日元，也能保证一家人的生计。再说如果把价格订到十万日元，客人的期待值也会变高，万一不合心意我怕被骂（笑）。

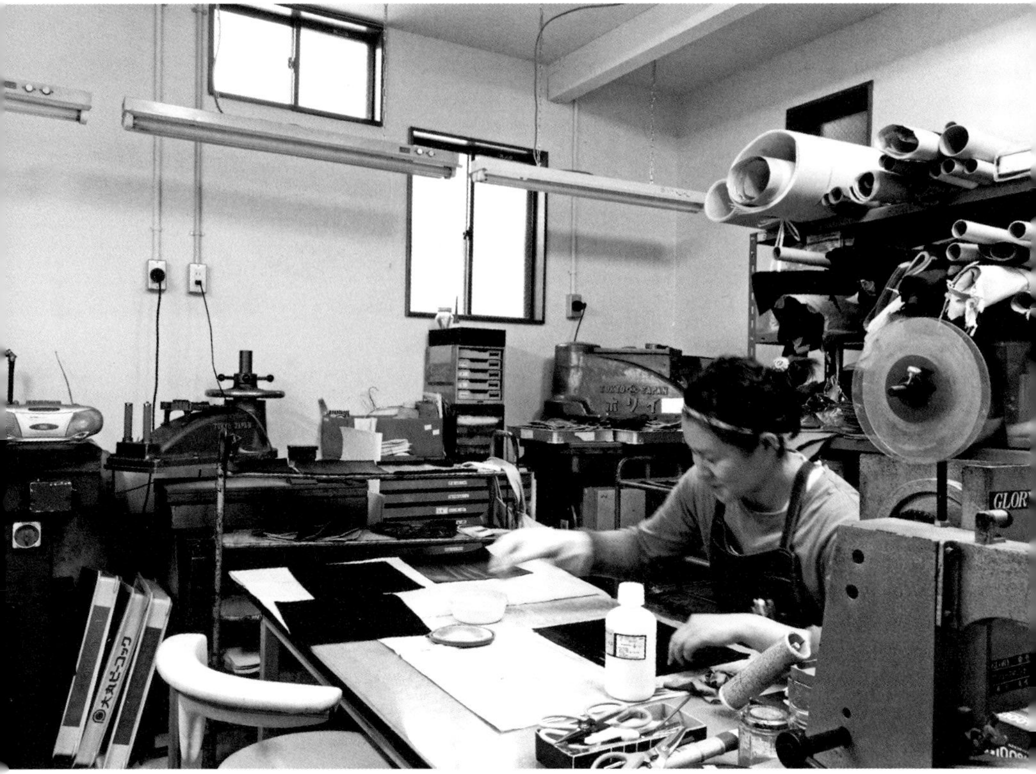

一楼工房摆满了加工皮革的器械,图中正在对制作皮包的皮革进行处理。

隆司先生还笑着说:"如果只卖两万五千日元,我就只需要挨两万五千日元的骂。"只见他脚上趿拉着一双看起来很酷的懒人鞋。他平时把这双鞋当成运动鞋穿,而且只要保养和修理及时,穿个五年、十年都没问题——想必这两位非常理解,在那个没有运动鞋的年代,日常的皮鞋原本该是什么样子。

⊙ **中村鞋店** 东京都足立区江北 4-5-4-2F

中村隆司先生从登山鞋制作起步,大量参考了拍摄美国劳工的欧文·佩恩(Irving Penn)的摄影集等资料,从中获取设计灵感。

159

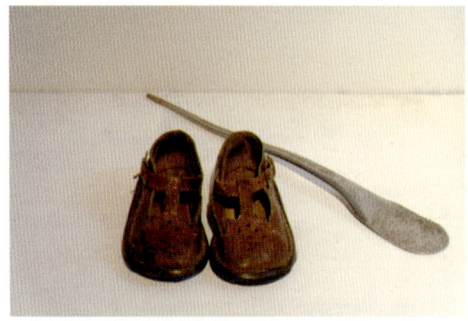 

左：在法国跳蚤市场淘到的童鞋和鞋拔。"我想把这个鞋型应用到一些成人鞋款上。"
右：同样是在法国跳蚤市场淘到的鞋拔，以及请人仿制的同款木鞋拔。由谷中的"伊吕波工房"制作，木纹十分美丽。

左：货架跟普通鞋靴工厂使用的是同款，在简约空间中装点出了美妙的感觉。袜子是新潟县F-style手工作坊的制品。
右："这双凉鞋穿着跑步也不会甩掉。脚趾粗的人或者脚背高的人，也都能利用皮带进行调节。"

左："这是两岁小牛软皮做的鞋。这在我们店里算是最软的牛皮，脚感很好。"

上：这边是男鞋货架，讲究的是去除多余装饰的正统鞋款。
下：这种懒人鞋"喜欢Jurgen Lehl和山本耀司的人应该会看上"。

城东职业能力开发中心制鞋科

从浅草车站下车，经过松屋，沿着马道大道走一小段，就能看见右侧出现一栋粗犷的建筑物，那就是都立产业贸易中心台东馆。大楼位于马道大道、隅田川旁的江户大道与北侧言问大道交错形成的一片三角地带，确切地址是花川户二丁目。另外，这块边长不超过五百米的三角地带，其实是日本最大的鞋靴产业集中地，只是业界以外鲜有人知。

从产业贸易中心向右拐，左侧是公园，对面是浅草保健咨询中心，同一栋楼里还设有日本唯一的公立鞋靴制作职业培训机构"城东职业能力开发中心台东分校·制鞋科"。虽然日本有许多教授鞋靴设计和制作的民间学校和个人工房，但公立学校只此一处。上一节介绍的足立区江北手工制鞋工房"中村鞋店"的老板中村隆司夫妇，就是在这里相遇相知，最后开启了自己的事业。我曾经无数次经过这个特别的教育机构，却从不知晓它的存在。现在，我们就请分校长小川芳夫先生来讲述学校的历史。

这个机构成立于1972年，到现在已经有四十年历史。浅草这一带早在江户时代，就集中了与皮革相关的各种产业。

不只是东京，过去全国从事皮革产业的人都是"受歧视部落民"，生活在严峻

的歧视环境中。而在隅田川流域从事鞣皮和皮制品制作的人们，多数也都是受歧视部落的成员。

没错，考虑到这种背景，同时作为东京都反歧视政策的一环，为促进皮革鞋靴产业人士技术提升和产业振兴，政府设立了这所职业培训机构。原本学校位于北面台东区桥场，也就是现在的东京都人权启发中心那个地方。

后来，这里渐渐成了提供一般职业培训的机构，致力于帮助失业的或希望加入鞋靴行业的人员掌握职业技术，最终通过Hello Work项目找到工作。转变发生在1998年前后，2001年我们就搬到了这里。

现在，这座建筑物的四楼是培训中心，三楼有"皮革与鞋靴博物馆"，另外还设有东京都立皮革技术中心台东分部。那是一个检验机构，主要进行高跟鞋强度是否合格等厂商和批发商委托

宽敞整洁的实习教室。

的测试，而且收费很低。从结构上说，那是墨田区东墨田的皮革技术中心的下属分部。

众所周知，将皮革产业与反歧视问题结合在一起的区域，关东只有东京一处，关西则有兵库、大阪、奈良、和歌山等地。那些地方都没有这样的职业培训机构，不过都设有充当检验机构的工业技术中心。

大家是否知道，关西和关东的皮革产业情况也略有不同。关西以牛皮为主，关东则以猪皮为主。因为皮的产量取决于家畜养殖情况，关东以猪肉为主，关西则大量出产牛肉及其副产品。副产品需要进行处理，最好能以一种更好的形式进行利用。东墨田就有很多厂商对猪皮进行盐渍然后出口，也有从事鞣皮的工厂。经过鞣制，"皮"就会变成"革"，然后被制成鞋靴。这已经成了东京一项重要的产业，由于历史原因，这一产业集中在城东地区和浅草、墨田一带。

浅草一带至今仍是日本最大的皮鞋产地，集中了大量这一产业的从业人员，其产业密度也是日本第一。这里有超过九十家鞋靴厂商和工厂，超过七十家批发商，皮革材料店也有四十家左右。我们的工作就是为这个产业提供助力。

原本作为反歧视政策兴起的产业振兴设施，如今已经成为解决普遍失业问题、进行职业培训的机构，最近更是吸引了许多"希望亲手创造一些东西"的年轻人，仍在不断变化的过程中。

这附近也有很多教授鞋靴制造技术的专业学校，但都是私人创办的，课程费用很高。我们是公共职业培训，与都立高中的学费相同，每年只

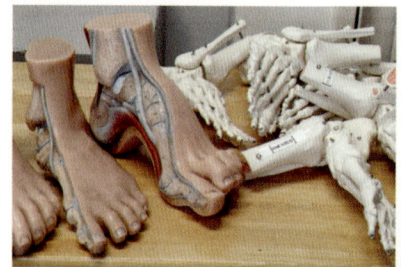

左上：为保证制出的鞋好穿、健康，学习人脚构造也是重要一环。
左中：刚入学就能分到一把崭新的"方刀"，学员最初的实习项目就是用它进行切割。左下：方刀都要自己磨。图中是排列在水槽里的磨刀石。右上：鞋子两侧的"翼片"。"裁片、打磨边缘、折叠、加衬、缝合。这是一套基本训练。每个人大致都要做两百张。"右下：粘鞋底的工作台。

这里有制鞋厂上鞋底生产线使用的机器。若是专业工匠，用这台设备可以实现日产一千双鞋。机器基本都是外国制造，主要产地是意大利，其中也有一台来自中国台湾。

上：三楼的博物馆展示了学生的作品。

下：各种皮鞋……世界各国的鞋……还有按照流行年代展示的鞋。

制作鞋楦的工序。

民办学校基本都是两三个人共用一台缝纫机,这里每人都有一台。毕业生会以某种形式将缝纫机罩留给后辈,一般都是亲手制作。

要115200日元，还包括了材料费用，价格十分低廉。学校每期可招收二十一名学生，以前还报不满，现在每次都有一百多人报名，是录取人数的六七倍，这就是我们现在的人气程度。学员年龄层很广，有高中刚毕业的，也有五十多岁的，过去二十一个人里总有几个是"父母逼我来的"，哪怕通过考试也会退出。不过现在没有那种人了，所有人都真心想来学习。

就这样，一些并非单纯为了找工作，而是抱着"我想做鞋，想成为鞋匠"志向的人会聚集到这里，经过一年培训后开始职业生涯。但是国内经济不振、外国廉价商品流入和人们逐渐冷落皮鞋的情况叠加在一起，使得从业人员即使技术再精湛，就业情况也不乐观。长期担任指导员的关根政男先生也强调了这一问题。

一听到工匠这个称号，可能大家都会觉得很厉害，不过在这个行业却有点微妙。过去机器生产还不是主流，鞋靴全部由手工制作，那时候的工匠收入好像是白领的三倍左右。不过，现在这个行业的工匠可不是厂商的员工，而是从厂商那里接订单，计件收钱。这里有规定最低工费，比如女士便鞋一双最低500日元出头，仅此而已。

由于工费很低，工匠每天必须做好几十双才能维持生计，这就是我们行业面临的情况。一旦听到"今天没有单"，那一整天就赚不到工费了。对厂商来说，工匠并非正式员工，往往不会给他们购买劳动保险。经营环境和劳动条件恶劣也是这一带厂商的现状，若不这样压缩成本，就无法在全球竞争中生存下来。

正因为行业情况艰苦，即便在机构接受一年培训，若不成为厂商正式员工，单做工匠就很难维持生计。唯有一边打零工一边刻苦修炼，才有一小部分有运气、有能力、意志坚强的人能开设像"中村鞋

左：采访当天正在进行"关于材料"的授课。
右：课堂光景。今年又有二十一个人年轻在这里学习上大底、缝合、打版、设计、展示等制鞋相关技术。

店"那样的工房。小川先生说:"不过尽管情况艰苦,还是有许多年轻人立志做出不让人们穿过即弃,而是舒适、时尚,同时兼具原创性的东西。我们感觉现在越来越多的人怀抱着那种想法,也认为那非常重要,因此一直在想办法帮助他们。"

我们获准参观课堂那天,年龄主要在二十岁左右的学员在教室中手持笔记,全神贯注地听着指导员讲解。要像他们那样从众多竞争者中脱颖而出进入制鞋科想必很难,不过学校三楼设有免费向大众开放的"皮革与鞋靴博物馆",在这里可以看到日本和世界各地的鞋靴收藏,还能欣赏到学员们的毕业作品。这里有传统款式的皮鞋,也有极具冒险精神的时尚凉鞋。没想到在浅草一隅,而且是一所公共职业培训机构内部,能接触到如此跃动的活力,着实让人感到又惊又喜。

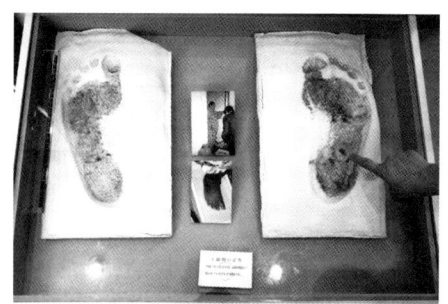
这里还有相扑力士小锦八十吉的脚模。

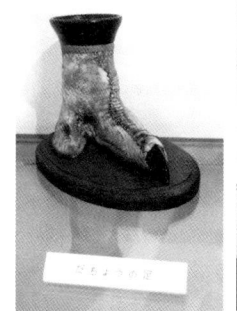

左:皮制鸵鸟"脚"。
右:窗边坐着全身皮革的人形模特。

⊙ 东京都立城东职业能力开发中心
台东分校制鞋科 东京都台东区花川户 1-14-16

下:三楼的皮革技术中心设有皮革与鞋靴博物馆。博物馆内有与皮革、鞋靴相关的图书的专区,资料十分齐全,很难在一般图书馆看到。

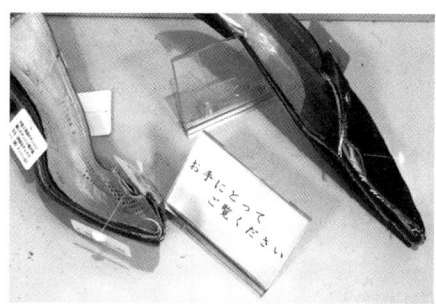
将鞋子一分为二,展示了整体构造。

摩登男女美梦重现
【台东区·浅草】东京萤堂

这里是浅草深夜咖啡餐厅"橙屋"和"CUZN"（参见第226页）并列的浅草六区大道（旧称应该是摇滚之花大道……不过应该没人用这个名字）。道路两旁装饰着生于浅草的艺人和演员的面部特写照片，氛围与其他街道略显不同。

"橙屋"和"CUZN"中间夹着一条狭长的小路，入口处挂着"摩登男女御用商人"这么一块可疑的招牌。我一直对此感到好奇，然而小路里的大门却始终紧紧关闭，平时很难找到进店的机会，于是这次是头一次踏入店中。店铺名叫"东京萤堂"，若论分类，应该属于古董店，可它却与浅草众多古董店和旧物店不太一样，专注于摩登男女[48]全盛时期，也就是大正末期到昭和初期这种特定的风格。

萤堂开业于2008年2月，店主人是稻本淳一郎。这是一位深谙和服之道的年轻达人。

古物×现代×实用性→未来

古物里汇集了智慧和文化之魂。
无须为了当下的合理性将其全部摒弃，
只要与如今的好创意结合在一起，
就能相得益彰。

原本是野口食堂的地下仓库，如今摆满了突显大正男性审美的各种物品。

外国东西固然有稀罕的好，
但将塑料凳摆在六叠[49]一间的小笼屋里，
只会害人跌倒。
有种精神叫"身土不二"，
每一片土地都有符合其特性的东西……

廉价也好劣质也罢，只求卖掉，
哪怕用过即弃也可以！这种想法
应该止于泡沫一代。
追求物品的本质和必要性，
想与每一件物品长久相处，需要一个契机……
通过萤堂，我希望让客人赏心悦目，
同时也让自己获得成长。
若能依靠这等身大的价值生存下去，
便是我最高兴的事。

这是萤堂店铺主页的"问候语"。其中包含了店主的愿望，希望客人不单纯因为稀罕、漂亮或昂贵而购买东西并展示，而是在这里找到会对物品注入匠心的那个时代的东西，令其融入自己的日常生活，让身心更加充盈。

稻本先生老家在神奈川县相模原市，一开始对古董并没有什么兴趣，而是进入了旅游业相关的职业学校进修，毕业后又到旅游公司工作。平淡的白领生活之余，他还投身于死亡金属乐队活动，兼具双重身份。

有一段时间，我工作日正常上班，一到乐队时间就对着麦克风嘶吼。后来我感觉这样的人生仿佛走在了一眼便看到头的轨道上，于是二十岁

橙色铭仙和服搭配水蓝色绞染带衬，再系上西式风格的带扣，唯独稻本先生才有如此品位。

那年，我把睡袋往摩托车上一捆，突然出发去了京都。算是踏上了寻找自我的旅途吧（笑）。

刚到京都那段时间，我过的就是流浪生活。后来从包住宿的报纸配送员开始，干过好几十种工作。最后还成了交际舞专业舞伴，说白了就是像牛郎那样的工作。我就这样一边赚生活费，一边沉浸于死金音乐。有一次，我嘶吼着"Check it out"时忽然想，成天吼这个有什么用呢，我明明是个日本人，为何要吼这些意义不明的英语呢？吼着吼着，我突然感到浑身发冷。那时我发现，原来五七五七七的和歌[50]节奏才最让人感动。

后来我开始研究"日本音乐何时开始止步不前"，发现那个分界点是泷廉太郎[51]。于是我就想，必须回到那个分界点重新起步。

就这样，我凭着自身的感觉寻找好东西，最后便发现了一些古物，然而拿这些东西去问父母，连他们也不太明白。因为战争让日本人的价值观发生了一百八十度的剧变。

二战后那一代的家长经常会说："百元店的东西就足够了。"以战争为界，日本人陷入了集体失忆的境地。我在学习中渐渐产生了一个想法，认为应该找回大正时代。如果一直回溯到江户，门槛太高了。大正时代拥有"煽情、怪奇、滑稽"的文化风潮，跟我一直以来的想法十分吻合。

最后我在京都待了八年。不过，在京都住下来，我反倒开始憧憬东京（笑）。比如下北泽的青年文化，以及大都会的新风。我属于沉迷Snakeman Show[52]的那一代人，一心认为那种成年人的文化只能在东京寻觅到。结果回去一看，根本没有……

攒够盘缠后，我就回到了东京，在高圆寺住下来，找了一份出租车司机的工作，时不时跟志趣相投的朋友聚在一起搞"大正浪漫会"。不过大正浪漫必须用身体去感受，而不是靠干巴巴的知识。绢布的触感，开司米的温暖，木造房屋的舒适，甚至严寒和吊起蚊帐的闷热。只能在反复体验、学习的过程中，亲身去寻觅那种感觉。有一些浪漫会的会员还坚持使用冰块冷藏库，而不是冰箱。甚至有人留起了断发[53]。

自从开始想寻觅那种感觉，我花了整整五年才遇到了合适的地点。在此之前，神乐坂也有过一间好店面，只是在签约前一刻谈崩了。中介一直对我说："结婚和租房急不得。"我也觉得很有道理。最后，我就找到了这个地方。

浅草算是大正文化娱乐的发祥地吧。再加上有浅草寺，能汇集不少能量。等我到了六十岁，可能会考虑去横滨，不过现在要探寻"大正浪漫"，最好的地方还是这里。这片土地有着很特别的气质，很值得探索根植此处的庶民心性。这里至今还有人不会区分"hi"和"shi"，会把右（hidari）说成"shidari"[54]。浅草的有趣之处，要真正住在这里才能发现。

大正时代有家很出名的店叫野口食堂，而这里就是原来的店员宿舍。当时野口食堂甚至在浅草公会堂开了分店，有一座三层楼房，还有像红磨坊一样的电灯装饰，是走在时代最前端的大食

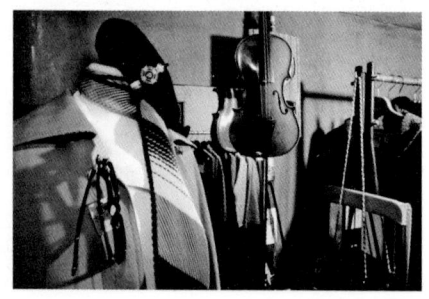

170

堂。我这里正好就是食堂后门。不过这条巷子里的石板路，还有室内各种细节都别有风情，感觉不像普通的宿舍。

稻本先生寻找到理想空间后，花了整整一年时间，亲手将这里彻底装修了一番。他在自己的博客里用文字和照片记录了那段艰苦日子，看到改造前残旧的样子，让人很难相信眼前的店铺完成度竟如此之高。

我发现这里有地下室时，瞬间决定"就是这里了！"然后，我便埋头装修了一整年，经常半夜里脱光衣服，听着死金音乐打磨地下室墙壁，在《向太阳怒吼》的主题曲中挥舞链锯（笑）。

虽然东京看不见萤火虫，但我希望这里能成为珍稀"萤火虫"的聚集地，让同好相聚一"堂"，就取了"东京萤堂"这个名字。另外，我还以大正浪漫为主题，将地下室设为充满男性气息的空间，隔层则充满少女特色，让每个房间的风格都不一样。

开张以来，看店和进货全都是我一个人，所以店铺只在周五、周六、周日和节假日营业，此

店主稻本淳一郎先生。开司米毛衣搭配绸制和服和绔裤。

外就是出门进货和自我提升的学习时间，比如逛逛美术馆之类。我一般去外地进货，能够结识各种人，听到各种故事，在各种偏远小镇的古董店里发现各种商品。新进的商品我会先穿戴在身上体验，然后再放到店里去。若不这样，就无法切实体会物品的好。因为我不光是为了赚钱，而是想让沉睡的好东西再次流动起来，不将其白白浪费。我感觉，这样对大家都有好处。

大正跟江户不同，至少跟现在这个时代还存在一些联系。我们店里没有多少本地客人，很多都是外国人和不是浅草迷的人，还有一家三代都来光顾的客人呢。女儿一说："我好喜欢这个设计！"母亲就会说："好怀念啊。"最后奶奶开口道："那东西我家就有。"这种世代相连的感觉非常棒。

装修时发现了野口食堂的照片，特意裱起来挂在店门口。

店内摆满各种商品,全是店主一个人淘来的。

左："东京萤堂"入口。吉他、皮包、连衣裙和溜冰鞋。乍一看毫无逻辑的展示。
右：从一楼看隔层。这里是"少女"专区，展示着古董和服和小精品。

左：领带材质多种多样，设计也很精致。
中：古董店里还能找到现在已经没人制作的双面昼夜带[55]等商品。
右：稻本先生复刻了大正时期摩登女郎的帽子作为商品出售。由于淘来的古董磨损很严重，他便请设计师用现代面料仿制了一些。这顶帽子讲究戴在头上双眼若隐若现，因此改了好几十次板型，成品线条十分优美。

上：店内屏幕上不断放映着日本老电影。下左：店里有许多如今已经买不到的面料优质、手工上乘的大衣。下右：巧妙点缀的手风琴和曼陀铃……大正气息十足。

现在不是很流行"洋底和风"吗？在日本还叫什么"和风"，太奇怪了。我觉得，应该以榻榻米之上的"和"为基本，在中间添加一些西洋要素，这才是应有的态度，同时也有种逆袭流行的感觉。虽然不是为了这个目的，不过我还是希望慢慢找到一些伙伴，复活真正的咖啡厅。我想包下银座的狮子啤酒屋，让女性穿上和服，男性穿上西装，搞一场舞会。男性肯定想多接触女性，女性想必也想通过接触男性获得知识。我想搞的就是那种让人心情激动的聚会。

稻本先生说，他虽然很喜欢大正浪漫，但不想过于沉迷，影响到日常生活。店里音乐并非来自留声机和黑胶唱片，而是连着音箱的iPod，就算要重制古典老爷钟，也不会强行做成发条式，而是在内部装入电池装置，让它以更方便的形式在现代复苏。这种做法似乎提示了我们，可以用一种灵活的态度，将旧与新相融合。

⊙ 东京萤堂 东京都台东区浅草 1-41-8

隔层的少女专区。除了和服、洋装、帽子、大衣等商品，还有许多可爱的小饰品和玩具。连圆盘上也是展示空间。

自行车上的布包店

【台东区·谷中／文京区·根津、千驮木】流动布包店荣卫门

山内荣卫门女士有个"流动布包店"。她在特制自行车上装满亲手制作的包袋,在谷中、根津、千驮木,也就是所谓"谷根千"一带行走,寻找合适的路边和屋檐下,把自行车停下来开店待客。等人流断绝后,她会移动场地,重新开店。接待完一天客人,她就把商品收到自行车行李箱里,回到自己位于三河岛的住处兼工房。每周末她都会出门进行移动销售,平时则在家中埋头制作商品。这种生活已经过到第三年了。尽管荣卫门这个名字散发着一股浓重的大叔气息,店主实际上是位年轻女子。

山内荣卫门女士出生于琵琶湖西岸的滋贺县高岛市,在家乡读完高中,然后考上了京都立命馆大学。然而立命馆的理科学院与经济学院都在琵琶湖草津分校,山内女士考上理工系基因工程学专业之后,就一直住在大津的祖母家,每天骑自行车上大学。

选报大学时,我觉得自己必须有一技之长,就报了基因工程学专业。当时很多人都在关注人类遗传基因组解析,我又感觉如果能像伊坂幸太郎《重力小丑》里的哥哥那样就好了,心中还抱着丝丝期待……实际去了一看,发现那是个肉眼看不见的世界,课上讲什么D啊N的,我也根本想象不出来,所以就决定做点别的事。

据说,山内女士的祖母靠做洋装的收入抚养孩子长大。她小时候就时常跟祖母到京都去,在大丸横街的面料店选布料,然后拿回家做衣服。于是,山内女士自然也爱上了自己动手做东西,还在大学加入了手工部。有了这些经验,她想到自己可以选择时装或包袋工匠之路,并开始寻找那一类工作。

我到学校就业咨询处去问了几回,完全没有用,再加上自己也有"在东京闯出一片天地!"的心情(笑),觉得必须先到东京去。于是我找了个手工店"假入职",让父母放下心后偷偷跑到了这里,开始寻找能够一边工作拿薪水,一边学习包袋制作的公司。

我找了很多有手工匠人的地方,只是国内厂商基本都把生产地点放到了国外,在国内只雇用已经拥有技术的熟练工匠,所以我就被他们拒之门外了。于是我想,这下得靠自己用双脚去寻找了,最后发现谷中一带有很多箱包公司。下一步,我就到摆着手工箱包的店里去求他们收留我,哪怕当小时工也好!

然后呢,有一家店就帮我联系了总公司说:"店里来了个奇怪的人。"(笑)结果公司常务专程赶过来对我说:"我马上要去草加工厂,你要不要来参观?"后来我听说,他是想让我看到现场环境,自己主动放弃。不过我在工厂看到剪裁和缝制过程,就更想留下来工作了。我一个劲儿恳求,那边才松了口,当天就决定聘用我,直接留在工厂工作。

商品展示全景。狭小的空间里摆满了帆布包和笔袋。

在草加工厂工作了四年半后，山内女士又到浅草的店铺工作了一年半，花六年时间掌握了包袋制作的方法，终于决心独立出来。然而，前方的道路并不平坦。

我一直在思考这个问题，可是每次跟周围的人提起，他们都说"肯定不行"。我只能听到这种话："山妹啊，我明白那是你的理想，可实际上一个人干这种活儿为生很辛苦哦。你在工厂还能只负责缝制，要是一个人单干，从剪裁到营销再到材料采购，这些原本由大家合作的事情，就全都要一个人负责了。不过你要是真想干，就试试吧。"

一开始，山内女士的目标是制作皮包，然而皮革材料采购困难，从技术上又很难实现她所想象的形态，而且很耗费时间。几经苦恼后，偶然一次回到家乡时与母亲的谈话，竟成了"山内荣卫门品牌"诞生的契机。她母亲说，高岛市的特产是帆布，日本的帆布六成以上产自高岛。山内女士此前一直不知道，自己的故乡竟是著名的帆布产地。她惊讶之余，也没忘了到当地产业中心去申请参观工厂。

滋贺旁边的京都有一泽帆布等著名店铺，但我根本不知道，向那些店铺提供帆布的地方竟是滋贺高岛。得知此事后，我很不甘心，便决心用高岛的帆布制作帆布包，还把名称定为"emon荣卫门"[56]。

一开始我当然希望找一家实体店兼住处和工房，然而预算实在太少了。首先要买材料和缝纫机啊，还要考虑生意走上正轨之前的生活费，这样算下来可谓捉襟见肘。于是我就想到了自行车这个主意。网络销售固然很好，可我还是希望与客人面对面，让客人亲手接触商品，再决定购买。当然，也因为扣掉自己采购材料、制作并销售的资金后，我手头只剩下买一辆自行车的钱了（笑）。

材料是帆布，用自行车进行移动销售，当这个主意定下来时，山内女士已对"今后要这样做"有了一定展望，然而在第一步选购自行车上，她就栽了一个跟头。

既然讲究到这个份儿上了，自行车也要当地产的最好嘛。我当时已经决定把经营场所选在自我来到东京就一直很喜欢的谷根千一带，就在较近的地方挑选房租便宜的工房，最后选在了三河岛。如此决定之后，我又在足立区找了很多自行车店，可是他们都对我不理不睬。

就在那时，池袋东武百货商场搞了个工匠展，我在那里看到了茅崎单车男孩的定制自行车作品。后来我就找到他说：我想要这样的自行车！那位工匠仔细听了我的想法，最后做出了这么棒的自行车。上面安装了可以存放商品的箱子，展开就成了陈列架。因为谷根千坡道很多，他还给这辆家用车加上了变速器，又强化了刹车装置。不过自行车这种东西一不小心就会被偷走，我在家一般都推进室内保管，移动销售时也特别小心，甚至不敢放下它去休息。

自行车做好后，山内女士又做了一面印有"流动布包店荣卫门"的旗子，于2008年10月正式创立了流动布包店。因为计划在路边销售，她事先还咨询过警方，得

散发着匠人技术之光的"荣卫门号"! 茅崎单车男孩被山内女士的热情打动,专门制作的作品。整车连细节都异常讲究,让人不禁感叹匠人技艺的高超。

到的回答是:"商品并非摆在路面,而是自行车上,所以他们无权没收。只要不给附近居民添麻烦就无所谓。我后来又去问了区政府,他们说商品并非食物,不需要获得区政府批准。"这方面倒是意外顺利。

我一开始会跑到熟人的店铺门口或停车场这类地方,请他们"让我停放自行车,开店卖货",随后渐渐增加了停留站点。这一切首先要从跟周围邻居打招呼问候开始。后来地点渐渐增多,我还专门做了一本"荣卫门谷根千漫步MAP",用来记录出没地点和我喜欢的店铺。

现在,山内荣卫门的布包"当面销售占八成,网络销售占两成"。而且她的网站并没有依托乐天这类现成的大型销售平台,而是从回复咨询到商品发送,全都由自己完成的小规模销售。

网站专门为当时手头现金不足,或是想考虑考虑再买的人,以及外地的客人而设,所以不上我这个主页,在线上就买不到商品。由于我是一个人做,订单太多只会导致我不熟悉的作业量增大,所以现在这样刚刚好。毕竟网络销售本来就跟我的理念不符。

自己开创一番小事业,放到现在,可能一百个人中有九十九个会首选网络销售。然而,还是有人选择不同的道路,一如我们的山内女士。一个身材纤瘦的女子,用自行车载着沉重的商品,在坡道上气喘吁吁地前行,雨天披着雨衣,有时还要忍受别人的嘲讽。尽管如此,她还是非常珍视自己亲手制作的商品,希望与选择商品的客人进行交流。

　　隆冬时节，谷根千的旅客渐渐变少时，山内女士还一度远征到表参道和大手町，在那里搜寻圣诞节的情侣客户。"不过在那里感觉实在太生疏了（笑）。当时我周围半径1.5米范围内根本没有人。"这种制作方法、销售方法和生活态度，果然还是与东京右岸的水土更为契合。

右：帆布筷子袋，还可当成笔袋使用。

采访当天不巧下起了雨。遂决定在朋友的花店门口开店。

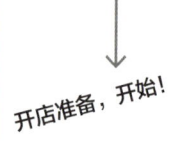

开店准备，开始！

打开行李箱上端，展开成为展示空间。

完成啦！

陈列中。车座和箱子两侧也能悬挂商品。

打开两侧作为陈列空间。感觉好像骰子的展开图。

180

捧着亲手制作的空罐三线琴，自弹自唱的冈先生。即使是冬天也坚持穿夏威夷衫。

空罐三线琴唱响的明治大正演歌
【江东区・富冈】冈大介

地主老爷不讲理，官人老爷逞威风
人生流落浮世间，哀叹不幸好认命
你来此间要作甚，我来纳税缴利息
人生流落浮世间，哀叹不幸好认命

这是从明治到大正时期活跃一时的演歌师添田哑蝉坊填词、高田渡作曲的《认命节》。如此不合时宜的歌曲，配上锡罐插根棹组装成的空罐三线琴伴奏，这个男人站在门前仲町的桥上，高声歌唱起来。唯独一身夏威夷衫，倒是十分讲究。冈大介先生出生于1978年，是年仅三十一岁的"明治大正演歌・昭和歌谣乡村歌手"。

这座桥叫石岛桥，河边的樱花开起来很漂亮。赏花时节还会举办"大江户深川樱花祭"，每逢祭典时节，我周六、日都会在街头演出。

冈大介先生出生于西东京市西武柳泽，家里经营澡堂，小时候经常帮忙烧水、清洗浴场，曾经是个热衷足球的运动少年。

我从小学起就特别喜欢踢足球，负责的位置是中场，当时特别认真，是冲着成为职业球员去的。到二十岁左右，我在埼玉的球队踢球，但是跟J2（日本职业足球乙级联赛）退下来的人一比

被冈先生的歌声吸引……老爷爷也一起唱了起来，还对空罐三线琴很感兴趣。

试，发现自己连球都摸不到。我由此认清了真正职业球员的水平，从此放弃了挣扎，决定让足球仅止于兴趣爱好了。

冈先生与音乐的邂逅发生在高中。当时正值二十世纪九十年代初，班上同学都为X JAPAN、GLAY、L'Arc～en～Ciel、Mr.Children等乐队疯狂，而俘获了冈先生的歌曲，却与那些截然不同。

上高中时，我听了叔叔家的吉田拓郎专辑，一下就喜欢上了。最开始听的是《人啊》，结果一发不可收拾，专门找拓郎的歌来听，慢慢就把兴趣拓展到了其他乡村歌手。二十岁左右，我读了柳乐健一的《日本乡村音乐私藏大全》，彻底爱上了地下乡村音乐。

高中毕业后，冈大介先生一边打零工一边学吉他，二十岁左右便走到街头，演唱原创歌曲和拓郎的歌曲。

第一次搞街头演出，是在井之头公园的游船码头。后来，我每到周日就跑去井之头或代代木公园，抱着吉他在街头唱歌。一开始是带着去练习的感觉，坐在路边看着乐谱低头演唱，后来我登台演出时，才有人提醒我："把头抬起来唱。"不过在街头坐着唱，会有种被路人居高临下俯视的感觉，我特别不喜欢，于是就开始站着弹唱了。刚开始唱歌时，我特别紧张。但既然能在街头唱歌，就无论去哪儿都能唱了！

原创歌曲渐渐增多后，冈先生便带着《日本乡村音乐私藏大全》到日本各地的乡村音乐据点巡礼去了。乡村音乐自二十世纪七十年代延续至今，几乎所有歌手都是五六十年代出生的人，此时遇到这么一个年轻人，资深歌手们自然对其关爱有加，并悉心教导。

一开始我喜欢吉田拓郎，后来开始回溯乡村音乐的轨迹，就发现了皮特·西格（Pete Seeger）和伍迪·格斯里（Woody Guthrie）这样的美国乡村歌手，但那毕竟是外国的音乐。我更喜欢日语的歌声，便一路寻觅，听了（柳乐）健一先生和高田渡先生的许多故事和歌谣，又在图书馆埋头查资料，最后便发现了明治大正时期的演歌。

即使破破烂烂也一直带在身上的《日本乡村音乐私藏大全》。里面夹满了乡村歌手的签名、照片、音乐会门票等物品。

众所周知，与现在的"演歌"不同，明治大正时代的歌手，会奏着小提琴的旋律，演唱批判权力、讽刺世相的歌词，那就是最开始被称为"演歌"的音乐，其代表歌手就是添田哑蝉坊。冈先生惊讶地发现，"原来日本也有这么多我从未听过的好歌"，随即开始积极发掘那些将近一百年前的歌曲。

我就是觉得很有意思，由于不会拉小提琴，我就试着用吉他伴奏，结果弹出了美国乡村的感觉。几经烦恼之后，我在街头认识的一个朋友告诉我有空罐三线琴这种东西，我就去找了一番。现在用的这把三线琴是我自己做的，罐子是别人给的，所有材料加起来也就两千日元左右吧。制作工具要五千日元左右，就算是成品，只要一万日元也能买到了。

冈先生笑着说，他对自己的大嗓门很有自信。他在街头演奏时，从来不用扩音器，一直坚持原声，只是空罐三线琴的音量没有吉他和小提琴那样大，所以歌声也会配合琴声适当压低。空罐三线琴外表很有意思，丝毫没有乐器感觉，配上既不高亢也不低回、有着微妙张力的明治大正演歌唱腔，弹唱滑稽讽刺的歌词内容，竟十分适合。

冈大介先生二十四五岁初识空罐三线琴，目前正在开拓"空罐歌"这一独特领域，主要在中央线沿线的地下舞台和居酒屋巡演。不过从去年年初开始，他在右岸下町弹唱的机会变多了。

我二十多岁那几年基本都在吉祥寺到新宿的中央线沿线弹唱，到过五十几个地方吧，不过最近我感觉中央线的能量好像开始衰退了。就在那时，我遇到了各种策划日本特色活动的人，被带到浅草去玩，进了一家做鲸鱼肉料理的"捕鲸船"饭馆。那里的店主是浅草很有头脸的人物，我朋友就介绍我跟他认识了。第一次见面，他对我印象好像不怎么样，不过据说晚上听了我给他的CD，觉得"很有意思啊！"就邀请我再到店里去。后来那家店也成了我的据点之一。

就这样，冈大介先生用双肩包背着空罐三线琴，一边将活动中心从中央线慢慢移向东京右岸，一边继续在全国各地巡礼。除了地下舞台和居酒屋，也有寄席会请他过去当表演嘉宾，但他从来不会忘记回归街头。

总有这么一些日子，开了比较大规模的演唱会，干了一桩报酬不错的工作，或是工作特别顺利。每当那种时候，我就会在回家路上弹唱，比如在吉祥寺的阳光大道上。因为刚刚才演唱完，声音有些沙哑，有时路过的女孩会笑话我，或是只有流浪汉在周围听⋯⋯不过，哪怕声音彻底枯竭，如果在路边唱歌的人是冰川清志，一定也会有人围过去听。所以我会故意在街头唱歌，让自己重新认识到自己的渺小，或是追求某种复健的感觉。

冈大介先生坚定地说，他的梦想是让全日本都知道自己的名字。当然，他也希望自己的唱片能卖出去，不过即使卖不出去，"街头"也永远不会消失。他还以开朗的笑容说：现在已经能靠唱歌吃饭了，所以我正走在实现梦想的路上。说完，他便留下一句"听说附近有个很不错的居酒屋"转身朝商店街走去。

曾经辉煌一时的乡村音乐运动，在三四十年后，依旧孕育出了如此年轻，如此坚强的歌手。

高田渡的签名和合影是他的宝物。

仲见世后街的时装设计师

【台东区·浅草】弥姬乎

无论节假日还是工作日，浅草雷门前的仲见世大道都人潮涌动，让人不禁感叹此处是否比原宿竹下大道更胜一筹。避开难以忍受的喧嚣，拐进清净的后街，就会发现一串年代久远的点心店和饭馆，其中一家店铺整面墙涂成了朱红色，显得格外抢眼。那就是写作"弥姬乎"，读作"miiko"，专营原创和服改良时装的服装店。

我早就知道这家店的存在，只是身为一介中年男人，始终鼓不起勇气独自走进去。这次借采访的由头，终于打开了那扇玻璃门……店里居然没人，真是太不注意了！我大叫一声"有人吗——"很快便看到一位身穿黑裙的女性顺着楼梯走下来。饭塚美铃女士，她就是"弥姬乎"的老板兼设计师兼店员。换言之，这家店，这个品牌，都是时装设计师饭塚女士一个人在经营。

饭塚美铃女士出生于埼玉县越谷市，家里原来是开理发店的，父亲则是公务员，因此，她的家庭环境与时尚并没有什么关系。

小时候，祖父母特别疼我，因为住在越谷，他们经常带我坐东武电车到浅草玩，所以我对这个地方特别有感情。至于时尚方面，我们家没有人穿和服。硬要说的话，也就有位大伯喜欢古董，我经常在他旁边看他保养日本刀。另外，受祖父母影响，我每天放学回家都要看电视上播放的《水户黄门》（笑）。大概就是这样吧。

高中毕业后，饭塚女士进入了文化服装学院时装设计专业。读到二年级，她就开始思考如何在自己的设计中融入"和"元素。

刚入学时，我穿过各种各样的衣服，还染过各种颜色的头发。从大二开始，我就对"和"元素的东西产生了兴趣。文化服装学院是洋装的学校，不准学生穿木屐、和服上学。我读书那时已经是十年前了，现在怎么规定倒是不清楚……我被没收了好几双木屐，开始产生叛逆心理，心想："只要和服穿起来像洋装不就好了！"

虽说是十年前，但当时是高档时装全盛期。饭塚女士的同学都想进入时装公司当设计师，唯独她突然创立了自己的品牌，还在浅草开了工作室。她找到与自己昵称的读音"miiko"相同的汉字，起了"弥姬乎"这个名字。

我同学都进了公司就职，在青山那一带工作，只有我自己开店，而且还开在了浅草。大家都很吃惊，好像无话可说。制作毕业名册的时候，被人问到职业，我回答自己开店，人家写的却是"自由业"（笑）。

饭塚美铃女士，左边是本季新品。

工作室离浅草中心有一段距离，坐落在四丁目，整整一年半时间，饭塚女士都在埋头制作时装，或是拿去出展，或是在服装店里寄卖。与此同时，她也在寻找合适的店面。2004年，恰好找到了这个地方。这里被饭塚女士租下前，曾经是做大阪烧的餐饮店。

一开始，我主要用旧货市场淘回来的上等和服为基础进行改造。不过这家店开张之前那六年，突然兴起了一股和服热潮，使得旧货市场很难淘到好和服了，就算有也特别昂贵。而且我也厌倦了跟别人做一样的事情，出于叛逆心理，我决定仅以和服为素材，将其作为我设计的一部分。毕竟那些保存很好、完全能直接穿的和服，我也不想拆掉。

不知是因为浅草这个地方的个性，还是饭塚女士的设计特征，"弥姬乎"的客人主要以四五十岁的女性为主。据说现在还有受到母亲影响，一起到店中消费的第二代熟客。

我们店的客人都是年轻时喜欢山本耀司和川久保玲，现在已经四五十岁的潮人一代。现在的年轻人基本不会在时装方面花费很多钱，只在需要参加婚礼或出国时才来买。店里的礼服裙还可以出租。不过，现在的女孩都不太懂如何保养和服，明明是打褂[57]面料的裙子，却说"用洗衣液应该没问题吧"，然后给我拿去水洗！后来商品

弥姬乎店内风景。使用了打掛面料的礼服裙可供婚礼出租使用。

上：弥姬平外观。男士确实很难走进去。
下：根据吉原印象设计的位于二楼的酒吧"铃楼"。只要在小高台那儿摆上屏风，就能呈现出更魅惑的氛围。

回到我手上，就成了惨不忍睹的状态，而且这种事时常发生。出于这种原因，目前我主要使用化纤一类比较好打理的面料，只在某些部分使用和服面料。这样一来，能够处理和服类服装的干洗店也能帮我干洗了。

弥姬乎开在一座三层小楼里。一楼是店铺，二楼是只在晚上营业的酒吧，三楼则是工作室。酒吧目前聘了一位店长经营，服装则由饭塚女士一个人制作销售。每一季度，她都能制作上下装二十五套，合计约五十件作品。偶尔会开展会，但基本上都只限在这家店铺销售。虽然也有网店，可衣服毕竟要穿在身上才能看出感觉，所以几乎所有客人都会到店购物。

工作日的客人并不算多，所以我平时都在工作室做衣服，有客人来了，门口感应器会通知我，我再从三楼跑下来（笑）。店铺一直就是这样经营，去年是成立十周年纪念，我便在二楼开了限定营业一个月的酒吧。名字叫"铃楼"，墙壁全都涂成红色，把内饰做成花街吉原的风格。因为评价很好，今年决定再搞一次，现在才刚刚开业不久。

铃楼晚上8点开店，早上5点才打烊！这里虽与一楼感觉不同，却同样让人不敢妄自踏足，可谓只有熟客才能找到的隐藏酒吧。

没错，一楼经常会有远道而来的客人，二楼则主要是附近的客人，通常都是晚上自己的店铺打烊了，才会跑到外面来的奇人异士（笑）。门槛这么高，就不会遇到那些不顾气氛吵吵闹闹、让人头痛的客人了。

饭塚女士还是唯有内行才知道的"浅草贵夫人会"成员。比起那种全世界人都知道，到哪儿都能买到的高档名牌服饰，还是这种小店手工制作、独一无二的衣服穿起来更让人喜欢，并且还能直接与设计师交流。更何况，虽然"弥姬乎"的商品基本都是孤品，价格却比表参道和代官山那些店铺便宜许多。

⊙ **弥姬乎** 东京都台东区浅草 1-18-9

上：凉鞋是入谷一位工匠的作品。
下：半身裙腰身部分，使用了榻榻米表面的包边面料。

"夜来服"穿在身
【葛饰区·东堀切】楼装舍

我周末到表参道办事，却发现这里比平时还要拥挤混杂。怎么回事？原来彼时正值"原宿表参道元气祭超级夜来2011"活动高峰。这个"夜来"活动，全国究竟有多少个地方在搞呢？

今年8月9日到12日，高知县高知市的元祖夜来祭照常举办，共有191支队伍参加，动员观众超过一百万人次。高知市总人口数只有三十多万，参加祭典的人数达到了总人口数三倍以上。

仔细调查一番，我发现夜来祭的历史其实很短。其起源——民谣《夜来节》虽然自古流传，但现在人们搞的"夜来祭"实际从1954年才开始。这是一项为匹敌德岛阿波舞而创办的活动，官方主页这样描述——

夜来祭由高知市商工会议所发起，原本是为了改善二战后的经济不景气问题。第一次发起时间是1953年。彼时，为了开发出"不输给隔壁德岛县阿波舞的祭典活动"，大家集思广益，想了许多主意。首先，委托日本舞（花柳、若柳、藤间、坂东、山村五个流派）老师进行编舞，然后，又委托

以"伊吕波歌"为主题设计的服装。为表现出世事无常的感觉,在背后部分设计了五大樱花之"泷樱"。后身片与前身片的花纹也相互对应。

定居高知市的武政英策先生为舞蹈作词作曲（《夜来鸣子踊》）。当时武政先生提议："若要徒手抗衡隔壁的阿波舞，我们就用鸣子[58]吧。"后来，它成了夜来祭的基本项目之一。第一届夜来祭于1954年8月举办，日期定在当时气象数据显示的过去四十年间晴天率最高（确切来说是"降水率最低"）的10日和11日。

高知夜来祭官方网站

作曲家武政英策先生并非高知人，而是来自爱媛。他在大阪遭遇空袭，被疏散到了高知市旁边的南国市，据说直到1982年去世，他都一直居住在高知市，实际上叶山佩吉的《告别南国土佐》也由他作词作曲。出于偶然，或者说缘分，他被自己造访的这片土地的文化所吸引，活用身为外部人士的视角，创造出了新的风格。这让人不禁联想到将巴厘岛传统舞蹈升华为"凯卡克"新舞蹈剧的德国画家沃尔特·史毕斯（Walter Spies）。

夜来祭舞蹈原本接近于传统盂兰盆舞，似乎直到二十世纪七十年代初，才渐渐转变成了现在这种激昂多彩的风格——

夜来祭每年定期举办，大约在1972年，其氛围开始发生变化，夜来祭上出现了以桑巴和摇滚曲目表演的舞蹈团队。创始成员之一武政英策先生开放了《夜来鸣子踊》的公众使用权，人们可以自由对曲子进行加工，并在此基础上设计舞蹈和服装……这成了夜来祭演变为如今这种形式的关键要素。就这样，这种新的夜来祭迅速扩散开去，让夜来祭的形式变得越来越多样。（摘自官方网站）

新形式的夜来祭，之所以能变成现在这种全国性活动，契机是1992年札幌举办的"夜来渔歌祭"。"不同于仙台七夕祭那种装置密集型活动，（夜来渔歌祭）主办方支出较少，更偏向于参加者密集型的都市活动。夜来渔歌祭成功之后，围绕地方民谣和鸣子展开的夜来祭迅速普及到日本各地……"维基百科的介绍文字虽然简单粗暴，但据推测，目前全国各地存在将近二百二十个"夜来型"的祭典活动，参加队伍超过一千支，动员观众总数达到一千万人次（！）"夜来（YOSAKOI）"可能已经完全超出了高知地方夏日祭的范畴，成为现代日本孕育出的、最为成功的街头舞蹈表演形式。

铺垫了这么多，若说"夜来"感染全国的魅力，其实不仅是音乐和舞蹈，还有独特的多彩服饰，恐怕不会有人反对。在为数众多的服装制作店铺和工房中，葛饰区东堀切的"楼装舍"，尽管只创建了三年，却出品着最独特的设计，不知各位是否听说过？

这回，我们就请到了楼装舍老板兼设计师岩永由香里女士来进行相关介绍——

说到"夜来"，比较大的活动自3月的京都

樱花祭开始，5月在湘南平塚和横滨未来港、6月在北海道、7月在茂原和埼玉、8月在高知和原宿、10月在东海道和御台场……从3月到11月，各地都有夜来活动。所以我们从春天到夏天忙得完全无法休息，尤其是夏天，必须亲自到现场观看表演。我们的工作是制作服装，最后一定要看到客人穿着服装表演舞蹈，才算大功告成。其间我们会进行各种确认，比如哪个细节应该换到这个位置更好，阳光下这种染制工艺看起来很漂亮，还会从中寻找下次要克服的问题，然后就会很有成就感。

我出生在高知市旁边的南国市，就是高知机场那个地方。原本我对夜来并不熟悉，只想当普通的时装设计师，就到涩谷的田中千代时尚中心

立体剪裁，为迎合身体曲线，背后加了打褶线。腰带也做了秘密加工。

学习了女装设计。恰好在毕业前一年，日本经济泡沫就破灭了（笑），于是我带着自己设计的服装一直找工作，好不容易在自由之丘那边找到了一家时装公司就职。

田中千代老师也是非常著名的民族服装收藏家，在她的影响下，我也对世界各地服装的历史和形式产生了兴趣，就自告奋勇请公司把我派到了海外进口部门。后来，我每年到印度、泰国和中国等地出差好几次，干了三年用亚洲面料设计商品的工作。

我当时负责涩谷的109百货，因为公司说"你的设计很奇特"。那时候是安室奈美惠的全盛时期吧……非主流店铺的店长们也都很非主流，她们说的话我根本听不明白，理解起来特别费劲，可能就是从那个时候开始，我逐渐培养起了亲临现场窥探客人意图的能力（笑）。

后来我跳槽到别的公司，负责设计三十来岁年轻主妇的服装，二十八岁便光荣离职了。其实在时装界，女性想往上走非常困难，而且那个职场环境格外严苛，我感觉不可能同时照顾好事业和家庭……

于是我就转而专心经营家庭，等孩子长大了，我又自学电脑技术，还开了一家网店。那是五六年前的事情了。开起网店后，我借助以前的交易关系，首先做起了亚洲杂货进口。

但我一直以来从事的都是服装工作，当时协助我开店，至今仍负责市场工作的合伙人也这样对我说。

所以我联系了以前合作过的时装公司，说我还想继续时装工作，没想到对方表示热烈欢迎。

194

只不过，曾经合作的服装厂全都消失了。

虽然我最想做时装，可是时装生产需要设计师，还需要有人打版缝制，当然也需要运营资金，要我一下满足那些条件实在太难了。加上之前有一段空白期，其间不断有年轻的新设计师出现，我真的能奋起直追、站到流行最前端吗？再考虑到自己是否能统领现场，能否承受库存，能否完成营销，我就觉得这些风险实在太大了。尽管我个人很有干劲（笑）。

我想，要以个人身份做时装事业，首选自然是专业定制。那时差不多是三年前，日本非常流行角色扮演，我在博客上分享专业定制服务内容，有许多玩角色扮演的客人前来咨询，于是我就到秋叶原参观学习，试着做了一套……结果不行。

说到底，角色扮演的服装都是家庭主妇自己在家做做，然后放到雅虎上拍卖，再由爱好者购买，在当时绝对不是以量产形式制作的服装。不过我考虑的可不是自己设计自己制作这种类似在家赚点零花钱的模式，还是想设计出样式，拿去打版，再拿到工厂进行量产。那样一来，就做不了角色扮演服装这种零工级别的生意。怎么办……就在那时，我突然想到："啊，不是还有夜来祭嘛！"（笑）

高知的夜来祭是当地人为了战后复兴，拼命想出来的祭典活动。现在夜来祭已经遍及全国，很多人都认为那是一种街头舞蹈表演，不过高知的夜来祭无论是观众还是演员，都能真正融入其中，甚至让我觉得，所谓"一期一会"就是这样的。因为通过祭典，人与人之间的羁绊仿佛都加深了。

其实在此之前，我每年都回老家，却没有专门赶去看夜来祭。看到各种各样的衣服陆续登场，我就忍不住想回去。因为那会让我想起服装界，想起自己多么想做衣服，多么想一直设计……所以我就故意不看报纸，也不看新闻，别人告诉我有这个祭典，我也不会看电视，如此持续了很长时间。老实说，我感觉自己此前一直惦记着这件事，却一直在逃避，最后终于迎来了逃无可逃的时刻。

自从想到要做夜来祭服装，我才头一次感受到它与我自身的联系。要是我能用自己学来的技艺，为自己的故乡贡献，或许就能确认身为设计师的人生意义。我想一辈子都在现场发挥自己的本领。如此下定决心之后，为挽回以前浪费的时间，我到处收集资料，联系了很多面料商和制衣厂，最后在2008年7月1日开了公司，取名叫"楼装舍"（"楼"这个字念作"takadono"，是我一直很喜欢的汉字）。然后9月突然就接到了订单，交期很紧，一个月就要完成，我跟工厂下了好大功夫拼命完成了。第二年开始，公司就越来越忙了。

夜来祭当然是有历史背景的祭典，高知也有几家专门的服装老店，而且关东、北海道、福井也都有店铺在做。此时我突然冒了出来，再去做跟他们一样的东西肯定没什么意思。所以我想，要做就做跟以前完全不一样，大胆强调概念和流行元素的服装。

夜来祭的团队成员有学生也有主妇，每年都会聚在一起思考自己要传达的信息。比如今年发

客人要求"有鹿鸣馆[59]的感觉",岩永女士就翻查资料,提出各种建议。最后这套衣服成了带有宝塚(歌剧团)[60]特色的设计,花纹颜色全部独家定制。

生了地震灾害，团队就希望给大家带来笑容。所以我们做衣服，最开始也不会一上来就谈设计图，而是花上五到七小时，仔细探讨概念。

编一套舞蹈，首先从概念开始，然后是曲子，根据曲子设计动作，最后再配上服装。因此就算客人一开始给出了服装、舞蹈和歌曲的印象，在设计舞蹈的过程中难免会发生改变，最终就会出现偏差。比如一开始想在这个部分这样做，但是天气这么热，有点难办；再比如想在这个地方加这样的装饰，但是动作过于激昂，可能会掉下来。想要的细节，往往会在实际编舞和环境的影响下遇到许多障碍。此时就要决定是直接放弃，想办法坚持，还是换一种方法。这样给服装进行调整的工作，做起来非常困难。

不过我认为，就算设计好看，跳舞时让穿着服装的人感到难受，也称不上好。我不希望一味强调设计，做好就完，而丝毫不去考虑现场感受。

基本上每个队伍每年都会定做新服装，有名的队伍甚至每年出场数达到五十场。那种团队对服装的强度自然也有要求，需要耐洗的面料和印花。另外在尺寸方面，并非M码就按一样的大小去做便可。同样是M码，胸围腰围和臀围都要以年龄来进行调整，因为根据身高不同，现在的年轻人和上年纪的人尺寸非常不一样，所以这方面我也要根据团队情况来考虑。要保证服装合体，跳舞的时候造型不会垮掉。尤其是女性，经常遇到走光的问题，快速换装时难脱的问题，或是衣摆太长，被孩子踩到会不会摔一跤……另外，只要是用过一次的花纹，我基本上不会再拿给别人

用。因为即便在时装世界，也不存在流行过一次的面料几年后再次拿出来用的情况。

我这里既没有历史，也没有传统，因此只能靠原创性和精细加工决胜。于是，那些在我这里

2011年高知夜来祭，还设计制作了县知事的服装。桂滨的波涛背景上印着"高知印象"，文字为书法家紫舟老师所写。炎热地带的服装一般使用质地较薄且速干的面料进行制作。

这是桐生面料商的面料。这款紫色和黑色的骷髅面料我也非常想要。只要听说有好玩的面料，岩永女士就会飞奔到现场去。平时一直都在寻找各种服装面料。

订过衣服的团队,都会夸奖说:"衣服好穿又合身。""别家衣服我都要用十几个安全别针来定型,楼家的衣服完全不用别针,一下就能穿上,而且不会走形,也不容易起皱。"

我们欣赏了岩永女士自己带来的几件服装,其色彩鲜艳,让人一看就非常开心,而且充满流行元素,还加入了许多独家的细节加工,明明是和服,却使用了立体剪裁……是一种设计得很日常、很有时装感的舞蹈服装。这在时装界算是普通的设计,然而由这家创立仅仅三年的新公司提出后,才有后继者效仿,由此可见"夜来祭服装界"迟迟未能摆脱传统祭典服装的局限。

各位可知"夜来婚"这个词?岩永女士最后对我们说:"夜来祭的团队活动很花时间,成员几乎要牺牲所有私人时间,以至于不在团队内找对象就结不成婚。一般人可能会想,为何要如此投入呢?天气

前页那件"高知印象"的设计图。整体花纹以桂滨的波涛为原型,添加了高知县宴会游戏"箸拳"使用的筷子和酒杯的花纹。

设计图提供:楼装舍。

东京一支团队定制的服装设计图。

这是成品。

这么热还要跳舞，高举鸣子的手臂几乎要累断掉。尽管如此，还是想为了沿街举着扇子替他们扇风的观众跳舞，想在已经成年的现在，通过夜来祭活动再次体验大家共同达成一个壮举的成就感，有很多人就这样爱上了它。其中有家庭主妇，有学生，还有一些在职的男士。他们整整一年不断练习，用宝贵的团队资金定做服装，最终走上舞台，要是跟其他队伍没什么两样，可能还是会感觉有点儿失落，甚至有点儿伤心。"

这种感觉就像我们为了某个重要场合专门购买一套衣服。只有脱离了传统束缚的设计师才能抓住那种看似普通的感觉并加以活用，这样崭新的设计在原宿和代官山都找不到，反倒出现在葛饰区的堀切，让人感到无比痛快。

◉ 楼装舍　东京都葛饰区东堀切 3-17-6 3F

即使服装已经被穿到祭典现场跳舞，岩永女士还是会跟过去确认是否存在缺陷。当团队展现出美丽的舞蹈，她的工作才算完成。

下左：奈良一支团队定制的服装。
下右：左侧服装设计图。标题为"阿吽"

卷帘门一条街与"国王的椅子"

【台东区·台东】佐竹商店街

从JR御徒町车站走出来,不往热闹的汤岛方向前进,而是转向另一头,顺着春日大道往藏前行走。穿过昭和大道,再一路走到清洲桥路口交叉点,就能看到佐竹商店街的入口。

佐竹商店街成立于1898年,是继金泽片町商店街之后,日本第二历史悠久的商店街。1885年,那位高村光云在这里制作了高达十五米的观赏大佛,使这条商店街成为东京都内最热闹的地方之一……然而,它现在却成了东京都内屈指可数的卷帘门一条街。这里比不远处的鸟越点心横町还要历史悠久,入口处还建起了地铁大江户线新御徒町站,交通极为方便,可是无论什么时候去,都只能看到零星的本地客人,要么就是疑似住在附近商业酒店的外国游客从这里穿过。

夏日即将结束的一天,我走在佐竹商店街上,发现那里竖起了一块崭新的招牌。那是一篇题为"笑点街"的文章,上面写着"此次我们有幸来到佐竹商店街,

拍摄以这里为舞台的短片电影……"下方写着吉冈笃史、奥健祐、川口花乃子三个署名。旁边还贴着一些黑白照片,镜头里全是各种各样的椅子,那可能是这里还在营业的商店的老板,看店时坐的座位。我忍不住停下来欣赏,觉得这些照片特别有味道。为什么要展示这种东西呢?莫非电影是以椅子为主角?由于被照片吸引了目光,我一开始没注意到,原来旁边还贴着一串说明文字——

《国王的椅子》

我们为了制作电影,每周都会到佐竹商店街叨扰一次。每次,我们都与各个店铺的老板尽情谈笑,同时在商店街各处行走。

后来,我们发现了每位店老板坐的"椅子"。这些"椅子"有的是"上一代老板传下来的",有的"套了夫人亲手制作的椅垫",还有的是"匠人手工打造的",个个都是镌刻着店铺历史和个性的象征性存在。

"平时都是自己坐,客人来了就请客人坐。一开始大家都会客气,我就说'这是国王的椅子[61]',于是大家就愿意坐在上面休息了。"

因为这段小插曲,我们决定将本次照片展命名为"国王的椅子"。

我很好奇那三位究竟是什么人,怎

么会做如此风雅之事，便决定与他们见个面。在东京右岸……不，在阿佐谷车站等待我的那三个人中，吉冈先生与川口女士是演员，奥先生则是一名艺术家，几个年轻人组成了"coy"小队，打算在佐竹商店街拍电影。

奥：大约三年前，我参加了"东京生存实验"项目，想看看在东京街头能不能搞点有意思的艺术活动，当时就研究了各个地区的商店街。有一天，我来到佐竹商店街，瞬间就觉得：啊，是这里了！我并非东京下町人，连东京人都不是，而是跟吉冈一样，来自三重县四日市。我们老家附近有个十分萧条的温泉小镇叫汤山，我曾经在那里的废墟上搞过装置艺术和展览活动，可能我在佐竹也感到了类似的氛围吧。比如招牌的字体，卷帘门上细细的锈迹，还有老旧的橱窗……尽管如此，这里也不乏平价便当店等新开的店铺。我就是被那种新旧共存的奇妙感觉吸引了。

川口：我是东京人，跟吉冈在电影导演的工作室相识，后来经常相约去汤山那些地方玩，觉得三

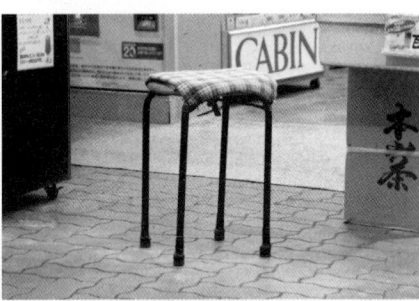

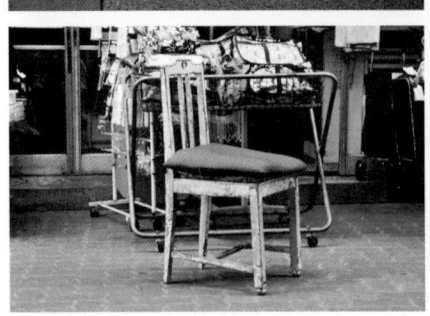

个人一起应该能搞出点东西来。一开始我们想,是否能召集一些在三重县从事创作的艺术家,搞个"地方艺术物产展",不过从那个策划的规模来看,只有我们三个人恐怕很难实行。当时我们逛到了佐竹商店街,有人提出:"不如把这里拍成影像?"我们的设想是,与当地居民打成一片,拍摄出凸显此处氛围的作品。

吉冈:于是我们开始到商店街去,听各种各样的人说话,但是并非所有人一上来就能敞开心扉,也有很多人拒绝我们。于是作为拍摄电影前的准备,我们决定请店铺老板们拿出自己的椅子让我们拍照片,想说这样会不会渐渐跟他们形成交流。

川口:对啊。一开始我们去找商店街的协会会长商量这件事,人家却说:"你们怎么又来了?"让我非常沮丧。据说很多艺大学生会趁着文化祭的热情跑到这里来,在这里闹腾一番,马上就拍拍屁股走了,再也没出现过。会长说:"你们肯定也跟他们一样吧。"于是我把最初的目标定为:"让会长笑出来就赢了!"(笑)商店街的人一直都生活得好好的,像我们这样的人如果突然跳出来,宣称要"让商店街恢复活力",还真

是说不出口。因为有这层障碍，我们决定先想办法让商店街的人们笑起来，跟他们搞好关系。要是在这个基础上能做出有意思的东西，那就是中头奖了！

吉冈：于是到了6月左右，我们在销售窗帘布料的商店发现了特别好玩的椅子，然后开始拍照。那块牌子是8月21日设置的，所以在那两个月期间，我们每周都会过来拍十三到十四张椅子。椅子固然好，不过拍摄过程中跟大家聊天才真正有意思。后来我们感觉，跟商店街人们的交心程度也加深了一些。

一次又一次前来，一点点构筑起相互信任的关系，此时coy的三人才准备正式开始电影拍摄。电影呈现的对象并非椅子，而是在拍照过程中提到的许多精彩故事，"尽量不进行改动，将其还原到镜头中"，并预定在2011年2月，于商店街空置的店铺里举办点映会。全无活力的陈旧商店街，紧闭的卷帘门背后，究竟隐藏着怎样充满力量，又温暖人心的故事？"演员和艺术家的收入根本不够生活，我们就把打工赚来的钱都投了进去。"这三个年轻人究竟会完成什么样的作品？我们都迫不及待地等待放映！另外，佐竹商店街背后还藏着几家备受韩国料理老饕欢迎的韩国料理店，到商店街散步时可以去试试。

◉ **佐竹商店街** 办公室：东京都台东区台东 3-28-4
◉ **"coy"** 奥健祐、川口花乃子、吉冈笃史。

为准备电影拍摄，收集登场人物服装材料的告示。箱子里已经放了几块布料。

三位"coy"成员。左起依次是奥健祐先生、川口花乃子女士、吉冈笃史先生。

后街长屋的变身工作室

【台东区·松谷】WASABI

松谷恰好位于上野和浅草中间,这里有号称日本第一的烹调用具一条街——合羽桥,尽管地段不错,但可能因为距离最近地铁站(银座线稻荷町/田原町)要步行十几分钟,这里总有一种时间停驻、被二次开发浪潮抛在身后的感觉,仿佛一个真空地带。

"WASABI"去年刚在松谷一处类似长屋的二层店铺兼住宅开张,是一家"洛丽塔风格的可爱服装专门店"。具体来说,在这里能够以每周一万日元左右的合理价格,租用"洛丽塔风格的可爱服装",只要客人提出,还可以提供造型和摄影服务,兼具照相工作室的职能。这些都是帮顾客实现变身愿望的服务。

WASABI有各种各样的客人,比如"想穿洛丽塔和妹抖装试试"的男性,和"想在婚宴续摊上体验超夸张的偶像明星角色扮演"的女性等。而且,他们几乎都是口口相传,慕名而来。虽然如今在秋叶原和中野一带,连唐吉诃德都有销售变身用的装束,但那些大多是一看就很廉价的劣质品。更何况对于"想试一次看看""想用作派对噱头"的人来说,这种服装只是临时租一套就好,如果买下来,之后只能压箱底,实在太浪费了。因此,WASABI提供的可说是一种不怎么常见的服务,主要面向死忠收藏家之外的芸芸大众。

WASABI的工作室以白色为主调,是个装潢简约的空间,但里面的衣服都超华丽!

创立WASABI的盐泽政名先生1956年出生，现年五十五岁。他生于葛饰区高砂，"高中毕业前一共搬了三次家，全都在葛饰区内"，可谓土生土长的下町人。

因为父亲在相扑茶屋[62]工作，每年有一半时间"都要离家到名古屋或大阪去"。在母亲和祖母等女性的养育下，他"从小就喜欢填色游戏和玩偶这种女孩子气的玩具"。因为那是一片集中了许多玩具工厂的土地，所以"从幼儿园开始，我就到附近工厂去要人家的残次品玩偶，拿回来自己做小衣服。小学时，在放学回家路上发现路边扔了一堆芭比娃娃的B级品，也全部捡回去做衣服玩儿"。在某种意义上，这也算是得天独厚的成长环境。

由于年幼时得过一场大病，盐泽先生"感觉自己干一般工作，体力可能跟不上，以后只能当美容师或设计师"。高中毕业后，他一边在千住的青果市场打工，一边上文化服装学院的夜校。他选择的专业，当然是从小便喜欢的女性时装。盐泽先生早上到傍晚在市场工作，晚上则去读书。三年后从学校毕业时，"还想更深入了解纺织品知识"，便照旧一边打工，一边读了大塚的纺织品专业学校，全面学习了面料结构、洋装设计和洋装裁缝，毕业后进入时装公司就职。

"一开始我在女装大衣制造公司工作，后来辗转了大约八家小公司，每次都能学到新领域的知识。"大约二十年前，盐泽先生迎来了人生的转机。他当时成为自由职业者，与各种公司合作，参与策划立案到品牌创立的整个工作过程。"有一次，一个合同黄了，我就想跟新公司合作"，结果在招聘广告上看到了"舞台服装制作、销售"的招募信息。他原本就对

舞台服装很感兴趣，便去看了一眼，发现那里是"脱衣舞服装店"。

店里的人给盐泽先生塞了门票钱，让他"先去看看真正的脱衣舞表演"。实在没办法，他只好去了，结果发现"那里根本不像过去的荒凉小舞厅那样充斥着惊悚、情色的感觉，表演非常精彩出色！"于是，他便开始了每周三天"扛着衣服一个个地方转，在后台把衣服摊开，让舞女选购"的行商生活。

"工作干了一年半，我跟舞女们的关系也变好了，她们有时会对我倾诉烦恼，同时，我也被她们的专业精神打动了。"当时的脱衣舞表演服基本上都是迷你裙，"而且是裙长只有三十到三十五厘米的超短迷你裙。这个长度是让双腿显得更修长的设计"。盐泽先生从中得到灵感，跟朋友创立了一个开拓性的新品牌，那就是名为"水果糖"的妹抖装企业。

"我第一次做妹抖装，大约是十五年前……比现在的妹抖热潮早很多。当时漫画上经常能看见妹抖角色，只是外面卖的服装全都软塌塌的，看起来非常廉价，于是我跟朋友一合计，决定自己来做更好的商品。"

一开始是"接单生产"的定制形式，每个月顶多只有一件订单，后来数量慢慢增加到十件、一百件……总之越来越多，就改成了工厂量产。现在这个品牌已经成了业界元老，非常出名，也有越来越多的偶像明星来定做服装。

最初在"水果糖"购买妹抖装的客人，当然全都是女性，"但是大概在第三年，来了一位男性客人。至于现在，我们有四分之一的服装都是XL尺寸"。盐泽先生感慨于世界上竟有如此多偷偷怀有变身愿望的人，这成了WASABI成立的契机。

盐泽先生说："我和朋友们也会制作一些特别豪华的衣服，大家一起搞类似红白歌会的活动，所以很明白客人们的变装愿望。"由于在时装公司工作时，做了太多量产的东西，他希望今后能小批量制作自己喜欢的东西，若最终还能因此获利自然是好事，于是就成立了WASABI。

为什么把店开在松谷？盐泽先生爽快地说："我并不是对这里有深厚的感情，只是单纯在找租金便宜的店面，最后找到了这里。"他还说："我当时想找可以设置成前店后厂、租金大概在六万日元左右的地方，中介就给我传真了这里的资料，我都没到现场看，立即就决定了！"盐泽先生的朋友刚在隔壁开了美甲店，再隔壁则是以豆乳为原料制作司康饼和玛芬蛋糕的健康烘焙店。"原宿那些地方租金实在太贵，不是专心做东西的好环境"，正如盐泽先生所说，他并非出于下町情怀，而是单纯考虑能够实现收支平衡的工作环境，才来到了东京右岸。也恰恰是这种人，能在这里找到安身之所。

⦿ WASABI 东京都台东区松谷 2-29-8-103 SHIO 工作室

浅草新人唤起演艺之神

【台东区·浅草】快乐博物馆

大约三年前，我遇到了"BORO"。所谓BORO，并非"生于大阪的女人"那个BORO[63]，而是青森县农村自古流传，经过几十年甚至几代人，不断缝缝补补，最终化为厚重布块的睡衣。目前它俨然已是最新潮的"褴褛"服装。

青森，或者说曾经的津轻和日本南部地区，自古就有名为"刺子""小巾"的传统纺织形式，并且在民艺界广为流传。但是对常年属于日本赤贫地区的津轻和南部农民来说，提到"布"，首先想到的就是"褴褛"。在部分人眼中，那样的赤贫历史如今已成为耻辱，于是他们就把"褴褛"压到箱底，试图忘却。正因如此，现在到青森等地的美术馆、博物馆和乡土资料馆，也无法找到"褴褛"展品。"褴褛"对青森县的居民来说，就是遥远往昔的"负面记忆"。

距今大约三年前，我从一个并非民艺领域的、研究非主流艺术的朋友那里头一次看到了"褴褛"的照片。虽然那本薄薄的图册印刷质量很差，但里面收录的种种"褴褛"，在我眼中都是通过纺织面料来表达的现代艺术。或者说好似马吉拉那样的先锋时尚设计。

由于严寒地带无法栽种棉花，若从其他地区购买又过于昂贵，只得用唯一能栽种的麻织成麻布。将那种布重叠几层、

在麻布上打了无数补丁，厚如被褥的"睡袄"（左）和"垫褥"。

213

几十层，就成了好似麻布千层酥的"褴褛"。其存在感远远超越现代美术作家绞尽脑汁想到的"概念"，具有压倒性的力量。遇到"褴褛"大约一年后，我又结识了田中忠三郎先生。他在家乡青森的山村里四处收集"褴褛"，不顾他人非难中伤，坚持了将近半个世纪。在他的带领之下，我终于在青森市郊外一座仓库里见到了"褴褛"实物。然后又过了一年，去年，我的邂逅有幸被做成了一本书（《BORO——缝补与活化。青森褴褛布文化》，aspect社2008年刊行）。

当我听说"褴褛"，而且是田中忠三郎先生的收藏要到浅草来展出时，不禁怀疑自己是不是听错了。连当地美术馆和博物馆都坚持无视的"褴褛"，要到东京展出？再说，浅草哪来的博物馆？2009年11月，浅草中心的浅草寺重要文化遗产二天门旁边，新开了一家"快乐博物馆"（Amuse Museum）。正如名称所示，博物馆运营主体是捧红南方之星、色情涂鸦、电音香水等组合，号称A家的大型娱乐事务所——AMUSE。

快乐博物馆所在的建筑有四十四年历史，原本作为婚礼会场使用。几经转租之后，一个开发商将其买下，准备进行重新开发，结果遭遇金融危机，该楼被整整空置三年，成了废墟，直到2009年3月才被A家买下来。据说此举是A家创始人、最高顾问大里洋吉先生的独断专行。虽然公司一直在东京左岸引领潮流，但他坚称："演艺之神在浅草！"

上：夸张的外观，乍一看让人无法想象这里是博物馆。
下：展区各个角落都有田中先生语录。

以至今仍每天都有演出的木马馆为代表，浅草有着丰富的传统演艺场馆，以及支撑那些传统演艺项目的人才资源。在这样的"演艺圣地"，一个初来乍到之人突然用音乐和话剧发起挑战，恐怕十分困难。于是，A家便把自己的第一个根据地打造成了博物馆，而且还定位为"面向高年龄层活跃人士的教育性娱乐场馆"。

大里顾问老家在青森，而田中忠三郎先生正好是他旧友的叔父，于是快乐博物馆就为田中先生的藏品提供了常设展示。"如果我们正面展示'江户'，在浅草这里也难有胜算，干脆就转为对日本美学的广泛表达了。"想必田中先生的藏品，正中了A家的下怀吧。

博物馆二楼，BORO展厅全景。照明和展示风格也跟一般美术馆不太一样。

左：给人形模特穿上BORO，这是其他民俗博物馆所没有的品位。上：三楼到六楼的楼梯都有浮世绘装饰。赠送给波士顿美术馆的斯皮尔丁藏品中那套《东海道五十三次》也被一一打印出来，都能欣赏到。下：博物馆的核心概念是"别浪费""LOVE! Handmade"。

215

上：五楼的画廊酒吧。通宵营业的酒吧里"外国客人很多"。中：镜球照亮了安藤广重与葛饰北斋的作品。这可是在其他博物馆看不到的光景。下：六楼的"织女"们正在演示裂织过程。这里的织女都是AMUSE旗下艺人。活动区域还有歌舞演出。据说为了掌握这项技术，她们还专门到青森集训过。

快乐博物馆创建时，把已经化作废墟的大楼进行了彻底翻修。其外观夸张，与最近那种大规模商业设施无异，让人很难认为那是一家博物馆。一楼入口处设有销售手巾等"和式精品杂货"的商店，还有能吃到欧洲冷冻进口面包的咖啡厅。二楼是展示田中藏品"褴褛"的区域，因为田中先生认为："褴褛应该凑近去看，伸手去触碰，才能理解到它的真正价值。"所以全部展品都能随意触摸，并感受面料的重量和温暖。

三楼也是田中先生常年收集来的藏品的展示区，主要有已经被指定为文化遗产的刺子工艺藏品和民间生活用具，另外还展示了田中先生参与黑泽明导演作品《梦》制作时提供的服装。

然后沿台阶而下，在波士顿美术馆秘藏展品电子复制版的环绕下，气喘吁吁地来到六楼，就会看到身穿绔裤、样貌可爱的"织女"们前来迎接。她们使用江户时代的织布机，现场表演机织和裂织技术。表演场地旁边就是摆着黑色皮沙发，好似

同样是布片叠布片做成的厚重足袋。

高档俱乐部的酒吧空间。再走到天台，还能欣赏浅草全景，甚至一路眺望到押上的天空树一带，景观壮美。馆长辰巳清还透露："其实五楼还有另一个酒吧，那里从博物馆打烊的下午六点开始营业，而且不通过大楼后门的门禁对讲机就进不来。不过酒吧一直营业到早上，还会高声播放Jazztronik的音乐哪。"

辰巳先生长年在A家从事舞台制作工作，博物馆的运营他当然也是从一开始就参与进来了。此外，这里并不存在所谓"学艺员（策展人、馆长）"职位（不过田中忠三郎先生是这里的名誉馆长）。

展品可以触碰，有好几家商店和咖啡厅，还有营业到早上的酒吧，以及可爱的织女……这种远远超出常规运营模式的博物馆，就出自这些人之手。那些在学术环境中成长起来，就职于公立民族博物馆的策展人和学者，看到这家以娱乐为导向的业余博物馆，恐怕会表现出露骨的鄙视吧。可是，一直将"褴褛"无视至今的，也是那一群人。

在我听故事、拍照片的时候，博物馆的客人一直络绎不绝。而且许多还是乘坐观光大巴统一来馆的旅游团客人。虽然是工作日上午，但辰巳先生却云淡风轻地说："平时每天都有大约二百五十位团体客人进馆。"要知道，许多公立博物馆连周末都没有这么多客人入场。

大部分客人都是中年女性，她们用一般博物馆不允许的大音量谈笑着，逐件触摸"褴褛"展品，还纷纷发表感叹："哎

可以触碰的睡袄展品，也是一件美感十足的纺织面料艺术品。

呀，你瞧这针脚，可密了。""我记得奶奶也有一件这样的围腰。"这里不像其他博物馆，专门安排监视员坐在角落，腿上盖着毛毯睥睨游客，反倒是馆长亲自陪同团队客人看展，还不厌其烦地反复解说："因为青森那一带气候非常寒冷，地里种不出棉花，人们就将麻……"

迎来客人，让客人享受博物馆的展出，这跟组织演唱会和话剧演出一样，首先是一项服务。那些待在使用税金修建得分外金碧辉煌的博物馆和美术馆中，拿着月薪从事"研究"的专家们，早就忘了这个真理，而快乐博物馆的外行们，心里却十分清楚。

⊙ **快乐博物馆** 东京都台东区浅草2-34-3

与达人漫步右岸，神田潘带你走遍南千住

带着如同初次踏足异国般的心情上街漫步固然不错，但偶尔也想请对这一带格外熟悉的人，领我们去看平时很难发现的地方。为了这个任性的特别策划，我们请到了《散步达人》杂志撰稿人、图书《铁子的房间》的作者神田潘女士。她本人曾在市井町屋[64]居住多年，想必没人能比她更了解足立、荒川一带的特别地点和背景情况。这次，我们将在她的带领下，来到最近人气十足的北千住旁边，"很少人会跑到这边来"的南千住，展开一天的漫步之旅。

11:00 a.m.　日比谷线南千住车站

南千住车站前刚建成的高层公寓——布兰兹大厦。

早上好，今天请多关照。这里目前正在重新开发，已经到处都是高楼了。楼间风特别大……给人感觉好像不是千住对吧。不过南千住在荒川区里面，算是高级住宅区哦。

11:05 a.m.　回向院

11:10 a.m.　小塚原刑场遗址，斩首地藏（延命寺）

寺内展示了描述当时刑场光景的文章。这里还有宠物的供养塔（左）。

这里原来是小塚原刑场的供养院，在那里被行刑的罪人们都放在这里祭祀。像吉田松阴[65]和高桥传[66]等历史名人都葬在这里，纪念杉田玄白[67]等人见证解剖的"观脏纪念碑"也树立在此。另外，面朝大路的是专门祭祀小吉展事件[68]的吉展地藏。

据说，江户时代整整两百年，有二十万人在小塚原被处以极刑。换算下来，这里每天有2.5个人被行刑。很厉害吧。因为这里是江户御府内[69]的出入口，应该有许多人是出于示众、杀鸡儆猴的目的在这里被处死。所谓"脑袋还是新的好"[70]。荒川区正致力于把曾经是刑场的回向院、小塚原和斩首地藏打造成文化遗产，不过这样真的好吗？品川区也并没有如此大力推广铃森刑场啊……

ツウと歩く右半分 神田ばんさんと南千住めぐり

11:20 a.m. 南千住人行天桥

横跨常磐线，穿过日比谷线，如章鱼爪般的南千住人行天桥。

这座人行天桥宛如盘绕的章鱼爪，结构非常奇特。还能骑自行车上桥。而且人行天桥上方就是日比谷线，可以近距离观看列车行驶，只是周围设有铁丝网，无法攀爬到轨道上。从这里还能俯瞰 JR 隅田川货物装卸站，是小铁（铁路爱好者）最为垂涎的地方！从延命寺到这一带是夹在日比谷线与 JR 线中间的三角地带，也是对小铁来说极为重要的地方。而且在开展铁路工程时，这里挖出来不少白骨，全都被集中到铁路相关人士在延命寺修建的供养塔背后，最近已经整理好了。不过真的没问题吗？

11:25 a.m. 南千住著名居酒屋"大坪屋"

"高杯烧酒二十五度""《富士晚报》力推店铺"，这样的招牌很不错吧。这里还有一个卖点，就是东京下町必备的龟甲宫烧酒。这里临近山谷，也有很多从那边慕名而来的客人。距离最近的山谷简易旅馆还有许多外国人和前来参加漫展的女孩下榻，如今氛围已经变了不少。

11:30 a.m. 南千住车站东口前多瑙广场

南千住车站东口前的大道，名为「多瑙大道」。隅田川很像多瑙河吗？

过去这一片全是 JR 的地盘，当时还叫国铁，不过最近重新开发，变得好像郊区一样了。虽然有个名字叫"多瑙广场"……不过这也太牵强了。我们到车站前的"Bivi"里面看看吧。从观景升降梯里能清楚看到货物站……来到四楼，电梯门打开，迎面就是健身中心，连堵墙壁都没有，旁边还在卖肉包子，这样的搭配真是太有趣了。不过，再过上二十年，这里应该会变得很有味道……

11:40 a.m. JR 隅田川货物装卸站

南千住车站东侧残留的水泥筒仓。

这个车站目前还在使用，而且过去这一带全都是 JR 的地盘。我最喜欢的是高耸在车站门口的水泥筒仓。那里现在已经不再使用，成了废墟，不过据说拆除费用太高，就一直扔在那儿没人管了。现在还有人在推进再利用计划，好像要在这里开个购物中心。我倒是希望把这种东西保留下来当成产业文化遗产。总之，这里目前是废墟爱好者难以抗拒的地点。

219

与达人漫步右岸，神田潘带你走遍南千住

水泥工厂遗址。

12:00 p.m.　JR 货运线终点

从这里看货运线的终点，特别宽敞！

11:50 a.m.　隅田川沿岸高层公寓群

十五年前的国松长官事件[71]就发生在角落这座公寓里。这里是南千住最早的高层公寓群，现在看来已经很普通了。这一带原本有很多从事皮革相关工作的人，以前还有两间"胞衣屋"。胞衣指的是胎盘，胞衣屋应该就是处理污物的机构。1931年，资生堂出品了万能霜艳之素，按照现在的物价换算，当时的售价大约相当于现在的二十万日元，包装上说的荷尔蒙……莫非是从这里采购的？不过这只是我不负责任的猜测而已。

12:10 p.m.　汐入公园

隅田川沿岸建成了漂亮的观景台。

可能正因为拥有这片开阔的公园，南千住才称得上"奢侈"。你看那些带着孩子的家庭不是都在野餐嘛，明明还是工作日。在这里漫步过后，再回到西口那条骸骨大道，会感觉屋顶都压得非常低，连人都变奇怪了。走到三之轮商店街，感觉就更加怪异，仿佛是自己变大了。而待在这个地方，自己仿佛蚂蚁般渺小。这种东口与西口的性格差异，或许正是南千住的魅力所在。明明如此崭新，却给人一种荒凉感。走在路上，也会发现周围行人很少。就像来到了郊外，或是人类灭亡后的世界……路上设有名为"樱花"的社区巴士，那本是为了方便老年人出行，现在已经成为一种重要交通手段，不过多数人一般还是骑自行车。荒川区民有一大特征，就是骑车从不减速！

12:20 p.m.　在"佐藤角落烧烤"用午餐

这家店真的位于建筑物和道路的角落里，是快餐店兼咖啡厅兼居酒屋兼卡拉OK。南千住，包含西口在内，有很多类似"中华料理兼居酒屋兼卡拉OK"的多栖店铺，这也成了此处的一大特征。

ツウと歩く右半分 神田ばんさんと南千住めぐり

自衛隊戦闘機北美F-86D及引擎。

航空高職自主生产的飞机：航空高職施托尔普SA-300・星辰扫荡者号。

负责人饭野老师的介绍

　　本校成立于1938年，原名"东京府立航空工业学校"，校址位于稍北部的汐入公园水神大桥脚下。1942年建成机库，1955年更名为东京都立航空工业高等学校。1961年成为高等职业学校。

　　我也是这里的毕业生，因为校内建有机库，有人便提出请这里接收退役飞机，然后就成了现在的藏品。刚建成时，日本可能尚不存在专门展示航空航天相关器材设备的博物馆。

　　这里有自卫队战斗机北美F-86D，以及本校生产的航空高职施托尔普SA-300・星辰扫荡者号，这些都是外面很难见到的机型。去年我们获得日本航空协会"重要航空遗产"认定，现在作为教学一环，会让学生在这里写生或实习，但除此之外，就没怎么应用在教学方面，着实让人遗憾。不过每月一次的开放日，会有来自全国各地的人到这里来参观，由于是工作日，客人大多是老年人，还有人想拍照回家制作模型。这里的自卫队战斗机是拆除机翼后用卡车运送进来的，至于警视厅使用的直升机，则是直接飞过来入库的！

13:00 p.m.　东京都立航空工业高等职业学校

　　很少有机会能走进正在上课的学校，所以我非常兴奋。这座高职学校创立于二战前，一直都被人称为"航空高职"。2006年，学校与都立工业高职合并，更名为"东京都立产业技术高等职业学校"，今年（2010年）3月末就不存在"航空高职"这个名称了。好寂寞呀。

　　都立高职是全国众多高职学校中唯一设有航空工程专业的学校，也就是说，这里是培养造飞机专家的学校。因此，校内还有名为"科学技术展示馆"（俗称F.A.M.E.长廊）的飞机博物馆！拥有这种博物馆的学校，别处应该找不到吧。博物馆每年都会对外开放几次，所有人都能来参观，真是太棒了。

221

与达人漫步右岸，神田潘带你走遍南千住

14:00 p.m.　南千住皇家公园大厦

这里是南千住顶级的高层公寓，部分楼层被改造成了高级老人院。而且，入口旁边还有泡脚温泉！名字叫作"南千住天然温泉"。这里水色为淡褐色，泡过之后皮肤会变得很光滑。因为温泉位于户外，不是公寓居民也能使用。因此，经常有附近的孩子和穿着工作服的老爷爷带着毛巾、骑自行车过来泡脚。他们到底是从哪里来的呀……这块地方原本好像是个货运场，大楼旁边还搞了一条埋有轨道的"南千住奏鸣曲小径"，晚上还有灯光照明。不知为何要叫"奏鸣曲"呢？

这里有天然温泉，旁边还立碑标注了温泉成分。

带着毛巾来泡脚的附近居民。

路面嵌入了曾经在货运站使用过的真正轨道。

仰望南千住皇家公园大厦。

以"南国度假村"为主题修建的"南千住奏鸣曲小径"。

14:20 p.m.　南千住车站西口骸骨大道

这条商店街虽然很萧条，名字却叫"骸骨大道"！好厉害的名字啊。据说因为这里曾是小塚原刑场，可就算如此……以前周围还有写着"骸骨大道"几个大字的标牌，现在已经不怎么能看见了，真是遗憾。

14:40 p.m. ONLY 咖啡吧

在骸骨大道通向日光街道的途中,开了一家可爱的咖啡厅。荒川区留有许多年代久远的独立咖啡厅,早上8点开始就有早餐供应。这种开在下町的咖啡厅都有很多吃的,比如烤肉定食。但是,里面的桌子都是正经咖啡桌,小得完全放不下餐盘(笑)。附近的人都在这里吃早饭、喝茶,把它们当成了自己家的厨房。这家店门口的招牌标着手写体的"ONLY",分外可爱,室内装潢又充满了昭和气息,而且咖啡的广告语还是"魔性味道"呢!

老板一言

这家店是上一代老板在1954年开的。当时想在招牌上加一句广告词,正赶上《咖啡伦巴》那首歌流行,就写了"魔性味道"。

我们还在合羽桥和千束大道开了分店,都是自家人在经营,广告词也都是"魔性味道",内饰自1973年改造后就完全没动过。是不是特别令人心情平和?我们这么努力,就是为了创造出让人心情平和的"气场"(笑)。

ONLY的吧台。

二十世纪七十年代风格的室内装潢分外可爱。

与达人漫步右岸，神田潘带你走遍南千住

15:00 p.m.　荒川故土文化馆

这里是"宣传荒川区历史文化相关信息的机构"，早在 1998 年便已开放，却没什么人知道。我从没见过有客人走进去。不过里面有重现 1966 年城镇风景的"情景展示"，做得非常不错，特别有感觉。尤其是黄昏小径的光景，很有氛围。而且还有音效。这里入场费只要 100 日元，光看这一处就能值回票价了。

东京都内能看到这种情景展示的，只有江户东京博物馆和深川江户资料馆的江户时代庶民生活展示，以及上野下町风俗资料馆和荒川这里了。只要转上一圈，就能看到百年前的近代生活光景。

东京都举办各类活动时，交通局发行的优惠乘车券。

1966年的城镇风景展示。

二十世纪六十年代一家人吃晚饭的场景展示。

16:00 p.m.　素盏雄神社

走出故土文化馆，就能看到因桃花而闻名的素盏雄神社。走到大路上还有一座圆通寺，寺庙门口端坐一尊巨大的金色观音像，很有东南亚风情。各位来到此处，不如到这两个地方拜拜，留下点香火钱吧。不远处就是三之轮车站，车站背后还有家很有情调的居酒屋，才刚傍晚就早早开店了。那里的煮内脏特别好吃，如果走累了，要不要到里面坐坐再回去？

黑色电话机、虫笼、蕾丝桌布……十分真实地重现了时代风景。

224

午夜之后

After Midnight

5

末班电车后的浅草巡游

【台东区·浅草、西浅草】

浅草总给人这样一种印象：街上的游客或是当地居民大多都是年长者，夜幕降临得特别早。无论这里是人气冲天，还是萧条荒废，唯独这点一直没有改变。

走在深夜的浅草，确实只能看到冰冷的街灯照明，以及借商店屋檐栖身的流浪汉盖起的纸皮屋。除此以外，几乎看不到一个人影。

可是，浅草同样活在深夜。地铁和筑波快线的末班车离开后，许多饮客和食客便不知从何处聚集起来，一直吃吃喝喝，唱歌跳舞到黎明，甚至太阳高挂时分。其实这里有许多可供深夜聚会的场所，唯有行家才知晓其存在。

这里是游客已回房睡下，远途的白领已返家后，只属于当地居民的深夜浅草，接下来，请各位与我一同巡游吧！

橙屋酒吧

沿着传法院大道往浅草演艺大厅方向一直走，就能看到一个十字路口。往右边拐是烂炖横町，但我们要一直往前走。那条通往筑波快线浅草车站，长度不足一百米的路，就是"六区路"。快线车站启用前，那里还叫"六区鲜花大道"，然而一点鲜花盛开的感觉都没有，很是荒凉。我记得还是在车站启用后，才修缮成现在这般干净整齐的样子。

深夜，一排街灯装点了六区路。灯箱上是点亮了各个时代的明星、艺人和钟爱浅草的文人的画像。渥美清、萩本钦一、桥达也、下村泰、关敬六、柳乐健一、东八郎、玉川澄、水之江泷子、清水金一、田谷力三、浅香光代、哀川翔、永井荷风、双健二（Wけんじ）、长门勇、伴淳三郎、森川信、古川绿波、深见千三郎、内海桂子·好江、由利彻、牧伸二、三波伸介、榎本健一……

老艺人们学艺时经常光顾的名店"捕鲸船"，如今因北野武而声名远扬，门口招牌上的"吃口鲸鱼肉磨炼技艺！！"让人会心一笑。店铺对面的柳乐健一街灯底下，便是橙屋酒吧。

226

我清楚记得第一次来到这里的光景。一位在莺谷经营酒馆的前艺人把我叫来时，我满脑子都是：现在不是深夜吗？这不是浅草吗？这里不是四面全是水泥墙的咖啡吧吗？强压心中疑惑，我接过吧台服务员突然递过来的香槟酒瓶和炒鹅肝，被结结实实地吓了一跳。彼时已是凌晨3点，而且还是在浅草啊。

橙屋由一对兄弟经营，哥哥远藤功先生担任店长，弟弟远藤学先生担任厨师长，到2011年，已经营业了二十五年。功先生说，这里原本是两兄弟当厨师的父亲创立的，经营十九年后，"老爸出了交通事故住进了医院。本来我们觉得餐饮行业太辛苦了，完全没有接手的打算，只是店里还欠着蔬菜店的账（笑），于是我们俩就稀里糊涂地到店里来了"。

橙屋原本是一个男鞋品牌。当时还是

泡沫经济时期，那个公司想在做时装业的同时开间酒吧，就搞了个直营店请兄弟俩的父亲来当店长。后来出于某个契机，他们的父亲把店买了下来，便是现在的橙屋酒吧。"二十多年前就是这种装潢风格，而且又是'能吃饭的酒吧'，在这一带可算相当罕见。"一开始酒吧的营业时间是晚上9点到凌晨2点，但一年前稍微改变了一下室内装潢，转型成可以坐下来慢慢享用菜品的晚餐吧，营业时间也延长到了凌晨4点（最晚点菜时间为3点）。

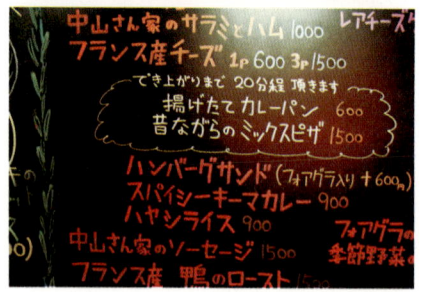

作为一家"深夜有正经饭菜吃的酒吧",每当夜幕降临,橙屋里早早便坐满了客人,但是一过午夜0点,骑自行车过来的客人就会变多。大牌子上写满菜品,左半边是当季料理,右半边是基础菜单,不过走进这里的基本都是熟客,一坐下来马上报出自己要点的食物,比如接单才开始制作的"古法什锦比萨"和"刚出锅的咖喱炸面包"。这里的奶酪种类也很齐全,喜欢红酒的客人都会很高兴,而且功先生制作的季节水果鸡尾酒特别受女性客人好评。功先生说:"因为浅草一直给人客群年龄层高、没有夜生活的印象,所以人们对夜晚的期待值也很低。我想成为浅草深夜生活的代表,一直努力下去!"在闲暇时间,他还四处探访店铺,打算制作浅草酒吧地图。

他探访的不是被导游书和电视节目报道的老店铺,而是二三十岁的调酒师兼老板经营的新店。"现在那种店增加了不少!"那就是新世代创造的全新浅草之夜。

⊙ **橙屋酒吧** 东京都台东区浅草 1-41-8 清水大厦 1F

CUZN 咖啡餐吧

它是位于橙屋酒吧对面左侧的咖啡餐厅，面对六区路敞开的木制露台格外引人注目。廉价的塑料露台椅，写在黑板上的日语和英语菜单，纸箱上恣意挥毫写就的迎客语，以及开放的店内空间流淌的音乐。在CUZN门前驻足的，并非寻觅浅草下町风情的日本游客，而是外国人。"这附近不是多了很多面向外国人的民宿嘛，所以最近店里外国的客人变多了。"说这番话的人，是老板兼店长住谷美树女士，人称Miki。到2010年1月，这家店就有九年历史了，"不过刚在这一带开店时，周围还是黑漆漆的一片。我们开张后那两个月，客人全都是外国人"。可见，这家店从一开始就是浅草的异类。

美树女士出生于仙台，在福岛待到三

岁，四岁便来到了浅草。"我在东京是个乡下孩子，放假回老家，我又成了东京的孩子。"渐渐地，她变得"什么都喜欢，在哪儿都能安顿下来"，养成了不喜被任何事物束缚的性格。

她从中学开始选择了音乐道路，考上了有音乐专业的学校。本想专攻钢琴，后来在教授推荐下，转为学习巴洛克音乐不可或缺的古乐器维奥尔琴。大学时，她还跟着教授参加了不少演奏会，"可是在那个连兼职都不能做的环境下，我的生活里只有音乐，觉得非常憋闷。我想进入社会！我想到外面去！"想到最后，她终于逃离了大学。

当时正值泡沫经济顶峰，她在酒吧打工弹钢琴，得到客人赏识，突然被任命为一家店铺的老板。店里只有吧台，面积约为15平方米，地点在汤岛。由于只有十三个席位,她一个人就能管好整家店。当然,她对这一行毫无经验。美树女士笑着说:"当时汤岛到处都是小酒馆,哪儿都挤满了客人,充满活力。不过我每天都是牛仔裤运动鞋,连妆也不化就去上班,与周围显得格格不入。可能反倒讨巧了。"管理店铺一年后,她向父母借钱买下所有权,二十三岁就成了真正的老板。

"那家店我经营了七年左右,然后在汤岛找了更大的店面,招了几个女孩,又搞了八年左右吧。就这样在汤岛待了十五年,我有点想休息,就把店关掉了。随后又想自己重新开一家店,四处寻觅之下,就找到了这个地方。这里离大路有一小点距离,正好能做个露台,还能把我养的金毛也带过来,挺不错的。"

身边朋友都嘲笑她:"你怎么把钱投在这片死掉的土地上?"可她坚信:"不能跟别人做一样的事!"她一手包办了店铺的装潢设计,"在这片充斥着老店的土地上,要出人头地,只能这样,于是便有了现在这个休闲空间"。

美树女士从初中开始就很爱读建筑杂志,经过这次开店,她进一步发现了空间设计的乐趣,又为四家自己的店铺,和找上门来的三家美容院和酒吧做了设计,在浅草周边大显身手。每家店的风格和氛围都不相同,"我觉得与其画图纸进行详细设计,还不如身处其中,在偶然的引导下展开设计,反倒能打造出格外有趣的空间"。

这里与历史悠久的名店截然不同,有着热情开放的气氛,全年无休,从早上11点(周末是10点!)一直营业到第二天凌晨5点,无论何时都能吃到烤蔬菜、塔可饭等新鲜又充满异国风情的菜肴。因为是咖啡吧,这里的咖啡和茶,甚至酒水都很充足,还能免费使用无线网络。这种店竟然不在惠比寿或下北泽,而是藏身于浅草

正中,让人格外高兴。据说被这里气氛吸引而来的客人,彼此成为好友的概率也很高。美树女士颇为骄傲地说:"在这里认识并结婚的伴侣,已经有二十对了。我现在有十六个孙辈!"

不久之后,CUZN还将在三之轮(龙泉地区)开一家姐妹店,名为"DRAGON FOUNTAIN'CUZN"。那一带也有很多韵味十足的去处,不过DRAGON FOUNTAIN(就是"龙泉"啊!)的内部装潢也延续了CUZN优雅、休闲的风格,营业时间为"11:00a.m.—3:00a.m.",有望成为一家跟三之轮的风格截然不同(?)的店铺,敬请期待!

⊙ CUZN 咖啡餐吧 东京都台东区浅草1-41-8

FOS 酒吧

从浅草雷门一路穿过浅草寺，再横跨言问大道，不知各位会不会发现周围气氛突然改变了呢？这里被称为"观音里"，具体来说，这是个边长约五百米的矩形街区，南北面分别是言问大道和浅草警署门前大道，东西则是马道大道和千束大道。

南边是以浅草寺为中心的浅草闹市区，北面是吉原游郭，观音里坐拥的如此绝佳（？）地段，就是如今的浅草三丁目一带，在江户时期，这里一直是东京首屈一指的花街。虽然现在成了只有春季盆栽花市会挤满游客的安静住宅区，但在周围走走看看，还是会发现许多极具风情的餐饮店和民居，光是散步就已经很有意思了。以我在东京和京都两地居住过的经验来说，在东京，能与京都那种充满旧日风情的街道相媲美的，恐怕只有这里了。

大约三年前，曾是传统舞蹈艺术家居住的房子被改造成了酒吧，名为"FOS"。这里更像是京都先斗町小巷子里才能看到的那种充满和式风流的场所。

老板森崇浩先生出生于埼玉县越谷，高中毕业后来到东京，一直在浅草生活。他在银座和赤坂的酒吧修业十五年，2001年开设了FOS。他当时是言问大道旁一家小酒馆的常客，有一天妈妈桑问他："我决定关张了，你要接手吗？"于是他便有了"属于我自己的第一家店"。

店名FOS源自"Forest of the Sea（海上森林）"。森先生在赤坂当调酒师

时，其中一位熟客是原健先生。原先生是日本顶级的专业游艇运动员，曾参加过世界最高级别游艇比赛美洲杯。受他启发，森先生将自己的名字与"海上漂游"的意象结合起来，起了FOS的店名。

一年前，他找来原本在法国餐厅工作的厨师，使FOS从午餐时间到凌晨4点打烊时间都能提供充足的美食。不过，店里基本要到深夜才会热闹起来。我边喝酒边

观察，发现哪怕是工作日深夜，也有许多因为"实在对不起，店里坐满了"而被婉拒的客人。这里的一大特征就是有许多本地客人，而且还有自己经营店铺，打烊之后来喝酒的同行。

　　森先生说："所以我们这里深夜点菜的人也很多。"客人们按照自己的喜好，将红酒、威士忌和鸡尾酒搭配在一起饮用，或是让吧台切些生火腿下酒，或是在接近电车始发的时间，喝累了来一盘意面垫垫。能接受这种任性的点单，让人安安静静喝到天亮，而且特别欢迎新客的店，别处可是很难找到。

　　游客很少涉足的观音里竟有这种店，让我突然很想搬家过来了。

⊙ FOS 酒吧 东京都台东区浅草 3-37-3

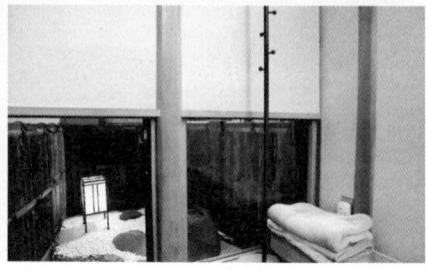

左：还残留着旧民居味道的店铺，与周围环境特别和谐，一不小心就会错过。上：仿佛提灯的招牌。下：微型庭院由森先生亲手打理。

入口旁的席位。

餐桌席与吧台席之间的隔断。

银幕摇滚

"炸药和尚"十几年前就以硬游行乐队（Hard Marching Band）"死亡游行舰队"成员的身份出道，乐队更名后，自2004年起，继续作为和风音乐团体"浅草音乐队"的木贝斯兼主唱活动。由他经营的店铺便是这间"银幕摇滚"。

店铺位于浅草ROX背后，五人足球场旁边，在一栋面向小路的楼房二楼，不过一到晚上，手工制作的东京塔装饰品就会放射出让人难以忽视的光芒。店铺所在的楼房非常老旧，还有一块七扭八歪的黑板，上面有几个手写粉笔字："本店一点儿都不可怕"，反倒让人生出几分畏惧之心。更何况，他家楼下还是传说中的脱衣舞厅——浅草驹太夫开的"贝儿咖啡厅"。

店铺原本是卡拉OK酒馆，里面有日活[72]全盛时期的电影海报、红灯笼和看似威尼斯玻璃风格的吊灯，种种元素混杂在一起，形成了不可思议的昭和风情。"和尚"笑着说："当时我们在寻找活动场所，从心情上说，不是去纽约，就是去浅草了。"他还透露，室内装潢的主旨是"舒活风低俗文化"。店长龙先生也穿着既不像和服也不像洋装，品位奇特又显得格外风流的衣服，更加突出了店里无国界的异域风情。

浅草音乐队由三游亭小游三命名，是唯一兼任落语艺术协会客座组织的摇滚乐队，与浅草相容性奇佳。"但刚搬到这里那段时间，一到晚上周围连个人影都没有，当地居民对我们褒贬不一，花了好长时间才真正融入这里。""只有年轻人能让这里的年轻人变多。"

银幕摇滚今年已经迎来创立五周年纪念。这里平时是听歌喝酒的地方，但不定期会举办一些活动。其中有一项基本上每月都办的，就是目前很出名的"滑稽之夜"。

民族乐队现场演奏，号称"大胸观音"的肚皮舞者"Safi"热辣献舞，让人仿佛置身于开罗或伊斯坦布尔的秘密俱乐部。沉迷其中，一转眼就度过了一个绝妙

夜晚。每次举办活动，现场都盛况空前，若有幸得以入场，别忘了给大胸观音准备红包！

⊙ **银幕摇滚** 东京都台东区浅草 1-41-5 TOUGE 大厦 2F

店长龙先生。

浅草音乐队的"炸药和尚"先生。

浅草部落村庄

"时间匆匆流逝,人生究竟是什么?我们都在笨拙地探索,到煞风景的旅游胜地恣意喧闹。"这一宣言出自引人瞩目的话剧团体"Crack Iron Albatrossket",也是其自身的写照。剧团成员分别是"浅草部落村庄"的老板和店长。店铺开张于2009年8月,是名副其实的浅草新来者。

部落村庄这个店名听起来充满新纪元感,不过命名原因仅仅是原本在这里开的韩国卡拉OK酒馆名叫"民俗村"。店老板小林成男先生是位演员,到这里来之前,一直都住在惠比寿,但他觉得在浅草生活更轻松。"因为我这身打扮在原来那个地方连出门还影碟都不好意思,在这里却能光明正大出去吃饭。"

店铺所在的小楼位于浅草景观酒店旁,虽是中心地区,但没什么游客。沿着楼梯来到二楼,可以看到宽敞的图书馆和咖啡吧空间,另外还有个5平方米左右的舞台,不过举办活动时,演奏空间有时会比客座更宽敞。

这里能看到店员个人推荐的艺术家的展览,"还有请附近的普通人作为嘉宾,一边喝酒一边聊天的'街坊谈话秀',上回我们请了附近香烟店的大叔过来。就是表演开场前两个小时把嘉宾叫过来,一个劲儿劝酒,谈谈喜欢的女孩类型,有过关系的女人中最漂亮的是哪个,反正都是些特别无聊的话题(笑)"。这种混乱的无政府主义经营态度,格外招人喜欢。

每次去那里,店中都在搞不一样的活动,那个小盒子般的空间每次都带给人不一样的感觉。那种自由的形式,想必既属于部落村庄,也属于Crack Iron Albatrossket。

比如上回我到店里去,正好碰上名为"日本刺青博物馆展"的活动,看到了"初代雕长"的珍贵草图。

号称"初代雕长"的中野长四郎先生

老板小林成男先生(中)

スパゲティ
ピ＆ザ

旨い
五年
尾崎かな

tRibAL viLLage AsiA

是拥有四十多年经验的刺青师，2001年创立了个人博物馆"刺青博物馆"。现在博物馆虽然处在休馆状态，本人却很大方地将宝贵的原画、刺青工具，以及保存在东京大学医学院标本室的故人刺青照片等贵重展品拿出来展示。连展览主题都格外自由，比起放在博物馆里，仿佛这样展出更适合。看来，真正有意思的东西，都是从这些地方诞生的啊。

⦿ 浅草部落村庄 东京都台东区西浅草 3-27-1-2F

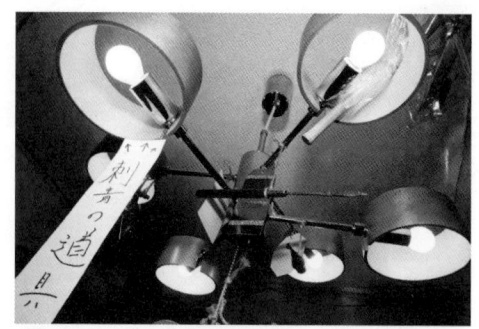

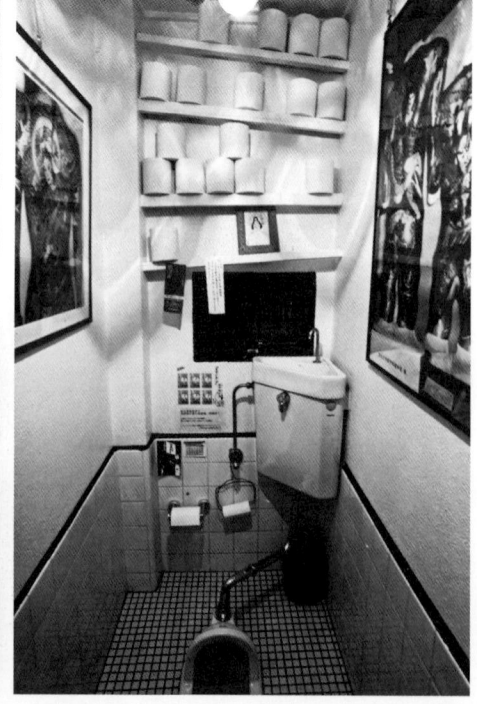

浅草部落与昭和文坛邂逅之夜

【台东区・西浅草】饲叶屋展 in 浅草部落村庄

不知大家是否知道,从浅草中心地区穿过言问大道,来到浅草三丁目曾经被唤作猿之助横町的地方,有个传说中的居酒屋叫"饲叶屋"。遗憾的是,我实在孤陋寡闻,此前并未听说过这家店铺。饲叶屋是混合着下町趣味和文化气息的店铺,曾经有众多钟爱浅草的文人和落语家每晚相聚于此,纵使在浅草这也极为罕见。

饲叶屋的创立者是熊谷幸吉先生。他被熟客亲昵地称呼为"阿熊",曾就读早稻田大学日本文学专业。从大学退学后,他在野坂昭如[73]家中住过一段时间,被当成小弟一样爱护。

熊谷先生酷爱喝酒和赛马,1975年6月10日,他创立了饲叶屋。给店铺命名的人是野坂先生,据说意思是:竞赛马虽然昂贵,但喂马用的"饲叶"尚可接受。

熊谷先生与文艺界关系紧密,店中常有各种人物造访,首先当然是野坂先生,还有田中小实昌、殿山泰司、色川武大、都筑道夫、北野武、黑田征太郎等[74]。然而熊谷先生喝酒喝坏了身体,1988年,年仅五十三岁便离开人世。其后,他的妻子荣子女士接管店铺,独自经营下去。

2010年6月10日,饲叶屋正式关张。虽然熟客们纷纷挽留,但荣子女士已经七十五岁高龄,体力实在有限,最后还是决定关掉店铺。从幸吉先生创建店铺,到

布置成传说之店"饲叶屋"模样的浅草部落村庄。曾经装饰在居酒屋墙上的作家、画家签名和照片都密密麻麻地展示在墙面上。

那时已经有三十五年了。

后来，浅草部落村庄举办了一场"饲叶屋展"（2010年7—8月），展出曾经挂在饲叶屋墙上、多姿多彩的熟客签名和作品。

曾经占据饲叶屋墙面的各色作品，最后在浅草从未有过的新型店铺中焕发新生，可以说，这是浅草新旧世代合作而生的项目。

破破烂烂、充满风情的门帘，黑田征太郎画的插画，北野武的红包，须田剋太的挂轴，以及野坂昭如的书……这些都是错过机会，可能再也看不到的珍贵文化遗产。能一边喝着小酒，一边在孕育出这些东西的浅草之地细细观赏，真是人间至福。可以说，这是一场为期两个月，规模虽小却极为奢侈的展览。

不仅如此！从丈夫幸吉先生手上接过店铺整整二十二年，独自经营饲叶屋到最后的老板娘荣子女士，还应部落店主小林先生邀请，从7月开始，每周一都到部落店中参与经营。时间为晚上7点到11点左右。换言之，部落将会在每周一举办"饲叶屋之夜"。

小林先生难掩兴奋地说："听说关张的消息，我感到非常遗憾，而且非常可惜。不过关张原因是老板娘身体不好，那也没有办法，只好接受了。尽管如此，我还是觉得该想想办法，就觍着脸跑去问荣子女士，能不能每周抽一天时间到部落村庄去开店营业？结果她爽快地答应了！"

展览结束后，"饲叶屋之夜"依旧准备每周一举行。在老板娘和喜欢老板娘的熟客，以及部落村庄年轻客人制造的奇妙

站在黑田征太郎专区前的饲叶屋老板娘熊谷荣子女士。

众多充满回忆的照片。右下方的红包是年轻时经常到饲叶屋喝酒的北野武所留之物。"里面装了一万日元。"

照片中是坐在寄席舞台上的店主熊谷幸吉先生。他曾经加入早稻田大学的落语研究会,读书时还邀请专业落语家进行表演。照片下方是当时以嘉宾身份出席落语研究会表演的柳家小圆(现:立川谈志)和金原亭马之助(初代)。后方右二便是幸吉先生。

通知饲叶屋关张的明信片"使用了黑田先生的画作"。

饲叶屋的门帘。文字部分从背后用绷带进行了缝制加固。

左:饲叶屋寄席的海报。中:十年间每年都会举办的浅草木马亭饲叶屋寄席。图中是正在表演的落语家川柳川柳先生。右:野坂昭如的签名。荣子女士说:"上面写的应该是'死死心中虫'吧。"

混合气氛中，倾听古老下町文化的宝贵故事，品尝着饲叶屋著名的诺丽果酒沉醉一夜。说不定，这就是将一种文化传承给下一代人的最佳办法。

7月6日，今天是第一个"饲叶屋之夜"，我们采访到了荣子女士。

熊谷幸吉先生。

在黄金街店中的幸吉先生、色川武大、田中小实昌、殿山泰司。

今年是孩子他爸（幸吉先生）二十三周年忌，不过他最后那两年一直卧病在床，我实际上一个人努力经营了二十四年店铺。

他经营店铺的时候，我根本不会在店里露面，只会提前过去收拾前一天的残骸，把客人入席的小菜做好。然后，就趁客人还没来的时候先回去了。要是我稍微磨蹭一点儿，他就会大声说："赶紧走！"我总是被他吼，因为那人特别害羞，说不定不好意思让别人看到自己老婆。

所以有一天，他突然对我说："你去看店吧。"我就想，他身体肯定已经很差了。最后他都不把我做好的东西端给客人，恐怕是不愿意吧？看到客人来了，就扔一袋柿种完事……

而且，他突然把店交给我，却什么都不教。连倒酒都不教，所以我就照他在家里喝酒的分量哗啦啦地倒，结果还是客人对我说那样太多了，那样太少了。反倒是客人特别担心我，每天都到店里来教我怎么做（笑）。

那人每天回到家，哪怕是夜里两三点，都要喊肚子饿。因为他在外面什么都不吃，所以我每天都要做好饭菜留给他。而且他就算喝醉了回到家，也要一个人继续喝，边喝边对我说店里客人的事情。所以我接手店铺后，就算是头一次看见的客人，也能马上认出那是哪一位。认出来了我就会说：您是某某先生吧，客人听了都会吓一跳。

我从没想过关掉店铺，因为他交给我时还活着，所以我也没办法。不过我真正继承了店铺后，还有许多作家先生都很健康很有活力，很多人都来看我，跟我说话。可能也是因为他们，我才坚持下来了吧。

最经常来的是小实老师（田中小实昌）。殿

连厕所里都贴满了照片和剪报。

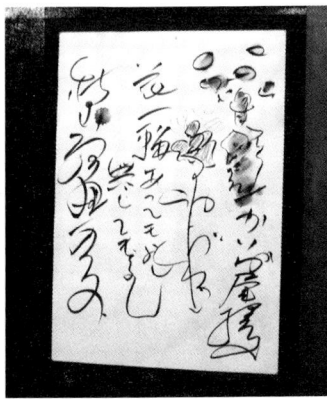

秋山祐德太子的画作和签名。　　　　　火柴画。"这也是黑田征太郎先生的作品。"

247

须田刳太的挂轴作品。

客人做的刺绣背心。

招牌和各种周边物品也都拿出来展示了。

曾经是饲叶屋熟客的客人前来捧场，图中为跟熟客聊天的熊谷荣子女士。

作者不明的版画，但幸吉先生很喜欢，一直挂在店中。"他说无论站在哪个角落，都能跟这只猫对上眼。"

山先生和色川先生都在我丈夫去世一年后离开了人世。他经营店铺时，好像还会跟客人在店里吵架，不过等我接过来，就没什么爱惹麻烦的客人了。大家喝酒时都很有绅士风度。

那些老师们的粉丝也知道这家店，不过虽然知道，却不太敢进来。其实我在前台都能看到，总是想：啊，那几个人在店门口转悠了好几趟（笑）。有一回，客人好不容易走进来了，对我说："我在这转悠了十年，一直都不敢进来。"不过一旦进来了，就知道这里根本没那么了不起。熟客对第一次来的客人也很友好。

一直经营到今年，我终于决心关张了，结果很快便收到这样的邀请。当时我还想了想，觉得说不定这能防止老年痴呆（笑）。因为这里有很多年轻客人，我也不知道以后会怎么样。不过能见到各种各样的人，不是很让人高兴吗？

客人做的斗笠。

日本国浅草县曼谷村

【台东区·浅草】宋蓬泰国菜、移动蔬菜摊

从浅草雷门步行约十五分钟，前方就是吉原门的泡泡浴天堂，如此绝妙（？）却不适合开餐饮店的住宅区一角，有个非常小巧的泰国料理店。

这家店名叫"宋蓬泰式居酒屋"，面积大约有7平方米，内有吧台和五张椅子，也就是最多只能容纳五人，再来就只能到店门口摆起塑料折叠椅占道饮食了。因此从面积来看，这是个跟路边摊有一拼的微型餐馆。而且，它还是目前最受东京的"泰国通"瞩目的店铺之一。

宋蓬女士来自呵叻府，那里是泰国东北部依善地区的重要关口。她在这个小小的店铺里，像变魔法一样做出一道又一道家乡菜肴，完全承袭了当地的风味。连菜单上都标明了菜品将根据当地辛辣标准调味。

日本人和泰国人在狭窄的吧台座位上摩肩接踵，大啖热辣料理，高唱泰国卡拉OK，再用啤酒解渴……这样的迷你宴会每晚都要持续到深夜两点多钟。背后吹来穿过大厦间隙的潮湿暖风，陌生的客人在夜色里放声谈笑，仿佛这里不再是浅草，而是曼谷小巷里的路边摊。

宋蓬女士生在呵叻，长在呵叻，十几年前来到日本。她在浅草的夜总会工作时，遇到了现在的丈夫。她丈夫来自秋田，三十一岁来了东京，原本也是一名厨

展开折叠桌，就能在外面吃喝。店里只有柜台座。食物还可以打包带走。右下角两位是宋蓬的老板和老板娘。

乍一看只是普通的货车。

移动销售芥蓝、香菜等新鲜蔬菜的斯卡侬卡纳帕夫妇。

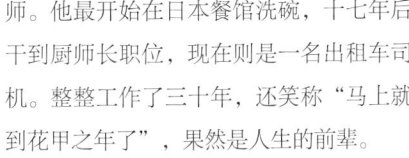

打开车后门，就是满满当当的蔬菜。

师。他最开始在日本餐馆洗碗，十七年后干到厨师长职位，现在则是一名出租车司机。整整工作了三十年，还笑称"马上就到花甲之年了"，果然是人生的前辈。

九年前，原本是夜总会公关小姐和客人关系的两人喜结连理，并在2008年开了这家泰式居酒屋。平时店里都是夫人在经营，轮班结束后丈夫也会去帮忙，不过先生说："我很怕辣，完全不吃泰国料理，所以虽然是厨师，在料理方面却帮不上什么忙。"他还苦笑着说，每次想帮忙，都会得到一句："到一边去。"

宋蓬女士在泰国有个孩子，"已经十五岁了"。所以两人并没有把孩子接到日本来，而是在曼谷郊外买好了房子，积极准备搬到泰国去，一家人一起生活。

"因为在那边一家人每月只需三万日元就能生活，靠养老金足够了。"另外曼谷还有很多销售日本食材的超市，先生用力点着头对我们说："就算吃不了泰国料理，我也不用担心！"

我在店里吃吃喝喝，听着宋蓬夫妇开朗的谈话放声大笑时，不时还会看到一个"泰国移动蔬菜摊"。经营蔬菜摊的是一对夫妻，丈夫是泰国人，夫人是老挝人。两人在茨城县种植泰国蔬菜，每到晚上就把新收获的蔬菜装满货车，开到外面来卖。

老板名叫沙塔蓬·斯卡侬卡纳帕（昵称是夏塔姆）来自泰国北部的乌泰他尼府，原本的职业是司机。夫人苏萨利女士来自老挝首都万象，来日本后一直从事护士工作。她与日本前夫有两个儿子一个女

上：店里还有泰语卡拉OK。下：在不足3平方米的厨房里大显身手。

上：红咖喱香肠，最适合配啤酒。中：灼烤猪颈肉。下：呵叻炒面，量多得一个人吃不完！左：凉拌下水，辣度严格按照当地标准。

儿,大儿子二十八岁,二儿子二十二岁,"现在都有孙辈了"。

一个泰国人和一个老挝人在日本相识并结婚,虽然两人从未有过务农经验,但是"有个种田的朋友没有签证,被抓走遣返了。我们以前时不时会到他那里帮忙,三年前便完全接过来,做起了这个生意"。由于两人真的一点经验都没有,"当然种不好菜,便把叶子摘下来拿去问附近的农民要用什么肥料才好"。

不过辛苦终于有了回报,目前他们常备柠檬草、空心菜、泰国罗勒、芥蓝、香菜等十种泰国常见蔬菜。夫妇俩每天清晨6点起床,在茨城县坂东市小山的田地里辛勤耕作,晚上则"周二到距离茨城较近的埼玉县春日部,周三去上野、锦糸町、浅草,周四到赤羽,每周出来卖五次

菜"。移动菜摊一般会开到深夜,回到家中已是凌晨两三点钟,有时候还会一直忙到早上。夫人还在拉面店打工,让人不禁感叹他们真是太勤劳了。泰国料理店、其他亚洲料理店和附近的居民都会在两人的货车到达时来到路上,一边热烈交谈,一边买走一袋又一袋蔬菜,那种光景又让人感觉这里仿佛不是东京,而是曼谷。

蔬菜摊并没有特别做宣传,都是客人之间口口相传。"因为大家都说我家的菜新鲜便宜,客人就渐渐增多了。"于是我也买了罗勒和空心菜,向老板一问,"每公斤只要600日元!""好便宜!而且秤起来好随便!泰式风情真不错啊。日本就这样有了一点点东南亚的色彩,让人格外高兴。

⊙ **宋蓬泰国菜** 东京都台东区浅草 5-37-1

除了蔬菜,还销售香肠、猪肉、调味料等。

这么多,一袋才几百日元!

锦糸町小曼谷

锦糸町……听到这个地方，各位会联想到什么？亚洲城、乐天地、场外马券销售点、花街柳巷、天空树……这些都正确，也都不够全面。锦糸町与上野齐名，是东京右岸最具代表性的多元化巨型城镇。

曾经，一部分人把锦糸町称作"小马尼拉"，因为车站南口丸井背后的餐饮大厦中，入驻了许多菲律宾酒吧，而街头则不知为何有许多巴基斯坦裔的揽客小生，此起彼伏地高喊着"老板，老板"。那种奇异光景，每晚都在重复。

随着对菲律宾女性的入境审查越来越严格，泰国人在这一带崭露头角。而且跟菲律宾人不同，他们不仅有夜店，还有语言教室、料理教室、餐馆和食材店，以及按摩店（据说光锦糸町一处就有三十多个泰式按摩店！）……在这片堪称"小曼谷"的地区，泰国文化已经扎下了根。

若在歌舞伎町尚能理解，可为何是锦糸町呢？而且菲律宾人在这里只开展餐饮业和风俗业，为什么泰国人却辐射到了整个生活领域？

据当地泰国人介绍："现在泰国人也越来越少了，反倒是俄罗斯人的酒吧开始变多。"不过在我这个几年前到曼谷租住了一间公寓的泰国爱好者眼中，锦糸町绝对是整个东京"泰国特色"最浓郁的地方。正如足立区竹之塚有菲律宾特色、高田马场有缅甸风情一样。

我对锦糸町泰国居民的情况早有兴趣，很想找到在那个地方居住工作的泰国人当向导！于是便有了本篇"锦糸町小曼谷之旅"。首先，我们找到了给锦糸町，甚至给日本传播了泰国文化的重要人物之一——松本毕姆恰女士。她经营着一家名叫"PK暹罗"的公司，主要从事泰国蔬果、饮料等食材进口，并在锦糸町、目黑、成田、新宿等地开设了正统泰国菜餐厅"Keawjai"，恐怕算是日本最有名的泰国商人。

松本毕姆恰女士。她是日本最有名的泰国人。

泰国教育文化中心

从锦糸町车站南出口步行三四分钟，与两国高校隔着京叶大道相望的大楼便是"泰国教育文化中心"。

从车站步行只需几分钟的泰国教育文化中心大楼，正对京叶大道。

今年（2007年）正值日本与泰国建交一百二十周年，也是泰国国王普密蓬·阿杜德八十岁大寿之年，所以非常值得高兴。

在这个颇具纪念意义的时节，我们为介绍普及泰国文化，设立了泰国教育文化中心（Thai TEC），其中设有泰语、泰国料理、水果雕花、泰国舞蹈和泰式按摩等各个领域的培训课程，由经验丰富的讲师严格授课，系统地对泰国文化进行介绍和普及。

正如这段官网介绍，泰国教育文化中心旨在将平时容易受到片面化理解的泰国文化，以一种更广泛、更正确的形式介绍到日本，是实现了毕姆恰女士多年愿望的机构。详细情况都可以在官方网站查找浏览，这里除了泰语教室以外，还有从入门到专业培训课程齐备的泰国料理教室、水果雕花教室、泰国舞蹈教室、泰式按摩教室等，不仅每天开办各种讲座，培训价格也非常优惠。

单独教授语言或料理的培训学校可能别处也有很多，但如此丰富多彩的培训课程体系，既然泰国驻东京大使馆都没有，恐怕整个日本只有这里能找到了。对那些想全面学习泰国文化的日本人来说，泰国教育文化中心无疑是非常重要的综合机构。我们请到了这个机构的理事长松本毕姆恰女士进行介绍——

1976年，我初次踏足日本，如今已经过去了三十五个年头，可以说人生大半都在日本度过。

我父母是中国人，后来移民到了泰国，所以我应该算是泰国华侨。当初来日本是因为对时装感兴趣，想在东京学习，回到泰国开裁缝学校，便到文化服装学院去留学了。其间，我遇到后来的丈夫松本，于是就嫁到了京都。

不过想必你们都知道（笑），一个外国人嫁到京都，是非常辛苦的事！我遇到了很多困难……整整努力了两年，最后终于搞坏了身体。我每天早上6点就起来做家务，可因为我是外国人，婆婆根本就不正眼看我。吃饭时也低着头不说话……但是我搞坏身体后，她还是对我说："你先回到父母身边好好养病，多吃点好东西，把身体养好，早点回来吧。"于是我暂时回到泰国，一边养病一边到寺院冥想。

在此期间，我一直与丈夫分居两地，后来终于把身体养好，1988年回到了日本。不过没去京都，而是到了东京（笑）。当时日本人对泰国人的印象不太好，总觉得泰国人又穷又脏。于是我就希望能让日本人更加了解泰国的文化，并为此做了很多思考，觉得先让日本人了解泰国的饮食文化是最佳办法。当时日本到处都买不到泰国食材，我就先建立了进口食材的公司（PK暹罗）。但是日本人就算拿到食材也不知如何使用，于是我又开起了餐馆，那就是1990年在锦糸町开张的"Keawjai"一号店。

之所以选择锦糸町，是因为这里离成田很近。食材通关后，马上就能送到这里来。说到底，泰国料理的关键就在食材，无论厨师手艺再怎么高，菜谱再怎么好，要是没有好食材，就做不出好吃的料理。泰国料理中能够用到的日本食材只有白菜、豆芽、包菜、鸡蛋，像柠檬草这些就无可替代。更何况日本和泰国连柠檬的味道都不一样。

锦糸町小曼谷

不过我们刚来锦糸町那段时间，这里完全不是现在这个样子。当时车站北出口一座高楼都没有，大型建筑物只有乐天会馆（现：乐天城市酒店）和乐天地而已。现在通了地铁非常方便，锦糸町的人也越来越多了。

现在不是有很多日本人喜欢泰国嘛，尤其是年轻的女孩。从泰国到日本来，签证其实很难办，但反过来去泰国就非常简单。其实有很多日本人在泰国超期停留，我堂妹在入境管理事务所

毕姆恰女士的第一家店开在北出口角落，现在这里已经成了PK暹罗的线上销售服务处兼食材店铺。如果只看这个角度，仿佛是曼谷市井。

工作，所以很了解这种情况（笑）。不过泰国对此管得很松，往往只要交罚款就好。

许多人一开始只是过去游玩，渐渐地开始想多了解一些文化层面的东西。其中包括语言、料理、舞蹈和按摩等各种领域。我也希望锦糸町不仅仅是个有很多泰国人的地方，也能成为让日本人喜欢上泰国的场所。这座教育文化中心，就是为这个目的而创建的。

松本毕姆恰女士每月都要往返几次曼谷和东京，有时甚至一周要跑两趟，商务活动比日本人还繁忙。她一直坚定认真地致力于泰国文化普及事业，3月11日大震灾过后，毕姆恰女士还带头组织了位于成田的泰国寺院白榄寺的僧众，搞来两辆大型巴士，将七十多个泰国人和九百人份的泰国料理，送往仙台郊外的受灾地多贺城援助灾民。

◉ **泰国教育文化中心** 东京都墨田区江东桥1-11-9 PK暹罗大厦

左上：在泰国一村一品活动中诞生的泰绸围巾和提包、提篮、鞋子、陶器等，价格非常便宜。右上：一楼还有香薰用品，一走进大楼就能闻到柠檬草的清香。左下：在PK暹罗可以见到从泰国进口的各种食材，还可在网上购买。另有许多由PK暹罗担任进口代理的商品。右下：象牌啤酒（左）由PK暹罗担任总代理。泰国高级红酒（右）的价格比在当地买还便宜。

錦糸町リトル・バンコク

左：一楼前台，这里有日本女员工负责接待。右：拉玛五世（朱拉隆功），泰国三大国王之一。国王一百五十周年诞辰的装饰盘旁边摆着莉莉・弗朗基（中川雅也）的签名。莉莉其实是泰国芒果日本发售二十周年纪念的吉祥物——泰芒人的设计者。

上：泰国料理教室。讲师名叫克丽莎娜・乌科利拉德，毕业于泰国历史最悠久的家政大学川登喜皇家大学。在日本，别的地方都无法得到这所大学毕业的老师直接传授，所以这里的讲座在日本人和泰国人中间都大受欢迎。附近一家泰国酒吧的妈妈桑也特别积极地参加。培训生不仅有女性，还有男性，既有日本人也有泰国人。今天是特别班的讲座，老师用泰语授课，旁边的口译员则用日语进行说明。

左：料理教室预先准备好了上课要用的材料。蔬菜类自然必不可少，还有泰国料理中经常使用，但在日本不常见的石灰水等食材。

257

锦糸町小曼谷

我们继续按照毕姆恰女士和泰国教育文化中心员工们的推荐，在锦糸町"小曼谷"转转吧。

这里是JR总武线、总武快线和地铁半藏门线都会经过的锦糸町车站。南出口的商店街和饮食街一直都很热闹，如今体验泰国文化的步行之旅，也集中在从南出口到环岛区、丸井背后到墨东医院，地址上属于江东桥三丁目、四丁目的一片地区。

锦糸町车站东侧（靠近市中心一侧）连接北出口和南出口的隧道时常亮着奇怪的蓝色照明灯。为什么？原来"蓝色能够作用于人体副交感神经，起到平和心情的作用……"真的吗？

三角公园周围都是情人旅馆和所谓的"社交大楼"（专门入驻餐饮店的杂居楼房）。一座楼里集中了韩国、中国、菲律宾、泰国、俄罗斯（通常会挂着"国际"招牌）的店铺……光是看外面的招牌，就能体会到锦糸町的多国风情（当然这个"多国"有点一边倒倾向）。

落语故事中有名的"本所七大不可思议"之一，就是锦糸町的"置行堀"：在这里钓鱼的人大丰收后正要回家，会听到"放下再走"的声音，惊恐之下逃回家中，发现鱼笼里竟一条鱼都没有了。

可谓锦糸町泰国城中心的江东桥四丁目锦糸堀公园（俗称三角公园，虽然实际形状是梯形），里面有据说会发出"放下再走"声音的河童雕像，是传说故事的发生地。

对居住在东京都内和近郊的泰国人及泰国料理爱好者来说，锦糸町不仅餐馆多，更能买到很多别处罕见的食材。歌舞伎町和新大久保虽然也有好几家亚洲食材，但锦糸町专营泰国料理食材的商店，恐怕是全东京品类最齐全的了。这回的锦糸町泰国城之旅，就从充满东南亚风味的食材店开始吧。

连可以远眺天空树的小巷子里都摆满了蔬菜，很有亚洲菜市场氛围。

錦糸町リトル・バンコク

YAOSHO

在锦糸町亚洲食材店中，最大规模的零售店恐怕就是这家面朝大路的"YAOSHO"了。社长佐藤昌树先生说，这条路上原本有一家同名蔬果店，现在的生意，就是从在那家店里寄卖一点泰国和菲律宾食材开始的。

大约十五年前，泰国料理中不可或缺的香菜刚刚在蔬果市场上市，日本几乎没人知道那种菜。于是他从市场上廉价采购大量卖剩下的香菜摆在店里，"很多亚裔女顾客一来就是一把两把地买，一箱十五把的香菜每天能卖掉五到十箱，于是稀里糊涂地就把生意做起来了"。他还向买香菜的客人问过吃法，然而对方并不理睬他，直接走掉了。"现在回想起来，她们可能是不懂日语，不知道我当时在说什么吧。"

就这样做起来的东南亚食材生意，如您所见，现在已经成了专门店，店内经常挤满了客人。除了泰国商品，店里还有菲律宾、中国、韩国、印度、印度尼西亚等国的食材，也难怪会有这么多人。据说有的客人还是远道而来，专门为了买到故乡的食材："他们以前都到阿美横町去，但是阿美横町离车站有点远，店员又太忙碌导致态度不好，而且那里也不好停车，所以越来越多的人就到锦糸町来了。"这里营业额最高的是菲律宾食材，超过半数客人都是菲律宾人。因此，商店也会直接从菲律宾用集装箱进口食材。真不愧是锦糸町最具代表性的亚洲食材店。

⊙ 东京都墨田区锦糸 1-4-11

上：店内经常充斥着来自亚洲各国的客人。下左：还能买到当地护肤品，女性们想必十分高兴。右侧是菲律宾版禾林[75]爱情小说。下右：亚洲各地的啤酒和瓶装饮料都能买到。

锦糸町小曼谷

泰国商店（泰国东方商事）

"泰国商店"规模比YAOSHO小一些，但深受泰国料理爱好者追捧。"出售泰国进口食材"的招牌旁边还写着"泰国拉面"，可见这里一半是食材店，另一半是可以享用泰国家庭料理的店铺。先把东西买好，稍事休息后点一盘炒蔬菜、咖喱或拉面填填肚子，逛起商店来真是太方便了。

二十六年前，"泰国商店"就开业了。一开始是餐馆，但当时别的地方几乎买不到泰国食材，店主便干脆成立公司做起了食材进口生意，最后变成了现在这个形态。

负责打理店铺的横田女士说："我1978年从泰国来到日本，丈夫（日本人）1976年开了这家店。当时这一带没有超市、百货店，也没有什么泰国人，客人都是远道而来关照我们的生意。周末甚至会排起队来。大家都会买很多东西，顺便在这里吃饭，人均会消费五六万日元吧。现在食材比以前便宜了，所以客人消费也降了下来。过去都是从泰国廉价采购，在这里高价出售。现在则是高价采购，廉价出售（笑）。赚不了什么钱。"

"有的店蔬菜比我们家便宜，但我们家的菜不一样，特别有活力！"被老板娘这么一说，我往塑料袋里一看，里面的泰国蔬菜确实特别诱人！"过去特别忙，商店打烊后还要去新宿等地送货，每天只能睡两三个小时，不过生活很快乐！"我们听着以前的故事，配着泰国拉面和烤鸡肉、炒面等人气料理，总感觉自己来到了曼谷市井的小餐馆。

"泰国商店"同时也是泰国东方商事所在地，这里进口了许多罕见的食材。

⊙ 东京都墨田区锦糸 3-7-5

老板娘说："以前一个榴莲要10000日元到15000日元，现在只要4000日元左右了。"

錦糸町リトル・バンコク

三角公园周边有许多这种餐饮大楼和情人旅馆，几乎都是亚洲店铺。令初来乍到的人有些望而生畏……

帕拿欧商店

这种大楼里其实能看到泰国食材店、泰国餐厅和泰国酒吧等各类店铺。这座大楼二楼就有一家食材店名叫"帕拿欧商店"。营业时间为晚上7点到第二天早上5点！

⊙ 东京都墨田区江东桥 4-6-15 YS 大厦 2F

上：除了店铺销售，还为附近的餐厅送货。店主纳瓦拉女士说："有很多送货的生意，但我不会骑自行车，全都是走路送货，所以仅限附近一带。"下右：柜台里能看到堆积成山的DVD。"这些都是泰国电视剧，我们会借给前来购物的客人。他们看完了都会还回来。"

帕拿欧商店创立于十年前，客人几乎都是泰国人。店内完全是泰国风情。

锦糸町小曼谷

食材店逛累了，就想去按摩店放松放松。据说，锦糸町约有三十家按摩店。这还仅仅是泰式按摩，不包括日式和中式的。走在街上，感觉每个街区都能看到一两家。泰式按摩如此密集的地方，在日本恐怕只有这里了。

当然，这些按摩店中既有纯按摩的店，也有偏向风俗业的店。再加上技术参差不齐，要从如此多店铺中挑选，实在过于困难。若是男性，不小心走进风俗店，还能说是"令人高兴的意外"，但换作女性，遇到陌生店铺，想必很多人都会犹豫吧。

墨东医院旁边那座大楼二楼的"帕帕温"按摩店有位麦姆师傅，她可是被锦糸町泰国社区的大人物松本毕姆恰女士盛赞"那个人很厉害！"的高手。

帕帕温

走上楼梯，在入口脱鞋进店，眼前就是一个按摩房间。这里外观极为普通，但技师的功夫在当地泰国社区里特别有名，还有许多专业按摩师来找她学艺。

麦姆师傅2000年来到日本，"已经十一年了，现在我的店在锦糸町算是最老的泰式按摩店"。

原本她母亲就是曼谷知名的按摩师，"现在已经七十三岁了，还在做按摩这一行"。她刚到日本时，锦糸町"只有一家泰式按摩店"，后来跟老师学艺的人渐渐在外面开起店铺，就成了现在这副过度竞争的样子。她的徒弟又在自己店里带徒弟，她也就成了师祖，看来，泰式按摩店的"挑选诀窍"关键在于按摩师的师从。

"帕帕温"的按摩有泰国古法和精油按摩。古法按摩会请客人换上睡衣，精油按摩则要穿着纸内裤进行。由于房间狭小，没有淋浴室，这里使用的精油比较清爽，按摩完毕后还会仔细擦掉，完全没有问题（亲测！）。我本人也特别喜欢泰式按摩，而麦姆师傅的古法和精油按摩都特别厉害！她还准确指出了我很久以前的旧伤，仅仅体验过一次，我就清楚地感到身体变好了。

正好在店里的日本徒弟告诉我："泰式按摩其实不是为了缓解疲劳，而是打造不易疲劳的身体，属于预防医学。"他还告诉我："肌肉有萎缩的惯性，一旦萎缩就会压迫骨骼和内脏。当然也会影响血液循环。只要按摩到那些部位，血液流动和淋巴液流动都会有所改善，不会给内脏增加负担，这就是泰式按摩的原理。所以泰式按摩才会被称为全世界最舒服的按摩。"——一点没错！"按摩时就是这样的。"请麦姆师傅做示范的责编脸上陶醉的表情说明了一切。

⊙ 东京都墨田区江东桥 4-15-4 栗山大楼 2F

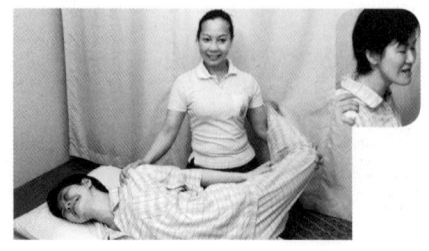

逛完街，做完按摩，肚子也该饿了。锦系町一带据我所知就有十几家泰国餐厅，可以随意选择光顾哪家。

Keawjai

泰国料理从高档餐厅到家常菜、路边摊应有尽有，菜谱丰富，充满地方特色，也构成了每家餐厅的独特色彩。在锦系町众多泰国餐厅里，首先要向所有人推荐的便是"Keawjai"。这是上文那位松本毕姆恰女士于1990年开设的店铺，目前除锦系町店，还在目黑、新宿等地开了好几家分店。这里汇集了以曼谷为中心，泰国南北部的各种正统料理，员工精通日语，会仔细说明菜单，即使是初次尝试泰国料理的人也能放心点餐。

⊙ 东京都墨田区江东桥 2-15-4

我们从人气菜品中挑选了烤鸡、海鲜冬阴功汤和虾仁木瓜沙拉。

泰国人喜欢吃面，菜单上有四种面食和八种调味，都附详细解说，特别好懂。更棒的是"本菜单所列菜肴皆可外带"。

店内的简约风格令人仿佛身处曼谷的办公街区。

Changthai

三角公园旁边的"泰国熟食摊"。店内还有卡拉OK间。

⊙ 东京都墨田区江东桥 4-12-3

入口处吊着烤鸭，小摊气息十足。

Beerthai

从车站往丸井方向走就能看到，每到周末，这里的场外马券购买点都会挤满了人。二楼开了一家泰式按摩店。

⊙ 东京都墨田区江东桥 3-5-4

"这里的冬阴功汤特别美味！"泰国教育文化中心的员工力荐。

锦糸町小曼谷

Puanthai

　　三角公园背后，藏在情人旅馆里悄悄营业的小店。妈妈桑来自泰国北部的清莱府，因此可以吃到比曼谷更辛辣的泰国东北部依善料理。

⊙ 东京都墨田区江东桥 4-7-9 1F

Kimpai

　　这家店与上文提到的帕拿欧商店同在一座大楼里，应该是消息特别灵通的人才能找到的隐秘泰国餐厅。要先乘电梯上到四楼，再走楼梯到五楼，特别难找。

　　店内是高级俱乐部的氛围，我试图问出料理风味倾向，店家答道："全部！客人想吃什么就做什么！"这里还兼具泰国卡拉OK和日本卡拉OK，客人中日本人和泰国人各占一半，还有少部分菲律宾人。由于不可能从外面看到店招，几乎所有人都靠口口相传推荐而来。顺带一提，"Kimpai"的意思是幸运竹，那也是店铺的标志。

⊙ 东京都墨田区江东桥 4-6-15 YS 大厦 5F

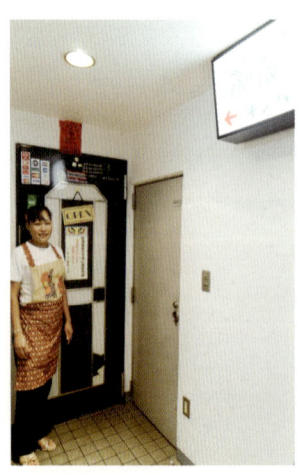

战战兢兢把门打开，没想到竟有一位如此友好的妈妈桑前来迎接。而且营业时间是晚上8点到早上6点！在这里等早班车可能很合适……

264

把肚子填饱，就该去饮酒作乐了吧……于是，我们又向泰国酒吧发起挑战。跟泰国餐厅一样，锦系町也是泰国酒吧密集地带，其中有一家"TODAY"酒吧，就跟帕拿欧商店和Kimpai在同一栋楼里。

泰国酒吧 TODAY

没去过的人，尤其是女性，很容易产生"泰国酒吧不是色老头的专用场所吗"这种误解，不过这里其实是有可爱泰国女孩陪酒，女客也能尽兴玩乐的场所。话虽如此，大部分客人确实都是日本男性。

"TODAY"的妈妈桑安娜已经有十三年泰国酒吧运营经验，当然日语也完美无瑕。

⊙ 东京都墨田区江东桥 4-6-15 YS 大厦 3F

如果店里客人少，就会变成如此欢乐的宴席！肚子饿了的话，妈妈桑还会做意面、素面、泰式咖喱等各种料理。

我老家在毗邻柬埔寨国界的亚兰，以前曾经到东京来旅游，大约三年后就来工作了。因为一直待在锦系町，我只熟悉这个地方，再有就是过年去请护身符的镰仓了（笑）。

一开始，我在丸井后面的泰国酒吧打了两年工，跟那里的人相处不来，就开了自己的店。原来起名叫"Welcome"，大约两个月前，我把店买了下来，改名叫"TODAY"。

锦系町的泰国酒吧现在大约有十家吧，比以前少了。一部分从锦系町搬到了小岩那边，一部分因为店主超期停留不想被抓走，就搬去了乡下。不过与其说锦系町的客人少了，应该是最近晚上出来玩的客人整体少了很多。我们人均消费才一万日元，头一回来的客人还能尝试一小时五千日元的特别套餐，请大家都来玩呀！

妈妈桑安娜（前列中央）说："我们店里没多少年轻女孩。"不过镜头里却聚集了这么多美女。

锦糸町小曼谷

在餐厅吃完饭,酒吧喝完酒,要是还没尽兴,最后还可以去唱泰式卡拉OK。那里也能喝酒吃饭,还能唱泰国和日本的卡拉OK,而且营业到早上。锦糸町有好几个如此方便的店铺。

泰式卡拉OK居酒屋珊瑚

正对三角公园的大楼五楼有一家"泰式居酒屋珊瑚",它便是那种卡拉OK店之一,朝着楼梯转角伸到外面的泰国国旗走就能找到。这座大楼二楼有泰国酒吧,七楼还有泰国餐厅(目前停业),也是一栋泰国大厦。

"珊瑚"的妈妈桑叫吉平,她丈夫是日本人,所以改成了日本姓氏。"我们从傍晚6点开始营业,一直开到早上6点哦!"一走进吉平女士的店,会发现里面竟外宽敞。店中有演唱卡拉OK的小型舞台,还有讲究的照明,简直像表演场地一样。

地方这么大,一定能容纳很多客人吧。妈妈桑叹息道:"对啊,但是也因为地方大,房租特别贵!"她十五年前来到日本,帮姐姐经营泰式卡拉OK店,大约五年前来到这里。"3·11"震灾过后,突然就没有客人了。妈妈桑不禁感叹:"完全干不下去啊。"

店里宽敞得可以跳舞,又备有泰国和日本的卡拉OK,还能吃饭,全部加起来人均只需3000到4000日元。这里的熟客说:"在锦糸町,这里也算便宜的店铺了。"所以各位策划卡拉OK宴会的干事,请务必考虑本店。

从其他店铺下班的泰国女孩和喜欢泰国的日本人聚在一起喝酒欢唱,还能吃到好吃的泰国下酒菜,真是太满足了。等到回过神来,已经天亮了,直接到锦糸町车站坐始发电车回家。要是有谁玩脱了,徒步到急救设施完善的都立墨东医院只需两分钟,敬请放心!

⊙ 东京都墨田区江东桥4-18-7兴亚大厦5F

錦糸町リトル・バンコク

上：墙边摆满沙发的店内光景，可以容纳很多客人。下：肚子饿了也没关系，这里提供各种正宗泰国料理。
左页上：楼梯转角处放有供品，仿佛身在曼谷。左页下：妈妈桑吉平为我们倾情演唱了深情的泰国流行歌曲。

乘东西线去印度

从市中心乘东西线往西船桥方向去，列车在南砂町从地下来到地上，越过中川与荒川泄洪道，下一站便是西葛西。

江户川区西葛西是一个印度人口众多，号称"小印度"的街区。这里的印度人口约为两千三百人，大约占定居日本的印度人总数的十分之一。不过，这里跟大久保的小韩国和横滨中华街不同，走出西葛西车站，并不能看到任何印度风情，也闻不到什么咖喱香气。眼前只是一片随处可见的连锁居酒屋、量贩店、银行……简而言之，就是到哪儿都一样的郊区风景。

据说今天西葛西的印度人有个集会，我们便决定来参加。那个集会就是南出口附近公园举办的"西葛西排灯节"。

因为不合时节的台风逼近，2010年的排灯节不得不调整时间地点，改在11月21日举行。那原本是印度各地庆祝春、秋季丰收的传统节日，后来被带到日本，成为庆祝"Holi"（节日）和"Diwali"（排灯节）的活动，如今已经是第十一次举办。一开始活动以当地社区中心为场地，几乎只有印度人参加。大约三年前，人们将会场移到户外，做成了开放形式的活动。虽然活动历史很短，却有很多喜欢印度、喜欢咖喱，或仅仅是肚子饿了的日本人前来参加，搞不好现在来的日本人已经比印度人还多了。这意味着排灯节已经被当地人接纳为西葛西的"祭典"之一了。

今年的会场定在"儿童广场"（综合娱乐公园），中央舞台周围环绕着来自东京各区的印度料理店和服装首饰店摊贩，让节日气氛热闹十足。摊贩中还有印度银行和保险公司、印度占卜、瑜伽、国际学校，甚至宝莱坞卡拉OK专区，让人切实感受到了当地印度人社区的规模和稳定性。

现场有一位白发白髯的印度先生在小摊间穿梭，笑着跟日本人和印度人聊天，他就是加格莫罕·苏瓦米达斯·钱达勒尼先生。他1952年出生在印度加尔各答，1978年来到日本，今年已经是他在日本的第三十二个年头。这位资深人士是江户川印度人协会的会长，也就是西葛西印度社区身份最高的长老。今天我们就请钱达勒尼先生来讲讲西葛西成为小印度的发展过程。钱达勒尼先生还是一位语言达人，他讲的日语堪称行云流水。

上：今年因为台风延期，还将地点改到了车站前的公园。这里俗称"恐龙公园"，规模只有往年会场一半大小，所以挤满了各种摊贩。照片中是车站前印度料理店"加尔各答"的小摊。右上：西葛西印度社区的重要成员，钱达勒尼先生。

孩子们在表演民族舞蹈。

上：正在享用印度料理的都是日本人。会场随处可见日本参加者。中：宝莱坞卡拉OK店。门口是一位正在倾情演唱印度电影主题曲的印度女性。下：一对年轻夫妇正认真地让占卜师看手相。

我是一名贸易商人，从德里大学毕业后，为进行市场调查和印度红茶出口事业来到了日本。那是1978年。一开始我住在神乐坂，而仓库位于西葛西南面的临海町，平时就从住处赶到这里工作。当时东西线的车站只有葛西站，上班非常麻烦。要在葛西站下车，再乘巴士到仓库去。1979年西葛西站建成，我就搬到这里来了。

当时这里的印度人当然只有我和家人。别说印度人，这里连日本人都没有（笑）。因为这附近根本没有建筑物啊。到2000年，情况就发生了很大改变。那年时任首相森喜朗访问印度，提出放眼IT时代的"日印全球化合作伙伴"构想，开始积极欢迎印度IT技术人员来到日本（注：1998年印度核试验一度让日印关系冷却）。因为出签容易，印度的IT工程师开始以前所未有的规模移居东京。

来到日本的印度年轻技术人员大多是独身，或是计划先单身赴任，待找到住处后再把家人迁过来，所以他们一开始都住在日本企业准备的酒店和短租公寓里。可是住着住着容易感到孤单，便有越来越多人到外面租房子住了。但房东都不习惯租房给印度人，误以为那些小伙子是出来打零工赚钱的，而不是领工资的技术员工，再加上想租房的人也刚来日本，没地方找担保人，所以很难租到房子。

当时包括我家在内，西葛西住了四家印度人（笑），从那段时间起，外面见到的印度人就越来越多了。最先雇用印度工程师的都是金融企业，所以他们大多在大手町和茅场町一带上班，从西葛西乘东西线过去

269

乘东西线去印度

只要十五分钟,交通最方便。

后来我组织了一下,2000年8月在北葛西行船公园搞了第一次聚会。当天有三十多个印度人来参加,把我们都吓了一跳。后来就谈到印度人刚来日本的住宿问题,决定组建一个印度人协会帮助那些人。我们会作为中间人与不动产商和房东展开交涉,定居人口增加后,还开始提供教育和医疗方面的帮助。

还有一件与住宿同等重要的事情,就是单身赴任者的餐饮问题。对吃斋的印度人来说,他们很难找到价格不会给生活造成负担,同时又正规的印度餐厅。于是也是从2000年开始,我们在西葛西找到一间正好空出来的居酒屋店面,就把那个地方租下来做起了食堂式的印餐服务。一开始只有凭票兑换的套餐,让白天出去上班的印度人,下班后能到那里去吃晚餐。后来附近的日本人提出"我们也想吃",于是就改为餐厅正式营业了。北口那家店主要提供北印度料理,后来南口又空出一间店面,我们就租下来搞了个南印度料理店。

之所以给餐厅起名叫"加尔各答",跟我自己的故乡确实有关系。不过从历史角度来看,印度料理普及到世界,其出发点就在加尔各答。直到英国殖民时代中期,加尔各答一直都是印度首都。日本江户时代有参勤交代制度,各地大名都在江户建有宅邸,许多人从全国各地集中到江户来,把各地的乡土料理也都带了来。印度也一样。印度帝国主要有四大料理地域,从莫卧儿王朝到英国殖民时代,那些料理全都集中到了加尔各答。另外也跟法国大革命时期一样,王室厨师来到民间,才使普通人能在餐厅吃到正统的印度料理。随后,那些料理又从加尔各答传到了世界各地,这就是印度料理的历史。

现在IT业不是不景气嘛,不过西葛西的印度人反倒变多了。正因为不景气,雇印度工程师才更能削减成本,同时提高效率。以前日本大型企业都是先把工作下包给A公司,再由A公司下包给其他公司,最终下包到印度。现在,企业可以直接请印度工程师完成工作。因为这十年来,一线作业的人始终都是印度人,那何必还要通过A公司B公司来下包呢。

如此一来,来这边的印度人就不断增加,我们必须尽量给他们提供帮助。目前我们在大岛和瑞江为印度人子女开办了学校,学生数量达八百余人,已经人满为患,必须进一步为今后做打算了。另外,明年在船堀还会开办日本第一座印度教寺院。

要是人数超过一万,情况可能会有所不同,不过现在只有两千余人,所以我们搞的餐厅和食材店都称不上做生意,反倒像社区服务的一环。要是最终能做成生意,自然是再好不过,但就算做不成也没有关系。因为身在这个社区,我们必须互帮互助。

⊙ **排灯节执行委员会办公室(日本商务服务有限公司内)** 东京都江户川区西葛西3-3-15

从车站步行三四分钟,就能来到位于大厦二楼的香辛料魔法·加尔各答南口店。车站另一头是主营北印度料理的北口店。

"加尔各答"餐厅的塔里餐(南印度什锦套餐)。这一份加上饮料只需1100日元,特别实惠!

東西線で行けるインド

熟食咖喱种类竟有这么多！除了买别无他法。

抓红茶游戏？一把能抓上来多少呀。

这个小摊正在销售的油炸点心使用豆粉制作，添加酸奶风味酱并以香菜点缀。能吃到这种小吃的印度餐厅并不多见。

这个小摊正在制作南印度料理"玛沙拉薄饼"。

连烤馕用的大锅也带来了。

271

秋日天空下，日本人和印度人混杂在一起。

星期六在公园

Saturday in the Park

6

在水边公园钓小鱼

【葛饰区·水边公园】东京都立水边公园

提起葛饰区会想到……柴又老街的阿寅？龟有派出所的两警官？这个位于东京右岸边缘的区域，虽然只能让人联想到影视剧角色，但也是跟千叶、埼玉接壤，坐拥荒川、江户川、中川、绫濑川等大小七个水系的"水乡"。从我所在的金町车站跨过江户川，对面便是埼玉县，而往北一公里左右，就来到了被称为"小合溜"的贮水池（调节池），水池周围的一大片地区都属于东京都立水边公园。这是我最喜欢的公园，平时甚至会趁休息日驾车横穿整个东京过来玩。如果用巴黎来打比方，应该跟东南郊外的文森斯公园差不多……这么说好像有些夸张了。

水边公园好就好在特别大。它占地约92公顷，而小合溜对岸的埼玉县美里公园也有16公顷，两个公园之间有桥相连，加起来就超过了100公顷。要问那有多大？差不多相当于东京迪士尼乐园加上海洋公园。若拿来与东京的公园进行比较，新宿御苑、上野恩赐公园、代代木公园都是50公顷出头，水边公园是那些公园的两倍，因此也是东京二十三区名副其实的规模最大的公园（尽管还是只有伦敦海德公园和纽约中央公园的三分之一到四分之一大小）。而且它跟新宿御苑那些地方不同，入园无须买票。

水边公园中心的小合溜是江户时代第八代将军德川吉宗（时代剧《暴徒将军》主角原型）下令修建的，主要是作为调池防止江户遭受水灾，也兼作灌溉用水的退水地。江户改称东京后，1940年为纪念神武天皇纪元两千六百年，在这里设立了水边绿地，二战结束后不久的1950年，这里被规划为"江户川水乡自然公园"，1965年又改为"东京都立水边公园"。跟其他大型公园一样，这里兼具了防灾公园的功能，最近还成为都内少数几个测到放射能数值的热点地区，变得更为有名了。

在入口借一辆自行车，绕公园转上一圈，就会发现人们在用各种方法享受着公园的乐趣。有人慢跑，有人写生，有人在草地上扔飞盘，有人在牵狗散步（或被狗牵），有人观鸟，有人在水杉林里卿卿我我，有人呼呼大睡……而最常见到的，还是钓鱼之人。

只要去过水边公园的人都知道，公园入口前有个叫"内溜"的池塘，是有名的免费钓鱼池。每到周末，武装到牙齿的钓客就会来到这里，围成一圈钓鲫鱼。因此，路边上开了好几家钓具店。

不过，离开那些围在内溜周围大事的钓鱼人，水边公园内部还是钓麦穗鱼、黑腹鳉、沼虾和小龙虾这些小鱼虾的好地方。二十三区的公园之中，能像这样享受钓鱼乐趣的地方可不多。看着那些用简单道具钓小鱼的孩子，和比孩子更热心的大人们，我总觉得自己也想玩一把。

钓小龙虾只需在钓线上系一块乌贼，不过就算在公园池塘里钓麦穗鱼，也不需要用很复杂的装备。只要在入口附近的钓具店

买一套摆在门口的简单套装,再来一盒鱼饵就足够了。对店员说:"我想要一套初学者用的简单装备。"对方应该也会推荐一米左右的塑料钓竿和浮标、坠子、吊钩套装。这样一套大概500日元,鱼饵用的红虫200日元,再买个装鱼用的塑料桶就可以上阵了。

公园中央的小合溜自不用说,整个公园范围内的水路和湿地都是钓鱼的好地方,可以坐下来随便钓钓小鱼小虾。如果想多收获一些,还可以使用网兜。水边公园的鱼虾资源就是如此丰富,连用那种工具都不会被训斥。

政府管理的公园通常都有许多琐碎的规定,但我所知,水边公园是东京二十三区内最自由的大公园之一。这里只有一个吃简餐的地方,也没有什么现代化游乐设施,但胜在拥有一大片自然风光,这样便绰绰有余了。就连平常公园里总能听到的广播轰鸣,在这里也几乎听不见(倒是对面的美里公园特别吵)。

钓一两个小时小鱼虾,玩腻了就把整套钓具送给身边的小孩,无所事事地走在回家路上,我突然羡慕起葛饰区的居民了。家附近有这么一个让人身心放松的地方,每天想必非常愉快吧。能在水边慢跑,周末还能带上便当和书本,在树荫下悠闲度日。

金町车站和公园附近的车站可以乘坐JR常磐线和地铁千代田线直达市中心。去大手町仅需二十五分钟。正在考虑搬家的朋友,心动了吗!

⊙ **东京都立水边公园** 东京都葛饰区水边公园3-2

内溜池塘附近的几家钓具店中,元禄钓具店历史最为悠久。初学者钓麦穗鱼用的塑料钓竿只需550日元。

 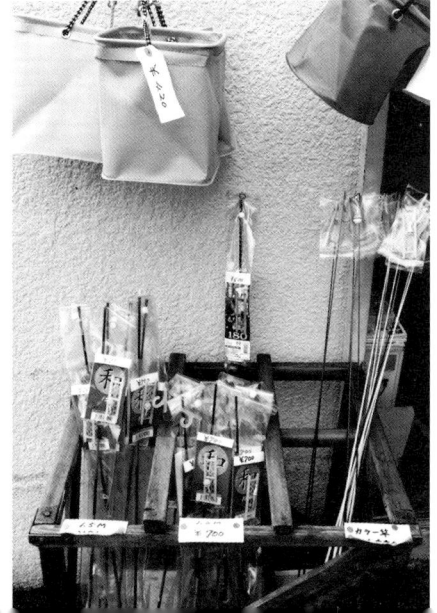

内溜池总能看到一圈上了年纪的专业范儿钓客,每人都看着好几根钓竿。

左:入口处可以租借自行车(两小时200日元)。要是不骑自行车,这么大的公园就逛不完。中:鱼饵用的红虫是摇蚊幼虫,这么一大堆才200日元。因为太想钓鱼,我还买了电动塑料竿。

左起:水边公园名产"冰黄瓜",将腌制一夜的黄瓜冰冻而成,出完一身汗来一根应该很不错。→ 一到周日,在水边公园就能见到许多合家出游的人。→ 不仅用钓竿,还用网兜捞鱼的一家人。→ 还能钓到这么大的绿龟。小男孩后来把绿龟放生了。

环视四周,这个宽广的公园里有许多用各自方式消遣休闲的人。还有一家人搭起帐篷、铺上塑料布搞露天野餐。随处可见钓客和钓鱼线。

277

这里真的是东京吗?

小合溜对岸是埼玉县三乡市的县营"美里公园"。

上：这里有鸟类保护区，从观察小屋可以看到鸟类的模样。我看到了鸬鹚和苍鹭。右：王莲池，花季到来时想必十分壮观。另外这里的花菖蒲园也很有名。

这里也太大了。草地一角还有看狗狗赛跑享乐的人群。

这里几乎看不到游乐设施，只有一家人在公园里骑骑车，搞搞烧烤，看看鸟，或是倒头大睡。还能看到情侣在水杉林里卿卿我我。

在"东京防灾疏散区"体验首都直下型地震……

【江东区·有明】东京临海广域防灾公园

每次乘坐百合海鸥号或是临海线前往有明方向,我总是会沉醉于车窗外填海地区的人工景致。这里有格外高大的建筑物,格外宽阔的街区,以及高耸入云的高层公寓,竟完全感觉不到生活气息。东京都当真打算把鱼市场搬到这种地方来吗……[76]

不知有多少人知道,在大家熟悉的交易会场"东京国际展示场"和有明网球之森公园中间那片街区,存在一座名为东京临海广域防灾公园的公共设施。又有多少人知道,那里面积超过13公顷,一旦首都发生直下型地震,将会成为紧急灾害现场应对司令部,还设有与首相官邸直接连通热线的指挥办公室,那里就是遭遇大地震灾害时拯救东京的最前线基地。

去年7月刚开放的"东京防灾疏散区"就使用了现场应对司令部的建筑,是旨在提高市民防灾意识的"体验型防灾教育博物馆"。管理中心的保条光年先生为我们做了介绍——

各位可能知道,未来三十年内首都东京发生直下型地震的概率高达七成,这座设施就专门为应对可能发生的灾害而修建。若将来发生那种大地震,政府首先会在首相官邸成立应急指挥部,而这里则成为现场应对司令部。从二楼参观窗口可以看到指挥办公室,那是现场应对司令部的核心,一旦灾害发生,人们将在里面安排各种救援行动——比如从何处调集食物和饮用水,配送到什么地方。换言之,就是赈灾大本营。

做出决策的机构是首相官邸,而自卫队和消防部门搭建帐篷、组成前线指挥中心的地方就在这里。所以,公园一角还设有癌研有明医院,发生地震灾害时,他们能提供医疗支援。

3月11日东日本大地震引发的海啸造成了严重灾害,而东京湾从未记录过高于两米的海啸侵袭。有明一带平均海拔有八米,遭到海啸袭击的可能性不高。而且,这里还有足以抵御大地震的抗震强化岸壁,可以保证物资经由这里的港口得到运送。此处还设有直升机停机坪,可以实现空中运输。此外,晴海大道将这里与霞关的首都中枢相连接,距离只有八公里左右,位置条件很好。事实上,前不久的地震在这一带并没有形成液化作用[77],没有造成任何重大损失。平时遭遇灾害都要到避难场所避难,而御台场这一片都是"区域内幸存地区",无须避难。因此一旦发生地震灾害,这里就成了现场应对司令部,而平时则作为学习防灾知识的场所。再加上地方这么大,一般情况下都像普通公园一样对公众开放,很多人都会到这里来游玩或进行体育锻炼。不过由于设有直升机停机坪,周围没什么树荫(笑)。

来这里的客人大多是团体客,比如从事防灾相关工作的单位、自治会的自主防灾小组之类。另外就是社会课来参观的小学生。防灾知识要从小开始学习,不过一楼"防灾体验区"的效果特别逼真,如果孩子太小有可能会害怕。当然,我们也很欢迎散客，请大家都来参观。3月大地震过后，我们直到5月都没什么客人，不过后来人们可能有了这方面意识，来馆人数已经增加了不少。

乘坐百合海鸥号在有明车站下车，穿过近在咫尺的防灾疏散区入口，很快就能看到"防灾体验区"大门。首先，工作人员会给游客派发一台任天堂DS，游客可以跟随专为这个设施而制作的程序内容，在每个重要区域回答问题，同时走进名为"重现灾区"的空间。在这里，人们可以体验地震发生后如何凭自己的力量度过决定生存的前七十二个小时。体验区效果逼真，还有声音和图像，充满了现实感，在东日本大地震后更令人不得不严肃面对。

"发生大地震时，待在新建成的大楼办公室内就算安全吗？""咖啡店里发生了火灾，请立刻拿起灭火器灭火。以下哪个才是正确使用灭火器的方法？①将软管对准火源后拔掉保险栓。②先拔掉保险栓，再将软管对准火源。""煤气炉感应到五级以上地震晃动，自动停止运作。此时如何恢复运作？①按下闪烁的红灯。②长按复原按钮。"一边挠头回答DS给出的问题，一边游走在光线昏暗的区域，果然感觉自己受到了格外有用的灾前训练。

"重现灾区"体验过后，还能在防灾学习区获得各种知识。比如紧急包扎方法、手制尿片、宝特瓶做家具的介绍，以及用垃圾袋御寒的方法、将封箱胶带作为传话板使用的方法等，感觉都非常有用。

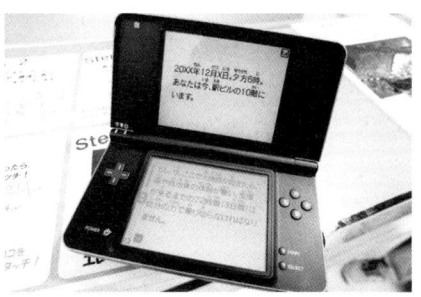

游客能在防灾体验区入口领到一台任天堂DS，然后进入情境："东京湾北部，冬季傍晚六时发生M7.3级地震。此时你正身处车站大楼十楼，能否平安度过七十二个小时？"进行体验。

首先乘上电梯，从十楼下降时发生地震！电梯剧烈摇晃！电梯厢里的照明都熄灭了，有点吓人。头顶传出广播："发生严重地震，请冷静行动。目前尚有余震风险，行动时请小心。""楼层已停电，请跟随逃生指示灯，冷静向出口移动。""多人涌向出口极为危险。户外极为危险，请勿慌张，小心躲避。"在车站大楼广播的指挥下，我们从员工通道来到户外。从这里开始，DS会提出各种问题。游客可以在回答问题的同时学到许多知识。DS："在商店街寻找玻璃损毁严重的店铺。"玻璃破掉的店铺……嗯，是洗衣店。DS："回答正确。"

重现灾区光景。现场特别逼真，还能听到余震的声音，物品坠落的声音，玻璃破碎声和各种警笛声，让人心中涌出"形势危急！"的感觉。

街边屏幕一直播放富士电视台的新闻报道:"东京震度6强,埼玉6强,千叶6强,震源位于东京湾北部。八王子、熊谷、筑波……震度5强。宇都宫、水户、山梨、静冈震度5弱。没有海啸危险。目前所有线路停运,巴士、铁路暂停客运!"新闻播报中也能收到紧急地震速报。"紧急地震速报,请小心强烈摇晃。"

 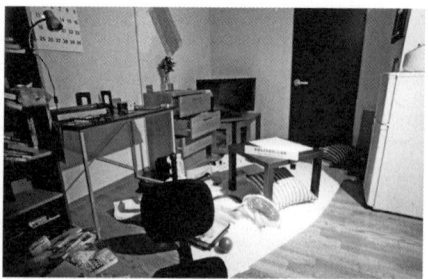

家具未做固定的房间(左)已经无处落脚。家具经过固定的房间(右)损失较小。

穿过受灾地是电影区,可以看到"震动试验录像"和"首都圈发生M7.3级地震模拟影像"。震动试验展示了神户地震的摇晃和模拟南海地震时神户市内高层楼房三十楼的摇晃场景。另外还有经过加强和未经过加强的房屋对比,传统木造住宅、高层住宅、厨房、桥底等震动试验录像。地震模拟影像展示了震灾发生时从高空俯瞰首都圈中心的场громадно景。火灾导致五万栋建筑被烧毁,地震导致约十五万座房屋处于完全损毁状态。高速公路全部堵塞,车辆失火。电车出轨,人们惊慌逃离。普通公路严重堵塞,约六百五十万人难以回家。

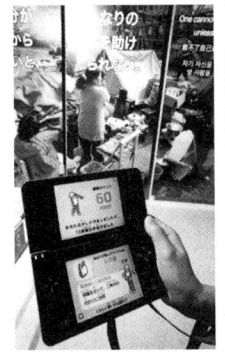

左：离开电影区，就来到了避难区。DS会在这里进行评定。"得分六十分！你虽然受了一点轻伤，但安全度过了七十二小时。"右：根据DS答题情况判定地震发生七十二小时后的状况。

模拟现场还有办公室（上）和便利店（中）。便利店里商品散乱。另外还有发生了火灾的店铺（下）。

另外还能看到世界各国的防灾道具，感慨各国不同特色，再隔着玻璃窗参观真正发生灾害时会使用的指挥办公室（万一真的出事，能走进这里的人屈指可数哦）。老实说，这是个充实程度超出我预期的体验型教育点。而且免费进场！

有明一带除"防灾疏散区"以外，还有松下东京中心的"理数邦"，在那里可以学习理科和数学知识。另有毛利卫[78]担任馆长的"日本科学未来馆"，东京都下水道局的"彩虹下水道馆"，东京都水道局的"东京都水之科学馆"，东京都港湾振兴协会的"东京港湾馆"，东京燃气的"燃气知多少"等十余处教育设施和博物馆，用上整整一天也逛不完。看来御台场当真是东京首屈一指的娱乐教育重地。

◉ **东京临海广域防灾公园** 东京都江东区有明3-8-35

287

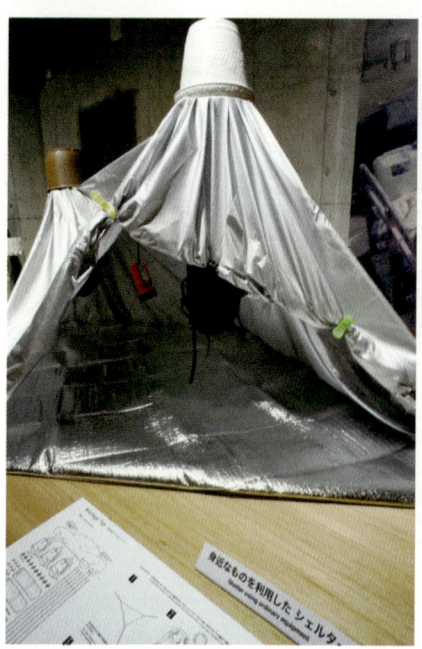

紧急逃生袋的内容物会根据每个国家的灾害种类和国情产生很大差异。

上：避难区域展示了遇到灾害时的必需品、有用品和有用的知识。图中是利用身边物品制作的帐篷，由汽车罩、花盆、衣夹、晾衣竿和绳子制成。下：宝特瓶家具。图中展示了用宝特瓶做成的桌子和椅子。

紧急灾害现场应对司令部的指挥办公室。

左：菲律宾的紧急逃生袋非常简单……只有一套换洗衣服，然后是饮用水和手电筒。中：美国的紧急逃生袋十分重视应急食品储备。右：日本的各种紧急逃生袋中，最引人注目的是"防灾小熊"。小熊本身是一个背包。

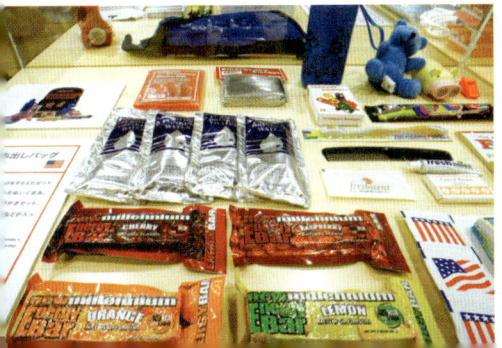
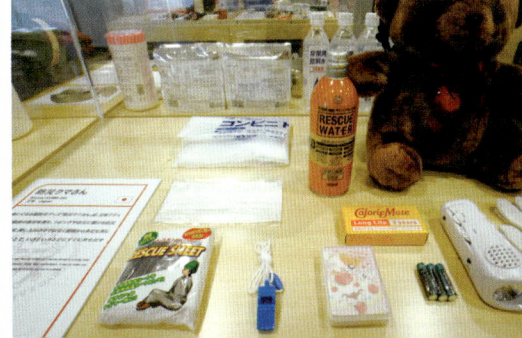

上野公园的前世今生

【台东区・上野公园—池之端】上野恩赐公园

新宿御苑、代代木公园、日比谷公园……东京中心意外坐拥许多大规模公园，其宜居性质就是这里与大阪和名古屋的一大不同之处，其中唯独上野公园与其他大规模公园不同，给人留下更为复杂的印象。

它的正式名称是"上野恩赐公园"，当地居民习惯称其为"上野山"。在这座总面积达53公顷的公园里，有日本最大规模的博物馆和美术馆，还有动物园、音乐场馆、艺术大学，以及包含德川家墓地的宽永寺等历史建筑，此外还有可以划船的池塘和棒球场。这里是江户时代以来真正发生过交火的内战——戊辰战争的舞台[79]，有众多死伤者在这里抛洒热血；这里也是东京都内最大规模的流浪者集中地。其他公园不可能看见的光与影，自江户时代起便在这里交织。

经历了昭和经济高速成长期和泡沫时代，日本每次迎来好年景，堪称东京"右岸门面"的上野公园，就会被半强迫地进行大规模美容整形手术，不断改变自己的容颜。大约十年前，有人提出了目前正在押上建设的东京天空树原案之一——"新东京塔构想"，计划在目前处于施工中的大喷水池区域修建高达六百米的铁塔，所幸，那个构想不了了之了。

今年（2011年）4月厚劳省发布的数据显示，自调查开始以来，东京首次超越大阪，成为日本流浪者最多的城市（东京2672人，大阪2500人……不过这是工作人员通过巡逻和观测收集到的人数，与实际情况应该存在偏差）。在上野公园，你能看到前往东京文化会馆和西洋美术馆的文化爱好者，赶向动物园参观的一家人，以及在蓝色帐篷前的树上拉起绳子晾晒衣服的流浪者。这些人彼此漠不关心地在这里交错，对我这种人来说便是上野公园独有的魅力（大阪天王寺公园已经失去了那种魅力）……但最近来到上野公园时，我却发现蓝色帐篷不见了，公园被工程围栏围起来，正在热火朝天地进行大改造。

负责管辖上野公园的东京都建设局于2007年组建了"上野公园土地设计研讨会"（委员长为进士五十八，原东京农业大学教授），对"上野公园未来形象与放眼十年后的具体整改方向"进行探讨。第二年，委员会公布《上野公园土地设计研讨会报告》，目前可以在建设局官网浏览[80]，报告开头提到了"土地设计的目的"——

上野公园由俗称上野山的高地与不忍池两部分组成，自宽永寺创建以来，承载了约四百年的历史和文化传统。

上野公园拥有樱花名胜及不忍池等个性丰富的绿地和水边景观，是东京市民宝贵的休憩场所。宽永寺清水堂等江户时代建筑

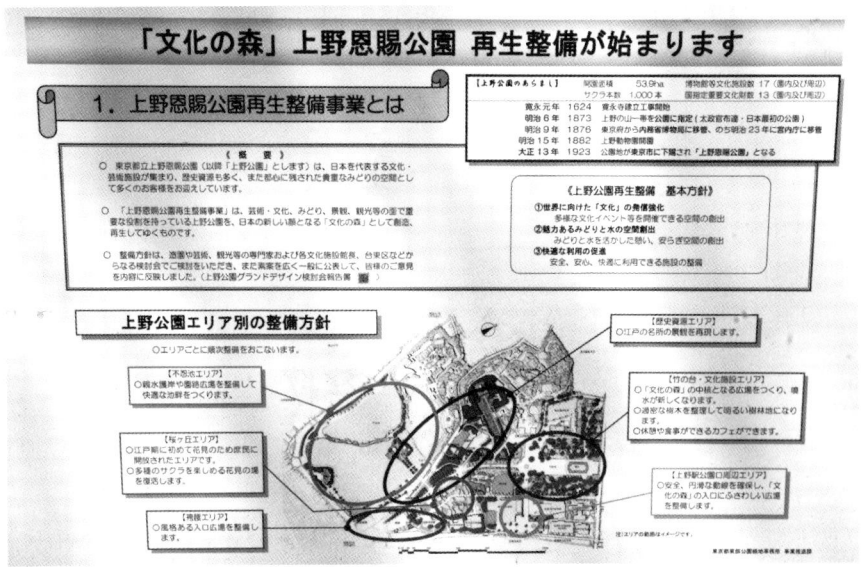

公园内各处设置了"文化之森·上野恩赐公园修缮再生"计划宣传栏。历史资料区的"再现江户著名景观"是不是看上去特别吓人?

和历史遗迹资源丰富,同时还包含世界罕有的代表日本形象的博物馆、美术馆和动物园等众多文化设施,既是日本文化艺术中心,又是东京最具代表性的景点之一,深受国内外游客欢迎。*注:本报告中的"上野公园",指都市计划中,上野公园区域除谷中陵园以外的部分。

近年来,世界各国都将旅游业定位为重要产业,该产业不仅能促进当地经济活力,还能促进跨国家、地区人民的交流,增进国际相互理解,对世界和平与发展起到很大作用。

因此,各个城市都开展了以文化艺术为主题的城市开发,并积极举办大规模活动,增进国际文化交流,吸引游客。东京也在六本木等地区开展城市新开发项目,与几座新建成的美术馆合作,展开以文化艺术为主题,包含餐饮与购物服务的城市活化项目。

二十一世纪,大城市的定位决定了国家的命运和地球的未来,堪称"城市的世纪"。东京经过几个成长阶段,已经趋于成熟,通过让城市更具功能性、更美丽的先进举措,向世界展示了二十一世纪的新城市典范,并与各国加深交流合作,希望以此实现日本振兴,促进世界和平与繁荣。为此,东京都于2006年提出"十年后的东京"项目,把目光放远到2016年奥林匹克运动会,明确东京未来发展目标和政策方向,制定了一系列城市战略。其中,上野公园将被建设为文化之森,预期将在艺术、文化、植被、景观、旅游等方面起到重要作用。

291

文中提到"六本木""以文化艺术为主题，包含餐饮与购物服务"，还有"2016年奥运会"，看到这里仿佛已令人产生很糟糕的预感。

计划将除谷中陵园以外的上野公园全境划分为以下六个区域：

A 竹之台·文化设施区

B JR上野车站公园出口周边区域

C 宽永寺清水堂等历史资源区

D 樱之丘区域

E 袴腰区域

F 不忍池区域

预计将按顺序进行改造和修缮。被称作竹之台的大喷水池一带已经被工程围栏整个遮挡起来，加上旁边一直因为大规模改造处在休馆状态的东京都美术馆，好像一直到2012年都将是这个样子。

上文的报告中还列举了目前上野公园存在的问题——

- 历史资源和曾经的历史景观存在破损，游客很难感觉到历史和文化氛围。
- 历史建筑保存管理不够完善。
- 介绍下町文化的活动等软件设施不足。
- 针对游客的历史文化介绍和普及不足。
- 竹之台喷水池阻断步行动线，茂密树林使得游客很难发现文化设施。
- 各文化设施与公园之间以围栏相隔，缺乏整体感，不够开放。
- 展出和活动相关信息没有共享，没有实现上野公园整体的信息宣传。
- 樱花树老化与莲花过度密集，使景点魅力下降。
- 树木密度大，已长成阴暗浓密的树林。
- 供游客散步落脚的地点过少。
- 不忍池周边建筑物不断加高加密，使不忍池曾经拥有的开阔景观魅力日益稀薄。
- JR上野车站公园出口与公园本身被隔断，游客无法安全轻松地进入公园。
- 树林过密，游客在夜间无法放心游园。
- 轮椅等辅助器具的对应设施未能及时导入。
- 文化设施及公园设施相关信息提供不够

文化厅将勒·柯布西耶设计的国立西洋美术馆推荐为联合国教科文组织世界遗产，但2009年审查结果为不通过，今年再次与平泉、小笠原群岛一道送审[81]。园内各处插满了宣传旗帜。

为连接上野车站中央出口与公园出口，于2000年建设的"熊猫桥"。气势恢宏的大石头上刻着惨不忍睹的字体，旁边还立了一块存在感很微妙的石碑，那么就看一眼吧。这块石头叫做"接触变质岩"，"因为黑白撞色很好玩，所以被称为熊猫石"。原来如此！

上：站在已被工程围栏围起的公园一角，远眺对面友都八喜商店的西乡隆盛及爱犬阿冲（萨摩犬）。下：从东京文化会馆看向竹之台广场的施工区域。一大片区域都被工程围栏围住了。

293

从国立博物馆看向广场就是这种感觉。

完整。
- 游客无法在绿地中尽情休憩或享用野餐。
- 流浪者与违法摊贩妨害了公园环境的舒适度。

把这些条款反过来理解，就能想象出委员会和东京都正在规划的"未来上野公园"是什么模样。他们希望更突出历史资源，让公园动线更简约，设置大量发信点，修剪掉原本郁郁葱葱的树林，开一些露天咖啡厅或餐馆，赶走盘踞在此的流浪者和"违法摊贩"……是不是能想象出那种光景？那样固然清爽舒适，但上野公园曾经潜藏的暗黑神秘魅力却将被一扫而空，沦为一座干净漂亮的城市型公园文化设施。

在声称"都地震了还赏什么花"的都知事领导下，东京竞选2016年夏季奥运会举办权彻底失败，如今他们却还在执行上野公园的大规模改造工程。照这样下去，我们所熟知的上野公园几年后就要变得面目全非了。

现在，袴腰（从不忍口开始的台阶区域）还有卖素描的人，树林里还能看到残留的蓝色帐篷，动物园旁边那块充满复古风情的儿童游乐场和销售"咖喱饭、亲子盖饭、关东煮、清酒、水晶粉……"这些旧日小吃的东照宫旁小卖部都还在，公园内唯一的民宅中，也还住着每天早午晚三次到宽永寺撞钟的"时之钟"撞钟人。

这里还有一大早就喝醉的大叔，在西乡隆盛雕像前拍纪念照片的老夫妻，周末在代代木公园很难见到的、服饰和坐姿十分微妙却自成风格的青年，还有涨红了脸的修学旅行学生。星期天出现在新宿御苑的外国人以欧美人居多，而这边的则大部分来自亚洲和中东。

有怀旧氛围，充满温暖，有点邋遢，晚上还有点危险。但这样的上野公园象征了古老而美好的下町生活，在它被强制整形成另一副面孔前，我想走遍这里的每个角落。

⊙ 上野恩赐公园　东京都台东区上野公园一池之端3

一看就想进去，充满传统风情的"东照宫第一小卖部"。这里的明星产品是咖喱浇在素面上做成的"咖喱素面"！一点都不辣。

"彰义队墓所"，为祭奠在戊辰战争中落败，血染上野山的彰义队而建。这里有山冈铁舟[82]题字的墓碑。

上：从明治时代起直到去年，原彰义队成员小川兴乡的子孙都在此守墓，并居住在墓所旁的住宅里。从不忍口拾阶而上，很快就能看到那座房子（右侧是守墓人小川家，拍摄于2002年）。

右：因画家横山大观曾任老板而闻名的贷席[83]（日本料理）韵松亭的背后，有悄然隐藏在精养轩前树林里的"时之钟"。（松尾）芭蕉那句"樱如云霞晚钟远，上野浅草孰打点"便提到了这里的钟。它自江户时代起便是一座报时钟，现在从大观那里继承了钟楼的日本画家山本道香的子孙就住在钟楼旁的民宅里，每天早晨6点、正午、傍晚6点定时敲钟。至今还以江户时代的音色报响"时辰"的钟，整个东京只剩下这一处了。而彰义队不再有守墓人后，守护时之钟的山本家就成了上野公园的唯一居民。

流浪者的蓝帐篷,有一段时间被认为已经清除完毕,但震灾之后,仿佛又多了一些,点缀在公园树林间。

孤军奋战的昭和遗产

【台东区·上野公园】上野松竹百货

上文已经向各位介绍了正在变化的上野公园现状,那么不知是否有人知道,上野公园,也就是上野山的上野车站不忍口另一侧,曾经有三座大楼并肩而立。如今阿美横町那一侧的大楼正在施工,最里面那座已经完成改造,成了新大楼,唯独中间那座还保持着以前的样子。它就是"上野松竹百货"。那座建筑从上野车站站台和车窗都能清楚看见,想必有很多人都曾疑惑:"那是什么地方?"

在上野车站还是"东京北大门"时——那应该是1991年东北新干线完成东京站延长线施工的时候,来自日本东北地区的人在东京站下车,第一眼就能看到阿美横町入口到公园一侧的楼群全景。

如今那里被施工围挡,已经完全看不出阿美横町一侧的上野百货店(别名西乡会馆)的红色拱顶外墙。那曾经是一座让人印象深刻的大楼,二楼有堪称上野最有名的"聚乐台"餐厅,那是连包厢座都齐备的上野最大规模"大众食堂"。可能现在还有人记得外墙上巨大的"聚乐"招牌。

1952年竣工的西乡会馆原本是为了将二战结束后广小路一带不断扩大的黑市摊贩转移过来,刚开放时,这里就入驻了三十八家特产店和餐饮店。从会馆地址"台东区上野公园1-2"可以看出,这里原本是归东京都所有的公共用地。而餐饮店和民间企业却长年在这里经营,从某种意义上来说,这里可谓体现了战后历史的建筑物(与它并排的另外两座楼应该也一样)。由于这种背景,虽然政府早就做好

正在施工的西乡会馆(左)后面就是上野松竹百货。那里曾经是东京屈指可数的混乱地带。

了重建规划，也迟迟无法动工，直到2008年聚乐台关张，才总算进入重建阶段，新大楼预计在2012年竣工。已经被拆除的西乡会馆由土浦龟城设计，他是著名的现代派建筑设计师，曾经师从弗兰克·劳埃德·赖特（Frank Lloyd Wright）。

隔着上野松竹百货，西乡会馆另一面是入驻了综合餐饮店，名为翠竹花园的玻璃幕墙大厦。那里原本叫"上野东宝大楼"，正如其名，是东宝电影院的所在地。

上野东宝大楼建成于1945年，是东宝直营的场馆，内含上野东宝剧场和上野宝塚剧场。在五六十年代的电影全盛时期，以《哥斯拉》为代表的东宝人气电影曾让这里连日盛况空前。电影院于2003年关闭，两年后，翠竹花园就竣工了。

目前三座建筑中，唯一还延续着昭和气息的只有中间那座上野松竹百货。虽然名叫"百货"，但从上野车站站台看过去，三楼是"上野围棋中心"，二楼不对外开放，一楼都是百元店这样的店铺，另外部分一楼和地下一楼是旧书店，这种组合堪称奇妙。

上野松竹百货建成于1953年。上文也提到，这里是上野公园内部，土地所有权归东京都，但1951年下发了建设电影院的用地许可，施工单位是与松竹合作已久的建筑公司矢岛建设，目前建筑物所有权仍归矢岛建设。

正应了这段历史，上野松竹百货曾有四个电影院入驻——闭馆前不久，这些电影院被称为"中央1—4"，但在此之前，它们分别叫上野松竹、上野电影、上野名画座、上野中心。除上野松竹以外，其余

从京滨东北线站台看到的上野松竹百货（左）与翠竹花园（右）。

三家都是成人电影院。

部分影迷熟知一个事实：上野曾经是"成人电影圣地"，当时仅该地区就集中了八家专门放映成人电影的场馆。现在应该只剩下重新装修过的上野大仓剧场一家。那里虽然号称日本第一家"无障碍成人电影院"，最近还翻修成了拥有三块大银幕的崭新场馆（其中一个放映厅——上野特选剧场为同性恋电影专馆），但相比七十年代的盛况，现在堪称门可罗雀。当年上野松竹百货的上野电影与名画座的色情电影上座率可是全国第一、第二名（参见第450页）。

同一座建筑中同时放映《寅次郎的故事》与日活浪漫色情片，两边都是座无虚席，一想到那种光景，就让人不由得开心起来。但如今在大楼正面二楼部分，看到曾经用来固定电影招牌的外框就那样被扔在那里，也令人有些伤感。加上隔壁的上野东宝大楼，这里曾经入驻的六个电影院，已经随着日本电影黄金时代的落幕而沉寂了。

目前，上野松竹百货一楼入驻了百元店、药妆店、彩票站，以及从特产到成人玩具，甚至催泪喷雾和电击枪无所不有的特殊店铺，组成了很不可思议的商铺群。后面还有极具上野特色（？）的画具店。

在那个一楼店铺街中，占据以前电影院入口的一楼左侧区域，还使用了地下空间的，便是"上野旧书城"。这里由好几家旧书店组成，是条迷你旧书商店街。从很久以前开始，我每次来都会感慨这里的

工程围栏上印有西乡会馆的蓝图……

二楼的上野松竹电影院大门紧闭。

大楼中随处可见曾经的电影院留下的痕迹。

三楼是"上野围棋中心"，从早玩到晚只需800日元！可谓价格非常实惠的大人游乐场。

村田药品除了销售药品，还能买到从领带到一次性相机（不使用SD卡）等种类多样的商品。

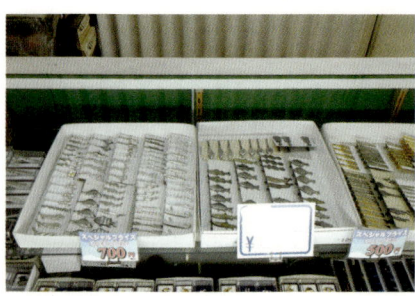

鱼形领带夹700日元……有点想买。

警棍和电击枪！还有女性客人专心聆听店员讲解。

药妆店的橱窗里摆满了安全套和壮阳药！

大楼深处还潜伏着画具店。

这里还有成人玩具店，而且产品种类丰富。

面积之大，氛围仿佛仓库，书架也不存在什么统一感（所以才有意思）。这次，我们找到了负责管理"旧书城"的"十胜旧书店"老板佐藤先生进行介绍——

大约十五年前，我在现在已经拆除的西乡会馆租下店面开起了旧书店。这里开设时汇集了十二家旧书店，搬到这里后变成了十一家，分别是北千住的"名泽书店"、中央区的"文雅堂书店"、多摩市的"访文堂书店"、经堂的"小野田书房"、浅草的"白凤书院"、荒川的"高木书店"、江户川的"志贺书店"、神田的"风通信社""十胜书房"、中野的"金泽书店"和没有店面的"三崎堂"。虽然来自各地，但我们并非上野这边主动联系的，而是按照自己的旧书店人脉变成了现在这个状态。

还在西乡大楼时，书城位置在大楼背后，建筑物又破又脏，没什么客人来，所有店铺都散发着我们不做生意的气场，一开始让我感到非常头痛……那时候只有外面人流量特别大，还有很多兜售假电话卡的伊朗人盘踞在附近。

不过真正开张后，有许多客人会专门从很远的地方跑过来光顾，比如京成电铁线路后半段的人。而且这里畅销的东西跟神保町那些地方完全不同。神保町给人一种"旧书达人"会光顾的感觉，而上野则有更多新客人。

因此这里的书籍倾向也跟神保町不一样。比如上野会努力展示美术方面的精装大书，还有整套整套的全集。一些在神保町已经不怎么卖得动的全集类，比如夏目漱石这样很普及的作家的作品，在这里就很好卖。

因为书城正对上野车站，以前还有许多来东

那个尤为显眼的"本"（书）招牌就挂在曾经用来放电影广告牌的地方。

曾经是电影院入口的台阶，已经被书本掩埋了。

通往中央4的台阶成了一楼收银台。

京出差或开会的学校老师等光顾这里。

你看了就知道，这里十一家店铺的倾向完全不同（笑），人文书籍旁边可能是官能小说。这是因为我们决定十一个店铺平等使用空间，没有分专区或类别。虽然这样显得非常杂乱，但很多客人都觉得很有趣。所以我也对各个书店说，不

乍一看完全不知道哪个区域摆着什么，这种混乱状态才是"旧书城"的魅力。有时能看到色情书刊和岩波出版社的《中国诗人选集》摆在一起，或是《肉欲娇妻》和《岩田专太郎作品集》形成绝妙搭配，甚至一大堆《后庭花俱乐部》过期杂志堆在一起。

要在意邻居，按照自己喜欢的样子安排书架就好。

西乡会馆施工结束后，自然就轮到最后的上野松竹大楼的接收改造了。佐藤先生说："目前还不知道具体规划，不过房东说合同要每年更新一次。"所以可以肯定，这里已经如同风中烛火了。

这座上野松竹百货和两旁的大楼（其中一座正在施工）屋顶部分都属于上野公园。可能为了防止流浪者聚集，松竹百货的屋顶是不对外开放的，不过从面朝车站的栏杆缝隙里可以窥见其紧紧攀附在公园的山体上，造型很有意思。我强烈建议，在这里也变成玻璃幕墙和不锈钢的现代建筑群之前，先来好好探险一番。

⊙ **上野松竹百货** 东京都台东区上野公园1[84]

303

正对上野车站不忍口的公园区域，目前已经被封闭。没想到这里竟然是大楼屋顶……靠近一看，就能发现屋顶也成了公园一部分。利用大楼的人造空间来扩充公园面积，这个主意真不错。

在赛艇场接受艺术熏陶的一天
【江户川区・东小松川】江户川赛艇场

工作日早上10点刚过，都营新宿线船堀车站前已经排起了长龙。那些都是等待江户川赛艇场免费区间巴士的人。

赛马、赛自行车、赛车、赛艇，在这四类公营竞技项目中，唯独赛艇有着独特的氛围。拿参赛者数量来比较，中央赛马每次有十几匹马，赛自行车有九辆，赛车则是八部，赛艇只有六艘。这样奖券的排列组合更少，因此虽不如赛马那般奖金丰厚，却很适合新手娱乐。扫一眼默默排队等候巴士的人群，会发现几乎都是浑身上下散发着"历尽苦辣酸甜"气息的上年纪男性。

江户川赛艇场1955年开业，已经拥有超过半个世纪的历史。在全国二十四个赛艇场地中，它是唯一完全利用河川地形建成独特赛道的。不过，在全国性杜绝公营赌博的风潮影响下，江户川赛艇场的经营前景也不明朗，当务之急是开发新客户群——于是，江户川赛艇场从三年前开始，创立了一个出人意表的项目，那就是"江户川赛艇艺术博物馆"（简称EKAM）。项目在赛艇场各处设置艺术作品，每次举行比赛时，也同时举办"EKAM艺术之旅"。这个项目吸引了此前对赛艇毫无兴趣、关注点在其他领域的客人，让赌博爱好者和艺术爱好者都大吃一惊。

艺术之旅从比赛日上午11点开始，起点在平时必须支付4000日元入场费的特别

入场费4000日元的"白金大厅・游"。

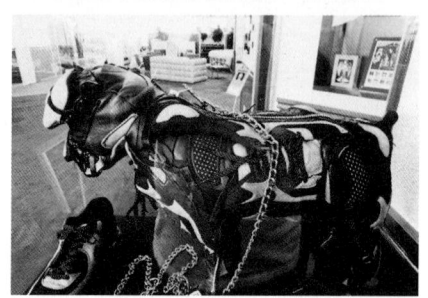
这是著名牛仔时装品牌Vinti Andrews和体育用品制造商Nike合作定制的"Air Max Dog"，品种是法国斗牛犬。整件作品大约使用了三到四双Air Max鞋。

观赛层"白金大厅・游"。虽说是参观之旅，但参加人数最多只能有十人，属于精品小团。而且还有专属导游带领，花上将近两小时为游客介绍每一件作品。这可是一般博物馆难以奢望的高档服务。

白金大厅一角的作品展示区名为"现代区"，展示了各种"现代艺术"。但如果一听到"现代艺术"四个字就精神紧绷，在现场怕是要大跌眼镜了。因为这里有以机关八音盒出名的MUTTONI（原名武藤政彦）的作品，有《电视冠军》节

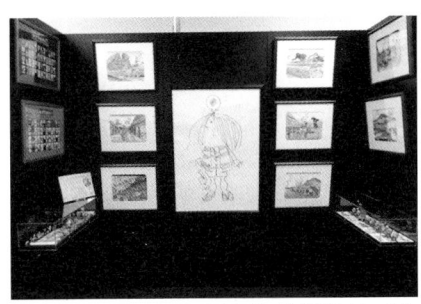

水木茂专区。这里展示了大妖怪绘卷《妖怪道五十三次》（版画）和水木茂亲笔描绘的《等身大鬼太郎》设计画、妖怪花札、手办，等等。

房间里还有武藤政彦的其他八音盒作品。

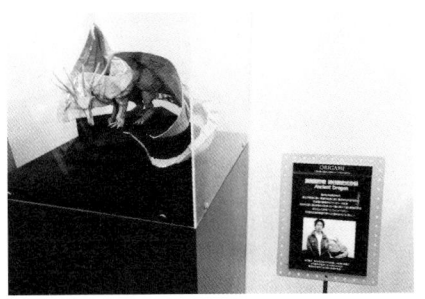

在《电视冠军》中五连霸的折纸王神谷哲史的作品，名为"远古龙"，由边长两米的正方和纸折叠而成。

艺术之旅导游村里女士（左）和梦幻机器羊"马西罗"合影。机器羊由太阳能驱动，会吃掉没中奖的赛艇券。如果耳朵动了就是小吉，蹄子动了就是中吉，两者都动了则是大吉。以落基山脉的白岩羊为原型制作。

目中折纸王神谷哲史的作品，有特色万花筒和模仿乐器外形的手工鞋子，还有水木茂专区、玻璃小提琴、巴塞罗那的糖果首饰等。与其说是"现代艺术"，更应该称其为"现代的"艺术，各种展品以一种毫无节操的混合方式摆放在那里。而且游客们不只能看，还能在导游员的指导下轮流把玩万花筒等展品，所以整个过程好玩有趣，只是很难把握整体风格。若呆坐在高级沙发上，说不定就看到眼前的赛艇券柜台旁，随意挂着沃霍尔的版画……

调整心态来到一楼普通观众席，便是"复古区"。站在入场费100日元的普通入口，首先能看到两尊异常令人怀念的

《大魔神》角色雕塑，接着是昭和年代的邮筒、珐琅招牌、"最后的电影广告牌画师"久保板观的名作广告牌。另外，赛艇券的自动出票机上还各挂着一张《寅次郎的故事》海报，可以"挑选自己喜欢的女主角的版本，在那边窗口购买"[85]。正对赛道的观众席设有水木茂的妖怪画展区"鬼太郎游步道"，在其他区域还能见到"吃掉没中奖赛艇券的机器羊马西罗"（和田现子[86]命名），怎么看都不会腻。除此之外，周围还有对一切漠不关心，只顾着紧盯比赛结果显示屏的人群，这形成了奇怪的对比。

一边欣赏复古艺术，一边近距离观看

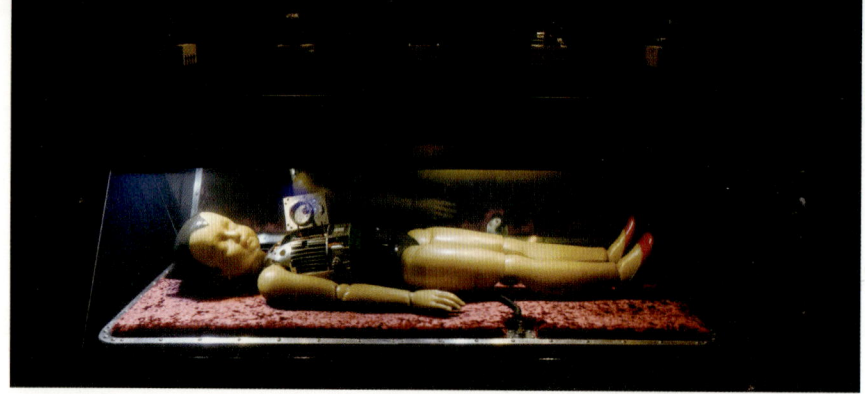

模型艺术家荒木博志的作品,沉睡的阿童木"ASTRO BOY"。阿童木为等身大小,肌肉使用防弹衣上的凯夫拉合成纤维制作而成。凯夫拉平时也被应用于赛艇选手的服装,因为这是一项伴随危险性的竞技,而且一些赛艇选手并不会游泳。

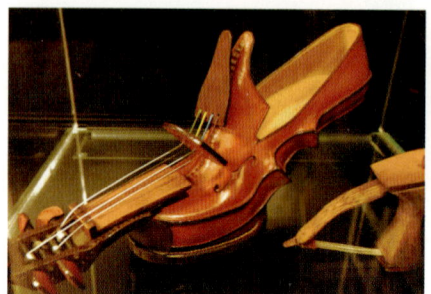
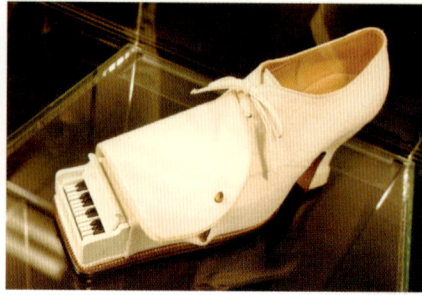

据说,所有鞋靴制作方法中地位最高的就是传统制鞋法"手工缝制"。这一技法的顶尖人物江川治专门为展会制作了"乐器鞋"。钢琴鞋还安装了八音盒,奏响时琴键会动(曲子是列侬的《Imagine》)。

1906年创业的巴塞罗那著名点心店Escribà的糖戒指。糖果变身宝石,成了可以吃的饰品艺术(摘自艺术博物馆主页)。因为要到七十摄氏度才会熔化,可以真的戴在手上。不过舔上去也尝不到甜味。而且因为熔点太高,只能咬碎。

308

雕刻家大森晓生的作品。古董画框里翻飞着美丽蝴蝶的《Butterfly in the frame》，以及《恶魔的黑玫瑰》都只有半边，通过镜中映像成为整体。那面看起来像镜子的东西，其实是磨光的不锈钢板。

拥有高超玻璃工艺技术，让日本引以为傲的"HARIO玻璃"，将技术与艺术相结合，制作了一系列玻璃乐器。其中第一件作品，也是全世界第一把玻璃小提琴，便是这个"玻璃王小提琴"（摘自艺术博物馆主页）。这把小提琴使用了手吹玻璃工艺，琴弦是真正的琴弦，还能拉响。右边用来装矿泉水的玻璃瓶由施华洛世奇玻璃制成，是好莱坞名媛的爱用之物。

左：万花筒界的顶尖艺术家山见浩司的作品。外形为金阁寺，其实是个万花筒。右：这个小佛堂一样的展示房间里摆放着武藤政彦作品。玩偶手上拿着真正的珍珠（白蝶珍珠）。机关玩偶在史提夫·汪达（Stevie Wonder）的歌曲《YOU & I》中登场，进行三分五十七秒的表演。

赛艇比赛后，我们就到了平时入场费2000日元的特别观众席"特等席"。在和食餐厅用过午餐后，前往名为"日本区"的"和风空间"，参观著名左官[87]艺术家的土墙艺术，用世界各地土壤制作的土球，曜变天目茶碗，神户西点店制作的"年轮蛋糕壶"等形形色色的展品。最后还能在大厅内的单间里听取讲座，学习赛艇基础知识和如何买赛艇券。整个参观过程大约两个小时，包含入场券和餐饮等的参观费用只需1000日元！当然，游客还能留下来买赛艇券，观看比赛。因此不论你是对艺术感兴趣，还是对赛艇感兴趣，这都是个实惠的大礼包。

三年前项目开始时，这里还只有机器羊和武藤政彦作品，不过现在展品越来越丰富了。据此处员工介绍，几乎所有预约参加的客人都"根本不是赛艇爱好者，而是热爱艺术的三十岁到五十岁女性"。而且参观项目只在比赛日开放，预约经常排满。

虽然沉醉在武藤政彦机关玩偶和万花筒之美中的女性客人，不太可能变成捏着赛艇券大吼大叫的赛艇爱好者，不过能在如此出人意料的地方看到如此出人意料的作品，确实令人惊喜。另外，要是无意中买的赛艇券也押中了，那就更让人高兴了……

⊙ **江户川赛艇场** 东京都江户川区东小松川3-1-1
艺术之旅相关信息可查询江户川赛艇艺术博物馆官网（edogawa-art.jp）。

"特等席"内展出的左官艺术家扶土秀平的作品"大地之卵"。虽然有奇妙的颜色和光泽，但百分之百由泥土制成，全都是泥土的颜色。

上：从白金大厅出来，走到普通入口。大魔神雕像和武士雕像夹道欢迎着客人。这两尊雕像复制了1966年电影《大魔神》中的角色，与电影中表现的大小相同，身高4.5米。
下：从白金大厅看赛艇场。

1954年的红色邮筒。现在主要作为意见箱使用，但也有人真的往里面投递信件。

普通入口附近的复古展区。这里有二十世纪五六十年代的珐琅招牌、不二家的Peko酱，以及HMV唱片的小狗尼帕。然而这些展品根本没人看。

上：台阶边上整齐排列着老电影的广告牌，那些都是久保板观的作品。他生于1941年，是日本最后一位电影广告牌画师。青梅市旅游胜地"青梅宿电影广告牌街道"中的广告牌都是板观的作品。因为将五色泥漆用明胶兑开进行创作，颜色在晾干后也能保持鲜艳，江户川赛艇场目前收藏了三十多张这种广告牌。下：出票机顶上贴着《寅次郎的故事》全48部的海报，还有人去购买自己喜欢的女主角的海报。

墙上是出生于1935年的澡堂背景画家丸山清人的作品。他用油漆在木上四五个小时便能完成一幅画，曾经同时进行好几个澡堂的作画工作。

从WINS一侧看到的初音小路入口。

吹过初音小路的风，带着昔日美好浅草的馨香
【台东区·浅草】初音小路

虽然从未谋面，但我知道一位名叫安田伦子的诗人经常举办诗歌朗诵会。此人有一首诗作名为《小巷入口》：

浅草啊，
有许多土地都属于浅草寺。
我家搬过来好久，才发现，
原来自家地皮是租来的。
住在寺院边缘的亚子，
她舅舅"蹦蹦"是
有钱人家大少爷，浅草医院副院长。
花宅游乐场附近的怪人秀小屋，
就在勘崎家饭馆那条路上。

花宅是尤加利爷爷盖的，
我跟尤加利总在里面疯玩儿，
但那里有很多露阴癖叔叔……
浅草寺地界内，
散布着许多小小的阴影。
大人们把自家孩子，
放心交给别家父母，
自己站在店门前
训斥别家孩子。
那是一条明媚的小巷，
就连商店街的胡同里也无处藏身，
只是——
淘气的孩子们，

工作日的初音小路十分清闲。

却在观音菩萨脚下，偷偷学会了，
残酷的游戏。

这里的环境正如诗中所写，有着娱乐街与生活区完全重合的不可思议氛围。那或许就是昔日浅草的魅力所在。如今浅草面临重新开发的浪潮，恐怕只有一个地方还勉强保持着那种怀旧氛围，那就是场外马券出票点WINS和花宅之间的"初音小路"。

初音小路是个十字形街区，整个覆盖在茂密的藤树之下，每到黄金周[88]时节，就会盛开壮观美丽的花朵。短短几十米街区，开了好几家两层餐饮店，工作日整条街都静悄悄的。但一到周末，每家店都一大早就开张做生意，把桌子和折叠椅搬到户外，用啤酒、碳酸兑烧酒、关东煮和烤鸡肉串招待前来购买马券的客人。熟客们都坐在店门口，一边听赛马直播，一边喝着酒紧盯赛马报纸。有时会猛地站起来，把喝到一半的酒留在原地，走到出票点去买马券。店里人都知道这是什么情况，会让杯盘保持原状，直到客人回来。这样一直喧闹到傍晚，以赛马客人为客群的店就

特别有气质又会照顾人的松吉老板阿部久美子女士。

一路目睹了初音小路历史发展的藤花架，据说那是久美子女士的父亲从富士花卉市场买回来栽种的。

早早打烊了。接下来的漫漫长夜，是弥漫着妖冶气息，需要极大勇气才敢走近的小酒馆的时间……

"松吉"把店开在了初音小路正中央，美女老板阿部久美子女士在这里出生长大，现在成了统领初音小路的霸气妈妈。没有人能比她更熟悉初音小路的情况了。

原本初音小路就是我父亲搞起来的。父亲二战前在宫内厅当公务警察，母亲也在邮政省工作。战争结束后，浅草挤满了家园被烧毁的人，于是父亲就辞掉公职，照顾起这一带的人，让他们摆摊为生。

后来东京要开奥运会，政府觉得摊贩影响市容，要求全部撤走。那摆摊的人不就头痛啦？于是我父亲就代表他们，向浅草寺借了这片土地（初音小路），划成小块，分给以前那些摆摊的人。当时父亲还带头组建了协会，直到现在我们都是由协会负责收租，一并交给观音大士（指浅草寺，因为浅草寺以观音菩萨为本尊，就有了如此称呼）。因为这样，初音小路从未迟交过租金，就算有店面空着，协会也会垫付租金。

这一带的土地全都归浅草寺所有，现在JRA（日本中央赛马会）那里原来叫葫芦池，后来填平了。初音小路也是私家地界。要修缮道路、修理藤花架，没有观音大士的许可都不能执行。而现在浅草寺那边好像打算美化浅草，搞成京都那样，为了减少移动摊贩，他们到处种树，还把砂石路改造成沥青路，设置很多休憩场所好让小摊摆不起来，采取了各种措施。不过照我说啊，三社祭快到了，外面还睡着一大片流浪汉，怎么搞都不可能整成京都那样的街景。浅草自有浅草的

317

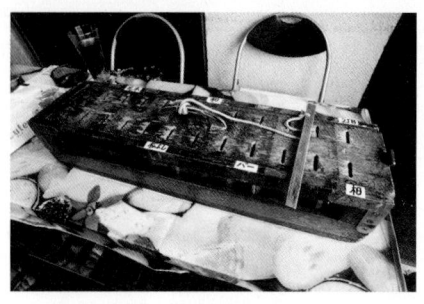

目睹了初音小路人喜怒哀乐的日租盒。

好嘛。

　　初音小路刚建成时，正是浅草的全盛时期，当时又没有别的地方可玩，所以人特别多。每天晚上想12点准时打烊真是太难了。不过，因为有协会管理，这里从没发生过不好的事情。没有黑社会来闹事。另外这里离吉原很近，感觉很容易有店家请喝酒的客人到二楼去……但那种事我们是绝对不允许的。我们每月有一次协会会议，会对此一一进行检查。

　　基本上所有店铺都是一楼营业，二楼住人，所以我们就像个小村落。哪家店的什么人最近情况怎么样，大家都看在眼里，所以特别爱管闲事。一有谁说不舒服，大家就一起送他上医院，还给他送饭。这即使在浅草也很少见对吧？一有点什么小事，我们就飞奔过去帮忙了（笑）。从我父亲那一代开始就设置了"日租盒"，直到现在都在使用。由我家做东，每天捧着盒子到店铺里收钱存起来，然后每月在协会会议上打开。有人会用那个钱做酒水费，还有人拿来付房租。现在东京市中心哪里还有保持这个习惯的酒馆街呢？只剩我们这里而已。我们平时扔垃圾都会贴好标签，每逢祭典庙会都以协会名义捐八百个饭团，还有新茶和新香，跟周围关系保持得很好。

　　我们虽然是浅草最老的一条街，但也是管理最到位的。

　　现在有很多店铺更新换代，旧店只剩下花本家、三枡屋了吧。其他店主要么去世了，要么已经搬出去，只租用店面，要么就是后来加入的人。从一开始就在这里工作的人们则保持着原状。最近开了很多同性恋小酒馆，你晚上看到亮着灯的，基本都是那种店。不过他们性格跟女人差不多，关键时刻太不可靠（笑）。现在每逢有赛马的周末，那些店也会从早开到晚。

　　据说现在的不景气对他们影响也很大，还有人来问我"既然房租都一样，干脆白天也营业是不是更好？"我都会告诉他们，早点开张也没关系。当中还有一些人身兼多职，在外面也有工作呢。因为房租不得不交嘛。大家一开始都住外面的公寓，后来觉得店租加房租实在负担太大，如果搬到楼上住，就能省下一份租金，于是好多人都搬到店铺楼上去了。另外还有一部分人，有对象的时候外出租公寓，分手单身了就跑到二楼住，可戏剧化了（笑）。

　　那些人做的生意跟别人有点不一样，相当于创造一个邂逅的场所。还有人白天也会到那些地方去。其实我们协会规定，每月第二和第四个周二是休息日，不过现在这世道讲究不了那么多，对吧。另外同性恋店铺那边，他们业内基本上都是周二休息。所以有些人会事先在开会时说，想在周二也营业，然后协会就会批准。所以我们这儿也有几家周二营业的店铺。在这些规定上我们都比较随机应变。

　　我是2006年母亲去世后才接手了这家店，此前一直在经营别的店铺。母亲直到去世前不久都在看店，是个特别可靠的人。过去有很多人家的孩子离家出走，最后都会跑到上野来，全是些十五六岁的小姑娘。一看她们的双马尾和运动包，就知道那些是离家出走的女孩。她们不是会打车嘛，要是有人在车上问司机哪里能找到活儿干，就会被送到我家来，然后我们就帮忙联系孩子父母。所以说，我们家真是聚集了全国各地来的人。

过去在只有妈妈的单亲家庭长大的女孩，基本都会出来工作帮补家计。那时候每到发薪日，家长就来领工资。听起来像演电影一样，但那种事当真存在过，而且太多了，我是看着那种景象长大的。我父亲在吃饭这方面从来不分家人和打工的人，都是用一升的铁锅煮饭，直接摆在桌子上随便吃。每天都有各种各样的人走进来，按先后顺序吃完再走。有时候前门能看见浅草警署的人，后门能看见黑社会，这就是我家的情况。

正因为这样，我小时候特别不愿意请朋友到家里来玩儿，也很讨厌别人问我家里是做什么生意的。我上小学时，家里来了很多无处可去的年轻人，我父亲就跟相熟的酒馆租借了二楼房间，让他们住在里面。然后他还要我每天上学前，到那边去叫所有人起床。我可讨厌那个任务了。不过父亲就是那样帮他们搞起了摆摊之类的生意，因为他的基本对策就是帮别人做起一门生意。

我想，父亲母亲，还有继承了他们血脉的我，都把照顾他人当成了理所当然的事。从父母那一代起，来我家借宿的人流就没断过，根本不存在家里没人的情况。现在我家还住着一个附近的流浪汉呢。去年有个府中监狱出来的人借住在我家，后来去世了，我就给他办了葬礼，还打电话通知他北海道的父母，结果一位九十一岁的老奶奶来取走了他的骨灰。今年周年祭过后，老奶奶又来问候了一遍。我生活中尽是这种事。

浅草这个地方啊，从生意人的角度来看，可能是过去更好。以前有的客人会直接拿着工资袋过来喝酒。当时还有很多海员，一次航海结束能领好几百万工资，全都在这里花掉了，经常能看见那种事。很多客人真的是把刚领到的工资带过来，花得一文钱不剩地回去。那个时代的客人都这样花钱，而现在工资直接汇到银行，男人也小气了许多。但毕竟我也是为人父母的嘛。我经常对老公说："你去喝酒别那么小里小气，就算只喝一杯，也要放下一万日元。"不过我女婿要是敢做那种事，我可是要说他的，哈哈。反正多少还是有人会那样花钱。

我母亲经常说："钱啊，就算赚得脏，只要花得干净，就能让钱活起来。就算赚钱的行当很脏，手段不干净，只要花得干净，钱就活了。"所以钱讲究的是花法。我母亲和父亲一直都秉持那种思想。

现在也有些无可救药的家伙跑到我这儿来说："大姐，帮帮我吧。"我都想挂块招牌说自

叫上一杯碳酸兑烧酒和几样关东煮，填写今天的马券。

己是万事通事务所了。有流浪汉,有酗酒成性的大叔,有水费都交不起的家伙,还有瘾君子,各种各样的人。他们就算领到福利金也会马上花掉,所以我有时会帮他们保管钱财。还有一些蹲监狱的人通过口口相传打听到我家(笑)。

每次看到那些人,我忙还是会帮的,当然也少不了责备他们一通。我还经常遇到一些人,让我感觉他是不是专程过来找骂的(笑)。要是太过分,我就会禁止他们过来,结果过不了多久他们孤单了,还是会跑过来。由于不能进门,就躲在附近的大树后面朝这边打望。可能觉得我还

愿意生他们的气,已经是他们的福气了。像今天这样工作日白天就跑来喝酒的人,我看到了都会说:你这白痴又偷懒不干活儿,给我好好工作去。那些人基本上都跟家人断绝了往来,没人对他们说那种话。要是去依靠朋友,又会产生利害关系,所以他们都挺孤单的。不管再怎么蠢,再怎么坏,我觉得他们只要还能有个朋友,就算是好事了。

⊙ 浅草松吉 亲荣餐饮协会 初音小路
东京都台东区浅草2-7-21

穿越回不久前的东京

【台东区·上野公园】下町风俗资料馆

上野不忍池，水面覆盖着一片莲花……枯叶，营造出浓浓的寂寥感。湖畔矗立着一座白色外墙的建筑物，那便是下町风俗资料馆。它于1980年开馆，今年（2010年）迎来三十周年，是个有点历史的资料馆。现在日本各地兴建了许多"再现昭和生活"的场馆，但下町风俗资料馆堪称其中的先驱。由于"乡村人民生活生产用具作为资料得以保留，却找不到记录和保存都市人民日常生活的资料馆"，在区民和文化界人士充满危机感的呼声之下，政府于1967年创建了资料馆筹办委员会，成员还包括小生梦坊（漫画家、随笔家）和平栉田中（雕刻家）等人。

资料馆从1974年前后开始收到大量藏品捐赠，但并没有单纯摆在柜子里展示，而是以"情景展示方式"将藏品融入到场馆中。资料馆学艺员石井广士先生介绍说："当时参与资料馆建设的人都亲身经历过关东大地震以前的生活。"在这些经历过震灾、战乱和过度开发三次大变革的人们的参与下，资料馆再现的情景更加逼真。

情景展示区包括整个一楼和部分二楼区域，不像一般博物馆那样仅仅展示，而是请入场者亲自融入展品当中，成为情景的一部分。游客可以脱掉鞋子走进铺了榻榻米的房间，掀起矮桌上盖住茶具的茶巾，打开衣箱看一看、摸一摸里面的和服，感受其中的生活气息。

路面上每天早上都有人扫洒，厨房汤锅里每天也都会换上新鲜蚬子，衣箱壁橱里会摆放应季衣物和生活用品。放在鲍鱼壳里的肥皂，晾晒在竹竿上的衣服，挂在电线杆上的知了壳……种种细节都体现了资料馆人员的细致用心，完美呈现了九十年前这座城市的生活场景。

下町风俗资料馆距离上野车站步行只需几分钟，入场费只要300日元，又在不忍池畔这个绝佳地段，尽管如此，这几年的入场人数好像也减少了。应该有许多人知道这个地方，但因为离得太近，反而从未去过。总之请过去看看吧！你一定会为展示细节的讲究之处大吃一惊。这么好的地方让外地旅游团和外国游客独占，简直太可惜了。

⊙ **下町风俗资料馆** 东京都台东区上野公园2-1

● 跟学艺员石井先生一同参观下町风俗资料馆

一楼为"震灾前的下町生活"情境展示，入口处最先看到的就是高级鼻绪（木屐绳带）店"奥山商店"。这是一座出桁结构的商店建筑，因为出桁能够承托沉重的屋顶，同时让正对大路的商店看起来更恢宏。正门并非拉门，而是"抬门"（类似向上抬起的卷帘门）。这样就无须安装收纳拉门的门台，能让门口更宽敞。店里有工匠制作鼻绪的空间和贩卖空间，偶数月的第二个星期日还会有真正的鼻绪工匠来现场演示，奇数月则有江户风筝匠人的演示。屋檐底下设有平台，方便燕子筑巢，因为临近春日，门口还插着驱赶疫神的"烧嗅"（冬青+豆皮+沙丁鱼头）。

这里是长屋的水井。不知各位是否知道，搓衣板两面的波浪形状其实不一样。正面用来洗涤，为防止肥皂水流走，波浪呈U形。背面用来过水，为方便水流动，波浪呈∩形。游客可以在情境展示中坐到井边，想象用搓衣板洗衣服的场景，就能体会到洗衣服其实是一项重体力劳动。用来放肥皂的贝壳上还打了洞，让肥皂不容易沾水化掉！

这是奥山商店的鼻绪贩卖空间。挂钟时刻准确，日期也设定为当前日期。这是为了让游客融入其中体验生活，而不只是旁观。

324

这里是长屋小巷。右侧被设定为老奶奶和女儿相依为命的粗点心店。左侧深处是唱小歌的师父家。你听，还有弹奏三味线的声音。粗点心店隔壁晾晒着夏季浴衣，这是袖子部分。晾衣竿底下摆着虎耳草和万年青等植物。据说明治初期，万年青曾经是投机经营的热门植物。

粗点心店内部摆满了真正属于那个时代的粗点心和玩具。

现在是冬天，屋里摆着炭火烤炉。矮桌上放着茶杯和茶壶。

壁橱里放着陶土暖水罐、炭火熨斗、蚊帐、被褥、柳条筐……筐里真的装有夏季和服。

衣箱里放着冬天用的带衬和服和夹棉和服。衣箱顶上放着书信盒，底下则是裁缝盒。资料馆的人每天早上都会检查裁缝盒里的针还在不在。

木屐也呈现出久穿后木齿磨损的状态。

铁锅里盛着味噌汤。今天的配料是蚬子。

这里是小歌师父家的玄关。竹子晾衣竿上正晾着足袋。

上·下：饭锅都在屋外，煮饭的燃料就是柴火。柴火堆右侧是样式古老的垃圾箱。

震灾发生前的长屋尺寸都很小。不仅门幅狭窄，入口也很低矮。毕竟当时人的体型跟现在不一样。

电线杆上挂着知了褪下的壳……能看见吗？

上·下：震灾时期即使是下町，也已经家家户户都有厕所了。这是粗点心店的厕所，工作人员每天早上都会拧一条干净抹布放在里面。

接下来上到二楼，这里有我最想推荐的资料"捕蝇名人的新闻报道（1939年8月2日）"和"捕蝇器"实物。当时每年夏天都有"捕蝇周"，那年捕蝇周一共捕获了85212409只苍蝇。其中捕蝇数最多者是作家小塚贞义的夫人艳子，一周共捕获了320000只苍蝇。据报道，她用"鱼内脏"作为诱饵，"肥皂水作为捕蝇水"，达成了如此惊人的战绩。

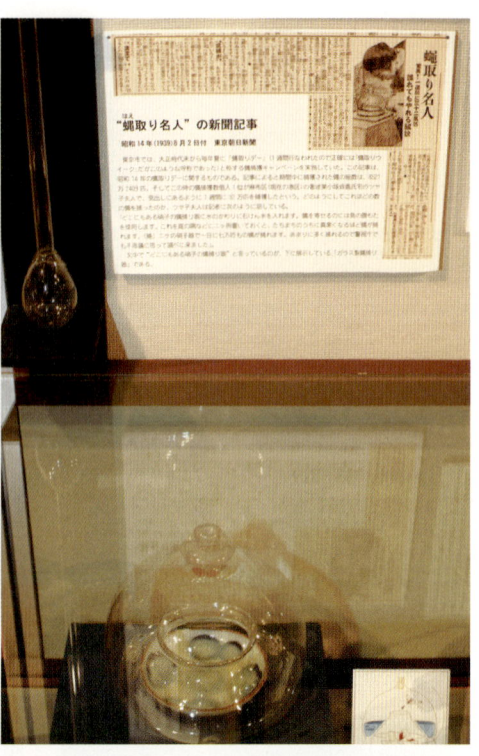

这也是我推荐的资料"自力健康器"报道。所谓"自力健康器"其实只是一根带子，当时人们认为腹式呼吸对身体很好，那东西就是让人们注意保持腹式呼吸的工具。

这是昭和时期澡堂的前台。展品为藏前的澡堂赠送，游客还可以坐到前台上体验体验。一般男性游客更喜欢坐上去。

二十世纪五六十年代住宅的内景展示。

这里还展示了震灾发生前的儿童玩具。展示物品会随季节改变，这个月是新年玩具。

因为森繁久弥先生和水之江泷子女士突然去世，资料馆紧急布置了森繁·泷子追悼区。这个区域展示了森繁在有乐座表演时的剧目，以及泷子舞台出道时表演的剧目。

这里展示了体现震灾前下町生活方式的道具。

下町咖啡，正在营业。

329

回响在荒川区的泰语祷告

【荒川区·荒川】泰国法身寺东京别院

周日早上10点前，三河岛。这个地名虽然让人联想到江户时期，但实际走上一走，就会发现这里其实很普通，只会看见一个又一个抱着大纸袋或塑料袋的人走进明治大道与尾竹桥大道交叉处的大楼入口。那些几乎都是泰国人，而这里则是泰国法身寺在东京的别院。

泰国法身寺本山坐落在曼谷郊外，紧邻曾经号称泰国大门的廊曼国际机场。

寺院建立于1970年，坐拥320公顷土地，有着形似太空船的科幻造型。它虽是只有四十年历史的新兴宗教势力，却也是目前发展速度最快的佛教集团。每逢重要法事，本山都会聚集十万多信众（据说寺院下属的厨房每次要煮一吨米饭），不仅在泰国国内，还在全世界二十三个国家开设了超过五十五座别院。

2000年，泰国法身寺在东京开设别院，其后又陆续在大阪、长野、栃木、茨城、神奈川、埼玉、山梨、名古屋开设了九座别院开展宗教活动，其信众几乎都是泰国人，因此也体现了泰国社区在日本各地的广泛分布和联结。而且，那些别院主要只服务于在日泰国人，由泰国僧侣掌管，几乎不对日本人进行传教。虽说如此，寺院本身对所有人都开放，任何人都能参加里面的法事，院内还备有日语冥想课程。这个体系搞不好比日本普通寺院更自由外向。

走进寺院，先在入口换上拖鞋，走上二楼就是一个大厅。一到10点，就有僧侣身穿泰国常见的黄色僧衣，捧着钵盂在众多白衣信众中穿行。在泰

国，早上时常能看到僧侣托钵的光景。然而这里是东京荒川区，由于不能早上6点抱着钵盂出门化缘，只好在寺院内部举行这样的托钵仪式。牛奶、白糖、食用油、大米……信众施舍的物品很快便装满大钵盂，随后被转移到僧侣身后工作人员拿的大塑料袋里，几乎要让他们忙不过来。

喜舍托钵仪式结束后，再来到三楼正殿，向坛上的僧侣参拜，开始早上的读经。僧侣旁边悬挂一块屏幕，直播泰国本山读经的情景，让信众的集体感更加强烈。

读经结束后，就到了堪称泰国法身寺特有的冥想时间。它不像坐禅那么困难，每个人都可以用自己觉得舒服的姿势和呼吸，享受那段冥想时间，让自己身心放松。这个仪式一般都使用泰语，但我们去采访那天还有不少日本人参加，僧侣们便用日语对我们诉说——

让我们把左手搭在右手上。放松脚趾。放松……慢慢地……很缓慢地放松。如何，全身都放松了吗？

当身体松弛以后……再慢慢地……如何？现在各位独自静坐，能感觉到吗？

希望各位不要进入睡眠，坐着展开想象。身体与心灵渐渐松弛……怎么样，是否感觉变轻盈了？慢慢地……非常缓慢地，变轻盈。

各位是否感觉自己坐在泡泡里。怎么样？想象自己正坐在两米大的水晶球中央……身体和心灵渐渐松弛。像气球一样，坐在泡泡中央……如何呢？

让我们从身体中心开始，缓缓诵唱，缓缓诵唱"慢慢地"。

好像漂浮在睡莲上，让心灵集中到泡泡中央。想象。慢慢地，慢慢地，慢慢地……

在僧侣深沉柔和的声音引导下，我们进行了一个小时冥想。这既不像瑜伽那样会脚痛，也不像坐禅那样会挨板子，只需要放松，让心灵有一段放空的时间。冥想结束后下到二楼，可以自由挑选摆在厨房里的饭菜享用。有咖喱、汤、炸鱼、米饭和甜点，全是信众一大早在院内厨房亲手制作的泰国家常菜。有人邀请我"一起来吃吧"，我就跟着吃了一顿，果真是原原本本的泰国滋味！当然，在这里吃饭不用付钱。

吃饱了美味的家常菜，再坐下来聊聊天，接下来便是下午的讲经和第二场冥想。到下午4点左右，所有项目就结束了。从早上到傍晚，将近一整天都在寺院内度过，这便是他们的周日活动。

町屋、上野、锦系町……前来寺院的泰国人大多是在东京右岸生活和工作的泰国女性，以及她们带来的日本丈夫，还有孩子们。大家在这里放松一天，从明天起又坚强面对生活的艰辛。在参加本日活动之前，我对此一无所知。而像上述这样的、宗教机构本来应该尽到的首要责任（并非举办葬礼、提供墓地之类），如今

331

每月第一个星期日是信众最多的日子。图中是接受喜舍的僧侣。信众会带来僧侣的生活必需品和为寺院准备的物品进行喜舍。

女信众很多,当中还能看到一些与泰国女性结婚的日本男性。南传佛教(上座部佛教)的正式服装是白衣,许多信众都穿着一套全白衣物。据说附近还有专卖这种服装的店铺。

水、蔬菜、油、白糖、茶叶、水果……喜舍物都是每天生活必需的食物。僧侣走到面前时,将装有物品的托盘举到双眼高度进行喜舍。

332

读经时间。僧侣朝向信众朗诵经文。佛坛上装饰着水果、点心和鲜花,戴花的女性正在给佛坛献上供品。

大屏幕放下来,用卫星直播泰国本山读经的场景(还带有日语片假名字幕)。

厨房里,人们正在准备僧侣和信众的午饭。周日一整天,信众都会在这里度过。原以为这里的自助餐式午饭全是斋饭,没想到有鱼有肉。

吉野周治先生。

日本国内的七万五千座寺院中，又有多少能圆满达成呢？让我们听听参与法身寺运营的日本工作人员和泰国僧侣的说法吧。

吉野周治先生时常来往于泰国和日本，是帮助法身寺运营的工作人员之一。他平时与泰国妻子住在泰国中部，从事农业生产。

我平时居住在泰国。妻子是泰国人，在日本待过一年半，专门学习日语。那期间，她偶然得知了这座寺院（东京别院），就开始过来参加活动了。

我原本对宗教和灵修这种东西毫无兴趣，不过跟妻子到寺院参加活动时认识了这里的泰国工作人员（现已成为僧侣），还成了好朋友。他原本在东京大学留学，差不多可以拿到博士学位时却离开学校，说要回泰国出家。当时我吓了一跳，开始对这座寺院推崇的冥想产生好奇，觉得它既然如此厉害，我也想学学。

回到泰国后，妻子成了法身寺信众，我也体验过三次短期出家。最让我感到惊讶和赞叹的是，法身寺的冥想跟日本坐禅截然相反。它不会让人感到紧张，而是处在入睡前一刻那种放松状态，一点儿都不难。

冥想是指全身心集中于一点，但那并非只有上师才能达到的无念无想境地。日本的冥想往往理论先行，必须像坐禅一样保持很紧张的姿势，做起来非常困难。

其实试试看就知道了，冥想的时候脑中会浮现各种妄念。要将它完全化作无，是很难做到的事情。所以我们无须勉强，可以容忍妄想，只集中在一种念想上，只去关注那一样东西。与此同时，在心中反复吟诵一个词，可以是"慢慢地"，也可以是别的词汇。妄想的景象和话语，只要把全身心集中在这两样东西上，多试几次，冥想就会变得身心舒畅了。

我得知这座寺院存在已经五年了，很明白这里为什么多了这么多信众。因为我自己就体验到了冥想的好处，也想把那个好处传达给别人。

佛说，（感受冥想的好处，）有的人只需七日，一般人要七个月，慢的话不知时日。不过这里的冥想法，反倒是小孩子更容易进入状态。只要教一遍，基本上都能入定。真是太有意思了。

这座寺院里还有很多泰国女性带日本丈夫过来，他们中间已经有好几位进入了精进领域。去年寺里开办了短期出家的日本人课程，他们都去参加了。

各位可能知道，泰国男性一生中定要进行一次短期出家，那相当于泰国男性的成人仪式吧。他们认为，无论学习多少外部事物，若不进行心灵的修炼，就无法成为独当一面的人。这里开办的日本人课程，就是用日语体验泰国的整个短期出家过程。

法身寺泰国本山有为世界各国短期出家人士开设的课程，日本人的课程为期近三周。在此期间，参与者可以体验从冥想到托钵的整个修行过程。日本和泰国之间的差旅费用要自己承担，课程费用则只需要一万日元，包含寺院内的住宿饮食。真的只要这么少。

第一期课程还有一位世界知名的佛学教师前来参加,他已有三十多年的坐禅经验,还是对法身寺课程里的冥想大吃一惊。另外,日本已经不讲究僧侣的戒律,但那位老师却体会到了戒律的重要性,回到日本以后,也跟泰国僧侣一样穿着僧衣,过午不食,绝不饮酒。由此可见,他的体验真的很强烈。冥想真的很棒。

吉野先生告诉我们,有一位在别院担任住持助理的僧侣塔布那,十五六年前,他来到东京大学哲学系进修印度哲学硕士学位,这成了法身寺东京别院创建的契机。当时塔布那穿着僧衣从世田谷学生宿舍前往大学,路上被一个泰国人看见,开始到他宿舍里接受冥想指导。那时日本还没有泰国寺院,所以泰国人越聚越多,宿舍终于容不下了,他们便在赤羽设立了一个冥想场所。大约十年前,人们买下三河岛这座大楼,创建了别院。现在,在别院负责冥想指导的僧侣斯内特也是十年前来到日本的资深成员。

我1999年来到日本。来日的四年前,我读大学三年级时出家成为僧侣。当时大学里有个名叫佛教青年会的社团,我大学二年级加入其中,三年级进行了短期出家。二十岁那年,我就真正出家了。原本那只是为期两个月的短期经历,不过可以根据个人意愿选择是否继续。我决定继续下去,于是做了个很罕见的选择,从大学退学成了僧侣。刚出家时,父母和朋友都很反对,不过大约一年后,他们也都认同了。

来日十年的僧侣斯内特。

来到日本,我就在赤羽的冥想所开始了传教活动,从一开始到现在,法身寺都不会专门对日本人展开传教活动,我们的活动对象都是在日泰国人。我那时候一点儿日语都不懂,还去上了两年日语学校。

现在日本各地共有九所别院,僧侣二十五六名。有许多僧侣在日本的大学上学,但他们只懂佛教用语,日常对话却迟迟无法精通(笑),这样一来就无法指导日本人进行冥想和讲经了。于是,最近寺院为了提升僧侣整体日语水平,还开办了免费的泰语授课讲座。时间是每周三和周六。因为全日本的别院都在搞这个讲座,僧侣的日语能力也长进了不少。

今天是周日,所以集会规模很大,平时都是早上10点开始托钵。不过这里是东京,不能像在泰国那样到路上化缘，只能由信众把喜舍物品带到寺院来，在室内授受。

11点45分开始冥想。我们这边可以通过卫星直播泰国本山的情况，大家都在泰国住持的指导下一起冥想。冥想持续到下午1点左右，2点到3点是讲经时间。然后是第二场冥想，到5点左右结束。最后我们就开始收拾东西，结束一天活动。

我们这边工作日也有很多信众，他们会到厨房里为僧侣准备餐食，僧侣吃了他们做的饭，会给信众施以祝福，同时进行冥想指导。

因为我们规模很大，日本许多佛教相关人士和对冥想感兴趣的人都会专程前来，所以我们跟日本寺院也有交流。不过，泰国僧侣跟日本僧侣最大的不同，还是在于戒律的有无。泰国人认为，僧侣因为信守戒律，所以跟一般人不同，要倍加尊重。而在日本，和尚跟普通人地位相当。

佛教分大乘佛教和南传佛教（上座部佛教）两大系，众所周知，日本佛教属于大乘佛教。然而在大乘佛教中，唯有日本无须持戒。

明治五年（1872年），政府颁布法令："自今日起，僧侣可食肉、带妻、蓄发，除法要之外，可与平民一般穿着。"从那以后，日本的和尚就开始吃肉、娶妻、不剃发。从佛教信众人数来看，日本与中国同为世界最大的佛教国家，但在这一制度下，日本佛教开始单纯重视佛教研究和葬礼佛教，变得越来越不可思议。

将佛陀"到达法身的冥想法"重新开发出来的帕蒙昆贴牟尼祖师像。

寺院还销售指导住持冥想的詹·孔诺雍[89]肖像挂坠。

去年起开设了短期出家课程。为期约一个月，参加费用仅需一万日元！

左上：用白萝卜雕刻上色做成的花。这些都会供奉在佛坛上。左下：我们正在采访，也被招呼过去吃饭了。

　　法身寺别院不对日本人进行任何传教活动，却有许多人闻讯而来体验冥想。这里的僧侣和信众打造出了真挚而亲切的环境，相较之下，日本佛教界一些根深蒂固的问题似乎被显露出来。毕竟佛祖开悟的契机既不是学习也不是研究，而是冥想。

　　法身寺东京别院每周一到周五的下午1点半都设有欢迎大众参加的冥想时间。周六则是上午10点开始，结束后还有瑜伽课程。瑜伽课程需要向教练支付500日元参加费用，冥想则完全免费。周六做完冥想和瑜伽后，中午还能吃到泰国家常料

理。另外，西新宿野村大楼前的日莲宗大寺常圆寺每月也会举行两次冥想会，同样可以免费参加。感兴趣的读者可以在mixi上检索"法身寺"社区、"冥想"社区、"微笑之国泰国"社区，查看里面的最新活动和主题。只要参加一次，就会发现这里有着开放式的家庭氛围，与日本寺院常见的距离感截然相反，想必每个日本人都会大吃一惊。

⊙ **泰国法身寺东京别院** 东京都荒川区荒川3-78-5

在水上眺望东京郊外风景

这天下着雨，上午10点45分，板桥区与北区相接的北部小豆泽河岸渡口，一艘几乎满员的扁平"水上巴士"准时到达。这艘船早上9点从始发站两国启程，沿着隅田川上溯到新河岸川，已经航行了一个半小时。

水上巴士由公益财团法人东京都公园协会的东京水边航线运营，在小豆泽折返后，要沿着新河岸川下至隅田川，穿过千住、浅草、两国，从滨离宫恩赐庭园处出至东京湾；绕御台场一圈后，从葛西临海公园进入荒川，经过平井，从隅田水门回到隅田川；之后再次沿着隅田川回到下游的两国，一直航行到傍晚5点。这就是名为"江户东京休闲之旅"的长距离游船航线。

拿出东京二十三区全图，会发现有一样东西左侧几乎没有，基本都集中在右侧。那就是河川。二十三区左侧只能找到划分大田区和神奈川区的多摩川，但右侧可以看见新河岸川汇入隅田川，前方还有荒川、中川和新中川，另外还有划分东京与千叶县的江户川。可见，东京右岸同时也是一座水城。

想必有很多人在隅田川和彩虹桥周

"江户东京休闲之旅"水边航线使用的水上巴士。

340

遍布整个航线的水上巴士乘船点都有迫不及待的乘客乘船。只要事先预约，就可以中途乘船，自由下船，很合我心意。

船舱内设有大玻璃窗，雨天也能在里面欣赏风景。

河边最显眼的就是高层住宅楼群。这一带能让人深深体会到新东京卫星城的感觉。

新河岸川与荒川中间的赤羽樱堤绿地风景秀美，仿佛电影里的场景。

右侧是连接新河岸川与荒川的岩渊水门。从这里开始，新河岸川的名称就变为隅田川。

隅田川桥梁高度最低的千住大桥。

隅田川的水上航线还能从各个角度看到天空树。

在水上眺望东京郊外风景

边参加过屋形船宴会。隅田川和荒川通往东京湾一带，除东京都的水上巴士以外，还有许多像屋形船一样的民间观光船。不过，能从隅田川一路开到新河岸川上游的航线，除东京水边航线运营的"江户东京休闲之旅"外，就只有傍晚6点回到两国的"悠然一日游"了。

之所以这样，一大理由在于荒川区有一条横跨隅田川的千住大桥。大桥横梁到水面高度只有4.5米，是隅田川上高度最低的一座桥。

只有水边航线的扁平船舶才能通过千住大桥。"3·11"大地震发生时，还有报道称，走在千住大桥上的行人被隅田川激起的大浪打湿全身。

东京天空树、两国国技馆、浅草朝日啤酒总社、以圣路加花园为首的湾岸区摩天楼群，以及彩虹桥和御台场这些观光景

建筑工程正如火如荼。不过在王子神谷搞个"巴黎庭院项目"也太……

岸边除了高层住宅，也有各种各样的生活形态。有钓鱼的人，也有流浪者的蓝帐篷，还有看起来挺舒适的住处。

上：水上巴士的两国始发站。地点就在新国技馆门前。乘船处内部有图书室和画廊，可以在等船时看看。下：两国始发站旁边是餐饮店"朝青龙世界相扑锅"，里面还有换头照相立牌，看起来很好玩，只可惜好像已经停业了。

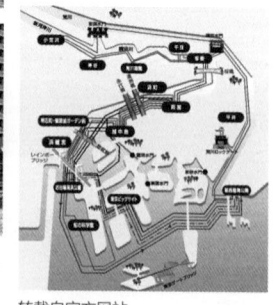

上：备受游乐场资深玩家欢迎的荒川游乐园。
下：河边同时也是涂鸦艺术的画廊。

转载自官方网站。

点确实都集中在隅田川千住下游。因此，如果有人问"千住上游有啥好看？"确实很难回答。可是！虽然没有观光景点，千住上游却有河川沿岸的高层住宅、工厂和废弃物处理厂、超市、公园和堤岸，那可是一大片正在不断扩展的郊区风景。

那些"东京市内的郊外"景观，如果坐电车和巴士就离得太近，走首都高速又经过得太快，很难找到观赏全景的机会。坐在水上巴士中，戴上耳机听听慢节奏的铁克诺音乐（Techno），慢慢欣赏周围流过的郊区风景，也不失为一段让人心旷神怡的旅程。

1990年，东京都创建了名为水边公社的财团法人，那就是水边航线的开端。当时创建财团法人的目的是"广泛普及启发爱护河川的思想，让市民加深对河川和水环境的关心和理解，作为其中一环，积极提供市民与优质水环境亲密接触的机会"。为了加强那种接触，财团开始经营水上巴士，1995年由东京都公园协会接手，2010年成为公益财团法人。

可能是在阪神淡路大地震（1995年）以后，财团的目的就不再止于"让市民与优质水环境亲密接触"，而也要在地震灾害发生时参与避难人员与回家困难人员的运送和紧急物资运输工作。实际上，这次的东日本大地震发生后，水上巴士从3月中旬开始就开辟了地震特别航班，负责两国、滨町、千住之间的人员运输，缓解电车班次减少造成的运送压力，并坚持航行了一个多月。水上巴士船身之所以扁平，也是为了能够进入河水较浅的区域，将来能在抗灾赈灾方面派上用场。

水边航线目前共有三艘水上巴士，分别是"宇宙号"（定员200人）、"紫阳花号"（定员140人）和"樱花号"（定员140人）。除本次介绍的"江户东京休闲之旅"外，还有两国·御台场航线、东京湾和彩虹桥巡游航线，以及"暮光之城"航线等长短不一的路线（详情请参考官方网站）。航班上当然没有私人屋形船提供的现炸天妇罗和卡拉OK服务，乘坐长时间的航线需要自备干粮，不过这样的简单服务反倒更适合全身心观赏沿途风景。

无论是纽约、伦敦、巴黎，还是曼谷，大城市的水上交通都有种独特的魅力。从水上眺望城市，能得到与在陆地上截然不同的印象，就算映入眼帘的只是一般办公楼和微不足道的街景，也能让人乐在其中。

千住上游的水边航线经常被预约满座，似乎不用做什么宣传，自然有人慕名而来。这里可以提前一个月打电话预约，头一次来东京的人、想换个角度重新审视东京城市面貌的人，都可以预约看看。

◉ **东京都水边航线** 东京都墨田区横纲1-2-15

我们是冠军

We Are the Champions

7

下町职业摔角漂流记

住宅区手搭道场观战女子摔角
【足立区·六木】JWP 女子职业摔角

说到职业摔角圣地,当属后乐园大厅。不过最近多了许多诸如有明迪法、新木场第一擂台、板桥区立绿色大厅、北千住1010剧院、莺谷东京电影俱乐部等位于东京右岸的会场。左岸可能适合足球和棒球运动,职业摔角则跟右岸更意气相投。

即便目前职业摔角整体呈现沉寂趋势,女子职业摔角的衰退还是令人痛心。"美丽双煞"和"爆裂女孩"活跃的时期,黄金时间电视转播比赛还是理所当然,现在却完全看不到电视转播了。想看比赛的人,都得亲自到比赛现场去。

普遍认为,日本职业摔角的起源是1951年力道山选手出道,实际早在1948年,二战刚刚结束三年时,女子职业摔角就已经登陆日本,只是很少人知道这个事情。当时,以节目《红蛇,出来!》闻名的"东京喜剧秀"组合成员小面包猪狩与兄长杂耍演员·面包猪狩在三鹰市开了一间小道场,那就是好职业摔角历史的开端。而"日本第一名女子职业摔角手"就是猪狩兄弟的妹妹猪狩定子。

猪狩兄弟搞的第一场女子职业摔角比赛,地点在日剧小剧场。由此可见,当时这种运动更接近娱乐项目。也正因如此,警视厅不久之后就禁止了比赛。其后,女子职业摔角一直在体育项目和娱乐项目的界线上徘徊,逐渐构筑起跟男子职业摔角

截然不同的体系。现在赛事项目完全没有电视台转播,连体育报纸都不再报道,但依旧有很多死忠粉丝掰着手指期待比赛,专程到现场去观看。

从JR常磐线龟有站乘巴士约十五分钟,再从车站步行两分钟,就来到一个萧条的住宅区。JWP的道场就在这里。

1992年创建的JWP陆续捧出了"小可爱"铃木、福冈晶等人气摔角手,到2010年将迎来创建十九周年,是个历史悠久的老团体。最初,道场设在埼玉三乡,大约七年前彻底改变选手阵容,在足立区的住宅区开设了道场兼事务所,一直活动至今。

临近圣诞节的周日下午,我们来到这

热心粉丝亲手制作的拼贴板。

里参观"道场比赛"。靠近会场,可以看到"JWP女子职业摔角"的旗帜在寒风中翻飞,同时还有不少走路或骑车的人陆续来到入场处。他们的状态感觉不像是来看比赛,更像是到家门口的便利店买东西。

道场正中的全尺寸擂台几乎占据了整个空间,外围的座位全部满满当当。旁边还有不少站着观战的客人,后来一问,入场者足有118人。

这里与电视屏幕上自然不同,而且也不是后乐园大厅和日本武道馆那样的大会场,因为选手与观众距离极为贴近,观看起来也更惊心动魄。许多人拖家带口前来,会场上基本是一团和气的氛围,尽管如此,一旦赛事变成场外乱斗,还是会出现非常刺激的场面。就算这里主要是没什么名气的选手,能够如此深入体验职业摔角,也堪称奢侈了。如此刺激的赛事,入场费只需3000日元,而且足立区居民更是只要1000日元!小学生和初中生只要100日元!!!这反倒比那些入场费昂贵,需要带望远镜观战的著名团体比赛有意思多了,难道不是吗?

比赛结束后,我们请到了JWP旗下的资深选手科曼德·柏丽雪接受采访。

会场外插着各个参赛选手的旗帜。

都筑：现在是创建第几周年了？

柏丽雪：第十八年了。

都筑：十八年！那真是太厉害了。那么道场搬到这里几年了？

柏丽雪：七年。

都筑：在此之前，道场地址在哪里？

柏丽雪：在埼玉县三乡。当时道场在三乡，事务所在上野，不过现在都搬过来，成了道场兼事务所。

都筑：原来是这样。选择这个地方有什么理由吗？

柏丽雪：搬家前我们四处寻找合适的地方，刚好足立区有场地空出来了。而且足立区租金也便宜。

都筑：道场比赛是定期举行吗？我感觉这里对客人特别友好亲切，在这里持续活动，是不是当地粉丝也增加了不少？

柏丽雪：一开始没多少，都是一点点变多的。

长期招募新人！不限年龄，不问体育运动经验！来吧，身心健康的各位女性！

大家经常来看比赛。

都筑：对一个组织来说，融入地区还是很重要的。

柏丽雪：对，一定要跟所在地区打好关系。过去应该不是这样，不过七年前我加入时就这样了。毕竟街坊邻居不理解的话，道场也搞不下去。

都筑：也对，大家会奇怪"那里面在干啥呢"。

柏丽雪："总能听到惨叫，没问题吧？"（笑）

都筑：附近粉丝增多，才是好事啊。现在每年大约有几场道场比赛？

柏丽雪：每年十二场。

都筑：每月一场！要是住在这附近，就能尽情观战了。

柏丽雪：我们还会根据季节改变主题。比如12月是圣诞节主题，1月是新年主题之类。基本上每场都搞三次比赛，而足立区居民进场只需1000日元，儿童100日元。

都筑：好便宜啊，我都吓了一跳。

柏丽雪：所以一家人中午过来，就是吃个饭的感觉，能一起度过愉快的一个半小时。

都筑：后乐园和板桥那边也有各种比赛吧，道场跟那些地方有什么不同呢？

柏丽雪：这个嘛，职业摔角给人很可怕、很野蛮的感觉，不过我们道场有更多的娱乐元素。比如从台上摔下来，就得吃蛋糕（笑）。再比如就算不是职业摔角手也能理解的痛苦（笑）。还有必须吃关东煮之类（笑）。

都筑：那种事在后乐园可干不了啊。

柏丽雪：后乐园不行。来道场的人感受到选手的热情，又会专门从足立区跑到很远的地方去给喜欢的选手捧场。

都筑：以前都是在电视上看比赛，现在也有人在这里了解了职业摔角的乐趣啊。

柏丽雪：有些人以前只看电视，现在电视不播放赛事了，他们发现"咦，附近就有比赛看"，又会过来捧场。

都筑：女子职业摔角界现在整体都不怎么景

350

气，办道场一定很辛苦吧？还要安排赛后合影会之类的活动。

柏丽雪：对，合影会是别家没有的东西，因为我们是道场，才能办起来。在后乐园大厅，经常能看见礼品店附近有用宝丽来相机跟选手合影的服务，每张要1000日元。要是来道场，就不限时间，大家一起拍合照，只需500日元。

都筑：那粉丝一定很高兴。没比赛的时候，道场应该都在训练吧。那种时候有粉丝来参观吗？

柏丽雪：没有，因为我们平时都不开门。不过每周二和周三的下午4点半开始，对希望成为职业摔角手的女性开放。那就是我们的JWP职业摔角教室，大家能跟选手一起训练。

都筑：是吗，是面向那些希望成为职业选手的人，而不是普通的训练？

柏丽雪：对，是这样。

都筑：既然道场要维持运营很辛苦，选手们白天会有别的工作吗？

柏丽雪：不会不会，大家都在道场工作。因为这是我们自己在运营，平时要定会场、发行门票、制作或定做周边产品，还要管理库存。这些（礼品店和会场管理）全都是选手自己搞的。我们平时就做这个工作，然后训练。

都筑：连打零工的时间都没有啊。

柏丽雪：对。也有少数几个人打工，不过大部分都没有，因为实在抽不出时间来。

都筑：这种经营方式自然而然会有一种手工作坊的味道，跟大社团、大比赛的氛围截然不同呢。

柏丽雪：有好有坏吧，不过我们现在不过分追求主要赛事，而是优先JWP的职业摔角。

都筑：柏丽雪女士本来就有大家一起训练，一起做周边，一同成长为一个团队的规划吗？

柏丽雪：没有，只是聘不到员工，总得有人去做，于是就决定"那大家一起做吧！"这样一来，我们也能明白彼此的辛苦了。

都筑：这跟专门有人负责后勤，选手只需要打比赛的地方很不一样啊。

让粉丝垂涎的JWP官方原创周边！

除周边以外，还能买到选手们亲手制作的料理和蛋糕。

柏丽雪：好的时候很好，不好的时候就会彼此发泄不满。现在这个体制已经维持了七年，要是今后继续扩大，应该会出现各种障碍。不过，七年前新生的JWP只有五个人，后来渐渐增加选手，还邀请过美洲虎横田作为嘉宾参赛。大家都在努力。

⊙ **JWP女子职业摔角**　东京都足立区六木3-6-4

351

[12月23日（周三·节假日）JWP道场比赛13点] 观众118人（超满员）*摘自官网
①组队比赛15分钟单场决胜——蹴射斗、黑木千里vs阿部幸江、米山香织
②组队比赛15分钟单场决胜——日向安住、仓垣翼vs KAZUKI、斗兽牙李昂
③圣诞老人大逃杀不限时间——出场选手：JWP全员

①→〇阿部幸江&米山香织（12分58秒，回旋俯冲·全身压制→单腿蟹式固定）蹴射斗&黑木千里●

大吼的蹴射斗和黑木千里。

米山香织用锁喉技控制了黑木千里。

②→○日向安住&仓垣翼（14分13秒，十字固定）KAZUKI＆斗兽牙李昂●
※掉落场外的选手在吃完一个圣诞蛋糕前不准回场。

被踹到场外的强力选手仓垣翼。

③→○安住圣诞老人（13分35秒，过绳摔）阿部圣诞老人●
按退场顺序排列：李昂圣诞老人、蹴射斗圣诞老人、翼圣诞老人、KAZUKI圣诞老人、米山圣诞老人、黑木圣诞老人、春山圣诞老人、柏丽雪圣诞老人
※剩下五名选手时，场内追加圣诞树，在台上打倒圣诞树就失去比赛资格。

比赛后，跟圣诞老人装扮的JWP全明星举行开心的合影会。

在西日暮里目睹美式职业摔角的深渊！
【荒川区·西日暮里】自由鸟

1951年，力道山放弃相扑，在东京开始活动，那便是日本职业摔角元年。上文提到，其实早在那之前三年，女子职业摔角就出现了。力道山在美国学习职业摔角，女子职业摔角一开始也是面向美国驻军进行活动，由此可见，职业摔角原本就是起源于美国的表演运动。

跟日本情况相似，在美国为数众多的职业运动中，职业摔角的地位非常微妙。从选手学历来看，橄榄球和篮球处在运动界顶点，没有大学学历很难成为职业选手；其次是棒球和曲棍球……职业摔角则位于金字塔的最底部。虽不能说观众的知识水平与选手的知识水平成正比，但在美国职业运动界，职业摔角向来都被看低一等。

这几年，WWE[90]（原本名叫WWF，但被名称相同的世界自然保护基金告上法庭，不得不改名）会到日本来活动，或是搞搞有线电视转播，他们跟日本摔角团体截然不同的比赛风格和现场观众的狂热，恐怕吸引不少人成了粉丝。不过，正如日本大团队阴影中还潜藏着不少独立团队，美国也有许多不属于WWE、TNA[91]这些超大型团队的独立团队，他们遍布美国各地，悄无声息地生存着，为比赛流下血汗和泪水。那些美国独立职业摔角团队在日本鲜为人知，而网上店铺"自由鸟"就专门销售他们的比赛DVD和各类周边产品。

"专卖美国独立摔角的店铺，全日本只有我一家！"我们来到西日暮里某座公寓，采访了网店老板塔卡中山先生。

冠军腰带复制品（很重！）、自己收藏的手办、3D队成员戴邦兄弟送他的眼镜、比赛中使用的带刺铁丝（很痛吧！），以及在售DVD。工作用具是一台电脑，周围贴满海报，还有采购时碰巧遇到WWE总裁文斯·麦克马洪（Vince McMahon），跟他拍的珍贵合影。

我出生于新潟县村松町（现：五泉市），从小就很喜欢职业摔角，成天抱着电视看比赛。泰瑞·方克、屠夫阿布杜拉、酋长……当时可是全日本和新日本（职业摔角团体）的黄金时代啊。新潟每年只有一次职业摔角活动，所以我平时都在电视上看比赛。

我家开了一间针织厂，到我是第三代，所以我到东京读大学，毕业后在东京公司工作了三年左右，又回到新潟继承了自家工厂。

我2000年结婚，蜜月旅行去了拉斯维加斯，酒店旁边就是WCW（CNN创始人泰德·特纳创办的大型摔角团体，二十世纪九十年代人气飙升）直营的餐厅。那完全是个巧合，但我们还是高高兴兴地走进去，发现那里还有销售周边的专区，于是我就想，要是我也能做这种生意就好了。

在此之前，我对日本的职业摔角更感兴趣，因为地方电视台从来不播放美国的比赛。回国之后，我马上就买了SKY PerfecTV的卫星电视节目。当时还没有网络直播一说。那时WWF刚开始红，应该有很多人都是专门买节目来看。

因为我另有家族事业，大约烦恼了半年，最后还是跟家人摊牌了。结果当然是全家人坚决反对，只有老婆支持我。她不算是职业摔角粉丝，不过据说以前特别喜欢"爆裂女孩"……（笑）后来花了一年时间，我好不容易说服父母，2001年就来了东京。

一开始我想开店，尝试了不少方法。当时正好在线购物系统开始普及，我就想，自己卖的商品其实更适合网上销售，再加上那时候几乎没有专门销售职业摔角产品的网店，我就决定只经营网店，并且仅出售美国职业摔角的相关商品。因为没有一定门路的话，外行人很难插手销售日本职业摔角的商品。

我只是自己喜欢，既没有门路也没有经验，于是就先去了美国一趟。WWF在纽约有家直营店，我就进去购买商品，然后到各种比赛上观战，购买会场限定的周边产品。妻子负责开租来的汽车，我负责看地图。虽然一点儿英语都不懂，我们还是想办法用批发价把商品买到手，在当地采购到商品后，再拿回日本去卖，卖完了再到美国采购。从2001年起，这种采购之旅我已经持续了五六年，每年都要去五六次。一开始到东京来，我住在目白，2003年搬到了西日暮里。因为从这里坐京成线很快就能到成田机场，只是这个原因。比从目白到成田要快上一个小时呢。

记得是2005年吧，改名后的WWE在日本开了直营店，于是我就改变经营方针，转而专卖独立团体的商品。因为我没必要跟直营店竞争，独立团体的比赛又跟大型团体有着不同的乐趣，我也希望大家能更加了解他们。

看过的人可能知道，像WWE那样的美国大型团体很重视选手之间的关系，特别强调故事线，属于表演式比赛。不过独立团体则不讲究什么麦克风挑衅，而重视比赛本身，属于"日本模式"。所以独立团体和选手大都也对日本职业摔角怀有敬意。

美国同样不会电视直播独立团体比赛，因此要看只能到比赛场地去。只是他们比赛的场地基本都在乡下，观众有时只有二三十人。

正因为这样，现场充满了居家氛围，再加上大家都是死忠粉丝，个个都很友好，一说"我是

塔卡中山夫妻。据说夫人曾经是"爆裂女孩"的粉丝。右边的椅子是从比赛会场拿回来的。

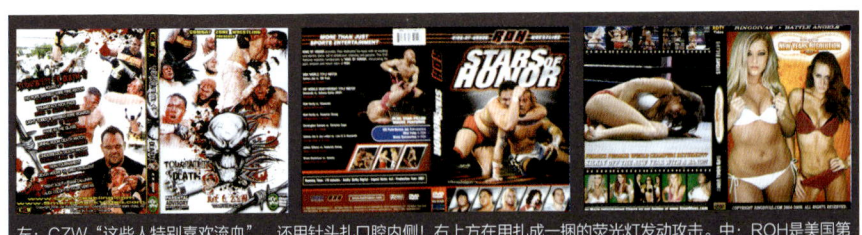

左：CZW"这些人特别喜欢流血"。还用针头扎口腔内侧！右上方在用扎成一捆的荧光灯发动攻击。中：ROH是美国第三大职业摔角团体。右：被取名为"擂台天后"的女子职业摔角比赛DVD。

日本来的"，他们都会大吃一惊。不仅如此，还请我到后台去，让我在擂台旁边拍照……虽然我只有一台小数码相机（笑）。这种事情在WWE根本无法想象。目前，我们的主要工作就成了采购那些独立团体的DVD进行销售。

美国的独立团体也和日本一样，跟地区结合得十分紧密。所以，从比赛现场能够清楚观察到普通美国人，尤其是蓝领阶层人们的日常生活。另外，一些团体十分激进，比如我们家销量很好的CZW（Combat Zone Wrestling，战区摔角，大本营在费城），他们搞的死亡搏斗就特别厉害。什么荧光灯、大头钉、带刺铁丝、烧烤叉、大型订书机、电锯和除草机都拿出来了！而且还不是选手准备的，是观众拿过来叫他们用的。当然，选手到最后全都鲜血淋漓，不流血不分胜负。毕竟"超暴力"是他们的座右铭。

如此一来，更不可能电视直播比赛了，连室内会场都不让用。根据州法规定，有的地方连那种比赛都不让搞。只要看过DVD就知道，他们都在露天设置擂台，周围站着一圈观众，氛围十分独特。虽然鲜血淋漓，但是又充满居家氛围。我们采购那种DVD销售，就能维持夫妻两人的生活，所以说网络真是个好东西啊。

"请先看看这种吧。"在中山先生的推荐下，我购买了三张DVD，迫不及待地开始播放。真的很厉害，特别是CZW。想必有很多人知道，美国有个人气爆棚的传说中的电视节目叫《蠢蛋搞怪秀》（Jackass），那个节目会让外行人挑战各种很乱来的项目。CZW感觉就像在那个节目里增加了更多血腥暴力的夸张元素，对嗜血的人来说，这真是难以言喻的好东西啊。另外，它还意外地完美展现出了美国最纯正的乡村心理。

仔细想来，考虑到前往成田机场的方便程度，像西日暮里这样位于京成线沿线的东京右岸上半部分，就是"东京离外国最近的地方"。这里的房租和物价都比市中心便宜不少，还有千代田线相连，前往市中心非常方便。对经常来往于东京和外国的人来说，西日暮里或许比表参道和代官山那些地方更方便生活，想到这里，各位不觉得有点令人高兴吗？

⊙ 自由鸟　东京都荒川区西日暮里1-50-9

357

湾区落下血雨的夜晚

【江东区·新木场】新木场第一擂台

全盛时期，职业摔角项目的圣地就在后乐园大厅。此外，武道馆和东京巨蛋曾经也都能挤满观赛人群。

如今，职业摔角界早已失去了活力，可谓陷入濒死状态。电视上几乎看不到相关报道，著名团体也不再有能力让偌大的会场坐满观众。同时，不知各位可知道，东京都内能够观看职业摔角比赛的场地，正渐渐从市中心向右岸迁移。

热心的职业摔角粉丝可能会嘲笑我："你怎么才知道？"虽然有后乐园大厅，但现在定期举行职业摔角赛事的场地，主要集中在有明迪法（Differ）、新木场第一擂台和湾区活动空间。虽然北千住和新宿一带的表演场地有时也会变成比赛会场，不过定期举行赛事，而且以职业摔角和格斗技为主的场地，恐怕只有迪法和第一擂台两处。

会场面积超过1000平方米，可容纳1200名观众的有明迪法除被用作职业摔角和格斗技赛场以外，还经常承办音乐相关的活动，最近更是成了角色扮演节（Cosplay Festival）的举办场地。而新木场第一擂台把擂台设在中央，周围席位共370个，可容纳人数只有迪法的三分之一。不过，会场租金也只有迪法的三到四分之一，更适合作为中、小团体的比赛会场。另外，职业摔角这个运动项目，并非只有著名选手登场的大团队比赛才好看，那些无名的选手们，会展开实打实的血汗与泪水交融的搏斗。可以说，这种非主流团队的比赛才更有味道。

极恶海坊主，宫本裕向，佐濑昌宏。

乘坐有乐町线，在新木场站下车，步行两三分钟就能来到位于仓库区，默默亮着灯光的第一擂台。我久违地来到这里，看到"超级FMW"正在比赛。那是"鬼神"塔赞后藤领导的团队，此人最开始加入九重部屋成为大相扑力士，后来在全日本职业摔角赛事中出道，与大仁田厚一起组建了FMW团队。这个团队体量虽小，却拥有一群死忠粉丝。

FMW早期以"带刺铁丝电流爆破死亡搏斗"为卖点，观众都为之胆寒。而超级FMW比赛有外国女职业摔角手、男女混合和变性人比赛，甚至加入了演歌女歌手现场表演，有种庙会活动似的感觉，至于主要比赛，则承袭了自己的前身，名为"带刺铁线板图钉天梯死亡搏斗"。连塔赞队长也不能幸免，被扔到铁线板上，全身插满图钉，鲜血淋漓地在擂台上咆哮。

持续两个多小时的赛事全部结束后，擂台周围的折叠椅早已被无数次场外乱斗撞得七零八落，地板上落着的斑斑血迹，则被观众们踩得晕成一片。只需5000日元左右的进场费，就能在擂台旁看到比赛，体验在场外乱斗时慌忙起身躲避的刺激，比赛结束后还能拍拍气喘吁吁的选手的肩膀，超近距离享受职业摔角。而大会场著名选手的比赛，只能举着望远镜远观，相比起来特别无聊。

职业摔角自诞生以来，就行走在体育项目与娱乐项目、竞技与表演的分界线上，显得格外特别。或许，正是这种小会场、小团体的赛事，才最能体现出职业摔角纯粹的内涵。

西部公司运营的新木场第一擂台于2004年开业。原本属于吉本兴业的"吉本女子职业摔角"由于业绩不佳，被西部公司所属集团公司收购，并为其建立了这座训练兼活动场所。团队从吉本改名为"JD明星女子职业摔角"（JD是圣女贞德[Jeanne d'Arc]的缩写），目前已经停止活动，只有第一擂台留存下来。这里到市中心交通方便，可以二十四小时营业，无须担心噪音扰民——种种条件才使得集团一开始选择在新木场修建场馆。现在，场馆用于职业摔角、格斗技比赛，还提供给电视台进行节目拍摄，另外也时常用作职业摔角手、职业摔角爱好者举办婚宴后亲友聚会的场地。

⊙ **新木场第一擂台** 东京都江东区新木场1-6-24

马上要被羽沙罗用摔角技攻击的樱桃炸弹。仇恨黑莉前去营救。

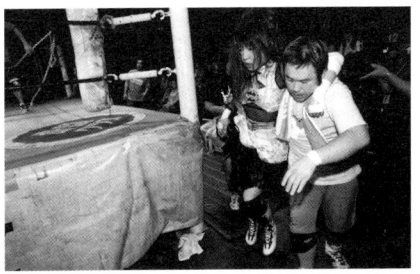

被波哥先生用铁链锁颈后，意识模糊的变性人摔角手鲇川蕾娜。当然，最后是波哥先生犯规被判输。

359

赛事主要活动是"带刺铁线板图钉天梯死亡搏斗"。

在场外翻天覆地的塔赞后藤。

被对手一把摔到带刺铁线上。

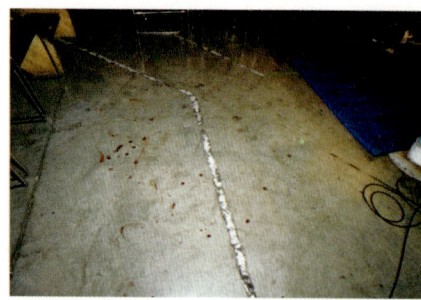

随处可见的血迹……

满头是血,看着都疼。

不用这样吧……不过观众倒是很喜欢看!

再次被对手一把摔到无数图钉上。

背上插满了图钉。塔赞后藤一脸坏笑。

观众席的椅子不断被扔到擂台上变成凶器。

用碎啤酒瓶表演切腹。

塔货后膝叉出吧哼，从从部围仕備石边敲打垫子。

和风黑帮时尚

【台东区·浅草】

这具不能苟活的身体
点儿四五让人嗨翻天
扣住扳机，时机已到
前方就是彼岸风景
曾经还是流鼻涕的孩儿
公交车背后闹起事端
高中里属我笨又暴躁
拍拍身子落下一地尘埃
如今已是恶棍名声在册
又有谁能怪罪于我
唯有除去伤痛的叶子
才能让我得到救赎
遍体鳞伤，邪道上行
即使堕落，又有何惧

Pain by 2Pac

超大号训练服（上下套装运动衫），歪沿棒球帽，明明不爬山却套着一双Timberland靴子，配上看着就让人肩酸的粗大金首饰……无须明言，这就是帮派分子的正装。

在一个出人意料的小小街市，电线杆和墙壁上都贴着当地嘻哈组合的表演通知。从日本全国、巴黎、曼谷到约翰内斯堡和布宜诺斯艾利斯，嘻哈文化以及被其当成"制服"的黑帮时尚已经成了风靡世界的"潮流"，彻底被确定下来。

可是！正如黑帮时尚源自布朗克斯和东洛杉矶，你可知日本某个角落也诞生了一种可以称作"和风黑帮时尚"、完全原创的硬汉风潮。跟普通黑帮时尚一样，上衣和裤子都不收口，呈现松松垮垮的轮廓。色彩基本都是全黑或全白的单调色，可是胸前背后却印着极不协调的巨大斗牛犬印花！

没错，只要说"黑帮运动衫"或"黑道运动衫"大家就能马上明白，那些都是身为训练服，却与"训练"毫无关系的异形运动时尚。

这些土生土长的日本品牌，往往拥有"GALFY""LOUIS VERSUS"这种欧美风十足的名称。不过，那些商品甚至不面向东京，而是以岐阜为中心，由地方英杰设计，专为地方英杰制作——"黑衫"的真正价值就在那里。

一些日本乡村暴走族专门模仿美国的改造哈雷摩托车，一些日本乡村嘻哈少年专门模仿美国说唱歌手，他们尚未察觉到最贴近自己生活、最原创的风格。反倒是乡村的黑帮分子，早就发现了自己的风格。

国外帮派分子的超大号运动衫会让人联想到藏匿武器赃物、不合身的监狱制服，以此构筑起"极恶印象"，是一种有目的明确的风格。对美国黑人来说，那种着装首先是为了让周围意识到自己所处的立场。

不过那种超大号运动衫对大多数日本人来说，只不过是"松松垮垮的运动

LOUIS VERSUS品牌的夏季套装，
淡紫色面料上印着眼熟的犬类印花。
模特是剧团花车的姬勋九郎先生。

衫"而已。就算裤腰再怎么垮塌，也不会让人"感觉那是不合身的囚服"，只是单纯的邋遢穿着罢了。在一个知识背景不同的地方，服装就无法成为传达信息的媒介。

不过，身上穿的如果不是加大号的阿迪、耐克运动衫，而是背后印着超大狗头印花的运动衫，大家就一目了然了。可以试着到商店街去，走进一家店铺看看。周围人们都会朝你投来胆怯却尖锐的视线。这就是所谓"传递着信息的着装"。二十多年前发明了黑帮时尚的布朗克斯和东洛杉矶少年，也同样经受过那种视线的洗礼。而反体制、反权威的嘻哈文化，本来也该是这个模样。

日本的嘻哈少年为何不欣赏生在日本、独一无二的嘻哈服饰呢？黑帮运动衫与和风黑帮时尚，明明就在他们触手可得之处。

接下来，我们将前往黑帮时尚的现场，了解一下什么店铺一直在经营和风黑帮时尚。

出镜：姬勘九郎、饭田丰一、春日井梅光
摄影协助：浅草木马亭

左页：腈纶和麻混纺的七分袖夏季针织衫，品牌为"Leshuron Sports"。
模特：负责《里窗》编辑，拥有《〈奇谈俱乐部〉的画师们》《〈奇谈俱乐部〉及其周边》等一百多本著作的作家饭田丰一老师。

让人联想到绛织面料的厚重表布,加上里衬制作成冬季套装。品牌是Quadro。

模特:饭田老师与日本浪曲协会副会长春日井梅光师父。春日井师父时常在浅草木马亭的舞台上表演浪曲。

100%涤纶的薄款夏季清凉套装,两套都来自LOUIS VERSUS。

石山男装店

麦克卢汉说："媒介即信息。"其实，穿在身上的衣服就是展现自我的媒介，同时也是信息。

全身优衣库的人，就跟优衣库的设计一样，普通而"性价比较高"，显得人畜无害。他们的穿衣行为，无时无刻不在展现这个特征。正如美国嘻哈少年套着XXXL运动服和棒球帽，两者都在表明自己所属的文化。同样，日本正统帮派分子，也会穿着黑帮运动衫，岔开大腿彰显自己。

日本孕育的最强悍黑帮时尚便是黑帮运动衫，为了探寻这种文化，我们来到长年为客人提供五彩斑斓的黑帮运动衫的一家老店。"石山男装店"位于浅草奥山参拜区的商店街，店主是石山夫妇。

我们结婚已经四十三四年了。二战后不久，我父亲开了一家时装店，后来由我继承过来。当时还没有AOKI这样的连锁西装店，我们店里卖的都是男士西装。那时候还管西装店叫"绅士服装店"，西装饰品店叫"洋品店"，营业范围分

石山服装店位于WINS背后的转角好地段，照片是正门光景。招牌上写着"舞台服装""时尚男装"。

打理店铺的石山先生一家。

得很清楚。我们店里主要销售西装大衣和套装，只摆放少数饰品。加上兄弟姐妹开的店，我家一共拥有四家店铺，但我们都各自独立经营，店里卖的东西也不一样。

过去啊，上班族都到浅草来买西装。自从有了AOKI那样的零售店后，来这里买西装的人就越来越少了。尽管如此，我父亲那一辈还是认为西装应该是店里的主要商品，我把这里改成洋品店时，真是费了不少功夫。哪怕西装不好卖了也不能从橱窗里拿出来，否则要被臭骂一顿："我这里是绅士服装店！不是洋品店！"当时就是那种时代。不过最近西装好像重新火起来了，而且最好卖的还是三件套。基本上所有西装店都只卖西裤加外套的两件套不是嘛，而我家就有多一件马甲的三件套，所以有人专门找过来买。因为黑色三件套是礼服，别的店都能买到，而其他颜色的就很少见了。

浅草人气最高的时候，这条路只有现在的三分之一宽。这么窄的路上还摆满了炖煮食品摊。这一带不是商人很多嘛，虽然不像大公司那样给发奖金，不过逢年过节都会给（打工的）买一套衣服回乡探亲用。有的买西装，有的买大衣。一般都是老板带着好几个年轻人过来说，给这小子做身衣服吧。那个时代，大家都很讲究让打工的穿一身光鲜衣服回老家。那时候我们打出了"改裤脚十五分钟，改下摆三十分钟"的广告，结果备受好评。

门口招牌上的"舞台服装"也是从那时候开始做的。原本我们不是卖西装、衬衫和大衣嘛，当时有个公司特别擅长做印花和大千鸟格的平绒衬衫面料，我们就从那里进货，做起了舞台服

外套加马甲的三件套西装呈现复活趋势。

装。那时候还没有卡拉OK，艺人都喜欢找夸张华丽的衣服来穿。现在已经有很多专做舞台服装的店了，所以我们只靠这个很难维生。

来浅草的人，基本都会跑到新仲见世那边去，很少会到这边来，所以人们在我家找到比新仲见世便宜的衣服，都会特别高兴。高兴之余，他们就都成了常客。现在新仲见世那边基本都是面向年轻人的店铺，这边则都是面向中年人的店。

把绅士服装店改成洋品店，应该是我孩子差不多上小学时，大约三十年前的事了。当时人们对西装的需求渐渐减少，上班族都不来买了，所以我就改成了专卖衬衫和这种运动服饰的洋品店。不过那时这一带有很多店都开不下去，纷纷倒闭了。凡是租店面的地方，基本都关张了，真

店里还保存着曾经的招牌。

展示区全部分尺寸摆放，方便挑选。

立领白西装一直很有人气。

感觉每换一个角度看到的颜色都不同的彩虹衬衫。

店里还有丰富的舞台用彩色西装。

舞台用的金丝方便领带。

的做不下去！我们还好，地方是自己的，不需要付租金，所以能勉强维持下去。东西其实很好卖，只是虽然好卖，单价却压得很低，再怎么好卖也做不下去（笑）。直到两三年前，我们还是只要双休日开店，其余时间不开也能维持生活，现在情况糟糕多了。

以前高价毛衣也挺好卖，现在完全没人做了。毕竟优衣库出现后，不把单价压下来就卖不出去。不过我们店里的熟客根本不去优衣库就是了（笑）。就算客人不能亲自到浅草来，我们也会负责改好尺码，寄到日本各地。有好多客人年纪大了，腿脚不灵便，依旧说"只要我还活着，就穿你家的衣服"。

另外说到运动衫，其实三十多年前就有了，反倒是现在的款式更低调。以前泡沫经济，到处都很繁荣时，那种运动衫设计更夸张。这几年越来越多的客人不喜欢后面（背上）有图案，所以我也尽量采购更低调的商品。

我们卖运动衫靠走量，不经过批发商，直接跟厂家进货。不过也因为最近批发商都倒闭了（笑）。两三年前，我还会一早到神田那边，采购一大堆商品回来，堆得后视镜都看不见东西。

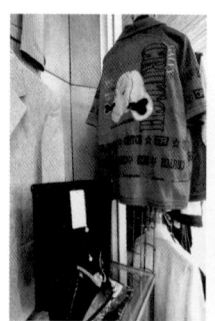

不久以前，这种大号印花的设计还是主流，现在就连狗头图案也比以前小了很多。

现在那些批发商都关张了，地方也改建成了公寓楼。

因为我比普通批发商的采购量大，所以能对厂家指手画脚。现在批发商越来越少，厂家正不知道该怎么办，听说我要采购，他们就直接来推销了。

不过直接向厂家采购也有好有坏。如果跟批发商打交道，就不用走量，只需补齐不够的尺寸就够了。要是跟厂家打交道，就要打电话订货，量少了还不好意思，只能一次要一批货。要是押中了好卖还好说，押不中只能怪自己倒霉了。不过目前为止我还是每押必中啊。

做这种衣服的厂家，东京自然有，现在外地也有不少，比如岐阜、大阪那些地方。那边的厂家都会慕名跑到我家来。有的厂家会制作各种商品，打上各种品牌名号，听起来很复杂，不过其实跟年轻人的时装品牌不一样，做衣服的人都是普通大叔。而且外地厂家，尤其是岐阜那边对店里的要求反应特别快，只要我说"我要这种"，人家马上就做好送过来了。

另外，我家原来不是西装店嘛，所以很擅长改衣服，不管是运动衫还是别的，客人只要想改，都是立等可取。都筑先生之前也特别喜欢这点吧。毕竟一般体育用品店都不提供这种服务啊。

不仅是改长度，我们这儿什么都做。一开始，运动衫根本没有什么半袖、短裤、七分袖，所以有客人会买一套长袖长裤的商品，拿到我们这儿来改成七分袖或短裤之类。改的人多了，我就直接请厂家做成那种款式来卖。现在一到夏天，还是有客人把在我店里买的长裤拿来，要改

店里密密麻麻摆满商品。最近还多了不少年轻人喜欢的和风印花T恤。

成短裤。当然,我会给他改,因为实在太热了,只要剪掉一截就好!

到涩谷和原宿那些时尚店铺买的阿迪达斯运动衫,虽然看上去很酷,但我们毕竟跟美国人的腿长有差距,穿在身上难免松松垮垮,拖到地板上。但对石山先生这种经验丰富的匠人来说,根本不存在那种麻烦。长了就改短,热了就裁成短袖。这种"改衣服"的理念,让高级时装业界的人听到,恐怕会气晕过去,不过在浅草,却是理所当然。

假设你在COMME des GARÇONS(CDG)买了一件长袖T恤,能因为"天气热了,想改成短袖"而把衣服拿到店里去裁吗?仔细想想,一直以来掏空我们钱包的时尚世界,其实是"设计方市场",而非"买方市场"。所谓"巧妙穿搭术",强调的是如何忠实于设计师的意图。

当你对那种"卑躬屈膝的穿搭术"感到厌烦时,眼前就会出现一片新的时尚世界。能提供那个新世界的地方,既不是表参道也不是原宿,而是浅草。

⊙ 石山男装店 东京都台东区浅草2-3-22

375

"和风花纹"圣地龟有巡礼

【足立区 · 中川】罗迪欧兄弟

牛仔裤上飞舞着樱吹雪，夏威夷衫上跳跃着骷髅和蝙蝠，T恤背后有美人回眸一笑……这种被称为"和风花纹"的品类，就存在于街头时尚中。

所谓街头时尚，并不在表参道和代官山那些上流精品店铺里。过去十年间，和风花纹一直备受欢迎，全日本的男生女生，尤其是男生们爱逛的市井店铺，都会将那种花纹的商品骄傲地展示在橱窗里。不知各位是否知道，在全国广泛搜罗和风花纹商品，堪称品类最全最经典的店铺，就在龟有这个地方。

龟有对绝大多数日本人来说，可能只是《乌龙派出所》[92]里的一个概念而已。在这个龟有的车站下车，步行五分钟就能看到坐落于七环沿线，跟"时尚"一词相去甚远的街区。定睛一看，会发现灰扑扑的房屋之间突然伸出一块写着"JEANS RODEO CASUAL"字样的霓虹灯招牌，充满美式风范，与周围格格不入。这里就是和风花纹的大本营——罗迪欧兄弟。

入口两旁都有大橱窗，右侧摆着骷髅和锦鲤图案的夏威夷衫，左侧摆着乡村摇滚和搭车客风格的衣服。踏入店内，令人惊叹的宽阔空间里挂满了各种各样的和风花纹衬衫、牛仔裤和棒球衫，看得人眼花缭乱。不知该说这是酷炫，还是清奇，抑或叛逆，总而言之，在这里能获得在普通精品店和买手店难以体会到的兴奋感，还会突然被"自己穿上这件衣服会怎么样"的好奇心给淹没。

"络缲魂""小偷日记""备中仓库工房""SCRIPT花旅乐团""龙樱""悟""锦""EVANGELION""胤富仁帝（Infinity！）""鬼丹宁""龙图""衣樱""GOCOO！！"……店里墙上架上挂满了时尚店铺和时装杂志中从未出现过，但在和风花纹界相当有人气的品牌的商品，蔚为壮观。

"不过，现在（和风花纹）品牌数量只剩下二十个左右了。四五年前全盛时期，我家至少有六十个品牌的商品。"一脸若无其事说出这句话的人，便是罗迪欧兄弟的创始人三原英吉先生。他在儿子和店里员工的支持下，至今仍每天在店中迎来送往。

三原先生出生在广岛县和冈山县交界处的山地——神石高原町。广岛、冈山一带，目前是世界知名的牛仔服装产地，但这里原本的主要产业是学生制服。自从学生制服市场发展停滞，这里便开始转向工作服市场，继而成了牛仔服装重镇。

三原先生高中毕业后，也进入了广岛一家工作服公司工作，被分配到东京营业点。白天他在外面跑业务，晚上则到产业能率大学上夜校。因为经常到足立区竹之塚的

这就是正宗的和风花纹,我们请工作人员试穿在身上让我们拍照。这种衣服并不是因为合适所以喜欢,而是因为喜欢,所以合适!

美军流出商品批发店跑业务,得到那边老板赏识,问他要不要开店,然后就被挖过去独立了。"我当时才二十出头,意气正盛,就跟老板谈判：'我不愿意只当店长,可以五年不休息,只拿底薪,但你要让我去历练,历练完了我才独立。'结果老板对我说：'别瞎扯淡,让你干就干！'于是我就有了自己的店铺。"三原先生说起的难忘回忆,已经是四十年前的事了。

当然,店里不是一开始就卖和风花纹（毕竟当时还不存在这种概念）,而是专门销售驻日美军流出的服装。当时商品里还包含古着牛仔,于是开店大约十年,我们便转而销售牛仔服装。然后,又改为玛格丽格那种很少在路边男装洋品店见到,更多出现在百货大楼里的高级男装。三原先生说："当时正值泡沫经济顶峰,真是太壮观了。"现在无比宁静的龟有一带,在当时"属于新小岩、锦系町、龟有这三大游乐场所之一,从酒馆到洗浴中心一应俱全。北野武常到这边吃烤肉,还经常能看到各种艺人"。

罗迪欧兄弟当时也接待过许多乘着泡沫经济一举爆发的客人。"虽然不能相提并论,不过像包工头那种看上去不好惹的人,还有花花公子都会到店里来说：'喂,老板,我马上要去喝酒了,哪件好看？'于是我就给他挑一套,说'七万日元',人家想也不想就付钱拿走了。反正就要买我挑的那一套,还说'我不挑,老板你帮我挑'。过上一个小时,那人又几乎全裸地跑回来笑着说：'哎呀,女孩子说我的衣服真好看,全都扒走了。'然后又说：'再给我来套一样的吧。'（笑）还说我挑的衣服特别好。其实根本不用我挑,无论他们穿什么,女孩们都会好言好语奉承：'真好呀,老板,你这身衣服真好看。'然后他们就会说：'那就给你吧。'结果就被扒走了。那个时代是真好啊。我们橱窗里不是摆了好多人形模特嘛,当时一天就得换装。早上放一套,到晚上全部都会卖掉,所以又得换一套。"

可是随着泡沫经济崩溃,那如同梦幻的时代也已过去,罗迪欧兄弟迎来了艰苦岁月。"泡沫经济时期,我还盘算着干到五十五岁就回乡下养老,结果后来把所有积蓄又重新吐出来了。"三原先生说。"有的朋友自杀了,也有人受不了打击崩溃了,我自己也低落到谷底。就在那时,正好有电视节目来采访了。"

那次采访不是为了介绍店铺,而是介绍一种由亚克力板制成,可以快速折叠衬衫的美国产方便工具。节目内容很无聊,是用那种方便工具与熟练的洋品店店员比赛,看谁叠衬衫速度更快。录像时,"店里实在太乱了,我就在背景中展示了当时刚上市,跟和风花纹有些像的商品,感觉看起来会好看很多"。结果节目播出后,"很多客人说自己看了电视节目专门来买,我觉得这样不错,就把品类转向了以和风花纹为主"。

原本经营高级男装的店铺,就这样在

十五年前转为不知该如何归类的和风花纹专营店。再到十年前："我自己在产业能率大学的专科学了点电脑技术，同时预想到将来肯定会迎来电脑时代，就学着别人的样子搞起了网店。"现在，网店销售占据了罗迪欧兄弟营业额的主要部分，店主果然英明。

"现在和风花纹已经过了全盛期，许多店铺和品牌都退出了。"三原先生说，"不过我们有很多在别处找不到的商品，客人会专门跑来光顾，所以我不打算转型。此外，因为厂家会来问'你要什么样的（服装）'，我就告诉他们'不如帮我做这样的吧'。假设厂家做了三百件，我就全部采购过来，做五百件就采购一半，这样自然就跟其他店铺做出了差异化。"

说到和风花纹的商品，东京地区一般都会想到上野，但罗迪欧兄弟也会接到不少从上野分流过来的客人。因为上野店存在厂家调节，不会给存在竞争关系的店铺出货，所以要看不同品牌的商品，就得逛很多店铺。而罗迪欧兄弟"男装一般有S、M、L、XL、XXL……大约六个尺码。一般来说，中间的L和LL最多，S和3L就很少。不过我们尺码越大订货量越大，3L才是重点"。[93]因为采购方式如此特殊，东京周边乃至关西一带的店铺都存在一种现象："有时候到附近店里去问，人家会说这尺码只有东京罗迪欧才有，于是许多客人会直接从高速公路开车过来买。"

多亏了网站，现在外国客人也是逐

罗迪欧兄弟的创始人三原英吉先生。

年增多。亚洲全境、欧洲、美洲……"几乎每天都能收到"来自世界各地的订单，生意兴隆。"前不久还来了一位中国客人，在我家买了几十件，金额大约二十万到三十万日元。买完了对我说'接下来我要去阿美横町'，于是我说，您去吧，谢谢惠顾。结果没过多久，客人又回来对我说：'（因为品种不多）阿美横町不行！'说完又买了二十万日元左右的商品。"还有人问三原先生："要不要到俄罗斯的购物商场去开店？"由此可见，虽然时尚媒体完全没有报道，"和风花纹"却悄然成了风靡世界的人气商品，真是让人大吃一惊。

三原先生苦笑着说："不过我们店里

现在以我儿子负责的网络销售为主，（出货单和收据的）印刷费用特别昂贵。基本上每月要印一万张，光是激光打印机的碳粉，就要花十万日元左右！"如今处在这种慢性不景气的环境中，时尚产业衰退尤为显著，绝大多数业界人士都在抱怨营业额低下、经济不景气、时代不好、店铺位置不好、设计不好，我们却在这块边境之地（抱歉！），遇到了如此有活力的店铺，真是太惊喜了。

说到底，做生意就是"钟爱自己销售的东西"吧。我们看着在店内狭窄通道上忙碌奔走，热情款待客人的三原先生和员工，重新领会到了"寻找喜欢的东西，并以它为生"的可贵。

⊙ 罗迪欧兄弟 东京都足立区中川4-28-13

锦鲤和骸骨……店里摆满了独特的和风花纹夏威夷衫，还有许多需要勇气才能穿上身的T恤。

店里商品一直陈列到天花板，这种蝙蝠点缀的精巧设计让人忍不住想买上几件。

整面刺绣的棒球衫是秋冬必备单品。

左：盘龙造型的雕金饰品来自罗迪欧兄弟员工植野雅春创建的新品牌"ZIVAGO"。右：与和风花纹同属罗迪欧兄弟主力商品的，就是乡村摇滚和摩托车系列产品。其实同一个厂家往往会用不同品牌名生产黑道运动衫、和风花纹和摩托车系列产品。这种迅速响应风潮变化的灵活商业模式，只能从小企业中孕育出来。

阿美横町的说唱天堂

【台东区・上野】

阿美横町位于上野站和御徒町站之间，步行仅需几分钟的距离中，竟有四百多家店铺鳞次栉比地排列在一起。这里依旧荡漾着二战结束后的混沌黑市氛围，工作日每天也有十几万客人，临近年尾更是会涌入五十万购物人群，可谓东京首屈一指的购物区域。这条街道上，始终跳动着潮流情报或时尚媒体从未触及的火热物欲脉搏。

"阿美横町"因专门向上野车站乘客兜售芋子糖等商品而得名。[94]二战结束后，那里变成"野上（把上野反过来写）黑市"。1950年前后，因为大量销售驻日美军流出的物资，开始被称为美利坚的"阿美横町"。当时这里有近三百家糖店，每日营业额超过一亿日元，按照单位面积的营业额计算，这里无疑是日本独一无二的大市场。

再后来，这里被东京消防厅打上"一号防灾危险地区"的标签，那些老旧而杂乱的店铺群被逐渐拆除，1982年建起了现在的阿美横町中央大厦。这座大楼地上五层，地下两层，外观呈现奇怪的三棱柱形状。当时我时常光顾经销美军流出商品的中田商店等店铺，每每看到都会感叹："这座楼跟阿美横町混沌的氛围完全不相称啊。"

堆满廉价包袋的商店紧挨着卖煮章鱼的商店，走到地下能看到别处很难找到的异域食材店，楼上则是成熟品位……或者说大叔大婶偏爱的洋品店、贵金属饰品店，所有商店浑然一体，构成了阿美横町中心。我以前时不时会光顾三楼专售大码美式休闲装的"福屋"（胖子的好朋友！），好久没去，这次顺着电动扶梯上到三楼一看……那里已成了南布朗克斯。这么说有点夸张，但总而言之，三楼已经满是嘻哈风格的店铺。

这里有专售嘻哈必备棒球帽的店铺，也有CD店。墙上贴的海报也都是嘻哈风格。隔着一条街，在高架桥下的阿美横町广场中，最近也多了不少销售嘻哈风运动衫、由非洲人经营的略显可疑的店铺。不过阿美横町中心的店铺氛围则不同，隐约可见"我们只钟爱嘻哈"的认真态度。这里究竟何时变成了这个样子，开店的都是什么人？而且明明是嘻哈，为何不在涩谷，而来到了上野？在购物的同时，我顺便采访了在三楼的"Cap Collector One"和"Castle Records"两家店。

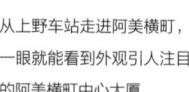
从上野车站走进阿美横町，一眼就能看到外观引人注目的阿美横町中心大厦。

"Cap Collector One"店内整齐陈列着种类尺寸十分齐全的帽子。

专营嘻哈音乐的"Castle Records"店里一张黑胶都没有,全是CD,反倒格外清爽。

Cap Collector One

● 花轮彻治先生的故事

我原本在茨城土浦开了家嘻哈帽子店。那是十年前吧，土浦头一次有专门卖那个的店铺。一提到嘻哈，人们可能会联想到涩谷，不过对我们茨城人来说，一提到东京，当然是上野。我们都觉得，要买很多进口货，就要到上野去。涩谷实在太麻烦了。从埼玉和千叶出发，到上野也更方便。所以呢，我们店也有很多草加、越谷、松户、柏、千叶……那些地方来的客人。

中心大厦只有二楼有家叫努比亚的买手店，主要面向年轻人。上野客流量大，虽然经济不景气，房租却没有变便宜，所以想开店还是很困难。不过这栋楼正值更新换代时期，以前开店的人正好关张，把店铺空出来了。于是四年前，我就把店开到了这里，就是孤零零待在三楼有点寂寞罢了。后来楼下那家努比亚也搬到三楼，旁边还开了Castle Records，今年6月我又在帽子店对面开了一家叫"c-collective"的服装店，所以这层楼突然就成了嘻哈包场。

高架桥底下的阿美横町广场也有越来越多非洲人开的店，不过那些并不算嘻哈文化，只是大码服装罢了，给人感觉就是专为大码人群服务的。我们店里有很年轻的客人，不过毕竟开在上野这个地方，每天都能见到各种各样的人，顾客范围特别广。有乍一看完全不喜欢嘻哈的人，还有年纪很大的人。不过一说话就能发现，其实他们都挺喜欢嘻哈。还有许多上班族，他们平时穿的衣服虽然跟这些不一样，但私底下却很喜欢嘻哈风格的音乐。所以现在已经不是能靠外表分辨喜好的时代了。

人气很旺的棒球大联盟系列。

最近礼帽的人气也越来越高了。

6月刚开张的"c-collective"。

Dickie的商标帽，短檐裁判帽，还有影视周边帽，多得让人挑花眼。

这里主要是美国棒球大联盟唯一授权制造商NEW ERA的正规进口商品，另外还有许多原创和定制商品。

另外，店里还有很多客人说以前经常到阿美横町来，都是来买美国进口货那个时代的人。当然，也有人看了杂志慕名而来。我们店里卖的商品跟其他地方不一样，采购途径也不一样，所以价格很便宜。要是在涩谷，最重视的恐怕是"潮"吧。不过在这边（上野），反倒更有做生意的感觉。这边不会特别关注店内装潢，还动不动就打八折！比如丸井百货也有卖的商品，人家不打折，我这里就打折。身在下町，当然要讲究做生意，做生意啊！

我们跟美国进口商品店不一样，还有很多原创和定制商品，所以很多特别热衷此道的人在涩谷找不到想要的东西，就会跑到我们店里来。棒球帽不是适合各种人群，很百搭嘛。最近还有越来越多的客人来买礼帽。另外，因为店里有很多大码商品，所以除了嘻哈粉丝，也有不少年长的客人单纯把这里当成"帽子店"来光顾。

不过目前上野只有商店没有俱乐部，人们来这里找不到地方玩儿，也搞不成活动。所以，这里今后说不定还会慢慢发展起一个完整的文化圈。

◉ Cap Collector One　东京都台东区上野4-7-8阿美横町中心大厦3F

以UNDEFEATED为主打，搜罗了许多很酷的品牌。

386

Castle Records

●岩崎刚先生的故事

我们原本是做餐饮的公司，只是我自己一直热衷说唱，很想开一家这样的店。正好认识努比亚店里一个前辈，所以我就等着这里空出来。2009年5月，我们终于开张了，到现在还只有一周年。

因为我在嘻哈世界里待过（原ICE DYNASTY成员，目前以G.O的名义单独活动），有很多宇田川町那边的熟人，但是没有一个人在上野（笑）。我反倒觉得那样可能很有意思，这里搞不好是个尚未被人发现的风水宝地。

我这家店从一开始就专注嘻哈，还跟歌手直接交流采购商品。因为在网上做了不少宣传，还有很多歌手打听到这里，主动跑过来寄卖作品，所以自主性很高。

专注日本嘻哈的特殊陈列。当中还有许多独立制作的、外面很难买到的作品，很容易让人一不小心就采购一堆。

我们也在网上销售，但我更重视把店铺先开起来。当然，一开始那几个月特别困难，要在网上宣传店铺，还自己做了些名为"Castle TV"的视频作品，突击采访歌手什么的，放到网上去。反正就是当恶搞在做，拉了些人气，店里客人也越来越多了。但我还是希望客人能直接到店里来。

我们周末客人比较多，还有许多人从外地专门赶过来，比如栃木、福岛那些地方。说到底，会买CD的人都不怎么擅长玩电脑，所以我不能只在网上宣传新商品。要是有了店铺，我就能跟客人直接交流。许多歌手会带作品上门，我也能跟他们直接进行交流，听听年轻人有什么新鲜事。所以有实体店太重要了。

我们店里有很多像混音碟这样没有正式流通

387

渠道的东西。一般在TOWER RECORDS和亚马逊能买到的，都是拥有正式流通渠道的东西。我们店中其实主要销售那些没有流通，而是独立制作的唱片。

　　美国现在到处都能下载了。日本不知会不会也变成那样，但我决定走一步算一步。愿意买CD的人大多是比较年长的人，要是初中生愿意攒零花钱来买碟，我会特别高兴。最近一个叫"骂倒"的MC斗唱活动开始有人赞助了。那是起源于2007年，仅限下町地区的MC斗唱，简单说就是完全即兴对骂，然后由观众判定胜负。东京这一边（右岸）不是很少有适合办活动的环境嘛，他们就找那些小场地，或者菲律宾酒吧来热热闹闹地搞。最近，这边渐渐也开始出现各种俱乐部，感觉每周都有什么地方在搞活动。所以我很期待今后的发展！

⊙ **Castle Records**　东京都台东区上野4-7-8 阿美横町中心大厦3F

使用G.O艺名从事说唱活动的岩崎先生（左）与牧野先生（右）。两人同是生于葛饰的下町男孩。

东京上野成田　联动直通
京成LINE 来青砥开LIVE
第一现场粉碎TINBER
城中贴满传单 过去成员脱单
在干什么？ GET UP 继续战斗
城东NO.1 HOMIE随口唱
DJ 转动自带转台
口上成瘾 万事成行
酒馆啤酒箱就是舞台
邻居抱怨 CLOSE就在0时
……
ROUGH又TOUGH就是RAP 无限蔓延
曾经走遍各地 如今开天辟地
WHAT'S UP 口说无凭
往者不可追
骄傲背负至今 延续就是力量
我有我的定义 哪怕绕路 也在靠近
回首已是三年 无暇感伤
如今我是市井NO.1的EVENT
TOKYO 124 BLOCK TO BLOCK
脚踩大地
从零奋起 扎根B-BOY
MY NAME G.O 将永存两国青史

"32 VERSE RUNNING" 　by G.O（摘自CD《LIFE》）

歌唱下町的嘻哈世代

【台东区·上野】F.I.V.E. RECORDS

2010年8月11日,一张CD问世了。CD名为《锦》,包含介绍在内,共收录了十九位说唱歌手和嘻哈艺术家的作品。这是新晋独立制作人F.I.V.E. RECORDS制作的第一张合辑。而且,合辑中的十九位歌手和艺术家都不是在电视或广播节目中被反复宣传的知名人士,想必现在还有许多人并不知道《锦》的存在。

F.I.V.E. RECORDS PRESENTS V.A.《锦》

《锦》的制作人是上野阿美横町CD店"Castle Records"的店长岩崎刚先生。他每天打理店铺,同时还以"G.O"之名长年从事嘻哈艺术活动。他所在的"ICE DYNASTY"的据点是日本嘻哈中心涩谷,岩崎先生一边在那里表演,一边创作体现家乡东京下町特色的曲子,不断举办活动。他在对年轻音乐爱好者来说属于唱片真空地带的上野开设了店铺,如果把这一举动当作激活东京下町音乐氛围的第一阶段,那么以《锦》为代表的一系列CD的制作,就相当于第二阶段了。

本书已经介绍了东京右岸各种新热点和新人物,此时来介绍一张CD,或许属于例外之举。我之所以希望大家知道《锦》这张CD,是因为里面的十九位歌手和艺术家都是在下町,也就是在东京右岸活动的人,他们的十九首作品也都歌唱了自己的下町生活。换言之,这十九位歌手讲述了十九个说唱形式的故事,CD内容就是一套东京下町短篇集。集合了涩谷、大阪、仙台、札幌歌手的CD作品在市面上并不罕见,但连曲目主题都限定到地域的作品却从未出现过。或许这是日本嘻哈史无前例的项目。

例如一位名叫"花火"的歌手,他曾是一名职业拳击手,从2004年展开活动至今。他使用参照二十世纪七十年代世界名曲《Baby Come Back》(Player)制成的音轨,演绎了这样一首《花火》——

曾几何时的少年 臭名昭著的狂犬
ALL DAY 酒精燃烧大脑
口吐狂言 公然猥亵
束手就擒亦无悔
"OK 来玩更大的游戏"
两眼只看前路
一度走上歧途
离开高中追赶那渺小可能
如今看来全是愚蠢挑战
蠢蛋到拳手 街头到擂台
聚光灯下 呆然驻足
紧张得脑中一片空白

永远难忘他们的加油

恢复意识 高举双手

一口气冲上顶峰！

相信身边伙伴

两眼只看前路 向前冲

人生永远难以预料

如同花火绽放凋零

相信身边伙伴 痛饮狂欢

大笑 活着 死掉

人生永远难以预料

如同花火绽放凋零

曾几何时的少年 1RKO[05]便得意忘形

每晚痛饮 减重便要出逃

逃离过去荣光 坠落虚无深渊

耳畔依旧是伙伴的呼声

重新站起迎接挑战

被疏远的人拿起麦克风登上舞台

那是一片难以相信的光景

逃离狭窄世界便是No name

一味咆哮的作秀之台

证明学历无用

不能注意发言 这是我的真心

终于找到自己的表达

心中常有感谢与尊重

我不能 在这里放弃

聚光灯再次亮起 我不再迷茫

曾几何时的少年 如今也要做出贡献

公园里的那天 从未被浪费

兄弟和后辈 大哥的竞演

向真正热情的观众共鸣

我要从往事中毕业

与你们共饮 在各自家中

带上一群人

颠覆一切

冲向自己定下的终点

据说，岩崎先生会要求歌手们，使用自己的语言，去表现自己生活的地方，尽量避免使用HIPHOP、YO！等英语表达。所以不仅是《花火》，《锦》收录的所有说唱，都充满了对自己成长的下町的深情，对伙伴的尊重，以及靠热爱的音乐生活下去的坚定信念，显得格外真实。

以向岛为中心展开活动的年轻歌手NOBSERI在《灰歌》中这样唱道：

彼时彼方约定再回的场所

如今已化作街巷里的停车场

高楼大厦泛滥成灾

被竞争引发焦躁的都市

伸长脖子也看不到希望

那是名为公平的错误

我们已来到别无退路的境地

颓废理所当然 队伍早已涣散

突然想起零落而怀旧的人群

闭上双眼 风景早已刻入脑中

不同以往的View

有变化也有残留

不同以往的View
非终点而是开端

※这座城的滋味
想留下的色彩
时间永不停歇如此无情
下町的细胞 重生的ZION

T.O.K.Y.O 墨田
天空树脚下迫降
22years 此处是家
狗獾们以HIPHOP为家
视点目睹盛衰
十年变化多端
书店的爷爷 零食店的奶奶
还有那家蛋糕店 都去哪儿了?
生存之法是24小时营业
冰冷深夜透着寂寥
这里是东六号大路
Walkin' 畅饮废气
无论发生什么都不灭深爱
无论有过什么都过着My Life
与伙伴比肩顶住
总有一天会释然
※反复

南千住越来越多异国背包客
宽大又疲惫的大人背影
向岛从小到大的笨蛋
在这条路上留下生存的足迹
点亮现实的寂寥街灯
隅田川的黑暗彼方

每秒都在增多 永远紧闭的卷帘门
废弃大楼缝隙间 每夜蹬着自行车
瞬息万变的表情
东京DTP交错的钻石
深爱的城镇将要归还
深爱的城镇由我兴起
※反复

在葛饰区新小岩活动,2009年刚推出第一张迷你专辑的年轻歌手O-JEE也在《LANDSCAPE》中唱出了自己心中的下町风景。

足立的number侧座
深陷其中等待信号light
东南交叉口的霓虹 赌场外下着小雨
穿过天桥下 站前转盘是南口总武线
见惯的黄色train
新小岩长大的疯癫
昭和平成变换的风景
爷爷那辈见惯了战争
残破的公园早已不见
如今成了养老院和保育园
还有自由玩耍的少年
到青梅竹马的零食店里去
吃满一肚子小猪干脆面也OK
没钱就玩警察抓小偷
四处乱跑 上房揭瓦
私闯民宅要挨骂
陌生大叔追着跑
逃脱了又要上房揭瓦
嘻嘻嘻快到下町的葛饰新小岩看看

这里有痴痴的阿寅和我们
变幻的风景与别处一样
嘻嘻嘻快到下町的葛饰新小岩看看
我来带你徘徊 今日岸边的夕阳一样美丽
穿过平井大桥
团地灯光多温暖
好想玩耍到天明
先到酒馆干两杯
车站前的小贩和白领
麦当劳门口啃着快餐
端坐斜坡四处看
黄昏的商店街挤满卢米埃尔[96]人
北口的游戏厅
曾是争夺奖牌的场地
中华料理得去大王
虾仁炒饭还是那么香
拉面就属成龙家
全都是不变的美味
嘻嘻嘻欢迎你随时来玩
我的小城就在葛饰最南新小岩
雨也停了 去河边吧
今天河岸的夕阳美丽依然

《锦》合辑中唯一的女性歌手COPPU用一首《给父亲的回答》，表达了自己生长的家庭环境与城镇氛围相互交融的感觉，或许是十九首作品中最为个人化的一首。她生长在被媒体揶揄为"下流社会缩影"的足立区竹之塚，虽然那是东京下町中最为萧条的区域之一，但这位歌手的人生观极为平凡，与女性说唱歌手给人的坚强而性感的印象相去甚远。她唱道：

足立是生我的故乡
这里充满了人生百态
人与人孕育的理想和现实
化作赤裸裸的言语旋律
挥动铅笔描绘记忆
母女二人开始的生活
那段时间没有艰辛
更是没有憎恨与不安
脑中突然浮现出种种面孔
时间的恶作剧 竟不断流逝
将要离开 心情如何？
让母亲从悲伤中解放
在时间中学会看待人生
与父亲血脉永连
我也能挺起胸膛
再次说一声我是你的女儿
满是补丁的往事里
注入记忆 倒流时间
"请你讴歌独一无二的人生"
仰望天空
只剩下名字与些许回忆
今年已是几年未见
再回头 又是反复
层层累累矛盾绽放
我知道 在微微曲折的轨道上
铺陈着同一片天空
复杂心事腹中藏

过去与现在相交错

人与人 母与子 全都是一样

我们并非孤独生存

我心中的情意

残留胸中回响

月月日日 年年老去

离开以前 做个女儿

宽大的背影却消失无踪

我对踏上分叉路的父亲 做出回答

满是补丁的往事里

注入记忆 倒流时间

"请你讴歌独一无二的人生"

仰望天空

涩谷虽然集中了多出下町地区数百倍的嘻哈艺术家，但并没有人会提出"我们不如把涩谷的人集中起来，搞一个以涩谷为主题的合辑吧"。换作下町就能做到，按照岩崎先生的说法就是："因为这里城镇和人的距离很近，或许因此孕育出了在同一个地方生活的整体感。"希望成功、扬名的人从日本各地集中到涩谷，有的瞬间爆红，有的销声匿迹。与之相比，"下町地带还是比较接近乡下"。涩谷是人们游玩赚钱的地方，下町则是生活之处。它们在东京这个巨型都市中，或许算得上某种地方城市。越是熟悉东京右岸，我就对岩崎先生的感觉越有共鸣。

在制作CD之前好几年，岩崎先生一行人就开始召集地方嘻哈艺术家举行表演活动了。"现在开了好几个俱乐部和表演场地，活动办起来更轻松了。刚开始时，我们连场地都找不到，只能去找竹之塚的菲律宾酒吧，把唱盘和音响搬进去搞活动。"这种辛苦的经历也让他们彼此形成了深深的羁绊。歌手和听众同心协力。这确实与涩谷不同，倒更类似支撑日本嘻哈文化的札幌、仙台、新潟、名古屋等地方城市，是"地域音乐"方能蕴含的可能性。

CD最后，岩崎先生以说唱歌手G.O之名，用《TOKYO SKY TREE》这首曲子做了压轴。

抓住成功/登上云霄 看透周遭

那是另一个世界 那里能看遍东京

此情此景 等待良久

DOWNTOWN SWING G.O

CHANGE THE GAME

大街上 人来人往 渺小的机会

匠人危机变手作转机

这个世道

折腰之人要消失 卷帘门要紧闭

霓虹褪色 无人言说

变幻的风景 如何言说

城里的MC 水面之下 超然溢出

我的声音 城市在号令

底层向上爬

干那种事 只会惊恐后退

迷茫 前进 左边 右边

照亮城市与背影的纯粹优雅

※沐浴光芒穿破天际之塔

天空树照亮了下町

仰望回想 城与城的桥梁

（I can't forget it, I can't forget it, I can't forget it）

This is the downtown anthem

重叠时光前进 This way

TOKIO走过的路

Downtown swing 梦想接近 2012

（we're don't stop we're don't stop we're don't stop[97]）

This is the downtown anthem

活在今日 散落在此

离开世界前要抓住 重新涂抹的地图

东京迷失 不断被裹挟 在城之东

开花的本能 深深呼吸

一词一句描写 不做伪装 不被需要

看透的谎言 卑劣幻化云霞

政治家都糟透 伪善的正义

2PAC的更改 谁才是真

兄弟 试错 谁要背负错误？觉悟

NIKE裤腰挂胯上 奔跑 穿过沥青

抬头看 巨树高耸

堆积的光景 不屈的轴心

映入眼中的未来

照亮 媒体 下町的地区

※反复

新的历史 刻画NEW PAGE

封面是我 CHECK 2012

回忆往事的玩笑

巨树身旁 大锤穿过 环境变迁

看不见的成功里 学会生存之术 成长

基底是我的希望

抓住荣光 STAY GOLD

街巷里定下的顶点

开给小混混的处方

描绘城市 声音嘶哑 代言

流浪者少了 东武沿线

这座城的气味 风在吹拂

背负这座城 再次生存

如今未完成 2012年

描绘的未来与巨树将会完成[98]

※反复

　　一边看从网站上下载的歌词，一边听CD，那些言语组成的真实表达，并非咬文嚼字的纤弱纯文学，而是在此地孕育出的真切感受。不是油墨印刷的鲜亮诗集，而是在偏僻苦闷、狭小肮脏的深夜俱乐部里，通过麦克风纺织出来，又转瞬即逝的有力诗篇。

　　要是有人对无名诗人们的话语有几分兴趣，请一定要去观看现场表演，完整体验他们的风貌。

金牙镶钻石，你也是说唱王！
【台东区·上野】GRILLZ JEWELZ

Rob a jewelry store
And tell 'em make me a grill
Uh, uh
Had a whole top diamonds
And da bottom rows gold
Yo we bout to start an epidemic wit dis one
Ya'll know what dis is so so def

目前美国人气火爆的说唱歌手奈利（Nelly），有一首热门作品名叫《GRILLZ》。这里所谓的"Grill"并非烹饪方法"炙烤"，而是指套在牙齿上的"装饰金牙·宝石牙"。据说，这种技术在二十世纪八十年代初，由纽约布鲁克林一家"金牙店"的艾迪·普莱恩开发（Eddie Plein, MySpace的自我介绍页面上还有许多有趣的图片和视频！），得到全民公敌组合（Public Enemy）的弗勒瓦·弗雷弗（Flavor Flav）等东海岸说唱歌手大力支持，很快便流行全美。

大码运动装、棒球帽、运动鞋和Timberland皮靴，再加上被唤作"金闪闪"的超大号珠宝，就组成了嘻哈潮流。其中，装饰牙套可谓最引人注目的单品。现在，美齿科一般青睐跟天然牙难以分辨、色泽自然的假牙，而嘻哈风的拥趸挖掘出年代久远的"金牙"，并在如此炫目的基础上再镶嵌宝石，做成不为隐藏，专为现世的假牙——真不愧为嘻哈，充满了叛逆精神。

上野御徒町不久以前还是一片萧条的市中心真空地带，不过JR东日本公司在高架桥下搞起了"2k540 AKI-OKA ARTISAN"设计店和咖啡拱廊，一下把那里变成了时尚女孩风格的空间（叹息）。"GRILLZ JEWELZ"就开在2k540对面，店长却毫不犹豫地说："对我们店没有影响！"这里专门定制并销售嘻哈风装饰牙套，有可能是日本唯一的专门店。

店主兼设计师秋山哲哉先生，大约六年半前开始在网上销售在世田谷的住处兼工作室制作的装饰牙套，后来又在御徒町开了实体店。如今已过去四年，依旧没有其他竞争店铺——

外表气氛与周围格格不入的GRILLZ JEWELZ。

我本来是宝石匠人，专门加工吊坠之类的首饰。在此之前，我在食品行业当过上班族，后来因为喜欢珠宝，就改行了。

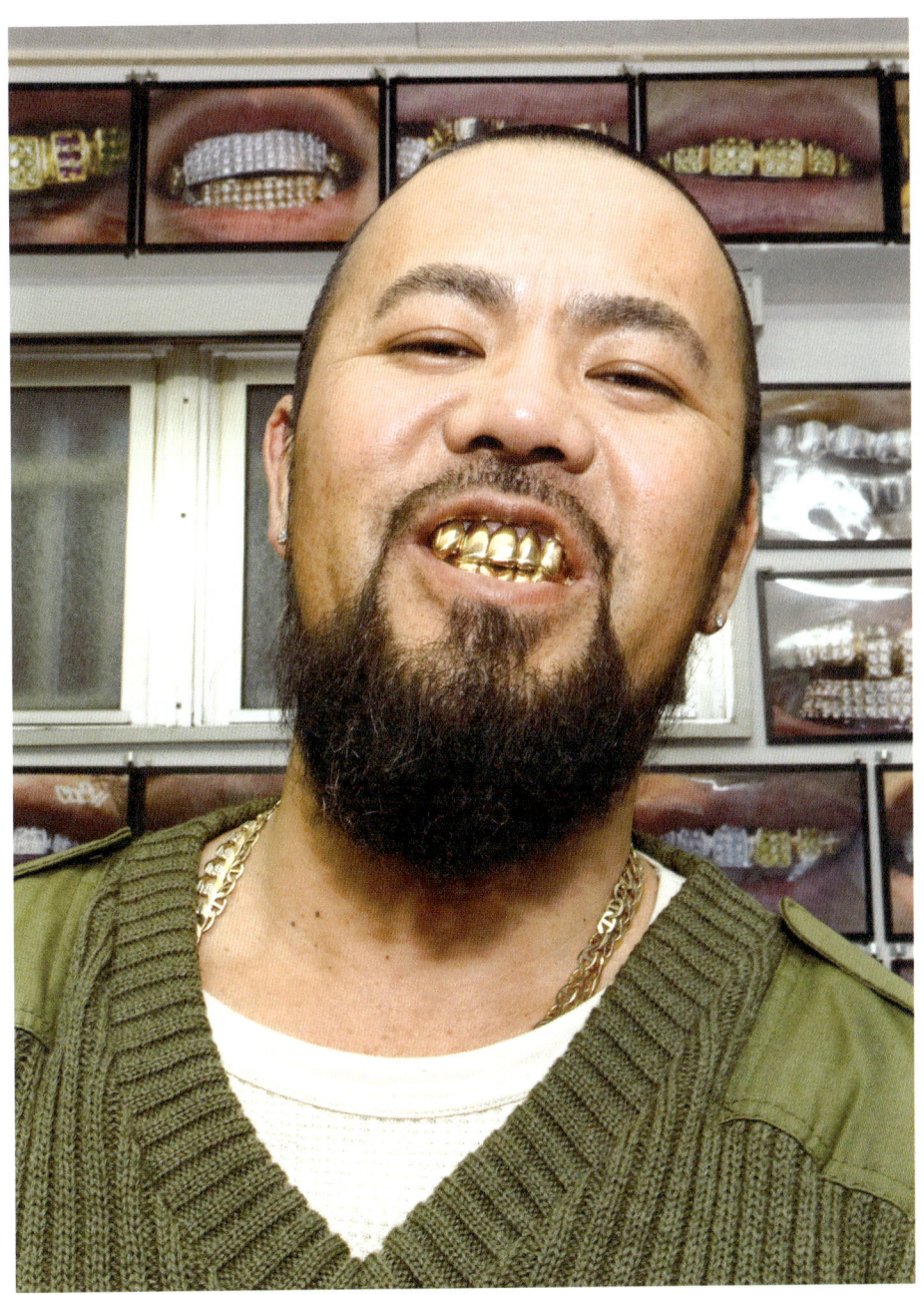

秋山先生戴上一套亮闪闪的纯金牙套来迎接我们。

我从初中迷上鲍比·布朗（Bobby Brown）后，就一直很喜欢嘻哈。在我当宝石匠人时，正好看到一本美国杂志上的装饰牙套广告，就觉得自己也想要一套。日本有的地方是把齿模送到美国，请那边做成牙套再寄回来卖，没有一家是在国内制作，所以我就决定，要不自己做吧。

装饰牙套的制作和销售并非单纯销售商品，首先要找到"希望日本也有装饰牙套！"的狂热客户，请对方做好齿模寄过来，再将成品寄过去，过程非常复杂。客人在下订单前当然想看看样品，"一开始我每次都会把样品拿到客人那里给他看，后来就开始想，还是要有个店面陈列样品才好啊"，于是在御徒町找到了现在的店

除了装饰牙套，店内还能定做珠宝首饰和钟表，甚至可以帮忙加工卡西欧的G-SHOCK系列手表。

面。在东京说起嘻哈，大家第一个想到的都是涩谷，但那里的租金太高，加之御徒町原本就是专卖宝石首饰的街区。轨道东侧批发店密布，是日本最大的宝石镇，又聚集了许多匠人，采购最为轻松。秋山先生笑着说："原本一出店门口就能看到高架底下有许多涂鸦，给人一种恰到好处的陈旧感觉。不过最近这里开始变得过于漂亮了。"

每当有客人从网上看到评价，或是在杂志上读到采访，或是听朋友介绍而走进"GRILLZ JEWELZ"，秋山先生首先会亮出大量样品和照片，跟客人一起寻找对方最喜欢的款式。"很多客人一开始只做一颗牙，可是安到嘴里又感觉不太够（笑），就越做越多了。"

选好款式后，就开始制作齿模，两周左右就能完成牙套，送到客人手中。只贴金的简单设计，每颗牙大约一万日元，根据"颗数和宝石数"不同，价格会节节上升，"要是门牙全部镶满宝石，得要好几十万日元"。

客人绝大多数都是嘻哈艺术家和爱好者，而且几乎都是男性。"不过也有一对情侣到店里来，因为男朋友要做，女孩也跟着做一两颗。比如只做虎牙，看起来不怎么咄咄逼人的……（笑）"

戴着牙套吃饭可能有些困难，不过吸烟喝水完全没问题。用完后要洗净，放入专门的收纳盒里，这些都跟普通假牙的处理方法一样。要是有划痕或脏污，可以

整面墙都是佩戴装饰牙套的口部特写。

送到店里清洗修理。这一套做下来其实并没有想象中那么难,不过要是中间跑去医治蛀牙,可能会导致齿形改变,戴不上牙套。看来要讲究嘻哈风格,还是得寝起饭后好好刷牙啊!

就算再怎么喜欢嘻哈,最后会喜欢上牙套的粉丝也非常有限。再加上制作困难,耗时费力,也难怪只有我这家店在做。我也买过美国货,跟我在国内做的产品精美程度完全不可同日而语。不过牙套跟刺青不一样,可以随时取下来,所以我也很希望这种饰品能普及开。

GRILLZ吸引了YOU THE ROCK★等一众艺术家顾客,最近除嘻哈以外,还有视觉系乐队成员和时装店店员来选购商品。而且……"其实那条道上也有人喜欢这些。"顺带一提,那方面人士喜欢的"全都是纯金!"看来就算国家不同,帮派精神也是互通的啊。

⊙ **GRILLZ JEWELZ** 东京都台东区上野3-4-1 饭冈大厦1F

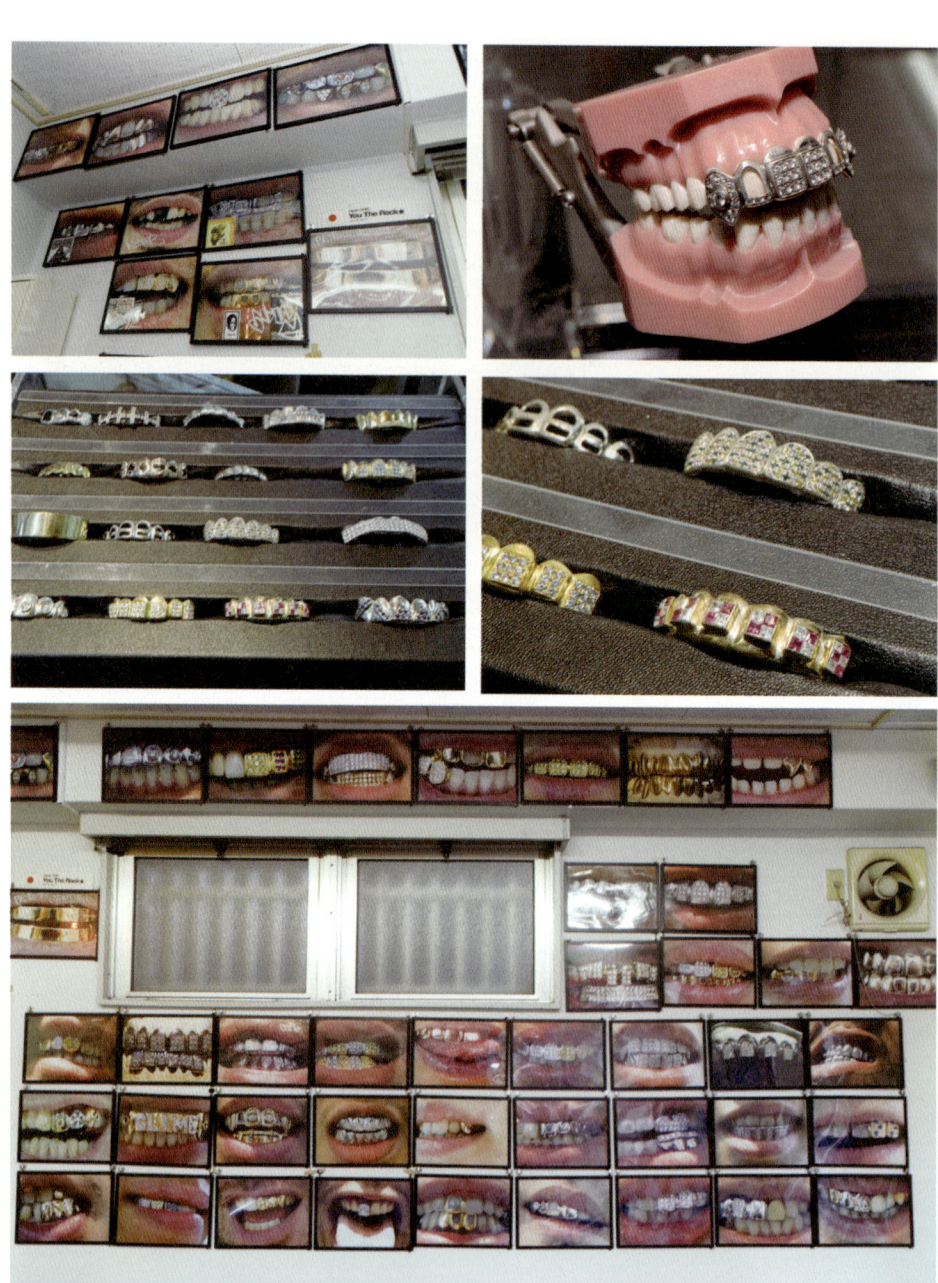

整面墙都是著名嘻哈艺术家戴牙套的照片,蔚为壮观。从外面看到会吓一大跳。

一直坚守平民牛排的"比利小子"社长幡野秀喜先生。

在大众牛排的原点挑战四百克牛排！
【墨田区·立花】比利小子

夜空中闪耀着头戴宽边高呢帽的牛仔，靠在"大众牛排"几个力量十足的文字旁。无论是过去还是现在，"比利小子"一直都是饥肠辘辘的食肉者们梦寐以求的绿洲。

比利小子1977年在墨田区立花创业，

从那以后就没有换过菜单。营业时间从傍晚6点到凌晨3点，内外装潢皆为西部乡村风格。这里向大众提供饱腹牛排已有三十三年，分量从未改变。现在比利小子共有二十五家分店，位于龟有、锦丝町、驹达、新小岩、东阳町、大山、西葛西、日暮里，几乎都集中在东京右岸。

我们采访到了长年支撑右岸胃袋的比利小子创始人幡野秀喜先生，地点定在令人怀念的一号店墨田总店。一走进门，就听见老板对后厨大喊："给我也拿瓶啤酒！"那个样子充满力量，完全不像六十七岁的人。果然是因为长年吃

认准这个阳光牛仔。

牛排吗？

我是宫城县人，家就在气仙沼边上，那里的鱼特别好吃，所以我是吃鱼长大的。然后来到东京，干过各种工作，就在我过着类似吉卜赛人的流浪生活时，开始爱上吃肉。当时特别感动，觉得世界上怎么会有这么好吃的东西！那时候猪排还是奢侈品，顶多能在茶碗蒸里看到一两粒肉末，要么就是几片鸡肉。尽管如此，我还是觉得肉太好吃了。

我在建筑工地当过煮饭工，在那儿学会了做饭。后来因为在工地弄伤了腰，我又改行当过酒保。结婚后，我想干对体力要求不高的工作，就在新小岩开了一家大众饭馆。而且还是那种白天不开业，从晚上营业到第二天早上的店。只是，每天早上我要打烊，又有很多开完夜班的出租车司机正好下班，在店里吃吃喝喝，一直拖到中午过后。那样一来，我就得干到中午了。就算店里休息，大家也会蹲在关着的卷帘门面前等，那我可不就得开开了嘛。一来二去，我就发现大众食堂根本不省力（笑）。

那时候世田谷有一家墨西哥料理牛排店叫"朋友"，现在也还在。当时那家店正在招募加盟店，正好1977年前后出现了200海里渔业管理水域的问题[99]，我感觉今后鱼价肯定会越来越贵。再加上年轻人更喜欢吃肉，所以我就想，要是能卖便宜又好吃的肉就好了。

于是我支付了加盟费，开始搞"朋友"的加盟店，做着做着发现经营方针不合意，不到半年就独立出来了。那时候我就开了这家比利小子。那个年代跟现在不一样，肉可是高级货，听到吃牛排更是要大喊："奢侈！"就算吃肉，也以寿

自从开店就没变过的菜单。

上：由客人自己调味。比较推荐大蒜酱油味。下：超辣牛肉汤！

这就是四百克的"得克萨斯牛排"！看看吧，这个分量！

喜烧那种为主流。那时候，我就想做一种廉价又美味的肉，于是起名为"大众牛排"，之后就一直专注于这个概念。

当时进口肉只有冲绳美军基地流出的冻肉，一点儿都不好吃。于是我就四处寻找，最后决定不用美国肉，而选用了澳洲牛肉，也就是澳大利亚冷鲜牛肉（注：冷鲜牛肉是以0度保鲜促进熟成，在运输过程中不阻断熟成进度，保证鲜味不被破坏）。谷物饲养出的澳大利亚牛的肉吃起来跟冻肉天差地别，格外美味。

不过，这里毕竟是下町地区，人们从来没见过牛排店，更别说什么大众牛排了，所以刚开店时特别困难。每天只有一两个客人，还有人抱怨肉太硬了，端上美式咖啡还客人大发脾气，把咖啡泼到地上说"这什么小气玩意儿"。尽管如此，我还是干得特别卖力。我从一开始就像现在这样提供四百克的牛排和五百克的肉饼，客人当然会惊讶于性价比，但有人会吃不完，因为他们不习惯啊。可我还是很坚持："就算吃不完我也要做！"这点一直没变过。说牛排"大众"本来就很奇怪，当然也有很多人这样说我，但我不管挨骂还是遭嫌，都一直坚

持了下来。

刚开业那段时间，必须先把店的名头打出去，于是我就天天系枪带、戴牛仔帽，从立石家中一路到店里上班。孩子们看到都会追着我喊："牛仔叔叔！"毕竟当时没钱，连店面都是我自己装修的。那个时候说到外国电影，就是西部片了。所以我就想，要是能搞出那种美国西部开拓时期的颓废感就好了，比如一块板子胡乱钉两下。木工师傅不懂那种感觉，怎么做都特别精细，所以我就跟在屁股后面改，做成了最终的感觉。因为那可是大众牛排啊，一本正经有什么用。就是要给肉淋上酱油和蒜末，尽量往粗俗了吃（笑）才对味儿嘛。所以我们店里的椅子都是啤酒桶上盖一个装咖啡豆的麻袋，结果还大受好评。因为在那种一本正经的店里，人们没法放松吃饭。我们所有分店也都没有装大橱窗。那种满是玻璃的店，外表看起来是很好看，可里面的客人很难放松啊。于是我们就跟现在这些餐馆背道而驰了，啊哈哈。

就这样开了二十五家店，又经历过大肠杆菌和疯牛病风波，总是遭遇困境。其中有七个店铺

上：比利小子墨田总店，店内风景。下：墙上挂着让人联想到昔日美国的照片。

上：透过玻璃能看到厨房内部。下：头顶挂着马车轮，墙上则是模型（？）枪。

是我直营，其他都是在我家学徒三年，然后派出去的人在做。我们店里菜品很少，因为不是正经的餐厅嘛。经常有人劝我，可我就是连咖喱都不愿做。所以底下学徒很快就出师了。另外，我们家其实没有员工教育（笑）。有好多人都是"你没工作吗？要不今天开始到我家来？"这种感觉聘进来的。当然也有人不懂礼貌，被客人骂，我每次都会说："因为我家搞的是西部风格，而且那样不是显得很有男人味儿嘛。"（笑）店里不仅有日本人，还有很多巴基斯坦人和中国人。

每个店铺的大米和酒水都是各自采购的，唯有肉不行，因为绝对不能出问题。所以我都是按照自己的讲究来严格采购，再从总店配送到分店。之所以店铺多数集中在东京这一侧（右岸），理由非常简单，就是考虑到从总店配送肉品的距离问题。

现在流行健康养生，大家都感觉吃太多肉好像对身体不好，所以我们也很为难。爱吃肉的话，像我们店里的客人，有人一顿能吃掉两块四百克的牛排。只不过很多人光吃肉不吃蔬菜，那样就不太好了……还有，电视上的人夸一块肉好吃，不是都会说："哇，好软！"那种说法太有问题了。肉根本不是只要软就好吃，因为只要煮的时间够长，无论什么肉都会变软！吃进嘴里好不好吃，关键不在于软硬，而在于风味如何啊。日本人的鱼类饮食文化不是有很长历史嘛，所以我们对鱼特别讲究，但对肉还是理解不足啊。

全部吃完！谢谢款待。

虽说从1977年起经历过几次提价，可现在一盘四百克的牛排，配上米饭、沙拉和咖啡也只要2950日元。五百克的珍宝汉堡肉套餐只要1200日元！酒水方面，生啤570日元，波旁威士忌520日元、赛马酒315日元！如此实惠的价格，就算不能每天来，每年也要来上好多次。要是家附近能有这么一家店，就太让人高兴了。

◉ 比利小子牛排屋 墨田总店　东京都墨田区立花5-2-3

小岩纯咖啡之旅

如今的小岩没有总武线快速车辆停靠，又夹在新小岩和市川这两个邻居中间，安静得略微缺乏存在感。从市中心乘坐总武线电车，跨过隅田川，跨过荒川、中川，再跨过新中川才能来到小岩，如果继续往前，就要进入千叶县了。所以，这里无疑是东京的最东端。

今日的小岩虽然很少有人提及，但这里曾是号称"东银座"的一大娱乐胜地。二战结束后不久，小岩车站前就形成一片黑市，后来经过道路整修，形成了现在在中央大道大水沟（用水路）上铺设木板建成的营房式"威尼斯集市"。与此同时，车站南端的二枚桥还留有驻军用的慰安场馆（RAA，就是日本政府经营的妓院）"东京宫"，那里后来发展成了东京首屈一指的红灯区。进入经济高速成长期后，车站门前每到晚上，就有多家高级俱乐部争相揽客，媲美同属城东地区的劲敌——锦糸町，玩耍花费还不输银座。以"好莱坞"连锁店为代表的歌舞厅也人潮涌动，分外热闹。

现在，小岩车站周边还残留着几家年代久远的咖啡厅，它们承袭了旧日咖啡厅的风格，或许多少反映了小岩曾经的繁华。这里有早餐，有报纸杂志，还能吸烟。不仅能喝到咖啡，还能喝到啤酒……

它们不是正在日本全国大肆破坏咖啡厅文化的连锁店，也不是时髦华丽的"café"，而是理所当然的、平凡无奇的咖啡茶座。就算烟味呛人，咖啡量少，没有无线网，偶尔在这种传统咖啡厅里喝喝咖啡，吃吃意大利面，再看看体育新闻，打打瞌睡，也是很不错的休闲。

小岩，这里作为隐秘的"纯咖啡小镇"，在咖啡店文化爱好者中间广为人知。本篇就为大家介绍其中几个首屈一指的名店吧。首先是小岩车站北口不远处的"木之实咖啡"。

从小岩车站北口步行几分钟，就来到了小岩最古老的纯咖啡茶座：木之实咖啡。

门口收银台附近，充满格调。

绿植丰富的店内。

小岩纯咖啡之旅

木之实咖啡

从高耸着伊藤洋华堂的车站北口往市中心方向步行几分钟,就能看到一座两层小楼。那里外观是和式建筑,却用红、白、蓝三色瓷砖和瓦片设计成了山间小木屋风格,形成奇妙的东西折中感觉。这里就是1955年开业,在老咖啡茶座众多的小岩地区历史最悠久的"木之实咖啡"。

面朝狭窄道路的一侧是"木之实咖啡",另一侧则是历史同样悠久的桑拿房。在如此绝妙的对比中沉吟片刻,推开气势恢宏的大门走进店中……发现里面格外敞亮,而且随处可见绿色植物。

配色鲜艳的人造革椅子上放着手工坐垫,墙上挂满油画,还有好多盆观叶植物,好几个空气净化器。石砖墙面。切割天花板的三角形设计。与其说这里是让人怀旧的日本纯咖啡茶

上:天花板的三角形设计和云朵树木抽象图案的铁艺隔栏,全都是曾在制铁公司担任技师的父亲亲手制作。
下左:店铺门上的玻璃花纹。下右:人造革椅子上放着手工坐垫。

站在柜台内忙碌的老板山本义一先生。

座,倒不如说是二十世纪五六十年代美国的乡间小店,店里充满了那个时代的风情。

接下来,让我们啜饮着精心冲调的咖啡,听听"木之实"老板山本义一先生的介绍吧——

你现在这个座位对面,就是椎名诚[100]先生以前常坐的位置。往前再直走一点儿就是旅馆,所以那位先生每天都来。

我们1955年开张,当时父亲在电车线路另一头的南口租下了一间50平方米的店面,搞起了咖啡茶座。

父亲原来在制铁公司搞技术,有段时间得了肾病需要长期休养,只能领一半工资。为了养活家人,母亲决定出去做生意。

一开始,母亲想搞个专门做味噌的店,因为她自己很喜欢味噌。结果到商工会议所去问,人家却说:"这里马上要开超市了,不能做味噌!"于是家里人就想,如果搞咖啡茶座,外行人也能上手,而且是现金生意,就这么定下来了。

那时母亲才三十七八岁。她去年去世了,享年九十三岁。母亲过去是个大美人,还被选为"三越小姐",最后却卧床不起,需要我二十四小时看护。我跟母亲并肩工作,一年到头都在一起,所以我感觉,她不仅是母亲,也是志同道合的伙伴。正因如此,我现在想起她都觉得很伤

石砖墙和油画也都是父亲布置的。

心……也觉得必须坚持努力下去。

决定开咖啡茶座后,父亲也把病养好了,重新回到公司上班,我家就成了父母都要外出工作的家庭。1964年,我们搬到北口现在这个店面来。这里有将近140平方米,一下宽敞了不少。

父亲毕竟是做铁艺的技师,店里装修全部由他亲手完成。他连这些都能自己做,我真是太佩服了。不过,由于拿不到(建筑)许可,他得到熟识的建筑公司那儿请人盖章,剩下的就全都自己搞定。另外,墙上那些油画也都是父亲的作品,现在还经常有客人会对我说"卖给我吧"。

其实那时候我想当一名学者。我在庆应大学跟小泽一郎君是同学,曾经共同努力学习过。小泽君准备报司法考试,后来因为父亲去世,结果当上了议员。我本来想成为学者,还考上了硕士研究生,后来店铺扩大,母亲一个人实在忙不过来,我就只好过来帮忙了。

我们搬到北口时,还没有伊藤洋华堂,这一

小岩纯咖啡之旅

带可以说什么都没有。到了二十世纪七十年代咖啡店热潮时，光是小岩车站周边就开了八十几家咖啡茶座。那时候"侵略者"之类的桌游也特别流行。

由于竞争越来越激烈，我一边学习一边帮忙已经完全不够，就决定跟弟弟和勇一块儿，两兄弟齐心协力认真经营店铺。当时我也可以不管这家店，追求我自己的道路。不过看到无论多么忙碌都满脸笑容的母亲，和从退休到八十岁去世，每天早上都帮忙做开店准备的父亲，我就始终没有产生"只顾自己"的想法。毕竟这家店是母亲拼命做起来的，我怎么能轻易放弃呢。直到现在，（小泽一郎）偶尔还会打电话来骂我："山本，你在搞什么。你的梦想到哪儿去了？"虽然我现在依旧后悔没有走上追求知识的道路，但我并没有后悔继承这家咖啡茶座。

我们店里的小吃很有名气，比如三明治、意大利面、杂烩饭等。不过最重要的还是咖啡啊。

外面那些专卖店不是都有烘焙机，用来烘焙生豆嘛，烟熏火燎的。那些看起来很不错，其实并非如此。UCC在富士山脚下开了特别大的工厂，添置了好几十亿日元的德国产烘焙机，还配有专门的鉴定人员，贯彻严格管理。那些人在店里放一台烘焙机冒烟冒火地烘焙，我们在技术上绝对胜不过他们，所以开店的决胜之处，在于如何采购到好豆子。要让KEY COFFEE、UCC、ART COFFEE三家竞争，然后择优录取。不过那也是因为我们店历史悠久，才能做到这点。

咖啡最讲究的就是好豆子。换成寿司店，就算师傅手艺通天，要是材料不好，寿司就不好吃。另外，还有一些咖啡专门店喜欢用虹吸壶，那也不好。滴滤这种方法可以让油脂上浮。庆应大学的老师在NHK的《今日健康》节目中讲过，咖啡里含有脂肪，若是虹吸或意式浓缩，会让坏胆固醇全部混在里面。所以滴滤才是最好的。

现在不是人人讲究健康养生嘛。虽然我们被连锁店压制，经营十分困难，但今后也会不断为客人提供有益健康的咖啡。

⊙ 木之实咖啡 东京都江户川区西小岩1-20-20

白鸟咖啡茶座

白鸟咖啡茶座位于车站南出口左侧,面朝环岛的水果店二楼。从车站出来只需步行五秒,属于顶级地段。过去,小岩车站周边挤满高级夜总会和歌舞厅,老人们还说,这里曾经有很多水果店与和服店。不知这家水果店是否也是从那个时代走过来的。

摆满水果的店面旁边,有个古色古香的橱柜展示着奶油红豆糖水、姜烧猪肉和意大利面。

被它们吸引过去,走上一段陡峭的楼梯,眼前就出现一片宛如冻结在昭和时代,充满怀旧气息的纯咖啡空间。堆积成山的漫画杂志、游戏桌(还能用!)、插在雀巢咖啡大瓶子里的花束……阳光照进面朝车站的大窗户,让人在这个怡人的下午昏昏欲睡。

"白鸟"于1976年开张,是三十五年的老店。这家店由一对母女经营,今天我们就请到了女儿铃木绫子小姐——

有许多客人是看到一楼橱柜后才决定进店的。

我父亲在祖父母经营的工厂工作,母亲提出想开店,于是家里在我上初中时租下这个店面,搞起了咖啡茶座。当然,一开始还兼营风俗业。现在我到店里帮忙后,每天5点交班,换我母亲来看店。她今年七十二岁了,还不打算退休。

小岩这个镇子很古老,过去还有很多酒馆,盛况堪比银座,几乎可说是夜夜笙歌。泡沫经济高涨时,每天客人都络绎不绝,一直持续到末班电车时间。现在晚上10点左右就没什么客人了,让人感到有点寂寞。

如今有很多外资企业的咖啡店和连锁店,所以咖啡茶座的经营变得十分困难。不过我家地段很好,除了熟客还有很多等人和开会的客人。这里自从开张后就没有改装过,室内装潢显得很古老,但也有客人觉得这样才好。

⊙ **白鸟咖啡茶座** 东京都江户川区南小岩7-26-2

上：内部装潢利用曲线酝酿出怀旧的氛围。下：这张游戏桌见证了曾经那个时代。

小岩純喫茶紀行

拉姆普咖啡

在车站南口朝"白鸟"的反方向（新小岩方向）走，只需一两分钟便能看到"拉姆普咖啡"。店面位于商用大厦一楼，远看并不起眼。不过走近一看，就会发现那些雕金墙面装饰散发着"不一般"的气场。

推开金碧辉煌的大门，店内显得意外宽敞。在墙角柜台内忙碌的老板向后真仪先生这样说——

店铺。现在则是早上8点姐姐来开门，傍晚我过来接班，营业到晚上12点左右。晚上我会把照明调暗，来喝酒的客人也会增多，连音乐都换成以爵士为主，所以有时候12点还打不了烊。

我们这家店从早餐开始就分量十足（烤吐司、沙拉、煮鸡蛋、火腿、两种水果，再加上饮料只需550日元！）。白天也不仅是午餐时间，还有许多客人三四点钟过来吃饭，有种客人随意享用店铺服务的感觉。像我们这种店要贴近地方居民生活，几乎所有客人都是走路或骑自行车过

欧洲风情的内部装潢。墙壁染上了烟草焦油的颜色，更显得年代感十足。

这里1976年开张，已经三十五个年头了。当时店内装潢特别重视欧洲风情，不过长年累月被香烟熏得发黄，倒是变成年代感十足的样子了（笑）。

我们家原本住在墨田区，父亲从事着完全不同的工作。不过他从小就喜欢咖啡茶座，拥有一家自己的店一直是他的梦想。正好我们家亲戚有干这一行的，他就去求教了一番，然后在这个地方开了店。从开业那时起，我就一直帮父亲打理

来的熟客。

小岩物价很便宜，乘坐JR线一下就能到达市中心，什么都能买到，所以生活很方便。这个街区很老，有很多人都喜欢这种感觉，便一直住在这里。有的人甚至不愿意搬到别处。可能正因为周围有这么多常年居住的人，咖啡茶座才一直保留着过去的模样吧。

◉ **拉姆普咖啡** 东京都江户川区南小岩6-31-8

拉姆普的餐点种类充实，今天也有很多客人在店里吃饭。早间套餐是"烤吐司、沙拉、煮鸡蛋、火腿、两种水果，再加上饮料，550日元。此外，老板还会附送一两片番茄"，因此很受欢迎。

小岩纯咖啡之旅

摩尔多瓦咖啡红茶

同样从车站南口出来,进入阳光大道,右侧就是"摩尔多瓦"。古典的外观,使其在这个旧商店与新商店混杂的商店街中,绽放着独特的光彩。

轻轻推开挂有蕾丝门帘的玻璃大门,眼前出现一片时间静止的空间,让人忍不住感叹这里仿佛"小昭和"。店里所有东西都像电影布景,又让人想起某位老朋友的家……

店里虽小,但流淌着与外面不一样的时间,让人格外放松。

负责人告诉我们:"我们不接受采访,不过可以拍照片。"所以请各位通过照片感受里面的氛围。当然,如果是客人,欢迎随意进店。因此喜欢怀旧纯咖啡茶座的人,一定要到实地看看。这里有非常优雅的老板娘,还有一只安静的雪白猫咪。

⊙ **摩尔多瓦咖啡红茶** 东京都江户川区南小岩 7-27-7

门口挂着蕾丝门帘。

通往天堂的阶梯

Stairway to Heaven

玩遍歌舞厅，体验昭和风情
【足立区·千住／北区·赤羽】

伦敦、夏威夷、好莱坞……这些都是1955年到1965年经历过全盛时期的日本歌舞厅连锁店名称。如今回想起来，那确实是个外国地名会引人幻想的年代。

日本的"歌舞厅"[101]与欧美的"cabaret"完全不同，这应该是日本独有的社交娱乐设施。其源流可以一直追溯到明治时代的咖啡厅。不过，现在这种大舞池和洋装女公关的店铺模式，应该起源于日本战败第十三天就创建的RAA，也就是（驻军用）特殊慰安机构协会。创建原因是："防止日本妇女的纯净血统被性饥渴的驻军士兵玷污"，简而言之就是"性爱防波堤"。

那年11月，与"食堂部""慰安部"等并行设置的"歌舞厅部"在银座松坂屋地下开设了名为"银座绿洲"的舞厅。随着那些场馆先后开设，日本人终于领悟了"开心痛饮欢快跳舞"的乐趣。

1931年出生在东京大井町，初中二年级经历日本战败，后来被称为"歌舞厅太郎"的歌舞厅之王福富太郎先生，年轻时曾在咖啡厅和中华料理店当住店店员。几经辛苦之后，他于1960年3月开设了日本第一间歌舞厅。现在新桥车站西侧的新新桥大厦，原本就是他开设的"舞子歌舞厅新桥好莱坞"。

歌舞厅内装饰着大幅玛琳·黛德丽海报，充满好莱坞气息。

今年已是福富先生经营歌舞厅的第五十个年头。他波澜壮阔的人生已经在其著作中详细描述过。继新桥之后，他1963年又创建了池袋好莱坞。歌舞厅占据大楼二至四楼，是日本第一家立体店铺，总面积3300平方米，拥有女公关800人，规模宏大。

第二年，他又在现已变成博品馆玩具店的银座八丁目角落占掉一整栋楼，创建了五层楼的银座好莱坞。这里总面积也有3300平方米，拥有女公关近千人，是备受好评的超大型歌舞厅。每晚都有1500位客人蜂拥而至，有段时间还因为拥挤而造成了很大骚动。

不过随着石油危机爆发、《风俗业经营法》修正，以及迪斯科、小酒馆兴起等环境变化，从1964年奥运会时期开始，歌舞厅的数量便渐渐减少。到1977年，东京都内还有700家歌舞厅，至于现在，则不知还剩下多少了。就连全盛时期福富先生连开了几十家的好莱坞歌舞厅，现在也只剩赤羽、北千住和池袋的三家。三家店中有两家在北区和足立区。如此说来，现代的歌舞厅，果然跟东京右岸更相称吗？

根据《风俗业经营法》，凡是面积超过66平方米的歌舞厅，舞池必须占整个空间的五分之一以上，另外，场馆照明亮度也有严格的规定。很难想象这个时代还会流行乐队现场演奏，跟女公关跳舞的娱乐活动。不过留有三家店铺的"好莱坞"，以及在银座中央奇迹般生存的"白玫瑰"，都挤满了客人。那么，我们就到北千住和赤羽的好莱坞去看看吧。

好莱坞（北千住店）

北千住车站前，这个曾经号称大叔天堂的酒馆横町，最近反倒是偏向年轻人的时髦店铺变得更显眼，今后的氛围也可能不断发生改变。从车站步行不到一分钟，就能看到地段绝佳的好莱坞北千住店。

1970年11月，好莱坞北千住店开张，那年正是大阪举办世博会的年份。走到直达电梯前，跟身穿制服接待客人的员工确认好金额，乘坐电梯来到五楼，就会听到"欢迎光临！"的齐声问候，门口的祭典太鼓也会被敲响。一位客人敲一下，两位客人敲两下。这就是好莱坞所有店铺共通的知名迎客服务。

歌舞厅十分宽敞，包厢座位之间的隔断也做得比较高，客人很难看到彼此。我们刚被领到座位上，就有公关小姐走了过来。因为是第一次来，无法指名熟悉的女公关，我们便请工作人员选了两位比较合适的女生。这里工作日有五六十位女公关，周末则有八九十位，在这种世道可谓很了不起了。她们年龄从二十岁到六十岁（！）不等，类型多样，可以应对各种不同的客人。因为这里还有七八十岁的客人光临，要是年龄相差太大，可能找不到合适的话题。歌舞厅跟普通陪客的小酒馆的这点不同，很令人高兴。

"店里都有什么客人？是不是年纪大的客人比较多，玩起来节奏也比较慢？"我向身边的女孩询问，对方给出了令人意外的回答："怎么会！男人无论六十岁还

集团总裁：福富太郎先生。

来到我们座位上的雪奈小姐（上）和江美小姐（下）。两人胸前的牌子上都写有员工编号、姓名和家乡。

这就是好莱坞名产"猪排三明治"。

公关们离席时,会给自己的酒杯戴上用纸巾拧成的"小帽子"。

超豪华果盘!

这里还能看到梦露!

同一层还有卡拉OK专区!

迎客时敲响的和式太鼓。

是七十岁都一样。七成客人都是为了我们才来的。"有不少人都会在店门口摘掉婚戒,"要是客人说那是为了方便打高尔夫,我一看他根本没晒黑就知道真相了(笑)"。

因为是歌舞厅,这里有舞池,有乐队现场演奏,每天还有演歌歌手和喜剧演员的表演。"不过现在来跳舞的客人越来越少,歌手上去演唱,也没什么客人会认真听,所以我觉得他们好可怜啊。"没错,明明这里不是那种店,只要女孩想坐下,还是有不少客人会偷偷把手伸到人家屁股下面去。所以说男人这种动物啊,无论多少岁都还是那么讨厌。

我们高兴地聊着天,吃着不知为何每个歌舞厅都有的猪排三明治(北千住店还有一夜干鱿鱼,很值得一试),听着现场演唱的歌曲,兴头来了还能跟女公关到同一层的卡拉OK专区热情演唱。按照7点以前到店,限时两小时的"七号套餐"计算,每人只需5250日元!而且还附赠烧酒或威士忌一瓶、啤酒两瓶和下酒菜一道!这比去小酒馆喝酒,跟只对钱包有兴趣的陪酒女聊天,听她们说奉承话,然后被拿走好几万日元实惠多了!

好莱坞集团总裁福富太郎先生的办公室就在这栋楼上,现在他也时常会到店里来跟客人打打招呼喝喝酒。如此充满活力,真让人不敢相信他2009年就已经七十八岁了。

⊙ 好莱坞(北千住店) 东京都足立区千住2-54

这场活动是新海友里惠女士的歌谣秀。

店内的灯饰十分漂亮,空间也非常宽敞。里面是舞池和乐队演奏区。

好莱坞（赤羽店）

我们来到了赤羽车站东出口，这里最近因为清野通的人气漫画《东京都北区赤羽》知名度大涨，在各处都引发了讨论，然而完全感觉不到因此来这里的时尚青年有增加。

眼前一大片街区全是粉红色调，矗立在中心的便是健康大歌舞厅之首——好莱坞赤羽店。歌舞厅于1967年创建，是经营了四十多年的老店。现在池袋、北千住和这里仅剩的三家好莱坞中，单数这家店的昭和歌舞厅气息最为浓郁。

穿过仿佛古老高级宾馆的宽敞大门，包厢座正对着天花板高挑的舞池。专属伴奏乐队现场演奏舞曲，头顶则是反射着一片光点的镜球。这间面积大概有北千住店三倍之大，去过的人都知道，歌舞伎町的海兹俱乐部关闭后，这里就与银座名店白玫瑰并列面积之最，是东京目前首屈一指的大场馆。

跟之前介绍的北千住店一样，好莱坞赤羽店虽然气氛奢华，服务却非常亲民。7点前到店，限时两小时的"七号套餐"配有三瓶啤酒、一瓶烧酒或威士忌，以及一道下酒菜，每位客人只需5780日元，价格不可谓不响应民意。

好莱坞赤羽店登记在册的女公关（这里称呼为女招待）约有一百五十人，据说工作日也有六十到七十人进店上班。其中有刚入行的年轻女孩，也有像出版过《赤羽歌舞厅物语》这本自传、已经连续工作二十多年，一直占据第一名宝座的千寻女士这样的业界知名人士。

"其实我也才刚来第四天。"来到我们座位上的杏子小姐如是说，"以前一直

赤羽店每天也有两场演出。

当白领，后来公司把派遣员工都裁掉了。想去别的公司，结果面试了三十多次都没被选上……失业三个多月，钱都花光了，最后走投无路，只好到这里来面试。我男朋友在名古屋，我们是远距离恋爱，所以很花钱……结果一面试完，他们告诉我当天就能来上班。不过我那天没带身份证，所以是第二天开始工作的！"

没错，不仅仅是赤羽店，整个好莱坞集团都是女性寻找工作的好去处，甚至相当于急救站，是让男性无比艳羡的优质职场。

只要去面试，就绝不会落选。公司一定会说"请你一直干到退休"，不是日本人也OK。无论何时上门都会得到聘用，无论何时都能辞职，无论何时回头也会再次得到聘用。傍晚6点上班，11点半打烊，还能赶上回家的电车。为方便带孩子的员工，这里还开了托儿所，还有租金便宜的宿舍（有的女公关已经

住了十年宿舍）。在这种经济不景气的年头，这里无疑是别处绝对找不到的女性工作天堂。

好莱坞这种独特的舒适感，可能要归功于对客人与员工都考虑周到的管理体系吧。御法川法男[102]是赤羽店有名的熟客，除他以外，店里还有前首相、大御所演歌歌手等众多超级大名人的签名。或许真正懂得玩乐的人，都会选择这样的地方。

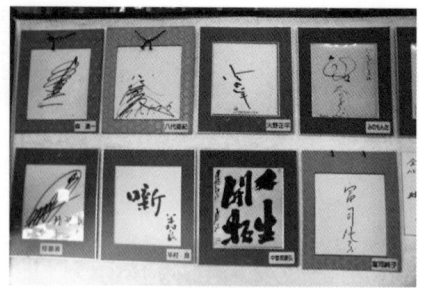

明星们的签名排排站。里面还有前首相的签名。

不知为何，歌舞厅里一定能见到的猪排三明治，也是这里的名产。"客人一直劝公关们吃，所以女孩们全都胖了一圈。据说因为这样，它还从菜单上消失过一段时间呢（笑）。"

沉醉在乐队现场伴奏的演歌声里，小口啜饮烧酒，吃着女公关用纸巾包着喂过来的猪排三明治，聊着那些屡教不改的大叔客人让人爆笑的揩油故事，畅玩一通之后叫人结账。陪我们聊天的女公关还穿着裸露着肌肤的裙子，在刺骨的冷雨中一直目送我们，直到看不见背影。

好莱坞菜单上的料理很丰富，有不少精心烹饪的美味。

好莱坞赤羽店斜对面就是被立饮屋爱好者奉为圣地的"憩"，每天早上7点开始营业。能在这样的小镇上度过余生，也不失为一种快乐啊。

赤羽店的"猪排三明治"无论味道还是外观都与北千住店不同。女公关会用纸巾卷着三明治喂给客人吃。

● **好莱坞（赤羽店）** 东京都北区赤羽1-4-4

左：歌手松任谷由实年轻时也来店里玩过。中：店里还有蹦床区！"有人玩吗？""没有哦。"右：到处都贴满了好莱坞明星的海报。下：女公关的上班情况一目了然。

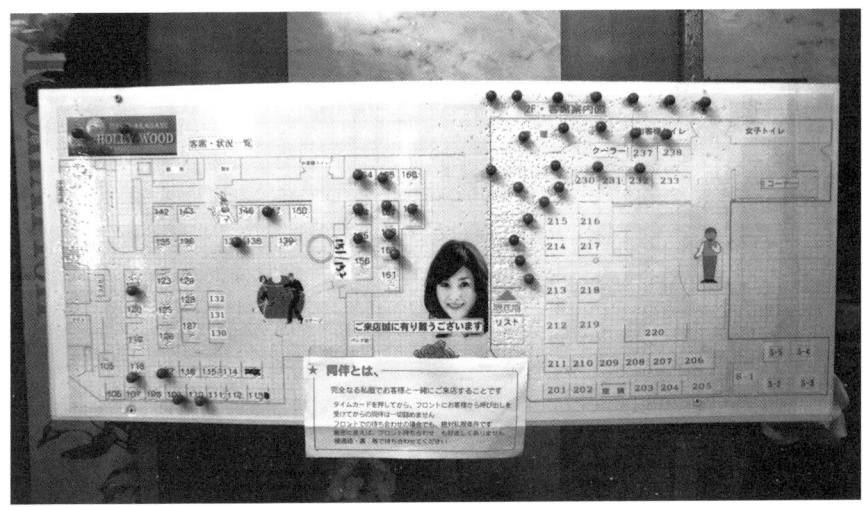

店中规矩是用点燃的打火机呼叫服务生。左图这位是"想当陪酒女"的明日香小姐，岩手县人。

上：入口有种古老高级宾馆的气氛。
下：店内虽然很宽敞，不过每个包厢都用加高的隔断隔开。

进行歌谣表演的专区。歌手们会沿着曲折的楼梯缓缓走下来。

今天的节目是滨田和歌子倾情献唱演歌。

陶醉在指间魔法的一夜……

【文京区·汤岛】手语酒廊·君之手

整整两年的"东京右半分"网页连载中，与浅草同样频繁登场的地方就是汤岛。白天，这里只是"上野旁边的老城区"，一旦夜幕降临，这里的地下氛围甚至超过歌舞伎町，路上挤满拉客的大叔和来自各国的小姐，随处充斥着异常魅惑却又危险的气氛。对那些无论多少岁都行走在野性边缘的夜晚探险家来说，这里恐怕是目前东京最让人快乐的街区了。

虽然在汤岛"没有不可能"，可万万没想到还有这样的店铺！那就是2010年10月新开张的"手语酒廊君之手"。没错，这里是使用手语（和笔谈），让听觉障碍者可以与正常人一样，跟可爱女孩喝酒玩耍的店。不久前，银座俱乐部"笔谈女公关"开始走红，不过那家店只服务听觉正常的客人。而这家"君之手"则无论是客人还是店里的女孩，都以听觉障碍者为主。别说汤岛，恐怕全日本也只有此处采用这种经营方式，非常稀罕。

"君之手"位于春日大道和不忍池中间的汤岛饮食街正中央，坐落在开满酒吧和小酒馆的餐饮大楼一楼最深处。从朴素的大门上无法预知店内情况，老实说想走进去还真有些困难……不过一旦把门打开，就会发现里面是个宽敞明亮的空间。店内有几个身穿华丽裙子的女孩。莫非在这里玩价格很贵吗……我们一问价钱，原来"一个套餐六十分钟，男性5000日元，延长三十分钟2500日元，延长四次后免费（最高花费15000日元），不可指名"，竟然意外实惠（各位在小酒馆被痛宰的男同胞，肯定深有同感吧）。

"君之手"的老板是佐藤育夫先生。

店铺位于春日大道的上野广小路与汤岛的正中间，拐进小巷子后只需往上野方向再走几步。这里有一座全是小酒馆的商户楼，一楼最深处就是"君之手"，招牌很是可爱。今天店里既有听觉障碍者客人，也有普通客人。

他在汤岛这个战况最激烈的地区开了这么一家针对性十足的店，让人总以为这是一位经验丰富的老手，带着精心策划的战略。没想到，这竟是他头一次开店——

看客人与店员用手语交流的场景，感觉十分饶舌。同样是手语，每个人的手部表情和手指动作都很不一样。没有听觉障碍的客人也会过来喝酒玩耍。

其实我白天还有别的工作，开着一家跟风俗业毫无关系的公司。因此，这也是我开的第一家店。之所以选择汤岛，单纯因为我从三十来岁起就一直在这一带喝酒了。不过最近汤岛好像很不得了，到处都挤满了拉客的人，连路都走不了。作为经营店铺的人，我倒真希望这种情况多少能得到管理。你想啊，那些拉客的都太吓人了，客人走去店里的一路上都得担惊受怕。上回我难得去一次歌舞伎町，竟觉得那里是个特别健康向上的街区（笑）。

佐藤先生是因为对汤岛这个街区的感情，才选择把店开在这里。我们本来以为，之所以把店开成"手语酒廊"的形式，是因为他一直在参与支援听觉障碍者的志愿活动。但仔细一问，却不是因为这个。

菅野美穗主演过一个电视剧叫《轻轻紧握你的手》，主人公是个有听觉障碍的女孩。真要说起来，那可以算是我开店的契机。我本来就喜欢菅野美穗，看了那部电视剧，又觉得打手语的女孩好可爱。于是我一直在想，要是有家这种店也挺不错。尽管我当时对手语还一无所知。

后来啊，我毕竟上了年纪，就觉得如果想搞就得趁现在还搞得动的时候了。如果开个手语小

酒馆之类的店，应该能吸引到客人，以及想做这种工作的女孩吧。

现在担任店长的人是经常跟残障人士接触的志愿者，手语很熟练。我刚学会一点儿手语时，就跟他一起出去喝酒，用手语唱卡拉OK。结果竟意外大受欢迎（笑）。然后我就想，开家这样的店应该也不错。外面虽然有提供手语服务的居酒屋，却没有这种女孩陪酒的店。而我又想做别人没做过的事，所以也顾不上能不能赚钱……总之是一场冒险吧。毕竟凡事不亲自尝试就不知道结果嘛。

想做别人没做过的事，佐藤先生就凭着这种想法决定开店了。首先，要从招募在店里工作的女孩开始。

当时最大的问题就是，有没有女孩愿意在这种店里工作。于是大约在开店一年前，店长创建了手语相关的mixi、ameba等博客页面，向外传播我们要开店的消息。我们一贴出招聘启事，马上就有八个人来应聘了。当中有听觉障碍和没有听觉障碍的女孩各占一半。而且开店消息在男性中反响也挺大，所以我一度觉得这个主意很不错。没想到真正开店了，却门可罗雀（笑）。

"君之手"好不容易熬到开张。可是，一旦开了前所未有的店铺，自然会遭到"一如往常就好的人们"反对。更何况佐藤先生并没有听觉障碍，所以刚开店那段时间付出了不少辛劳。

我什么也不懂就把店开起来了，结果意外发现听觉障碍者的世界很小，（开店的）消息马上就传开了，当然一些不好的谣言也飞快流传起来。有人到店里来玩，高高兴兴回去，也有人来都不来就开始批判。

所谓批判，也就是骂我拿身体障碍当卖点。我没有听觉障碍，是健康人，这成了最大的障碍。很多人都说我不懂"聋哑文化"……可是，我原本就不会有意识去区分谁听不见谁听得见。我只是想，如果能以"手语"为媒介，开一家这样的店，应该会很好玩。我只想宣传手语的魅力，并非有意识地为听觉障碍者开设辅助机构。只不过使用手语的正好是那一类人士，也正好占了我们七成客源。身为经营店铺的人，并没有进行主观区分。

我们店里有三成客人的听力健全。基本上都是听觉障碍者结伴而来，健康人结伴而来。不过健康人中也有对手语感兴趣的人。比如去菲律宾酒吧玩，如果语言不通，不是会拼命学习人家的语言嘛。甚至会动用手势帮助沟通。其实那就跟手语差不多。在这里也是，客人们会拼命学习手语。有的健康客人要是跟店员说不通，还会突然说起英语来（笑）。

听觉障碍者中，有些人因为一直没机会到普通的有女孩陪酒的店里去玩，所以对这种属于

"风俗产业"的店心怀警惕。不过只要让他们明白,这里只是个喝点小酒的地方,他们也就觉得没什么了。

虽然有许多误解,但也有很多客人喜欢上了"君之手",并成为这里的常客。我们到店采访时,还采访到了一位正好来喝酒的"河童"先生。于是,我们通过佐藤先生的手语翻译和文字交流得知,河童先生每周会到"君之手"来玩一到三次,是最忠实的熟客!

我很喜欢到酒馆喝酒,长年以来去过好多种地方。不过即使到了店里,我也无法跟女店员交流。如果只用字条来交谈,玩得又不尽兴。有的小酒馆还把我拦在门外不让进去。上司带我去过银座的店,可我完全不知道他们在聊什么,所以觉得很无聊。每次到最后都会变成我孤零零一个人。我还去过菲律宾酒吧、中国酒吧、韩国酒吧……但那里的店员连日语都不懂,变成要用罗马拼音来交谈。那就更不好玩儿了。

就在那时,我朋友发邮件告诉我,这里开了这么一家店,而且他去玩过,觉得特别开心!在这里能跟店里的女孩聊得忘记了时间,享受到百分之百的快乐,完全忘掉工作压力。而且这里的女孩都很漂亮,很可爱。虽然别的小酒馆也有可爱的姑娘,可我没法跟她们交流啊,所以不能百分之百沉浸在其中。在这里我可以跟女孩们交流,简直太棒了!

"君之手"每晚都有女孩演出。就是网站上写的"有唱歌,有跳舞,有性感的小小表演秀!"店长大喊一声:"要开始了哟!"灯光一亮起,首先是卡拉OK秀。歌手手持麦克风,旁边还有女孩用手语解释歌词,演唱和翻译的两人都是听觉障碍者。

歌声渐歇,轮到没有听障,但手语表演经验丰富的Show-co小姐表演让人心跳加速的性感舞蹈。除此之外,还有全体女孩参与的舞蹈表演,客人也被一个个拉进圈子里,让店内进入狂欢MAX状态!原本好似高级酒廊的空间,一下就变成了热火朝天的祭典广场。

有健全人士,有听障者,唱唱歌、跳跳舞、

全体女孩的舞蹈秀。客人也全都加入进去,尽情跳舞!

上：Show-co在窗帘另一头脱掉浴袍。拉开窗帘，表演就开始了。能在近距离看到性感的舞蹈表演，真让人心跳加速。
下：一开始是卡拉OK表演，有听觉障碍的女孩通过手语进行演唱。

客人多的时候真是特别热闹。大家都混在一起玩耍，这就是我最希望看到的光景。听障者也有特别喜欢唱卡拉OK的，不是手语卡拉OK，而是普通卡拉OK。如果在卡拉OK包厢还好，不过在外面店里，他们应该不会主动站起来唱歌。不过在这里，他们就能随心所欲一展歌喉。

很多人觉得，如果一个人有某种"障碍"，就一定需要特殊帮助。如果看到残障人士跟女孩玩耍，残障者自己都会觉得异常。其实仔细想想，这说不定从反面印证了歧视的存在。在这里，人们可以轻松抛开那些复杂的感情，大家一起饮酒唱歌，酒醉狂欢。而且这里还不是在什么清纯的街区，反倒是在汤岛这个东京首屈一指的危险地带正中央。不知为何，这让我感到特别高兴。

我学会了"都筑"用手语怎么表达，又从可爱女孩的手上接过了小小的名片，还被她们一路送到外面大路上，过了一个特别满足的夜晚。我挥手跟她们道别时，险些就被一个单手捧着电话，看上去很闲的外国女公关拉走了。好不容易甩掉，又有身穿黑衣的拉客人从四面八方包围过来。所以说，汤岛真是目前最有意思的地方了！

⊙ **手语酒廊·君之手** 东京都文京区汤岛3-42-9 汤岛宴会大楼1F

听障奥运会滑雪板项目的前日本代表选手爱小姐。她很想成为陪酒小姐，但一直被别的店拒绝。来到这家店后，她终于找到了梦寐以求的工作。左：笔谈机。移动绿色部分，写下的文字就会消失，可以反复使用。中下：把两根手指放在鼻子底下，意思是"色鬼"。

重回元禄时期的汤岛阴间茶屋

【文京区·汤岛】若众酒吧美妆男子

这里是号称东京魔窟的汤岛。一到夜晚,春日大道两侧就会开满大朵华丽的淫花、毒花、无果之花,化作无国界的植物园。

唐吉诃德商店背后,是客人与菲律宾和泰国姑娘幽会之地,从那座杂居大楼沿台阶走下,就能看见一扇门。门上用图钉固定着一个文件袋,里面装着打印纸,纸上印着"美妆男子"几个字。太可疑了……这里是2010年12月新开张,大小只有16平方米的小店,也是部分好事者热烈声援的"伪娘"天堂,店铺全名叫"若众酒吧美妆男子"。

战战兢兢打开大门,里面是坐五个人都得摩肩接踵的吧台。吧台前面竟是一个被炉!脱鞋入室,怀着激动的心情等待,很快就有超漂亮的和服若众(伪娘)端来擦手巾和菜单。大家外表都是女孩样,身体却是男孩。不过这里并不是变性人酒吧,所以没有表演(再加上空间不足),也不像人妖吧那样热情接客。更没有小酒馆里面那种金钱与身体的交易。在这里,人们只会跟漂亮的伪娘聊聊天,喝喝酒。这就是那种看似随处可见,实际却无迹可寻的店铺。这家店的主页上,还有这么一段话——

东京汤岛,伪娘的故乡。本店位于汤岛地界……天神大人脚下。是以曾经的阴间

店面虽小,酒的种类却很丰富。这里还有"森伊藏"的一升瓶!梅酒种类也很多,冰箱里则沉睡着贵重的日本酒。

茶屋为"概念",充满和风气质的酒吧。

所谓"阴间",是立志成为歌舞伎"女形"演员的学徒,因为尚未获得登上舞台的资格,只能在幕后阴影中修行,故得此名。他们为了修习女形,经常以女性身份从事待客工作,后来这种工作大为流行,原本只是打零工的人,渐渐都成了专业的服务人士。他们工作的地方就叫"阴间茶屋",换言之,就是有美丽伪娘的小酒馆兼俱乐部。本店名称里的"若众",可以理解为阴间之别名,或有阴间着装爱好的人(虽然这种解释十分粗略)。毕竟直接叫阴间酒吧实在太不吸引人了(笑)。此外,阴间这种概念略偏向变性人,给人感觉很女性化,不过我们都是男人,正确来说是"伪娘",所以才取了这个带有少年气息的"若众"之名[103]。

"美妆男子"的店主是MIYA姐。原本他以"魅夜"之名,策划了"东京美妆

男子宣言！"这个活动，还在电视综艺节目上频频登场，想必很多人都见过他。后来，魅夜改名MIYA，开了这家"若众酒吧"。每天晚上，店主MIYA姐都会带着一位可爱的若众来开店，不过到店之前，先在网站上看看大家的资料也很好玩儿。比如MIYA姐的资料如下——

爱好：研究化妆、飞镖

特长：木工

资质：英语能力检定2级、东洋医学拳法1级、食品卫生负责人

最近着迷的事：沉迷卷发，研究各种卷法

最终学历：早稻田大学人类科学系人类工程学专业

简历：读大学时开始参加话剧活动，整日沉迷舞台制作、剧评刊物制作、话剧节策划等活动。此外，还以大道具工匠身份在剧场、电视台、展示会场工作，向工匠前辈学到了"男子气概"。毕业后，在东京都内公共大厅从事技术职员工作，2008年6月转职到"美妆男子"。在夜店磨炼"女子力"。2009年，为追求超越性别的至高之美，创办"东京美妆男子宣言！"活动。目前担任美妆男子公司董事长。在日本最大直播网站"niconico直播"上，经营《MIYA@伪娘·化妆中》节目，俘获数千粉丝。

和服姿态楚楚可怜的"真琴"资料如下——

爱好：炒外汇、胎盘素

特技：英语、德语、俄语

资质：托业得分800等

简历：早稻田大学政治经济学系毕业后，进入某金×厅工作。曾经从事官房业务、检查部门后台策划事务。离职后在银座当公关。

着迷的事：美容滚轮、穿戴和服

身穿紫色袴装的莉红资料如下——

爱好：DTM（桌面音乐）、卡拉OK、学习韩语

特长：钢琴

资质：电子计算器速度检定1级、EXCEL计算1级、WORD检定准2级、普通驾驶执照等

最近着迷的事：在酒吧喝酒，去吃韩国料理！

给大家的话：你们喜欢有小××的小姐姐吗（笑）。我们身是若众，心为女孩。大家一定要过来玩哦！

漫画家五十岚优美子的真迹。背后还有给MIYA姐的签名和留言。

MIYA姐和店员莉红。两人的腰都像女孩一样纤细。

基本就是这样。看完是不是很想去喝两杯？率领这些若众的店主MIYA，在开张一个月后的晚上，与我们悠然聊起了天。

我原本在搞一个叫"东京美妆男子宣言！"的活动。那只是我心血来潮的创意，后来趁着兴头搞起来，没想到有好多媒体都来报道。我非常吃惊，然后开始想，能不能靠这个做生意呢？不过只靠这个应该还不够，该怎么办呢？我尝试过开发原创的护肤品，后来碰巧有人问我要不要试试餐饮店，就这么定下来了。决定开店后，我又想：上野是个比新宿更有内涵的性少数派城区，在这里搞应该更有意思。事实上，这里的变性人风俗店数量最多。虽然这个行业在整个东京都不足千人，属于微型行业。

在汤岛这片挤满小酒馆和酒吧，到处都是招牌的地区。"美妆男子"就在杂居大楼地下。

开始这种工作之前，我也在风俗店待过，那时觉得要是自己能更受欢迎就好了。我喜欢写字，也想过写书，还带原稿给文艺春秋这些出版社看过，可是全都被刷掉了（笑），所以就感觉自己干不来这个工作。

尽管如此，我还是想从事一些跟文化有关的工作，就想到美妆男子宣言这种活动应该很好玩。当时我一直在思考可以做些什么活动……同是性少数的人，反倒很容易起内讧。比如："别把我跟你们这些女装混为一谈！"又比如："少啰唆！我跟你这种连自己身体都要折腾的人不一样。"男同性恋还会说："你穿得像个女人一样，太恶心了！"还有变性人鄙视没变性的易装者，说他们不够彻底，而没变性的人又会批判他们："明明是个男人，怎么能跑去当女人。"

越是性少数，就越容易窝里斗，我觉得这样很不美丽。我想从中找到所有人共有的东西，最后发现是"追求美"。然后我就想，用追求美作为目标，是否能让大家更团结一些呢。干脆把他们拉到光天化日之下，以比赛的方式竞拳吧。那不是随随便便的"长相可爱"，而要考量能否用最美的姿态走路、舞蹈。在那些方面不断追求，甚至完成蜕变。如果有了这些小项目，说不定还

连洗手间入口都装饰得和风十足。

445

店面只有16平方米。脱鞋入室，会看到吧台和被炉。店主MIYA姐明明这么可爱，却说"我在玩格斗技"。

能受到媒体欢迎。

其实说得复杂一些，我认为从元禄时期（1688—1704）开始，过去的日本，甚至整个亚洲文化圈，都倾向于把那种性别模糊、浮在半空中的人尊崇为接近神明的偶像。我就是想把那种文化复活过来。让阳光再次普照那种传统。现在这个世界把男人和女人的活法定死了，压得人喘不过气来，一点儿意思都没有。

在这种少数派圈子里，不断深究的活儿交给专家就好了。有些很吓人的人，会说："我全世界最可爱！"但我想开拓与之相反的方向，告诉大家我们都是好伙伴。所以我不会去追求正统，而是看重努力。我采取的不是"to be"，而是"to do"这种评价体系。我觉得男女都一样，并非天生好看，就做什么都好。我原本可是很糙的一个人。

不过我从未整过容，性格又很简单，并没有做什么很夸张的事。毕竟要是手头有两百万日元，无论什么人都能变漂亮。买一辆车的钱，就能把男人变成女人。这些根本不算太难。如果想

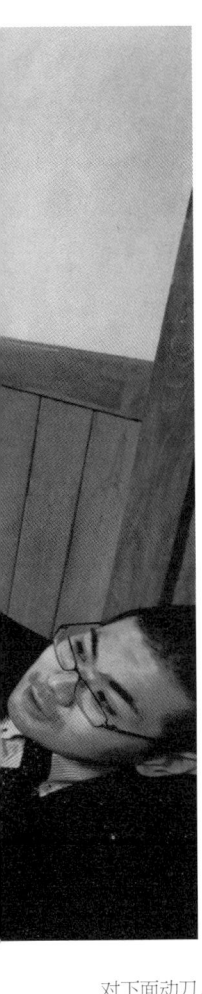
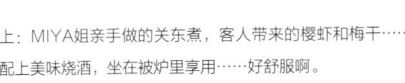

上：MIYA姐亲手做的关东煮，客人带来的樱虾和梅干……配上美味烧酒，坐在被炉里享用……好舒服啊。
下：MIYA姐正在与护肤品厂商合作开发无论男女都能使用的护肤品牌"COSME BOY"。样品已经摆在店里展示了，该产品有抑毛、保湿效用，香味也很不错。

对下面动刀，当然还要多花点钱，得多花一辆车的钱（笑）。就算从头到脚都变掉，也只需要半辆保时捷的钱！不过就像汽车要交停车费一样，变性以后也要花钱保养。

所以这里不存在男性、女性、人妖、跨性别这些死板的条条框框，而是自己创造了"若众"这个代名词。我们从来不说"扮女装"或"跨性别"，而说"我们都是若众，就是要随心所欲。因为是美妆男子啊"。我认为，这里是一个性别自由的场所。

因此，客人中既有跨性别人士，有喜欢热热闹闹的人，也有喜欢穿女装的人。比如有个大叔一开始以男性身份过来，慢慢喝酒，给我们留下"这人好老实"的印象，结果下次就穿女装来了。在这个地方，所有人都平等。

⊙ **若众酒吧美妆男子** 东京都文京区汤岛3-38-3 筑紫大厦B102

粉红女郎
【台东区・上野】上野大仓剧场

时至2011年，还有多少人知道"粉红电影"这种东西呢？

粉红电影并非AV。它一般是指除了日活色情片这种大公司作品之外，由其他制作、经销公司出品的色情电影。虽然一度遍布全国闹市区的数百家成人电影院已经数量骤减，但这种电影还是顽强存活下来，并且在不断推出新作品。而这，又有多少人知道呢？

说起粉红电影的历史，就要牵扯到二战后日本电影史的B面，我在这里很难讲清楚。总而言之，1962年的《肉体市场》普遍被看作粉红电影第一号作品。负责经销《肉体市场》的公司是大藏电影，那是大藏贡从新东宝退出那年创建的新公司。

以《肉体市场》的火爆为契机，大藏电影在二十世纪七十年代到八十年代初期的粉红电影黄金时代里，发展成了日本最大的粉红电影制作经销公司。全盛时期，该公司及其吸收外部中小项目的子公司"OP连锁"，仅在东京都内就有五十座场馆，发展成了一大连锁成人电影院。

目前大藏电影集团持有的成人电影院仅剩上野、横滨、宇都宫的三家，其子公司OP电影平均每年制作三十六部粉红电影。那三十六部就是目前日本国内粉红电影的制作总数，全国的成人电影院都会轮番放映。业界人士说："大藏一收手，粉红电影就消亡了。"可见，大藏电影集团一直在独自守护这盏堪称昭和影像遗产的电影明灯。

大藏电影旗下的三座电影场馆中，堪称旗舰的便是上野大仓剧场。剧场位于上野车站不忍口附近，每到晚上就会亮起氛围十足的霓虹灯，因此场馆虽小，却有着不容忽视的存在感。2010年夏天，我突然听闻大仓剧场闭馆，被吓了一跳，不久之后，又听闻旁边要开新剧场，再次吓了一跳。在粉红电影这种类型本身濒临灭绝的时候，还能建立新场馆，真是个特别大胆的决断。

"过去这一带足足有八个专门播放成人电影的场馆。"上野大仓剧场的管理人斋藤豪计先生告诉我。大仓剧场创建于1952年，在其中算是历史比较悠久的场馆，已经开了整整六十年！这里原本是东映的首映馆，名叫"上野东映"，后来才改名为大仓剧场。

"这里在'3·11'地震那天都没什么损伤，但最后还是逃不过岁月的侵蚀……"斋藤先生说，"不过，一旦大藏收手，粉红电影就真的灭绝了，所以公司内部都没人提出拆除场馆。"去年8月1日开张的新馆正对不忍池，地段极好。到现在还能看到成人电影院，真不愧是上野。

现在这座设计新颖的新场馆所在地，原本是名为"上野群星座"的成人电影院（后来改为普通电影院"上野群星电

上野大仓剧场旧馆全貌。

这是去年8月随着新馆开放,结束了六十年漫长历史的大仓剧场旧馆。目前它依旧沉睡在上野公园旁边,保持着当时的样貌,没有被拆除。
现在,旧馆偶尔会租给剧组当取景地,而我们这次特别获准进来参观。馆内天花板很高,场地角度陡峭。另外还有综合电影院绝对见不到的二楼座位(还是票价更高,座椅间隔更宽的特等席!),以及充满威严感的放映室……
我希望能向各位展示这家旧时代的电影院的风姿。

这里是放映室，所有器材都被精心保养。

右：到底要开关多少次才会变成这样……

二楼的特等席十分宽松。　　　　　　　　　　员工休息室。据说还被许多剧组借来取景。

影")。二楼兼设了"日本名画剧场"和"世界杰作剧场"两个小电影院,前者主要放映大藏电影制作的粉红电影,后者则是"东京都内唯一的同性恋电影院",在爱好者中间可能称得上是日本最有名的同性恋电影院。

此外,大藏电影也是目前日本唯一制作经销同性恋电影的公司。大仓剧场新馆开放后,同性恋电影院被迁至横滨(野毛光音座),大家可以继续观看,特此告知。

无论是过去还是现在,上野大仓剧场的一大特点都是"全年无休,开到早上",其放映方式十分惊人。一部粉红电影时长大约一小时,上野大仓剧场每周上映三部,从早上10点多开始,一直重复放到第二天凌晨5点。可以算是漫画咖啡厅时代之前,采用这种经营时间的元祖了吧。

斋藤先生说:"来这里的客人真是多种多样。"其中大部分是年长者,"有些人每天都来!还有只要不下雨,每周都有一半时间会过来的客人,因为老爷爷下雨天都不愿意出门。此外就是我们每周换电影的时候过来看一次的客人。多亏这些客人的支持,我们在新馆做了很多无障碍辅助设施。这可是日本唯一的无障碍成人电影院啊(笑)"。其实,旧馆门口本来有三级台阶,有些老人一个人爬不上去,"员工们只能或抱或背,把客人带到场馆里"。

如今这个时代,人们甚至都不需要跑到光盘店,只需在网站上点击一下,重口味AV光盘就会送到家里来。没想到竟有人

新馆门口旁的公告板。充满手工感觉的剧场介绍。

454

为了粉红电影专门跑去场馆，而且每天都去！它的魅力究竟是什么呢？每天都有熟客来捧场的电影院，在别处还能找到吗？

粉红电影并非AV。人们抱着"想拍电影"的热情聚在一起，共同忍受比AV还艰苦的拍摄环境，一边挣扎一边不断产出作品。从去年开始，明显有越来越多的年轻电影爱好者开始跟上了年纪的熟客混在一起，进出大仓剧场。因为以AV和商业为重的普通日本电影已经无法满足他们。

他们通过博客和口口相传的方式主动传播粉红电影的魅力，使上野大仓剧场的观众席上多了许多不同类型的客人。在大堂一角，可以看到年轻人手持导演亲手制作的小册子，埋头讨论电影；在另一个角落，又能看到电影院罕见的杯面自动售卖机旁，坐着一位年长者，静静地吸溜"咚兵卫"（"有些客人还把它当成年夜饭……大年夜那天这台售货机的营业额会增长不少呢！"）。

现在的粉红电影，无论从色情程度上，还是女优的年轻度、知名度上，都远远不能与AV相比。因此，一般人都把它看作"死去的媒体"。我真希望让更多人知道：它依旧备受热爱，而且它的粉丝正在"返老还童"。不仅是野毛的同性恋电影院，就连上野大仓剧场，女性客人也完全可以单独进入。更何况，剧场的女客比例正在渐渐上升。如果你喜欢电影，一定要来这里看看。

走进大堂就是影讯专区，还可以免费领取早报。这里兼有社区职能。

小卖部有手工制作的传单和小册子，摆得密密麻麻。

◉ **上野大仓剧场** 东京都台东区上野2-13-6

455

小岩汤烟纪行

【江户川区·南小岩 / 葛饰区·奥户】

外国朋友来玩时,我经常会带他们到健体中心。比起箱根的高级温泉旅馆,那里更快乐、更放松,离家近,价格便宜。并且那也并非刻意彰显奢华的虚幻空间,反倒充斥着胡乱披着大花穆穆袍的真实日本人,是个水温正好的幸福天堂。你可以在那儿光脚走来走去,随处都能躺下,待上二十四个小时都没问题。另外,日本独特的周到服务和卫生习惯,都会让外国人难以置信。

一般认为,那类场馆的第一号店是1948年开业的爱知县七宝町中部健体中心("超级澡堂"第一号店则是开在名古屋,爱知县民真是富有创意的泡澡爱好者啊)。而在关东地区,江户川区船堀的"东京健体中心"是历史最悠久的场馆,到2010年已经开业二十四周年。紧随其后的是小岩"汤宴洗浴中心",于1990年开张,已经二十一年了。同在小岩地区(靠近新小岩车站)的还有2001年开业的"东京天然温泉·古代汤"。

船堀的"东京健体中心"从小岩开车过去只要十五分钟左右,如此想来,小岩地区可谓东京首屈一指的"汤城"。

于是,我们决定到小岩地区的两家健体中心去看看。那么,先去距离小岩车站步行两三分钟,地段最佳的健体中心大楼"汤宴洗浴中心"吧。

汤宴洗浴中心

这里原本是超市,泡沫经济崩溃后,就更新业态,改建成了小岩汤宴洗浴中心。由于这里不能像郊外健体中心那样使用大面积场地,便做成了七层楼的场馆,在业内十分罕见。

一楼:前台、岩盘浴场

二楼:女浴场

三楼:咖啡角、女休息区

四楼:餐饮区、男女休息区

五楼:放松区、男休息区

六楼:男浴场

自行车场里车停得满满的!

特别策划的导览一个挨一个。

剧场区·汤宴座。会场全是穿着穆穆袍的客人。

岩盘浴场馆。图中是岩盐房"喜马拉雅岩盐",对缓解神经痛、预防妇科疾病和抗氧化都有效果。

到此为止都是一般健体中心都有的内容，而"汤宴洗浴中心"的特别之处在于七楼的"剧场区·汤宴座"。这里每月都有不同的大众戏剧人气剧团来演出，分昼夜两场，被唤作"浴后大众剧场"。

表演每天两场，分别是下午1点半到下午4点，下午6点半到晚上9点。白天晚上各两个半小时的演出中，会有宾果游戏和演歌表演等节目登台，就算不去泡澡，也能从白天到晚上玩个尽兴。当然，观演不需要另付费用，只需入场门票就能全程享受（不过岩盘浴要另付费），可谓格外实惠的游乐场所。

这里可以泡澡，可以观看大众戏剧，还能玩宾果游戏，看歌谣秀，又有地方打盹儿，休闲一整天只要2415日元。另外，周一女性日的女客和周五男性日的男客都只要1470日元就能入场。周六还是"夫妻日"，夫妇二人只需2200日元！放眼东京，有什么地方能用这么点儿钱玩一天呢？

管理人告诉我："跟其他健体中心相比，我们的客人停留时间更长。"据说很多汤宴常客都是早上10点过来泡澡，然后看看戏，玩玩宾果游戏，再看看晚上那场戏，在里面待上将近十二个小时，9点多才回家。他们真懂怎么享受啊。而且汤宴还专门为那种客人制定了停车六小时免费的制度，简直是超级让利服务。

穿上健体中心特有的热带风情穆穆袍或甚平套装，仿佛洄游鱼类一般在一楼到七楼之间游走。肚子饿了就去咖啡角或餐饮区吃饭，还能一边看戏一边吃喝。想睡觉了就到休息区睡觉，睡到自然醒再去泡一回澡……这个距离小岩车站仅仅一百五十米的地方，竟是如此迷人的天堂。

◉ 汤宴洗浴中心 东京都江户川区南小岩8-11-7

11月的公演由"春剧团"担纲。所有人都看得入了迷。春剧团的和式太鼓表演既有笑料又有魄力。

楼层一角的小卖部，可以买看戏时吃的零食。

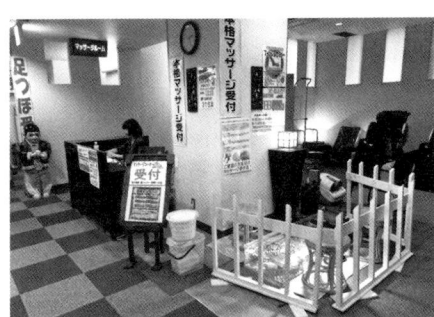

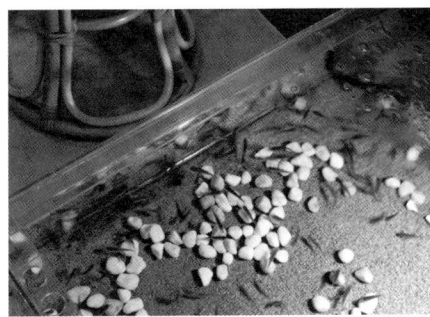

左：休息区有中国古法按摩，还有鱼疗。
右：餐饮区有日餐、中华料理和各种创意料理。当然也有卡拉OK设备。

东京天然温泉·古代汤

继续小岩汤烟纪行。这次我们来到了"东京天然温泉·古代汤"。

来到小岩隔壁的新小岩车站南出口环岛,基本每五分钟就能看到一辆喷漆显眼、绝对不可能错过的接送大巴。其出车频率极高,会让无关的人也想坐上去看看。从这里前往"古代汤"只需十分钟左右(除新小岩外,龟有、青砥、金町都有接送大巴。从小岩车站乘出租车过去也只需十分钟)。

古代汤占据了巨型大楼的一到四楼,比起健体中心,它反倒更像郊外型购物中心。正如"东京天然温泉"这个名字所述,这里可不是普通的健体中心,而是如假包换的天然温泉,使用了从地下1500米涌出的强盐泉水。将泉水含在嘴里尝一尝,果然有着跟海水一样的咸味。

古代汤是东京最新建成的温泉健体中心。这里原本是1960年前后创建的"新小岩驾校",场地内还建有高尔夫练习场和保龄球场。到2001年增设了健体中心。两年后,御台场的"大江户温泉"开业,不过那里不属于健体中心,更像温泉主题公园。因此,古代汤正好跟上文介绍的小岩区二十二年老店汤宴洗浴中心形成对比。

这种对比不仅仅在于新店与老铺。从服务内容来看,"汤宴洗浴中心"与"古代汤"也截然不同。"汤宴洗浴中心"每天有两场大众戏剧,其他余兴节目也排得满满当当。而"古代汤"反其道而行之,坚持"大都会的温泉休闲地"方针(根据管理者介绍):"我们的经营方针

是让客人休闲放松,尽量什么都不做。"这种思路在健体中心间实属罕见。其实,"古代汤"刚开张时,也频繁邀请著名歌手来表演歌谣,宴会场上还挂满了往年巨星与社长的合影,其中有知更鸟姐妹、濑川瑛子、山本让二、千昌夫、宫路修、北原美丽、山川丰、渥美二郎、平浩二、冈千秋、伊藤敏和哈皮&布鲁、山本琳达、三田明、畠山绿、井泽八郎、牧伸二、狩人、田端义夫、松山惠子、小松绿……光

澡堂在二楼，十分宽敞。洗澡水是天然强盐泉水。这里有桧浴、露天浴、寝汤、按摩浴、震动浴、步行浴、冷水浴等选择，花样繁多。另外还有搓澡间和桑拿间。

是看照片，就感觉自己像是在看大年夜东京十二频道的演歌特别节目。

"不过表演总是会看腻的。"所以现在只让当地歌手过来搞搞活动。除此之外，电影放映、卡拉OK大赛和宾果大赛全都取消了，场馆内几乎没有娱乐项目，真是名副其实的大都会温泉休闲地。据说偶尔会有客人问："这里怎么啥表演都没有？"不过从健体中心靠娱乐设施来竞争的现状看，"古代汤"的经营方针确实堪称富有挑战精神。

虽然没有表演，但古代汤的温泉很棒。因为是强盐泉，刺激性大的同时，也格外适合过敏体质和易寒体质，还对关节炎有奇效。客人可以在媲美温泉圣地观光酒店的大浴场中尽情放松，在听不见卡拉OK和演艺嘈杂的宴会厅和咖啡角悠然休憩，让身心都彻底软化，再乘坐接送大巴回到车站。

从东京站乘电车只需十四分钟就能到达新小岩，在如此邻近市中心的地方，竟有一个能尽情体会温泉胜地气氛的场馆，让人真想带上读到一半的口袋书，立刻坐上总武线赶去那里。

◉ **东京天然温泉·古代汤** 东京都葛饰区奥户4-2-1

"古代汤"内同时设有驾校、高尔夫练习场和保龄球场。

曾经，这里每年都会邀请知名歌手，搞上三四次大规模演出。

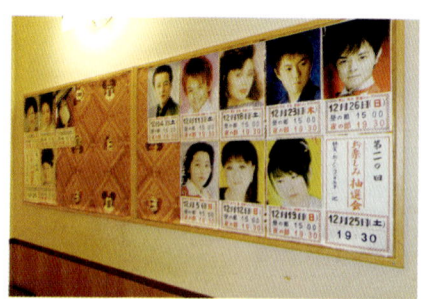

现在几乎每周末，都会有地方歌手和客人推荐的歌手来这里搞活动。

墙上挂着曾经举办的卡拉OK大赛的历代获胜者照片。

夸张的接送大巴，出车频率很高。

三楼咖啡角放置了几台游戏机，小孩子也不会感到无聊。

可容纳五百八十人的大宴会厅。工作日晚上就是这种宽松的感觉。登上这个舞台演唱卡拉OK可能需要很大勇气吧。

沉迷私人图书馆 ①眺花亭

经过"3·11"大地震，想必有很多人开始认真考虑整理家中藏书吧。再怎么坚持"书是我的命"，面对可能被倒下来的书架压死的危险，那句话的说服力都是零。时至今日，家人口中那句"买这么多书，能看完吗？"显得尤为扎心。

想要书，想要更多书，却没地方放，图书馆又没好书。对这些望书兴叹的人来说，最好的伙伴就是私人图书馆了。事实上，东京，而且是右岸就有几个品位相对专一，且大都不为牟利的私人图书馆。要是找到正合自己兴趣的图书馆，就再也没必要不断买书或藏书了，更不必在受灾时慌慌张张用棍子顶住书架。想读书时，只要去图书馆就好。因为那简直就是"某位同好专为我开放的书房"啊。

与谷根千比肩，成为下町热潮中心的人形町有一座格外显眼的高楼名叫明治座。大楼隔着隅田川远眺对岸的墨田区千岁。那边有许多公寓和仓库，跟热潮没什么关系，显得异常寂静。

我要介绍的眺花亭创建于2009年1月，在俯瞰隅田川的公寓五楼。它的名称让人联想到茶室或怀石料理店，很是风雅。不过这里收藏的却是"落语等大众演艺、音乐、东京散步、酒馆和咖啡店相关资料"，是个极具下町特色的私人图书馆。

虽然这里是楼龄四十五年的公寓一室，藏品却有"书籍4000册、杂志1600册、CD750张、黑胶300张"，数量很是惊人。尽管其他人也有可能拥有这个数量的藏品，不过把这么多书籍杂志放在家中，一定会被家人狠狠嫌弃。

这里收藏了演艺相关的各种书籍，还有《书的杂志》《东京人》《杂志艺能东西》和《赌场

平凡的公寓里藏着私人图书馆。

小丑》这些小众杂志（书目上还有一部分杂志骄傲地标着"全本"字样）。除此之外，还有河内音头的黑胶、冲绳民谣、日本摇滚，甚至民族音乐的磁带。这里的藏品如同馆长渡边信夫先生的成长记录，又好像突然展现在你面前的个人文化史，令人走在里面忍不住心跳加速。

我们还采访到了渡边先生——

这里原本是我父母家。你看这一带是不是有一排公寓？这栋就是最先盖起来的。四十五年前，这儿属于公寓里的先驱。我父亲以前是修车厂的厂长，这里一盖好就带我们搬进来了。据说那时候啊，对岸住了许多芳町的艺伎。我跟父母和兄长一直住在这里，直到找到工作离开家。双亲后来也住在这里，几年前去世了，所以这间房也空置了六七年。

我现在六十岁，考大学那会儿最流行深夜节目。每个人可能都有自己喜欢的节目吧，我最喜欢的就是《帕克音乐》。每周六深夜1点到3点，永六辅主持。他的旅途故事和艺人故事对我产生了很大影响。后来听说人形町的末广亭要闭馆，我还去过一回，留下了很棒的记忆。所以我就在沉迷广播节目中没考上大学，复读了一年（笑）。

考上大学后，我也经常往返于落语会。学校里虽然有落语研究会，但我其实很喜欢柳家三龟松（演绎都都逸、漫谈等寄席情色节目的名家）。我想搞他那种表演，你说我这种学生是不是很没救？于是我就去落语研究会说："我想搞三龟松那样的表演。"人家的回答是："我们只研究落语，不能收你。"

不过就算我再怎么喜欢，也没打算做那一行。当三游亭圆丈师傅还叫奴生时，流行过一阵实验落语。有人把创作业余新落语的人召集起来，搞了个日本圆珠笔俱乐部，不是钢笔俱乐部（笑）。有一天我参加完落语会的活动，被圆丈先生叫过去说："我看你能写新落语，要不要写写看？"于是我就半带好玩的心情去参加了集会，结果很快发现自己根本没有那个才能。从那以后我就想，还是当观众有意思，就一直当观众了。

我上学时听的是圆生、小山、正藏，还有柳桥师傅。讲谈方面也受永六辅和安藤鹤夫的影响，在木造的本牧亭（讲谈寄席）还开着时

沉迷私人图书馆 ①眺花亭

左上:《东京人》《边缘》《杂志滨野毛》都集齐了。

左下:西方音乐唱片。还有充实的民族音乐。

右上:齐全的音乐类杂志。《噪声季刊》全本集齐。

右下:河内音头和冲绳民谣的音源低调又齐全。

去过好多趟。我上的是理科大学,毕业后去了搞建筑机械的卡特彼勒日本分公司,负责工厂生产管理和生产技术、系统开发。

由于之前过于沉迷,开始上班后,我有段时间对落语和讲谈都有些腻味了,就开始追那时候正好冒头的,类似轻话剧的幽默戏剧。比如柄本明的《东京千电池》和佐藤B作的《东京杂耍秀》等,还有塚幸平的作品。《千电池》是从第二次公演开始追,《杂耍秀》是在九九大厅(青山VAN公司一楼的活动空间)那个时期就开始看了。倒是梦的游眠社让我没什么感觉(笑)。

不过,我工作的地方在相模原,后来还结婚,有了孩子,所以想看公演就越来越难了。那样一来,就很容易转为收集图书和音源,对不对?结果家里很快就没地方摆那么多书,连女儿和儿子的房间都被我占掉一整面墙用来放书……一家人的生活空间越来越狭小了。

那时候我在工作上也非常疲劳,所以两年半前,还没等到六十岁退休,我就从公司辞职了。我感觉,工作这么久应该差不多了吧。不过在那之前,我还花了三年时间劝服妻子(笑)。

一开始我想搞个咖啡书吧,而且孩子一直抱怨"说不定哪天地震就被老爸的书砸死了!"于是我就开始在谷中那边找店面,结果那一带房租实在太贵了。后来我就想,这里正好空着,只需要交管理费,不用交房租,那干脆就在这里搞吧。我一直都很喜欢咖啡厅,所以自己也想搞一个,但是考虑到这里是公寓,肯定搞不成。后来我去有关部门一问,他们说像漫画吧和咖啡网吧那样,以附带服务的方式给客人做咖啡的话,并不需要申请许可。后来我就把这里的厨房格局保留原样,直接开门营业了。

因为没有特别宣传,客人只有以前公司的同事和酒馆交的朋友,另外就是我在深川那边搞旧书集市结识的爱书之人。还有一些是在网上发现这里,过来查找演艺相关资料的人……基本上一个月会有十几个人吧。所以我跟义工差不多,而且这里可能是最适合看书的环境了(笑)。

今后我们这种退休人士不是会越来越多嘛,可是能让老人家去的地方却意外稀少(笑)。要么是图书馆,要么就是公园。既然如此,我在这里搞这么个东西,喜欢书的人应该会来,还能顺路去看看江户博物馆。或者在深川那边玩一圈,到这里来坐坐。我从一开始就想,那些没地方可去的人,都可以到我这里来。结果那种人竟然还挺少(笑)。毕竟跟我同龄的人多数还在上班。其实我更希望那些人过来,我们一起聊聊以前的艺人明星,一帮老年人热闹热闹(笑)。

⊙ **眺花亭** 东京都墨田区千岁1-1-6 两国公寓500号

プライベート・ライブラリーを耽読する

左上:一开始受到了永六辅先生的影响。左下:因为想搞咖啡书吧,厨房里随时准备着给客人冲咖啡。右:最自豪的收藏是"浪音唱片的初代京山幸枝若作品集"。"你看这封面是不是很棒!我可喜欢幸枝若了!"

469

沉迷私人图书馆 ②松田电影社与"青蛙会"

绫濑车站是仅次于北千住的足立区重要地带。东京地铁千代田线与JR东日本常磐线在此交会,共用一到四号站台……不过可能很多人并不知道,车站角落里还有"零"号线的站台。这里是千代田线支线——北绫濑方向三厢列车的专用站台。

绫濑到北绫濑全程仅有2.1公里,途中没有经停站,只有始发站和终点站。这条路线有点不像东京二十三区的风格,反倒充满乡土气息,实在太不起眼了(而且明明是地铁,却跑在高架上)。有说法称:修建绫濑列车基地时,沿线居民提出的条件就是设置车站。只不过这种说法的真伪就有点难说了……

在北绫濑站下车,会看到住宅区中间还散落着农田,一派典型的朴素郊外风景。然而走在其中,眼前会突然出现一座气派的大楼。这就是坐拥日本最大默片收藏,还培养默片解说员,气质堪称独特的民间电影图书馆——号称日本默片史守护神的松田电影社。

"我父亲松田春翠是一名默片解说员,他1952年成立了这家公司。"身为家中次子,接过了父亲衣钵的松田丰先生向我们介绍道。

"因为关东大地震和战争,日本许多默片都失传了。再加上政府方面并没有把旧电影视为文化遗产的意识,父亲只得靠自己的力量去收集那些东西。他应该是在战后不久,1947年到1948年前后开始了

已故的松田春翠先生。他既是默片解说员,又是电影胶片收藏家。同时也是松田电影社的创建者。照片前方摆着胶片编辑器。

电影社的藏品仓库。里面收藏了一千多部作品。

放映过许多名作、历史悠久的八毫米放映机。

470

收集工作，其中还有一些胶片是他卖房子买回来的。在他的努力之下，包括部分残本在内，现在我们公司收藏有约一千部默片的胶片。与当时的出品总数相比，这个数量只是九牛一毛，而且父亲仅凭一人之力，也有力所不及之处。"

松田电影社将收集来的胶片出租，或复刻成录像、DVD出售。另外，他们1959年还开设了电影俱乐部"默片观影会"，"完全复制默片时代的上映形态，也就是附带解说员和伴奏音乐，让更多人来体验默片真正的乐趣"（摘自官网）。如今，这些活动已经持续了半个多世纪。想必各位爱好电影的读者，早已知道他们的存在了。

刚开始搞观影会时，来参加的人小时候都看过默片，是为了怀旧而来。现在则几乎都是"知道默片是什么，但从未看过"的人。如今，默片已不再是一种怀旧，而是"人们从未体验过的媒介"，因此得到了许多好奇者的关注。俱乐部会员们也都已更新换代，但依旧支撑着这个组织。

松田先生告诉我们："发明默片的是欧美人。可是，在默片馆里配备解说员，人们在音乐伴奏下观看电影的这种形式，除日本以外，只有韩国和泰国曾经采用过。"当时，韩国是日本的殖民地，而泰国默片的开端则是日本片商携带胶片过去放映。可以认为，两国都受到了日本的影响。

男女老少，人才济济，坐满了宽敞的会议室。

"解说员之所以在日本流行起来，是因为日本原先就是个爱好说书讲古的民族。父亲以前还说，默片解说的老祖宗其实是文乐[104]。"为了把日本独有的"话艺"传承下去，松田电影社举办的"青蛙会"活动也已经持续了五十多年。

青蛙会的历史跟默片观影会差不多长，但并没有什么人知道。这个组织的带头人是丰先生的兄长，松田春翠的长子松田诚先生。青蛙会是一个"研究传承默片讲解、街头连环画剧等传统话艺的话术研究会"，成员每月在电影社会议室聚集一次，用馆藏的连环画剧（电影社收藏了不少）和默片来练习话艺。

"父亲去世（1987年）前，一直都是父亲在教。现在基本上是会员共同钻研，并没有老师。"我们来到这个青蛙会每月一次的例会上，看到人们开始了"绕口令热身"，接下来是连环画剧表演，还有配合胶片进行的讲解练习。所有成员都认认真真地练了三个小时。松田先生说："因

沉迷私人图书馆 ②松田电影社与"青蛙会"

古老的名作官方海报都好棒!

墙上的海报虽然褪了色,但仍在传达着电影黄金时代的气势。

一楼入口可购买到DVD、书籍、明信片、会刊等默片相关产品。这里还有许多书店找不到的珍本。电影社发行的会刊《经典电影新闻》,最新一期是女性作家特辑《吉屋信子与水岛菖蒲:女性作家的遗产》,堪称一份内容充实的资料。

无比怀旧的电影单格胶片,这里都裱在纸板上销售。

另外,还能买到DVD和VHS录像带。其中还有创建者松田春翠担任解说员的影像作品和录音磁带。

472

为每月会搞一次活动，大家都会在家各自练习，然后来到这里表演，请别人评论，然后做出改进。"不过，这里的气氛十分严肃，哪怕搞错一点点，也会立刻受到其他会员的指正。要是把这里误会为成年人的轻松社团活动，那可是要闹大笑话的。

东京都曾经主办过连环画剧比赛，当时松田春翠在担任讲解员的同时，也参与了连环画剧编辑，还在比赛上得过金奖。于是他便召集了所有获奖者，以"磨炼技艺"为目的组建了这个青蛙会。"后来比赛没了，连环画剧也没人搞了，便转为了连环画剧跟电影话艺并重的活动形式。"

在演艺世界活动，同时也想了解、学习解说工作的人；退休后想有点兴趣爱好，学一种技能在人前表演的人；希望能对自己工作有帮助的学校老师，以及需要在很多人面前讲话的人。参加活动的男女老少背景各不相同，大家都热衷于这种没有得到国家承认，诞生于街头又注定将消失的大众话艺。这种艺术如今竟然依旧在传承，有这么多成年人快乐而认真地沉浸在连环画剧和电影解说中，真是让人艳羡不已。

只要是默片观影会的会员，基本都能参加青蛙会。对此有兴趣的人，不擅长公开演讲的人，希望提升口才的人，以及热爱大正、昭和街头文化的人，请踊跃咨询吧。

◉ 松田电影社与"青蛙会" 东京都足立区东和3-18-4

左上：连环画剧表演实践。表演时必须同时看着背后的台词和前面的画面，难度其实很高。而且不仅有讲故事的表演，还有类似问题集和推理画一样的连环画剧。有时它还兼作交流工具。左下："不加抑扬""间隔……与……速度"，全是让人忍不住赞同的注解。

右上：电影社藏品之一：《狮孩儿》。里面有外星人，有丛林，有动作戏，整个故事荒诞无稽。绘画的欢快感也是一绝。右下：背面的剧本基本长这样。表演时好多张画叠在一起放到舞台（兼作收纳盒与观赏台的木盒）中，按顺序翻开。每张画不一定跟台词对应，所以表演时既要念台词，又要确认正面的画面，配合起来推进故事。这种连环画剧也是日本独创的大众文化之一。

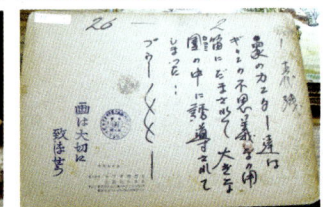

沉迷私人图书馆 ③女装图书馆

从挤满购物者的上野御徒町往东边的藏前走,顺着地下建有都营大江户线和筑波特快线路的春日大道走上十分钟,就来到了之前介绍过的"继金泽片町商业街之后,日本第二古老",然而一点都不热闹的佐竹商店街(参见第200页)。

往南穿过时间停留在昭和时代的商店街,很快就能看到去年8月刚开张,位于清洲桥大道一侧公寓四楼的"女装图书馆"。那里既不是带有神秘色彩的女装俱乐部,当然也不是风月场所。而是让年轻的伪娘们更加开放、随意聚在一起玩耍的交流基地。

> 问候语
> 这里是女装爱好者随意使用的场所。
> 在这里可以穿女装看书,
> 穿女装学习、穿女装聊天,
> 或是穿着女装发呆。
> 那些待不住的人,
> 也能在这里碰头,相约出去玩耍。
> 这是一个汇集了各类人群、物品和信息的图书馆,
> 专为女装之人而设。
>
> (摘自官网)

上:这里是充满"女装图书馆"特色的专业书籍区。

下:R-18专区有门隔开。"高中生也可以进去,只是装扇门不让人看到罢了。"

我们采访到了身为图书管理员,却无比可爱的辰木光先生——

左:这里还出租服装。"几乎都是客人带过来的。"

上:店里还能借用假发。

这里去年8月开馆，好不容易经营了半年左右。"伪娘"文化的中心主要还是秋叶原一带，所以我就在附近寻找合适的地方，最后找到了这里。闹市区的氛围比较冷漠，而且人特别多，所以女装的人都对自己很没有自信，就算想出门也……要是在这里，人就不那么多，大家结伴的话也更有勇气走出去了。而且只要穿过佐竹商店街，很快就能乘电车往远处去。再加上那条商店街又没什么人（笑）。于是我就决定住在这里，双休日以图书管理员身份接待客人，工作日则正常生活。

其实这附近就有开业年头挺久的女装俱乐部，不过那种地方很花钱啊！虽然我没去过，不过看过那里的价格表，吓死人了！我当时差点一屁股坐到地上去（笑）。

然后就是……希望有个立足之地吧。有很大原因是希望我们这类人能有个聚在一起聊天的地方。不是那种客人付钱化妆的地方，而是来到这里就能穿成这样，就能遇见同好，这种把同道中人聚在一起玩的感觉。

之所以起名叫图书馆，也不是单纯因为喜欢书。只是为了表达这里不是女装房间，也不是同性恋约炮场所，跟性交易没有关系。就是大家聚在一个图书馆里，而里面多了一项换装要素而已吧。另外，图书馆也是物品和信息集中的场所，在创造立足之地这个意义上，起名叫图书馆应该不错。这里就是个无关性爱，大家和平共处的地方。

所以我对女装界……这个说法可能有点奇怪，反正我对那些其实一无所知，而是直接开放了这个地方。我原先搞过戏剧和舞蹈，还在池袋穿过妹抖装跟客人一起逛街，那成了这个图书馆创建的契机。听上去特别厉害，刚出道就搞高难度的东西，直接就到街上去了（笑）。因为自己做这些都是以想被人看到为前提的，后来发现我确实很喜欢那种可爱的打扮，然后就越陷越深了……

所以我也希望以一种恰到好处的开放感来经营这个地方。开馆时，我还会在niconico上直播。其实并不能算我接待客人，而是大家一起吃喝聊天……客人会说"我带吃的来啦"，然后拿出一堆点心，我就去厨房沏茶，基本是这种感觉。大概就跟到别人家做客玩耍差不多吧。

聊着聊着，有时会有人站起来说"我出去一趟"，他回来后，会先卸了妆再回家。不过，还是有一半的人会直接穿女装过来，所以这可能也跟一般女装俱乐部不太一样。

另外不是还有很多女装活动，女装之夜嘛。那些活动有时候会搞一整夜，为了迎合那个时间，我就把营业时间定为了周六14点到周日14点（笑）。大家会先来这里做准备，然后结伴出去，我对他们说："路上小心！"然后稍事休息。第二天早上大家都会回到这里来，稍微休息一阵再各自回家。

我不希望那些嘲笑女装的人来这里，不过那些不穿女装，但是很感兴趣，非常想来的人，只要跟我说一声就都可以来。另外女性也能来。我感觉，要是穿女装的人能跟女性一团和气地相处，那样特别好。

要是这种时候，某些喜欢伪娘的人把这里当成跨性别者的店铺，带着搭讪的心思闯进来，就会破坏气氛了。所以我们不提供酒水，"禁烟禁酒禁欲！"外面到处都是约炮的地方，所以这里不准发展那种关系。不要往下半身谈，大家和和气气聊聊天，那样多好啊。

⊙ **女装图书馆** 东京都台东区鸟越1-22-5 平冈大厦4F

沉迷私人图书馆 ③女装图书馆

左：图书管理员辰木光先生。还有第一任馆长（中间的青蛙）和第二任馆长（两边的小青蛙）。右上：普通的公寓房间改装成了图书馆。右中：图书馆内的电脑区。这里每周都会在niconico上直播。下：采访当天的客人，聚在一起摆出了花园造型。

山上的傻瓜

The Fool on the Hill

浅草千眼

【台东区·浅草】鬼海弘雄

鬼海弘雄是浅草的御用摄影师,正如渡边克巳是新宿的御用摄影师。

鬼海弘雄1945年出生在山形县寒河江市,自1973年起,已连续拍了三十八年浅草。1941年出生在岩手县盛冈市,同样是日本东北人的渡边克巳,也在1973年首次发表了以新宿为题材的作品。两人一直坚持拍摄黑白肖像,都因为年轻时的一趟印度旅行找到了成为摄影师的契机……渡边克巳已于2006年亡故,鬼海弘雄则依旧在浅草进行拍摄活动。

新宿和浅草,两位生在东北的摄影师,陪伴东京的两极走过了同样的时代。可是,虽然两人有着如此多的共同之处,

穿皮衣的男人。

但他们的摄影集中透露的目光差异却甚为巨大。渡边克巳执着于"风俗",试图从镜头中捕捉一丝丝人性。鬼海弘雄则把目光指向了超越风俗的人性。莫非,这也是新宿和浅草的不同吗?

本篇文章会与之前有些不同,一边介绍鬼海弘雄镜头里的浅草,一边请摄影师本人讲述照片的这种磁力,以及浅草这个磁场。

战争结束那年,鬼海弘雄降生在山形县寒河江市。那里以荞麦面和温泉闻名,是个生活悠闲的农村地带。他高中毕业后成为山形县的公务员,一年后又辞职来到东京。当过工人、司机、金枪鱼渔船水手,但始终以踏上摄影之路为目标。1987年,他出版了第一本摄影集《国王们的肖像——浅草寺境内》(矢立出版)。

有很多衣裳的女人。

都筑：鬼海先生一开始并不打算成为摄影师，对吧？好像您大学读的是哲学。

鬼海：没错，我以前根本没想过成为摄影师，也对图像这些东西毫无兴趣。我原本不是在县政府工作嘛，因为是普通职位，感觉今后的发展已经一目了然，或者说知道这条路最终会通向哪里。我当时心气极盛，就想到东京看看，想上大学再思考四年时间。当时三桥美智也和春日八郎都在歌里唱东京不好，千万别来，可我听起来就像在说：快来快来（笑）。我还听到在东京可以谈恋爱呢。

都筑：当时正值学生运动的全盛时期啊。

鬼海：对，所有人都去参加学生运动了。我也被人邀请过几次，只是觉得那事情太难了，我搞不来。尽管如此，我也不怎么想学习，就想光明正大地在外面浪个四年，找有什么能让自己燃烧热情的东西。就在那时，我遇到了电影。改变我的契机是安杰依·瓦伊达的《灰烬与钻石》，还有今村昌平的《日本昆虫记》。我被惊呆了，于是开始经常到饭田桥的佳作座电影院去看电影。另外还有岩波的小放映厅和胶片中心，我都是一个人去看，一年大约能看三百部吧。反正一开始学哲学，也是因为这个专业什么都不用干（笑）。另外，我的导师濑川行有其实就是电影评论家福田定良，虽然我入学时根本不知道这件事。

都筑：您这么喜欢电影，毕业后有没有考虑过从事电影制作，或成为评论家呢？

鬼海：考虑过，因为我对电影真的特别感兴趣。可是五大公司全都没要我，我又去看了看岩波电影，结果受不了，完全是专业岗位（笑）。不过拍电影要很多钱，还要很多伙伴，而我是那种不擅长团队合作的人（笑）。

小时候我就喜欢到河边去钓鱼，到哪儿都一个人玩耍，所以感觉自己还是不适合做电影。再加上，我也不认为自己有那种能力。后来我一直不知道该做什么好，还做过卡车司机和工人，上过金枪鱼渔船。不过那些都不是我想做才做的，只是为了赚钱维持生活。每次干个一年半载，有了一些积蓄，就去买喜欢的书来读。等没钱了，就再去外面捡报纸看招聘专栏，找个新的工作。

都筑：您就是那时候开始摄影的吧？

鬼海：嗯，因为古典的表现方法，比如文学和绘画，都要先通过一扇十分狭窄的门，才能来到表现自己的起跑线上。不过摄影借助了相机这种精密机械，以及胶卷这种化学力量，让我产生了错觉，感觉自己也能行。

既然要搞摄影，我感觉要先改变自己的所在之地，换一个地方容身，于是就上了渔船。在那之前，我邂逅了黛安·阿勃斯（Diane Arbus）。

我曾一直以为摄影只能定格一个事象的某个瞬间，比如什么人去了什么地方，杀人凶手长这个样子。接触到黛安·阿勃斯的作品后我才发现，原来照片有种让人永远不厌倦，无论看多少次都想反复观看的力量。首先不要去选择那些天选之人，而是从市井平民开始。

等我从渔船上下来，福田老师就找到我说，《每日相机》的山岸先生（注：山岸章二，《每日相机》黄金时代的总编）问我要不要认真搞摄影。我最初拍摄的作品就是金枪鱼渔船，足足拿到了七个页面呢。不过我根本不会洗照片，山岸先生就介绍了一个人，请他顺手把我的照片也一起洗出来了。就在那个时候，美国出现了美术摄影和私制摄影，山岸先生就说，如果今后要专业搞摄影，不能像以前那样只把它当成印刷媒体的稿件，而应该学会显影和印制的技术。于是，我就被扔进显影馆学习了。

我1972年上了渔船，第二年进入显影馆。由于每天都待在一片漆黑、充满醋酸味道的房间里，整个人就特别渴望到外面去。于是，我就会每周日跑到浅草来。当时我住在船桥，不过去浅草只需要换乘一趟车，很方便。就这样，我认识了很多跟我境遇相似的人，比如离开家乡的次子，开卡车的朋友，渔船上的朋友。

以前我之所以对今村昌平的《日本昆虫记》大吃一惊，是因为他让随处可见的平凡小人物成为主角，创作了如此壮阔的故事。于是我想，自己也要以那种人为主角。

都筑：您从1973年开始，一边在显影馆学技术，一边到浅草来。不过第一本浅草摄影集在1987年才出版，中间隔了挺久啊。

鬼海：我刚开始摄影，就有一个叫APA的广告摄影组织举办公募展。我用在浅草拍的照片去参赛，结果得了特选奖。于是我就产生一种错觉，好像摄影十分简单。在此之前我从未想过靠摄影吃饭，突然得了一个奖，就让我感觉好像能走这条路了（笑）。

后来我就想方设法要在这条道路上立足，但是一开始根本没有门路。于是，就陷入了迷茫徘徊的境地。只会偶尔把作品拿到《BRUTUS》上刊登一下而已（笑）。反正就是混不下去。基本上我每次都会设定一个主题，拍拍这个，拍拍那个，却赚不了几个钱。那种生活真是累人。

到最后我就想，还是必须回到人身上。为了不让搞文学那帮人轻视，还是应该回归到表现的核心，也就是"人"身上。这恐怕是不能改变的原则。于是我就重新直面这个主题，从头开始了。

都筑：那您曾经有过一段远离浅草的时期，是吧？

鬼海：嗯，我1973年、1974年都在这里（浅草）拍摄，之后那十年左右只是偶尔会过来看看。平时就是打各种零工，比如使用三十五毫米（胶片）拍一下聚集在百货公司屋顶的人之类，反正没什么意思。

但是不久之后，我就见识了印度。第一次去是1979年，当时就感到那里跟我很合拍（笑）。因为我原本很喜欢金子光晴[105]，所以对东南亚有憧憬。不过还是印度让我有种更接近大地的感觉。于是我就决定专攻印度了。我想拍的不是风俗，而是那里的一个个人。后来，我1982年又去了一趟。那时我已经结了婚，还有了孩子，就想以摄影师身份，拍一些能给孩子看的作品。于是我对家人说：我去去就来。结果一去就是七个月。

都筑：一句去去就来，结果扔下刚出生的婴儿离开了七个月（笑）。那样的生活一定很辛苦吧。

鬼海：现在也很辛苦啊！当时我在印度当汽车工厂的短期工，只干了半年。那工作真是太辛苦了。金枪鱼渔船的工作虽然也辛苦，可汽车厂短期工简直要命，真是让人脑子一片空白，基本上连思考的时间都没有。那已经不能简单称为劳动了。不过，之前我不是已经去过一次印度嘛，所以觉得，如果那次都能行，那么这次只要人过去了，一定就会有截然不同的体验。要不，就去半年？印度在呼唤我啊！（笑）而且人啊，一旦有了"好好关注这个现场！"的想法，就会变成客观视角，不受那些身体劳累的影响。如果脑子里一直在思考人要如何生存下去，为何会形成这种体制，那么就算身处其中，也会感觉自己有呼吸的余裕。

都筑：于是您就在来往于印度的时候，重新开始拍摄浅草了吗？

鬼海：没错。但是日本人的脸比较扁平，很难拍成肖像。比较阿勃斯的作品一看，就一目了然了，她拍的人像全都像雕像一样明晰。

不过我突然有了个想法。既然人都有苦恼，都要经营自己的生活，那么绝对可以拍成肖像。因为人不像豆芽那样可以催熟，而是非常辛苦地生活着，因此活着的人，不可能不形成自己独特的面孔。于是我就展开了拍摄。幸运的是，我第一个拍摄对象就是《国王们的肖像》那位木工先生。由此我就确信，"这个能拍！"

都筑：不过你之所以回到浅草，是因为有了之前的经历吗？

鬼海：首先是因为不花钱（笑）。只要保证交通费，再捏个饭团揣在身上，那么每天只要1000日元就能对付过去。

不过这里真是个非常棒的街区，花钱有花钱的活法，不花钱也有不花钱的活法。所有人都毫不遮

木工栋梁，1985。

掩地活着，只要认真观察，就会觉得很有意思。而且浅草还是离山形近啊（笑）。

都筑：相当于通往东北的大门口嘛（笑）。

鬼海：比如在新宿，有人搞大楼维修时，发现旁边的流浪汉生活所得比他们还多，平时去垃圾堆里翻翻酒瓶子，还能发现瓶子里留着大半瓶好酒。不过我是不会选择那种地方的，我会在河边做个帐篷生活。

某天我想，要是一直扎根在浅草这个地方拍摄，那么立刻把它拿到海外，让外国人看，他们也会一眼辨认出："这是人类的本质！"如果到处移动，反倒拍不出那种本质的东西。一直扎根在这里，土地就会成为触媒，让我拍出能够走出国门的东西。不过这种想法是在我拍了好几个人之后才冒出来的。

就好像黑格尔说的普遍性与特殊性……毕竟我是哲学专业出身嘛（笑）。

都筑：原来如此。那么，您是先想出了这么一个框架？

鬼海：毕竟不思考就不能成事嘛（笑）。

都筑：原来不是在拍摄过程中渐渐看清某种概念啊。我比较倾向于这种模式。

鬼海：不仅是浅草，"印度"和"安纳托利亚"

主题的工作也一样。一开始就是闷头过去了，逮到个人就一顿拍。但是考虑到印度的宗教因素，我很难拍到印度的女性人群。

渐渐地，当地的空气就会透过皮肤融入身体，当地的人们也会变为跟自己对等的存在，我也就能拍出感觉来了。到那个时候，那头（被拍摄的人）也会放松下来。我感觉，摄影师最重要的就是那种交流能力。

这边不会卑躬屈膝，也不会恐吓威逼，而是以平等的姿态共享时间，拍摄"你也跟我是一样的人类"那些瞬间。彼此都感到对方送来了很好的问候，然后淡然离别。

都筑：那种能力非常重要啊。

鬼海：所以一些在浅草认识了好几年，拍摄了好几年的人，我都不知道他们家住哪里，甚至不知道姓名。因为我根本不会问。

都筑：所以不存在深入的来往。

鬼海：那（照片）只是某个人的代表，是你的身影，而不是你这个人本身。只不过，如果拍成照片，让观看的人心里产生"他们"或"那些家伙"这种念头可绝对不行。因为看照片的人一旦产生我不想变成这种人的想法，就会停止想象。

照片是为了让人在实体之外充分发挥想象力。看照片的人面对的是一张张照片，摄影师并不在其中。可是将那些照片一字排开，又会让人瞬间感受到摄影师的面貌。

所以我的照片里，绝对不可或缺的一样东西就是"威严"。就算拍摄流浪汉，也必须有拿撒勒的耶稣那种感觉，否则绝对不行。

都筑：那不是对作品的加工如何，而是鬼海先生看待那个人的目光，对吧？

鬼海：是的。因为我要创造一个架空的王国，所以就算拍肖像，我也不会像挨家挨户敲门的推销员那样强迫别人让我拍，而是跟对方交谈、沟通心灵之后才拍摄。大量拍摄《FOCUS》杂志[106]那种照片的摄影师，能不能拍好人？我觉得这两者完全不一样。

福田老师一开始看到我的照片就说："原来人可以这样拍啊。"不过我直到最近才意识到，那是很重要的东西。表现这种东西不应该放进烧杯里细细熬煮，而应该像日常那样敞开是最好的。

都筑：那种事需要很长时间才能想明白。

鬼海：必须吃亏很长一段时间才行（笑）。

都筑：不过您现在出了这么多书，已经是只需要拍照就好的环境了吧。

鬼海：不知道为什么，现在邀稿比邀照片的多（笑）。8月7日发行的《文学界》上，就有我新开始的四页连载。开始出摄影集之后，我就没有做别的工作。不过四十岁之前，我一直是个闲人，还去当过土木工人。我夫人倒是特别善解人意，从来不对我说这个月要交多少家用钱。她对金钱的态度也算个乐天派啊。

都筑：那真是太棒了！顺带一问，鬼海先生没有住在浅草，每天过来拍照，晚上都会乖乖（笑）回家对吧？就像一般工作日那种感觉吗？

鬼海：我每天坐10点17分登户发车的电车，11点17分就来到这里。到达后，我会先转一圈，检查地平线（背景墙）的状态（笑）。其实我有几处固定场所，要是发现脏了，就会擦干净（笑）。

都筑：擦干净！难怪鬼海先生的照片背景都这么清洁。那你平时会带抹布在身上吗？

鬼海：用纸巾（笑）。然后呢，我就会根据光照情况，这个时间拍这堵墙，那个时间拍这堵墙，诸如此类。最后，我才郑重其事地拿出相机，挂在脖子上……就这样进入状态。

都筑：进入战斗状态啊。

鬼海：要是手上不拿着相机，其实有好多人我根本不想上去搭话（笑）。只要一按快门，就会进入另一个次元。所以在时间宽裕却没有干劲的日子，或是宿醉头痛的日子，我绝对拍不出照片来。因为我最大的对手不是别人，正是自己啊。

都筑：毕竟路上并没有到处散落着拍照对象，大家都是人，都会走来走去嘛。虽然也有一动不动的人（笑）。那样一来，您就好像在猎场巡视一样吧？

鬼海：不会啊，我会一直站在雷门那块儿，有时候会四处走走，或是到后门去。就这样，一天大约有好几千人从我面前经过，而我顶多只会拍一到两个人。要是一天拍到了三个人，我就会感觉"好运气要跑了"（笑）。

我的照片跟用三十五毫米胶片的抓拍不一样，假设拍了十个人，大概有八个人会登上摄影集。基本不存在妙手偶得这种事，而且拍的张数也少。我如今大概拍了六百个人，用掉的胶卷不到八百。以前因为太穷，一卷胶片要拍三个人（笑）。

都筑：听您这么说，真的好像打猎一样啊。

鬼海：我可不是用霰弹枪乱射。要是脑子里没东西，子弹就打不出去。相机这种机器绝对不会碰巧帮我拍照片。我要先用脑子思考一遍，再拍成照片。

都筑：不过仔细想想，您已经跟浅草有了四十年交情，会不会在这种类似定点观测的日常中，感觉到街区氛围和人情冷暖的变化呢？

鬼海：我感觉如今行当这种东西已经消失了。你看现在那些动手的职业、体力劳动的职业完全失去了魅力，所谓工作，已经基本跟那些不相干。可是浅草有一点让我很高兴，就是它的零售业很健全。这里有许多老爷爷老奶奶，或者一家人经营的个体商店，而不是麦当劳那种不管走到哪儿都一样的东西。另外，这里也没有大型超市。

所以我觉得，浅草的变化非常缓慢。只是，现在浅草寺的地盘变大了，还整漂亮了，同时也变得更无聊了。过去回廊那一带即使走进来流浪汉，也绝对不会往外赶。现在呢，根本不让进去了。以前可不这样，许多彼此不认识的人过来参拜，彼此不认识的人都聚在里面聊天。院子里有许多蔫不拉叽的树，树下还有长椅，大家就都坐在长椅上休息发呆。现在浅草寺刻意不让人们滞留，不断催促来参拜的客人往外流动，所以特别无聊。

还有一点决定性的不同，就是自从有了电视机和冷气，浅草就变无聊了。以前人们嫌家里热，就跑到通风透气的浅草寺来，跟陌生人闲聊两句。而现在，那已经成了一种奢侈。

都筑：冷气和电视机把人们关在了家中。

鬼海：对，我不记得在哪里看过，有人说走到外面去，跟别人聊天，是作为人最大的奢侈。

都筑：说得真有道理。不过话说回来，您跟浅草相处了这么多年，就没有搬到这里来住的想法吗？

鬼海：因为浅草是我工作的地方，人不会住在工作的地方。专程跑过来，这个行动本身对我具有重要意义。因为我平时出门不带相机，而拍照的时候，我就会变成专业摄影师。

都筑：摄影师也有好多种啊（笑）。那您也不会在浅草喝喝小酒什么的吧？

鬼海：因为没钱啊（笑）。不过那种行动会让我彻底了解浅草的全部乐趣，我感觉这样不行。

都筑：您这自控能力真了不起。要是换成我，肯定会在这里顺便喝喝酒，交个朋友，还想把这里介绍给某个人。

鬼海：那是因为都筑先生是城里的孩子，而我则是乡下的孩子。我胆子比较小，很难下定决心踏进陌生的店里去。既然这么麻烦，干脆就去吉野家了（笑）。

不过我觉得想象那个部分很不错。你问我为何一直在街上走，就是为了激发想象力。看到晾在外面的衣服，我会想象这家都有什么人……下町的生活基本是完全裸露的，而且特别有意思。走在里面就像在看一本小说。然而看到公寓和高级住宅区，我却找不到任何故事。那些只是容器罢了。

都筑：因为不深入，反倒会激发想象力啊。

鬼海：没错。

都筑：我之前看鬼海先生的照片，猜您应该跟很多浅草当地居民关系很好。不过从您的话来看，您和居民之间几乎不存在很长的交流。所以有时候会在毫不知情的状况下拍到特别厉害的人吧？比如把照片洗出来了才发现："啊，这不是驹鸟

姐妹吗。"（笑）

鬼海：我不知道自己见到的是姐姐还是妹妹，反正有一天我在上野不忍池附近逛，偶尔碰到其中一位在喂鸽子。那位女士真的很有魅力。那不是身为艺人的魅力，而是举手投足都很有感觉。

都筑：还有堪称浅草的"横滨玛丽[107]"的那位奶奶级娼妇，对吧。

鬼海：我不知道她叫什么，也没有问。不过有一天走在路上见到她，她对我说："多亏老师您，让我出名了。我请您喝东西吧。"说完就买罐装咖啡给我（笑）。她请我喝了三瓶之后，换成我对她说："我请你吃麦当劳薯条吧。"（笑）

都筑：不过鬼海先生的风格就是让关系止步于此对吧。要是换成我，会想办法搞一场采访。

鬼海：因为她虽然是她，但我并不需要把她只当成她。她更多存在于任何人都有的部分中。

都筑：是吗，看来肖像的真正价值就在这里啊。

鬼海：所以我只知道她喜欢赌马。

都筑：原来您还是了解的嘛（笑）。

鬼海：谁叫她每次包里都放着马券（笑）。

从东武伊势崎线竹之塚车站乘巴士十分钟左右,就来到这片楼龄将近四十年的团地。

永不消逝的磁带

【足立区·南花畑】地下设计

　　自从开始收集演歌方面的材料后,我发现在演歌行业和卡拉OK行业,磁带至今仍占据着重要地位。走进专卖演歌的唱片店,至今都能看见磁带跟CD并排销售,店里还有堆积成山的空磁带用于录音。这对早已连CD都不怎么买,只靠下载和iPod听歌的我来说,无疑是个新鲜的发现。

　　根据唱片店主介绍,由于卡拉OK练习时可能出现需要"回到前一个小节"这种细微操作,用CD唱机无法实现,所以年长的客人更喜欢用磁带。这话很有道理,论可操作性,现在的CD唱机和MP3播放器远不如模拟制式的磁带优秀。

　　听磁带就需要用到收录机,这是二十世纪六十年代末诞生在日本的伟大发明。另外,据说"收录机"这个名称,最早是由先锋使用的。这个品牌还领先世界量产出了车载音响、车载导航和激光唱盘等产品。

　　收录机可以收听广播,可以播放磁带,还可以录音;既能用交流电,也能用电池,是一种把音乐从室内解放出来,堪称划时代的技术发明。它支撑了八十年代尚在诞生初期的美国嘻哈文化,想必还有很多人记得以前的"手提大收录机"和"大音炮"吧。

　　一度如此辉煌的收录机,如今已沦为"不会买、不会用CD和MP3播放器"的技术弱者的

"穷人之声"，只能在电器店一角寻找到设计过于孩子气的产品，令人无比痛心。

二十世纪七八十年代，收录机席卷整个世界，至今仍有不少人怀念那种厚重而硬派的设计。只不过就算买到古董收录机，也有至少二十年的历史，状态不可能好到哪里去，更不可能找到厂商修理。因此每每在二手店和跳蚤市场上看到心仪的机器，也难免犹豫不前。

位于足立区花畑团地的"地下设计"工作室，就是一位设计师在被古老的收录机吸引后，辞去工作，赌上四十岁以后的下半辈子，毅然创建的"收录机重生工厂"。

花畑位于足立区北部，隔壁就是埼玉县。从这里到保木间一带有一片楼龄数十年的旧团地群。在这个跟花畑之名不太相称的地方，有座一楼是商店街的大楼，我们要找的地下设计就在这里。

明明是工作日白天，这个迷你商店街却几乎看不到开门经营的店铺。在这里找到一扇惹眼的乳白色玻璃门，走进去迎面就能看到堆积成山的收录机、便携式电视机和各种零件，俨然一片混沌空间。往被层层叠叠的各种架子挡住视线的店内喊一声，自称"厂长"的地下设计店主松崎顺一先生就走了出来。

松崎先生1960年出生，最近还出版了一本收录本人藏品、充分挥洒对收录机热爱的摄影集，名为《收录机的设计！》他向我们发表了一番满是纯粹热情的讲话，让人直想称呼他为"一辈子的电气少年"。

这里单讲地点就很有意思了。其实足立区里有很多这样的团地，楼龄全是三四十年。那时候的团地肯定有某个角落被规划为商店街。然后过了三四十年，住在里面的人全都成了六七十岁的老头老太，去商店街买东西的人就骤然减少，商店街真的变成了"卷帘门大道"。虽然我隔壁有鱼店，背面隔了两间店面是粗点心店，再隔壁是酒水店，看起来还有不少正在营业的店铺。不过其中真的有些团地商店已经完全空置了。

我这儿原本是小酒馆，楼上最深处是舞台，所以还装着聚光灯呢（笑）。入口顶上也有红色跟蓝色的聚光灯，自从店倒闭后就一直扔在这里。我很喜欢老地方，也很喜欢改造，

一楼部分是商店街。在众多卷帘门紧闭的店铺中,能看到地下设计显眼的大门。

不过这里氛围实在太好了,就只把家具撤掉,直接用了起来。

我生在三轮,山谷那片地区等于自家后院,所以我从小就在山谷跟流浪汉大叔玩儿。那时候公园里大叔比孩子还多。泪桥那一带甚至有人直接睡在路中央(笑)。直到现在,那边还是那种感觉。

我现在偶尔还会去那边,而且早晨的山谷最有意思,因为住在那里的人会搞早市。你想啊,那一带的人不是很穷嘛,所以他们都是白天到街上到处捡破烂,第二天早上5点半到6点半左右摆摊来卖。有便利店扔掉的便当,过期的香烟,等等。还有就是很糟糕的DVD,各种东西应有尽有,只在清晨能看到。那里已经算是东京的西成[108]了吧。

早上揣五个100日元硬币在身上,就能买到各种东西,而且水特别深。不过那地方很少外人知道,到最后就变成摆摊的人交换金钱和食物的状况,所以那里卖的东西都很危险,十分烫手。每每让人惊叹:这玩意儿到底从哪来的?

而我呢,特别能融入那种地方(笑),经常去那里买旧磁带和音乐盘,还有相当陈旧的家电。那个早市里有很多东西都让人感叹,不知道究竟是从哪儿找来的。比如特别老旧的收音机,有时还有收录机。于是我就会赶个大早,到山谷中央公园。由于那里6点半要开始播放广播体操,这样一来,普通人就会聚过来,所以早市一般会在那之前结束。从5点开始就人来人往,一旦普通人开始出现,摊贩就齐齐撤走了。东京至今还存在那样的世界,而我从以前就特别喜欢寻找那种地方。

我父亲原本是个电器爱好者,少年时就会自己做收音机……据说当时做出来一台收音机能卖好多钱呢,就那种真空管的。我父亲特别喜欢做那种东西,我懂事以后,就一直看着父亲在旁边手握烙铁做收音机。

不过那只是个人爱好,他的本行是发明家(笑)。怎么说呢,我父亲特别喜欢申请专利。虽然工作是当白领,不过他也常常搞些发明,拿去申请专利,做各种稀奇古怪的东西。尽管没有一样东西能修成正果(笑),最后都是搞成半吊子。

我看着那样的父亲长大,从小就特别喜欢做手工,上小学就把图画工作、技术·家庭、美术、生涯学习这些科目全都学了(笑)。因为我实在太喜欢做东西了。另外还采集昆虫、钓小龙虾,或是去秋叶原买便宜零件,自己用烙铁做东西。我特别喜欢烙铁味儿跟大自然的气息混在一起那种感觉,所以足立区是最棒的!

这一带有很多农田,还有河川。稍微往埼玉那边走走就能抓到甲虫和鳅形虫。现在我采购收录机的主要地点也是埼玉那边。在埼玉郊外一个远离人烟、无人知晓的地方开着几家企业,我都是到那里去淘货的。

那些地方不制作电器,而是像最近新闻上说的那样,在国内收集大家已经不用的家电,运到外国去,也就是所谓的废品厂。他们有高高的围墙,里面堆满了电器制品、废旧自行车和汽车等东西。平时会有外国买家过来,把那些东西堆进集装箱里买回国去。我就经常出没于那种地方,采购者几乎没有日本人,都是外国人。(那些地方)基本都是外国人开的,比如中国人、越南人,还有土耳其人……中东到东南亚的人比较多,最多的则是中国人。他们大量收集日本的旧家电装到集装箱里,搞不好每天都在发往中国。

487

在最喜欢的东西包围下,断言"我的工作就是兴趣!"的松崎顺一先生。他身上还穿着苹果公司的员工衬衫。

以前不是有人报道过，有大量日本自行车被装到万景峰号上运往朝鲜嘛。日本的废旧电视机或电冰箱就是这样被出口到国外，改装成各个国家适配的制式来销售。其中最受欢迎的就是收录机。

我听说过很多这种事情，说到底，发展中国家卖得最好的家电就是收音机和收录机。为什么呢？据说发展中国家有很多比较偏远的地方尚未通电，而收录机可以用电池驱动。他们通常不是用来听磁带，而是用来听广播。在这边，收录机播放磁带的功能一旦坏掉，人们就会把机器扔掉了，但收听广播的功能基本还是完好的。在贫困地区，只要上好电池，就能用它来听上一个月广播。他们可以听听音乐，听听新闻。这方面的潜在需求还是挺大的，所以废品厂才会去收集那些东西。

我从小就特别喜欢听广播，小学到初中、高中，每天晚上都会听广播节目。所以，我不折不扣属于听深夜节目长大的一代人。除了广播，当时还很流行BCL（收听外国短波节目），所以也会听外国节目，还经常去录音。戴着耳机，背着收录机，用麦克风收录蝉鸣之类的声音。我初中时蒸汽机车还没退役，所以也会录那个声音。有一次我用家里的音响播放了蒸汽机车从远处开过来再开远的声音，就特别感动。闭着眼睛仔细听，就会感觉："哇，好厉害，火车在动！"

当然，我也搞过业余无线。那时候真的很迷那种东西，还在自家屋顶上竖起了特别大的天线，每天不停地转。不过我上高中时，夏天刮了一场台风，把大天线都刮倒了（笑）。我家门前就是一块水田，天线就倒插进了田里……毕竟我在屋顶上装了直径约有十米的天线，真是太让人头痛了。当时周围一带全部停电，我被骂得狗血淋头。我感觉有些扫兴，就没有再搞。不过没过多久就重操旧业了。我今年也准备再搞一次。正因为是这种时代，所以才要搞模拟制式的无线电啊。

业余无线电基本使用摩斯密码。我希望能让摩斯密码再次流行起来，虽然我觉得这不太可能，不过我实在太喜欢摩斯密码了！！！我还在这里低调销售电键，就是发送摩斯密码的东西。而且还很好卖呢。我正考虑，要不要多进一些这种电键，把它组装到收录机上，做成一种有意思的电子乐器。不是单纯修理收录机然后卖出去，而是在上面加点有独创性的设计，去追求其他可能性。我觉得其他地方可能没有人干这种事。比如把一台收录机改造成类似唱盘那样，可以用来制造DJ音效的设计。我正在跟认识的音乐家一起研究，到底磁带能制造出多少有意思的声音。

我小时候是磁带与盘式录音机并存的时期。上初中和高中那段时间，我一个人就拥有四台盘式录音机，全都这么大……塞在房间里。一台是父母买给我的，其他都是自己存零花钱买的。上高中时，我违反校规打过好多零工，一边被老师骂，一边继续偷偷打工。存了几百万买无线电机，连天线都是自己买的。那时候在本地的咖啡厅工作，还在店里碰到过老师（笑）。因为每个月能赚到八九万日元，所以我干得特别起劲，成绩一度很危险。另外，我高中时还特别沉迷用无线电机跟海外通信。由于对象基本都是美国人或者欧洲人，因此我唯独英语成绩特别好。

后来，我就更加深入了机械的世界。不是汽车或摩托车，而是家用电器。所以曾经有好几次差点触电死掉了（笑），真是全身酥麻。电视机那种家电有几万伏特，特别厉害。有一次我还被电烟了，手臂一片漆黑。

但我后来学的东西跟爱好完全不同。因为我一直喜欢画画、设计，爸妈也说别上什么大学了，不如去学手艺，我就被送到设计学校去了。进入专门教授设计和室内装潢的学校，就职也在搞室内装潢的公司。

那家公司的业务基本都是室内装潢设计，不过在造型方面也涉猎甚广。一开始我还觉得很有意思，不过那毕竟是靠甲方给饭吃的工作，做着做着我就觉得遇到了瓶颈……我越来越想表达自己的东西，基本上从三十多岁就开始有那种想法了。

我在公司待了二十二年，一直有种不温不火的感觉。心里虽然想"做点各种各样的事情"，结果还是老老实实领工资，三十多岁结了婚，觉得现在独立已经来不及了。不过等我到了四十岁又开始想，这种时候要是不狠下心来，我的人生到此为止了。于是我便犹豫着该怎么说服家人，同时辞掉了工作。

在一家公司待上二十年，不是会渐渐往领导的位置走嘛。先是组长，然后是代理课长，接着是课长……坐到那个位置上，基本都在干管理工作，已经完全脱离了设计工作。所以每天只剩下培养后来之人，完全接触不到创造性的东西了。想到这里，我就下定了决心。因为我不想一直干到领导的位置上，不想放弃自己喜欢的东西。当时社长都跑来对我说："你把工作辞掉我们可就头痛了，赶紧打消这个念头。"结果呢，那家公司由于业绩不佳，去年把所有设计师都裁了。要是我也在去年被裁员的名单里，就真的什么都做不成了。如此想来，当时坚持辞职真是太明智了。

我在室内装潢设计公司工作了二十二年，2002年辞去工作，2003年开始现在这份工作，到现在已经七年了。不过，我辞职时根本没想好今后该怎么办。当时我还不知道自己擅长什么，就想了想自己喜欢什么，最后认为自己喜欢家电，或者说，喜欢收集那些旧东西。相对于现在的东西，还是旧东西的设计更吸引我啊。不管是建筑、家电还是汽车，所有工业产品的设计，都是旧式的更威风。一是因为这个，再就是因为自己真喜欢家电，希望能做以家电为主的工作，于是在2003年开了这家名叫地下设计的买手店。

当时店不在竹之塚，而是靠近西新井大师一带，只有26平方米，特别小。我做的不是衣服买手店，而是家电买手店。不过我上班时就收集了不少东西，比如旧电脑之类。当中有很多特别喜欢的，都收集了不止一件，于是我就决定先把重复的拿到店里去卖。

商品基本上都是我自己收集的日本家电。我家一直住在高层公寓，明明有三房两厅，我却只能待在客厅，因为别的地方都被家电塞满了。家里人都特别反对……一打开门，半边走廊都被架子占据着，上面全是家电……（笑）我被骂已经是常态了啊，因为采购的地方多种多样，有时候家电里还会往出冒虫子，爬蟑螂……家里人都受不了。

我这里的东西不像服装买手店那样都是名牌，也不是一般人会觉得特别帅的东西，而是我自己觉得特别帅的东西。有些东西别人都觉得"这是个啥？"而我则认为这东西就是好。基本上我就是个狂热分子，完全不适合做生意（笑），所以店里头三年都是门可罗雀。

这样实在太不好了，于是我开始想办法。当时正好要出台《PSE法》（《电气用品安全法》），传闻旧东西不能卖了。我觉得那样正好，干脆先停业一段时间吧，于是2006年就把店关了。后来有一段时间，我都是在网上接单，帮人修一修收录机。所以大概有两年时间吧，基本上没有收入。那种情况一直持续到最近这段时间。也就是这两年左右，生意才突然火了起来，让我感到很惊奇。

之前那段时间，就靠我夫人外出工作、我的退职金和之前的积蓄生活。尽管如此还是捉襟见肘，陷入了人生最低谷。说真的，那几年真是特别苦。

付了这个账单，那边就交不起了，该怎么办？这种精神压力特别大。我同时也在做一些修

上：在展示活动等场合，为了让孩子们看清内部构造，还会把机器外壳拆掉。
下：在堆积如山的收录机间还能看到古董苹果电脑。

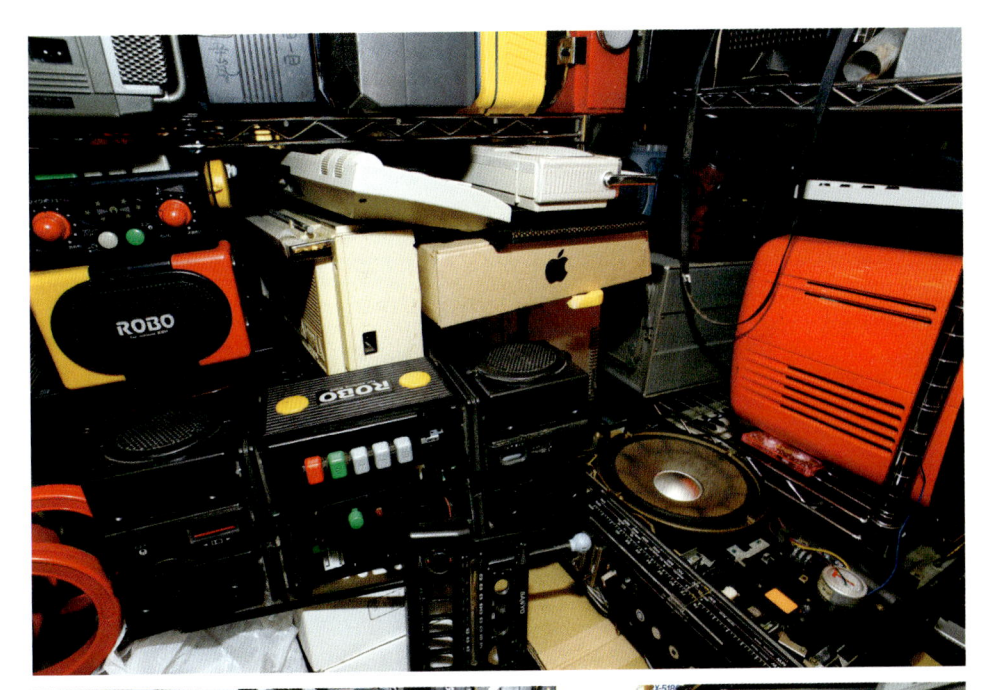

这里还有八轨磁带的播放器、能在水里听的收音机等罕见产品。

理收录机的工作。因为以前干过类似的事，便一点一点自学，渐渐就能修理好了。

最后我开始想，要把这些收藏品卖出去，应该如何添加附加价值呢？刚开店的时候，我都是把家电当成室内软装来卖，不追求它功能完好，而是更重视其设计价值，把它当成一种装饰品。

可是，我把店开在足立区，根本没有人过来（笑）。反倒是住在附近的大叔跑来问我："我想听赛马（直播），你有收音机吗？"那就是我做的全部生意。还有就是想买一台电脑练打字，有没有合适的款式之类。不过就在那时我开始想，老式收音机只要修好了，是不是也能卖出好价钱呢。在跟各种客人交流的过程中，越来越多人会问我这东西能不能用，于是我才开始自学。一开始每台收录机只卖三千日元或五千日元，因为不能用啊。现在我把商品都修好了，最低也能卖三万五，甚至十万日元。同样的东西，只要修好了就会有附加价值，就能卖出去。这让我意识到，即使做同样的事情，只要有了附加价值，其结果也会全然不同。于是我就把价格越定越高了。

每次提价，客人都会犹豫一回。如此重复两三次，也就是大约两年前设定为现在的价格，结果就开始有新客人出现了。那都是些"你再卖贵点都无所谓"的客人。

要说我的工作流程，首先最想做的就是家电收集。怎么说呢，发现的快乐就是我的人生价值。这项工作我绝不想交给任何人。然后就是无论业务扩大到什么地步，我都不想丢下自己亲手修理电器的乐趣。

二十世纪九十年代以后的家电，应该都没有什么（修理的）乐趣，或者说延长使用寿命的方法。要么就是坏了扔掉，要么就是换掉坏的零件继续用吧。只能做这么多。如果是七十年代到八十年代中期的产品，只要有人仔仔细细将每个部分维修保养一遍，就能继续用很久。

所以，还有很多人到店里来专门请我修东西。他们手上有些一直使用到现在的旧东西，但是坏掉了，厂商又不给修，拿去镇上的电器店，人家都说不如买个新的。然而有很多人都不愿意买新的，就想用原来那个。

那些客人大部分都是老年人，他们的收录机用了几十年，坏了却没地方修，就会跑过来找我，问我能不能修好。

我这个店完全不做广告，客人都是从报纸、电视和广播节目上知道这个地方，慕名而来的。比如最近NHK广播就提到过我这家店，当时在这里搞了大约十分钟的全国直播，是NHK一台的节目，反响特别热烈。节目结束后，我手机连续不断响了一个礼拜，全都是来找我修电器的。我真是再也不敢有下次了（笑）。还有很多毫无意义的电话，打过来只是对我说："哎呀，好怀念啊，真是太令人怀念了！"（笑）不过现在也没能有聊这些话题的店了，毕竟镇上的电器店已经不再具有那种功能，所以那些客人的倾听者，就都变成了我。最近真的都在回绝客人的委托，因为要先把之前的修理按顺序搞完，客人都排了好长的队在等待呢。

特别对老年人来说，现在的设备实在太不好用了。旧式收录机和收音机的界面都比现在这些好看得多。更加直观、明确，很容易上手。也不知道是不是厂商刻意如此，现在的家电已经没有了那种特征，反倒开始追求尖端技术，最新款式，最前沿科技。你看手机不就是这样。我觉得像五年前十年前那种只能打电话的手机就足够了，可是现在的手机真是让人搞得搞不明白。尽管如此，老年手机又很土。要是有更好看的老年手机就好了，现在为老年人提供的产品已经被等同于土气了。我感觉，"操作简单又好看"这个分类在家电世界已经不存在了。

其实我不只是喜欢家电，还很喜欢电脑。早在NEC 6001或8001那个时代，我就开始买电脑了，今天这件衣服也是二十五年前苹果总公司的人穿的制服，我从跳蚤市场上淘来的。我可是最早的Mac一代，那时一套设备得三百万到五百万日元，而我在Mac上面花了一千多万日元（笑）。每次有新产品，我都会专门跑到美国去，不等它在日本上市就买回来。

那时候我基本每年去美国三四次，像在沙漠里四处乱跑一样，去苹果商店说："给我这个海报！"指着店员身上的衬衫说："这个给我！"总之就是四处搜罗。我对电脑的热爱程度就是这样，不过说到底，电脑也讲究一个设计啊。尤其是Mac初期青蛙设计公司做的那些，简直太棒了。

我对电脑讲究的不是程序如何如何，性能如何如何，而是把它纳入家电这个大范畴内，当成工业产品的一个类别，收集设计好看的电脑。

就像服装一样，我对产品首先追求的不是性能，而是设计。性能只能排第二。无论是汽车还是电脑，都要讲究设计，里面怎么样都无所谓。啊，虽然不能说无所谓，但我不怎么讲究那个，而是对那些产品的外观，在设计中融入的思想很有共鸣。

而店里很多客人也会跟我的想法产生共鸣。前不久我在东急手创馆搞的活动里展示了收录机，第一天把最贵那台收录机买走的客人，是一位从事造型设计的人。后来那位客人给我发来邮件，说他想了想自己为什么会买下那台收录机。原来是因为他被旧收录机的设计和珍惜旧物品的爱惜之心所吸引，看到的瞬间便忍不住把最贵那台十二万日元的买了下来。那位客人是和服造型设计师，主要工作是把旧和服改造为具有现代感的和服，似乎跟老式收录机有很强的共鸣。

由此可见，很多客人都不是我们所说的古董家电收藏家。有的客人是创作者，有的客人是音乐家。有许多人对我说："我想要这样的收录机，请帮我选一台。"还有许多人对我说："能做这样的改造吗？"所谓改造，就是比如把整台收录机拆开，加上彩色或其他装饰，或是做成一台全白的收录机之类。另外还有人要求更换音箱，追求更高的音质。

我不知道那些客人会用收录机听什么音乐，不过有人专门把CD和iPod的音乐录到磁带上，用收录机来听。所以我店里卖的产品，录音功能都能正常工作。只要有CD唱机，就能以外部输入翻录的形式录到磁带上，做成一盒示范带（笑）。

磁带跟CD不同，会从停下的地方继续播放。数字媒体只要你停下了，就会复原为零。所以在使用方面，模拟制式的磁带媒体，会有很明显的动作感，让人亲眼看到它在运作。过去的收录机只要按下开关，就会进行特别机械的运作，发出声音，让人亲眼看见它在工作……这种视觉效果可能会让老年人感到安心吧。

你想啊，磁带这种东西，万一有个地方读不出来了，只要带子没断，后面的就照样能用。不像CD和MP3播放器这些东西，一旦载体蹭花了，就无法读取。这点不同也特别能让老年人感到安心。

现在我只在周末开店，因为地点偏僻，反倒成了筛选客户的好方法。那些专门跑到这里来的客人，基本都特别死忠，让我非常受不了（笑）。有很多人都是来找我聊天，一来就不走了。不过那种客人都黏性很高，一定会买点东西回去。虽然客人是好客人，但我接待得也很累。不过这也没办法啊。

除此之外，还有很多海外御宅族。其实，外国收集日本收录机的人远比本国要多。日本国内这种收藏类别还没怎么确立起来，国外却已经有了很多日本家电，特别是日本收录机的收藏家俱乐部。

收录机诞生于日本，二十世纪七十年代到八十年代风靡全球的收录机几乎全部来自日本，只有小部分为各国自己生产。由此可见，基本上全世界人用的收录机都是日本制造。我经常去北美、欧洲、东南亚，还有中国，中国在八十年代也从日本进口了大量收录机。当时那是一种高档商品，我还听说北京某些特权阶层的人，用日本的收录机来给社交舞蹈伴奏。一群人聚在一起，用磁带播放音乐，跳跳舞，喝喝酒。那时收录机在日本卖十万日元左右，到国外自然就更贵了。在当时的中国能买得起收录机，只能是真正的上层人物，特别有钱的人。所以中国内地和香港都有很多很厉害的收藏家。

至于美国，那里的人多数都不满足于保持原状，无论是汽车还是什么，都要自己改装一番。所以收录机也被他们改装得特别厉害，简直难以辨认。反倒是欧洲那边的老式收录机都被保持了原样，因为那里的文化更倾向于爱惜物品。无论是房子还是别的都一样。人们都喜欢老物件，小心翼翼地使用。所以，在欧美那边更容易搞到收录机和各种零部件。

在日本，东西用旧了就会被扔掉，所以这边的情况更让人伤心。明明是诞生在日本的收录机，却不断被人废弃，然后流入我刚才说的中国等发展中国家，实在是太让人伤心了。我认为，在日本产家电中，收录机可能是最优秀、最俊逸的产品了。所以，它将来就算变成日本的文化遗产，我也不会感到奇怪。

现在锡制玩具不也被认同为文化了嘛，可是家电却完全没有那种待遇。不过正是因为谁都不关注，我才有机会做成这个生意。当然，我本来也不是因为没人做才做这一行，而是自己正巧喜欢，所以才把它当成了事业。

我刚开始做这件事时，一直坚信肯定有人与我品位相同，然而途中却遭遇了许多挫折。有几次我还走投无路，去过职介中心……好在我夫人理解这项工作……虽然一开始她也很无奈。现在她的想法是，既然干这个能养活自己，那有何不可呢。

好在如今客人越来越多了，今后我还想到美术馆或画廊展示一些作品，让人们发现收录机原来可以这么有意思，原来可以这么好玩儿。我希望让更多人知道，收录机在这个时代才具有的可能性，希望他们买下收录机的附加价值。另外我还想制作各种各样的磁带一起销售，告诉大家还可以有这样的选择。

我想在磁带里收录各种好玩儿的声音，让客人买回去，用收录机播放出来，再自己主动出去录制一些声音，由此渐渐兴起录音热潮。现在录音都不需要用到磁带，只要有个PCM录音笔就能实现，如果把那种设备跟收录机联动起来……如果能想出以收录机为媒介，只有现在才能实现的新玩法，让人们出于需求而想买收录机，形成一种自然发展，那就太好了。无论再怎么鼓吹收录机"音质很好！"要是没有一个用途，应该很难让普通民众理解并喜欢。

尽管不是专门出于这个目的，我还是在收集音乐磁带。无论走到全世界哪里，都能在跳蚤市场、古董市场这些地方找到普通家庭不要的磁带。所以我就经常在那些地方收购音乐磁带等东西。这里有好多用完的、录了各种声音的磁带，足足好几万盒。

那些磁带来自世界各地，我都不知道里面录了什么。由于全是二手，偶尔拿一盒出来听，还能听到一家人的谈笑声（笑）。另外还有一些录制的节目，真的特别有意思。旧磁带这种媒介，特别吸引人。被各种人使用过的东西，总感觉汇集了各种各样的灵魂。

我偶尔也会在办活动时播放那种磁带。因为

收回来的磁带里有很多奇怪的、好笑的东西,所以我有时还会搞听磁带的活动。放一台收录机在中间,像磁带寄席表演一样(笑)。

我搞这种活动时,来参加的人都不是收录机一代,而是现在的年轻人。说到底,现在的家电都特别讲究造型,过于好看了。看到那种家电,人根本不会产生眷恋。对年轻人来说,更有人性、更充满设计者思想的家电才具有魅力。拥有那种家电,整个人都会快乐起来。

而旧时代的家电,拥有让人难以抗拒的表情,特别有魅力。所以才会让人有收集的欲望。重点不在于还能不能用,而在于它的设计。好酷!立刻就想要!……就是这种感觉。现在那些十几二十岁的人,从未见过真正的收录机,甚至不知道收录机和磁带是什么。所以当我向他们解释这些东西的好处和魅力时,他们都会感叹:哇,好酷!

现在年轻人熟知的家电,基本都是一个黑匣子,根本不知道里面是什么构造。因此,当我说起收录机的魅力时,还会向他们展示内部配线和机械结构。里面有这么多机械构造,并且还是靠人手拼装的,这也是收录机的魅力之一。在搞活动时,我总会专门带一个没有外壳的机器过去进行讲解。

不过因为收录机的做工实在太好,虽然有提手,还是特别重(笑)。年轻人都会惊叹,这东西怎么这么重?现在的iPod这些东西不都很轻嘛,所以也会有人问:"过去人们都用这种东西听音乐吗?"但是,用它来当室内软装,绝对特别好看。

现在已经很难看到那种机械感十足的东西了。我希望能让更多人意识到,原来过去曾经有过这种东西,而且现在看来它也特别酷。这样就最好了。我已经越来越分不清这到底是我的工作还是爱好了。

◉ **地下设计** 东京都足立区南花畑5-15保木间第五团地14-105

497

浅草木马馆的旅行艺人世界

【台东区·浅草】木马馆大众剧场

这里是周二上午将近11点的浅草木马馆门前。绵绵细雨中，正有许多人等待剧场开门。这些性别年龄各不相同的人们，全都默默地撑着伞。

除此之外，还有许多人双手提着沉重的塑料袋。里面装的是犒劳伙伴的点心，还是自己的餐食？这是个工作日的白天，这些人出现在这里，恐怕是为了观看长达三个半小时的大众戏剧表演吧。这些人在雨中默不作声，显然与歌舞伎座和国立剧场门口排队的人不太一样。

这座楼位于浅草寺旁边的五重塔大道边上，一楼的木马亭专营浪曲演出，二楼的木马馆直到1977年还以《安来节》表演为主打，其后又发展成现在这样的大众演艺场。可能因为客人众多，也可能因为是在浅草，从那时起，在大众戏剧团和音乐界人士眼中，木马馆就成了像武道馆一样的圣地。东京还有十条的筱原演艺场，也有经常请剧团去演出的健体中心，可凡是从事大众戏剧的人都有一个共识："被木马馆邀请意味着剧团成了超一流级别。"

大众戏剧的剧场基本以月为单位轮换剧团进行公演，而对剧团来说，这就意味着每月都得换个地方演出。从每月1日到最后一日（或倒数第二日），剧团都会进行昼、夜两场演出，然后便收拾舞台，打包行李，前往下个月的公演地点。当他们把行李搬到剧场后台，马上又要在一片新的土地上展开表演。晚上的公演结束后便是彩排，最后在后台或舞台，有时甚至是观众席上铺起被褥睡觉。几乎所有剧团都是一家人参演，孩子们也是每个月就得换一所新学校。这种传统旅行艺人的生活，如今依旧存在于这个行业中。

现在是7月，正在入驻木马馆的是"花车剧团"。这个人气剧团二十六年前在北九州成立，座长（剧团长）由姬京之助和长子姬锦之助共同担任。京之助座长出生于1958年，是初代姬川龙之助的长子，十六岁初登舞台，陆续在初代藤广剧团和当时有藤山宽美加入的"松竹新喜剧"磨炼演技，最后创建了花车剧团。剧团由已故的藤山宽美命名。

花车剧团有著名的美型四兄弟，分别是二十九岁的锦之助，以及三个弟弟猿之助、勘九郎和十四岁的右近。四个人都很受追捧。不过，这次我们来到木马馆如同迷宫的后台，向京之助座长和在幕后支撑整个剧团的梦路京母夫人采访了大众戏剧这个特殊世界的悲与喜。

浅草五重塔大道（后山参拜道）的木马馆大众剧场。

入口这块吸引眼球的招牌由专门的招牌画师每月亲笔描画。

● 姬京之助座长的故事

从北到南，我们每月都会到各种地方去。一般来说，先定好1月的日程，然后就按顺序排上一整年的日程。今年的日程差不多是这样吧：

1月：朝日剧场（大阪天王寺）
2月：东洋健体中心惠比寿座（福岛县郡山市）
3月：吾妻健体中心（茨城县稻敷市）
4月：滨松健体中心巴登巴登（静冈县滨松市）
5月：筑波YOU世界（茨城县筑波市）
6月：小岩汤宴洗浴中心（东京都江户川区）
7月：木马馆大众剧场（东京都台东区）
8月：篠原演艺场（东京都北区）
9月：八尾大酒店（大阪府八尾市）
10月：下松健体公园（山口县下松市）
11月：青年中心（大分县别府市）
12月：梦乃汤（广岛县福山市）

1986年创建剧团时，我们活动的场所主要还是剧场，现在健体中心的场地越来越多了。过去日本有很多剧场，我也以有朝一日能够登上木马馆的舞台为目标不断奋斗着。

无论是观众还是演员，身在剧场跟身在健体中心的紧张感都完全不一样。观众到剧场来，全副身心都是为了看戏，难道不是吗？而健体中心则有一半观众是一家人带孩子过来玩儿的感觉，另一半才是认真看戏的人。有的人去健体中心，可能根本不会到剧场那一层去，而是泡泡澡、吃吃饭就走了。所以作为表演一方，还是感觉在剧场演最畅快。健体中心可以喝酒，所以有些观众会边喝酒聊天边看戏。在我们看来，还是更希望观众能专心观看演出。

我父亲、母亲、祖父都是这一行的人，到我是第三代，我孩子是第四代。只不过我进剧团的时间有点晚，十五岁才进去。在此之前，一直都是奶奶带着我在老家上学,父亲母亲则偶尔回九州来看我。

现在我们一家人一起旅行,每个月都住在不一样的地方。不过这种生活已经持续了几十年,早已习以为常,每到一个地方就会有种"我回来了"的心情。我们大致上每一年半就会把所有地点都转上一圈,跟木马馆也是久违了一年零五个月。于是,再次来到木马馆,就会变为"回到"这里的状态。这种日程也已经持续了好几十年,不太会有……冷冰冰的陌生感觉。反倒马上就能融入这里。无论是木马馆还是健体中心,只要来上几次,就熟稔了。

不过年轻时走在旅途上还是会有很艰苦的时刻。我孩子不是(每月)要转学嘛,每次想到这个我就会叹气。对啊,工作上居无定所还能应付,孩子肯定受不了啊。毕竟一转学就没朋友了,每个学校的教学进度也不一样,有时候来到进度特别快的地方,矛盾就容易显现出来。我觉得,孩子们应该都为此痛苦过。而且平时还交不到朋友……这恐怕就是干这行的宿命吧。

做这种工作的人都一样,比如歌舞伎演员,一旦孩子成为子役[109],可能在学校上到第三节课就得回家化妆,然后登台。毕竟是为表演耽误了上课时间,只能在公演的地方请家庭教师教孩子读书。一般都是晚上9点工作结束后,请老师过来上课。虽然很辛苦,但白天晚上都要登台,只能等结束后再学习。这个行业的情况都差不多。

这座木马馆经过扩建,房间数量变多了,所有人都能在房间里睡觉。以前后台特别小,大家就只能睡在舞台上。我们第一次来的时候,这个3平方米多点的房间(座长房间)得睡四个人。

我清楚记得第一次来这里的情景。那年我二十八岁,满脑子都是糨糊,浑浑噩噩地过了一个月……当时剧团有十三四个人,我弟弟春之助(现任春剧团座长,第二代姬川龙之助,已经独立出去,以九州、关西为中心展开活动)还在剧

全国粉丝为庆祝浅草公演送来的花束。

500

团里，母亲和爷爷也都在。

我爷爷当时负责灯光，一百岁了还在干。他以前也是演员，艺名叫姬乃若太郎。每次爷爷出现，观众都会鼓掌呢。基本上每次开演前十五分钟，就能听到鼓掌。我还在化妆，一听见掌声就知道，"啊，爷爷刚才就位了"。另外，客人都喜欢跟爷爷握手，其至会跑到灯光师那个位置去找他。我们还在筱原演艺场给他庆祝了一百岁生日。

现在剧团有十二个人，比以前轻松了不少。过去在筱原剧场，我们家还小的孩子全都得在观众席上铺褥子睡觉。那里只有晚上的演出，所以观众席上的被褥可以一直铺到傍晚。现在演艺场漂亮了不少，房间也多了很多，我们再也不用睡在观众席上。不仅如此，很多健体中心也设有剧团宿舍。只不过那些宿舍都离舞台有些远，每天必须开车过去，就这点有些不方便。

总之还是过去苦啊，现在的演员和小孩子都幸福多了。无论是假发还是戏服，也都比以前好太多了。以前专门给电影和高雅戏剧做假发的山崎和八木这些假发店，现在也为大众戏剧提供假发了，所以只要给钱就能买到。在此之前可没那么方便……过去根本没有专门做假发的人，像藤山宽美老师那边专门负责假发的长野先生那种人，简直是屈指可数。我们之前都委托他做假发，就是要等好久，通常一等就是四五个月。

毕竟光我们剧团就有一百个假发盒，每个月搬动的行李多得惊人。这里（木马馆）道路狭窄，十吨卡车都进不来，只能进四吨的车子。而我们的行李要四辆四吨卡车才能搬完。现在都是请专门搞货运的卡车司机和搬运工来搬行李，以前我们都不请搬运工，全是自己来。我刚来这里的时候从来没有休息过，每个月要一直表演到月

11点开场，刚过10点就已经排起了长龙。有许多人提着大包小包走进去，可能是吃喝的东西，也可能是送给演员的礼物……

通往二楼剧场的楼梯一侧，贴着花形演员的海报。

末的夜场……现在只到30日的夜场，以前可是一直演到31日晚上。夜场结束后，我们就得到新场馆等前面那个剧团把行李搬出来。前面那个剧团的人大概22点多出来，然后就轮到我们搬行李进去了。一般要搞到第二天早上8点左右吧。

由于没有搬运工，就得全部自己来。我记得当时地方狭小，根本不知道往哪儿堆东西，只能一点一点搬进去，一个一个开箱。干完这些活儿，中午12点就要开演了，所以又得马不停蹄地去化妆。与其说现在轻松，更应该说是以前实在太苦了吧。

二座长锦之助先生及夫人姬乃萤女士的化妆间。长女天花妹妹已经开始登台表演了。

堆积成山的磁带,这些都是座长舞蹈表演的音源。

室内挂满衣服,基本看不见墙壁。

舞台一侧的灯光器材。

502

木马馆观众席。这里有大约220个座位，每次都坐得满满当当。

后台架子上摆满了服装和道具，几乎要溢出来。

狭窄的走廊上全是假发盒。

503

观众陆续到场时,京之助座长就静静地开始准备登台了。木马馆的座长房间非常小。

● 座长夫人·梦路京母女士的故事

其实我以前完全不了解这个世界，倒是我妈妈很喜欢。当时妈妈跟座长父亲剧团里一个外号叫"女弁庆"的人是好朋友，那位演员虽然是女性，但是演打戏特别厉害。她无亲无故，孤身一人，而妈妈又特别喜欢照顾那种人，还对她说要是生病了就到我家来养病。

有段时间，我家因为征地的事情遇到麻烦，妈妈就让我去那位女弁庆婆婆那边过暑假了。现在虽然很难想象，但其实那时候的我特别怕生，因为平时只跟妈妈两个人生活，尤其害怕见到男人。所以去了之后我只躲在女弁庆婆婆的狭窄后台房间里待着。那时候座长的弟弟春之助还是个五岁的小孩，跑到后台来偷看这个新来的小姐姐。我很喜欢孩子，就跟他一起玩。后来有人说别一直待在房间里，到外面去玩儿吧，我就带着春一起去咖啡厅、一起吃饭。就在那时，春的哥哥（京之助）来了……

当时座长才刚加入他父亲（第一代姬川龙之助座长）的剧团，进入这个世界正好一年左右。他十六岁，我十三岁。他已经是花形演员了，我感觉他很温柔，特别照顾我，还给我带零

第二幕是话剧《替身忠治》。图中是扮演假忠治的姬京之助座长（左）和扮演岩铁的二座长姬锦之助。剧目和演出的内容每天都会调整。

食特产，我就对春说："你哥哥好温柔啊。"结果春对我说："我哥哥可厉害了，我哥哥叫京之助！"他那为哥哥自豪的样子……真是太可爱了。春还说"我收你当小弟，你可以一直留在姬川剧团里"（笑），就这样批准我留下了。我在里面待着待着就感觉……喜欢上春的哥哥了。所以直到现在，我也会不小心像从前那样叫他哥哥。不过我们从一开始就是那种感觉，好像没什么"从现在开始是夫妻"的明确分界线。

后来座长拜师（山户一树）修行，我好长时间都没见到他。他十八岁回来，决定加入藤广剧团在九州巡演，那时我们才有机会再见面。不能见面的时候，我们就通过电话联系。

不过，我跟座长都是若松（北九州市）人，所以怎么说呢，就算见不到，也一直等着彼此，因为已经在一起了。因为那人对我说了这种话，我就想，一定要帮他成为日本第一的演员，满脑子都在想该怎么做。总之，一点儿都没有对生活的不安。

不过，我妈妈倒是说："那位小哥以后是要当座长的人，你娇生惯养的只会添乱，所以赶紧放弃吧。"妈妈知道，那个世界有许多常人难以

姬乃莹。既是演员，也是二座长的夫人。

506

想象的辛苦，觉得我肯定受不了。我本来是个爱做梦的小孩，被她这么一说……可是当时听母亲说不行，我反倒更想加把劲做给她看了。

所以，我一直很努力地学习。因为我不想听别人说剧团只是收留了一个什么都不懂的外行女孩，所以特别用功。整天跑图书馆，研究过去那些人的装扮，还有服装设计、伴舞音乐，等等。

我并不想一味追求过去的东西，而想寻找新的表现方法。座长的师父山户一树老师及其夫人大东明美老师就有那种感觉，还有人告诉我："他们这样特别厉害。"所以我也觉得自己能做到。当时我在大荣百货工作，就请领导把我调到唱片专区，听了好多音乐，就为了之后能帮到那位……后来被派到和服区，就又买了好多便宜的布料囤起来。那个准备时间非常长。直到座长组建了剧团，我们才在一起生活。

他组建剧团前，一直在藤山宽美老师底下工作，而我当时则在家里带孩子。就算偶尔跑去找他也见不到人。因为宽美老师根本不放他出来（笑）。我一直住在若松带孩子，感觉就是长子次子小时候一直跟我藏在老家。

毕竟座长是花形演员，这对生活影响特别大。有一天我甚至接到了82个恶作剧电话，就是因为粉丝嫉妒。有的电话一言不发就挂掉，有的则会喊："你们快分手！""你就是小京的女人吧。"他跟随宽美老师之前，就已经成为藤广剧团的花形，许多人都谈论"九州有个叫姬京之助的人"，结果事业发展起来，就一发不可收拾了。

他二十六岁组建剧团成为座长，而我也开始登台表演。在此之前，他在家教过我，可我都是半懂不懂，总是被他敲脚。座长虽然不想让自己老婆上舞台，可是普通成员都难免会辞职啊。所

后台入口两旁是生活空间。道具跟晾晒衣物全都混在一起。

以我觉得应该是山户老师对他说，还是要让老婆上才靠谱。

不过那毕竟跟普通生活不一样，非常非常苦。做得好是应分，做不好就要被人骂"你不是座长的老婆吗"。总是有人说我："你到底怎么回事。"剧团刚创建时，座长的师父山户老师也在剧团里，让我感觉像成天在婆婆眼皮底下生活啊。做什么事都被骂，连用筷子的动作都要被骂。不过我真心觉得，正因为那段时间吃了苦，才有现在的成就。我不能太抱怨别人，正因为别人提醒了，我才能培养出对事物好坏的认知。

但那时候真的很难过，每天都在哭。为什么别人总这么说我。现在这个姬京之助剧团可能很难想象，当时年轻女人的衣裳只有两件，我每天都跟弟弟春之助的媳妇换着穿。有一件白底红色井字纹的很可爱，我就想穿那件，可是弟媳却说她也喜欢红色，如此一来，师父就对我说："你身为座长的妻子，应该让给她。"结果我只能穿那件随处可见的黄八丈了。我真想穿那件更可爱的衣裳啊……剧团没钱买新衣服，这我很清楚，只是师父那句话实在太伤人了。

当时婆婆（京之助座长的母亲，橘圆花）还在，真的帮了我不少忙。有时候因为婆媳关系也吃过苦，不过我还是觉得她帮了我不少忙。因为婆婆在，我可以只管带孩子就好。

只不过，我那时也想照顾丈夫的生活，帮他穿衣，帮他打点，希望有什么事他都会叫"京母"。可是婆婆却说，大演员（就算想做也）要忍着不做。"座长的事情交给我打理，你负责带孩子就好。"那样或许很轻松，不过当时我真的很想做那些工作，很想听婆婆说我帮你带孩子，你去学学怎么为座长穿衣准备。可是我觉得婆婆心里还是有想法。她说要把照顾座长的事交给大徒弟去做，不让我碰一下。所以我去借座长的服

花车剧团著名的太鼓表演。

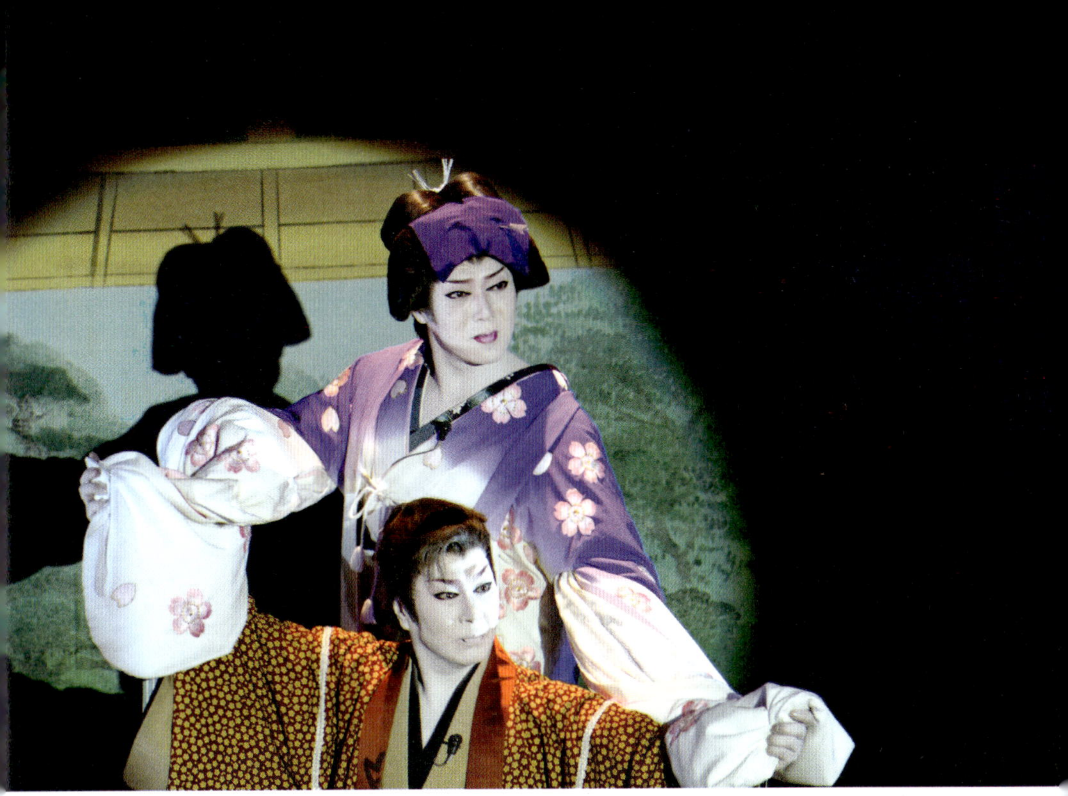

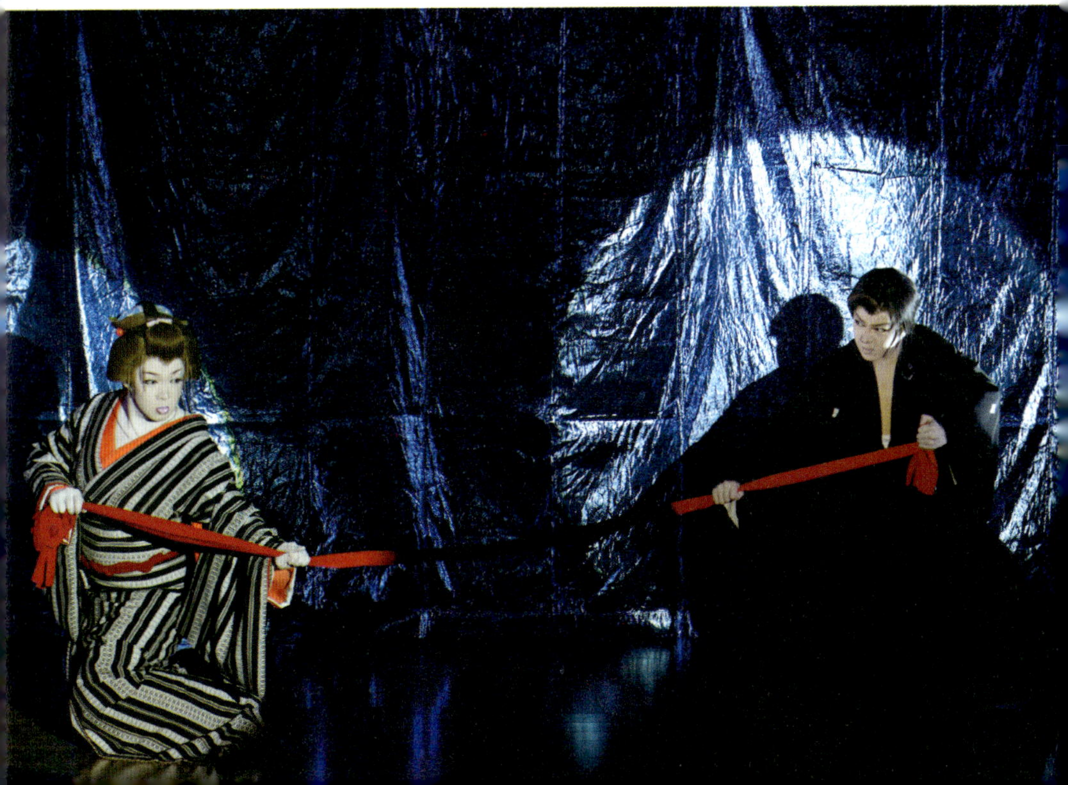

京之助座长一边唱歌一边跟客人握手。

全体演员送别观众。跟最喜欢的右近君拍张合影。

装时,都得说"麻烦让我借一下"。座长给我的东西,我可以用,但并非因为是夫妇就能一起用。因为对我来说,他是"老师"。所以我一直没能学会怎么照顾座长,直到现在都很受累。我根本不行,都不好意思像其他座长夫人那样自我介绍说"我是他夫人"。

另外,一边旅行一边带孩子也很辛苦,而我连这都做不好。看到孩子深夜排戏犯困,我能毫不犹豫地说出:"快去睡觉!"倒是锦之助自己有想法,认为"我是长子,必须拼命努力,比所有人都努力,不能有半句怨言"。我看见儿子这样,就会把他当成二座长,对他说敬语。虽然他说不用,可他毕竟也是座长啊。我会问他:"请问今天能让母亲上台演出吗?"锦之助就会说:"好啦好啦,妈妈你怎么这样说话。"我一直把四个儿子当成未来的座长培养,不希望剧团成员随随便便管长子叫"阿锦",所以就率先管他叫"座长"了。要是自己不定规矩,剧团成员也就……总之我不想听见他们喊"锦之助",还是想让他们喊"座长"。

女人的辛苦啊……就拿我们剧团来讲,或者说拿我来讲。因为心疼座长,女人就得干很多活儿。卸货也是女人的活儿。现在都请搬运工了,

但我还是要干整理行李的活儿。后来我感觉有些力不从心,二座长锦之助就想了很多提高效率的办法。我们剧团的行李能装三辆十一吨大卡车,就算再怎么提高效率,夜场表演结束,转移到下一个地点,卸货完了也要到早晨7点。然后中午就得登台演出了。每个月如此重复……现在有了移动日,多少能得到像样的休息,只不过我们还是没法睡好……生活就是这样。

如今我身体有病,二座长也格外照顾我,让我只需要带带孙辈就好。不过我感觉最痛苦的是,座长他们有很多社交活动,而我绝对不能问"你要去哪儿?""去干什么?"这是禁忌。我心里虽然明白,可是一句话都不能说,实在太痛苦了……

◉ **木马馆大众剧场** 东京都台东区浅草2-7-5

黑暗中的魂灵

Spirit in the Dark

10

不为人知的东京原爆点
【墨田区·横纲】横纲町公园

两国是一个相扑与烟花的街区。走出车站，北边就是隅田川岸边的巨大国技馆，以及更为巨大的江户东京博物馆，两者中间坐落着电信公司NTT Docomo的摩天大楼。在这片丝毫没有下町模样的地区前方，便是横纲町公园的开阔空间。

公园里有长椅，有娱乐设施，有鸽子，乍一看极为普通。不过，这里以前叫"被服厂旧址"，是关东大地震中制造了三万八千名死者的悲剧之地。

现在，横纲町公园建起了"东京都慰灵堂"和"复兴纪念馆"两座建筑。想必很多人并不知道，关东大地震和二战东京大空袭中，共计约十六万三千位死难者的遗骨被安放在这里。

慰灵堂安放着死难者的遗骨，纪念馆则展示了大地震和大空袭的相关资料。两座场馆都由日本现代建筑大家伊东忠太设计，融入了铭刻悲剧、抚慰亡灵和探索复兴的意志。

东京都慰灵堂

修建在横纲町公园南侧的三重塔便是东京都慰灵堂。这里于1930年竣工。项目公开招募到伊东忠太的设计方案，是一种只能形容为"新日本式"的、让人感到不可思议的东西折中风格。

1923年9月1日上午11点58分，震源位于相模湾的关东大地震席卷东京。当时正值中午，许多人或是两手空空，或是拉着家财行李，逃到了现在横纲町公园的所在地。当时生产军装的被服厂厂房刚刚搬走，这块空地被东京市收购，正准备规划成公园。

大约有四万人来到被服厂旧址避难，挤满人和财物的空地不知从何处起了火（有人说是做饭引火，也有人说是附近火灾的火苗被风吹过来），人们无处逃生，全部被卷入熊熊烈焰中，约有三万八千人

东京都慰灵堂全景。前方讲堂和后方三重塔连为一体，背后那个煞风景的摩天大楼就是NTT Docomo墨田大厦（不过一楼的Docomo历史展区可以预约后免费参观，里面展示了从第一代开始的模拟制式手机，能看到许多令人怀念的机型）。

被烧死。关东大地震的死亡人数，东京整体合计十多万人，其中近四成是这场火灾的遇难者。第二天，人们开始收集遗体和遗骨，据说足足堆了三米高。

大地震中共有五万八千人因为遗体过度损毁无法辨明身份，为了抚慰他们的灵魂，人们建起了这座纳骨堂。公园内的介绍称："此堂由官民合作，广募净财，伊东忠

这次，我们获得特别允许，来拍摄纳骨堂内部。这里安放了十六万三千具遗骨，大骨灰盒一直堆到高高的屋顶，每个盒里都有二百具遗骨。它们已经半个多世纪没被打开过，一直长眠在这个地方。

太等担任设计监督，1930年9月竣工后，由东京震灾纪念事业协会赠予东京市。"

这座慰灵堂本来寓意是祈祷这样惨烈的灾害不要再次降临，然而众所周知，二战期间，东京共计遭到了106次空袭。最严重的就属1945年3月9日深夜一直持续到10日白天的东京大空袭。轰炸第二天，又飞来了三百多架B29战斗机，把当时已是军需产业中心的东京下町变成一片火海。那一晚就有七万七千余人丧生，烧焦到无法辨认身份的死者，都被暂时安葬在了东京都内的130处寺院和公园，并在二战结束后的1948年，由东京都（1943年从东京市改为东京都）主持项目，花四年时间挖出所有遗骨，送到都内几十处火葬场重新火葬。

除去有幸查到身份、被遗属领走的遗骨外，剩余十万五千具遗骨也于1951年被安放在这座慰灵堂中。在东京都内，军人遗骨都被安放在千鸟渊和靖国神社，而平民死难者则只有此处可以纳骨。

目前，关东大地震和东京大空袭的死难者中，有十六万三千人的遗骨被安放在这座慰灵堂里。其中知道性别、姓名的三千七百多具遗骨被单独收纳在骨灰盒中，剩余的遗骨则被收纳在可装下二百人骨灰的大骨灰盒里，安置在纳骨堂一楼。纳骨堂不对外开放，我们获得特别允许进去拍摄。昏暗的房间里摆满从未见过的大骨灰盒，整整齐齐叠放到接近天花板的高度。这就是十六万人的骨灰。

连接三重塔、让人联想到哥特教堂的讲堂一直都对外开放，随时都能进来参拜。这里的祭坛上供奉着大地震和大空袭两座大慰灵牌，不过最值得瞩目的还是两侧悬挂的大地震油画和大空袭照片。

关东大地震发生后，市面上有人销售描绘地震惨状的明信片。那些都来自油画家德永柳洲与弟子们描绘的《被服厂旧址》《十二楼的崩塌》《旋风》等大型油画作品，他们用惊人的笔触表现了地震灾害的惨状。另外，二战时担任警视厅摄影师的石川光阳所拍摄的大空袭组照也不可错过。由于二战时禁止普通市民拍摄空袭景象，石川的照片成了唯一留存的大空袭记录。二战结束后，他没有听从GHQ[110]上交底片的命令，将底片埋在自家院子里奋力守护，如今变成了极为珍贵的资料。

现在，管理慰灵堂的公益财团法人东京都慰灵协会每年3月10日和9月1日都会在这座讲堂里举行慰灵法事。不过大空袭已经过去六十五年，大地震已经过去八十七年，前来参加慰灵的都是相关者的孙辈，这里的活动鲜为人知。

在园内天真玩耍的孩童，住在公园周边高层公寓的母亲，坐在长椅上休憩的上班族……其中究竟有多少人见过慰灵堂的内部呢？负责这里的员工尽管不被任何人关注，依旧每天勤勤恳恳地进行着管理，实在让人佩服。不过仔细想想，此处是慰灵堂，既不是寺院也不是神社，更不是墓地。十六万三千具遗骨并没有被安葬在这里，只是暂时安放，等待安葬之时罢了。

直到现在，每年依旧有一到两具东京大空袭死者的遗骨被领走，然而关东大地震遇难者的遗骨,已经没有人来领取了。另外,关东大地震时被流言蜚语杀死的朝鲜人[111],以及二战中被强行带到东京的朝鲜人等,约两万具在日朝鲜人遗骨也被收纳在这里。现在韩国政府提出接回遗骨的要求,但事情尚无任何进展。

我看着半个多世纪从未被打开过的骨灰盒,陷入了思考。今后,这些遗骨将何去何从?如果一直保持原状,可能永远等不到安葬之日。既然已经无人领取,难道不应该建立一座合葬墓,让他们有个安眠之处吗?

从关于靖国神社的讨论中也能看出,战争中死去的军人会被大家议论,成为问题焦点。然而那些没有战斗过,只是作为牺牲者死去的普通老百姓,却从来都无人提起。

"不可让战争记忆就此风化,而要让下一个世代继续传承。"这种说法虽然被强调再三,可横纲町公园依旧只有逛公园的人才会踏足。

⦿ **东京都慰灵堂** 东京都墨田区横纲2-3-25 横纲町公园内

慰灵塔和复兴纪念馆都是为纪念关东大地震所建。在后来的东京大空袭中,这一带遭到了毁灭性打击,唯独这两座建筑物毫发无伤地逃过了战火。莫非是长眠在纳骨堂里的灾民之灵,在冥冥之中保护着这里……

混合了哥特教堂与寺院大讲堂的东西折中空间。祭坛右侧是关东大地震的慰灵牌,左侧则是东京大空袭的慰灵牌。这座讲堂每年会举行两次慰灵祭。

515

每个架子和骨灰盒都被编号,而且记录了遗骨被发现地点。

《第一震:十二楼的崩塌》 曾经,浅草公园六区北边有一座十二层砖砌高塔,被称为"凌云阁"。这座平时供参观者登高眺望的高塔,在第一震时,上部三分之一垮塌,坠落到塔下的民居屋顶上。(作品附带的解说,下同。)

慰灵堂内部独特的动物装饰。

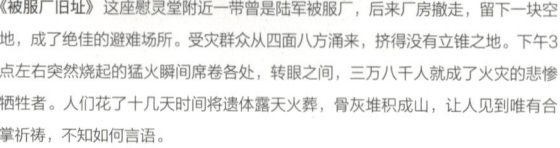

建筑物本身看点很多,比如厚重的装饰细节,以及伊东忠太作品中特有的奇怪动物主题。

《被服厂旧址》这座慰灵堂附近一带曾是陆军被服厂,后来厂房撤走,留下一块空地,成了绝佳的避难场所。受灾群众从四面八方涌来,挤得没有立锥之地。下午3点左右突然烧起的猛火瞬间席卷各处,转眼之间,三万八千人就成了火灾的悲惨牺牲者。人们花了十几天时间将遗体露天火葬,骨灰堆积成山,让人见到唯有合掌祈祷,不知如何言语。

516

《旋风》第一震导致东京一百三十处地点发生火灾,大火一路蔓延,集中到隅田川附近,形成了火旋风,把市民、房屋和家财一同卷至空中,再甩入火海。这阵火旋风掀起了尚未烧毁的房屋屋顶,冲倒石墙,扯碎灌木,屋顶铁板如同纸片般凌空飞舞。

《避难者的混乱》一百多个地方发生的火灾迅速蔓延,风向又屡屡变换,不知该上何处避难的群众塞满道路,东逃西窜,或被浓烟包围,或脚下不稳跌倒在地,并被众人踩踏。其间,无数人妻离子散,丢掉性命。旁边那幅小画是德永柳洲的自画像。

死死顶住驻军压力,舍命保存下来的大空袭记录。石川光阳1927年加入警视厅,1963年退休。其间,他利用警官这一特殊身份,拍摄并记录了昭和这个时代的各种影像。二战时的照片,原版大多尚保管在东京都生活文化局中,偶尔也会在这里举办展览会。左:墨田区本所。上:台东区浅草桥附近。(摄影:石川光阳)

517

复兴纪念馆

横纲町公园靠近清澄大道一侧的复兴纪念馆是纪念关东大地震受灾群众的东京都慰灵堂的附属设施，于慰灵堂竣工翌年（1931年）完成建设并对外开放。这是一座钢筋水泥结构的二层建筑，外观极为厚重，设计者同样是伊东忠太。

横纲町公园与这些场馆诞生的过程，已经在慰灵堂章节中做过详细介绍。复兴纪念馆收集了给东京带来前所未有之打击的关东大地震的资料，以防范未来天灾为目的而建造。然而大地震过去不足二十年，二战又爆发了。东京大空袭把下町一带再次变为废墟。于是，复兴纪念馆内除了原本的大地震资料，又增添了与大空袭相关的展示资料。

纪念馆有两层，一楼展示了大地震的纪念照片、绘画和被烧毁的日用品等资料，二楼则是海外援助的资料、东京大空袭相关资料，以及战后发生的地震等灾害的照片。

展示核心是慰灵堂、复兴纪念馆建成以前，在1929年秋天举办的帝都复兴展览会上展示的种种资料。一开始，慰灵堂部

宽敞的一楼展厅。

分区域被用作陈列室，后来因为没有足够的地方容纳，便紧急修建了纪念馆用作新的展示空间。

纪念馆中有许多值得一看的展品，如被烧成黑炭的日用品和建筑物残骸；美国、意大利等各国制作的"拯救日本"海报；专为复兴展览会制作的"新东京"街道模型等。

其中，表现大震灾惨剧的多幅大画面油画，充分展现了变成艺术作品之前，油画还属于"记录作品"的那个时代，画家与记录对象正面接触的姿态，让人兴味颇深。仔细想想，这些记录大地震和二战的画卷，恐怕就是日本最后一批记录绘画了。

纪念馆一片寂静，访客比慰灵堂还少。但实际上，这里收藏了许多独特的展品，是个应该让更多人知道的地方。

⊙ **复兴纪念馆** 东京都墨田区横纲2-3-25 横纲町公园内

公园一角的《震灾遇难儿童安魂像》。旁边解说提到，这座雕塑纪念了在1923年9月1日上午11点58分发生的关东大地震中不幸遇难的五千余名小学生。为了安抚灵魂，表示悼念，永远留下当时的记忆，并为这些儿童祈祷冥福，以当时的小学校长等人为代表，人们成立了安魂雕塑项目，并在遇难者五周年忌辰上公开。支持计划的人多达182027人，共募集资金14066日元零47钱。项目用这笔基金委托雕刻家小仓右一郎进行创作，完成后的雕塑被捐赠给当时的财团法人东京震灾纪念事业协会，后被东京都接管。另外，这座悲伤的群像在1944年二战临近终结之时，曾以增强战斗力为由，被撤走作为金属回收，仅留下底座，令人唏嘘。1961年，小仓右一郎的高徒津上昌平和山畑阿利一原样复制了这座群像雕塑。

519

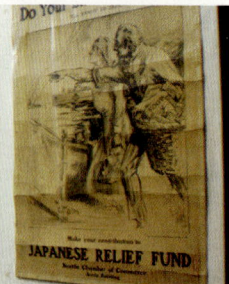

①第二号干线九段坂附近（靖国神社前）。出自1929年帝都复兴展览会。②石膏胸像。麹町区上六番町（现在的千代田区）某座烧毁房屋中发现的物品，表面已被烧黑。③烧焦的点心。④国外的大地震援助海报。⑤被烧化的英文打字机。⑥自行车残骸（东京科学博物馆展品）。该物品被地震引起的火灾彻底烧毁，又被旋风吹到了本所区安田宅邸内的树木上，可以想象当时的旋风何其猛烈。

 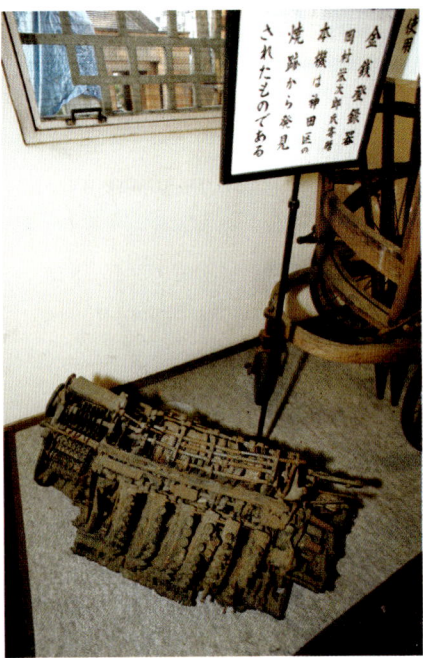

左：被关东大地震大火与疾风摧残的树木和铁板（1923年9月1日关东大地震烧毁物品）。

右：收银机（冈村荣次郎赠予）。这是在神田区火灾废墟中发现的物品。

1923年9月1日关东大地震中被猛火和热风熔解的丸善大楼铁柱。

521

隐秘的书架

【新宿区·扬场町】风俗资料馆

听说，在大英博物馆和大都会博物馆这些世界知名的博物馆中，都有很难对外公开的色情文献资料的秘藏室（还有人说最大的秘藏室就在梵蒂冈）。遗憾的是，东京国会图书馆并不存在那样的秘藏室。不过，饭田桥某座杂居楼的房间里，竟开了一座私人博物馆，收藏有日本最齐全的性文化文献资料，着实让人吃惊。

前台装饰的束缚人像。

它有个很低调的名字，叫"风俗资料馆"，是1984年成立的会员制图书馆。只要支付入会费一万日元和每月三千五百日元的会费，无论什么人都能成为会员，并接触到馆内所有资料（这里还设有一天访客制度和女性专区、研究者专区等）。世上的私人图书馆和资料馆基本都是依靠义工进行活动，或是背后有企业和组织支撑才得以成立，而风俗资料馆仅靠会费收入，就已经平稳运营了二十七年，是个极为罕见的场馆。

里面超过两万册且还在不断增加的藏书，并非一般色情作品，而是偏向SM和拜物主义的收藏。覆盖正面墙壁的书架井然有序，连国会图书馆都不屑收藏的"坏书"排满其中。在悄无声息的室内看着会员们沉浸在书本中，让人不禁产生一种错觉，仿佛这里就是"本不该存在的国会图书馆秘藏室"。

资料馆网站这样介绍了馆内藏品——

本馆专门收集SM及拜物主义相关杂志、资料，几乎没有普通色情作品。（中略）反之，在这里能够找到各种关于SM的东西。以国内发行的主要SM杂志为代表，另外收藏有伊藤晴雨、秋吉恋、中川彩子、椋阳儿、喜多铃子（美浓村晃）、观世一则、四条绫等人的作品原画，某狂热爱好者私下请四马孝创作的作品原画，以及业内人士皆熟知的孤傲画家白井静洋的大量作品原画，粹古堂（不通过书店流通，而使用会员内部分享这种形式发行了伊藤晴雨等人作品的伊藤敬次郎，即竹醉，创建的组织）发行的大量束缚照片（旧照片），还有国外发行的杂志和画集。另外也有女性切腹组织"桐树会"的作品，录影带诞生前制作的宝贵八毫米胶片作品，以及拓展了二战后SM杂志的《濡木痴梦男（即〈里窗〉总编）亲笔工作记录》等资料。由风俗资料馆会员平牙人赠予的SP[112]杂志和影像资料，恐怕是全日本最齐全的收藏。另外，馆内还藏有SM相关影像资料两千余件。

从入口看图书馆。内部空间宽裕，会员们都会选择尽量远离其他人的座位，度过只属于自己的时间。

如此众多的藏品，都被保存在一般人几乎不知道的地方，脏污和破损之处不断得到修复，整整发挥了将近三十年借阅作用。这般壮举，只能称之为奇迹。现在，这座资料馆基本只有馆长中原留津先生一个人打理。我们请他介绍了资料馆的历史——

这里1984年开馆，已经有四分之一个世纪的历史了。我是第三代馆长。资料馆一开始在神乐坂，就是现在不二家那一带。后来因为地方不够用，就搬到了坂上的毗沙门天一带，在那里开了十多年。然后又搬到门前仲町办了一年半左右，不过那里交通不方便，大家想去都去不了。于是便搬到这里，现在已经是第四年了。

我当了很长时间大学生（笑），在社会学系研究了很多性文化。当时得知了这间资料馆，就跑来问："你们招员工吗？"我是应届毕业进来的，没在别的地方工作过。第一代馆长因为体弱，平时只能每月来一次，后来他九十岁时离世了。第二代馆长以前还不是馆长，不过事情基本都是他在做。那时大约是十年前吧。

第一代馆长是曾任《风俗奇谈》总编的高仓一先生，在他上面还有一位老板。由于老板还比较有名望，我不能说出他的真名，不过他还在这个领域当作家，用"平牙人"这个名字发表SP小说。以前有个SP画家名叫亨格曼，老板的笔名就从那里来[113]。

平先生十几岁就给《风俗奇谈》投稿，基本上每一期都有他的作品。由于他自己的藏品就非常多，便没有放在家中，而是专门找了一个公寓的房间当书库。（《风俗奇谈》）停刊后，他把

全日本恐怕只有这里收集了这么多二战后异色性爱的代表杂志《奇谈俱乐部》《里窗》和《风俗奇谈》。

高仓总编带到书库里，两人商量："机会难得，干脆搞个小图书馆，让人们可以在这里安心阅读自己喜欢的东西吧。"于是一拍即合。毕竟当时人们还不敢光明正大地阅读这种资料。

另外还有一桩奇事：平老师两代人都是这一领域的收藏家。我感觉一般家庭的父亲不会对孩子提这种话题。平老师现在七十多岁，他父亲也有同样的爱好。现在资料馆里的伊藤晴雨原画，全是那位老先生的藏品。那可都是晴雨亲手交过来的原画。

平老师在一家历史悠久、跟纸有关系的公司工作，他父亲也一样。老先生在二战前、战中和战后的混乱时期，主动给晴雨等画家老师送纸。那段时间用纸紧张，想画画也没有纸，老先生就主动给画家送纸，顺便请他们画几张（笑）。如果儿子是个普通人……发现父亲的爱好之后，可能会敬而远之。然而平老师却原样继承了老先生的爱好，我觉得这样的父子特别少见。

所以，这批藏品原本是平老师父亲收藏的原画和草纸杂志[114]。因为老先生还负责供应做杂志的草纸，所以他也收集了不少那个时代的草纸杂志。再往前还有《人类研究》这种大正时代的异色资料。另外就是平老师后来继续收藏的《奇谈俱乐部》《里窗》和《风俗奇谈》，这些在战后都变成了有点异色性爱风格的娱乐杂志。其他藏品则是风俗资料馆建立后，高仓馆长给当时几个出版社的人写信，请他们把自己一路做出来的东西拿到资料馆来收藏。高仓馆长在那个时代算是个先驱人物，那些在二十世纪七十年代SM黄金时期制作相关书籍的人，也希望能让那位大前辈看看自己做的东西，于是为这个理由而向资料馆捐赠资料。

我听说国会图书馆有个类别叫"E级"，根本不被承认为书籍，连编号都拿不到，全都堆在地下室里。现在想来，我觉得那些书本都应该保管起来。我在报纸上读过一篇报道，说国会图书馆要建立一个项目，将以前不被承认是书籍的东西都收集起来。不过我觉得那应该行不通（笑），因为他们远远比不上狂热爱好者。不喜欢这些的人，总有一些无法到达、甚至难以想象的领域。

除了出版社赠书，我们还有许多私人赠书。比如那边高高堆起的纸箱，就是这次（地震）临时休馆时送过来的东西。那里面装满了刺青、扎环、女装等资料。那位会员的主要爱好就是这三种，因为他那个时代的日本没有专门杂志，他就

这里还有《蔷薇族》等同性恋杂志，1982年创刊的《SM秘小说》，以及已经停刊的同好杂志全刊。

自己偷偷从美国带回来。另外当时也不像现在到处都能在身体上打洞，所以也只能自己找。反正特别有意思，整整拿来了七箱……（笑）不过那位会员说，这还只是三分之一，剩下三分之二只能含泪扔掉了。

其实时间长了，所有人一定都会想"是不是该戒掉"这种爱好了。比如某次差点让夫人知道，不得不紧急处理掉藏品。又比如结婚时，明明戒不掉，心里还想着"好，今后就戒掉吧"。再比如五六十岁得了一场大病，不希望生病期间家人发现那些藏品后丢掉，而希望放在一个安全的地方，让心爱的藏品得到爱护，并且让喜欢的人看到。所以有很多人都把藏品送到这里，把这儿当成了避难场所。

我从来没听过哪个人一次都没扔过藏品。我还接到过那种特别紧急的电话，一开口就说："我能现在拿过去吗？打车几个来回就好。现在，必须是现在！"每次遇到那种情况，我也不会问是什么东西，到底有多少，而是直接说："知道了，总之先搬过来吧！"（笑）如果是杂志，只要愿意掏钱，说不定还能买回来。不过像这里收藏的那种私人档案和相册之类，肯定就再也没有第二本了。

这里有各种各样的会员，实际人数我也不太清楚。有人去世了，我这边也绝对接不到通知，有人好长时间没出现，结果是工作调动离开了东京。有人刚入会那年来得特别勤，复印了好多自己喜欢的东西。也有人把这里当成书库，优哉游哉地逛。

如果只看会员号码，那可不止几百，而有一千好几百个人。我们这里没有大额赞助，而是靠支持我们这个态度和这个地方的人出钱支撑。因为有很多人每个月会支付会费，但是人却来不了。但他们为了让这里能持续下去，就算来不了也继续付费。

这里忙的时候有二十多个人，不管是工作日还是周末，就算天上下大雪，会员们只要想来就一定会来，所以人多的时候，还真多（笑）。最近多了好多读书沙龙这样的地方，搞得漂漂亮亮。我们这边办展览会的时候，也有人会说"怎么不搞漂亮点儿呢"。不过我还是想坚持图书馆这种形式，不想把这里搞成漂亮的空间，只希望做成一个明亮安静的地方，让老爷爷也能安安静静地看书（笑）。

一开始平老师创建这个地方，跟现在那些沙龙的意义都不一样。我感觉，他想建立的是一种喜欢书本的人组成的宽松社区。比如文学沙龙那样，绅士们聚集在一起谈谈论论文学。现在也有一些经常碰面的人，会彼此打声招呼，说两句话，基本上就是这样吧。大家心里都有一种宽松的同好感，既然来到这里，那就都是跟自己一样，兴趣爱好无法对外言说的人（笑）。

这里的人都不希望别人插足自己的世界，所以自然也不会干涉别人的世界。每一位会员都有各自的讲究。平时会有人复印资料，虽然我的工作看起来只是斟茶倒水，印印资料，但我认为自己得到了很多宝贵的经验。比如那些资料里有男性主导，也有女性主导，有女装，也有无法形容在干什么的人。有的人几年下来总算能说点自己的要求，比如"我想要夫妻在卧室做的场景"（笑）。

有许多会员的爱好已经高出了单纯的束缚或女王这些类别，让我感到特别受教。有位几十年来一直到这里捧场的会员说："有件作品我二十多年都难以忘怀，结果在这里找到了，想复制一份带回去。"那种人挑选的作品，肯定是名作了。于是我复印的时候也会想，如此严选的名作，我等会儿也要看看（笑）。这种感觉有点像给每个人制作只属于他自己的选集一样。

⊙ **风俗资料馆** 东京都新宿区扬场町2-17 川岛第二大厦5F

诸位狂热爱好者出于各种私情赠予资料馆的宝贵藏品。

这些都是爱好者们无法放在自己家里的资料。光是看看书脊上手写的标题，就能读出他们各自独特的爱好。

资料馆不仅收藏了过去数十年间发行的SM杂志，还有伊藤晴雨、喜多铃子等"酷刑画"大家的作品原画，个人收藏的照片、相册，私人保存到现在的资料，等等。这里有直接请画家绘制的作品，也有无法放在家中而赠予此处的资料，每件藏品都充满了制作者与收藏者无尽的心意。

此处为大家介绍一些只能在资料馆找到的珍贵藏品，有兴趣的人可以登录官方网站，并务必亲临资料馆，用自己的眼睛和双手，去感受藏品中满满的心意。

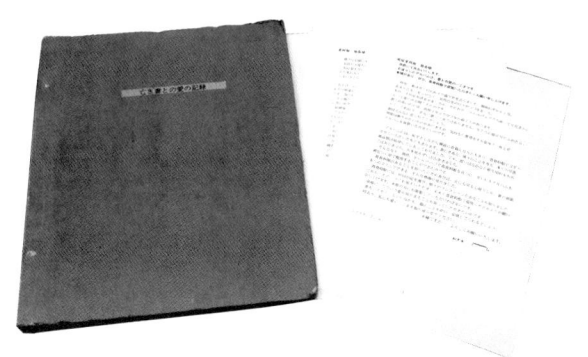

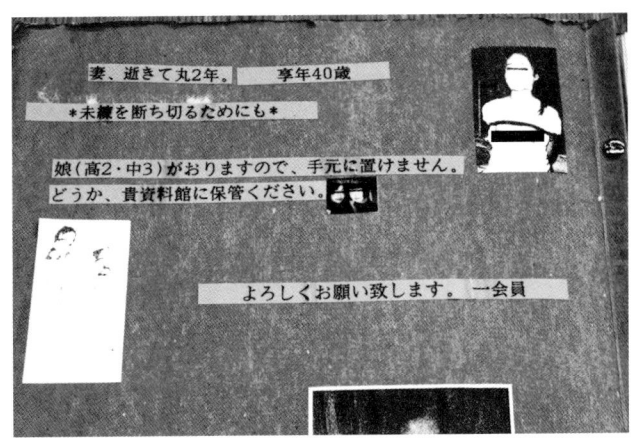

《我与亡妻的欢爱记录》。这是某位会员某天悄悄放在风俗资料馆邮箱里的相册。上面写着"妻子已经去世两年，享年四十岁。为斩断留恋，特将此册赠予资料馆。家中还有一对女儿（高二、初三），无法将相册留在手边。敬请贵馆妥善保存。万望珍重。——某会员"光看文字已几乎令人下泪。尽管无法留在手边，又不忍丢弃。请资料馆保管不仅能确保安全，本人也能到这里来回忆往昔岁月。据说这本爱的记录全都在向孩子们谎称"仓库"的小房间里拍摄而成。

孤傲的酷刑画家臼井静洋破例接受某个爱好者的私人委托，制作了一系列不公开的作品。此处列出了《歌姬残酷物语》和《沙漠国女奴隶》两卷，而资料馆中实际收藏了一百多册这种画帖。

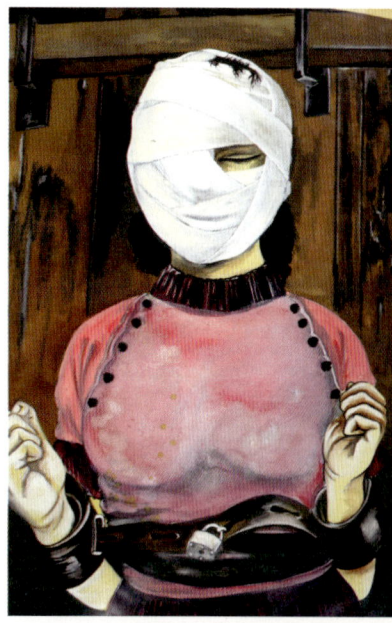

画中出现的束缚道具并非那个时代真实存在的东西，全部都是架空、幻想之物。画风极具现代感，让人联想到罗曼·斯罗康布（Romain Slocombe）这样的现代恋物癖艺术家。

馆长亲鉴为"名品"的《A氏藏品》，这些也都是私人赠予。相册全十六册，收录了大量精美作品。这些都是收藏者从杂志上剪下来并细心贴在相册上的插画。其挑选品位、剪切技术和排版全都洋溢着浓浓爱意。

资料馆老板平牙人先生父亲的个人藏品中，不乏极为贵重的原画稿。这些是著名酷刑画师伊藤晴雨的写生。老先生当年专门为晴雨提供画纸，因请他创作的作品都保管在资料馆中。

被收入作品集的伊藤晴雨原画稿：江户时代拷问系列。晴雨的酷刑画中，人物会根据背景故事不同而表现出不一样的苦难表情，对比来看，就能发现其中趣味。

529

战后所谓"草纸杂志"的刊物中也有许多美丽而性感的插画。图中是《自由》杂志1949年7月号刊载的岩田专太郎的插画《笠森阿干》。

各种草纸杂志。像只出到第5期的《猎奇》等,如此罕见的藏品竟能集中在一座图书馆内,堪称独一无二。

《妖奇》杂志封面上赫然写着"日本唯一一异色侦探杂志",其插图也与杂志名相得益彰。

馆内的"侦探类别"还藏有许多江户川乱步创作的系列作品。侦探、科幻与异色作品,三者从阴暗和悬疑氛围来看,可以说属于近亲关系。在没有现在这种科幻杂志(当时也做不出来)的时代,充斥着不合理情色和猎奇情节的侦探及幻想小说,组成了SM爱好者不可或缺的藏品一部分。资料馆中还有许多收藏家赠予的侦探、猎奇类草纸杂志。

530

外国影像全盛时期的包装盒。当时引进的几乎都是一般的情爱作品，从中寻找恋物癖类别的作品极为困难。资料馆只将封面单独归档，方便阅览和检索。

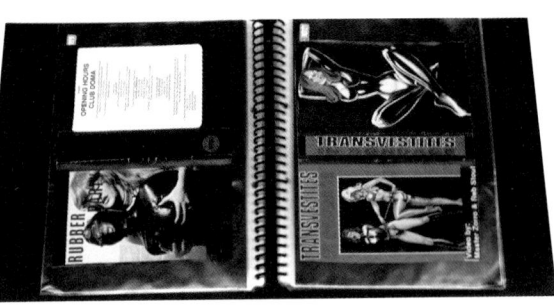

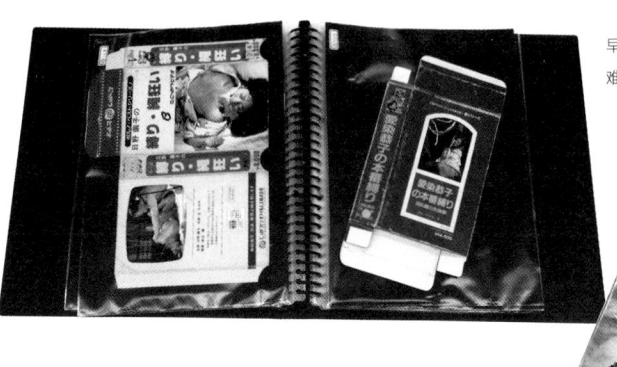

早期日本SM录像。这在当时可是现在难以想象的高价品。

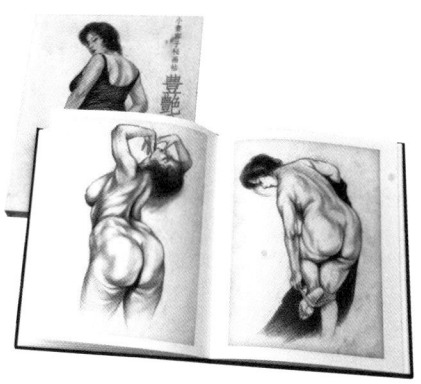

风俗资料馆还销售幻想画家秋吉峦等目前正在活跃中的画家的作品集。

英国产八毫米胶片SP电影。原本是私人藏品，后赠予资料馆。

酷刑画师小妻容子的豪华限定版画集，卷末还附有馆长中原留津先生的详细解说。画集里都是原画稿。小妻作为刺青束缚美人画的第一人而广为人知，如果说那种束缚美人画是其"表面营生"，那么画家在极为私密的另一面，还在不断创作着这种丰满熟女的束缚画。资料馆收集了小妻容子丰满熟女束缚画系列的几乎所有作品，仅除了画家本人希望"永不见光"，因此连这本画集都没有收录的私密写生。

531

永眠不醒的睡美人
【台东区・上野】东方工业

各种类型的娃娃齐聚一堂，绝妙！

上野有一栋小杂居楼正对昭和大道。走上二楼打开门，只见数十位美女在柔和的灯光下悠然落座。有看似小学生的少女，有偶像女孩，还有略显成熟的女性。有的美女身着家常服装，有的美女几乎不着寸缕。她们都对我露出微笑，一言不发……没错，她们不是人，而是制作精巧的人偶——实体娃娃（Love Doll）。

总部位于台东区上野的东方工业，是日本规模最大、技术最精良的实体娃娃厂商。而我身处的地方，就是东方工业设在上野的展示中心（除上野外，大阪也有展示中心）。

东方工业成立于1977年，明年（2012年）即将迎来创立三十五周年纪念，是业界颇为资深的厂商。至今仍活跃在一线的创始人土屋日出夫先生1944年在横滨出生，原本只是普通职工，后来成了成人玩具制造商，拥有一段异于常人的经历——

我出生在横滨一个叫"麦田"的地方，就在元町附近。元町不是给人感觉很时尚嘛，麦田却不怎么时尚（笑）。我一开始是普通的公司职员，后来跟一个在新宿开成人玩具店的人认识了。他的店在歌舞伎町区政府大道，不过现在已经没了。怎么说呢，其实我也很喜欢做那种生意，就想亲自试试。于是我辞去了横滨的工作，头一次踏足东京。

那个人在上野也开了店，所以我就在新宿和上野之间来来回回工作了两三年，最后独立出来，在浅草开了自己的店。

二十世纪六十年代中期到七十年代那段时间是成人玩具店的全盛时期，同时也是上头管制非常严的时期。现在什么东西都能在周刊杂志上看到了，可那时候连阴毛都能闹出大乱子来。

从公司职员转而经营成人玩具店的土屋先生，很快就在浅草开起了两家店。当时店里最畅销的是充气娃娃，得先吹气再用，可谓不折不扣的玩具。

那个时代还没出现振动棒，女性产品主要有肥后芋茎，非电动的硅胶玩具，以及套环和涂抹的药物。男性主要是充气娃娃，和那种海绵做成的娃娃。后来出了电动产品，一开始是现在所谓的跳蛋，后来发展成了木芥子一样的东西，画上人脸当成民间工艺品来卖。因为不那样卖，就申请不到销售许可。现在秋叶原那些成人商店里不是能看到特别仿真的玩具嘛，乍一看恐怕会吓一跳。以前那种东西可卖不得。

每天开店迎客的土屋先生很快就发现，仅仅是气球一样的身体和漫画风格的头部，如此简陋的充气娃娃就能在当时卖到一两万日元，而且十分畅销。虽然畅销，但里面有很多粗制滥造的商品，一旦体重压上去就会漏气或是破裂。而且出乎意料的是，前来购买那种充气娃娃的人，并不是色情狂热分子，反倒多数是身体有残疾、失去伴侣受了心伤，或是无法跟女性正常相处的男性。于是，土屋先生便开始了他的探索，希望创造出不再是单纯的性欲处理用具，而是"陪伴在身旁，让心灵获得安宁的存在"。

我在浅草卖成人玩具时，那些塑料充气娃娃，甚至一个盒子直接画个女人画像那样的东西，都要卖一两万日元。我给那些玩具包上漂亮的包装纸，自己写上"南极"两个字，搞得特殊一些，然后把价格抬高，还卖得特别好。

只不过，那种一两万日元的充气娃娃有好多人会反复带过来修，因为太容易破了。你想啊，用的人不都得压上去用嘛。那种娃娃的接缝工艺跟游泳圈一样，一旦破了强度就会降低……客人来修理的时候让我看了，那种做工实在太差，我就开始想，要不要自己制作试试看。

1977年，土屋先生创建东方工业，发售了第一款原创产品"微笑"。这款充气娃娃的面部和胸部使用软胶，腰部用聚氨酯材料提升强度，面部、胸部、腰部以外则使用普通塑料。那段时间，土屋先生结识了一位研究人员，并因此决定了东方工业的模式。

当时有个人帮了我很大忙。那人姓佐佐木，比我大十岁左右。我没怎么打听他的过去，只知道他出生在京都那边，以前是个医生。他在很多

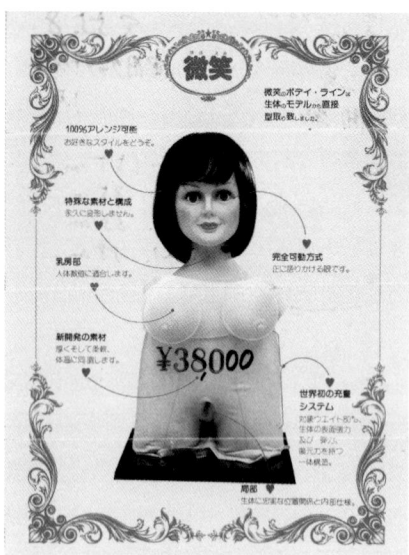

东方工业一号产品"微笑"（1977年）发售时的产品图册。"为满足耐久性和适度弹性，面部和胸部使用软胶材质，腰部用软质聚氨酯材料提升强度。然而，除面部、胸部和腰部以外，产品仍使用了普通塑料，且为充气形式，难以完全避免漏气，使得提升耐久性成了研发重点。"（摘自东方工业主页）

国家帮助解决过残障人士的性需求问题。我以前一直把娃娃当成玩具，而他即使对着一个塑料娃娃，态度也格外不同。我想，那是因为他对残障人士的问题进行过很多思考吧。那个人对我产生了很大影响。

所以这个展示中心以前也不叫展示中心，最早期的时候，是在别的地方以"上野咨询室"的名字开放。我虽然提供不了什么帮助，不过那个人可以跟客人谈上一两个小时性方面的问题。我们的初期产品都是塑料材质，跟现在的硅胶制品根本没法比，不过，我们销售的时候，心意都是一样诚恳。

东方工业上野咨询室的客人越来越多，土屋先生也渐渐知道了需要娃娃的人存在各种各样的动机。

我们的客人并不只有残障人士，还有许多人在性方面怀有苦恼。那时候还讲老婆"蒸发"……现在已经不说蒸发，而是说跟情夫跑了。有时候遇到这种情况，会变得不再信任女性，觉得女性那地方很脏。我们可能会想，既然如此，为何不去风俗店玩呢？可是在当事人看来，女性那地方很脏，所以任何女性都不行。又或者夫人得了病，渐渐不能同房了。那样一来，很多老实的男性就无处发散性欲。还有一位母亲，儿子患有残疾，实在没办法只能用手帮儿子解决，可是性欲越来越强，再这样下去可能会越过底线，最后烦恼来烦恼去，得知我们公司的产品，就跑过来了。总之，真的是情况各不相同，咨询过程也格外辛苦。所以，要是没有认识佐佐木这个人，我现在可能还只是个成人玩具商店的老板而已。

继"微笑"之后，东方工业1982年又发售了手脚可以拆卸的全身型娃娃"面影"，1987年发售"影身"，1992年发售"影华"，这些都是乳胶材质的全身型娃娃。因为这些产品都带有"影"字，象征着隐秘的存在，连面部都是忧郁或空白的表情。后来为了改变印象，东方工业又于1997年发售了"华三姐妹"。材质虽然还是乳胶，但正如"华"这个字给人的印象，新系列是日常生活伴侣的明朗造型，全力呈现出性感艳丽的感觉。

这一路线变更的背景，在于公司起用了新的造型师，同时美国又在1996年发售了在全世界引起话题的高级娃娃"Real Doll"。本部位于美国加州旧金山的厄比思创意公司（Abyss Creations）发售的这款"Real Doll"号称"最大程度利用了好莱坞特摄技术"，皮肤由硅胶制成，触感比以往产品彻底高出一个次元，价位定在六千到七千美元，在日本也引起了热议。理所当然，包含东方工业在内的日本各大公司也马上加紧开发，竞相推出硅胶材质的新产品。

美国的硅胶娃娃引进日本，把我吓了一跳，只不过当时很难搞到好硅胶，我们的硅胶娃娃"宝珠"也是足足开发了两年，直到2001年才推出。第一款硅胶娃娃出现之前，娃娃们的脸很不一样。以前是请制作塑料模特的人来绘制。那时材质也完全不一样，使用的是软胶。硅胶娃娃出现后，换成现在的造型师，面部造型和妆容都大变样，变得更现代了。

2001年我们出了第一款硅胶娃娃，而在1999年，则推出了软胶材质的"爱丽丝"系列，卖得非常火。当时正好网络流行起来，在此之前我们的产品都以成年人体型为主，那回头一次做了身高一百三十六厘米的萝莉型娃娃。小巧可爱的爱丽丝娃娃每个月卖出一百到一百五十个，连续热销了两三年。

最开始萝莉娃娃我们都做得有点战战兢兢，比较收敛。不过当时是网络与生活开始紧密联系在一起的时期，出现了一批跟以往需要娃娃的人不同、年龄层更低、把娃娃当作"治愈"的陪伴而非性道具的人，还有客人自发组建了粉丝俱乐部。这些都是我以前从来没想过的事情。

因为出现了一些新客人，他们并不以拥有实体娃娃为耻，也不会刻意将其当成秘密，所以东方工业的产品种类一下就拓展了不少。当然，客户也因此变得更多样了。

我几年前采访娃娃样品市场时，也遇到过实体娃娃粉丝俱乐部的成员，并观看了他们聚会的记录。他们会在高速公路服务区摆出各自的娃娃拍照留念，还会包下一座旅馆，在娃娃的陪伴下开宴会。所有活动都办得堂堂正正，大大方方。

有的客人会十分珍惜一个娃娃，让她陪伴很长时间；也有人喜欢买新娃娃，已经拥有十多个娃娃；甚至还有家里摆满娃娃的大收藏家，干脆把整个家当成了巨型娃娃屋。因为我们还有头部跟身体可以分开，也就是能换脸的娃娃，所以有的客人还会备上好几种脸换着玩。不过我们的产品并不是脸特别好看就能卖得好，而且外国人长相的娃娃也卖不出去。少女系列中还可以选择性器官部分有无开孔，不少人都会来买没开孔的款式。那种娃娃应该会成为没有孩子的女性和年长者的"治愈"伴侣，所以娃娃的用法真是多种多样。

这些拥有乳胶、软胶或硅胶肌肤的娃娃，已经承载了人们三十多年的心意和妄想。东方工业把接受订单到出货的过程称为"嫁女",还把被送回来维修,或实在无法继续拥有而退回来的过程称为"回娘家"。据说这些回到娘家的娃娃里,得到爱惜的娃娃和没有得到爱惜的娃娃,表情会变得不一样。这种细致的用心,以及娃娃与主人间的交流,是美国的"Real Doll"所无法实现的。没想到竟能在这种地方窥见如此日本式的心境。

东方工业的总部和展厅虽在上野,但产品工厂却在葛饰区。葛饰的地方主要产业就是娃娃,早在大正时代,这里生产的赛璐珞玩具就已经远销海外。无论是过去还是现在,像特佳丽多美和生产蒙奇奇的关口公司这种知名玩具大厂都把总部设在葛饰区。这次,我们获得许可,来到葛饰区的东方工业工厂内部参观。

电影《空气人偶》也把这座工厂设为取景地,让小田切让扮演的孤独人偶师在里面工作。实际上,这是一片宽敞明亮的空间,员工主要以年轻人为主,是充满活力的下町工厂。负责宣传的林拓郎先生给我们做了介绍——

葛饰原本就有很多玩具厂商,软胶工厂也大都集中在这一带。我们一开始把娃娃制作外包给塑料模特工厂,不过那个工厂的员工渐渐偏向高龄化,最后还关闭了,于是我们就开始自己建工厂生产。

以前工厂在这附近,后来地方不够用,便于2004年搬到了现在这个地方。正好2003年到2004年开始流行"娃娃风俗业",电视节目都介绍了好多次。简而言之,就是用娃娃代替真人陪客,这样既能招徕客人,又少花了很多人工费用。这种方式一下子风靡整个相关行业,开始有很多商家给我们下订单,所以我们才得以扩大了生产规模。不过那个潮流也就风行了一年,现在几乎哪儿都见不到了。因为真正办起来一看,人们都发现保养娃娃更辛苦(笑)。当时工厂一年大约造了一千个娃娃。现在商品种类增加了,价位从十万日元到七十万日元都有,体型分为六个种类,全部加起来每年能卖一千个左右。

陪同我们参观工厂的造型师介绍说,如果一味模仿美人,就无法制作出具有魅力的娃娃。"如果只追求跟人体一模一样,做出来就成了尸体。必须在人体美学的基础上加以美化,引出人们想要的感觉才行。面部大小、皮肤颜色和胸部大小、乳晕颜色都要讲究!其实真人乳晕根本不会这么粉,但这毕竟是'梦中的女人'啊。"造型师边说边笑,但想必事实就是如此吧。

就好像时尚模特那种比例的人在戏剧舞台上一点都不好看,世间也存在最适合相依而坐,或相伴而卧的最佳体型和面容。有这么一群人,就在制作能满足人类最深层的欲望,静静陪伴左右,别处绝对找不到的"伴侣"。而他们,就在葛饰这个地方。

◉ **东方工业** 东京都台东区上野5-23-11 卓大厦2F

葛饰区的东方工业工厂。图中是制作硅胶身体的区域。

硅胶身体的身高有五个种类，从126厘米到157厘米。胸部大小可以选择，肤色也有自然与白皙两种选择。另外还能选择手指是否安装关节，算是半定制的形式。上手摸摸看，果然是很柔软的肌肤触感。胸部填充了柔软的凝胶，锁骨部分硬度较高。肚子部分则是软的。娃娃内部下了许多功夫，为的就是做出接近人体的触感。阴毛也可以选择有、无，颜色（褐、黑），量（多、少）。这个定制系统让客人只需把喜欢的头部安装在喜欢的身体上即可使用。还可以购买好几个头部轮换使用。

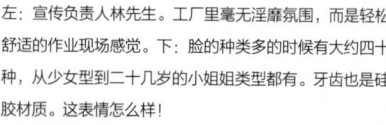

左：宣传负责人林先生。工厂里毫无淫靡氛围，而是轻松舒适的作业现场感觉。下：脸的种类多的时候有大约四十种，从少女型到二十几岁的小姐姐类型都有。牙齿也是硅胶材质。这表情怎么样！

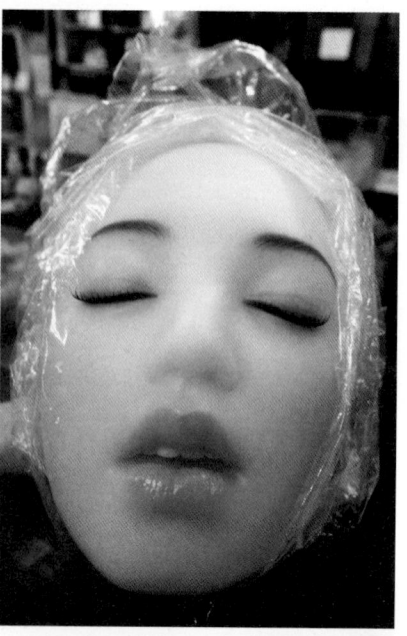

上·下：头部上色及化妆区域。架子上摆着刚脱模的各类头部。头部化妆由三人负责，一个是艺术大学毕业生，一个是负责电影特殊化妆的人，还有一个是制作创意娃娃的人。他们在这里描眉，种眼睫毛。眼球比真人稍大，使用亚克力材质。

头部造型师介绍道:"我们把表情做得很暧昧,还具有能剧面具的要素。如果主人心情很糟糕,娃娃却笑颜如花,肯定更影响心情不是吗?反过来,如果主人很开心,娃娃却一脸哭相,看了也不会高兴。所以我们才把表情做得很暧昧,能够随着主人的心情做出不同解释。"脸上的痣是专门设计的。为了做出脸颊和嘴唇的柔软触感,里面的芯还下了不少功夫。

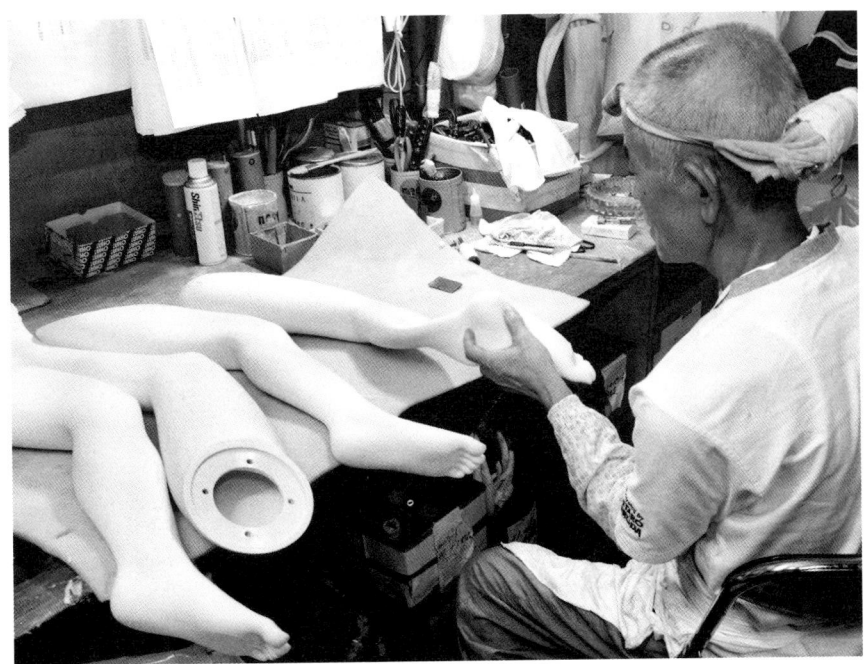

软胶身体的制作专区。匠人的手艺在这里焕发光彩。

539

硅胶材质的宝珠系列（2008年）。最前面这位是长得很像演员绫濑遥的"友子"。

左下：硅胶材质的小宝珠系列（2001年）。"当初发售萝莉娃娃，心里其实有点忐忑。下了好大决心才做出来。"在使用硅胶材质以前，以软胶制作的第一号萝莉娃娃产品"爱丽丝"曾获得爆炸性的人气。右下：头部和手足是软胶，身体为布制的抱枕系列。这种娃娃非常轻。

542

虹之彼端

Over the Rainbow

11

安息吧，船科

【品川区·东八潮】船舶科学馆

坐在环御台场行驶的百合海鸥号列车上，就可以看到缓缓滑过车窗的巨大船型建筑。每次来到这里，它都会让我忍不住沉吟。因为它有着超越了美丑概念，令人难以言喻的存在感。这就是各位都知道的"船舶科学馆"，简称"船科"。

这类以某种物品为外表的建筑被称为"象形建筑"（programmatic architecture），被各路有品位的建筑师斥为"恶俗"，但我却很喜欢。我喜欢高速公路边上的伊丽莎白女王号，并且尤其喜欢御台场的船科，其巨大外形和干巴巴的笔直线条都让我钟爱不已。

这座船舶科学馆从2011年9月30日起，除保留部分设施外，将要实质性闭馆。从1974年7月20日（海洋纪念日）开馆到现在，三十七年的历史突然要终结了。就像其他从东京右岸迅速消失的昭和遗产那般，等人们读到这篇文章赶去时，已为时太晚了。所以，至少让我在这里为大家详细介绍一番。

另外，这次的实质性闭馆，对外将宣称"暂时停止展出"。船舶外形的本馆将停止开放，准备翻修。青函联络船羊蹄丸将"结束保存展示，正在公开招募无偿转让方"（8月31日已结束招募）。不过以南极观测船宗谷号为中心的户外展品，以及利用泳池开办的各类体验教室今后还会继续对外开放，因此博物馆并不算全面终止活动。

船舶科学馆的开设、运营母体是日本财团。各位可能知道，那个财团就是号称"昭和怪物"的笹川良一于1962年创建的日本船舶振兴会（今年4月正式变更名称）。想必还有很多人记得笹川亲自登场高呼"一日一善"的电视广告吧。另外，日本财团第二代会长是曾野绫子，现在，笹川良一的三儿子笹川阳平继任了会长一职，成为第三代领导人。

以摩托艇比赛，也就是赛艇收益设立的日本船舶振兴会，在创建不久后的1963年，便提出了船舶科学馆的创意原点——海事博物馆的构想。有一段时间，他们计划把当时世界最大的豪华游轮伊丽莎白女王号搞到手，放在东京湾上做成博物馆。只可惜后来没能收购伊丽莎白女王号，只得放弃计划。最后，项目就选择了现在的设计，并于1974年建成开馆。

从1978年到1979年，船科分两期举办了"宇宙科学博览会"，共计1100万参观者闻讯赶来。1980年，南极观测船宗谷号对外开放。1993年彩虹桥开通，1995年百合海鸥号开通，1997年东京湾水上航线开通，使这里的交通变得格外方便。1996年船科又展出了青函联络船羊蹄丸。这段时期应该算是船舶科学馆的全盛期（2003年朝鲜特工船的展示也一度成为人们热议的话题）。

早在百合海鸥号开通前就存在的船舶科学馆。

上左：三楼海洋沙龙展示了第一代南极观测船宗谷号船员用的照相机和帽子等物品。上中：随第一次南极科考队一同登上宗谷号，被独自留在南极却奇迹生还的桦太犬太郎和次郎雕像。上右：时间胶囊里装着孩子们的留言。下左：无线电控制专区，交100日元就能体验操作。下中：宗谷号和羊蹄丸之间的海域是一片可以赶海的地方啊。下右：战舰大和号1：50的模型旁边，解说员在解说的同时，也向参观者讲述着战争的愚蠢。

从接待室看向宗谷号、羊蹄丸方向，眼前是一片仿佛度假村的光景。

科学馆学艺部的山田宽先生介绍道："当时每年约有五十万人来参观。"但是参观人数逐年减少，最近"已经停止下降趋势，每年只有不到二十万人了"。馆内几乎所有展示都是常设，极少有新的大型策划展，所以很多人觉得"去过一次就够了"。另外展示风格又保持旧式博物馆的形式，与现在主流的交互风格相比已经落后了许多。"3·11"地震虽然没有对场馆产生影响，但建筑难免随时间老化，于是管理层就做出了不得不闭馆的决议。详细情况我们请山田先生亲自介绍——

船舶科学馆是御台场最早期的大规模场馆。原本文部科学省和通产省那边想把御台场规划为类似巴黎郊外的拉维莱特公园那种文教区域，所以这一带多了很多博物馆。后来随着泡沫经济崩溃，政策举步维艰，目前正在以商业设施为基础，重新进行规划。

我们创建时，这里还没有百合海鸥号和彩虹桥，所以客人到这里来不方便，员工也不能留下来加班。当时只能乘坐京急巴士和都营巴士到门前仲町搭电车，我记得最后一班好像是18点50几分发车。

这个场馆本来着眼于青少年的海事思想启蒙，前来参观的人也以小学社会课校外参观和修学旅行的学生为主。东京塔、阳光城、船舶科学馆这条路线，以前有很多来自日本各地的修学旅行团。毕竟从这里到东京站和羽田机场都只需三十分钟左右。不过最近修学旅行已经不是集体行动，而是分班行动，每个学校只有几个班的团会来。这也是社会方面的变化啊。

正如一开始介绍那般，船舶科学馆的主要设施是本馆、宗谷号和羊蹄丸。其中宗谷号将会继续对外开放，本馆即将开始翻修，而羊蹄丸还不知道会被运到哪里去。

因为这座场馆已经使用很久了，我们早就计划好要翻修，还做好了2018年左右开放新场馆的蓝图。然而这次地震，日本财团往受灾地投放了不少资金，这边的计划就被停掉了。再说既然要翻新，我们也想把它建设成能够代表日本的海事博物馆。因此决定，干脆暂时关闭场馆，慢慢做好计划，同时继续其他博物馆业务，比如借展和维护等。这就是目前的状况。

只不过，羊蹄丸被排除在翻修构想之外，虽然很遗憾，但还是要请它退休了。大家可能在电视和报纸上都看过，我们目前正在公开招募无偿转让的地方（招募已结束）。目前有三十五个单位投标，我们马上就要开始甄选。我们当然希望能够保持现在这种形式，让羊蹄丸在另一个场地公开展示。如果不行，它作为一艘船的功能还是齐全的，所以能在国内重新找到用途也很不错。不过这都要看接收方怎么处理了。有可能当成船用个几年，最后再被作为废铁回收。最糟糕的是，我们也有可能要把船先拆解了再送过去……

山田先生还说："这里虽然被命名为科学馆，展示方式却跟旧式博物馆一样。"确实，"船舶科学馆"的风格属于被现代博物馆展示潮流淘汰的古典展示方法。被收纳在玻璃盒里的厚重船舶模型、身穿制服面无表情的塑料模特、并非触摸屏而是贴在一块板子上的冗长说明文

2011年10月以后依旧能看到宗谷号，不过青函联络船羊蹄丸到9月30日就结束展示了。

字……不过，那种古典的展示空间对我这个早已习惯了亮堂晃眼、紧跟潮流又聒噪不堪的"现代式"博物馆的人来说，显得很新鲜。让我能够安静而沉着地漫游在想象和妄想的世界中。

"即将退休"的羊蹄丸内部用立体模型再现了二十世纪五十年代中期青森街巷和车站的光景。里面有曾经被叫作"担婆"，挑着巨大包裹，坐在路旁休息的阿姨们；有喝清酒喝得醉醺醺，正在吃每碗100日元的咖喱饭的大叔；有小脸贴在车窗上，快要哭出来的孩子；也有粗声粗气叫卖苹果的阿姨和拖着腊鲑鱼的阿姨；还有熟睡的狗，正在吵架的鱼店夫妻……这种"怀念昭和"的街巷风景再现场馆，现在已是随处可见。不过如此精细讲究的空间，倒是很难在别处找到。

如此讲究细节的原动力，在于展区体现的对时代、地域浓浓的爱意。不用说，那种现代博物馆空间最为欠缺的，超越了精打细算的成本效益分析的东西，就是这种爱意。

如上文所述，只要没有特别奇怪的接收人，羊蹄丸内部的再现场景将会遭到拆除，今后再也无法看到。这样一来，我们又要在失去之后，才痛悟自己遭受了何等巨大的损失。[115]

⊙ **船舶科学馆** 东京都品川区东八潮3-1

做工精细的大型模型,摆在一起特别壮观!

俯视一楼展出的日本商船"牟才船"。

引擎展区。

船舶阻力实验展区。

海洋休闲安全促进会开发的立体模型。

 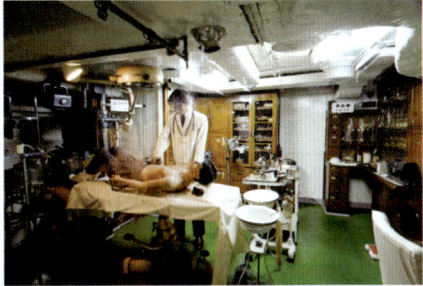

左上：厨房。右上：治疗室。左下：第四准士官室。其实宗谷号上面不仅有桦太犬，还有猫和金丝雀。相传，"雄性三花猫是保佑航海安全的吉祥物"，所以一只名为"小武"的雄性三花猫就跟随第一次南极科考队登船，并得到了队员们的宠溺。身穿防寒服装的塑料模特，莫非就是收养了小武的越冬队犬类饲养员菊池彻先生？右下：太郎、次郎等犬类生活的空间。实际上这个地方位于地下，为防止狗狗中暑，还安装了空调。

第一科员室。船上的男人果然都留胡子吗？

羊蹄丸的主要展品是“青函世界”。来到这里，让人感觉自己仿佛穿越到了二十世纪五十年代中期的青森站。

①候车室的模样。②大口吃饭团的女性。③背着孩子，向站员询问事情的母亲。④累得睡过去的担婆阿姨。

⑤车站餐厅里，有个店员正厌烦地看着烂醉的客人。

⑥通知离港时间推迟的站员和车站内的站员。

⑦—⑨列车内和站台内也有各种仿真人偶。

⑤

⑥

⑦

⑧

⑨

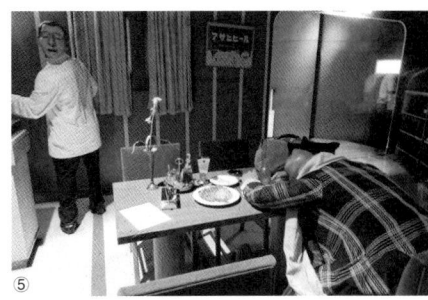

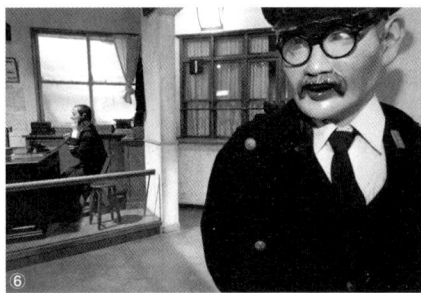

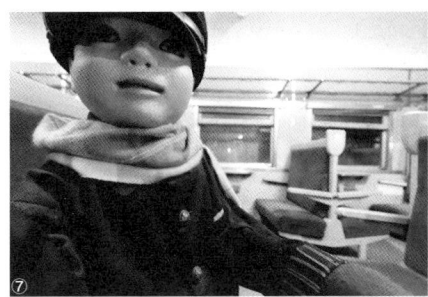

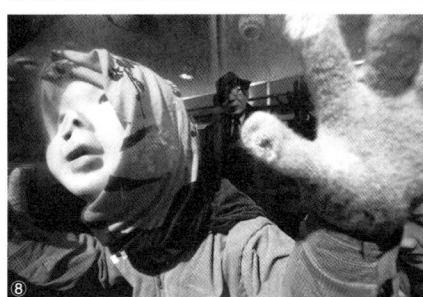

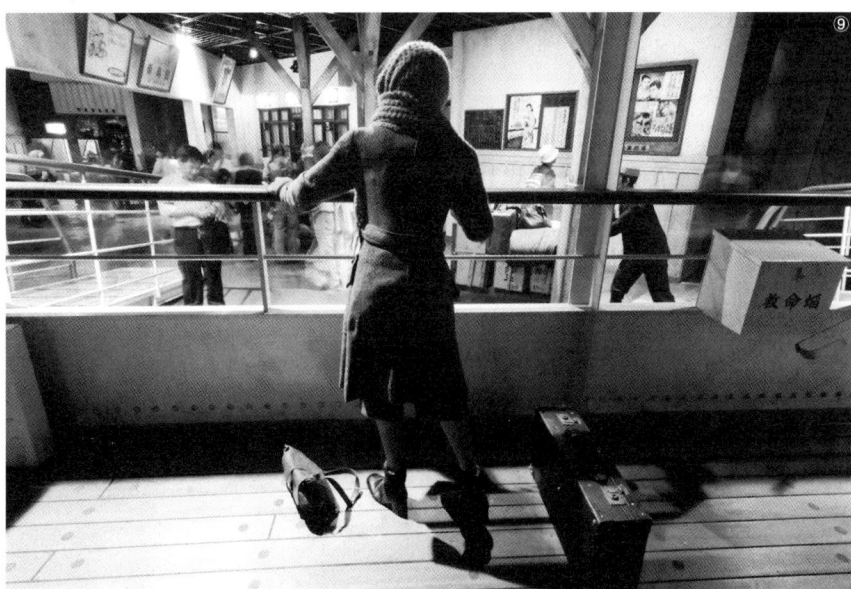

这里是"青森公益鱼菜市场"的还原场景。人偶会动,还能发出叫卖声,时而还会从远处传来津轻民谣,还原度极高。
①鱼店里摆满了来自北海的新鲜鱼类。店中夫妻好像在吵架。老板手上握着的那条似乎是鳕鱼。②这个小摊在卖蔬菜和鸡蛋。一个鸡蛋15日元贵不贵?③古屋洋品店。"客人,这件褂子怎么样?这可是好东西,给你打个折吧。"④卖烤地瓜的老爷爷。⑤市集摆着整箱整箱的苹果。"日本第一的青森苹果!来到青森必须得买!一天一个苹果,医生不来找!快来买啊,不买吃亏啊!"⑥正在搬运大件行李的母子。

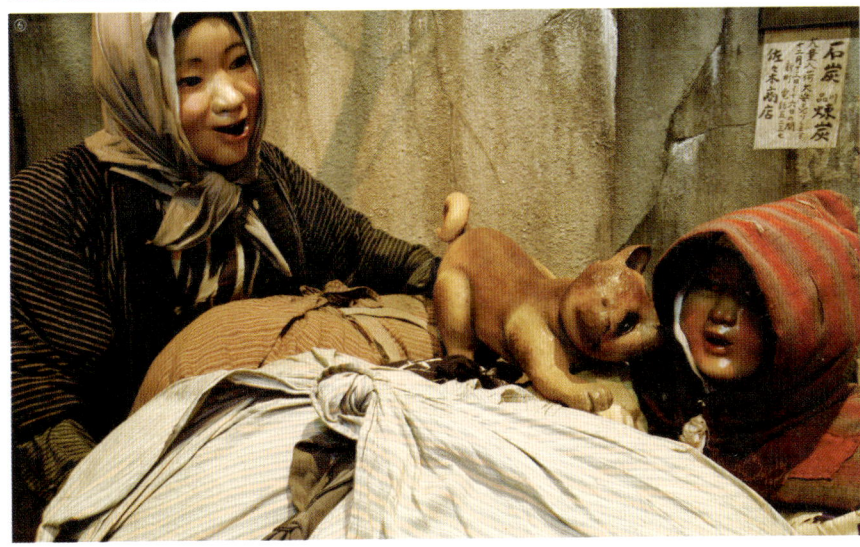

代后记：冬风送吼至高塔

近年来，不仅是右岸，整个东京都在热议的地点，无疑是天空树。尽管离开放还有很长时间，天空树脚下的押上一带已经每天挤满拍纪念照片的游客。等到竣工，究竟会是个什么光景呢……

与这里隔着一条隅田川的台东区有浅草，有上野，而墨田区却是个虽有历史，却略显平凡的地方。想必这次修建天空树，是个千载难逢的机遇。着眼于未来将要完成的天空树，这里已经多出了许多毫无下町风范的高层公寓和时尚咖啡厅。区政府和开发商肯定都把一天天长高的天空树，看成了一摞摞往上堆砌的钞票吧。

正如纽约苏活区和伦敦东区，将居住在贫困地区的人们赶走，把那里重新开发成高级住宅区和商业地带的中产阶级化现象自二十世纪八十年代起，便在全球各大都市不断发生。同样，墨田区官民一体的"中产阶级化友邻会"今年也在跃跃欲试，企图展开更多活动。对那些上层阶级人士来说，最碍眼的莫过于在隅田川流域建起蓝帐篷村的露宿者，也就是流浪人群。

于是，墨田区制定了一则条例，禁止人们从垃圾站拿走铝罐和旧报纸等物品，违者将被处以二十万日元以下的罚款，并从2010年10月开始实施。这一大胆举措的目的在于切断流浪人群的收入来源，最终将他们赶走（消灭？）。

这一条例的正式名称叫《墨田区废弃物减量及处理相关条例》——

〇除区长指定的从业者以外，禁止收集或搬运，资源及垃圾收集站排放之特定资源物（资源物中经规则指定之物，下同）。（第四十四条第二项）

〇违反规定者，将被处以二十万日元以下罚款。（第八十一条）

该条例已经在墨田区以外的东京都内十四个区执行（尚不存在条例的区有千代田区、台东区、涩谷区、荒川区、江户川区。虽有惩罚规定但不罚款的区有目黑区、中野区、板桥区），同时还在京都市等全国各地区逐渐推行。

许多自治体制定这一条例并非为了对付流浪人群，而是为了防止驾驶卡车偷窃回收物品的不良从业人士。然而，墨田区已经展开了一系列重点针对流浪人群的行动，如区公务员定期巡逻"防止偷窃"，拍摄拾荒者头像并制作名册等。

而东京都是继大阪府之后，日本流浪人群第二多的都道府县。东京二十三区互

左：吾妻桥稍上游的山谷堀公园能看到几处蓝色塑料布。中：新仲见世以前是蓝塑料布天堂，现在完全看不见了。
右：吾妻桥底下的隅田川栈道已经彻底看不见流浪者的身影。

相比较，台东区人数最多，有615人。第二名墨田区533人，比第三名的新宿区346人高出一大截（2007年东京都调查数据）。

另外，2005年墨田区还进行过流浪人群实态调查。虽然数据比较旧，不过这里引用部分报告内容——

露宿生活地点一般分为公园、河岸和道路几种，大半集中在隅田川和荒川等河川沿岸区域。对流浪人群生活场所进行大致分类，并于全国进行比较，墨田区集中在河川沿岸的情况尤为显著。全国流浪人群中，生活在河川沿岸的人数占总人数的17.5%，而墨田区则占将近七成（69.8%）。此外，墨田区极少见在路旁与车站大厅内徘徊的流浪者，而全国这两种地点的流浪者人数占到大约两成（20.1%）。尽管表格中没有显示，但新宿区的流浪人群大部分集中在公园生活。与之相比，墨田区在公园生活的流浪者人数则占三成左右。而且墨田区流浪者人数最多的隅田公园还包含了隅田川沿岸部分区域。从以上几点可以看出，墨田区露宿生活与河川的关系较为紧密。（中略）

墨田区的流浪者大多拥有迁移经验，许多人都是从邻近区域迁移而来。与此同时，墨田区内部开始露宿生活的人也有所增多。几种情况综合起来，导致墨田区内露宿生活偏向长期化的人数越来越多。在流浪者采取小屋形态（常设型）生活比例非常高的墨田区，开始露宿生活的原因除工作以外还有多种可能性。在日本整体流浪人群问题逐渐加重的情况下，墨田区可谓流浪人群数急速增加的代表地区。（《墨田区流浪人群实态调查》，2005年3月）

也就是说，扫除在隅田川沿岸搭建蓝帐篷生活的流浪者，对墨田区（和台东区）来说，成了形象升级战略中不可或缺的行动之一。事实上，我久违地从浅草雷门走到吾妻桥，发现曾经在岸边如鲜花般盛放的蓝帐篷大量减少，反倒多了许多漂漂亮亮的快艇码头和散步长廊，一时不知该说什么才好。曾经住在那里的人们，如今都去了什么地方？他们被驱赶到何处去了？

针对这个剥夺流浪人群最重要维生手段的条例，全国都展开了激烈的反对运动。隅田川沿岸的墨田区和台东区，则由山谷劳动者福祉会馆（为援助浅草旁边的全国最大规模贫民区——山谷底层劳动人民和流浪人群而创建的组织）牵头，自去年开始就一直进行反对墨田区条例的运动。为了总结第一

左：收集空罐卖钱是流浪人群宝贵的收入来源。台东区、墨田区的大量流浪者都靠这个维持生活。公园随处可见写在草席上的标语。

右：这天很冷，来碗热腾腾的猪肉味噌汤暖暖身子。

阶段行动，会馆策划了2010年12月12日在浅草山谷堀公园举办的"不知涩大乐团山谷堀广场现场演奏会"。原来不知涩乐队的成员中有人与山谷渊源很深，才使这次演出成为可能。而且入场费只需随缘投钱，实在太有浅草风范了。

12月的寒风中，公园里早上就摆出了卖猪肉味噌汤和咖喱的小摊，观众们三三两两聚集而来。13点的迷你座谈会结束后，14点开始不知涩乐队的演奏。恐怕没有人不知道这些享誉世界的乐团成员，不过这可不是加上舞蹈队超过二十人的完整团队，也不是大音乐厅或郊外的大规模演奏。能在一个小公园里如此近距离地听到现场演奏，如此机会实在难得。

舞台对面就是正在修建的天空树。在这个绝佳（？）的地点，厚重的旋律与浑身涂抹成白色的舞蹈家们映衬在那个背景之下，让会场产生了某种异样的兴奋情绪。表演最后，舞台左右突然冒出高举草席（！）的工作人员，用"别为天空树开发而杀死穷人！""易拉罐，旧报纸，同伴的工作"这些标语迎合挥拳呐喊的观众……那是举着褴褛旗的祭典骚动，也是现代民众团结而起、摇旗呼吼的律动。

一些年轻粉丝既不了解禁止条例，也不知道地区再开发的背后发生了什么，只被"不知涩"的名字吸引过来。他们看到会场散发的传单，头一次得知此事，其中一些人会当场通过手机推特告诉朋友，也有人会回到家中写博客。将近两小时的演奏，从后半部分突然增加的观众人数来看，说不定有很多人是在推特上看到此事，中途赶过来的。

他们没有得到任何指示，其中不存在任何领导者。这种直觉的反应和传播速度，仿佛就在暗示越来越陷入僵化的社会运动还存在新的行动方式。电视和杂志都在不厌其烦地宣传"天空树和下町时尚美食"，而真正应该被获得的信息，或许只能像这样从一个人传达给另一个人，从一双手传递到另一双手上。

都筑响一

⊙ 山谷劳动者福祉会馆活动委员会　东京都台东区日本堤1-25-11

座谈会开始前,为了招徕客人,不知涩乐队成员在山谷堀公园边走边演出。现场演奏到达最高潮时,高举草席旗帜的工作人员走到人群中!负责举旗的工作人员都是在山谷一带生活的流浪者。此时,不知涩乐队的成员从舞台上下来,跟着旗帜一起,边走边演奏。

可能因为推特效应,不知不觉间,年轻人就挤满了山谷堀公园,让演出达到最高潮!

用空罐建造的塔。

译注

1. 地理上指近河、海的地势较低的区域，同时也是平民聚居的老城区，相对于地势较高、权贵聚居的"山之手"。东京的下町主要是日本桥、京桥、浅草、本所、深川等地，历史可上溯至江户时期。前言

2. 日文"東京右半分"，直译应为"东京右半边"，指东京都内最东侧的一片地区（可参照后文地图），这里也是东京老城区"下町"的所在。因该区域多位于隅田川、荒川右岸，为表述方便译为"右岸"，地理上并不完全准确。前言

3. 日本传统内裤，即一般所说的"兜裆布"。后文提及不同种类的裈，主要以布的长宽尺寸、颜色及穿着场合区分。p2

4. 正式名为"浅草神社例大祭"，每年5月第三周的周末三天举行。p2

5. Sadomasochism（性虐恋）简称，也指施虐（sadism）与受虐（masochism），是一种将性快感与疼痛感联系在一起的特殊性活动，其中的疼痛既包括肉体痛苦也包括精神痛苦。p3

6. 日本的一种织物，用丝线平织而成，表面有缩绉纹，类似中国的绉绸。p3

7. 在花街进行服务业管理和登记的事务所。p4

8. 本书文章首次发表年份为2009—2011年，提及时间均相对于作者首次发表时间，未作改动。各篇目发表具体时间参见索引部分。p6

9. 森永博志所著以山崎真行为原型的小说，描写了爱情、友情与摇滚精神，一度成为街头青年的"圣经"，全名为《原宿淘金热：埋藏宝藏的街道（青云篇）》（Wani Books, 1985）。p6

10. 源于明治时代以歌唱代替演讲申诉主张的"演说歌"，后演变为歌唱人生悲喜的流行歌。在二十世纪六十年代西方流行音乐的冲击下，演歌被确立为具有较强日本传统音乐风格的歌曲。p7

11. 日文"メイド（meido）"音译，即"maid（女仆、侍女）"。p10

12. 官网显示该店2012年6月已停止营业。p13

13. 极粗略地说，死亡金属（Death metal）是在早期黑金属（Black metal）音乐的基础上发展而来，两者同属于重金属音乐，但前者的歌词和主题更倾向暴力与死亡，后者厌世之外还有反宗教的立场，二者在配器和唱腔上也存在诸多不同。作者在定义穆勒特画廊时存在二者混用的情况。p14

14. 住户密集的廉价住宅区，住宅空间多为两室（一厅）、内有卫生间和开放式厨房，能供三口之家勉强居住。p25

15. 古驿站，现成为保留部分旧有风情的旅

游区和商店街。p26

16. 真言宗丰山派的寺院。天长年间（824—834），弘法大师空海访问此地，通过护摩祈祷来医治疫病，从此便成为众多善男信女拜访、祈求解除厄运的祈福寺院。p26

17. 日本的一种喜剧形式，由两人组合演出，一人负责装傻，一人负责找碴，以谈话中的误会、双关语等制造笑点，类似中国的对口相声。p28

18. Group Sounds的简称，二十世纪六十年代后半期，由多人组成的以吉他为主要乐器的弹唱型日本摇滚乐队。受1966年披头士乐队在日本公演影响，类似的乐队在日本不断涌现，杂志《周刊明星》把这些乐队和音乐通称为"Group Sounds"或"Group Sound"，后被广泛使用。代表乐队如The Spiders、The Tigers、The Tempters等。p28

19. 连锁商店，出售日用杂货、食品、家电产品、时尚用品、运动休闲用品等。p29

20. Candies，二十世纪七十年代活跃的日本女子偶像团体，成员有三人，1978年解散。p30

21. 杰尼斯事务所（Johnny's），以推广男艺人和男子偶像团体为主业的日本艺人经纪公司。p35

22. 日本魔术师，开发了在近景魔术中加入超能力元素的"超魔术"，随着1989年日本电视台相关节目的播放，在全日本掀起魔术热潮。p39

23. 森林系女孩，源自日本社区网站mixi的一个名词，指"如生活在森林里的女孩"，由此引申出一种女性生活的时尚美学及服装风格。服饰特征一般是天然、低碳、简洁、随意、暖色系、民族风等。p46

24. Digital Audio Tape（数字音频磁带）的缩写，二十世纪八十年代为专业领域开发的一种新型、高质量的录音方式，音质可媲美CD。p49

25. 调酒师皆为女性的酒吧，与酒馆不同，没有陪酒女，不属于风俗业。p59

26. Ombra mai fu，亨德尔作曲的歌剧《塞尔斯》（Serse）中的咏叹调。p62

27. 1977年出生的日本演歌男歌手，被称为"演歌王子"。2000年出道，同年即入选第51回NHK红白歌会。除了演歌也会以"KIYOSHI"名义发行流行歌曲。屡获音乐奖项，至2019年已连续19次在红白歌会中表演。拥有众多年轻听众。p67

28. 一种传统歌谣，"音头"指多人舞蹈时伴唱的音乐。p69

29. 日本TBS电视台1989年至1990年间播放的一档乐队竞演型综艺节目，由三宅裕司主持，获胜乐队可获得出道演出的机会。p70

30. 1985年4月富士电视台于工作日17:00—18:00播放的一档信息类综艺节目，主要面向中学生群体。节目中招募普通女高中生担任助理主持，海选排名前12位的女生组成"小猫俱乐部"，作为女子偶像团体活动，秋元康担任制作人。1987年该组合随节目播放终止解散，成员中包括新田惠

利、城之内早苗、渡边满里奈、工藤静香等，许多人仍活跃在演艺界。p72

31. 日本传统表演艺术，诞生于江户时期，由一人在台上以语言、表情、动作讲述滑稽、人情、怪谈等内容的故事，类似中国的单口相声。p74

32. 诞生于日本明治时期的一种说唱曲艺，初称"浪花节"。一次演出时长约30分钟，以三味线伴奏说唱故事，由两人合作演出，声音演出者称"浪曲师"，三味线演奏者称"曲师"。表演内容包括历史故事、侠士故事、人情故事、滑稽故事等多种类别。p76

33. SP即Standard Playing，指早期转速为每分钟78转的粗纹唱片，每面约能录3分钟内容。LP即Long Playing，指1948年后推出的密纹唱片，转速为每分钟$33\frac{1}{3}$转，每面约能录23分钟内容。p76

34. 落语、浪曲等日本传统曲艺的表演场所。定席指不休息、连续开放进行演出的寄席，有时特指东京的铃本演艺场、新宿末广亭、浅草演艺厅、池袋演艺场四个常设寄席。p78

35. 克美茂因情妇威胁曝光两人关系而将其勒死，被判刑十年，后又因非法持有毒品被判入狱。p82

36. 津軽じょんがら節，津轻民谣的一种，传说得名于常椽和尚。与后文提到的《津轻世去节（津軽よされ節）》、《津轻小原节（津軽おはら節）》并称津轻三大民谣。"节（節）"日文中有小调、曲调意。p90

37. "追分"本指主路与支路的分叉口，由此地流传开来的民谣被称为"追分节"，后也简称为"追分"，较著名如信浓追分、越后追分等。p91

38. 以三味线伴奏歌唱的俗曲，源于歌舞伎舞蹈音乐、清元节，兴盛于文化、文政年间（1803—1830），初为艺伎、游女演唱，后流行于民间。p94

39. 相扑比试开场后由相扑选手轮流上台清唱的民谣。"甚句"即每句音节数为"七七七五"的民谣。p94

40. 高桥竹山（1910—1998），津轻三味线的知名演奏家，也是在日本全国推广津轻三味线的第一人。1973年青森电视台拍摄的纪录片《寒拨》使其渐为人知，1975年他出版了自传《津轻三味线孤旅》（中公文库）。p96

41. 不起眼，但有一定实用价值的冷僻知识。p103

42. 日文为"小唄"，日本国乐的一种，江户时代末期由江户短歌中分离出来，用三味线弹奏的乐曲，时长约5分钟。后文提到的长歌（长唄）时长约25分钟，多为歌舞伎伴奏乐曲。弹奏不同乐曲使用的三味线种类略有不同，长歌、短歌和小歌多使用最小号的细棹，民谣、地歌多使用中棹，义太夫（净琉璃）、浪曲则用太棹。p114

43. 大熊猫"力力"和"真真"2011年2月抵日，3月首次在上野动物园与游客见面。p118

44. *Saturday Night Fever*，1977年的电影，

565

讲述纽约布鲁克林区一个19岁的青年，平日在五金店打工，而到了周六晚上，则成了当地迪斯科舞厅光芒四射的"舞王"，与舞伴亦是恋人一同参加舞蹈大赛的故事。此片带动了当时的迪斯科热潮。p142

45. 瑞克·詹姆斯（Rick James）1978年发行的专辑《Come Get It！》中的歌曲。该曲的MV即一群人在迪斯科舞厅中跳舞的情景。p142

46. 英文"Boogie-woogie"音译，这种音乐风格十九世纪七十年代诞生于非洲裔美国人社区，二十世纪二十年代后期开始广泛流行，其旋律摇摆反复，充满节奏感，适于伴舞，配器多使用吉他、贝斯、钢琴等。p143

47. 日文为"大衆演劇"，起源于江户时代，广义上指面向普通百姓的戏剧。相对于有自己固定剧场、传统规范的大型歌舞伎演出而言，大众戏剧主要由数十人的旅行剧团进行演出。现在其演出场所多为各地的中小型剧场和健体中心、旅馆，演员与观众的距离更近，演出形式更为轻松，演出内容主要分为"表演"和"Show"两部分，即时代剧或是歌舞表演。p151

48. 日文为"モボモガ（mobomoga）"，是modern boy（摩登男孩）和modern girl（摩登女孩）的略称，特指二十世纪二十年代（大正末期到昭和初期）受西方思想文化影响的男女间流行的时尚打扮，如男性着西装、戴圆顶礼帽、圆框眼镜，女性留短发、着洋装连衣裙、戴钟形帽等。p168

49. 日本面积计量方式，一叠即一块榻榻米的大小，约1.62平方米。六叠约10平方米。p169

50. 日本传统诗歌，以五音或七音为基调，有长歌、短歌、连歌、片歌等类。近现代所说和歌多指明治以后的短歌，共五句，每句音节数为五七五七七，共三十一音。p170

51. 泷廉太郎（1879—1903），明治时代西洋音乐刚进入日本时期的著名作曲家，代表作《荒城之月》融合了和歌的五七调歌词与西洋音乐的旋律。其他作品还有《箱根八里》《花》《月》等。p170

52. 活跃于1975—1983年间的CM制作、广播DJ、搞笑短剧组合。创始成员为桑原茂一与小林克也，1976年末伊武雅之（现名伊武雅刀）加入。1976—1980年在大阪、关东、东海、TBS广播台主持同名音乐节目，以前卫的选曲和曲间的激进短剧闻名，他们也以此形式参与了知名电子乐组合YMO专辑《增殖》（1980年）的录制。p170

53. 指剪断月代头发髻后形成的发型。 p170

54. 这是所谓"江户子"（老东京人）的发音习惯。p170

55. 两面材质颜色不同的腰带，主要流行于江户时期的庶民阶层。由于一面黑色一面白色，被称为"昼夜"。后因主流腰带结发生改变，昼夜带的档次和规格不再适用，渐渐不再有人制作。p173

56. "emon"为日语方言发音，指"好东西"，亦可写作同音汉字"荣卫门"。p178

57. 和服的一种，多用作婚礼中的新娘礼服。p187

58. 一种打击乐，由可手持的木板振动发出声响。因类似田间驱鸟的器具"鸣子"而得名。p193

59. 明治时代用于接待国宾及外交官的社交场所。建成于1883年，1890年后用作日本贵族会馆，1940年被拆除。p196

60. 宝冢歌剧团，创立于1913年，由未婚女性组成的日本代表性音乐剧团，现分为花、月、雪、星、宙五组和专科组，以宝冢大剧场（兵库县宝冢市）、东京宝冢剧场、宝冢Bow Hall几座剧场为舞台进行演出。主打剧目《凡尔赛玫瑰》《乱世佳人》《伊丽莎白：爱与死的轮舞》等均为西洋题材或引进剧目，台风以华丽见长。p196

61. 一种游戏，最初指定一名国王坐在椅子上，其他人排队与国王猜拳，猜赢了就成为新的国王。旧国王则排到队伍最末端，规定时间结束后，坐在椅子上的人获胜。p200

62. 正式名是"相扑服务站（相扑案内所）"，是在相扑比赛场馆外售票、引导的设施，并非餐饮场所。截至2019年日本的相扑茶屋仅集中设在东京的两国国技馆、大阪的大阪府立体育会馆和名古屋的爱知县体育馆附近，数量分别是20家、8家、3家。p206

63. 这里是指日本创作型歌手BORO，本名森本尚幸，兵库县伊丹市人，1979年发表过著名单曲《生于大阪的女人》。后文所说"褴褛"（原意为破布、破烂衣服，后也指青森县这种传统拼布工艺）的日文发音也为"BORO"。p213

64. 日本传统木结构连排建筑，多为商户与住家一体。p218

65. 长州藩武士，明治维新的精神领袖及理论奠基者，著有《讲孟余话》《幽囚录》《留魂录》等。在德川幕府的大老井伊直弼镇压尊王攘夷派的"安政大狱"事件中，被解至江户（东京），1859年11月被处死。p218

66. 1879年因强盗杀人罪被判处死刑的女囚。高桥传为替丈夫偿还借款，向二手衣店的老板后藤吉藏求告。后藤吉藏起先拒绝，后又向高桥传提出肉体要求，高桥传应允后发现被骗，一怒之下杀死了后藤吉藏。经当时媒体添油加醋报道，高桥传被塑造为谋财杀人的"恶女"，此案轰动一时，后世亦有小说、电影等多种演绎。p218

67. 医学家，主学荷兰西医。1771年中川淳庵携德国医书《解体新书》荷兰语译本造访杉田玄白，其中精密的解剖图令其印象深刻。不久后玄白与前野良泽、中川淳庵等人一同观看了小塚原刑场死刑犯的解剖过程，又印证了书中解剖图的正确性，遂决定合作将书译成日文，1774年出版。《解体新书》成为日本第一部译自外文的人体解剖学书籍。p218

68. 1963年3月31日发生在东京都台东区入谷町的男童绑架杀人案。p218

69. 江户城辖区，不同时期有所变动，1818

年幕府在地图上以红线划定的范围大致为西至神田上水，东至中川，北至荒川、石神井川下游，南至目黑川，故又称朱引内。p218

70. 此处化用了日本俗语，原句为"老婆和榻榻米还是新的好"。p218

71. 指1995年日本警察厅长官国松孝次被枪杀案。p220

72. 日本老牌电影制作公司，1912年创立，初名"日本活动写真株式会社"。二十世纪五十年代是其黄金时期，主打年轻路线，推出了由石原裕次郎、小林旭等人出演的低成本动作电影，以及吉永小百合等青春明星出演的青春电影，票房收益可观。p235

73. 野坂昭如（1930—2015），作家、歌手、落语家，代表作有小说《萤火虫之墓》《美国羊栖菜》。p243

74. 上述几位均是知名的文艺界人士，有作家、演员、画家。p243

75. 禾林（Harlequin）是一家加拿大的出版公司，以出版浪漫爱情小说闻名。p259

76. 指筑地鱼市场迁移计划，新市场设在有明北侧的丰洲。2018年10月迁移已完成，丰洲市场已开放。p282

77. 指土壤液化。因地震的压密作用，原本在深层土壤的水分被挤压到表层，土壤颗粒间的结合力下降，呈现如液态的状况。液化时沙与水混合成如泥浆般的液体，使土壤失去支撑力，造成房屋倾斜、地层下陷、地下管线破裂或上浮。土壤液化多出现在土壤含水量较高的河边、海滨，或内陆地下水丰富的地区，造成土壤液化的地震一般在里氏5级以上。p282

78. 日本首位进入太空的宇航员。1985年被美国国家航空航天局选为候补宇航员，并于1992年执行过STS-47任务。现为日本宇宙航空研究开发机构（JAXA）宇宙环境利用系统本部有人宇宙活动推进室室长，日本科学未来馆馆长。p287

79. 1868年7月4日，上野战役发生于此处，交战双方为幕府的彰义队，以及萨摩、长洲两藩主导的明治新政府军，战斗引发的火灾烧毁了宽永寺的主要建筑，此战彰义队战败，新政府军掌握江户以西的日本。p290

80. 报告内容可参考http://www.kensetsu.metro.tokyo.jp/content/000007464.pdf。p290

81. 2011年的推选再次落选，2016年日本国立西洋美术馆与7个国家的17个设施一同作为"勒·柯布西耶建筑作品"登入世界文化遗产名录。p292

82. 山冈铁舟（1836—1888），幕末至明治时期政治家、思想家、剑术、禅学、书道大师，一刀正传无刀流开创者。p295

83. 按时间收取房间费用的场馆。p295

84. 上野松竹百货于2012年8月闭馆，2013年1月开始改建工程。2014年4月10日，改建后的场馆作为"上野之森樱花露台"餐饮综合设施开放。该设施为地下一层地上三层的玻璃幕墙建筑，屋顶仍与上野公园相接，入驻有商户19家。p303

85. 《寅次郎的故事》系列共有48部，栗

原小卷、吉永小百合、八千草薰、松坂庆子、若尾文子等36位演员曾担任过该系列的女主角。p307

86. 和田现子（和田アキ子，1950—），日本歌手、主持人、演员，曾39次出演红白歌会。p307

87. 指以涂抹粉刷墙壁为职业的人。p310

88. 在日本指4月末到5月初节假日密集的时节。p316

89. 詹・孔诺雍（1909—2000），法身寺创办者之一，法身法门传承者，被尊称为"宝优婆夷詹・孔诺雍老奶奶"。p337

90. World Wrestling Entertainment, Inc.（世界摔角娱乐公司，又译"美国职业摔角"），原名World Wrestling Federation（世界摔角联盟），是美国著名的综合娱乐公司，以经营职业摔角相关业务而闻名，此外也涉足电影、音乐、房地产等多个领域。p354

91. Total Nonstop Action Wrestling，美国第二大职业摔角团体，每周播出的同名电视节目为其带来了巨大的影响力，现名"Impact Wrestling（冲击力摔角）"。p354

92. 秋本治于1976—2016年连载于《少年JUMP》杂志的长篇漫画，日文全名直译是《这里是葛饰区龟有公园前派出所》，讲述围绕龟有公园前派出所的警察两津勘吉发生的各种乌龙事件，故事舞台主要设在龟有、浅草地区。p376

93. 日本服饰尺码和国际通用尺码标准略有不同，日码的S相当于国际XS，M相当于S，L相当于M，而XL、LL相当于L，XXL、3L相当于XL。p379

94. 此处指因售糖果（日语发音为ame）闻名，被人叫作"阿美（ame）横町"，下文指因销售美军物资，名称意义转变为"阿美（Amerika，美国）横町"。p382

95. first round knockout，指拳击比赛中一回合击倒对手。p391

96. 新小岩卢米埃尔商店街，位于京都葛饰区新小岩一丁目至江户川区松岛三丁目间，约有140家商户。p393

97. 此句are与don't连用存在语法错误，原歌词如此。p395

98. 东京天空树于2008年开工建造，2012年竣工开放。p395

99. 传统上对渔业资源采取自由利用原则，二十世纪七十年代后各国纷纷立法确定200海里专属经济区，日本起初对此持反对意见，但迫于国际趋势，也于1977年先后颁布《领海法》和《渔业水域暂定措施法》确认专属经济区。这一区域从领海基线起测200海里，是并接领海的一个区域，沿海国对区域内自然资源享有主权，对区域内渔业有专属管辖权。p402

100. 椎名诚（1944—），日本作家、摄影师、导演，1989年凭《犬之谱系》获吉川英治文学新人奖，多部作品被改编为电影，导演作品如1996年的《白之马》。p411

101. 日语为"キャバレー（kyabare）"，是英语"cabaret"的音译。p420

102. 日本著名综艺节目主持人，艺名三野

文太，主持有TBS的《三野文太早间震撼教育》和《校园疯神榜》等节目，其主持节目的周播时长曾创下吉尼斯世界纪录。p430

103. 日文中"若い"意为"年轻"，"若众（若衆）"江户时期指年轻男子，特别是元服前（约16岁前）的少年；后指歌舞伎"阴间"、扮演出卖色相角色的年轻男子。p442

104. 文乐原指专门演出人形净琉璃的剧场，如今多代指日本传统艺能人形剧、人形净琉璃。表演由太夫的叙述、三味线配乐和操偶师操控人偶三部分配合完成。p471

105. 金子光晴（1895—1975），日本诗人、画家。二十世纪三十年代曾前往马来半岛、苏门答腊岛、爪哇岛等东南亚地区游历，后著有《马来兰印纪行》一书记录旅行见闻。p481

106. 新潮社出版的周刊摄影杂志，主要刊载政治事件、灾难、事故等相关的纪实类新闻摄影。1981年创刊，2001年停刊。p482

107. 在二战结束后的五十年中时常出现在横滨街头的一位著名性工作者。据说她曾是一位"潘潘女郎"（为驻日美军提供服务），因而也被人们视为一个时代的缩影。有同名纪录片讲述她与她生活的时代。p484

108. 西成区是大阪著名的贫困地区，治安很差。p487

109. 饰演儿童角色的人。p500

110. General Headquarters的缩写，驻日盟军总司令部，存在于1945—1952年。总司令一职先后由麦克阿瑟（1945—1951年在职）与李奇微（1951—1952年在职）担任。p514

111. 大地震发生后，东京都治安动荡。日本内务省发出戒严令，向各辖区警署下达的通告中含有以下内容：有朝鲜人趁乱谋划凶恶犯罪及暴动，务必注意。这句话通过行政机关、报纸和民众广为传播，造成大量朝鲜人及被误认为朝鲜人的中国人、本国聋哑人等遭到杀害。p515

112. Spanking的缩写，指以打屁股为卖点的小说。p522

113. "平牙"用日语汉字发音"heige"，与"亨格"相近，"人"即"曼（man）"。p523

114. 战后用纸紧张的局势下流行的低俗杂志，因纸张粗劣，故得此名。p524

115. 2011年，羊蹄丸号决定由爱媛县新居滨市"爱媛东予船舶回收研究组"接收，2012年完成最终出航后解体作为资源回收研究之用。2013年4月该船解体完成。船舶科学馆至2018年暂无新馆开放，主展馆闭馆后，2012年起主展馆的部分资料、模型展品移至别馆展出。目前的船科展览场地包括别馆、宗谷号和室外展示场三部分。p547

附录（标题歌曲出处）

本书各章标题皆化用流行歌曲名，译者列出相应"歌手，专辑（年份）"以供参考。

1. *Walk on the Wild Side*, Lou Reed, *Transformer* (1972)

2. *Your Song*, Sir Elton Hercules John, *Elton John* (1970)

3. *Dancing Queen*, ABBA, *Arrival* (1976)

4. *New Kid in Town*, Eagles, *Hotel California* (1976)

5. *After Midnight*, J.J. Cale, *After Midnight* (1966)

6. *Saturday in the Park*, Chicago, *Chicago V* (1972)

7. *We Are the Champions*, Queen, *News of the World* (1977)

8. *Stairway to Heaven*, Led Zeppelin, *Led Zeppelin IV* (1971)

9. *The Fool on the Hill*, The Beatles, *Magical Mystery Tour* (1967)

10. *Spirit in the Dark*, Aretha Franklin, *Spirit in the Dark* (1970)

11. *Over the Rainbow*, Judy Garland, *The Wizard of Oz* (1939)

索引（首次发表日期）

足立区　　绫濑　　　　拉面小屋（2011年3月11日）p122
　　　　　江北　　　　中村鞋店（2011年5月13日）p156
　　　　　千住　　　　宇宙魂（2009年12月4日）p46
　　　　　　　　　　　萌藏（2009年12月11日）p52
　　　　　　　　　　　若叶堂（2009年12月11日）p53
　　　　　　　　　　　浅利食堂（2009年12月11日）p54
　　　　　　　　　　　南蛮渡来（2009年12月11日）p55
　　　　　　　　　　　莲台亭（2009年12月11日）p56
　　　　　　　　　　　好莱坞（北千住店）（2009年11月20日）p422
　　　　　竹之塚　　　竹之塚的昼与夜（2010年10月1—8日）p25
　　　　　东和　　　　松田电影社与"青蛙会"（2011年4月15日）p470
　　　　　中川　　　　罗迪欧兄弟（2011年8月19日）p376
　　　　　西竹之塚　　ELZA酒馆（2010年10月15日）p37
　　　　　南花畑　　　地下设计（2010年8月27日—9月3日）p485
　　　　　六木　　　　JWP女子职业摔角（2010年2月12日）p346
荒川区　　荒川　　　　泰国法身寺东京别院（2010年12月17—24日）p330
　　　　　西日暮里　　塔卡舞蹈用品西日暮里店（2010年5月28日）p132
　　　　　　　　　　　黑泽舞蹈广场（2010年6月4日）p138
　　　　　　　　　　　自由鸟（2010年2月19日）p354
　　　　　东尾久　　　加藤三味线（2010年3月26日）p112
　　　　　南千住　　　神田潘带你走遍南千住（2010年5月7—14日）p218
江户川区　西葛西　　　排灯节（2010年12月3日）p268
　　　　　西小岩　　　木之实咖啡（2011年7月1日）p410
　　　　　东小松川　　江户川赛艇场（2010年11月5日）p306
　　　　　南小岩　　　小岩BUSH BASH（2010年4月2日）p18
　　　　　　　　　　　音曲堂（2010年4月9日）p70
　　　　　　　　　　　白鸟咖啡茶座（2011年7月8日）p413

		拉姆普咖啡（2011年7月8日）p415
		摩尔多瓦咖啡红茶（2011年7月8日）p418
		汤宴洗浴中心（2010年11月19日）p456
葛饰区	奥户	东京天然温泉·古代汤（2010年11月26日）p462
	东堀切	楼装舍（2011年9月2日）p191
	水边公园	东京都立水边公园（2011年9月16日）p274
北区	赤羽	好莱坞（赤羽店）（2009年11月27日）p428
江东区	龟户	天盛堂（2010年4月9日）p66
		民谣酒场·齐太郎（2011年1月21日）p96
	新木场	新木场第一擂台（2010年10月22日）p358
	富冈	冈大介（2010年3月19日）p181
	有明	东京临海广域防灾公园（2011年8月5日）p282
品川区	东八潮	船舶科学馆（2011年9月30日）p544
新宿区	扬场町	风俗资料馆（2011年4月1—8日）p522
墨田区	锦糸	YAOSHO（2011年7月22日）p259
		泰国商店（2011年7月22日）p260
	江东桥	关根乐器店（2010年4月9日）p68
		泰国教育文化中心（2011年7月15日）p255
		帕拿欧商店（2011年7月22日）p261
		帕帕温（2011年7月22日）p262
		Keawjai、Changthai、Beerthai（2011年7月22日）p263
		Puanthai、Kimpai（2011年7月22日）p264
		泰国酒吧TODAY（2011年7月22日）p265
		泰式卡拉OK居酒屋珊瑚（2011年7月22日）p266
	立花	比利小子（2010年6月11日）p401
	千岁	眺花亭（2011年3月18日）p466
	向岛	民谣店·荣翠（2011年1月21日）p94

	横纲	东京都水边航线（2011年6月18日）p340
		东京都慰灵堂（2010年1月8日）p512
		复兴纪念馆（2010年1月15日）p518
台东区	浅草	裈吧（2010年1月29日）p2
		梵文酒吧（2011年6月11日）p4
		养老堂（2010年4月16日）p72
		勇堂（2010年4月16日）p76
		民谣店·绿（2011年1月21日）p92
		安坊染店（2009年9月25日）p102
		天堂湾（2009年10月2日）p106
		夜之浅草的舞蹈狂欢（2011年5月6日）p142
		浅草招财猫馆（2010年12月10日）p150
		东京萤堂（2010年3月5日）p168
		弥姬乎（2010年2月26日）p186
		快乐博物馆（2009年12月18日）p213
		橙屋酒吧（2009年10月16日）p226
		CUZN咖啡餐吧（2009年10月23日）p229
		FOS酒吧（2010年2月5日）p232
		银幕摇滚（2009年11月13日）p235
		宋蓬泰国菜、移动蔬菜摊（2010年8月6日）p250
		初音小路（2010年6月18日）p315
		和风黑帮时尚（2010年6月25日）p364
		石山男装店（2010年7月2日）p370
		鬼海弘雄（2011年8月12日）p478
		木马馆大众剧场（2010年7月16—23日）p498
	上野	阿美横町节奏（2010年4月23日）p80
		Cap Collector One（2010年8月20日）p384

		Castle Records（2010年8月20日） p387
		F.I.V.E. RECORDS（2010年9月24日） p390
		GRILLZ JEWELZ（2011年1月28日） p396
		上野大仓剧场（2011年6月24日） p450
		东方工业（2011年10月7日） p532
	上野公园	国立科学博物馆（2011年3月11日） p118
		上野松竹百货（2011年6月3日） p297
		下町风俗资料馆（2010年1月22日） p323
	上野公园—池之端	上野恩赐公园（2011年5月27日） p290
	雷门	CEA'BEES（2011年4月22日） p10
	台东	佐竹商店街（2010年11月12日） p200
	鸟越	女装图书馆（2011年3月25日） p474
	西浅草	民谣酒场·追分（2011年1月14—21日） p90
		浅草部落村庄（2009年11月6日） p240
		饲叶屋展in浅草部落村庄（2010年7月9日） p243
	日本堤	山谷劳动者福祉会馆活动委员会（2011年1月7日） p554
	根岸	新世纪舞厅（2010年5月21日） p126
	花川户	城东职业能力开发中心制鞋科（2010年5月20日） p162
	东上野	穆勒特画廊（2009年12月25日） p14
	松谷	KIWAYA商会（2009年9月18日） p98
		WASABI（2011年12月6日） p205
	谷中	流动布包店荣卫门（2010年3月12日） p176
文京区	根津	山云海月工作室（2009年10月9日） p108
	汤岛	音乐酒吧·道（2010年9月10日） p57
		小情歌Ç'est la vie（2010年9月17日） p60
		手语酒廊·君之手（2011年9月9日） p436
		若众酒吧美妆男子（2011年2月4日） p442

"TOKYO MIGIHANBUN" by KYOICHI TUZUKI
Copyright © KYOICHI TUZUKI 2012
All rights reserved.
Originally Japanese paperback edition published by CHIKUMASHOBO Co., Ltd.
This simplified Chinese edition is published by arrangement with CHIKUMASHOBO Co., Ltd. through East West Culture & Media Co., Ltd., Tokyo
Simplified Chinese edition copyright: 2019 New Star Press Co., Ltd.

著作权合同登记号：01-2018-4734

图书在版编目（CIP）数据

东京右半分／（日）都筑响一著；吕灵芝译 . —北京：新星出版社，2019.9
ISBN 978-7-5133-3624-6
Ⅰ . ①东… Ⅱ . ①都… ②吕… Ⅲ . ①访问记－作品集－日本－现代 Ⅳ . ① I313.55
中国版本图书馆 CIP 数据核字（2019）第 146142 号

东京右半分

[日] 都筑响一 著；吕灵芝 译

策划编辑：东　洋
责任编辑：李夷白
责任校对：刘　义
责任印制：李珊珊
装帧设计：冷暖儿unclezoo

出版发行：新星出版社
出 版 人：马汝军
社　　址：北京市西城区车公庄大街丙3号楼　　100044
网　　址：www.newstarpress.com
电　　话：010-88310888
传　　真：010-65270449
法律顾问：北京市岳成律师事务所

读者服务：010-88310811　　service@newstarpress.com
邮购地址：北京市西城区车公庄大街丙 3 号楼　　100044

印　　刷：北京盛通印刷股份有限公司
开　　本：889mm × 1270mm　　1/32
印　　张：18.25
字　　数：270千字
版　　次：2019年9月第一版　　2019年9月第一次印刷
书　　号：ISBN 978-7-5133-3624-6
定　　价：168.00元

版权专有，侵权必究；如有质量问题，请与印刷厂联系调换。